Todos los libros de Linkgua Ediciones cuentan con modelos de Inteligencia Artificial entrenados por hispanistas. Pregúntale al chat de tu libro lo que desees acerca de la obra o su autor/a.

Para **ebooks**: Accede a nuestro modelo de IA a través de este enlace.

Para **libros impresos**: Escanea el código QR de la portada con tu dispositivo móvil.

Obtén análisis detallados de nuestros libros, resúmenes, respuestas a tus preguntas y accede a nuestras ediciones críticas generativas para una experiencia de lectura más enriquecedora.
La transparencia y el respeto hacia la autoría de las fuentes utilizadas son distintivos básicos de nuestro proyecto. Por ello, las respuestas ofrecen, mediante un sistema de citas, las fuentes con las que han sido elaboradas.

Benito Pérez Galdós

La desheredada

Barcelona 2024
Linkgua-ediciones.com

Créditos

Título original: La desheredada.

© 2024, Red ediciones S.L.

e-mail: info@linkgua.com

Diseño de cubierta: Michel Mallard.

ISBN rústica ilustrada: 978-84-9629-083-9.
ISBN tapa dura: 978-84-9953-558-6.
ISBN ebook: 978-84-9953-199-1.

Cualquier forma de reproducción, distribución, comunicación pública o transformación de esta obra solo puede ser realizada con la autorización de sus titulares, salvo excepción prevista por la ley. Diríjase a CEDRO (Centro Español de Derechos Reprográficos, www.cedro.org) si necesita fotocopiar, escanear o hacer copias digitales de algún fragmento de esta obra.

Sumario

Créditos	4
Brevísima presentación	11
La vida	11
Primera parte	13
Personajes de esta primera parte	15
Capítulo I. Final de otra novela	17
I	17
II	21
III	28
IV	41
Capítulo II. La Sanguijuelera	47
Capítulo III. Pecado	57
Capítulo IV. El célebre Miquis	69
I	69
II	75
III	81
IV	89
Capítulo V. Una tarjeta	97
Capítulo VI. ¡Hombres!	101
I	101
II	110
III	118
IV	129

Capítulo VII. Tomando posesión de Madrid	**133**
Capítulo VIII. Don José y su familia	**141**
I	141
II	150
III	153
Capítulo IX. Beethoven	**163**
I	163
II	170
Capítulo X. Sigue Beethoven	**177**
Capítulo XI. Insomnio número cincuenta y tantos	**185**
Capítulo XII. Los Peces (sermón)	**191**
I	191
II	194
III	199
Capítulo XIII. ¡Cursilona!	**205**
Capítulo XIV. Navidad	**213**
I	213
II	218
III	225
Capítulo XV. Mariano promete	**233**
Capítulo XVI. Anagnórisis	**239**
Capítulo XVII. Igualdad. Suicidio de Isidora	**251**
Capítulo XVIII. Últimos consejos de mi tío el Canónigo	**261**

Segunda parte	269
Personajes de esta segunda parte	271
Capítulo I. Efemérides	273
Capítulo II. Liquidación	285
I	285
II	287
III	297
Capítulo III. Entreacto con la Iglesia	305
Capítulo IV. A o b... Palante	309
I	309
II	315
Capítulo V. Entreacto en el café	325
Capítulo VI. Escena vigésimaquinta	333
Capítulo VII. Flamenca Cytherea	347
Capítulo VIII. Entreacto en la calle de los Abades	357
I	357
II	364
III	368
Capítulo IX. La caricia del oso	373
Capítulo X. Las recetas de Miquis	385
I	385
II	395
III	400

Capítulo XI. Otro entreacto	407
Capítulo XII. Escenas	415
I	415
II	417
III	424
IV	432
Capítulo XIII. En el Modelo	435
I	435
II	442
III	447
Capítulo XIV. De aquellas cosas que pasan...	453
I	453
II	458
III	461
Capítulo XV. ¿Es o no es?	465
I	465
II	475
Capítulo XVI. Las ideas de Mariano. La síntesis	479
Capítulo XVII. Disolución	489
I	489
II	495
III	498
IV	504
Capítulo XVIII. Muerte de Isidora. Conclusión de los Rufetes	511
Capítulo XIX. Moraleja	523
Libros a la carta	525

Brevísima presentación

La vida

Galdós era el décimo hijo de un coronel del ejército, Sebastián Pérez, y de Dolores Galdós. En 1852 ingresó en el Colegio de San Agustín, que aplicaba una pedagogía muy avanzada para la época.

Obtuvo el título de bachiller en Artes en 1862, en el Instituto de La Laguna, y empezó a publicar poemas satíricos, ensayos y cuentos en la prensa local. También se destacó por su interés por el dibujo y la pintura.

En septiembre de 1862 Galdós se fue a vivir a Madrid y se matriculó en la universidad. Allí conoció al fundador de la Institución Libre de Enseñanza, Francisco Giner de los Ríos, que le alentó a escribir y le hizo conocer el krausismo. Por entonces frecuentó los teatros de Madrid y organizó la «Tertulia Canaria».

En 1865 empezó a escribir en los periódicos *La Nación* y *El Debate*, y en la Revista del Movimiento Intelectual de Europa.

Hacia 1867 hizo su primer viaje al extranjero, como corresponsal en París en la Exposición Universal. Volvió con obras de Balzac y de Dickens y tradujo de éste, a partir de una traducción francesa, *Los papeles póstumos del Club Pickwick*. Un año después abandona sus estudios universitarios.

Galdós publicó en 1870 *La Fontana de Oro*, su primera novela. *La Sombra* fue publicada en noviembre de 1870 por entregas en *La Revista de España*. Y en 1873 comenzó a publicar la que se puede considerar su obra maestra, los *Episodios nacionales*, donde refleja la vida íntima de los españoles del siglo XIX y los acontecimientos de la historia nacional que marcaron el destino de España. La obra tiene cuarenta y seis episodios en cinco series de diez novelas cada una, salvo la última, inconclusa. Empiezan con la batalla de Trafalgar y terminan con la Restauración borbónica en España.

Galdós tuvo una hija natural en 1891 de una madre que se suicidó, Lorenza Cobián. Y se relacionó con la actriz Concha Morell y la novelista Emilia Pardo Bazán.

En 1919 se realizó una escultura suya. Galdós, que había perdido la vista, pidió ser alzado para palpar la obra y lloró emocionado.

Galdós murió en su casa de la calle Hilarión Eslava de Madrid el 4 de enero de 1920. El día de su entierro unas 20.000 personas acompañaron su ataúd hasta el cementerio de la Almudena.

Primera parte

Saliendo a relucir aquí, sin saber cómo ni por qué, algunas dolencias sociales, nacidas de la falta de nutrición y del poco uso que se viene haciendo de los benéficos reconstituyentes llamados Aritmética, Lógica, Moral y Sentido Común, *convendría dedicar estas páginas... ¿a quién? ¿al infeliz paciente, a los curanderos y droguistas que, llamándose filósofos y políticos, le recetan uno y otro día?... No; las dedico a los que son o deben ser verdaderos médicos: a los maestros de escuela.*

B. P. G.
Madrid. Enero de 1881.

Personajes de esta primera parte

Isidora Rufete, *protagonista.*
Mariano Rufete, *su hermano.*
La Sanguijuelera, *tía.*
Augusto Miquis, *estudiante de medicina.*
Joaquín Pez, *marqués viudo de*
Saldeoro, *hijo de*
Don Juan Manuel José del Pez, *director general en el Ministerio de hacienda.*
Don José de Relimpio y sastre, *espejo de los vagos.*
Doña Laura, *su esposa*
Melchor de Relimpio, *hijos*
Emilia, *hijos*
Leonor, *hijos*
La marquesa de Aransis.
El Majito, *niño.*
Zarapicos, *pícaros*
Gonzalete, *pícaros*
Tomás Rufete.
El señor de Canencia.
Matías Alonso, *conserje de la casa de Aransis.*
Un concejal.
Un comisario de beneficencia.
Mi tío el canónigo *(que no sale).*
Hombres y mujeres del pueblo, niños, Peces de ambos sexos, criados, guardias civiles, etc.
La escena en Madrid, y empieza en la primavera de 1872.

Capítulo I. Final de otra novela

I

«...¿Se han reunido todos los ministros?... ¿Puede empezar el Consejo?... ¡El coche, el coche, o no llegaré a tiempo al Senado!... Esta vida es intolerable... ¡Y el país, ese bendito monstruo con cabeza de barbarie y cola de ingratitud, no sabe apreciar nuestra abnegación, paga nuestros sacrificios con injurias, y se regocija de vernos humillados! Pero ya te arreglaré yo, país de las monas. ¿Cómo te llamas? Te llamas *Envidiópolis*, la ciudad sin alturas; y como eres puro suelo, simpatizas con todo lo que cae... ¿Cuánto va? Diez millones, veinticuatro millones, ciento sesenta y siete millones, doscientas treinta y tres mil cuatrocientas doce pesetas con setenta y cinco céntimos...; esa es la cantidad. Ya no te me olvidarás, pícara; ya te pillé, ya no te me escapas, ¡oh cantidad temblorosa, escurridiza, inaprehensible, como una gota de mercurio! Aquí te tengo dentro del puño, y para que no vuelvas a marcharte, jugando, al caos del olvido, te pongo en esta gaveta de mi cerebro, donde dice: *Subvención personal*... Permítame Su Señoría que me admire de la despreocupación con que Su Señoría y los amigos de Su Señoría confiesan haber infringido la Constitución... No me importan los murmullos. Mandaré despejar las tribunas... ¡A votar, a votar! ¿Votos a mí? ¿Queréis saber con qué poderes gobierno? Ahí los tenéis: se cargan por la culata. He aquí mis votos: me los ha fabricado Krupp... Pero ¿qué ruido es este? ¿Quién corretea en mi cerebro? ¡Eh!, ¿quién anda arriba?... Ya, ya; es la gota de mercurio, que se ha salido de su gaveta...».

El que de tal modo habla (si merece nombre de lenguaje esta expresión atropellada y difusa, en la cual los retazos de oraciones corresponden al espantoso fraccionamiento de ideas) es uno de esos hombres que han llegado a perder la normalidad de la fisonomía, y con ella la inscripción aproximada de la edad. ¿Hállase en el punto central de la vida, o en miserable decrepitud? La movilidad de sus facciones y el llamear de sus ojos, ¿anuncian exaltado ingenio, o desconsoladora imbecilidad? No es fácil decirlo, ni el espectador, oyéndole y viéndole, sabe decidirse entre la compasión y la risa. Tiene la cabeza casi totalmente exhausta de pelo, la barba escasa, entrecana y afeitada a trozos, como un prado a medio segar. El labio superior, demasiado largo y colgante, parece haber crecido y ablandádose recientemente, y no cesa de agitarse con nerviosos temblores, que dan a su boca cierta semejanza con el hocico gracioso del conejo royendo berzas. Es pálido su rostro, la piel papirácea, las piernas flacas, la estatura corta, ligeramente corva la espalda. Su voz sonora regalaría el oído si su palabra no fuera un compuesto atronador de todas las maneras posibles de reír, de todas las maneras posibles de increpar, de los tonos del enfático discurso y del plañidero sermón.

Acércase a él un señor serio y bondadoso, pónele la mano en el hombro con blandura y cariño, le toma el pulso, lee brevemente en su extraviada fisonomía, en sus negras pupilas, en el caído labio, y volviéndose a un joven que le acompaña, dice a este:

«Bromuro potásico, doble dosis».

Sigue adelante el médico, y el paciente toma de nuevo su tono oratorio, tratando de convencer al tronco de un árbol. Porque la escena pasa en un gran patio cuadrilongo, cerrado por altos muros sin resalto ni relieve alguno que puedan facilitar la evasión. Árboles no muy grandes, plantados en fila, tristes y con poca salud, si bien con muchos pájaros, dejan caer uniformes discos de sombra sobre el suelo de arena, sin una hoja, sin una piedra, sin un guijarro, llano y correcto cual alfombra de polvo. Como treinta individuos vagan por aquel triste espacio; los unos lentos y rígidos como espectros, los otros precipitados y jadeantes. Este da vueltas alrededor de dos árboles, trazando con su paso infinitos ochos, sin cesar de mover brazos, manos y dedos, fatigadísimo sin sudar y balbuciente sin decir nada, rugoso el ceño, huyendo con indecible zozobra de un perseguidor imaginario. Aquel, arrojado en tierra, aplica la oreja al polvo para oír hablar a los antípodas, y su cara de idiota, plantada en el suelo, es como un amarillo melón que se ríe. Un tercero canta en voz alta, mostrando un papel o estado sinóptico de los ejércitos europeos, con división de armas y los respectivos soberanos o jefes, todo lo cual debe ser puesto en música.

El médico va de uno a otro, interrogándoles, contemporizando graciosamente con las manías de ellos, sin dejar de hacer objeciones discretas a cada una. Ya se detiene a echar un párrafo con aquel, de rostro estúpido, que lleva el pecho cargado de medallas, escapularios y amuletos; ya habla rápidamente con un viejecillo encanijado y risueño que, paseándose solo y tranquilo junto al muro, con un mugriento kempis en la mano, parece filósofo anacoreta o Diógenes del Cristianismo, por el abandono de su traje y la unción bondadosa de su fisonomía. Es un sacerdote que tuvo mucho seso. Está meditando ahora la carta que ha de dirigir al Papa en este día, siguiendo una costumbre que se repite infaliblemente en los trescientos sesenta y cinco de cada año, y ya lleva veinte de encierro. Estrecha con mucho afecto la mano del doctor, échale unos cuantos latines muy bien encajados en la conversación, y por último pregunta si ha sido echada al correo su epístola del día anterior, a lo que contesta el médico que sí, y que forzosamente Su Santidad anda muy distraído en Roma cuando no se digna contestar a comunicaciones de tanta importancia.

Vuelve el médico hacia donde está el que en los primeros renglones hemos descrito, y antes de llegar a él dice al practicante:

«Este desgraciado Rufete va a pasar a *Pobres*, porque hace tres meses que su familia no paga la pensión de segunda. Él no se dará cuenta del cambio de situación. Si se exacerba esta tarde, será preciso encerrarle.»

Poniéndole la mano en el hombro, el facultativo dice a Rufete:

«Basta, basta ya de violencias. Ya hemos dicho que seremos amigos, siempre que usted no se me salga de las vías legales... El país le hará justicia... Calma, serenidad. Si pudiera usted dejar el poder por unos cuantos meses, ¡qué bien nos vendría a los dos! Nos dedicaríamos a curar radicalmente ese constipado...»

—No es constipado —replica Rufete con prontitud, describiendo arcos con la cabeza—. Es una gota de mercurio... Anda rodando y escurriéndose... Ahora está aquí, en la sien derecha... Ahora corre y pasa a la sien izquierda... Son ciento sesenta y siete millones, doscientas...

—Ya, ya sé... Yo quisiera que no se ocupase usted más de esa cantidad, puesto que está segura.

—No, no está segura —dice Rufete, demostrando terror—. No sabe usted qué guerra me hacen esos pillos. No me pueden ver. Pero yo gozo con sus infamias. Cuando un verdadero genio se empeña en subir a la gloria, la envidia le proporciona escaleras. Deme usted una envidia tan grande como una montaña, y le doy a usted una reputación más grande que el mundo... Adiós; me voy al Congreso. ¿No sabe usted que se han sublevado los maceros?... Abur, abur».

El médico hace a su compañero la expresiva seña de *no tiene remedio*, y pasa adelante.

II

No consta si fue aquel día o el siguiente cuando trasladaron al infeliz Rufete desde el departamento de pensionistas al de pobres. En el primero había tenido ciertas ventajas de alimento, comodidad, luz, recreo; en el segundo disfrutaba de un patio insano y estrecho, de un camastrón, de un rancho. ¡Ay! Cualquiera que despertara súbitamente a la razón y se encontrase en el departamento de pobres, entre turba lastimosa de seres que solo tienen de humano la figura, y se viera en un corral más propio para gallinas que para enfermos, volvería seguramente a caer en demencia, con la monomanía de ser bestia dañina. ¡En aquellos locales primitivos, apenas tocados aún por la administración reformista, en el largo pasillo, formado por larga fila de jaulas, en el patio de tierra, donde se revuelcan los imbéciles y hacen piruetas los exaltados, allí, allí es donde se ve todo el horror de esa sección espantosa de la Beneficencia, en que se reúnen la caridad cristiana y la defensa social, estableciendo una lúgubre fortaleza llamada manicomio, que juntamente es hospital y presidio! ¡Allí es donde el sano siente que su sangre se hiela y que su espíritu se anonada, viendo aquella parte de la humanidad aprisionada por enferma, observando cómo los locos refinan su locura con el mutuo ejemplo, cómo perfeccionan sus manías, cómo se adiestran en aquel arte horroroso de hacer lo contrario de lo que el buen sentido nos ordena!

Si en unos la afasia excluye toda clase de dolor, en otros la superficie alborotada de su ser manifiesta indecibles tormentos... ¡Y considerar que aquella triste colonia no representa otra cosa que la exageración o el extremo irritativo de nuestras múltiples particularidades morales o intelectuales... que todos, cuál más, cuál menos, tenemos la inspiración, el estro de los disparates, y a poco que nos descuidemos entramos de lleno en los sombríos dominios de la ciencia alienista! Porque no, no son tan grandes las diferencias. Las ideas de estos desgraciados son nuestras ideas, pero desengarzadas, sueltas, sacadas de la misteriosa hebra que gallardamente las enfila. Estos pobres orates somos nosotros mismos que dormimos anoche nuestro pensamiento en la variedad esplendente de todas las ideas posibles, y hoy por la mañana lo despertamos en la aridez de una sola. ¡Oh! Leganés, si quisieran representarte en una ciudad teórica, a semejanza de las que antaño trazaban filósofos, santos y estampistas, para expresar un plan moral o religioso, no, no habría arquitectos ni fisiólogos que se atrevieran a marcar con segura mano tus hospitalarias paredes. «Hay muchos cuerdos que son locos razonables». Esta sentencia es de Rufete.

El cual no se dio cuenta de aquella caída brusca desde las grandezas de pensionista a la humildad del asilado. El patio es estrecho. Se codean demasiado los enfermos, simulando a veces la existencia de un bendito sentimiento que rarísima vez habita en los manicomios: la amistad. Aquello parece a veces una Bolsa de contratación de manías. Hay demanda y oferta de desatinos. Se miran sin verse. Cada cual está bastante ocupado consigo mismo para cuidarse de los demás. El egoísmo ha llegado aquí a su grado máximo. Los imbéciles yacen por el suelo. Parece que están pastando. Algunos exaltados cantan en un rincón. Hay grupos que se forman y se deshacen, porque si no amistad, hay allí misteriosas simpatías o antipatías que en un momento nacen o mueren.

Dos loqueros graves, membrudos, aburridos de su oficio, se pasean atentos como polizontes que espían el crimen. Son los inquisidores del disparate. No hay compasión en sus rostros, ni blandura en sus manos, ni caridad en sus almas. De cuantos funcionarios ha podido inventar la tutela del Estado, ninguno es tan antipático como el domador de locos. Carcelero-enfermero es una máquina muscular que ha de constreñir en sus brazos de hierro al rebelde y al furioso; tutea a los enfermos, los da de comer sin cariño, los acogota si es menester, vive siempre prevenido contra los ataques, carga como costales a los imbéciles, viste a los impedidos; sería un santo si no fuera un bruto. El día en que la ley haga desaparecer al verdugo, será un día grande si al mismo tiempo la caridad hace desaparecer al loquero.

Rufete huía maquinalmente de los loqueros, como si los odiara. Los funcionarios eran para él la oposición, la minoría, la prensa; eran también el país que le vigilaba, le pedía cuentas, le preguntaba por el comercio abatido, por la industria en mantillas, por la agricultura rutinaria y pobre, por el crédito muerto. Pero ya le pondría él las peras a cuarto al señor país, representado en aquellos dos señores tiesos, que en todo querían meterse, que todo lo querían saber, como si él, el eminentísimo Rufete, estuviera en tan alta posición para dar gusto a tales espantajos. Le miraban atentos, y con sus ojos investigadores le decían: «Somos la envidia que te mancha para bruñirte y te arrastra para encumbrarte».

Todos los habitantes del corral tienen su sitio de preferencia. Esta atracción de un trozo de pared, de un ángulo, de una mancha de sombra, es un resto de la simpatía local que aquellos infelices llevan a la región de tinieblas en que vive su espíritu. Constantemente se agitaba Rufete en un ángulo del patio, tribuna de sus discursos, trono de su poder. La pared remedaba las murallas egipcias, porque el yeso, cayéndose, y la lluvia, manchando, habían bosquejado allí mil figuras faraónicas.

Cuando Rufete se cansaba de andar, sentábase. Tenía mucho que hacer, despachar mil asuntos, oír a una turba de secretarios, generales, arzobispos, archipámpanos, y después..., ¡ah!, después tenía que echar miles de firmas, millones, billones, cuatrillones de firmas. Se sentaba en el suelo, cruzaba los brazos sobre las rodillas, hundía la cara entre las manos, y así pasaba algunas horas oyendo el sordo incesante resbalar del mercurio dentro de su cabeza. En aquella situación, el infeliz contaba los ciento sesenta y siete millones de pesetas. Esto era fácil, sí, muy fácil; lo terrible era el pico de aquella suma. ¿Por qué se escapaban las cifras, huyendo y desapareciendo en menudas partículas del metal líquido por los intersticios del tul del pensamiento? Era preciso pensar fuerte y espesar la tela, para coger aquellas 233.412 pesetas, con sus graciosas crías los 75 céntimos.

Los vestidos de este sujeto sin ventura eran puramente teóricos. Había sobre sus miserables y secas carnes algunas formas de tela que respondían en principio a la idea de camisa, de levita, de pantalón; pero más era por los pedazos que faltaban que por los pedazos que subsistían. ¡Hacía tanto tiempo que su familia no le llevaba ropa!... Últimamente le pusieron una blusa azul. Pero una mañana se comió la mitad. Era el más indócil y peor educado de todos los habitantes de la casa. No obstante, sobre aquellos harapos se ponía todos los días una corbata no mala, liándosela con arte y esmero delante de la pared, hecha espejo de un golpe de imaginación. Aquel negro dogal sobre la carne desnuda del estirado cuello, impedíale a veces los movimientos; pero llevaba con paciencia la molestia en gracia del bien parecer.

Cuando anochecía o cuando el tiempo era malo, Rufete era el último que dejaba el patio. Comúnmente los loqueros se veían en el caso de llevarle a la fuerza. Dormía en una sala baja, húmeda, con rejas a un largo pasillo, el cual las tenía a la huerta. Desde los duros camastros veíase la espesura del arbolado; pero, al través de las rejas dobles, la alegría del intenso verdor llegaba a los ojos de los orates mermada o casi perdida, con un efecto de país bordado en cañamazo. En el dormitorio no cesaban, ni aun a horas avanzadas, los cantos y gritos. Las tinieblas eran para la mayor parte de ellos lo mismo que el claro día. Algunos dormían con los ojos abiertos. Oíase desde la sala la murmuración del chorro de una fuente, la cual con tal constancia estimulaba el oído, que Rufete se pasaba horas enteras en conversación tirada con el agua charlatana en estos o parecidos términos: «En todo lo que Su Señoría me dice, señor chorro, hay mucha parte de razón y mucho que no puede admitirse. Subí al poder empujado por el país que me llamaba, que me necesitaba. El primer escalón fue mi mérito, el segundo mi resolución, el tercero la lisonja, el cuarto la envidia... ¿Pero qué habla usted de convenios reservados, de pactos deshonrosos? Cállese usted, tenga usted la bondad de callarse; le ruego, le mando a usted que se calle».

Y colérico se abalanzaba a la reja, ponía el oído, hacía señales de conformidad o denegación, oprimía los barrotes. La fluida elocuencia del chorro no tenía fin jamás. Era como uno de esos oradores incansables que siempre están hablando de sí mismos. La aurora le encontraba engolfado en la misma tesis, y a Rufete diciendo con espantosa jovialidad: «No me convence, no me convence Su Señoría».

¡La aurora!, aun en una casa de locos es alegre; aun allí son hermosos el risueño abrir de ojos del día y la primera mirada que cielo y tierra, árboles y casas, montes y valles se dirigen. Allí los pájaros madrugadores gorjean lo mismo que en las alamedas del Retiro sobre las parejas de novios; el Sol, padre de toda belleza, esparce por allí los mismos prodigios de forma y color que en las aldeas y ciudades, y el propio airecillo picante que menea los árboles, que orea el campo, que estimula a los hombres al trabajo y lleva a todas partes la alegría, el buen apetito, la sazón y la salud, derrama también por todas las zonas del establecimiento su soplo vivificante. Las flores se abren, las moscas emprenden sus infinitos giros, las palomas se lanzan a sus remotos viajes atmosféricos; arriba y abajo cada cual cede al impulso excitante según su naturaleza. Los locos salen de los cuartos o dormitorios con sus fieros instintos poderosamente estimulados. Redoblan, en aquella hora del despertamiento general, sus acostumbrados dislates, hablan más alto, ríen más fuerte, se arrastran y se embrutecen más; algunos rezan, otros se admiran de que el Sol haya salido de noche, aquel responde al lejano canto del gallo, este saluda al loquero con urbanidad refinada; quién pide papel y tinta para escribir la carta, ¡la indispensable carta del día!; quién se lanza a la carrera, huyendo de un perseguidor que aparece montado en el caballo del día, y todo aquel carnavalesco mundo comienza con brío su ordinaria existencia.

La numerosa servidumbre de la casa emprende la faena de limpieza, y estrépito de escobazos corre por salas y pasillos, confundiéndose con el sacudir de ropas, el arrastrar de muebles. A misa llama la campana de la capilla, el Director administrativo sale de su despacho a inspeccionar los servicios, y las hermanas de la Caridad, alma y sostén del asilo por estar encargadas de su régimen doméstico, van y vienen con actividad de madres de familia. Sus faldas azules, azotadas por enorme rosario, sus blancas tocas aladas, respetables y respetadas como enseña de paz, se ven por todas partes, entre el verdor de la huerta, entre los estantes de la botica, en la enorme cocina, cuyos hogares de hierro vomitan lumbre; en la despensa llena de víveres; en el lavadero, donde ya saltan los chorros de agua; en el alto secadero que domina la huerta, y en el patio de mujeres, en la región de las locas, que es el departamento de trabajo más penoso y de las dificultades más terribles.

¡Las locas! Estamos en el lugar espeluznante de aquel Limbo enmascarado de mundo. Los hombres inspiran lástima y terror; las hijas de Eva inspiran sentimientos de difícil determinación. Su locura es, por lo general, más pacífica que en nosotros, excepto en ciertos casos patológicos exclusivamente propios de su sexo. Su patio, defendido en la parte del Sol por esteras, es un gallinero donde cacarean hasta veinte o treinta hembras con murmullo de coquetería, de celos, de cháchara frívola y desacorde que no tiene fin, ni principio, ni términos claros, ni pausa, ni variedad. Óyese desde lejos, cual disputa de cotorras en la soledad de un bosque... Las hay también juiciosas. Algunas pensionistas, tratadas con esmero, están tranquilas y calladas en habitación clara y limpia, ocupándose en coser, bajo la vigilancia y dirección de dos hermanas de la Caridad. Otras se decoran con guirnaldas de trapo, flores secas o con plumas de gallina. Sonríen con estupidez o clavan en el visitante extraviados ojazos.

También la *hermosa mitad* tiene sus jaulas de dobles rejas. No serían mujeres si no necesitaran alguna vez estar bajo llave. Es frecuente ver dos manos flacas y nerviosas asidas a una reja, y oír la voz ronca de una desgraciada que pide le devuelvan los hijos que nunca ha tenido. Hay una que corre por pasillos y salas buscan *do su propia persona.*

Volvamos al patio de varones pobres. Aquel día faltaba en él Rufete. Creeríase que había crisis. Poco después de amanecer se dirigió al loquero y le dijo: «Hoy no estoy para nadie, absolutamente para nadie». Después cayó en un marasmo profundo. Enmudeció. El chorro de la fuente preguntaba por él y ninguno de los asilados allí presentes sabía darle razón.

Lleváronle a la enfermería. El médico mandó que le dieran una ducha, y fue llevado en brazos a la inquisición de agua. Es un pequeño balneario, sabiamente construido, donde hay diversos aparatos de tormento. Allí dan lanzazos en los costados, azotes en la espalda, barrenos en la cabeza, todo con mangas y tubos de agua. Esta tiene presión formidable, y sus golpes y embestidas son verdaderamente feroces. Los chorros afilados, o en láminas, o divididos en hilos penetrantes como agujas de hielo, atacan encarnizados con el áspero chirrido del acero. Rufete, que ya conocía el lugar y la maquinaria, se defendió con fiero instinto. Le embrazaron, oprimiéndole en fuerte anilla horizontal de hierro sujeta a la pared, y allí, sin defensa posible, desnudo, recibió la acometida. Poco después yacía aletargado en una cama con visibles apariencias de bienestar. Al fin, durmió profundamente.

III

A la misma hora que esto pasaba, una joven llegó a la puerta del establecimiento. Quería ver al señor Director, al señor facultativo, quería ver a un enfermo, a su señor padre, a un tal don Tomás Rufete; quería entrar aunque se lo vedaran; quería hablar con el señor capellán, con las hermanas, con los loqueros; quería ver el establecimiento; quería entregar una cosa; quería decir otra cosa...

Estos múltiples deseos, que se encerraban en uno solo, fueron expresados atropelladamente y con turbación por la muchacha, que era más que medianamente bonita, no por cierto muy bien vestida ni con gran esmero calzada. Temblaba al hacer sus preguntas y ponía extraordinario ardor en la expresión de su deseo. Sus ojos expresivos habían llorado, y aún lloraban algo todavía. Sus manos algo bastas, sin duda a causa del trabajo, oprimían un lío de ropa seminueva, mal envuelta en un pañuelo rojo. Rojo era también el que ella en su cabeza llevaba, descuidadamente liado debajo de la barba a estilo de Madrid. ¿Con qué prenda se cubría? ¿Sotana, mantón, gabán de hombre? No: era una prenda híbrida, un arreglo del ruso al español, un cubrepersona de corte no muy conforme con el usual patrón. Ello es que su pañuelo rojo, sus lágrimas acabadas de secar, su gabán raído y de muy difícil calificación en indumentaria, su agraciado rostro, su ademán de resignación, sus botas mayores que los pies y ya entradas en días, inspiraban lástima.

No le fue difícil llegar al despacho del señor Director. Al verle y darse a conocer y preguntar por el señor Rufete, se le vinieron tantas lágrimas a los ojos y la garganta se le obstruyó de tal modo, que tuvo que callarse. El Director, hombre compasivo, la mandó sentar, rogándole que se calmase.

«Hace tres meses que no se ha pagado la pensión —dijo ella al cabo, metiendo la mano en alguna parte de su extraña vestimenta».

Porque el gabán tenía un bolsillo hondo. Su autora había sido pródiga en esto, presumiendo tener mucho que guardar. De aquel pozo de tela sacó un paquete de papel que parecía contener dinero.

«Luego, luego veremos —dijo el Director, resistiéndose a tomar la suma—. ¡Ah! ¿También trae ropa? Veo que no se descuida usted... Está bien, bien. El pobre don Tomás tenía ya mucha falta... Déjelo usted ahí. Luego... Siéntese usted y descanse.

—¿Pero no le veré ahora mismo? —preguntó ella con ansiedad.

—No es fácil, no es fácil. Ya sabe usted que se excitan mucho al ver a las personas de su familia. Precisamente el pobre señor Rufete está sufriendo ahora una crisis bastante peligrosa».

La del ruso cruzó las manos, y miró al techo.

«El señor facultativo está haciendo ahora la visita... Le hablaremos, veremos lo que dice. Si él consiente... Pero no lo consentirá. No conviene que usted vea a su señor padre ahora. Más tarde... Siéntese usted, tranquilícese. Ya, ya recuerdo cuando vino usted con él hace bastante tiempo. Usted se llama...

—Isidora, para servir a usted... ¡Pobrecito papá! Si no me le dejan ver, dígale usted que estoy aquí, que está aquí su Isidorita, que viene a darle un beso, que mañana traeré a Mariano, mi hermanito... ¡Ah Dios mío!; pero él no entenderá, no entenderá nada. ¡Pobre hombre! ¿Y no hay esperanzas de que vuelva a la razón?».

El Director hizo signos de cabeza y boca sumamente desconsoladores. Parecía empeñado en quitar toda esperanza. Isidora, rendida de cansancio, se sentó en una banqueta. Habiéndole recomendado con frases convencionales, si bien generosas, la resignación y una tranquilidad que era imposible, el Director salió.

No se quedó sola la joven en el despacho. En un ángulo de este había una mesa de escribir. Sentado tras ella, con la espalda a la pared, un hombre escribía, fija la vista en el papel, trazando con seguro pulso esos hermosos caracteres redondos y claros de la caligrafía española. La mesa estaba llena de papeles que parecían estados, listas de nombres, cuentas con infinitas baterías de números. Un alto estante repleto de papeles y libros rayados indicaba que aquel buen señor de pluma y suma ayudaba al Director, cuya mesa no distaba mucho, en la difícil administración del Establecimiento. Era el tipo del funcionario antiguo, del ya fenecido covachuelista, conservado allí cual muestra del metódico, rutinario y honradísimo personal de nuestra primitiva burocracia. Era de edad provecta, pequeño, arrugadito, bastante moreno y totalmente afeitado como un cura. Cubría su cabeza con un bonetillo circular, ni muy nuevo ni muy raído, contemporáneo de los manguitos verdes atados a sus codos. Escribía con trazos tan seguros, uniformes y ordenados, que parecía escribientil máquina. Sin alzar los ojos del papel estiraba de rato en rato toda la piel de la boca, mostraba los dientes blancos, finos y claros, y por entre los huecos de ellos sorbía una gran porción de aire. Isidora, harto ocupada de su dolor, no hacía caso del anciano escribiente; pero este no cesaba de echar ojeadas oblicuas a la joven como buscando un motivo de entablar conversación. Siendo al fin más fuerte que su timidez su apetito de charlar, rompió el silencio de esta manera:

«Señorita, ¿se cansa usted de esperar?... Todo sea por Dios. No hay más remedio que conformarse con su santa voluntad».

A Isidora (¿por qué ocultarlo?) le gustó que la llamaran señorita. Pero como su ánimo no estaba para vanidades, fijó toda su atención en las palabras consoladoras que había oído, contestando a ellas con una mirada y un hondísimo suspiro.

«Esta casa —añadió el amanuense dando a conocer mejor su voz melodiosa y dulce, que llegaba al alma— no es una casa de divertimiento; es un asilo triste y fúnebre, señorita. Yo me hago cargo, sí, señorita, me hago cargo de su dolor de usted...».

Y se envasó en el cuerpo, aspirándola por entre los dientes, otra gran cantidad de aire. Jugaba graciosamente con la pluma, y mojándola y sacudiéndola a golpecitos metódicos, prosiguió así:

«Pero no debe esperarse de este pícaro mundo otra cosa que penas, ¡ay!... penas y amarguras. Usted es joven, usted es una niña, y todavía... vamos, todavía no conoce más que las flores que suelen adornar al principio los bordes del camino; pero cuando usted ande más, más...».

Isidora dio otro suspiro. Grandísimo consuelo le infundían las palabras sensatas y filosóficas de aquel bondadoso sujeto, a quien desde entonces tuvo por sacerdote.

«¿Es usted...*por casualidad* sacerdote? —le preguntó con timidez.

—No, señora —repuso el otro, escribiendo un poco—. Soy seglar. Hace treinta y dos años que trabajo en esta oficina. Pero, volviendo al asunto, el mundo, señorita, es un valle de lágrimas. Váyase usted acostumbrando a esta idea. Afortunadamente hemos nacido y vivimos en el seno de la religión verdadera, y sabemos que hay un *más allá*, sabemos que en ese *más allá*, señorita, nos aguarda el premio de nuestros afanes; sabemos que hemos de volver a ver a los que hemos perdido...».

El anciano se conmovió un poco, Isidora tanto, que volvieron a salir lágrimas de sus ojos. Llevándose a ellos la punta del pañuelo rojo, exclamó:

«¡Mi pobre enfermo!...

—¡Ah!... ¡qué bello es el dolor de una hija! —dijo el bebedor de aire soltando resueltamente la pluma—, ¡cuán meritorio a los ojos de Aquel que todo lo ve, que todo lo pesa, que da a cada uno lo suyo!... Llore usted, llore usted; no seré yo quien trate de combatir su pena con consuelos triviales. Lo único que le diré es que la religión y el tiempo la curarán de este mal: la religión elevando su espíritu y haciéndole ver una segunda vida de premio y descanso donde los que hemos llorado seremos consolados, donde los que tuvimos hambre y sed de justicia seremos hartos; el tiempo, pasando su mano suave, suave, por estas nuestras heridas y cerrándolas poco a poco. Usted es aún muy joven. Puede ser que el Señor le reserve aquí en la tierra algo de lo que, por no tener otra palabra, llamamos felicidades; usted será esposa de algún hombre honrado, madre de familia, dignísima abuela...».

Acababa de liar un cigarrillo, y con mucha finura dijo así:
«¿Le molesta a usted el humo del tabaco?
—¡Oh! no, señor; no, señor.
—Más cómodamente estará usted en el sillón que en ese banco. ¿Por qué no se sienta usted allí?
—No, señor; muchas gracias. Aquí estoy bien».

Isidora estaba encantada. La discreta palabra de aquel buen señor, realzada por un metal de voz muy dulce, su urbanidad sin tacha, un no sé qué de tierno, paternal y simpático que en su semblante había, cautivaban a la dolorida joven, inspirándole tanta admiración como gratitud. El ancianito la miraba como para inundarla, digámoslo así, con las corrientes de bondad que afluían de sus ojos. Había en su mirar tanta compasión, un interés tan puro y cristiano, que la pobre joven se felicitó interiormente de aquella amistad que le deparaba Dios en momentos de aflicción. Pensándolo así y dando gracias a Dios por un socorro moral de tanta valía, se sintió tocada del deseo de confiarse, de abrir un poco su corazón para mostrar sus penas. Era naturalmente expansiva, y las circunstancias la ponían en el caso de serlo más aún que de ordinario.

«¿Conoce usted a mi padre? —preguntó.
—Sí, hija mía, le conozco y me da mucha lástima... Bastante se ha hecho en la casa por aliviar sus penas y combatir sus manías... Pero Dios no ha querido. Contra Él no se puede nada. Consolémonos todos pensando en que la grandiosa armonía del mundo consiste en el cumplimiento de la voluntad soberana».

Esta sentencia afectó a la de Rufete, haciéndole pensar en lo cara que a ella sola le costaba la armonía de todos. Enjugándose otra vez las lágrimas, dijo así:

«¡Y si viera usted qué bueno ha sido siempre!... ¡Cuánto nos quería! No tenía más que un defecto, y es que nunca se contentaba con su suerte, sino que aspiraba a más, a más. Es que el pobrecito tenía talento, se encontraba siempre en último lugar debiendo estar en el primero... ¡Hay en el mundo cada injusticia...! Por eso él no se conformaba nunca, y estaba siempre de mal humor y se enojaba y reñía con mi madre. Como era caballero y sus posibles no le daban para portarse como caballero, padecía lo indecible. Y no es que no trabajase... Iba a la oficina casi todos los días y se pasaba en ella lo menos dos horas. Fue secretario de tres Gobiernos de provincia y no llegó a gobernador por intrigas de los del partido. Mi madre le decía: «¡Ah!, mejor te valdría haber aprendido un oficio que no vivir colgado a los faldones de los ministros, hoy me caigo, hoy me levanto...». ¡Pero quia!; él sabía de oficina más que la *Gaceta*, y cuando hablaba de las rentas, del presupuesto y de esas cosas de gobernar, todos los que le oían estaban asombrados. Su padre, mi abuelito, había sido también de oficina. El pobre murió de mala manera. ¿Le conoció usted?...

—No, hija mía. Siga usted, que la oigo con mucho interés.

—Fue, en no sé qué tiempo, de la Milicia Nacional, hizo barricadas, hablaba mucho, y para él todos los que gobernaban eran ladrones. Cuando yo era niña jugaba con el morrión de mi abuelo... ¡Qué cosas!... Oiga usted... El que llamo mi padre fue más listo que el que llamo mi abuelo. ¡Oh!, sí, era caballero y tenía talento. En el partido le temían. Él mismo lo decía: «Yo tengo que llegar a donde debo llegar, o me volveré loco...» ¡Pobrecito! Cuando estaba cesante se desesperaba. Iba a las sesiones del Congreso y hacía mucho ruido en la tribuna aplaudiendo a la oposición. Salía de Madrid con recados secretos. No hablaba más que de la que se iba a armar, de una cosa tremenda..., ¿me entiende usted?».

El anciano, después de tragarse la mitad de la atmósfera del cuarto, hizo signos afirmativos, arqueando las cejas y sonriendo como hombre conocedor de las debilidades de sus semejantes.

«La última vez que le dejaron cesante, nos vimos tan mal, tan mal, que no se podía esperar a que le colocaran. Yo trabajaba; mi mamá cayó enferma; mi padre entró de corrector de pruebas en una imprenta donde se hacía un periódico grande, muy grande... Trabajaba todas las noches junto a un quinqué de petróleo que le abrasaba la frente. Se tragaba mil discursos, artículos, sueltos, decretos, y cuando llegaba la mañana (porque el trabajo duraba toda la noche) y volvía a casa, no descansaba, no, señor. ¿Qué creerá usted que hacía? Pues ponerse a escribir. Todos los días entraba con una mano de papel y la llenaba de cabo a rabo. ¿Qué creerá usted que escribía?

—Cartas al Soberano, al Santo Padre, a los embajadores y ministros. Por ahí empiezan muchos.

—¡Quia!; no, señor. Escribía decretos, leyes y reales órdenes. Aunque al salir de su cuarto cerraba siempre, yo hallé una noche medios de abrir, y vimos todo. Mi mamá y yo decíamos: «Quizás esté copiando para traernos algo de comer». ¡Qué chasco nos llevamos!; todo se volvía: *Artículo primero*, tal cosa; *artículo segundo*, tal cosa. Y luego: *Quedo encargado de la ejecución del presente decreto*. Hacía preámbulos atestados de disparates. Conforme llenaba pliegos los iba coleccionando con mucho cuidado, y a cada legajo le ponía un letrero diciendo: *Deuda Pública*, o *Clases Pasivas*, *Aduanas*, *Banco*, *Amillaramientos*. También ponía en ciertos paquetes rótulos que no entendíamos, porque eran ya locura manifiesta, y decían: *Ruinas*, o bien *Fanatismo, Barbarie, Urbanización de Envidiópolis, Vidrios rotos, Sobornos, Subvención Personal*, y así por este estilo. «¡Ay Dios mío! —dijimos mamá y yo—; ya no tenemos marido, ya no tenemos padre. Este hombre está loco». Estuvimos llorando toda la noche.

—Todo sea por Dios —dijo, con emoción el viejo, al ver que Isidora se interrumpía para llorar—. Pero ¿qué es eso, hija mía, comparado con lo que Cristo padeció por nosotros?

—Mi madre murió en aquellos días —prosiguió Isidora, casi completamente ahogada por el llanto—. Aquel día, ¡oh Dios mío, qué día!, mi padre hizo los disparates más atroces; no lloró, no se afectó nada. Cuando mi madre expiró en mis brazos, él dio dos o tres paseos por el cuarto, y mirándome con unos ojos..., ¡Jesús, qué ojos!..., me dijo: «Se le harán los honores de tenienta generala muerta en campaña...». No puedo recordar estas cosas; me muero de pena. Fue preciso encerrarle aquí. Un pariente bastante acomodado que teníamos en el Tomelloso se condolió de mí y ofreció dar la pensión de segunda. Yo me fui a la Mancha con él, y mi hermanito se quedó aquí con una tía de mi madre. Pasado algún tiempo, mi tío el canónigo se olvidó de pagar la pensión. Es el mejor de los hombres; pero tiene unas rarezas...».

Desde la mitad de esta relación, ya tenía Isidora que beberse las lágrimas entre palabra y palabra. El bendito señor que la oía, enternecido de tanta desdicha, levantose de su asiento y dio algunos pasos para vencer su emoción.

«Todo sea por Dios —dijo liando nerviosamente otro cigarrillo—. Noble criatura, su juventud de usted ha sido muy triste; ha nacido usted en un páramo...

—Y todo cuanto he padecido ha sido injusto —añadió ella prontamente, sorbiendo también una regular porción de aire, porque todo es contagioso en este mundo—. No sé si me explicaré bien; quiero decir que a mí no me correspondía compartir las penas y la miseria de Tomás Rufete, porque aunque le llamo mi padre, y a su mujer mi madre, es porque me criaron, y no porque yo sea verdaderamente su hija. Yo soy...».

Se detuvo bruscamente por temor de que su natural franco y expansivo la llevase, sin pensarlo, a una revelación indiscreta. Pero el escribiente, con esa rapacidad de pensamiento que distingue a los hombres perspicaces, se apoderó de la idea apenas indicada, y dijo así:

«Sí, entiendo, entiendo. Usted por su nacimiento pertenece a otra clase más elevada; solo que circunstancias largas de referir la hicieron descender... ¡Cosas de Nuestro Padre que está en los Cielos! Él sabrá por qué lo hace. Acatemos sus misterios divinos, que al fin y a la postre, siempre son para nuestro bien. Usted, señorita —añadió tras breve pausa, quitándose cortesanamente la gorra—, no ve, no puede ver en el infelicísimo Rufete más que un padre putativo, tal y como el Santo Patriarca San José lo era de Nuestro Señor Jesucristo».

¡De qué manera tan clara relampagueó el orgullo en el semblante de Isidora al oír aquellas palabras! Su rubor leve pasó pronto. Sus labios vacilaron entre la sonrisa de vanidad y la denegación impuesta por las conveniencias.

«Yo no quisiera hablar de eso —dijo tomando un tonillo enfático de calma y dignidad, que no hacía buena concordancia con su ruso—. ¡Respeto tanto al que llamo mi padre, le quiero tanto, nos quiso él tanto a mí y a mi hermanito!..., ¡fuimos tan mimados cuando éramos niños!... Nos hacía el gusto en todo, y como entonces mandaba el partido y él tenía una buena colocación (porque estaba en Propiedades del Estado), vivíamos muy bien. En aquella época Rufete puso nuestra casa con mucho lujo, con un lujo... ¡Dios de mi vida! Como él no tenía más idea que aparentar, aparentar, y ser persona notable...

—Hija mía —dijo el anciano con vivacidad—, una de las enfermedades del alma que más individuos trae a estas casas es la ambición, el afán de engrandecimiento, la envidia que los bajos tienen de los altos, y eso de querer subir atropellando a los que están arriba, no por la escalera del mérito y del trabajo, sino por la escala suelta de la intriga, o de la violencia, como si dijéramos, empujando, empujando...».

No bien hizo el venerable sujeto esta sustanciosa observación, que indicaba tanto juicio como experiencia, marchó con acompasado y no muy lento andar hacia el rincón opuesto del despacho. Reflexionaba Isidora en aquellas sabias palabras, fijos los ojos en las rayas de la estera de cordoncillo; pero su pena y la situación en que estaba la reclamaron, y volvió a suspirar y a asombrarse de que el Director tardase tanto. Cuando alzó los ojos, el anciano pasaba por delante de ella en dirección de la mesa; enseguida pasaba de nuevo en dirección del ángulo. Sin advertir que el buen señor estaba muy agitado, sin duda por hacerse generosamente partícipe de las penas que había oído referir, Isidora se distraía un poco, pues por grande que sea una desdicha y por mucho que embargue y ahogue, hay momentos en que deja libre el espíritu para que dé un par de vueltas o paseos por el campo de la distracción, y se fortifique antes de volver al martirio. Un dilatado aburrimiento, un largo período de antesala, ayudan este fenómeno del alma.

Como en el despacho aquel reinaban el silencio y la calma; como en el pasar y repasar del anciano escribiente había algo de oscilación de péndulo; como, además, del propio interior de Isidora se derivaba una dulce somnolencia que aletargaba su dolor, la joven se entretuvo, pues, un ratito contemplando la habitación. ¡Qué bonito era el mapa de España, todo lleno de rayas divisorias y compartimientos, de columnas de números que subían creciendo, de rengloncitos estadísticos que bajaban achicándose, de círculos y banderolas señalando pueblos, ciudades y villas! En la región azul que representaba el mar, multitud de barquitos precedidos de flechas marcaban las líneas de navegación, y por la gran viñeta de la cabecera menudeaban las locomotoras, los vapores, los faros, y además muelles llenos de fardos, chimeneas de fábricas, ruedas dentadas, globos geográficos, todo presidido por un melenudo y furioso león y una señora con las carnes bastante más descubiertas de lo que la honestidad exige... ¡Qué silencio tan hondo y suave se aposentaba en la sosegada estancia, y cómo se sentía el ambiente puro del campo! Solo cuando se abría la puerta entraba un eco lejano y horripilante de risas y gritos que no eran como los gritos y risas del mundo. ¡Y cuántos y cuán bonitos libros encerraba el armario de caoba, sobre el cual gallardeaba un busto de yeso! Aquel señor blanco sin niñas en los ojos, con los hombros desnudos como una dama escotada, debía de ser alguno de los muchos sabios que hubo en tiempos remotos, y en él, en el estante de los libros y en el mapa gráfico-estadístico se cifraba toda la sabiduría de los siglos.

En este reconocimiento del lugar empleó Isidora menos de un minuto. De pronto se fijó en el anciano, que seguía pasando por delante de ella con rapidez creciente, y se asombró de ver la agitación de sus manos, el temblor de sus labios y la vivacidad de sus ojos, apariencias muy distintas de aquella su anterior facha bondadosa y simpática. Parándose ante Isidora, exclamó con palabra torpe y muy conmovida:

«Señora, nunca hubiera creído esto en una persona como usted.

—¡Yo! —murmuró Isidora, llena de espanto.

—¡Sí! —dijo el otro alzando la voz—, usted me está insultando; usted me está insultando».

El disparatado juicio, la voz alterada del viejo, su agitación creciente, fueron un rayo de luz para Isidora. Se levantó buscando la puerta; corrió hacia ella despavorida. El terror le daba alas. Entre tanto el anciano gritaba:

«Insultándome, sí, sin respeto a mis canas, a mis sufrimientos de padre... ¡Oh, Señor! Perdónala, perdónala, Señor, porque no sabe lo que se dice».

Isidora salió al pasillo cuando llegaba el Director, que al instante comprendió la causa de su miedo. Sonriendo, la tomó de la mano para obligarla a entrar.

«El pobre Canencia... —dijo—. Cosa rara... Hace tanto tiempo que está tranquilo... Pero es un ángel, es incapaz de hacer el menor daño».

Ambos le miraron. El semblante del anciano no expresaba ira, sino emoción, y dos lágrimas rodaban por sus mejillas.

«También usted me insulta, señor Director —dijo oprimiéndose el pecho, y con la entonación y los ademanes de un cómico mediano—. No puedo más, no puedo más... ¡Adiós, adiós, ingratos!».

Y salió escapado.

«Eso le pasa pronto —indicó el Director a Isidora, que aún no había vuelto de su espanto—. Es un bendito; hace treinta y dos años que está en la casa y pasa largas temporadas, a veces dos y tres años, sin la más ligera perturbación. Sus accesos no son más que lo que usted ha visto. Principia por decir que tiene dos máquinas eléctricas en la cabeza y luego sale con que le insulto. Echa a correr, da unos cuantos paseos por la huerta, y al cabo de un rato está ya sereno. Trabaja bien, me ayuda mucho, y, como usted habrá visto si le ha oído, es de encargo para dar consejos. Parece un santo y un filósofo. Yo le quiero al pobre Canencia. Vino por cuestiones y pleitos con sus hijos... Historia larga y triste que no es de este lugar. Vamos a la de usted, que tampoco es alegre, y hoy menos que nunca».

El Director dio un gran suspiro, expresión oficial de sus sentimientos compasivos, e Isidora quedose fría, aguardando terribles noticias. ¡Cómo miraba al buen señor, deletreando en su cara, y qué bien le decía esta que no esperara nada bueno!

«Yo quisiera verle... —balbució Isidora.

—Eso es imposible. ¡Verle!, ¿y para qué?... Mal, muy mal está el pobre Rufete —afirmó el Director, moviendo la cabeza—. Llénese usted de paciencia, porque, verdaderamente, si esta enfermedad es incurable, si no cesa de atormentarse el que la padece, mejor es que se vaya a descansar... Yo, lo digo con franqueza, si tuviera alguna persona de mi familia en ese estado, desearía...».

Trabajo le costó a Isidora admitir la funesta verdad que se le quería anunciar con caritativas precauciones, y tragando saliva para deshacer aquel nudo que en su garganta se formaba, habló con medias palabras de esta manera:

«Quién sabe... Todavía... Pero yo quiero verle.

—Vamos, que no... Ya...».

El buen señor estaba impaciente. Tenía que hacer.

«Siéntese usted... —murmuró acercando un sillón—. ¿Quiere usted que le traiga un vaso de agua?».

Isidora no decía nada. Sus ojos, aterrados, se clavaron en el busto de yeso. Lo examinó bien y estúpidamente, viéndole con claridad, por esa atracción rara que en el momento de recibir una noticia grave ejerce sobre los sentidos un objeto material cualquiera, que luego queda por algún tiempo asociado a la noticia misma...

IV

Al mismo tiempo que Isidora contaba sus desdichas al inocentísimo Canencia, ocurría no lejos de allí un hecho que, con ser muy triste, no afectaba grandemente a los que lo presenciaban. Eran éstos el Director facultativo, el administrativo, un practicante, alumno de Medicina, el capellán y un enfermero. El moribundo, pues de morirse un hombre se trata, era Rufete. La crisis era violenta y calmosa, de desarrollo fácil y término decidido. El enfermo apenas tenía movimiento y vida más que en la cabeza; no padecía nada; se iba por rápida y llana pendiente, sin choque, sin batalla, sin convulsiones, sin defensa.

«Muere bien» —dijo en voz baja el médico.

El paciente dio un gran suspiro, abrió los ojos, miró a todos uno por uno; y no con furia, no con espasmos de insensato, ni iracundas recriminaciones, sino con apagada voz, con sentimiento tranquilo, que más que nada era profundísima lástima de sí mismo, pronunció estas palabras: «Caballeros, ¿es cierto lo que me figuro?... ¿Es cierto que estoy en Leganés?».

El médico le quiso consolar con palabras campechanas.

«Hombre, no sea usted tonto...; si está usted en su casa... Vamos, que se va usted a poner bueno».

El enfermo movió tristemente la cabeza. Permaneció largo rato mudo. Después tomó la mano del cura, la besó... Quiso hablar, no pudo, se le vio luchar con la palabra. Al fin, tras un desesperado esfuerzo de voluntad, pudo decir a media voz:

«Mis hijos..., la marquesa...».

Y calló para siempre. Médico y aprendiz observaron con la atención y la frialdad de la ciencia aquel caso de tránsito, y después se fueron a extender el parte. Acercose a ellos el Director, manifestándoles con más lástima que alarma la presencia en la casa de una hija del muerto. El aprendiz de médico declaró al punto conocerla, y alegrándose de que allí estuviera, quiso participar de las dificultades de darle la noticia y del compromiso de consolarla y darle algún socorro si lo había menester.

Fue el Director a su despacho en busca de Isidora, y allí pasó lo que referido queda. Ya la desgraciada joven del ruso empezaba a comprender la certeza de su desdicha, cuando entró en el despacho un mozo como de veinticuatro años, el cual, llegándose a ella con muestras de confianza, le dijo:

«¿Conque usted por aquí, Isidora?... ¡Y en qué momento tan triste!... ¿Pero no me conoce usted? ¿Tan desmemoriada estamos, Isidora? ¿No se acuerda usted de don Pedro Miquis, el del Toboso, que iba muchas veces al Tomelloso a buscar a su tío de usted, el señor Canónigo, para salir juntos de casa? Pues yo soy hijo de don Pedro Miquis. ¿No se acuerda usted tampoco de mi hermano Alejandro? ¿No se acuerda de que algunas veces, por vacaciones, íbamos acompañando a mi padre?... Pues hace cinco años que estoy aquí estudiando Medicina. ¿Y cómo está su señor tío? ¿Hace mucho que ha dejado usted aquel célebre Tomelloso?...».

Isidora le miraba por una rasgadura hecha en la nube negra de su pena; le miraba y le reconocía. Sí, su memoria se iba iluminando ante aquella fisonomía que con ninguna otra podía confundirse. Aquel semblante pálido y moreno, tan moreno y tan pálido que parecía una gran aceituna; aquella brevedad de la nariz contrastando con el grandor agraciado de la boca, cuyos dientes blanquísimos estaban siempre de manifiesto; aquella ceja ancha, tan negra y espesa que parecía cinta de terciopelo, y aquellos ojos garzos donde anidaban traidoras todas las malicias y toda la ironía del mundo; aquella fealdad graciosa, aquella desenvoltura de maneras, aquel abandono en el vestir, y, por último, la desenfadada manera de insinuarse, pregonaban, sin dejar lugar a dudas, a Augustito Miquis, el hijo de don Pedro Miquis, el del Tomelloso. De golpe entraron a la mente de Isidora ideas mil y recuerdos de una época en que la infancia se confundía con la adolescencia, época de tonterías, de miedos, de inocentes confianzas y de lances cuya memoria no siempre es agradable. No acertó a contestar sino con medias palabras. Miquis se hizo cargo de la situación, y poniéndose todo lo serio que podía, cosa en él de grandísima dificultad, dijo en tono grotescamente compungido:

«Lo primero es que usted salga de esta casa...; ¡ay, qué casa!... Nada hay que hacer aquí. Si va usted a Madrid tendré mucho gusto en acompañarla».

Isidora manifestó deseos de marcharse pronto. Quiso dejar el dinero que había traído para pagar los atrasos de la pensión de Rufete, pero el Director no lo consintió. En cuanto a las ropas, tanto instó al bondadoso señor para que las admitiera, que este hubo de dejarlas, dando las gracias en nombre de los demás enfermos pobres que tanto las necesitaban.

Salieron Isidora y Augusto de la morada de la sinrazón y se alejaron silenciosos del tristísimo pueblo, en el cual casi todas las casas albergan dementes. Isidora no hablaba, y el charlatán Miquis, respetando su dolor, tan solo indicó esto:

«En Carabanchel hallaremos coches. Dicen que van a poner un tranvía».

Al llegar al arroyo de Butarque, Miquis creyó oportuno distraer a su compañera de viaje, porque, realmente, ¿a qué conducía aquel llorar continuo, si nada podía remediarse? Era preciso hacer frente al dolor, fiero enemigo que se ceba en los débiles; convenía sobreponerse, pues... hacerse cargo de que... Tras estos emolientes que hicieron, como siempre, un efecto completamente nulo, Miquis habló de la belleza del primaveral día (que era uno de los hermosos de abril), del barranco de Butarque, a quien dio el nombre de oasis, y finalmente invitó a Isidora a descansar a la sombra de un espeso y verde olmo, porque picaba el Sol y la jornada iba a ser un poco larga.

Sentados uno junto a otro, callaron largo rato, él contemplativo, dolorida ella. Miquis canturriaba entre dientes. Isidora cuidaba de ocultar sus pies para que Miquis no viera lo mal calzados que estaban.

«Isidora...

—¿Qué?

—No me acuerdo bien de una cosa. Ayude usted mi memoria. ¿Es cierto o no que en el Tomelloso nos tuteábamos?».

Capítulo II. La Sanguijuelera

En el domicilio de su pariente y padrino, don José de Relimpio (de quien se hablará cuando sea menester), pasó Isidora la noche de aquel día de abril, esperando con impaciencia el amanecer del siguiente para visitar a Encarnación y a su hermanito, que habitaban en uno de los barrios más excéntricos de Madrid. La que llamaremos todavía, por respeto a la rutina, hija de Rufete, tenía la costumbre de representarse en su imaginación, de una manera muy viva, los acontecimientos antes que fueran efectivos. Si esperaba para determinada hora un suceso cualquiera que la interesase, visita, entrevista, escena, diversión, desde mediodía o medianoche antes el suceso tomaba en su mente formas de extraordinario relieve y color, desarrollándose con sus cuadros, lugares, perspectivas, personas, figuras, actitudes y lenguaje. Así, mucho antes del alba, Isidora, despierta y nerviosa, imaginaba estar en la casa de su tía y de su hermano; los veía como si los tuviera delante; hablaba con ellos preguntando y respondiendo, ya con seriedad, ya con risas, y oía las inflexiones de la voz de cada uno.

Las ocho serían cuando salió para hacer verdadero lo imaginado; pero como tenía que ir desde la calle de Hernán Cortés a la de Moratines, en el barrio de las Peñuelas, deteniéndose y preguntando por no conocer muy bien a Madrid, ya habían dado las diez cuando entró por el conocido y gigantesco paseo de Embajadores. No le fue difícil desde allí dar con la morada de su tía. A mano derecha hay una vía que empieza en calle y acaba en horrible desmonte, zanja, albañal o vertedero, en los bordes rotos y desportillados de la zona urbana. Antes de entrar por esta vía, Isidora hizo rápido examen del lugar en que se encontraba, y que no era muy de su gusto. Tenía, juntamente con el don de imaginar fuerte, la propiedad de extremar sus impresiones, recargándolas a veces hasta lo sumo; y así, lo que sus sentidos declaraban grande, su mente lo trocaba al punto en colosal; lo pequeño se le hacía minúsculo, y lo feo o bonito enormemente horroroso, o divino sobre toda ponderación.

Al ver, pues, las miserables tiendas, las fachadas mezquinas y desconchadas, los letreros innobles, los rótulos de torcidas letras, los faroles de aceite amenazando caerse; al ver también que multitud de niños casi desnudos jugaban en el fango, amasándolo para hacer bolas y otros divertimientos; al oír el estrépito de machacar sartenes, los berridos de pregones ininteligibles, el pisar fatigoso de bestias tirando de carros atascados, y el susurro de los transeúntes, que al dar cada paso lo marcaban con una grosería, creyó por un momento que estaba en la caricatura de una ciudad hecha de cartón podrido. Aquello no era aldea ni tampoco ciudad; era una piltrafa de capital, cortada y arrojada por vía de limpieza para que no corrompiera el centro.

Y siguiendo en su manía de recargar las cosas, como viera correr por la calle-zanja aguas nada claras, que eran los residuos de varias industrias tintóreas, al punto le pareció que por allí abajo se despeñaban arroyuelos de sangre, vinagre y betún, junto con un licor verde que sin duda iba a formar ríos de veneno. Alzose con cuidadosa mano las faldas, y avanzó venciendo su repugnancia. No tuvo que andar mucho para encontrar la puerta que buscaba. Sí, allí era. Bien reconocía la muestra que años atrás estaba en la calle de la Torrecilla, y que decía clarito, con azules caracteres, *Cacharrería*. Reconoció también una amistad vieja en la otra tablita blanquecina, donde, jeroglíficamente, se anunciaba un importante comercio. ¡Cómo recordaba Isidora haber visto en su niñez la redoma pintada, en cuyo círculo aparecían nadando unas culebrillas, o curvas negras de todas formas, que servían de insignia industrial a Encarnación Guillén, conocida en distintos barrios con el nombre de *la Sanguijuelera*!

La puerta tenía una trampilla en la parte baja, la cual parecía servir de mostrador, de resguardo contra los perros y los chicos, y hasta de balcón en caso de que por allí, cosa no imposible, pasasen procesiones cívicas o religiosas. Isidora se había figurado que su tía (o más bien tía de su supuesta madre) estaría en la puerta; pero esto, como otras muchas cosas de las que imaginaba, no resultó cierto. Asomose a la tienda, y de un golpe de vista abarcó la menguada granjería, sacando consecuencias poco lisonjeras del estado pecuniario de Encarnación Guillén. ¡Cómo había descendido la infeliz de grado en grado, desde su gran comercio de loza y sanguijuelas de la antigua calle del Cofre, en tiempos desconocidos para Isidora, hasta aquel miserable ajuar de cacharros ordinarios! Y los anélidos que componían su escudo, ¿dónde estaban? ¡Oh!, no podían faltar; allí se los veía en enormes botellas, con la viscosa trompa o ventosa pegada al cristal, enroscados, aburridos, quietos, como si acecharan una víctima y esperasen a que entrara por la puerta. Isidora admiró después el orden y aseo con que todo estaba puesto y arreglado en tienda de tan poco fuste.

Los pucheros de Alcorcón, los jarros de Talavera y Andújar, los botijos y la cristalería de Cadalso, las escobas, las cajas de arena y tierra de limpiar metales revelaban una mano tan hacendosa como inteligente. Ni faltaba un poco de arte en aquellos cuatro trebejos colocados sobre cuatro no muy iguales tablas. Pero lo que mejor declaraba la limpieza de Encarnación era un estantillo que a mano izquierda de la puerta estaba, y que contenía diversidad de artículos, compañeros infalibles del ramo de cacharrería. En un hueco había flor de malva, en otro cercano violetas secas, más allá greda para limpiar, adormideras, cerillas de cartón. Seguía el pimentón molido, que sirve para pintar la comida del pueblo, y luego los cañamones, de que se sustentan los pajarillos presos. El espliego se daba la mano con los estropajos, y no faltaban algunas resmas de papel picado con que las cocineras adornan los vasares. Entre tanta chuchería, Isidora encontró otro antiguo conocido, otra amistad de su infancia. Era un cartel que decía:

Ojo al Cristo. Aquí murió el fiar y el prestar también murió, y fue porque le ayudó a morir el mal pagar.

Isidora sabía de memoria esta composición epigramática de su tía, que terminaba así:

Si fío, aventuro lo que es mío. Y si presto, al pagar ponen mal gesto. Pues para librarme de esto, ni doy, ni fío, ni presto.

Estas observaciones y recuerdos duraron segundos nada más. Isidora gritó: «¡Tía, tía!».

Apareció entonces *la Sanguijuelera*, y tía y sobrina se abrazaron y besaron. La joven callaba llorando; la anciana empezó a charlar desde el primer momento, porque no había situación en que pudiese guardar silencio, y antes se la viera muerta que muda.

«¡Oh quimerilla!..., ya estás aquí... Pues mira, te esperaba hoy. Anoche supe que cerró el ojo Tomás... No te aflijas, paloma. Más vale así... ¿Qué vas a sacar de esos sentimientos? Siéntate... Espera que quite estos botijos... Si Tomás ya no vivía ¡el pobre! Bien lo dije yo hace cinco mil domingos: «Este acabará en Leganés». Nunca tuvo la cabeza buena, hija, y con sus locuras despachó a tu madre, aquella santa, aquella pasta de ángel, aquel coral de las mujeres... ¡Pobre Francisca, niña mía!

—¿Y Mariano? —dijo Isidora, que extrañaba no ver allí a su hermano.

—Está en el trabajo... Le he puesto a trabajar. ¡Hija, si me comía un carcañal!... Es más malo que Anás y Caifás juntos.

No puedo hacer carrera de él. ¡Vaya, que ha salido una pieza *colunaria*!... Yo le llamo *Pecado*, porque parece que vino al mundo por obra y gracia del demonio. Me tiene asada el alma. ¿Sabes dónde está? Pues le puse en la fábrica de sogas de ese que llaman *Diente*, ¿estás?, y me trae dieciocho reales todas las semanas...

—¿Y no va a la escuela? —preguntó Isidora expresando no poco disgusto.

—¡Escuela! Que si quieres... ¿Y quién le sujeta a la escuela? Bueno es el niño. Ahí le puse en esa de los *Herejes*, donde dicen la misa por la tarde y el rosario por la mañana. Daban un panecillo a cada muchacho, y esto ayuda. Pero aguárdate; un día sí y otro no, me hacía novillos el tunante. Después le puse en los *Católicos* de ahí abajo, y se me escapaba a las pedreas... Es un purgatorio saltando. Nada, nada, a trabajar. ¡Qué puñales!..., no están los tiempos para mimos. Estoy muy mal de acá, hija. Ya ves este escenario. ¿Te acuerdas de mi establecimiento de la calle de la Torrecilla? ¡Aquéllos sí que eran tiempos majos! Pero tu divina familia me arrumbó; tu papaíto, que de Dios goce, ¡tres puñales, me trajo a esta miseria! ¡Ya ves qué polla estoy!; sesenta y ocho años, chiquilla, sesenta y ocho miércoles de Ceniza a la espalda. Toda la vida trabajando como el obispo y sin salir nunca de cristos a porras. Hoy ganado y mañana perdido. Todo se hace sal y agua. Eso sí, siempre tiesa como un ajo, y todavía, aquí dónde me ves, le acabo de dar una patada a la muerte porque el año pasado tuve una ronquera, pero una ronquera... Pues nada, Dios y la flor de malva aclararon el modo de hablar, y aquí me tienes. Soy la misma *Sanguijuelera*, más saludable que el tomillo, más fuerte que la puerta de Alcalá, siempre ligera para todo, siempre limpia como los chorros del oro, más fiera que el león del Retiro, si se ofrece, resignada con la mala suerte, sin deber nada a nadie, y más charlatana que todos los cómicos de Madrid».

Era Encarnación Guillén la vieja más acartonada, más tiesa, más ágil y dispuesta que se pudiera imaginar. Por un fenómeno común en las personas de buena sangre y portentosa salud, conservaba casi toda su dentadura, que no cesaba de mostrarse entre su labios secos y delgados durante aquel charlar continuo y sin fatiga. Su nariz pequeña, redonda, arrugada y dura como una nuececita, no paraba un instante: tanto la movían los músculos de su cara pergaminosa, charolada por el fregoteo de agua fría que se daba todas las mañanas. Sus ojos, que habían sido grandes y hermosos, conservaban todavía un chispazo azul, como el fuego fatuo bailando sobre el osario. Su frente, surcada de finísimas rayas curvas que se estiraban o se contraían conforme iban saliendo las frases de la boca, se guarnecía de guedejas blancas. Con estos reducidos materiales se entretejía el más gracioso peinado de esterilla que llevaron momias en el mundo, recogido a tirones y rematado en una especie de ovillo, a quien no se podría dar con propiedad el nombre de moño. Dos palillos mal forrados en un pellejo sobrante eran los brazos, que no cesaban de moverse, amenazando tocar un redoble sobre la cara del oyente; y dos manos de esqueleto, con las falanges tan ágiles que parecían sueltas, no paraban en su fantástico girar alrededor de la frase, cual comentario gráfico de sus desordenados pensamientos. Vestía una falda de diversos pedazos bien cosidos y mejor remendados, mostrando un talle recto, liso, cual madero bifurcado en dos piernas. Tenía actitudes de gastador y paso de cartero.

Era mujer de buena índole, aunque de genio tan turbulento y díscolo, que nadie que junto a ella estuviese podía vivir en paz. No había tenido hijos ni había sido casada. Crió a una sobrina, a quien quiso a su manera, que era un amor entreverado de pescozones y exigencias. La tal sobrina casó con Rufete, resultando de esta unión una desgraciada familia y el violentísimo odio que *la Sanguijuelera* profesaba a todos los Rufetes nacidos y por nacer. Aquel matrimonio de una mujer bondadosa y apocada con un hombre que tenía la más destornillada cabeza del orbe, consumió diferentes veces las economías y la paciencia de Encarnación, que era trabajadora y comerciante, y tenía sus buenas libretas del Monte de Piedad. «Todo se lo comió ese descosido de Rufete —decía—, ese holgazán con cabeza de viento. Mi comercio de la calle del Pez se hizo agua una noche para sacarle de la cárcel, cuando aquel feo negocio de los billetes de lotería. La cacharrería de la calle de la Torrecilla se resquebrajó después, y pieza por pieza se la fueron tragando el médico y el boticario, cuando cayó Francisca en la cama con la enfermedad que se la llevó. He ido mermando, mermando, y aquí me tienen, ¡qué puñales!, en este confesonario, donde no me puedo revolver. Quien se vio en aquellos locales, con aquellas anaquelerías y aquel mostrador donde había un cajón de dinero que sonaba a cosa rica..., verse ahora en este nido de urracas, con cuatro trastos, poca parroquia, y en un barrio donde se repican las campanas cuando se ve una peseta..., ¡qué puñ...!».

Francisca murió; Rufete fue encerrado en Leganés. De los dos hijos, Encarnación recogió al pequeñuelo, e Isidora partió al Tomelloso a vivir al amparo de su tío el Canónigo. De lo demás, algo sabe el lector, y el resto, que es mucho y bueno, irá saliendo.

«¿Sabes que estás muy cesanta?» —dijo *la Sanguijuelera*, observando el vestido y las botas de Isidora, cosas que en verdad dejaban mucho que desear.

Isidora contestó con tristeza que su tío el Canónigo no era hombre de muchas liberalidades. Después *la Sanguijuelera* observó con malicia el rostro y talle de la joven, diciéndole:

«Pero estás guapa. Pues no lo parecías... Cuando niña tenías un empaque... Me acuerdo de verte en aquella casa..., ¡qué casa!... Era la jaula del león..., pues andabas por allí en pernetas con un mal faldellín. Parecías el Cristo de las enagüillas. ¡Qué flaqueza!, ¡qué color! Yo decía que te habían destetado con vinagre y que te daban tu ración en moscas... Vaya, vaya, en la Mancha has engordado..., ¡qué duras carnes! —añadió pellizcándola en diferentes partes de su cuerpo—. Y en la cara tienes ángel. De ojos no andamos mal. ¡Qué bonitos dientes tienes! Veremos si te duran como los míos. Mírate en este espejo».

Y le enseñó su doble fila de dientes, muy bien conservados para su edad. Isidora se aburría un poco. Mirando con tristeza a la calle, preguntó:

«¿En dónde está trabajando Mariano? Yo quiero verle.

—Si la vecina no tiene que hacer y quiere guardarme la tienda, iremos allá. No es a la vuelta de la esquina; pero yo ando más que un molino de viento... ¡Señá Agustina!...».

Gritó desde la puerta; pero como no respondiera al llamamiento su vecina, salió impaciente. No tardó cinco minutos en volver acompañada de una mujer joven y flacucha, insignificante, lacrimosa, horriblemente vestida, pero peinada con increíble esmero. Aquella gente tiene su lujo, su aseo y su elegancia de cejas arriba, y aunque se cubra de miserables trapos, no pueden faltar el moñazo empapado en grasa y bandolina, ni los rizos abiertos y planchados sobre la frente, como una guirnalda de negras plumas, pegada con goma. Arrastraba aquella mujer una astrosa bata de lana roja con cuadros negros, que parecía haber servido de alfombra en un salón de baile de Capellanes.

«Guárdeme la tienda un ratito —le dijo *la Sanguijuelera*—, que voy con mi sobrina a un recado... ¿No conocía usted a mi sobrina? ¿Ve usted qué moza?... Isidora, esta señora es una amiga..., pared por medio. Se llama la señora *A ti suspiramos*, porque no resuella como no sea para lamentarse. Verdad es que ella está enferma, su marido es borracho, su padre ciego, y la casa, ¡qué puñales!, no está empedrada con pesetas...».

Agustina dio un conmovedor suspiro, seguido de dos expectoraciones. Con esto anunciaba un relato sentidísimo de sus desgracias. Pero *la Sanguijuelera*, cortándole la palabra, se echó un mantón sobre los hombros y salió con su sobrina, tomando el camino de la calle de las Amazonas, adonde llegaron pronto.

Capítulo III. Pecado

«Ese tunante de *Pecadillo* —dijo *la Sanguijuelera* metiéndose por un portal oscuro— no sospecha que viene a verle su hermana. No te conocerá. Era un cachorro cuando te fuiste. Pero qué..., ¿no ves? Agárrate a mí, que yo veo en lo negro como las lechuzas».

Atravesaron un antro. Encarnación empujó una puerta. Halláronse en extraño local de techo tan bajo que sin dificultad cualquier persona de mediana estatura lo tocaba con la mano. Por la izquierda recibía la luz de un patio estrecho, elevadísimo, formado de corredores sobrepuestos, de los cuales descendía un rumor de colmena, indicando la existencia de pequeñas viviendas numeradas, o sea de casa celular para pobres. La escasa claridad que de aquella abertura, más que patio, venía, llegaba tan debilitada al local bajo, que era necesario acostumbrar la vista para distinguir los objetos; y aun después de ver bien, no se podía abarcar todo el recinto, sino la zona más cercana a la puerta, porque lo demás se perdía en ignoradas capacidades de sombra. Era como un gran túnel, del cual no se distinguía sino la parte escasamente iluminada por la boca. El fondo se perdía en la indeterminada cavidad fría de un callejón tenebroso. En la parte clara de tan extraño local había grandes fardos de cáñamo en rama, rollos de sogas blancas y flamantes, trabajo por hacer y trabajo rematado, residuos, fragmentos, recortes mal torcidos, y en el suelo y en todos los bultos una pelusa áspera, filamentos mil que después de flotar por el aire, como espectros de insectos o almas de mariposas muertas, iban a posarse aquí y allá, sobre la ropa, el cabello y la nariz de las personas.

En el eje de aquel túnel que empezaba en luz y se perdía en tinieblas, había una soga tirante, blanca, limpia. Era el trabajo del día y del momento. El cáñamo se retorcía con áspero gemir, enroscándose lentamente sobre sí mismo. Los hilos montaban unos sobre otros, quejándose de la torsión violenta, y en toda su magnitud rectilínea había un estremecimiento de cosa dolorida y martirizada que irritaba los nervios del espectador, cual si también, al través de las carnes, los conductores de la sensibilidad estuviesen sometidos a una torsión semejante. Isidora lo sentía de esta manera, porque era muy nerviosa, y solía ver en las formas y movimientos objetivos acciones y estremecimientos de su propia persona.

Miraba sin comprender de dónde recibía su horrible retorcedura la soga trabajada. Allá en el fondo de aquella cisterna horizontal debía de estar la fuerza impulsora, alma del taller. Isidora puso atención, y en efecto, del fondo invisible venía un rumor hondo y persistente como el zumbar de las alas de colosal moscardón, zumbido semejante al de nuestros propios oídos, si tuviéramos por cerebro una gran bóveda metálica.

«Es la rueda —dijo *la Sanguijuelera*, adivinando la curiosidad de su sobrina y queriendo iniciarla en los misterios de aquella considerable industria.

—¡La rueda! ¿Y Mariano, dónde está?».

Miraba a todos lados y no veía ser vivo. Pero de pronto apareció un hombre, que salía de la oscuridad andando hacia atrás muy lentamente y con paso tan igual y uniforme como el de una máquina. En su cintura se enrollaba una gran madeja de cáñamo, de la cual, pasando por su mano derecha y manipulada por la izquierda, salía una hebra que se convertía instantáneamente en tomiza, retorcida por el invisible mecanismo. Aquel hombre del paso atrás, ovillo animado y huso con pies, era el principal obrero de la fábrica, y estaba armando los hilos para hacer otra soga.

«¿No está don Juan?» —le preguntó *la Sanguijuelera* extrañando no ver allí al dueño del establecimiento.

El huso vivo movió bruscamente la cabeza para decir que no, sin dignarse expresarlo de otro modo.

«¿Pero dónde está mi hermano?»—preguntó Isidora con angustia.

La anciana señaló a lo oscuro, diciendo con aterrador laconismo: «En la rueda».

Isidora echó a andar hacia adentro, dando la mano a su tía. A causa de los accidentes del piso y de la oscuridad, necesitaban apoyarse mutuamente. Anduvieron largo trecho tropezando. ¡Oh! La soga era larga, la caverna parecía interminable. En lo oscuro, aun se veía la cuerda blanca gimiendo, sola, tiesa, vibrante. Cuando las dos mujeres anduvieron un poco más, dejaron de ver la soga; pero oyeron más fuerte el zumbar de la rueda acompañado de ligeros chirridos. Se adivinaba el roce del eje sobre los cojinetes mal engrasados y el estremecimiento de las transmisiones, de donde obtenían su girar las roldanas, en las cuales estaban atadas las sogas. Pero nada se podía ver.

«¡Mariano, hermanito! —exclamó Isidora, que creía sentir su garganta apretada por uno de aquellos horribles dogales—. ¿En dónde estás? ¿Eres tú el que mueve esa rueda? ¿No estás cansado?».

No se oyó contestación. Pero el artefacto amenguaba la rapidez de su marcha. Las roldanas, las transmisiones, la rueda, se emperezaban como quien escucha.

«*Pecado*, ¿qué tal te va?»—gritó con bufonesco estilo *la Sanguijuelera*.

Y añadió, volviéndose a su sobrina:

«Es un holgazán. Así criará callos en las manos, y sabrá lo que es trabajar y lo que cuesta el pedazo de pan que se lleva a la boca... ¿Qué crees tú? Es buen oficio... No podía hacer carrera de este gandul. Todo el día jugando en el arroyo y en la praderilla. Al menos, que me gane para zapatos. Tiene más malicias que un Iscariote».

Desde el comienzo de este panegírico, redoblose bruscamente la marcha del mecanismo, y acreció el ruido hasta ser tal que parecían multiplicarse las transmisiones, las roldanas y los ejes.

«¡Mariano! —gritó Isidora extendiendo los brazos en la oscuridad—. ¡Para, para un momento y ven acá! Quiero abrazarte. Soy tu hermana, soy Isidora. ¿No me conoces ya?».

El ruido volvió a ceder, y la maquinaria tomaba una lentitud amorosa.

«No puede pararse el trabajo» —dijo Encarnación.

Pero como realmente se detenía, oyose un grito del huso viviente que dijo: «¡Aire! ¡Aire a la rueda!».

Y en efecto, la rueda volvió a tomar su aire primero, su paso natural. Las dos mujeres callaron, consternada y atónita la joven, aburrida la vieja. Como había pasado algún tiempo desde su llegada al término de la caverna, los ojos de entrambas comenzaron a distinguir confusamente la silueta del gran disco de madera, que trazaba figura semejante a las extrañas aberraciones ópticas de la retina cuando cerramos los ojos deslumbrados por una luz muy viva.

«¿Ves aquellas dos centellitas que brillan junto a la rueda?... Son los ojos de *Pecado*...».

Isidora vio, en efecto, dos pequeñas ascuas. Su hermano la miraba.

«Pronto serán las doce —indicó la anciana—. Esperemos a que levanten el trabajo, y nos iremos los tres a comer».

La hora del descanso no se hizo esperar. Soltó el obrero el cáñamo, parose la rueda, y el que la movía salió lentamente del fondo negro, plegando los ojos a medida que avanzaba hacia la luz. Era un muchacho hermoso y robusto, como de trece años. Isidora le abrazó y le besó tiernamente, admirándose del desarrollo y esbeltez de su cuerpo, de la fuerza de sus brazos, y afligiéndose mucho al notar su cansancio, el sudor de su rostro encendido, la aspereza de sus manos, la fatiga de su respiración.

«Es un gañán —dijo Encarnación examinándole la ropa con tanta severidad coma un juez que interroga al criminal ante el cuerpo del delito...—. Ya me ha roto los calzones... Ya verás, Holofernes, ya verás».

Turbado por la presencia y los cariños de su hermana, a quien no conocía, Mariano no despegaba sus labios. La miraba con atención semejante a la estupidez. Por último, dijo así con aspereza, remedando el hablar francote y brutal de la gente del bronce:

«Chicáaaa..., no me beses más, que no soy santo.

—A casa» —dijo *la Sanguijuelera*, saltando sobre el cáñamo.

Aquel día añadió Encarnación a su olla algo extraordinario. Comieron en la trastienda, que más bien era pasillo por donde la tienda se comunicaba con un patio. Durante el festín, que tuvo su añadidura de pimientos y su contera de pasas, no habría sido fácil explicar cómo con una sola boca podía *la Sanguijuela* engullir medianamente y hablar más que catorce diputados. Isidora, triste, cejijunta, ni hablaba ni hacía más que probar la comida. Observaba a ratos con gozo la voracidad de su hermano.

«Ya ves qué lindo buitre me ha puesto Dios en casa —decía Encarnación—. Es capaz de comerme el modo de andar, si le dejo. Él come y yo soy quien se harta; sí, me harto de trabajar para su señoría. Pero oye, león, ¿dirás algún día: "Ya no quiero más"?».

Pecado devoraba con el apetito insaciable de una bestia atada al pesebre, después de un día de atroz trabajo.

«Y tú, linda mocosa, ¿no comes? —añadió la vieja—. ¿O es que te has vuelto tan pava y tan persona decente que no te gustan estos guisos ordinarios? Vamos, que para otro día te pondré alas de ángel... Se conoce que allá en el Tomelloso se estila mucha finura».

Isidora no contestó. Parecía que estaba atormentada de una idea. Cuando se acabó la comida y se marchó *Pecado* para jugar un poco antes de volver al trabajo, Isidora, sin dejar su asiento y mirando a su tía, que a toda prisa levantaba manteles, le dijo:

—Tía Encarnación, tengo que hablar con usted una cosa.

—Aunque sean cuatro.

Como quien se quita una máscara, Isidora dejó su aspecto de sumisa mansedumbre, y en tono resuelto pronunció estas palabras:

—No quiero que mi hermano trabaje más en ese taller de maromas; no quiero y no quiero.

—Le señalarás una renta —replicó la anciana con ironía—. ¡Le pondrás coche! Y para mis pobres huesos, ¿no habrá un par de almohadones?

—No estoy de humor de bromas. Mi hermano y yo somos personas decentes...

—Ya lo creo...

—Pues claro.

—Pues turbio.

—Somos personas decentes.

—Y príncipes de Asturias.

—Aquel trabajo es para mulos, no para criaturas. Yo quiero que mi hermano vaya a la escuela.

—Y al colegio.

—Eso es, al colegio —replicó Isidora marcando sus afirmaciones con el puño sobre la endeble mesa—. Yo lo quiero así..., y nada más».

¡Qué fierecilla! ¡Cómo hinchaba las ventanillas de su nariz, y qué fuertemente respiraba, y qué enérgica expresión de voluntad tomó su fisonomía! Todo esto lo pudo observar *la Sanguijuelera* sin dejar su ocupación. Amoscándose un poco, le dijo:

«¿Sabes que estás cargante, sobrina, con tus colegios y tus charoles? A ver, echa aquí lo que tengas en el bolsillo. ¿Crees que la gente se mantiene con cañamones? ¿Crees que hay colegios de a ochavo como los buñuelos? ¡Qué puño!... Dame guita y verás.

—Tengo para no pordiosear.

—¿Te ha dado el Canónigo?

—Lo bastante para poner a Mariano en una escuela y para vestirme con decencia.

—¡Ah!, canóniga..., tú pitarás... Hablemos claro».

Y se sentó, haciendo silla de una tinaja rota. Puesto el codo en la mesilla y el hueso de la barba en la palma de la mano flaca, aguardó las explicaciones de su sobrina.

«Tía... —murmuró esta sintiendo mucha dificultad para iniciar la cosa grave que iba a decir—. Usted sabe que yo y Mariano... ¿Pero usted no lo sabe?

—No sé sino que sois un par de perchas que ya, ya. Nada habría perdido el mundo con que os hubierais quedado por allá..., en el Limbo. Venís de Tomás Rufete, y ya sé que de mala cepa no puede venir buen sarmiento.

—A eso voy, tía, a eso voy. Precisamente... Usted lo debe saber, como yo... Precisamente, ni yo ni mi hermano venimos de Tomás Rufete.

—Justo, justo; mi Francisca, mi ángel os parió por obra del Espíritu Santo, o del demonio.

—¿Para qué andar con farsas? No somos hijos de don Tomás Rufete ni de doña Francisca Guillén. Esos dos señores, a quienes yo quiero mucho, muchísimo, no fueron nuestros padres verdaderos. Nos criaron fingiendo ser nuestros papás y llamándonos hijos, porque el mundo..., ¡qué mundo este!».

La Sanguijuelera cambió bruscamente de disposición y de tono. No palideció, por ser esto cosa impropia de la inanimada sustancia de los pergaminos; pero abrió los ojos, y empuñando el brazo de su sobrina, le golpeó el codo contra la mesa, y le dijo con ira:

«¿De dónde has sacado esas andróminas? ¿Quién te ha metido esa estopa en la cabeza?

—Mi tío el Canónigo.

—Me parece a mí que tu tío el Canónigo...

—Él me ha contado todo —afirmó Isidora con acento de profundísima convicción—. Usted se hace de nuevas, tía; usted me oculta lo que sabe... No se haga usted la tonta. ¿Es la primera vez que una señora principal tiene un hijo, dos, tres, y viéndose en la precisión de ocultarlos por motivos de familia, les da a criar a cualquier pobre, y ellos se crían y crecen y viven inocentes de su buen nacimiento, hasta que de repente un día, el día que menos se piensa, se acaban las farsas, se presentan los verdaderos padres?... Eso, ¿no se está viendo todos los días?

—En sesenta y ocho años no lo he visto nunca... Me parece que tú te has hartado de leer esos librotes que llaman novelas. ¡Cuánto mejor es no saber leer! Mírate en mi espejo. No conozco una letra... ni falta. Para mentiras, bastantes entran por las orejas... Pero acábame el cuento. Salimos con que sois hijos del Nuncio, con que una señorita principal os dio a criar, y desapareció...

—¡Usted lo sabe, usted lo sabe! —exclamó la joven rebosando alegría.

—No sé más sino que te caes de boba. Eres más sosa que la capilla protestante.

—Mi madre —declaró Isidora poniéndose la mano en el corazón, para comprimir, sin duda, un movimiento afectuoso demasiado vivo—, mi madre... fue hija de una marquesa».

Como un petardo que estalla, así reventó en estrepitosa risa *la Sanguijuelera*, apretándose la cintura y mostrando sus dos filas de dientes semisanos. Se desbarataba riendo, y después le acometió una tos de hilaridad que le hizo suspender el diálogo por más de un cuarto de hora. Algo confusa, Isidora esperó a que su tía volviese en sí de aquel síncope burlesco para seguir hablando. Por último, dijo con malísimo humor:

«¡Qué bien finge usted!

—Perdone vuecencia —replicó Encarnación en el tono más cómico del mundo—. Perdone vuecencia que no la hubiera conocido... Pero vuecencia tendrá que hacer diligencias y buscar papeles.

—Tengo papeles..., ¡y qué papeles!

—¿Quiere vuecencia que le preste dos reales?..., porque tendrá que untar escribanos.

—No creo que sea preciso, porque esta bien claro mi derecho.

—Vuestra serenísima majestad cogerá una herencia, porque sin herencia todo sería pulgas, ¿verdad, hermosa?

—Mi madre no vive. Mi abuela sí.

—¡Ah!, ¿la abuelita de tu vuecencia vive? ¿Y quién es la señora pindonga?

—No se burle usted, tía. Esto es muy serio —declaró Isidora tocada en lo más vivo de su orgullo—. Es usted lo más atroz... Yo que venía a que me diese pormenores y su parecer...

—Voy a darte mi parecer, hijita de mi alma —repuso *la Sanguijuelera* levantándose—. Pues tú has querido que yo te dé pormenores..., pobre almita mía...».

En el rincón del pasillo había una larga caña que servía para descolgar los cacharros. Encarnación revolvió sus ojos buscándola.

«Vaya que ha sido una picardía haberle ocultado a estos angelitos que salieron del vientre de una marquesa».

Y tomó la caña.

«¡Quién será el dragón que ha querido birlarlos la herencia!... ¡A ese tunante le sacaría yo las entrañas!... Cuidado que engañar así a mis niños, haciéndolos pasar por hijos de un Rufete... Quitad allá, pillos, que mi niña es duquesa y mi niño es vizconde... ¡Re-puñales!».

Honradez y crueldad, un gran sentido para apreciar la realidad de las cosas, y un rigor extremado y brutal para castigar las faltas de los pequeños, sin dejar por eso de quererles, componían, con la verbosidad infinita, el carácter de Encarnación *la Sanguijuelera*. Su flaca pero fuerte mano empuñó la caña, y descargándola sin previo anuncio sobre la cabeza de su sobrina, la rompió al primer golpe. Puso el grito en el cielo la víctima, exclamando: «Pero, tía!...». La vieja recogió y unió los dos pedazos de la caña, de lo que resultaba que podía pegar más a gusto, y ¡zas!, emprendió una serie de cañazos tan fuertes, tan bien dirigidos, tan admirablemente repartidos por todo el cuerpo de Isidora, que esta, sin poder defenderse, gesticulaba, manoteaba, gemía, se dejaba caer en el suelo, se arrastraba, escondía la cabeza, se revolvía. Y en tanto la feroz vieja, incitada al castigo por el castigo mismo, encendíase más en furia a cada golpe, y los acompañaba de estas palabras:

«¡Toma, toma, toma duquesa, marquesa, puños, cachas!... Cabeza llena de viento... Vivirás en las mentiras como el pez en el agua, y serás siempre una pisahormigas... Malditos Rufetes, maldita ralea de chiflados... ¡Ah, puño!, si yo te cogiera por mi cuenta, con un pie de solfeos cada día te quitaría el polvo. Toma vanidad, toma lustre».

Y cada palabra era un golpe y cada golpe un cardenal leve (es decir, subdiácono), un rasguño o moledura. Incapaz Isidora de desarmar a su verdugo, aunque lo intentó devolviendo cólera por cólera, hubo de rendirse al fin, y sucumbió diciendo con gemido: «Por Dios, tía, no me pegue usted más».

En sus veinte años, Isidora tenía menos fuerza que la sexagenaria Encarnación. Sin aliento yacía en tierra la víctima, recogiendo sus faldas y sacudiéndoles la tierra, tentándose en partes diversas para ver si tenía sangre, fractura o contusión grave, mientras *la Sanguijuelera*, respirando como un fuelle en plena actividad, arrojaba los vencedores pedazos de caña y alargaba su mano generosa a la víctima para ayudarla a levantarse.

«¡Cómo se conoce —dijo al fin la sobrina con vivísimo tono de desprecio— que no es usted persona decente!

—¡Más que tú, marquesa del pan pringao! —gritó la vieja, esgrimiendo de tal modo las manos, que Isidora vio los diez dedos de ella a punto de metérselos por los ojos.

—Usted no es mi tía. Usted no tiene mi sangre.

—Ni falta... A mucha honra... De gloria y descanso te sirva tu ducado, harta de miseria. Mira, como vuelvas aquí, ¿sabes lo que hago?

—¿Qué? —preguntó Isidora, sintiéndose con más fuerzas para rechazar un nuevo ataque.

—Pues si vuelves aquí, cojo la escoba... y te barro ¡qué puño!, te echo a la calle como se echa el polvo y cáscaras de fruta».

Isidora no dijo nada, y recobrándose marchó hacia la puerta. Abierta con trémula mano la trampilla, salió andando aprisa, cuesta arriba, en busca de la ronda de Embajadores, que debía conducirla a país civilizado. Temía que la vieja iría detrás injuriándola, y no se equivocó. *La Sanguijuelera*, echando la cabeza fuera de la puerta, la despedía con una carcajada que produjo siniestros ecos de hilaridad en toda la calle. Asomaban caras curiosas, frentes guarnecidas de rizos, bocas de amarillos dientes descubiertos hasta la raíz por estúpido asombro, bustos envueltos en pañuelos de distintos colores; y más de cuatro andrajosos chiquillos saltaron detrás de Isidora para festejarla con gritos y cabriolas.

Sin detenerse, la joven lanzó desde lo profundo de su alma, llena de pena y asco, estas palabras:

«¡Qué odioso, qué soez, qué repugnante es el pueblo!».

Capítulo IV. El célebre Miquis

I

Salvo algunas ligeras neuralgias de cabeza, Isidora gozaba de excelente salud. Tan solo era molestada de frecuentes y penosos insomnios, que a veces la hacían pasar de claro en claro las noches. La causa de esto parecía ser como una sed de su espíritu, que se fomentaba, sin aplacarse, de audaces previsiones de lo futuro, de un perpetuo imaginar hechos que pasarían, que tendrían que pasar, que no podían menos de tomar su puesto en las infalibles series de la realidad. Era una segunda vida encajada en la vida fisiológica y que se desarrollaba potente, construida por la imaginación, sin que faltase una pieza, ni un cabo, ni un accesorio.

En aquella segunda vida, Isidora se lo encontraba todo completo, sucesos y personas. Intervenía en aquellos, hablaba con estas. Las funciones diversas de la vida se cumplían detalladamente, y había maternidad, amistades, sociedad, viajes, todo ello destacándose sobre un fondo de bienestar, opulencia y lujo. Pasar de esta vida apócrifa a la primera auténtica, érale menos fácil de lo que parece. Era necesario que las de Relimpio, con quienes vivía, le hablasen de cosas comunes, que fuese muy grande el trabajo y empezase muy temprano el ruido de la máquina de coser, o que su padrino, el bondadosísimo don José de Relimpio, le contase algo de su vida pasada. Como estuviera sola, Isidora se entregaba maquinalmente, sin notarlo, sin quererlo, sin pensar siquiera en la posibilidad de evitarlo, al enfermizo trabajo de la fabricación mental de su segunda vida.

Cinco días después de su llegada a Madrid y a los cuatro de la escena con *la Sanguijuelera*, levantose Isidora más tarde que de costumbre, por haber dormido la mañana, y se arregló aprisa. Aquel día estrenaba unas botas. ¡Qué bonitas eran y qué bien le sentaban! Esto pensó ella poniéndoselas y recreándose en la pequeñez y configuración graciosa de sus pies, y dijo para sí con orgullo: «Hoy, al menos, no me verá con el horrible calzado roto que traje del Tomelloso». La vergüenza que sintió al mirar las botas viejas que en un rincón estaban, también muertas de vergüenza, no es para referida. Juró dar aquellos miserables despojos al primer pobre que a la puerta llegase.

Púsose su vestidillo negro, que a toda prisa se había hecho aquellos días, colocose el velito en la cabeza y hombros, mirándose al espejo con movimientos de pájaro, y se dispuso a salir. Antes abrió el balcón, y mirando a la calle, dijo: «Allí está ya. ¡Qué puntual y qué caballero es!».

Salió. Las de Relimpio le preguntaron que dónde iba.

«Voy en busca de mi tía» —repuso ella.

Y bajando la escalera decía para sí:

«He tenido que mentir. Cuando yo esté en mi posición, en mi verdadera posición, no diré jamás una mentira. ¡Cuánto me repugna lo que no es verdad!... ¿Pero qué pensaría esa gente si yo les dijera que voy de paseo con Miquis?... Es domingo, hoy no tiene clase, y anoche me dijo que quería enseñarme las cosas bonitas de Madrid, el Museo, el Retiro, la Castellana».

Y volvió a mirarse las botitas. Los documentos de que se ha formado esta historia dicen que eran de becerro mate con caña de paño negro cruzada de graciosos pespuntes.

«Me han costado tres duros —pensó Isidora en los últimos peldaños—. Con siete del vestido son diez; seis que di a doña Laura a cuenta, son dieciséis. Aún me queda para vestir a Mariano y ponerlo en la escuela. Después el tío me mandará más, y después...».

Isidora vivía en el 23 de la calle de Hernán Cortés. Miquis se paseaba desde la lechería a la esquina de la calle de Hortaleza, y estaba embozado en su capa de vueltas rojas, porque si bien el día era claro y hermoso, se sentía fresco.

Saludáronse y emprendieron su marcha hacia el Retiro. Isidora, conforme a su costumbre de anticiparse a las ideas y a las intenciones de los demás, pensaba así durante los primeros pasos: «Ahora me va a decir que parezco otra, que me he transformado desde que estoy aquí...».

Pero también se equivocó esta vez, como otras muchas, porque Miquis habló de cosa muy distinta.

«Me parece —dijo— que yo conozco a esas de Relimpio. Las he visto en las regiones etéreas. ¿No entiendes? En el paraíso del Teatro Real.

—Sí, allá van alguna vez. Son dos chicas, Emilia y Leonor. Trabajan mucho, cosen a máquina; pero ganan tan poco... Me han cedido un cuartito con balcón a la calle. Antes no sé si lo ocupaba un señor sacerdote. Necesitan ayudarse las pobres. Son muy buenas. Mi padrino don José es el tipo más célebre del mundo».

Isidora rompió a reír, y después, haciendo gala de uno de sus talentos más brillantes, el de retratar en cuatro rasgos a una persona, se explicó así:

«¿No le conoces? Si le hubieras visto alguna vez no le olvidarías. Es un galán viejo con la cara sonrosada. Tiene un bigotito rubio que parece cabello de ángel, y hace pliegues con la boca... Los ojos son de almíbar; qué sé yo... Parecen dos uvas demasiado maduras. Usa un gorro con borla de oro, y es tan fino, tan relamido... Ha sido un tenorio, según dicen. Cose a máquina para ayudar a las chicas; pero su oficio es lo que llaman la Partida Doble. Se entretiene en poner todos los gastos en un libro grande, ¿sabes?... Es preciso que le conozcas.

—¿Hace falta médico en la casa?

—Hombre, sí. Doña Laura se queja de un dolor..., no sé dónde.

—Pues entraré contigo. Iré a hacerte una visita de ceremonia, diciendo que me manda tu tío el de Tomelloso.

—Ya veremos el modo de que entres».

Siguieron hablando de otras cosas, y avanzaban poco en su paseo, porque Isidora se detenía ante los escaparates para ver y admirar lo mucho y vario que en ellos hay siempre. También era motivo de sus detenciones el deseo oculto de mirarse en los cristales, pues es costumbre de las mujeres, y aun en los hombres, echarse una ojeada en las vitrinas, para ver si van tan bien como suponen o pretenden.

En el Museo las impresiones de aquella singular joven fueron muy distintas, y sus ideas, levantando el vuelo, llegaron a zonas mucho más altas que aquella por donde andaban al rastrear en los muestrarios llenos de chucherías. Sin haber adquirido por lecturas noción alguna del verdadero arte, ni haber visto jamás sino mamarrachos, comprendía la superioridad de lo que a su vista se presentaba; y con admiración silenciosa, su vista iba de cuadro en cuadro, hallándolos todos, o casi todos, tan acabados y perfectos, que se prometió ir con frecuencia al edificio del Prado para saborear más aquel goce inefable que hasta entonces le fuera desconocido. Preguntó a Miquis si también en aquel sitio destinado a albergar lo sublime dejaban entrar al pueblo, y como el estudiante le contestara que sí, se asombró mucho de ello.

Llegaron por fin al Buen Retiro, cuyo lindo nombre ha querido en vano cambiarse con el insulso rótulo de *Parque de Madrid*. Allí las emociones de Isidora fueron una alegría casi infantil, un deseo vivo de correr, de despeinarse, de entrar descalza en los charcos de las acequias, de subir a las ramas en busca de nidos, de coger flores, de dormir a la sombra, de cantar. Aquella naturaleza hermosa, aunque desvirtuada por la corrección, despertaba en su impresionable espíritu instintos de independencia y de candoroso salvajismo. Pero bien pronto comprendió que aquello era un campo urbano, una ciudad de árboles y arbustos. Había calles, plazas y hasta manzanas de follaje. Por allí andaban damas y caballeros, no en facha de pastorcillos, ni al desgaire, ni en trenza y cabello, sino lo mismo que iban por las calles, con guantes, sombrilla, bastón. Prontamente se acostumbró el espíritu de ella a considerar el Retiro (que solo conocía por vagos recuerdos de su niñez) como una ingeniosa adaptación de la Naturaleza a la cultura; comprendió que el hombre, que ha domesticado a las bestias, ha sabido también civilizar al bosque. Echando, pues, de su alma aquellos vagos deseos de correr y columpiarse, pensó gravemente de este modo: «Para otra vez que venga, traeré yo también mis guantes y mi sombrilla».

Después de admirar el afeitado Parterre, fueron a dar la vuelta al estanque grande, que es un mar de bolsillo, como decía Miquis. Este la llevó luego por sitios escondidos y por las callejuelas y laberintos que están entre el estanque y la fuente de la China. Miquis estaba alegre como un niño, porque también en él, parroquiano constante del Retiro, hacía sentir su influjo la vegetación nueva de Primavera, los juegos del Sol entre las ramas, el meneo de las hojas acariciándose, y aquel ambiente, compuesto de frescura y tibieza, que al mismo tiempo atemperaba el cuerpo y el alma. La capa le daba calor. Se la quitó arrojándola por tierra. Hizo después una almohada de ella y se tendió en el suelo. Isidora se sentó frente a él.

«¿Oyes los pájaros? —dijo Miquis—. Son ruiseñores».

Isidora había oído hablar de los ruiseñores como cifra y resumen de toda la poesía de la Naturaleza; pero no los había oído. Estos artistas no iban nunca por la Mancha. Puso atención, creyendo oír odas y canciones, y su semblante expresaba un éxtasis melancólico, aunque a decir verdad lo que se oía era una conversación de miles de picos, un galimatías parlamentario-forestal, donde el músico más sutil no podría encontrar las endechas amorosas de que tanto se ha abusado en literatura. Miquis se echó a reír, y como si tuviera gusto en despoetizar la hermosa situación en que ambos se encontraban, dijo de improviso:

«Isidora, ayer he estado trabajando en el anfiteatro con el Dr. Martín Alonso desde las dos hasta las cinco. Éramos tres alumnos. Le ayudábamos a hacer la autopsia de un viejo que murió de corazón. ¡Si vieras, chica!...».

Isidora se puso las manos ante la cara con muestras de horror.

«Es el trabajo más bonito —añadió Miquis—. Tonta, ¿por qué no se ha de hablar de esto? Si es la realidad, la ciencia... ¿Qué sería de la vida si no se estudiara la muerte? Nada me gusta como la Cirugía, chica. O he de ser un gran cirujano, o nada. Verás. Cuando el doctor no estaba allí, cogíamos uno de los brazos del muerto, y ¡zas!, nos pegábamos bofetadas unos a otros...».

Isidora dio un grito.

«Eres tonta... Pues si vieras lo que yo gozo cuando levanto un músculo con mi escalpelo, cuando me apodero de una entraña...».

Isidora se levantó, echando a correr y metiéndose un dedo en cada oído.

«Aguarda, ruiseñora, no hablaré más de esto».

Luego se iban a otro sitio. Isidora, sentada junto a un tronco, se quedaba meditabunda, mirando por un hueco del ramaje las blancas masas de nubes que avanzaban sobre lo azul del cielo con soberana lentitud. Miquis cogía una rama seca, y acercándose cautelosamente por detrás de la joven, se la pasaba por la cara y decía con voz lúgubre: «¡La mano del muerto!».

Isidora daba un chillido; después reían los dos. Miquis cantaba trozos de ópera, corrían un poco; escondíase él tras las espesas matas de aligustre, para que ella le buscase; encontrábanse fácilmente; se cogían las manos; se sentaban de nuevo; charlaban, convidados de la hermosura del día y del lugar, donde todo parecía recién criado, como en aquellos días primeros de la fabricación del mundo, en que Dios iba haciendo las cosas y las daba por buenas.

II

Augusto Miquis, por quien sabemos los pormenores de aquellas escenas, es hoy un médico joven de gran porvenir. Entonces era un estudiante aprovechadísimo, aunque revoltoso, igualmente fanático por la Cirugía y por la Música, ¡qué antítesis!, dos extremos que parecen no tocarse nunca, y sin embargo se tocan en la región inmensa, inmensamente heterogénea del humano cerebro. Recordaba las melodías patéticas, los graciosos ritornelos y las cadencias sublimes allá en la cavidad taciturna del anfiteatro, entre los restos dispersos del cuerpo de nuestros semejantes. Él, en presencia de Raoul y Valentina, o ante la sublime conjuración de Guillermo Tell, o en la sala de conciertos, pensaba en la aponeurosis del gran supinador. Él, posado sobre los libros, como un ave sobre su empolladura, soñaba con un monumento colosal que expresase los esfuerzos del genio del hombre en la conquista de lo ideal. Aquel monumento debía rematarse con un grupo sintético: ¡Beethoven abrazado con Ambrosio Paré!

Nació en una aldea tan célebre en el mundo como Babilonia o Atenas, aunque en ella no ha pasado nunca nada: el Toboso. Diole el Cielo inteligencia superior, que en aquella edad era todavía un desordenado instinto genial. Su aplicación no era constante como la de las medianías, sino intermitente y caprichosa. Tan pronto devoraba libros, emprendía penosos estudios y practicaba con ardor la cirugía, como lo abandonaba todo para leer partituras al piano, tocándolo con pocos dedos y menos nociones de Música. Pero en estas alternativas de trabajo y holganza, se ha apoderado poco a poco de la ciencia, y cada idea que llegaba a ser suya, daba al punto en su mente magníficos frutos.

Todas las teorías novísimas le cautivaban, mayormente cuando eran enemigas de la tradición. El transformismo en ciencias naturales y el federalismo en política le ganaron por entero. Tenía gran facilidad de dicción. Se asimilaba prodigiosamente las ideas de los libros y las ideas de los maestros orales, sus frases, su estilo y hasta su metal de voz. Burla burlando, imitaba a todos los profesores de la Facultad, y como poseía extraordinaria retentiva, lo mismo era para él repetir un *allegro* lleno de dificultades, que pronunciar dos o tres discursos sobre Medicina o Filosofía naturalista.

Su carácter siempre alegre, erizado de malicias, se manifestaba en punzadas mil, en bromas a veces nada ligeras, en apropósitos y en charlar voluble, compuesto ya de hipérboles, ya de pedanterías burlescas, que ciertamente no indicaban que él fuese pedante, sino que, por bromear, bromeaba hasta con la ciencia. Tomando un tono hueco, hacía pasar por sus labios todas las palabras retumbantes, todas las frases oscuras de la fraseología científica, y las intercalaba de paradojas de su propia cosecha, graciosas y originales.

Aún hoy, que es un hombre de saber sólido, no ha perdido Miquis aquellas mañas, y nos divierte con sus chuscas habladurías. A veces parece querer zaherir aquello que adora; pero en realidad no hace más que mofarse de lo que es realmente pedantesco. Entonces no; sus burlas no perdonaban ni la verdad misma, ni la ciencia adorada. En la leonera que tenía por vivienda y que era una caverna de disputas, se oía su voz declamatoria, diciendo estas o parecidas cosas: «... porque, señores, a todas horas estamos viendo que, unidas en fatal coyunda las enfermedades diatésicas, determinan la depauperación general, la propagación de los vicios herpético y tuberculoso, que son, señores, permitidme decirlo así, la carcoma de la raza humana, la polilla por donde parece marchar a su ruina...». O bien, elevándose a lo teórico, gritaba: «Reconociendo, señores, la revolución que las ciencias naturales, y especialmente la Química, han hecho en la materia médica moderna, no conviene afirmar que la Química, señores, forma un sistema médico por sí sola, porque antes que las leyes químico-orgánicas están las leyes vitales. Volved la vista, señores, a Paracelso, Helmoncio y Agrícola, y ¿qué hallaréis, señores?...».

Isidora vio un araña que se descolgaba de un hilo, un pájaro que llevaba pajas en el pico, una pareja de mariposas blancas que paseaban por la atmósfera con esa elegante desenvoltura que tanto ha dado que hablar en poesía, y sobre estos accidentes y otros dijo cosas que hicieron reír a Miquis. Hablando y hablando, Augusto llegó a decir:

«Señores, evolución tras evolución, enlazados el nacer y el morir, cada muerte es una vida, de donde resulta la armonía y el admirable plan del Cosmos».

¡El Cosmos! ¡Qué bonito eco tuvo esta palabra en la mente de Isidora! ¡Cuánto daría por saber qué era aquello del Cosmos!..., porque verdaderamente ella deseaba y necesitaba instruirse.

«¿Quieres saber lo que es eso, tonta? —le preguntó Miquis—. Vamos, veo que eres un pozo de ignorancia.

—No sé más que leer y escribir; deseo aprender algo más, porque sería muy triste para mí encontrarme dentro de algún tiempo tan ignorante como ahora. Enséñame tú. Yo me pongo a pensar que será esto de morirse. Pues el nacer también...

—También tiene bemoles —añadió Augusto en tono sumamente enfático—, porque, señores, debemos principiar declarando que todo el mundo se compone de las mismas sustancias no creadas, no destructibles, y se sostiene por las mismas fuerzas imperecederas que actúan según las mismas leyes, desde el átomo invisible hasta la inmensa multitud de cuerpos celestes, conservándose invariables en el conjunto de su efecto total... ¿Te has enterado?

—El demonio que te entienda... ¡Qué jerga!

—¡Qué bonitos ojos tienes!

—Tonto... Vamos a ver las fieras.

—No me da la gana. ¿Qué más fiera que tú?

—El león.

—¡Leoncitos a mí!... Esos dos hoyuelos que te abrió Natura entre el músculo maseter y el orbicular me tienen fuera de mí... No te pongas seria, porque desaparecen los hoyuelos.

—Vámonos de aquí —dijo Isidora con fastidio.

—Estamos en el lugar más recogido del laboratorio de la Naturaleza. Señores, hemos sido admitidos a presenciar sus trabajos misteriosos. Entremos en la selva profunda y sorprenderemos el palpitar primero de las nuevas vidas. Ved, señores, cómo de los infinitos huevecillos acariciados por el Sol salen infinitos seres que ensayan entre las ramas su primer paso y su primer zumbido. ¿No oís cómo estrenan sus trompetillas esos niños alados, que vivirán un día y en un día alborotarán la vecindad de este olmo? En el reino vegetal, señores, la nueva generación se os anuncia con una fuerte emisión de aromas mareantes, alguno de los cuales os afecta como si la esencia misma de vivir fuera apreciable al olfato. Las oleadas de fecundidad corren de una parte a otra, porque la atmósfera es mediadora, tercera o Celestina de invisibles amores. Sentís afectado por estas emanaciones lo más íntimo de vuestro ser. Mirad los tiernos pimpollos, mirad cómo al influjo de esa fuerza misteriosa desarrollan las menudas florecillas sus primeras galas, cómo se atavían las margaritas mirándose en el espejo de aquel arroyo, cómo se acicalan...

—Cállate... Pues no tendrías precio para catedrático...

—Para catedrático-poeta, que es la calamidad de las aulas. Mira: el día en que yo sea médico, voy a poner una cátedra para explicar...

—¿Qué?

—Para dar una lección de armonía de la Naturaleza —dijo Miquis, mirándola a los ojos—, y explicar esos radios de oro que nacen en tu pupila y se extienden por tu iris... Déjame que lo observe de cerca...

—¡Qué pesado! Quita... enséñame las fieras.

—Vamos, mujer, esposa mía, a ver esas alimañas —dijo Augusto en tono de paciencia—. Desde que me casé contigo me traes sobre un pie. Eras tan amable de polla, ahora de casada tan regañona y exigente... Vamos, vamos, y me pondré un tigre en cada dedo... ¿Qué más? Se te antoja una jirafa. ¡Isidora, Isidorilla!».

Ambos se detuvieron mirándose entre risas.

«Si no me das un abrazo me meto en la jaula del león... Quiero que me almuerce. O tu amor o el suicidio.

—Si pareces un loco.

—El suicidio es la plena posesión de sí mismo, porque al echarse el hombre en los amorosos brazos de la nada... Pero vamos a ver a esos señores mamíferos.

—¿Qué son mamíferos? —preguntó Isidora, firme en su propósito de instruirse.

—Mamíferos son coles. Vidita, no te me hagas sabia. El mayor encanto de la mujer es la ignorancia. Dime que el Sol es una tinaja llena de lumbre; dime que el mundo es una plaza grande y te querré más. Cada disparate te hará subir un grado en el escalafón de la belleza. Sostén que tres y dos son ocho, y superarás a Venus.

—Yo no quiero ser sabia, vamos, sino saber lo preciso, lo que saben todas las personas de la buena sociedad, un poquito, una idea de todo..., ¿me entiendes?

—¿Sabes coser?

—Sí.

—¿Sabes planchar?

—Regularmente.

—¿Sabes zurcir?

—Tal cual.

—Y de guisar, ¿cómo andamos?

—Así, así.

—Me convienes, chica. Nada, nada, te digo que me convienes, y no hay más que hablar.

—Pues a mí no me convienes tú.

—¡*Boa constrictor!*

—¿Qué es eso?

—Tú.

—Pero que, ¿es cosa de Medicina?

—Es una culebra.

—¿La veremos aquí?... Entremos. ¿Es esto la Casa de Fieras?

—¿Quieres ver al oso? Aquí me tienes.

—Sí que lo eres» —dijo Isidora riendo con toda su alma.

Y entraron. Un tanto aburrido Miquis de su papel de indicador, iba mostrando a Isidora, jaula por jaula, los lobos entumecidos, las inquietas y feroces hienas, el águila meditabunda, los pintorreados leopardos, los monos acróbatas y el león monomaníaco, aburridísimo, flaco, comido de parásitos, que parece un soberano destronado y cesante. Vieron también las gacelas, competidoras del viento en la carrera, las descorteses llamas, que escupen a quien las visita, y los zancudos canguros, que se guardan a sus hijos en el bolsillo. Satisfecha la curiosidad de Isidora, poca impresión hizo en su espíritu la menguada colección zoológica. Más que admiración, produjéronle lástima y repugnancia los infelices bichos privados de libertad.

«Esto es espectáculo para el pueblo —dijo con desdén—. Vámonos de aquí.

—Aunque enamorado —indicó Miquis al salir—, estoy muerto de hambre. Lo divino no quita lo humano. Amémonos y almorcemos».

III

También Isidora estaba desfallecida. Discutieron un rato sobre si darían por terminado el paseo en aquel punto, yéndose cada cual a su casa; pero al fin Miquis hizo triunfar su propósito de almorzar en uno de los ventorrillos cercanos a los Campos Elíseos. No eran ciertamente modelo de elegancia ni de comodidad, como Isidora tuvo ocasión de advertir al tomar posesión de una mesa coja y trémula, de una silla ruinosa, y al ver los burdos manteles y el burdísimo empaque de la mujer sucia y ahumada que salió a servirles.

Compareció sobre el mantel una tortilla fláccida que, por el color, más parte tenía de cebolla que de huevo, y Miquis la dividió al punto. El vino que llegó como escudero de la tortilla era picón y negro, cual nefanda mixtura de pimienta y tinta de escribir. El plato, mal llamado fuerte, que siguió a la tortilla, y que sin duda debía la anterior calificación a la dureza de la carne que lo componía, no gustó a Isidora más que el local, el vino y la dueña del puesto. Con desprecio mezclado de repugnancia observó la pared del ventorrillo, que parecía un mal establo, el interior de la tienda o taberna, las groseras pinturas que publicaban el juego de la rayuela, el piso de tierra, las mesas, el ajuar todo, los cajones verdes con matas de *evónymus*, cuyas hojas tenían una costra de endurecido polvo, el aspecto del público de capa y mantón que iba poco a poco ocupando los puestos cercanos, el rumor soez, la desagradable vista de los barriles de escabeche, chorreando salmuera...

«¡Qué ordinario es esto! —exclamó, sin poderse contener—. Vaya, que me traes a unos sitios...

—¡Bah, bah!... ¿No te gusta conocer las costumbres populares? A mí me encanta el contacto del pueblo... Para otra vez, marquesa, iremos a uno de los buenos *restaurants* de Madrid... Perdóname por hoy... Tenías carita de hambre atrasada.

—Esto no es para mí —dijo Isidora con remilgo.

—¡Impertinencia, tienes nombre de mujer! —exclamó el estudiante, a un tiempo riendo y mascando—¡Descontentadiza, exigente! ¿A qué vienen esos melindres? Somos hijos del pueblo; en el seno del noble pueblo nacimos; manos callosas mecieron nuestras cunas de mimbre; crecimos sin cuidados, mocosos, descalzos; y por mi parte sé decir que no me avergüenzo de haber dormido la siesta en un surco húmedo, junto a la panza de un cerdo. Usted, señora duquesa, viene sin duda de altos orígenes, y ha gateado sobre alfombras, y ha roto sonajeros de plata; pero usted se ha mamado el dedo como yo, y ahora somos iguales, y estamos juntos en un ventorrillo, entre honradas chaquetas y más honrados mantones. La humanidad es como el agua; siempre busca su nivel. Los ríos más orgullosos van a parar al mar, que es el pueblo; y de ese mar inmenso, de ese pueblo, salen las lluvias, que a su vez forman los ríos. De todo lo cual se deduce, marquesa, que te quiero como a las niñas de mis ojos.

—Vámonos —dijo Isidora con fastidio.

—Vámonos a Puerto Rico —replicó Miquis, después de pagar el gasto—. Vámonos despacito hacia la Castellana, para que te hartes de ver coches, aristócrata, sanguijuela del pueblo... Si digo que te he de cortar la cabeza... Pero será para comérmela».

¡Con qué inocente confianza y abandono iban los dos, en familiar pareja, por los senderos torcidos que conducen desde el camino de Aragón a Pajaritos! Bajaban a las hondonadas de tierra sembrada de mies raquítica; subían a los vertederos, donde lentamente, con la tierra que vacían los carros del Municipio, se van bosquejando las calles futuras; pasaban junto a las cabañas de traperos, hechas de tablas, puertas rotas o esteras, y blindadas con planchas que fueron de latas de petróleo; luego se paraban a ver muchachos y gallinas escarbando en la paja; daban vueltas a los tejares; se detenían, se sentaban, volvían a andar un poco, sin prisa, sin fatiga.

Miquis, a ratos, hacía burlescos encarecimientos del paisaje. «Allá —decía— las pirámides de Egipto, que llamamos tejares; aquí el despedazado anfiteatro de estas tapias de adobes. ¡Qué vegetación! Observa estos cardos seculares que ocultan el Sol con sus ramas; estas malvas vírgenes, en cuya impenetrable espesura se esconde la formidable lagartija. Mira estos edificios, San Marcos de Venecia, Santa Sofía, el Escorial... ¡Ay! Isidora, Isidora, yo te amo, yo te idolatro. ¡Qué hermoso es el mundo! ¡Qué bella está la tarde! ¡Cómo alumbra el Sol! ¡Qué linda eres y yo qué feliz!».

Pasaban otras parejas como ellos; pasaban perros, algún guardia civil acompañando a una criada decente; pastores conduciendo cabras; pasaban también hormigas, y de cuando en cuando pasaba rapidísima por el suelo la sombra de un ave que volaba por encima de sus cabezas. Y ellos charla que charla. Miquis empezó contándole su historia de estudiante, toda de peripecias graciosas. Su hermano mayor, Alejandro Miquis, que estudiaba Leyes, había muerto algún tiempo antes, de una enfermedad terrible. Augusto despuntaba, desde muy niño, por la Medicina, y jamás vaciló en la elección de carrera. Su padre le enviaba treinta y cinco duros al mes, y él sabía arreglarse. ¡Había tenido diez y siete patronas! Entregábale las mesadas, y tenía además el encargo de vigilarle y darle consejos, un hombre de posición humilde y sanas costumbres, bastante viejo, amigo y aun algo pariente de los Miquis del Toboso. Este bravo manchego se llamaba Matías Alonso y era conserje de la casa de Aransis.

Al oír este nombre Isidora palideció, y el corazón saltó en el pecho. Su espontaneidad quiso decir algo; pero se contuvo asustada de las indiscreciones que podría cometer. Después salió a relucir el tema más común en estos paseos de parejas. Hablaron de aspiraciones, del porvenir, de lo que cada cual esperaba ser. Miquis habló seriamente, sin dejar su expresión irónica, por ser la ironía, más que su expresión, su cara misma. Él esperaba ser un facultativo de fama y operador habilísimo. Llevaría un sentido por cada operación, y viviría con lujo, sin olvidar a su bondadoso y honrado padre, labrador de mediana fortuna, que tantos sacrificios hacía para darle carrera. En cuanto esta fuese concluida pensaba el buen Miquis hacer oposición a una plaza de hospitales.

«En los hospitales —decía—, en esos libros dolientes es donde se aprende. Allí está la teoría unida a la experiencia por el lazo del dolor. El hospital es un museo de síntomas, un riquísimo atlas de casos, todo palpitante, todo vivo. Lo que falta a un enfermo le sobra a otro, y entre todos forman un cuerpo de doctrina. Allí se estudian mil especies de vidas amenazadas y mil categorías de muertes. Las infinitas maneras de quejarse acusan los infinitos modos de sufrir, y estos las infinitas clases de lesiones que afligen al organismo humano; de donde resulta que el supremo bien, la ciencia, se nutre de todos los males y de ellos nace, así como la planta de flores hermosas y aromáticas es simplemente una transformación de las sustancias vulgares o repugnantes contenidas en la tierra y en el estiércol».

Pensaba Miquis trabajar y aplicarse mucho, sin desdeñar espectáculo triste, ni dolencia asquerosa, ni agonía tremenda, porque de todas estas miserias había de nutrir su saber. Después vendrían las visitas bien remuneradas, las consultas pingües. Él se dedicaría a una especialidad. Al fin completaría sus satisfacciones abonándose a diario a la Ópera, para que su espíritu, cansado del excesivo roce con lo humano, se restaurase en las frescas auras de un arte divino.

Luego tocaba a Isidora explanar sus pretensiones. ¡Pero le era tan difícil hacerlo!... Sus ideales eran confusos, y su posición particular, su delicadeza, no le permitían hablar mucho de ellos. ¡Oh!, si dijera todo lo que podía decir, Miquis se asombraría, se quedaría hecho un poste. ¡Pero no, no podía explicarse con claridad! La cosa era grave. Quizás entre el presente triste y el porvenir brillante habrían de mediar los enojos de un pleito, cuestiones de familia, escándalos, revelaciones, proclamación de hechos hasta entonces secretos, y que llenarían de asombro a la buena sociedad, a la *buena sociedad*, fijarse bien, de Madrid. Entretanto, únicamente se podía decir que ella no era lo que parecía, que ella no era Isidora Rufete, sino Isidora... A su tiempo madurarían las uvas; a su tiempo se sabría el apellido, la casa, el título... Vivir para ver. Estas cosas no ocurren todos los días, pero alguna vez...

Pasó un naranjero.

«¿Son de cáscara fina? —preguntó Miquis al comprar cuatro naranjas—. Toma, cómete esta para que se te vaya refrescando la sangre. La fluidez de la sangre despeja el cerebro, da claridad a las ideas...

—Así es —prosiguió Isidora con cierta fatuidad mal disimulada—, que si me preguntas cosas que no sean de lo que ahora está pasando, quizás no te podré contestar. ¿Qué sé yo lo que será de mí? ¿Conseguiré lo que deseo y lo que me corresponde? ¡Hay tanta picardía en este mundo!

—Verdaderamente que sí —dijo Augusto en el tono más enfáticamente burlesco que usar sabía—. El mundo es una sentina, una cloaca de vicios. En él no hay más que dolor y falsía. Malo es el mundo, malo, malo, malo. ¡Duro en él! En cambio nosotros somos muy buenos; somos ángeles. La culpa toda es del pícaro mundo, de ese tunante. Es el gato, hija mía, el gato, autor de todas las fechorías que ocurren en... el Cosmos. ¡Ah, mundo, pillín, si yo te cogiera!... Pero ven acá, alma mía; puesto que vas a dar un salto tan brusco en la escala social..., dime: allá, en esos Olimpos, ¿te acordarás del pobre Miquis?

—¿Pues no me he de acordar? Serás entonces un médico célebre.

—¡Y tan célebre!... Vamos a lo principal. ¿Y tendrás a menos ser esposa de un Galeno?

—¿De un qué?... ¿De una notabilidad?... ¡Oh, no! Poco entiendo de cosas del mundo; pero me parece que los grandes doctores pueden casarse con...

—Con las reinas, con las emperatrices.

—Y sobre todo chico —añadió Isidora—, de algo ha de valer que nos conozcamos ahora. Y lo que es a mí...».

¡Cuánta ternura brilló en sus ojos, mirando a Miquis, que la devoraba con los suyos!

«Lo que es a mí... no me han de imponer un marido que no sea de mi gusto, aunque esté más alto que el Sol.

—¡Bendita sea tu boca! —exclamó Augusto, apoderándose de las dos manos de ella—. ¡Ay!, prenda, ¡qué frías tienes las manos!

—¡Y las tuyas, qué calientes!».

Isidora volvió a pensar en que nunca más saldría a la calle sin guantes.

«¿Querrás siempre a este pobre Miquis, que te quiere más?... Desde que te vi en Leganés, me estoy muriendo, no sé lo que me pasa, no estudio, no duermo, no puedo apartar de mí esos ojos, ese perfil divino y todo lo demás».

Ella empezó a comer otra naranja, y él la miraba embebecido. Nunca le había parecido tan guapa como entonces. Sus labios, empapados en el ácido de la fruta, tenían un carmín intensísimo, hasta el punto de que allí podían ser verdad los rubíes montados en versos de que tanto han abusado los poetas. Sus dientecillos blancos, de extraordinaria igualdad y finísimo esmalte, mordían los dulces cascos como Eva la manzana, pues desde entonces acá el mundo no ha variado en la manera de comer fruta. Saboreando aquella, Isidora ponía en movimiento los dos hoyuelos de su cara, que ya se ahondaban, ya se perdían, jugando en la piel. La nariz era recta. Sus ojos claros, serenos y como velados, eran, según decía Miquis, de la misma sustancia con que Dios había hecho el crepúsculo de la tarde.

Miquis intentó abrazarla. Isidora había despuntado un casquillo con intención de comérselo. Variando de idea al ver las facciones de su amigo tan cerca de las suyas, alargó un poco la mano y puso el pedazo de naranja entre los dientes de Miquis. Él se comió lo que era de comer y retuvo un rato entre sus labios las yemas de aquellos dedos rojos de frío.

Isidora se levantó bruscamente, y echó a correr por el sendero.

Corrieron, corrieron...

«¡Ya te cogí! —exclamó Augusto, fatigadísimo y sin aliento, apoderándose de ella—. Perla de los mares, antes de cogerte se ahoga uno.

—Formalidad, formalidad, señor doctorcillo —dijo Isidora, poniéndose muy seria.

—¡Formalidad al amor! El amor es vida, sangre, juventud, al mismo tiempo ideal y juguete. No es la Tabla de Logaritmos, ni el Fuero Juzgo, ni las Ordenanzas de Aduanas.

—Juicio, mucho juicio, señor Miquis.

—El juicio está claro, señorita. Yo sé lo que me digo. Oye bien. Por mi padre, que es lo que más quiero, juro que me caso contigo.

—¡Huy, qué prisa!...

—Está dicho.

—¡Mira éste!

—Un Miquis no vuelve atrás; *un re non mente*; la palabra de un Miquis es sagrada.

—¡Bah, bah!

—Soy del Toboso, de ese pueblo ilustre entre los pueblos ilustres. Un tobosino no puede ser traidor.

—Pero puede ser tinaja.

—No te rías; esto es serio. Estamos hablando de la cosa más grave, de la cosa más trascendental».

Y era verdad que estaba serio.

«No nos detengamos aquí —dijo Isidora viendo que el estudiante buscaba un sitio para sentarse—. Hace fresco.

—Sigamos. En otra parte hablaremos mejor.

—¿A dónde quieres llevarme? Yo no voy sino a mi casa.

—Por ahora bajemos a la Castellana, para que veas cosa buena.

—Sí, sí, a la Castellana. Mi tío el Canónigo me decía que es cosa sin igual la Castellana.
—Escribiré mañana a tu tío el Canónigo.
—¿Para qué?
—Para pedirte. Agárrate de mi brazo. Vamos aprisa... Cuando digo que me caso... Sí, estudiante y todo. Mi padre pondrá el grito en el cielo; pero cuando te conozca, cuando vea esta joya... desprendida de la corona del Omnipotente...».

Las risas de Isidora oíanse desde lejos. Al llegar al barrio de Salamanca guardaron más compostura y desenlazaron sus brazos. Descendían por la calle de la Ese, cuando Isidora se detuvo asombrada de un rumor continuo que de abajo venía.

IV

«¿Hay aquí algún torrente? —preguntó a Miquis.
—Sí, torrente hay... de vanidad.
—¡Ah! ¡Coches!...
—Sí, coches... Mucho lujo, mucho tren... Esto es una gloria arrastrada».

Isidora no volvía de su asombro. Era el momento en que la aglomeración de carruajes llegaba a su mayor grado, y se retardaba la fila. La obstrucción del paseo impacientaba a los cocheros, dando algún descanso a los caballos. Miquis veía lo que todo el mundo ve: muchos trenes, algunos muy buenos, otros publicando claramente el *quiero y no puedo* en la flaqueza de los caballos, vejez de los arneses y en esta tristeza especial que se advierte en el semblante de los cocheros de gente tronada; veía las elegantes damas, los perezosos señores, acomodados en las blanduras de la berlina, alegres mancebos guiando faetones, y mucha sonrisa, vistosa confusión de colores y líneas. Pero Isidora, para quien aquel espectáculo, además de ser enteramente nuevo, tenía particulares seducciones, vio algo más de lo que vemos todos. Era la realización súbita de un presentimiento. Tanta grandeza no le era desconocida. Habíala soñado, la había visto, como ven los místicos el Cielo antes de morirse. Así la realidad se fantaseaba a sus ojos maravillados, tomando dimensiones y formas propias de la fiebre y del arte. La hermosura de los caballos y su grave paso y gallardas cabezadas, eran a sus ojos como a los del artista la inverosímil figura del hipogrifo. Los bustos de las damas, apareciendo entre el desfilar de cocheros tiesos y entre tanta cabeza de caballos, los variados matices de las sombrillas, las libreas, las pieles, producían ante su vista un efecto igual al que en cualquiera de nosotros produciría la contemplación de un magnífico fresco de apoteosis, donde hay ninfas, pegasos, nubes, carros triunfales y flotantes paños.

¡Qué gente aquella tan feliz! ¡Qué envidiable cosa aquel ir y venir en carruaje, viéndose, saludándose y comentándose! Era una gran recepción dentro de una sala de árboles, o un rigodón sobre ruedas. ¡Qué bonito mareo el que producían las dos filas encontradas, y el cruzamiento de perfiles marchando en dirección distinta! Los jinetes y las amazonas alegraban con su rápida aparición el hermoso tumulto; pero de cuando en cuando la presencia de un ridículo simón lo descomponía.

«Debían prohibir —dijo Isidora con toda su alma— que vinieran aquí esos horribles coches de peseta.

—Déjalos... En ellos van quizás algunos prestamistas que vienen a gozarse en las caras aburridas de sus deudores, los de las berlinas. El simón de hoy es el *landau* de mañana... Esto es una noria; cuando un cangilón se vacía otro se llena».

Apareció un coche de gran lujo, con lacayo y cochero vestidos de rojo.

«El Rey Amadeo —dijo Miquis—. El Rey. Mira, mira, Isidora... No me quitaré yo el sombrero como esos tontos.

—Si apenas le saludan... —observó Isidora con lástima—. Pues cuando vuelva a pasar, le hago yo la gran cortesía. Mí tío el Canónigo dice que está excomulgado este buen señor; pero el Rey es Rey».

Pasado su primer arrobamiento, Isidora empezó a ver con ojos de mujer, fijándose en detalles de vestidos, sombreros, adornos y trapos.

«¡Qué variedad de sombreros! ¡Mira este, mira aquel, Miquis!... ¡Vaya un vestidito! Y tú, ¿por qué no montas a caballo, para parecerte a aquel joven?...

—Es un cursi.

—Y tú un veterinario... ¡Qué hermosas son las mantillas blancas! Es moda nueva, quiero decir, moda vieja que han desenterrado ahora... Creo que es cosa de política. Mi tío el Canónigo decía...

—Hazme el favor de no nombrarme más a tu tío el Canónigo, quiero decir, a mi querido tío... Esto de las mantillas blancas es una manifestación, una protesta contra el Rey extranjero.

—¡Qué salado! Si yo tuviera una mantilla blanca también me la pondría.

—Y yo te ahorcaría con ella.

—¡Ordinario!

—Tonta.

—Esta gente —afirmó Isidora con mucho tesón— sabe lo que hace. Es la gente principal del país, la gente fina, decente, rica; la que tiene, la que puede, la que sabe.

—Trampas, fanatismo, ignorancia, presunción.

—¿Pues y tú?..., grosero, salvaje, pedante...

—Isidora, mira que eres mi mujer.

—¿Yo mujer de un albéitar?...

—Isidora, mira que te cojo... y ni tu tío el Canónigo te saca de mis manos.

—Basta de bromas. ¡Vaya, que te tomas unas libertades!... Nuestros gustos son diferentes.

—Su gusto de usted, señora, se amoldará al gusto mío. Eso se lo enseñará a usted mi secretario, que es una vara de fresno.

—¡A mí tú! —exclamó ella con brío, deteniéndose y mirándole.

—No hagas caso... Te quiero como a la Medicina... Haz de mí lo que gustes...

—Eso ya es otra cosa...

—Cuando nos casemos, como yo he de ganar tanto dinero, tendrás tres coches, catorce sombreros y la mar de vestidos...

—¡Si yo no me caso contigo!...»—declaró la joven en un momento de espontaneidad.

Había en su expresión un tonillo de lástima impertinente, que poco más o menos quería decir: «¡Si yo soy mucho para ti, tan pequeño!».

«Falta saberlo. Te casarás por fuerza. Te obligaré. Tú no me conoces. Soy un tirano, un monstruo, un Han de Islandia; beberé tu sangre...

—¿Qué es eso de Han de Islandia? —preguntó ella en su prurito de ilustrarse.

—Han de Islandia es berenjenas. Déjese usted de sabidurías. Coser, planchar y espumar el puchero.

—No espumaré yo el tuyo, paleto.

—¡Marquesa de pañuelo de hierbas!

—Sacamuelas».

Los dos se echaron a reír.

«No te quiero —murmuró Isidora.

—Pues me echo a llorar.

—No te quiero ni pizca, ni esto.

—Pues yo te adoro. Mientras más me desdeñas, más me gustas. Cuando pienso que ya se acerca la hora de separarnos, no sé qué me da... Se me antoja robarte.

—¡Y cuánta gente a pie! —exclamó ella sin hacer caso de las gracias de Augusto.

—Aquí, en días de fiesta, verás a todas las clases sociales. Vienen a observarse, a medirse y a ver las respectivas distancias que hay entre cada una, para asaltarse. El caso es subir al escalón inmediato. Verás muchas familias elegantes que no tienen qué comer. Verás gente dominguera que es la fina crema de la cursilería, reventando por parecer otra cosa. Verás también despreocupados que visten con seis modas de atraso. Verás hasta las patronas de huéspedes disfrazadas de personas, y las costureras queriendo pasar por señoritas. Todos se codean y se toleran todos, porque reina la igualdad. No hay ya envidia de nombres ilustres, sino de comodidades. Como cada cual tiene ganas rabiosas de alcanzar una posición superior, principia por aparentarla. Las improvisaciones estimulan el apetito. Lo que no se tiene se pide, y no hay un solo número uno que no quiera elevarse a la categoría de dos. El dos se quiere hacer pasar por tres; el tres hace creer que es cuatro; el cuatro dice: «Si yo soy cinco», y así sucesivamente.

—Ya se van los coches» —dijo Isidora, que apenas había oído la charla de su amigo.

Era tarde. Llegaba el momento en que, cual si obedeciera a una consigna, los carruajes rompen filas y se dirigen hacía el Prado. Es tan reglamentario el paseo, que todos llegan y se van a la misma hora. Isidora notó la confusión del desfile al galope, tomándose unos a otros la delantera, escurriéndose los más osados entre el tumulto; y oía con delicia el chasquido de látigos, el ¡eh!... de los cocheros, y aquel profundo rumor de tanta y tanta rueda, pautando el suelo húmedo entre los crujidos de la grava. Ella habría deseado correr también.

Su corazón, su espíritu, se iban con aquel oleaje. Allá lejos brillaban ya no pocas luces de gas entre el polvo del Prado. Aquella neblina que se forma con el vaho de la población, las evaporaciones del riego y el continuo barrer (de que son escobas las colas de los vestidos), se iban iluminando hasta formar una claridad fantástica, cual irradiación lumínica del suelo mismo. Viendo cómo los coches se perdían en aquel fondo, Isidora apresuró el paso.

«Vámonos por aquí —dijo Miquis, desviándola de los paseos para subir hacia el Saladero y acortar camino.

—¡Jesús!, siempre me llevas por lo más feo, por donde no se encuentran más que tíos. ¿Hay también aquí ventorrillos?

—¿Quieres que comamos juntos? Iremos a una fonda.

—No, no, no. Basta de paseos. Esto no está bien... ¡Qué se dirá de mí! Para calaverada, basta.

—¡Maldita sea la hora en que nací! —gruñó el estudiante—. ¿Dejarte ahora, separarnos?... ¿Vas a tu casa?

—Sí, hombre. ¡Qué dirán!

—¡Oh!, sí, ¡qué dirán los marqueses de Relimpio!

—No son marqueses, pero son personas honradas.

—¿Quieres ir esta noche al Teatro Real?».

¡El teatro Real! Otro golpe mágico en el corazón y en la mente de la sobrina del Canónigo.

«Pero a eso que llamas paraíso, ¿van personas?...

—¿Personas decentes?... Lo más decente de Madrid, la flor y nata».

Como no estaba bien que ella saliese sola con Miquis por la noche, convinieron en que este convidaría también a las niñas de Relimpio. A esto debía anteceder la presentación reglamentaria de Augusto en el domicilio de doña Laura, para lo que se acordó, tras cortas vacilaciones, una mentirijilla venial. Isidora diría que al volver a su casa desde la de su tía se había encontrado al joven, amigo íntimo, deudo y aun pariente lejano del señor Canónigo. Era, no ya estudiante, sino médico hecho y derecho, y bien podía prestar servicios tan excelentes como gratuitos a una familia que no gozaba de perfecta salud.

Despidiéronse con fuertes apretones de manos, que a Miquis no le parecían nunca bastante fuertes. Isidora subió sumamente fatigada. Las de Relimpio le dijeron que había venido a visitarla un caballero de muy buen porte. Entró la joven en su cuarto, donde la esperaba una gratísima sorpresa. Sobre la cómoda había una tarjeta con el pico doblado.

Capítulo V. Una tarjeta

El corazón quería salírsele del pecho al ver los bonitos caracteres que decían:

El marqués viudo de Saldeoro.

Largo rato estuvo perpleja, la cartulina en la mano, sin apartar los ojos del sortilegio que sin duda contenían las letras negras del nombre y las pequeñitas de las señas: *Jorge Juan, 13*. Las emociones varias que se sucedieron en Isidora, las cosas que pensó en rápido giro de la mente, no son para contadas. Todo se resolvió en alegría, de la que se derivaban, como de rico manantial, diversas corrientes de sentimientos expansivos; a saber: un profundo agradecimiento al distinguido caballero que la visitaba, y un deseo vivo de que llegase pronto, muy pronto, lo más pronto posible, el día siguiente.

Su buen tío había escrito a dos principales señores de Madrid, hijo y padre, para que la ampararan, defendieran y aconsejaran en el grave negocio de reclamar su posición y herencia. ¡Cosa extraña y digna de gratitud! Una de las personas a quienes venía recomendada, el hijo, el marqués de Saldeoro, de cuya gallardía y proezas galantes habían llegado noticias al mismo Tomelloso, no esperaba a ser visitado por ella, sino que, dando una prueba más de su acatamiento al bello sexo, apresurábase a visitarla en tan humilde morada...

Y como la impresionable joven, cuando se entretenía en ver las cosas por su faz risueña y en hacer combinaciones felices llegaba a límites incalculables, empezó a ver llano y expedito el camino que antes le pareciera dificultoso; pensó que se le abrirían voluntariamente las puertas que creyó cerradas, y que todo iba bien, perfectamente bien. Usando entonces de aquella propiedad suya que ya conocemos, dio realidad en su mente al marqués de Saldeoro, favorito de las damas, según decían lenguas mil; le tuvo delante, le oyó hablar agradecida, le preguntó ruborizada; construyó, si así puede decirse, con material de presunciones y elementos fantásticos, la visita personal que al siguiente día no podía menos de realizarse.

Consecuencias precisas de esta febril concomitancia con un personaje a quien adornado suponía de seductoras cualidades, fueron un desdén muy vivo hacia el pobre Miquis y una vergüenza de las escenas de aquel día. El paseo con el estudiante, la escena del ventorrillo, la vil tortilla cebolluna, las naranjas comidas en campo raso, las confianzas, las carreritas, se reprodujeron en su imaginación como un sabor amargo y malsano, haciendo salir el rubor a su semblante. Habían sido aquellas aventurillas tan contrarias a su dignidad y a su posición futura, que diera cualquier cosa porque no hubieran pasado.

Tan metida en sí misma estaba con estos bochornos y aquellas alegrías, que apenas comió. Como recordara en la mesa que debía hablar algo de Augusto para preparar su presentación, dijo que era un estudiante pobre, un buen chico, hijo de labradores, algo tocado de la cabeza, más músico que médico y más médico que fino. Cuando Augusto llegó, negose Isidora a ir al teatro, porque le había dado jaqueca. Emilia y Leonor no quisieron ir tampoco, y el buen estudiante quedó en la situación más desairada del mundo. Pero como era tan listo, y maravillosamente a todo se plegaba, hasta dominar las situaciones más difíciles, bien pronto cautivó a la familia con sus donaires. Doña Laura propuso jugar a la brisca; trajo don José de su cuarto una sebosa baraja, y en el comedor, bajo la pestífera llama del petróleo mal encendido, formaron el más alegre corrillo que vieron casas de huéspedes.

Huyendo de tanta vulgaridad, retirose Isidora a su cuarto, donde se encerró.

«Ese pobre Miquis —decía— es un buen muchacho, pero tan ordinario... ¡Pobrecillo!, me da lástima de él; pero ¿qué puedo hacer? ¿Puedo hacer yo que las cosas sean de otra manera que como Dios las ha dispuesto?... Está que ni pintado para Emilia o para Leonor... Me alegraré mucho de que sea un hombre de provecho. Necesitará protección de las personas acomodadas, y en lo que de mí dependa...».

Se acostó, no para dormir, sino para seguir dando vida ficticia en el horno siempre encendido de su imaginación a la visita del día siguiente y a las consecuencias de la visita. El marqués de Saldeoro entraba; ella le recibía medio muerta de emoción, le hablaba temblando; él le respondía finísimo. ¡Y qué claramente le veía! Ella rebuscaba las palabras más propias, cuidando mucho de no decir un disparate por donde se viniera a conocer que acababa de llegar de un pueblo de la Mancha... Él era el más cumplido caballero del mundo... Ella se mostraba muy agradecida... Él dejaría su sombrero en un sillón... Ella tendría cuidado de ver si alguna silla estaba derrengada, no fuera que en lo mejor de la visita hubiera una catástrofe... Él había de dirigirle alguna galantería discreta... Ella tenía que prever todas las frases de él para prepararse y tener dispuestas ingeniosas contestaciones... ¡Cielo santo!, y aún faltaba una larga noche y la mitad de un larguísimo día para que aquel desvarío fuera realidad...

Era preciso arreglar el cuarto lo mejor posible... ¡Qué pensaría el caballero ante aquellos miserables trastos!... Isidora no podía mirar sin sentir pena las tres láminas que ornaban las paredes empapeladas de su cuarto. Aquí una vieja estampa sentimental representaba la *Princesa Poniatowsky en momento de recibir la noticia de la muerte de su esposo*; allí el cuadro del *Hambre*; enfrente, dos amantes escuálidos, esmirriados y de pie muy pequeño, él de casaca con mangas de pernil, ella con sombrero de dos pisos, se juraban fidelidad junto a un arroyo... Si doña Laura no se incomodase, Isidora arrojaría a la calle las tres laminotas... Pues, ¿y la cómoda con su cubierta de hule manchado? Más valía no verla... Pero ella se levantaría temprano y fregotearía bien la cómoda, el lavabo de tres patas y haría maravillas de orden y limpieza... Después compraría una corbata bonita... Rogaría a doña Laura que la dejase traer de la sala dos sillas de damasco con sus fundas de percal... En fin... No contenta con pensar lo que pasaría al siguiente día, pensó los sucesos del tercer día y los del otro y los del mes próximo, y los del año venidero, y los de dos, tres o cuatro años más.

Dejémosla mal dormida, abrazada consigo misma, a las altas horas de la noche, cuando todo ruido cesara en la casa. ¿Era aquello felicidad o martirio? Dice Miquis, y quizás dice bien, que no existiría ni siquiera el nombre de felicidad si no se hubieran dado al hombre, como se da al niño el juguete, el consuelillo de esperarla.

Capítulo VI. ¡Hombres!

I

Aquella buena mujer que pared por medio de *la Sanguijuelera* vivía, tenía por consorte a un rico mercader americano. Entiéndase bien que lo de rico se le aplica por ser tal su apellido (se llamaba Modesto Rico), y lo de americano por tener un establecimiento, no en las Américas que están de la otra banda del mar, sino en aquellas, menos pingües y lejanas, que se extienden por la Rivera llamada de Curtidores, pasan la procelosa Ronda de Toledo y van a perderse entre basuras, escombros y residuos de carbón en las Pampas de la Arganzuela, cerca de donde, por fétidas bocas, arroja Madrid sobre el Manzanares lo que no necesita para nada.

Modesto Rico tenía un tingladillo de clavos usados, espuelas rotas, hebillas, cerraduras mohosas, jaulas de loros, abolladas alambreras y tinteros de cobre. Era además lañador y lañaba de lo lindo. Ganaba poco, y este poco se lo quitaba su afición a la horchata de cepas. Animal más digno de desprecio y lástima no se ha visto ni verá. Una y otra vez en el curso de la semana, y principalmente los domingos y lunes, hacía sus cuentas sobre las costillas de su mujer con una vara de acebuche o simplemente con la mano, más dura que granito.

Pues de esta unión había nacido un niño, el más bonito, el más gracioso, el más esbelto, el más engañador y salado que en el barrio había. Contaba a la sazón diez años, que parecían doce, según estaba el rapaz de espigado y suelto. Su cara era fina y sonrosada, el corte de la cabeza perfecto, los ojos luceros, la boca de ángel chapado a lo granuja, las mejillas dos rosas con rocío de fango; y su frente clara, despejada y alegre, rodeada de graciosos rizos, convidaba a depositar besos mil en ella. Por estas lindezas, por la soltura de sus miembros y gallardía de su cuerpo alto y delicado, estaba más orgullosa de él su madre que si hubiera parido un príncipe. Hablaba el lenguaje de su edad, con graciosos solecismos, comiéndose medio idioma y deshuesando el otro medio. Si en el Cielo hay algún idioma o dialecto, el oír cómo lo destrozan los ángeles será el mayor regocijo y entretenimiento del Padre Eterno.

Hacía grandes esfuerzos Angustias (a quien llamaban también *Palo-con-ojos*) por poner sobre aquellas tiernas carnes ropa apropiada a la preciosa cara y al bonito cuerpo de su hijo. Su pobreza no le permitía el lujo más ansiado de su corazón. Pero allá Dios le daba a entender, con guiñapos del Rastro y otros arreglados por ella, conseguía vestirle a su placer, y se recreaba en él; mirábase en aquel espejo que era su vida y sus amores; se henchía de satisfacción oyendo los encomios que del muchacho hacían las vecinas. Para los domingos tenía un pantalón azul, más bien recortado que corto, unas botas usadas, de segunda mano, o mejor, de segundos pies, y una camisola que su madre cuidaba de planchar el sábado. Pero lo más lindo era una chaquetilla de felpa roja, tan raída como bien ajustada, sobre la cual liaba Angustias una faja hecha de dos o tres cintas de colores perfectamente cosidas, con lo que el muchacho parecía un Sol, más que un príncipe, algo de sobrenatural en belleza y gallardía, como un Niño Jesús vestido de torero. Desde que apareció por primera vez en la calle de Moratines, le pusieron por apodo *el Majito*, y así se llamó toda su vida. Su nombre era Rafael. Decían los vecinos que todas aquellas galas habían sido de niños muertos y de despojos allegados, sabe Dios cómo, del oscuro borde de la tumba. No nos corresponde aclarar esto, y tuvieran o no razón las murmuradoras, ello es que *el Majito* estaba majísimo con aquellos arreos.

Lo que vamos a contar pasó en un domingo. *El Majito* salió brincando de su casa para ir a enredar a las ajenas. Mirole salir gozosa *Palo-con-ojos*; mas no era fácil que el regocijo se pintase en su cara, por tenerla casi toda cubierta con un pañuelo, a causa del dolor de muelas y de la hinchazón que estaba sufriendo aquel día. Y aun así no faltaban alrededor de su frente las sortijillas pegadas con tragacanto, ni la canastilla y peinas. Era la carátula más grotesca que imaginarse puede, pues uno de los lados de su rostro parecía calabaza, y era tal el peso, que no separaba de aquella parte la mano.

El Majito se metió de un salto en la tienda de *la Sanguijuelera*. Esta solía mimarle y le obsequiaba unas veces con piñones y otras con azotes.

«Hola, lagartijilla, ¿ya estás aquí?... No enredes en la tienda, porque vas a cobrar.

—¿Y *Pecado*?

—En el taller... Dios le tenga allá...».

Aquel día, aunque era festivo, el soguero tenía trabajo hasta las doce. No había querido ir Mariano; pero su severa tía le cogió por una oreja, y... ¡Valiente holgazán!

«¿Y *Pecado*? —volvió a preguntar *el Majito*.

—Te digo que está en el trabajo... No te montes sobre la tinaja. Si me la rompes, vas a ver. ¡Eh, eh! No te encarames, o te vas de aquí más pronto que la vista.

—¿En dónde está *Pecado*?».

Para preguntar, los sabios y los chicos. *La Sanguijuelera*, cansada de responder a la misma pregunta, le cogió con una mano los dos carrillos, estrujándoselos, con lo que la boca del *Majito* resultó como una guinda. Le dio un beso en ella, diciéndole: «¡Qué pesado eres..., y qué rebonito!».

«¡Suéltame, vieja! —exclamó Rafael, limpiándose la cara.

—Eso es, frótate, bobo... Y me has llenado de babas.

—¿Y *Pecado*?

—¡Toma *Pecado*!».

Y le arreó dos nalgadas. Como un jilguero saltó *el Majito*, y de un brinco se puso en el pasillo, y de otro brinco en el patio interior, y con un tercer brinco se metió en el aposento donde Encarnación vivía, el cual no era notable por su desahogo ni por sus claridades. Difícilmente se podría determinar, sin tener costumbre de andar dentro de tal laberinto, lo que allí había; pero *el Majito*, que conocía el local como un ratón conoce las entradas y salidas de la casa que habita, subió a eminencias que parecían camas; descendió a negros abismos que parecían arcones abiertos; trepó por las gastadas graderías de un estante viejo; se arrastró por suelos polvorientos; metió su brazo por tortuosas grietas formadas de informes bultos arrimados a la pared. Sin duda buscaba algo. Su flexible cuerpecillo se escurría y deslizaba en silencio de hueco en hueco, hasta que al fin, apoyado en un cofre, dio una voltereta agitando las patitas en el aire, y se sumergió como el nadador en persecución de la perla.

Era un rincón oscuro, polvoroso, lleno de cachivaches, antes apreciables al tacto que a la vista, objetos de cartón, de cuero, de metal, algo como mochilas, bayonetas, cartucheras, trozos de arreos militares, desechados por inútiles en la liquidación de un bazar de juguetes. *El Majito* miró y se estuvo quieto, atento. Sus ratoniles ojos veían en la oscuridad aquel montón de cosas. Era un cuadro en las profundidades del mar, con ansiedad de buzo y resplandor de mariscos entre el lívido verdor del agua. Las arañas se paseaban sobre los objetos, pero Rafael no les tenía miedo. Las correderas entraban y salían por los intersticios, huyendo azoradas al ruido, pero *el Majito* tampoco las tenía miedo. Estuvo un rato en acecho, dudoso, mirando y eligiendo. Fuerte cosa era decidir cuál objeto tomaría. Por último, decidido, tiró de una brillante empuñadura y sacó un sable. Después revolvió el conjunto y vio un brillo seductor de galones. Diole un salto el corazón de ratero y tomó lo que brillaba. Era un sombrero que parecía escudilla, un ros de cartón, deforme, cuarteado, pero con tres tiras de papel dorado pegadas en redondo. *El Majito*, que tan poco sabía del mundo, sabía que los tres entorchados son la insignia del capitán general, y que esta es la jerarquía más alta del ejército. ¡Vaya usted a averiguar dónde esos diablos de chicos aprenden estas cosas!

Se puso el ros y vio que era bueno. Empuñó el sable. Era un palito pinchante amarrado a una empuñadura de metal, que en su origen parecía haber sido asa de un brasero de cobre. Había en la prenda militar una fabricación tosca, pero ingeniosa, que denotaba tanta habilidad como falta de medios. Autor y dueño de aquellos arreos era, como se habrá comprendido, el famoso *Pecado*, gran amigo de cosas de guerra, y que desde su tierna infancia se mostraba muy precoz para las artes mecánicas. Él apandaba, no se sabe dónde, aunque es de presumir que fuera de sus viajes por las Américas, restos de juguetes, pedazos de hojalata, de madera, de hierro; y con un clavo viejo, una cuerda, una navaja rota y un enorme guijarro que servía de martillo y de piedra de afilar, hacía maravillas.

En cuanto al ros, justo es consignar que no vino a sus manos por causa de rapiña, sino que lo cogió en la calle, en el momento de caer de un balcón, arrojado por unos niños. Era pieza lastimosa; pero ¡cómo se trasformó en sus hábiles manos! Púsole visera que no tenía para lo cual le bastó media suela de una zapatilla; lo moldeó y le dio forma, que casi había perdido; adornole con una vistosa placa, que sacó de la chapa circular de un botecillo de betún, y por último, con ciertos tirajos de papel dorado, sutilmente desprendidos de una caja de mazapán, le puso sus tres entorchados. ¡Muy bien! ¡Así se hacen las cosas! El ros tuvo en sus orígenes plata y oro, insignias de comandante. *Pecado* le hizo ganar de un salto la mayor jerarquía militar con una prontitud que envidiaría la misma *Gaceta*..., ¡hala!

Dejemos a *Majito* con el ros encasquetado, el sable en la derecha mano, en actitud tan belicosa, que si le viera el sultán de Marruecos convocara a toda su gente a la guerra santa. Con la mano siniestra se limpió el polvo y las telarañas que no querían desprenderse de la felpa de su chaqueta, y dando después tres o cuatro brincos, se puso en la calle gritando con todo el vigor de su pecho infantil: «Soy *Plin*».

¡Ser Prim! ¡Ilusión de los hijos del pueblo en los primeros albores de la ambición, cuando los instintos de gloria comienzan a despuntar en el alma, entre el torpe balbucir de la lengua y el retoñar, casi insensible, de las pasiones! Esta ilusión, que era entonces común en las turbas infantiles, a pesar de la reciente trágica muerte del héroe, se va extinguiendo ya conforme se desvanece aquella enérgica figura. Pero aún hoy persiste algo de tan bella ilusión; aún se ven zamacucos de cinco años, con un palo al hombro y una gorra de papel en la cabeza, que quieren ser Prim o ser O»Donnell. ¡Lástima grande que esto se acabe, y que los chicos que juegan al valor no puedan invocar otros nombres que los gárrulos motes de los toreros!

Ya lo hicimos —dijo Encarnación mirando al *Majito*—. Apandó los chirimbolos, y cuando el otro venga tendremos la de no te menees».

El Majito se dejó ir con grave paso por la calle de Moratines abajo. Era el día ventoso, frío y seco, hijo maldito de la malditísima primavera de Madrid. La pluma del ros del *Majito* (porque una pluma de pavo tenía) se torcía con la fuerza del viento. La cola de las gallinas que andaban por la calle se doblaba también, obligándolas a dar tumbos entre el fango. Todo lo que colgaba de las paredes, ropa, trapos, sogas, se ponía horizontal; balanceábanse las bacías de cobre colgadas en la puerta del barbero; las faldas de las mujeres se arremolinaban; se rompían las vidrieras; los hombres se iban sujetando con la mano sus gorras y sombreros, los curas apenas podían andar; todo lo flotante tendía a tomar la horizontal, y en medio de esta desolación relativa, *el Majito* avanzaba tieso y altanero, como hombre supinamente convencido de la importancia de sus funciones.

En la calle de Ercilla tenía ya un séquito de seis muchachos; en la del Labrador, ya se le había incorporado una partida de diez y siete, entre hembras y varones, siendo las primeras, ¡cosa extraña!, las que más bulla metían. Los tres chicos del capataz de la fundición de hierro salieron batiendo marcha sobre una plancha de latón, y pronto se agregaron a ellos, para aumentar tan dulce orquesta, los dos del tendero, tañendo esas delicadas sonatas de Navidad, que consisten en descargar golpes a compás sobre una lata de petróleo. Eran estos enemigos del género humano pequeñuelos y sucios. Calzaban botas indescifrables, pues no se podía decir a ciencia cierta dónde acababa la piel y empezaba el cordobán. Estaban galoneados de lodo desde la cabeza a los pies. Si la basura fuera una condecoración, los nombres de aquellos caballeritos se cogerían toda la *Guía de forasteros*.

Al desembocar el ya crecido ejército en la plaza de las Peñuelas, centro del barrio, agregose una chiquillería formidable. Eran los dos nietos de la *Tía Gordita*, los cuatro hijos de Ponce el buñolero, las del sacamuelas y otros muchos. Mayor variedad de aspecto y de fachas en la unidad de la inocencia picaresca no se ha visto jamás. Había caras lívidas y rostros siniestros entre la muchedumbre de semblantes alegres. El raquitismo heredado marcaba con su sello amarillo multitud de cabezas, inscribiendo la predestinación del crimen. Los cráneos achatados, los pómulos cubiertos de granulaciones y el pelo ralo, ponían una máscara de antipatía sobre las siempre interesantes facciones de la niñez. En un momento se vio a la partida proveerse de palos de escoba, cañas, varas, con esa rapidez puramente española, que no es otra cosa que el instinto de armarse; y sin saber cómo surgieron picudos gorros de papel con flotantes cenefas que arrebataba el viento, y aparecieron distintivos varios, hechos al arbitrio de cada uno. Era una página de la historia contemporánea, puesta en aleluyas en un olvidado rincón de la capital. Fueran los niños hombres y las calles provincias, y la aleluya habría sido una página seria, demasiado seria. Y era digno de verse cómo se coordinaba poco a poco el menudo ejército; cómo sin prodigar órdenes se formaban columnas; cómo se eliminaba a las hembras, aunque alguna hubo tan machorra que defendió a pescozones su puesto y jerarquía.

Crecía el estrépito, engrosaban las haces. ¿De dónde había salido toda aquella gente? Eran la discordia del porvenir, una parte crecida de la España futura, tal que si no la quitaran el sarampión, las viruelas, las fiebres y el raquitismo, nos daría una estadística considerable dentro de pocos años. Eran la alegría y el estorbo del barrio, estímulo y apuro de sus padres, desertores más bien que alumnos de la escuela, un plante del que saldrían quizás hombres de provecho y sin duda vagos y criminales. De su edad respectiva poco puede decirse. Eran niños, y tenían la fisonomía común a todos los niños, la cual, como la de los pájaros, no determina bien los años de vida. La variedad de estaturas más bien indicaba los grados de robustez o cacoquimia que los años transcurridos desde que vinieron al mundo. El mal comer y el peor vestir pasaba sobre todos un triste nivel. Algunos llevaban entre sus labios, a modo de cigarro, un caramelo largo, de esos que parecen cilindro de vidrio encarnado, y con un fácil movimiento de succión le hacían entrar en la boca o salir de ella, repitiendo este gracioso mete y saca con presteza increíble.

El militar paseo tenía por música, además del estruendo de las latas, el reír inmenso de la bandada, el pío pío mezclado de voces prematuramente roncas, y salpicado de esos dicharachos que, al ser escupidos de la boca de un niño nos recuerdan al feo abejón cuando sale zumbando del cáliz de la azucena. Había en las filas renacuajos de dos pies de alto, con las patas en curva y la cara mocosa, que blasfemaban como carreteros; había quien, mudando los dientes, escupía por el colmillo; había quien llevaba una colilla de cigarro detrás de la oreja y una caja de fósforos en un hueco, que no bolsillo, de la ropa. Había piernas blancas desnudas asomándose a las ventanas de un pantalón que a pedazos se caía; había zancas negras, esbeltas cinturas ceñidas por sucia cuerda o por tirajo informe; chaquetones que fueron de abuelos, y calzones que fueron mangas; blusas que aún se acordaban de haber sido chalecos; gorras peludas que fueron, ¡ay!, manguito de elegantes damas. Pero la animación principal de aquel cuadro era un centellear de ojos y un relampaguear de alegrías divertidísimo. Con aquel lenguaje mudo decía claramente el infantil ejército: «¡Ya somos hombres!». ¡Cuántas pupilas negras brillaban en el enjambre con destellos de genio y chispazos de iniciativa! ¡En cuántas actitudes se observaban pinitos de fiereza! ¡Allí la envidia, aquí la generosidad, no lejos el mando, más allá el servilismo, claros embriones de egoísmo en todas partes! En aquel murmullo se concentraban los chillidos para decir: «Somos granujas; no somos aún la humanidad, pero sí un croquis de ella. España, somos tus polluelos, y cansados de jugar a los toros, jugamos a la guerra civil».

II

Llegaron a la vía férrea de circunvalación que corta el barrio, sin valla, sin resguardo alguno. La miseria se familiariza con el peligro como con un pariente. Sintieron silbar la máquina, y los condenados se pusieron a bailar sobre los carriles desafiando el tren mugidor que venía. Lo azuzaban, lo escarnecían, hasta que apareció la locomotora en la curva, y al verla cerca se dispersaron como bandada de gorriones. El tren de mercancías pasó, enorme, pesado, haciendo temblar la tierra, y ellos a un lado y otro de la vía le saludaban con espantosa rechifla, le amenazaban con puños y palos, le trataban de tú, remedaban con insolente escarnio los bufidos de la máquina, el desengonzado movimiento de las bielas, y por último pusieron al guardafreno como hoja de perejil. El tren les hacía tanto caso como a una nube de mosquitos, y desapareció dejando atrás su humo y su ruido.

Volviose a ordenar la hueste y siguieron marchando, con *el Majito* a la cabeza. ¡Ah! Todavía mandaba. Goza, goza del brillo de tu alta posición, que tiempo vendrá en que las grandezas se humillen y las altas torres se desplomen. Avanzaban por la planicie que se extiende entre el hospital del Niño Jesús y los collados áridos que rodean el barranco. Allí no hay casas todavía, es decir, no hay miseria. ¿Quién diréis que salió a recibirlos? Pues un pavo que habitaba en muladar próximo, y que todas las mañanas se paseaba solo por el llano, con la gravedad enfática que tanta semejanza le da con ciertos personajes. El pavo los miró; ellos le miraron y se detuvieron. Hizo él la rueda y les echó una arenga, es decir, que después de soltar dos o tres estornudos, que son la interjección natural del pavo, les soltó esa carcajada que parece ladrido. Los chicos se echaron a reír en inmenso coro, y el animal volvió a hacer la rueda y a echarles otra arenga, diciendo «amados compatricios míos...» con el cuello rojo cual la esencia del bermellón, el moco tieso, las carúnculas inyectadas como un orador herpético. Más gritaban ellos, más gargajeaba él. A cada voz respondía con sus estornudos y su carcajada. Parecían aclamaciones a la patria, *vivas* contestados con *hurras*. Después dio media vuelta y marchó delante. Era esa caricatura militar de antaño que se llamaba tambor mayor. El viento le despeinaba las plumas, y al arrastrar las alas y dar el estornudo era el puro emblema de la vanidad. No le faltaban más que las cruces, la palabra y la edad provecta para ser quien yo me sé.

Había llegado el momento en que la partida necesitaba hacer algo para justificar su existencia. ¿Qué haría? ¿Una simple fiesta militar, o dividirse en dos bandos para batirse en toda regla? El susurro y la confusión indicaban que la falange se hacía a sí misma aquella pregunta. Bien pronto nadie se entendía allí. La discordia descompuso las filas, y todo eran empujones, codazos, gritos. No había uno que no quisiera ser Prim, incluso el renacuajo de las patas corvas. Pues qué, ¿*el Majito* no habían mandado ya bastante? Hasta el pavo, con aquella carcajada que parecía un vómito de sonidos, exclamaba: «¡Abaa... jojojo *el Majito*!».

«Miá este —dijo uno de los chicos del carbonero, atacando al general en jefe con el codo, así como los pollos embisten con el ala—. Dice que me ponga detrás... Si no te callas, puñales, te pego la bofetá del siglo.

—Pega, hombre, pega —chilló Rafael preparándose a recibirle, animoso, imponente, con el puño cerrado, y presentando también el codo y antebrazo como un escudo—. Vamos, hombre...

—No vus perdáis, muchachos; no vus perdáis —dijo en tono conciliador el del herrero, interponiéndose.

—Ponte atrás, ¡coles! —gritó *el Majito*—. ¡Qué coles! Si no te pones atrás, verás...
—Que no me da la gana, hombre...
—Achúchale, achúchale —dijeron algunos que querían ver reñir al *Majito* con el hijo del carbonero.
—No vus perdáis, muchachos —volvió a decir el otro, sin soltar de la boca sucia el caramelo largo.
—¡Que le achuche, que le achuche!» —graznaron varios, arremolinándose.

El Majito y *Colilla*, que así se llamaba el del carbonero, se sacudieron el primer golpe en los hombros.
«¡Leña!
—¡Atiza!».
A los primeros golpes cayó a tierra el ros. Más pronto que la vista lo cogió Gaspar (el de las patas corvas), se lo puso, y echó a correr hacia abajo, en dirección a las Yeserías. Allí le detuvieron dos muchachos que subían del río; le quitaron la codiciada prenda, y uno de ellos se la puso. Mirose en un charco verdoso, y estalló en risa. En tanto la refriega había cesado, y *el Majito*, con la cara soplada, los ojos encendidos, el corazón hirviendo de rabia, se había subido a una colina de las inmediatas al barranco, y desde allí gritaba que iba a matar a uno y a reventar a seis si no le devolvían su sombrero.

Los que subían del río eran como de doce años, descalzos, negros, vestidos de harapos. El uno traía una espuerta de arena. Los dos mostraban grandes manojos de una hierba que se cría en aquellas praderas. Es una liliácea, que algunos llaman matacandil y otros jacinto silvestre o cebolla de lagarto. Tiene un tallo o tuetanillo que se chupa, ¡y es dulce!

«¡Matacandiles!»—chillaron muchos, arrojando las armas y saliendo a recibir a los dos individuos, conocidos en la república de las picardías con los nombres de *Zarapicos* y *Gonzalete*.

«¿A cómo? —preguntó una voz.
—A cinco.
—¡Qué coles!..., a cuatro.
—¡A cinco! El que no dé cinco no chupa.
—Maldita sea tu madre..., ¡a cuatro!

Y empezó un regatear febril, una disputa de contratación que retrasaba las ventas. Pero ¿qué se vendía y qué se compraba allí? Los matacandiles que en las tardes de primavera dan materia a un animado comercio infantil, ¿se cambiaban por dinero? No, porque la escasez de numerario lo vedaba. Sin embargo, no puede decirse que no fuera metálico el segundo término del cambio, porque los matacandiles se cambiaban por alfileres.

Zarapicos y *Gonzalete* eran comerciantes. No daban un paso por aquellos muladares habitados, ni aun por las calles de Madrid, sin que sacaran de él alguna ganancia. ¡Bien por los hombres guapos! Vivían de sus obras y de sus manos; su casa era la capital de España, ancha y ventilada; su lecho el quicio de una puerta o cualquier rincón de casa de dormir; su vestido una serie de agujeros pegados unos a otros por medio de jirones de tela; su sombrero, el aire y el Sol; sus zapatos, los adoquines y baldosas de las calles. No eran hermanos; eran amigos. Habían llegado cada uno a Madrid por distinta vía y puerta; *Zarapicos*, por el Norte; *Gonzalete*, por el Sur. Tenían padres; pero ya no se acordaban de ellos. Vinieron pidiendo limosna. Después habían visto que Madrid es un campo inmenso para la actividad humana, y a la limosna habían unido otras industrias.

Zarapicos fue durante algún tiempo lazarillo de un ciego; *Gonzalete* sirvió a una mujer que, al pedir en la puerta de la iglesia, le presentaba como hijo. Uno y otro se cansaron de aquella vida mercenaria y poco independiente, y ansiosos de libertad se lanzaron a trabajar por su cuenta. Entonces se conocieron, y entablaron cariñosa amistad. Ambos aspiraban a vender *La Correspondencia* o *El Imparcial*, pero ¡ay! ciertas posiciones, por humildes que parezcan, no están al alcance de todos los individuos. Eran demasiado granujas todavía, demasiado novatos, demasiado pobres, y no tenían capital para garantizar las primeras manos. Uno de ellos logró vender *El Cencerro* los lunes; otro merodeaba contraseñas en las puertas de los teatros. Eran dos millonarios en capullo. *Zarapicos* decía a *Gonzalete*: «Verás, verás cómo semús cualquier cosa».

Antes de llegar a las altas posiciones comerciales tenían que pasar por humillante aprendizaje y penoso noviciado. ¡Recoger colillas! Ved aquí un empleo bastante pingüe. Pero tal comercio tiene algo de trabajo, y exige recorrer ciertas calles, instalarse en las puertas de los cafés, consagrarse al negocio con cierta formalidad. Eran niños, necesitaban juego como el pez necesita agua, y así por las tardes se iban al río a recoger matacandiles. Allí se presentaba inopinadamente algún bonito recreo, tal como cortar la cuerda de una cabra que estuviera atada en los bardales, y a veces se presentaban buenos negocios. Ocurría con frecuencia el caso de tropezar con una herradura en la carretera del Sur, y ¡cuántas veces, junto a las fábricas, podían recogerse pedazos de lingote, clavos y otras menudencias que, reunidas, se vendían en el Rastro! Con estas cosillas resultaba que tanto *Zarapicos* como *Gonzalete* pudieran tocarse el titulado pantalón para sentir sonar algo como retintín de un cuarto dando contra otro. Eran ricos; pero no gastaban un ochavo en comer. Dos veces al día la guarnición de Palacio da a los chicos las sobras del rancho, a trueque de que estos les laven los platos de latón. Esta sopa boba, a la cual los granujas llaman *piri*, atrae a mucha gente menuda a los alrededores del cuerpo de guardia, y se la disputan a coscorrones.

Después de bien llena la panza, nuestros dos amigos bajaban hacia el río. Si tenían ganas de trabajar, ayudaban a las lavanderas a subir la ropa; si no, tiraban hacia las Yeserías. Aquel día cogieron tantos matacandiles, que apenas podían llevarlos. Por la mucha abundancia, *Zarapicos* fijó en cinco alfileres el precio de la docena de matacandiles. Hubo temporada en que se cotizaron a diez y once, manteniéndose firme este precio durante toda una semana.

Lo mismo *Zarapicos* que *Gonzalete* tenían las solapas de sus deformes chaquetas llenas de alfileres tan bien clavados, que solo asomaban la cabeza. El borde de la tosca tela parecía claveteado como un mueble... Las transacciones empezaron enseguida. Unos daban tallos, los otros chupaban y pagaban. Muchos tenían repuesto de alfileres; otros corrían a sus casas, encontraban a sus madres peinándose al Sol, en las puertas de las casas, y les quitaban la moneda o se la robaban.

En tanto *el Majito*, desde la cumbre de una eminencia formada por escombros, increpaba a la muchedumbre infantil de abajo, diciendo que iba a reventar a patadas a todos y cada uno si no le devolvían su sombrero. ¡Qué vergüenza! *Zarapicos* lo tenía puesto, y estaba tan contento de su adquisición, que amenazó al *Majito* con subir y sacarle las tripas si no se callaba. Con el viento y la bulla que el pavo metía apenas se sentían las chillonas voces provocativas. *El Majito*, cansado de parlamentar sin fruto ni resultado alguno, lanzó una piedra en medio de la turba de comerciantes. Al voltear, haciendo honda de su elástico brazo, parecía un gallito de veleta, obedeciendo más al viento que al coraje. *Gonzalete*, al recibir la piedra en un hombro, gritó: «¡Repuñales! ¡Maldita sea tu sangre!».

Entonces *Zarapicos* tiró al *Majito*; la piedra silbó en el aire y no hirió al muchacho, que al punto disparó la segunda suya. Instantáneamente, sin que se dieran órdenes ni se concertara cosa alguna, generalizose la pelea. Muchos se pasaron al bando del *Majito*, sin darse la razón de ello; otros permanecieron abajo, y todos tiraban, soldados bravos, saliendo a la primera fila y desafiando el proyectil que venía. Bajarse, elegir el guijarro, cogerlo, hacer el molinete con el brazo y lanzarlo, eran movimientos que se hacían con una celeridad inconcebible.

Para que no les viera la gente mayor del barrio ni los del Orden Público, se corrieron al barranco de Embajadores, lugar oculto y lúgubre. Ninguna orden se dio entre ellos para este hábil movimiento, nacido, como la batalla misma, de un superior instinto. *El Majito* y los suyos ocupaban la altura, *Zarapicos* y su mesnada el llano. Piedra va, piedra viene, empezaron las abolladuras de nariz, las hinchazones de carrillos y los chichones como puños. Mientras mayor era el estrago, mayor el denuedo: «¡Leña!, ¡atiza!, ¡dale!». ¡Qué ardientes gritos de guerra! Ni las moscas se atrevían a pasar por el espacio en que se cruzaban las voladoras piedras. Una de estas alcanzó a una mujer y la detuvo en su camino, obligándola a retirarse con la mano en un ojo. Muchos chiquillos se retiraron también berraqueando, porque el dolor les enfriaba los ánimos, dando al traste en un punto con todo su coraje.

El barranco de Embajadores, que baja del Salitre, es hoy en su primera zona una calle decente. Atraviesa la Ronda y se convierte en despeñadero, rodeado de casuchas que parecen hechas con amasada ceniza. Después no es otra cosa que una sucesión de muladares, forma intermedia entre la vivienda y la cloaca. Chozas, tinglados, construcciones que juntamente imitan el palomar y la pocilga, tienen su cimiento en el lado de la pendiente. Allí se ven paredes hechas con la muestra de una tienda o el encerado negro de una clase de Matemáticas; techos de latas claveteadas; puertas que fueron portezuelas de ómnibus, y vidrieras sin vidrios de antiquísimos balcones. Todo es allí vejez, polilla; todo está a punto de desquiciarse y caer. Es una ciudad movediza compuesta de ruinas. Al fin de aquella barriada está lo que queda de la antigua Arganzuela, un llano irregular, limitado de la parte de Madrid por lavaderos, y de la parte del campo por el arroyo propiamente dicho. Este precipita sus aguas blanquecinas entre collados de tierra que parecen montones de escombros y vertederos de derribos.

La línea de circunvalación atraviesa esta soledad. Parte del suelo es lugar estratégico, lleno de hoyos, eminencias, escondites y burladeros, por lo que se presta al juego de los chicos y al crimen de los hombres. Aunque abierto por todos lados, es un sitio escondido. Desde él se ven las altas chimeneas y los ventrudos gasómetros de la fábrica cercana; pero apenas se ve a Madrid. Hay un recodo matizado de verde por dos o tres huertecillas de coles, el cual sirve de unión entre la plaza de las Peñuelas y la Arganzuela. En este recodo el transeúnte cree encontrarse lejos de toda vivienda humana. Solo hay allí una choza guardada por un perro, dentro de la cual un individuo, al modo de gitano, cuida los plantíos de coles.

Pues bien: por este paso, que se llama la Casa Blanca, los valientes muchachos se corrieron desde las Peñuelas a la Arganzuela, lugar que ni hecho de encargo fuera mejor para descalabrarse a toda satisfacción.

¡Zas, zas!, iban y venían los pedruscos del campo del *Majito* al campo de *Zarapicos* y viceversa. Ocupaba el primero, como hábil capitán, las alturas sinuosas, y los desalmados del bando contrario se dispersaban por el llano, al borde de los charcos verdosos. Habíalos seguido el pavo, y colocándose en lugar seguro, de donde dominar pudiera la perspectiva del campo de batalla, les animaba con sus guerreros toques a degüello. Más enfurecidos ellos cuanto mayor era el número de los que se retiraban contusos, se atacaban con creciente furor. Estaban rojos. Sus brazos, al parecer descoyuntados, elásticos, flexibles como una banda de cuero, funcionaban con aterradora prontitud. Ni *Zarapicos* se acordaba ya de los matacandiles, ni *Gonzalete* de los alfileres. Morir matando era su ilusión. Estaban ebrios, y los más intrépidos se reían de los pucheros de los desanimados...

De improviso hubo entre los combatientes de uno y otro ejército un movimiento de sorpresa. Oyose una voz, dos, veinte, que dijeron «¡*Pecado!*», y cien ojos se volvieron hacia el barranco. Por él venía, descendiendo a saltos, un muchacho fornido, rechoncho, tan mal vestido como los demás, el cual a cada paso lanzaba una interjección y amenazaba con el puño. Era el gallito del barrio, el perdonavidas de la partida, capitán de gorriones, bandolero mayor de aquellos reinos de la granujería, angelón respetado y temido por su fuerza casi varonil, por su descaro, por su destreza en artes guerreras y de juego. Así no hubo en el cotarro uno solo que no temblara al oírle gritar: «¡Estarvus quietos!.., ¡vus voy a reventar!...».

III

Detuviéronse las manos ardientes que empuñaban la piedra, y todos le miraron. Fundábase la superioridad de *Pecado* en la fuerza, de donde venía la justicia, es decir, que solía dirimir contiendas de chicos, unas veces a trompada limpia y otras con atinadas y comedidas razones, aunque todo hace creer que el primer argumento era el que con más frecuencia usaba.

«¿Por qué vos zurráis?»—preguntó ceñudo, tremendo.

El Majito había salido a su encuentro. *Pecado* era para él más que un amigo, un protector, un maestro amado. Al verle, todo aquel valor homérico de que dio pruebas en la altura, se trocó en llanto de desconsuelo, cosa natural en chicos, cuya rabia se deshiela en lágrimas, y haciendo pucheros que desfiguraban su hermosura, exclamó:

«Picos..., mi sombrero... Yo soy *Plim*.».

En vez de llorar, el desvergonzado *Zarapicos* se echó a reír como un sátiro. Con inflamados ojos miró *Pecado* su querido ros en la cabeza de aquel monstruo de la rapacidad, y poniéndose los brazos en jarra, habló así:

«¿Sabes lo que te digo?..., que si no sueltas el ros te reviento a patás.

—¡Ladrón!»—chilló *el Majito*, sintiéndose otra vez más valiente por la presencia de Mariano.

Al oírse llamar con nombre tan infamante, *Zarapicos*, que era un rapaz honrado, aunque pobre, no pudo contener el ímpetu de su ira, y echando la mano al cuello del insolente *Majito*, le derribó en tierra, diciendo:

«¡Figuerero!..., ¡coles!, ¡te deslomo!».

Pero *el Majito* supo reponerse, sacudirse, levantarse, y, una vez en pie, sus manos alzaron un canto tan grande como medio adoquín.

«Suéltalo» —le dijo prontamente *Pecado* con voz y gesto de prudencia.

El Majito soltó la piedra refunfuñando feroces amenazas de asesinato. Volviéndose a los desvergonzados comerciantes, *Pecado* les dijo con imperioso ademán, en que había tanta energía como orgullo:

«Dirvos.

—No nos da la gana.

—Dirvos, digo... y venga mi sombrero.

—Miale, miale... ¿Te quieres callar? El sombrero es mío».

Al oír *Pecado* una afirmación tan contraria a los sagrados derechos de propiedad, no se pudo contener más. Huyó de su corazón la generosidad, de su espíritu la prudencia, y arremetió a *Zarapicos* con tal empuje que este dio algunos pasos atrás, y habría caído en tierra si no fuera también un muchachote robusto. Lucharon, ¡ay!, con varonil fiereza. Las bofetadas se sucedían a las bofetadas, los porrazos a los porrazos. De cada golpe se inflaba un carrillo. Trabados al fin de manos y brazos, cayeron rodando. *Zarapicos* debajo, *Pecado* encima. *Pecado* vencía, y machacó sobre su víctima con ferocidad. El niño rabioso supera en barbarie al hombre. ¿Habéis visto reñir a dos pájaros? El tigre es un animal blando al lado de ellos.

Bien molido estaba *Zarapicos*, cuando acercó a coger entre sus dientes un dedo de *Pecado*. ¡Oh! ¡Con qué inefable delicia apretó las quijadas! Mariano dio agudísimo grito, y saltó como gallo herido. El otro se levantó. Su rostro era un conjunto de dolor, de vergüenza, totalmente embadurnado de fango y lágrimas. Al mismo tiempo reía y lloraba. *Pecado* se cegó; no veía nada; llevó la mano a la cuerda que sujetaba sus calzones a la cintura. La última injuria que cambiaron fue referente a sus respectivas madres. Cuando nada inmundo les queda por decir, arrojan aquel postrer salivazo de ignominia sobre la cuna que poco antes les ha mecido.

«Tu madre es una *acá* y una *allá*.

—Tu madre es esto o lo otro».

Pecado no dijo ni oyó más; sacó de la cintura una navajilla, cortaplumas o cosa parecida, un pedazo de acero que hasta entonces había sido juguete, y con él atacó a *Zarapicos*. Del golpe, el infeliz chiquillo cayó seco.

¡Hombres ya!

Silencio terrorífico. Los muchachos todos se quedaron yertos de miedo. Al principio no comprendían la realidad abominable del hecho. Cuando la comprendieron, los unos echaron a correr llevados de un compasivo horror; los otros rompieron a llorar con ese clamor intenso, sonoro, dolorido, que indica en ellos la intuición de las grandes desdichas.

Aquello no era una travesura; era algo más. Aquello de que estaba manchado *Zarapicos* no era el almagre de que se pintaban alguna vez para jugar; era sangre, ¡sangre! *Zarapicos* no jugaba al muerto; no hacía gestos para hacer reír a sus compañeros; no decía con voz doliente ¡madre! para representar una comedia; era que se moría realmente... Temblando, pálido y siniestro, con los ojos secos, sin tener clara idea de su acción, *Pecado* arrojó el arma que había sido juguete. El instinto le mandaba huir, y huyó.

Alborotose en un instante el barrio de las Peñuelas. Salieron todas las mujeres a la calle, gritando, algunas con el cabello a medio peinar. Los hombres corrían también. La Guardia Civil, que tiene su puesto en la calle del Labrador, se puso en movimiento; y hasta un señor concejal y un comisario de Beneficencia, que a la sazón paseaban por el barrio eligiendo sitio para el emplazamiento de una escuela, corrieron al lugar del atentado. ¡Horror y escándalo!

Las mujeres clamoreaban alzando al cielo sus manos; los hombres gruñían; *la Sanguijuelera* misma salió de su tienda a buen paso, medio muerta de terror y vergüenza, y por todas partes no se oía sino: «*Pecado, Pecado*».

La Arganzuela se llenó de gente. Unos corrían en busca del juez; otros decían que el juez no le encontraría vivo; los más hablaban de llevarle a la Casa de Socorro, y todos decían: «¡*Pecado*!».

Vino corriendo el boticario con árnica y vendajes, diciendo también: «¡*Pecado*!». El concejal, seguido del comisario de Beneficencia (que por ser hombre muy grueso no podía seguirle aprisa), hacía, siguiendo a la multitud, las consideraciones más sustanciosas sobre un hecho que, si bien algo extraordinario, no era nuevo en los anales de la criminalidad de Madrid.

«Van siete casos de esta naturaleza en diez años —decía el comisario de Beneficencia, harto sofocado, por ser poco compatibles su gordura y la celeridad del paso.

—Terrible es el matador hombre; pero el matador niño, ¿qué nombre merece?... Dicen que este tiene trece años.

—¡Qué país!

—¡Pero qué país!

—En Málaga son frecuentes estos casos.

—Y en Madrid lo van siendo también.

—¡Y nos ocupamos de escuelas! ¡Presidios es lo que hace falta!

—Escuelas penitenciarias, o cárceles escolares... Es mi tema».

Cuando llegaron al sitio de la catástrofe, los dos señores, dignísimos representantes de lo más meritorio y venerable que hay en los pueblos modernos, se echaron recíprocamente el uno sobre el otro estas dramáticas exclamaciones:

«¡Esto es espantoso!

—Esto parte el corazón

—Escuelas, señor de Lamagorza.

—Presidios, señor don Jacinto.

—Yo digo que jardines Froebel.

—Yo digo que maestros de hierro que no usen palmeta, sino fusil Remington.

—Pero qué, ¿se lo llevan ya?

—No está muerto; pero parece grave.

—¡Golpe más bien dado! —murmuró un chulo—. Ese chico es de *buten*.

—¡Vaya, que la madre que parió tal patíbulo! —apuntó una de estas que llaman del partido.

—El asesino, el asesino, ¿dónde está? —gritó el concejal dándose gran importancia, y brujuleando en la muchedumbre con fieros ojos—. Guardias, busquen ustedes al criminal... ¡Qué País!... Pero guardias..., los del Orden Público, ¿dónde están?».

Pero ya la Guardia Civil había comenzado sus pesquisas. Los chicos, que en estas cosas suelen ser más diligentes que los hombres, indicaban la dirección que siguió *Pecado* en su fuga. Las opiniones eran diversas. Unos decían que se había refugiado en la Quinta de la Esperanza; otros que había tomado por la vía férrea adelante. Un naranjero, que con su comercio portátil de naranjas, cacahuetes y caramelos largos, se había acercado al lugar de la pelea, aseguró haber visto al matador saltar la tapia de una corraliza inmediata a las huertecillas de coles y acelgas que rodean el arroyo. Fundada era la declaración del naranjero. Acercáronse hombres y mujeres a la corraliza; unos empinándose sobre la punta de los pies, otros subiéndose a una piedra, miraron por encima de las bardas de adobes, y vieron al terrible chico tratando de esconderse en un ángulo. *Pecado* miró con receloso espanto la hilera de cabezas que en el borde de la tapia se le aparecía, y ante aquella visión de pesadilla se sintió domeñado, aunque no cobarde. Terrible coro de amenazas e injurias brotó de aquella fila de bocas, y más de cincuenta brazos se extendían rígidos por encima de la tapia. Pero el alma de *Pecado* se componía de orgullo y rebeldía. Su maldad era todavía una forma especial del valor pueril, de esa arrogancia tonta que consiste en querer ser el primero. El estado casi salvaje en que aquella arrogancia crecía, trájole a tal extremo. De esta manera, un muñeco abandonado a sus instintos llega a probar el licor amargo de la maldad y a saborearlo con infernal delicia. A *Pecado* se le conquistaba fácilmente con hábiles ternuras. Era tan bruto, que *el Majito* mismo, con un poco de mimo y otro poco de esa adulación que algunos chicos manejan como nadie, le tenía por suyo. Pero de ningún modo se le conquistaba con la fuerza.

Así, cuando vio aquel cerco de semblantes fieros; cuando se vio amenazado por tantas manos e injuriado por tantas lenguas, desde la provocativa de las mujeronas hasta la severa y comedida del guardia civil; cuando notó la saña con que le perseguía la muchedumbre, en quien de una manera confusa entreveía la imagen de la sociedad ofendida, sintió que nacían serpientes mil en su pecho, se consideró menos niño, más hombre, y aun llegó a regocijarse del crimen cometido. Cosas tan tremendas como desconocidas para él hasta entonces, la venganza, la protesta, la rebelión, la terquedad de no reconocerse culpable, penetraron en su alma. Por breve tiempo la ocupaba el miedo, y lágrimas de fuego escaldaban sus mejillas; pero pronto la ganó por entero el instinto de defensa. Entrevió, como un ideal glorioso, el burlar a toda aquella gente, escapándose y aumentando el daño antes causado con otros daños mayores.

Esta era la situación moral de *Pecado* cuando el comisario de Beneficencia, llevado de un celo que nunca será encomiado bastante, se empinó como pudo sobre una piedra, y asomando la cabeza y hombros por encima de la tapia, dirigió al criminal su autorizada y en cierto modo paternal palabra, diciendo:

«Mequetrefe, sal pronto de ahí, o verás quién soy».

¡Cuánto habría dado el criminal por que cada mirada suya fuera una saeta! Quería despedir muertes por los ojos. Cogió un ladrillo, y apuntando a la por tantos títulos respetabilísima cabeza del apóstol de la Beneficencia oficial, lo disparó con tan funesta puntería, que el buen señor gordo gritó: «¡Carástolis!», y estuvo a punto de caer desvanecido. Testigos respetables dicen que en efecto cayó.

¡Víctima ilustre ciertamente!

¿Nos atrevemos a decir que la agresión inicua y casi sacrílega de que había sido objeto el señor comisario, provocó algunas sonrisas y aun risotadas entre aquella gentuza, y que hubo quien entre dientes dijo que había tenido el chico la mejor sombra del mundo?... Digámoslo, sí, para eterno baldón de la clase chulesca.

Zarapicos fue llevado en gravísimo estado a la Casa de Socorro, y la nueva víctima pateaba y rabiaba de ira al sentir el dolor de su frente y ojo, y al verse manchada de sangre aquella mano benéfica que solo para alivio de los menesterosos existía.

«¡Guardias, guardias, reventad a ese miserable!... ¡Vaya un monstruo!... ¡Carástolis! ¡Ay!, ¡ay! señor Lamagorza, este truhán me ha matado... ¡Qué país!, ¡qué país!».

Alguien apoyaba por allí cerca estas sentidas razones con otras igualmente enérgicas, que revelaban una indignación fulminante. Era el pavo, que avanzó haciendo la rueda y arrastrando las alas hacia el señor comisario herido. En tanto *Pecado*, rápido como el pensamiento, se subió al cobertizo y se dejó caer en el arroyo por una vertical de más de cinco metros, deslizándose por la escabrosa superficie de tierra. Dieron vuelta hacia la otra parte los guardias y el público para cogerle; pero él se escurrió por el borde del arroyo, metió los pies en el agua cuando le faltó el terreno, y buscó un refugio en el agujero negro de la alcantarilla por donde aquella agua blanquecina y nada limpia desembocaba.

«Que le cojan ahora —dijo una mujer del pueblo, que después de la descalabradura del señor comisario, simpatizaba, ¡oh vilipendio!, con el criminal.

—¡Que venga la guardia de la alcantarilla!» —exclamó el concejal inflamado de coraje.

Los guardias civiles y los de Orden Público trataron de remontar el arroyo; pero venía muy crecido. Peligraba el lustre de las botas y aun las botas mismas.

«¿Quién pesca ahora a ese condenado?

—Hay una reja que no le dejará internarse. Ha de estar a cuatro o cinco varas de la boca».

Miraban todos y no le veían. Un guardia civil arriesgó las botas, acercándose a la boca. Llevaba fusil.

«Allí está —gritó—. Le veo los ojos».

El guardia distinguía dos luceros en la oscuridad. Desde allí *Pecado* atisbaba a sus perseguidores con cierta serenidad provocativa.

«¡Granuja! —gritó el civil—, sal de ahí o te hago fuego.

—¡Fuego, fuego!» —clamó a lo lejos la voz del comisario, a quien piadosas chulapas ponían una venda.

Pecado había entrado con ánimo de no parar hasta verse en lugar seguro, aunque tuviera que ir a las entrañas de la tierra. Pero la oscuridad y el espanto de aquel sitio acongojaron su corazón, aún no suficientemente varonil para arrostrar ciertos lugares. Se detuvo; viose entre dos especies de muerte, y vaciló... Le consolaba que los guardias no podían entrar a cogerle. ¿Y si le hacían fuego?... Entonces se achicó tanto, que volvió a ser niño y a tener miedo. Dirigió la mente a ciertas ideas confusas de su tierna niñez; pero aquellas ideas estaban tan borradas, tan lejanas, que poco o ningún alivio encontró en ellas. De Dios no quedaba en él más que un nombre. Era como un rótulo escrito sobre un arca vacía, de la cual, pieza por pieza, han ido sacando los ricos tesoros. Nada sabía; su tía le hablaba poco de Dios, y el maestro de escuela le había dicho sobre el mismo tema mil cosas huecas que nunca pudo comprender bien. Las nociones de su tía y las palabras del maestro se le habían olvidado con el penoso trabajo del taller de sogas y aquella vida errante de juegos, raterías y miseria.

Sin saber cómo, este orden de ideas llevole a reconocerse culpable. Algo chillaba dentro de él que se lo decía. Era criminal, y sus perseguidores tenían razón en perseguirle, y aun en matarle atándole en un palo y estrangulándole. Esto le hizo estremecer de espanto, ¡a él que había visto una y otra ejecución en el Campo de Guardias sin conmoverse!... Pero aunque se reconoció bien perseguido, su orgullo estaba allí para aconsejarle no entregarse... ¡Fuera miedo!... Desgraciadamente para él, estos fieros pensamientos se aplacaban con el agotamiento de las fuerzas físicas. Estaba cansado; en todo el día no había comido más que el currusco de pan que le dio su tía al ir al trabajo. ¡Y había dado tantas vueltas a la rueda en el aposento oscuro del soguero!... ¡Y corrió tanto después para ir desde la calle de las Amazonas a su casa!... ¡Tenía un hambre tan atroz y una sed!...; sobre todo, una sed de padre y muy señor mío. A estas insufribles molestias se unió el frío. Sus pies desaparecían en el agua, y desde lo interior del cañón de ladrillo venía un aliento glacial que le empujaba hacia afuera. ¿Qué haría?

Determinose entonces en él ese fenómeno de observación retrospectiva que suele acompañar a las situaciones de gran perplejidad. El espíritu turbado abandona el palenque de la duda, y se refugia en los hechos que han precedido inmediatamente a la situación terrible. Espantose de no haber previsto lo que le pasaba, y comparo la serenidad de la mañana con el apuro y desasosiego de la tarde. ¡Qué lástima haber vivido aquel día!... ¡Qué lejos estaba de que iba a cometer barbaridad tan grande! No había ido con gusto al trabajo por ser domingo. Nunca iba con gusto, porque él daba a la rueda y su tía cobraba. Pero al fin, con gusto o sin él, allá fue tranquilo, pensando en que por la tarde se divertiría en el Canal o en la Arganzuela. Había estado toda la mañana esperando con mucho anhelo la hora de soltar el trabajo. Contaba los segundos por las vueltas de la odiosa rueda. Creíase motor del misterioso reloj del tiempo. Dale que le dale, había llegado al fin la hora, y la manivela, que para él era parte de sus propias manos, se había quedado sola en el taller, quieta y muda.

Sin decir adiós al maestro, porque el maestro no le saludaba a él a ninguna hora, *Pecado* había salido y bajado a saltos por la Ribera de Curtidores.

Aún le parecía ver los puestos rastreros y las manos recogiendo cachivaches. Era día de toros. Aquellos barrios estaban muy animados. Todo lo recordaba perfectamente; todo lo veía, como si lo tuviera delante, revivido a sus ojos en la oscuridad de su escondite. Se acordaba de que, al llegar a la Ronda, le había detenido el paso un perezoso carromato de cinco mulas, de esos que no acaban de pasar nunca. El muchacho, impaciente y atrevido, atravesó por debajo de la panza de una de las mulas, que por más señas era torda. Después vio un entierro; luego encontró a dos chicas del barrio que le dieron un cacahuet, y él..., él las había administrado un par de nalgadas a cada una, porque eran muy bonitas... Representábase luego la llegada a su casa; recordaba que su tía, antes de darle de comer, le había anunciado el hurto del ros, y que él, sin poderse contener al oír tan atroz noticia, abandonó la comida, y subiendo otra vez a la Ronda, se lanzó por el barranco abajo en busca de la cuadrilla. Lo demás, por ser más reciente y desagradable, se le representaba con matices aún más vivos. El ensangrentado cuerpo de *Zarapicos* no se quitaba ya de delante de sus ojos... Su orgullo y sus malos instintos rebuscaban todos los sofismas del egoísmo para producir una reacción; pero si estos ganaban algún terreno, al punto lo perdían. Los sofismas hacían grandes esfuerzos por destruir la hermosa flor del arrepentimiento; pero cuantas más hojas le arrancaban, más lozanas las echaba ella.

«¡Date, date, canallita! —gritó el guardia—, o te dejo seco».

Pecado miró al guardia. No, no se entregaría. Antes morir que entregarse. Eso de que le llamaran canallita, le exasperaba... Vislumbró el presidio, como en sus sueños infantiles había vislumbrado otras veces el Cielo... Pero si el hambre y la sed le devoraban, ¿qué podía hacer más que entregarse? Y el guardia aquel era precisamente un hombre a quien Mariano admiraba mucho por su gallardía y su simpático rostro. Se llamaba Mateo González, y servía en el puesto de la calle del Labrador. *Pecado* le imitaba en el modo de andar. En sus sueños de ambición, no se le ocurría jamás ser general, ni obispo, ni banquero, ni comerciante famoso, sino ser Mateo González.

Este, que era ladino, tuvo una idea feliz. *Pecado* le vio desaparecer, y por un momento tembló de alegría. Pero no le dio tiempo el guardia a regocijarse, porque otra vez apareció por el arroyo adelante. En vez de fusil, traía dos naranjas en la mano derecha.

«¡Eh, Marianín! —gritó inclinándose para verle mejor y mostrarle lo que llevaba—. Sal; no seas tonto. No te haremos nada... ¿Ves? Si sales, te doy estas dos naranjas».

Pecado dio un salto hacia fuera y se arrojó en brazos del guardia.

«¡Ah tunante...!» —dijo este con alegría, echándole la zarpa al cuello y dejándose arrebatar las naranjas.

IV

Consagremos un recuerdo de consideración y lástima, en el último renglón de esta tragedia, al digno señor comisario de Beneficencia, autor de tantos y tan hermosos expedientes. Él solo sería capaz, si le dejaran, de elevar en pocos años a una altura increíble, dentro de los archivos nacionales, esos grandiosos monumentos papiráceos en que se cifra nuestra bienandanza. Sería preciso tener corazón de estuco para no afligirse al verle descalabrado, con la mano en la frente y esta ceñida por un pañuelo, corriendo en coche simón hacia la Casa de Socorro de la calle de Embajadores, donde por la noche se vistió de la luz de los serafines el pobrecito *Zarapicos*.

La Correspondencia recogió en el Juzgado de guardia una nota del suceso de aquel día, y lo dio a sus lectores en un sueltecillo crudo. Cuando lo leyeron los amigos que acompañaban al señor de Lamagorza en su casa, y cuando este les refirió detalles del hecho, oyéronse las exclamaciones más ardientes sobre el estado moral e intelectual del país; se recordaron otros hechos análogos ocurridos antes en Madrid, Valencia y Málaga, y por último se declaró con unanimidad muy satisfactoria que era preciso hacer algo, ¡algo, sí!, y consagrar muchos ratos y no pocas pesetas a la curación del cuerpo social. Como la prensa alarmada acalorase el asunto en los días sucesivos, se formaron juntas, se nombraron comisiones, las cuales a su vez parieron diversas especies de subcomisiones; y hubo discursos seguidos de aplausos... y se lucieron los oradores; y otros, que ávidos estaban de dar sus nombres al público, adquirieron esa celebridad semanal que a tantos desvanece.

Tanta actividad, tanta charla, tanto proyecto de escuelas, de penitenciarías, de sistemas teóricos, prácticos, mixtos, sencillos y complejos, celulares y panoscópicos, docentes y correccionales, fueron cayendo en el olvido, como los juguetes del niño, abandonados y rotos ante la ilusión del juguete nuevo. El juguete nuevo de aquellos días fue un proyecto urbano más práctico y además esencialmente lucrativo. Ocupáronse de él juntas y comisiones, las cuales trabajaron tan bien y con tanto espíritu de realidad, que al poco tiempo se alzó grandiosa, provocativamente bella y monumental, toda roja y feroz, la nueva Plaza de Toros.

Capítulo VII. Tomando posesión de Madrid

La noticia de la barrabasada de su hermano fue para Isidora un golpe terrible. Precisamente, cuando supo el extraño caso, hallábase en la más lisonjera situación de espíritu que un alma juvenil puede apetecer. Todas sus ideas tenían como un tinte de aurora; detrás de cuanto pensaba, creía notar un resplandor delicioso, el cual, demasiado vivo para contenerse en su alma, salía por los sentidos afuera y matizaba de extrañas claridades todos los objetos. Nada veía que no fuera para ella precioso, seductor, magnífico o por cualquier concepto interesante, y hasta un carro de muertos que encontró al salir de la casa, más que por fúnebre, le chocó por suntuoso.

Había salido temprano a comprar varias cosillas, o si se quiere, había salido por salir, por ver aquel Madrid tan bullicioso, tan movible, espejo de tantas alegrías, con sus calles llenas de luz, sus mil tiendas, su desocupado genio que va y viene como en perpetuo paseo. Los domingos por la mañana, si esta es de abril o mayo, los encantos de Madrid se multiplican; crecen la animación y el regocijo; hay bulla que no aturde y movimiento que no marea. Mucha gente va a misa, y a cada paso halla el transeúnte bandadas de lindas pollas, de cintura bien ceñida y velito en la frente, que salen de la iglesia, devocionario en mano, joviales y coquetuelas.

Las campanas dijeron algo a Isidora, y entró a oír misa en San Luis, en cuya escalerilla se estrujaba la gente. Dentro, las misas sucedían a las misas, y los fieles se dividían en tandas. Unos se marchaban cuando otros caían de rodillas. Allí se persignaba una tanda entera, aquí se ponía en pie otra, y las campanillas, anunciando los diversos actos del sacrificio, sonaban sin interrupción.

«¡Qué bueno es el Señor —pensaba Isidora delante de la Hostia—, que me allana mi camino y me manifiesta su protección, desde el primer paso que doy para lograr mi puesto verdadero...! No podía ser de otra manera, porque lo justo justo es, y Dios no puede querer cosas injustas, y si yo no fuera ante el mundo lo que debo ser, o mejor dicho, lo que soy ante mí, resultaría una injusticia, una barbaridad...».

Y luego, cuando el sacerdote consumía:

«Bendito sea el Señor que me ha deparado la ayuda del marqués de Saldeoro, ese caballero sin igual, fino y atento como no hay otro... ¡Y qué hermosos ojos tiene, qué guapo es y con qué elegancia viste! Aquello es vestirse; lo demás es taparse... ¡Qué bien habla, y cómo se interesa por mí! Tiene razón cuando me dice: «¡Oh!, esté usted tranquila, que si esto no se arregla por bien, como yo espero, entonces... ahí tenemos los tribunales. ¡Es asunto ganado!». ¡Oh! Sí, los tribunales. ¡Qué bonitos son los tribunales!... Todo será cuestión de algunos meses. Después...».

Por la mente de Isidora pasaba una visión tan espléndida, que a solas y en presencia del sacerdote, del monaguillo y de los fieles, la venturosa muchacha sonreía.

«No es caso nuevo ni mucho menos —decía—. Los libros están llenos de casos semejantes. ¡Yo he leído mi propia historia tantas veces...! ¿Y qué cosa hay más linda que cuando nos pintan una joven pobrecita, muy pobrecita, que vive en una buhardilla y trabaja para mantenerse; y esa joven, que es bonita como los ángeles y, por supuesto, honrada, más honrada que los ángeles, llora mucho y padece, porque unos pícaros la quieren infamar; y luego, en cierto día, se para una gran carretela en la puerta, y sube una señora marquesa muy guapa, y ve a la joven, y hablan, y se explican, y lloran mucho las dos, viniendo a resultar que la muchacha es hija de la marquesa, que la tuvo de un cierto conde calavera? Por lo cual de repente cambia de posición la niña, y habita palacios, y se casa con un joven que ya, en los tiempos de su pobreza, la pretendía, y ella le amaba... Pero ha concluido la misa. ¿Pies, para qué os quiero?».

Y con tanta prisa y con tal desgaire bosquejaba la señal de la cruz sobre la frente, cara y pechos, y tan atropelladamente mascullaba un Padre Nuestro, al despedirse del santo altar, que parecía decir: «Abur, Dios».

En la puerta, las vendedoras de flores entorpecían el paso de la gente, y alargaban sus manos con puñados de rosas y otras florecillas, gritando: «Un ramito de olor...». «Cuatro cuartos de rosas». Isidora compró rosas para acompañarse de su delicado aroma por todo el camino que pensaba recorrer. Al punto empezó a ver escaparates, solicitada de tanto objeto bonito, rico, suntuoso. Esta era su delicia mayor cuando a la calle salía, y origen de vivísimos apetitos que conmovían su alma, dándole juntamente ardiente gozo y punzante martirio. Sin dejar de contemplar su faz en el vidrio para ver qué tal iba, devoraba con sus ojos las infinitas variedades y formas del lujo y de la moda.

¡Cuántas invenciones del capricho, cuántas pompas reales o superfluidades llamativas! Aquí las soberbias telas, tan variadas y ricas que la Naturaleza misma no ofreciera mayor riqueza y variedad; allí las joyas que resplandecen, asombradas de su propio mérito, en los estuches negros...; más lejos ricas pieles, trapos sin fin, corbatas, chucherías que enamoran la vista por su extrañeza, objetos en que se adunan el arte inventor y la dócil industria, poniendo a contribución el oro, la plata, el níquel, el cuero de Rusia, la celuloide, la cornalina, el azabache, el ámbar, el latón, el caucho, el coral, el acero, el raso, el vidrio, el talco, la madreperla, el chagrín, la porcelana y hasta el cuerno...; después los comestibles finos, el jabalí colmilludo, la chocha y el faisán asados, cubiertos de su propio plumaje, con otras mil y mil cosas aperitivas que Isidora desconocía y la mayor parte de los transeúntes también...; más adelante los peregrinos muebles, las recamadas tapicerías, el ébano rasguñado por el marfil, el roble tallado a estilo feudal, el nogal hecho encaje, las majestuosas camas de matrimonio, y por último, bronces, cerámicas, relojes, ánforas, candelabros y otros prodigios sin número que parecen soñados, según son de raros y bonitos.

El hechizo que estas brillantes instalaciones producían en el ánimo de Isidora era muy particular. Más que como objetos enteramente nuevos para ella, los veía como si fueran recobrados después de un largo destierro. El entusiasmo y la esperanza que llenaban su alma la inducían a mirar todo como cosa propia, al menos como cosa creada para ella, y decía: «Con esas pieles me abrigaré yo en mi coche; en mi casa no habrá otros muebles que esos; pisaré esas alfombras; las amas de cría de mis niños llevarán esos corales; mi esposo..., porque he de tener esposo..., usará esas petacas, bastones, escribanías, fosforeras, alfileres de corbata; y cuando alguno esté enfermo en casa, se tomará esas medicinas tan buenas, guardadas en tan lindas cajas y botecillos».

Por mirarlo todo, deteníase también a contemplar las encías con que los dentistas anuncian su arte, las caricaturas políticas de los periódicos, colgados en las vidrieras de los cafés, los libros, los cromos, los palillos de dientes, las aves disecadas, las pelucas y postizos, las condecoraciones, las fotografías, los dulces y hasta los comercios ambulantes en que todo es *a real*.

Necesitaba comprar algo, poca cosa... Pero con el tiempo..., cuando ella saliera de su destierro social, ¡qué gusto ir de tienda en tienda, mirar todo, escoger, esto tomo, esto dejo, pagar, mandar llevar a casa el objeto comprado, volver al día siguiente...! Entró en una tienda de paraguas a comprar una sombrilla. ¡Le pareció tan barata!... Todo era barato. Después compró guantes. ¿Cómo iba a salir sin guantes, cuando todo el mundo los llevaba? Solo los pordioseros privaban a sus manos del honor de la cabritilla. Isidora hizo propósito de usarlos constantemente, con lo cual, y con la abstinencia de todo trabajo duro, se le afinarían las manos hasta rivalizar con la misma seda.

Después de adquirir un abanico no pudo resistir a la tentación de comprar un imperdible. ¡Cayó en la cuenta de que le hacía tanta falta!... Incapaz de calcular las mermas de su nada abundante peculio, vio en los Diamantes Americanos ciertos pendientes que, una vez puestos, habrían de parecer como nacidos en sus propias orejas. Comprolos, y no tardó en enamorarse de un portamonedas. ¿Cómo podía pasarse sin aquella útil prenda, tan necesaria cuando se tiene algún dinero? No había cosa peor, según ella, que llevar las monedas sueltas en el bolsillo, expuestas a perderse, a confundirse y a caer en las largas uñas de los rateros. Puesto el tesoro en el flamante portamonedas, siguió viendo cosas, y a cada instante emigraban de él las pesetas y los duros, ya para tomar algo de perfumería, ya para horquillas, ¡de que tenía tanta falta!, bien para una peina modesta, bien para papel de cartas, con su elegante timbre de iniciales. Verdaderamente no se podía pasar sin papel de cartas, ¡ni de qué servía un papel que no tuviera timbre!...

«Aún me queda bastante —dijo al regresar a su casa— para poner a Mariano en un colegio y comprarle algo de ropa...».

Hacía cuentas mentalmente; pero las cifras sustraídas eran tan rebeldes a su espíritu, que ni se acordaba bien de ellas, ni acordándose sabía darles su justo valor. Como todos los gastadores (cuya organización mental para la aritmética les hace formar un grupo aparte en la especie humana), veía siempre engrosadas las cifras del activo, y atrozmente flacas e insignificantes las del pasivo. Este grupo de los derrochadores arrastraría a la humanidad a grandes catástrofes, si no lo contrapesara el grupo de los avaros, creados por las leyes del equilibrio.

Isidora se había dejado la calderilla suelta en el bolsillo, como cosa indigna de ocupar un departamento en los pliegues de raso del portamonedas, y por la calle iba dando limosna a todos los pobres que encontraba, que no eran ciertamente pocos. Eso sí: corazón más blando ni que más fácilmente se enterneciera con ajenas lástimas y desdichas no existió jamás. En su mano había quizás un vicio fisiológico, y decimos vicio, porque si esta noble parte de nuestro cuerpo parece hecha para el acto de la aprehensión, o por la aprehensión formada (que en esto hay graves diferencias entre los doctores), la suya parecía hecha para el acto contrario, y no habría tenido razón de ser, si el dar no existiera.

Entró en su casa tarde, cargada de compras, porque añadió a las indicadas arriba dos cucuruchos con orejones y galletas para obsequiar a don José Relimpio. Con tanto paquete entre las manos se le ajaron las rosas. Púsolas en un vaso con agua fresca, almorzó, y escribió dos cartas, gastando en ellas, por su torpeza en la caligrafía, ocho pliegecillos del timbrado papel, y habría gastado más si no le dieran a la sazón la noticia del crimen de su hermano. Dejolo todo y salió agitada, para enterarse en el Juzgado, visitar a Mariano en la cárcel y ver el partido que debía tomar. Entonces cayó en la cuenta de que necesitaría gastar algún dinero, y segura de tener bastante, registró los huequecillos rojos del portamonedas, contó, revisó, pasó las piezas de una parte a otra; pero por más vueltas que daba y trasiegos que hacía, resultaba siempre que apenas tenía dos docenas de pesetas. ¿En dónde estaba lo demás? ¿La habían robado?

Por un momento creyose Isidora víctima de los infinitos timadores que hormiguean en Madrid; pero repasando las compras y estableciendo por la fuerza incontrastable de la Aritmética, que a veces se impone a sus mayores enemigos, la realidad de las cifras, hizo liquidación neta de todo y declarose ratero de sí misma. Su siempre viva imaginación veía las monedas que había tenido, la media onza, la pieza de a cuatro, los tres duros algo anticuados y por lo mismo más valiosos. ¿En dónde estaban? Poco a poco fue recordando que la primera había caído en tal tienda, la segunda más allá, y que a ocupar su lugar venían pesetas gastadas y algún duro flamante que parecía de lata. Cuando el manirroto suelta las monedas, le queda en el alma, a la manera de un dejo numismático, cierta creencia de que no las ha soltado, y conserva la idea o imagen de ellas, y no se convence de su error hasta que la necesidad le impele a trazar una cuenta. Entonces vienen los ceñudos números cargados de lógica y ponen las cosas en su lugar.

Nada sacó en limpio Isidora de las diligencias de aquella tarde, sino un nuevo gasto en coches y tranvías. Acompañábala don José Relimpio, el cual mostró tales deseos de fumar, que Isidora, sensible a esta necesidad como a todas, le obsequió con un paquete de puros de a medio real. Cuando regresaron, ella desalentada y pesarosa, él tieso y humeante, doña Laura recibió a su digno esposo con endemoniado gesto, y le dijo:

«Quita allá; vicioso... Ya tenemos la chimenea encendida. ¡Contenta me tienes! Tú, con mirarte al espejo y chupar el maldito coracero, crees que no hace falta nada más. Mejor trabajaras...».

Capítulo VIII. Don José y su familia

I

A la mano se viene ahora, reclamando su puesto, una de las principales figuras de esta historia de verdad y análisis. Reconoced al punto el original del retrato exacto y breve trazado con tanta destreza por Isidora. El bigotito de cabello de ángel, de un dorado claro y húmedo; los ojos como dos uvas, blandos y amorosos; la cara arrebolada, fresca y risueña, con dos pómulos teñidos de color rosa, marchita; el mirar complaciente, la actitud complaciente, y todo él labrado en la pasta misma de la complacencia (barro humano, del cual no hace ya mucho uso el Creador), formaban aquel conjunto de inutilidad y dulzura, aquel ramillete de confitería, que llevaba entre los hombres el letrero de José de Relimpio y Sastre, natural de Muchamiel, provincia de Alicante. Rematemos este retrato con dos brochazos. Era el hombre mejor del mundo. Era un hombre que no servía para nada.

Tenía sesenta años. Procedía de honrada y decentísima familia. Había sido militar en sus mocedades; pero, por no servir para la milicia, viose forzado a dejar la pesadez y estruendo de las armas. Había sido empleado en Rentas, pero cumplía tan mal y se tomaba tan largas vacaciones, que le despidieron de la oficina. Fue contador de un teatro, y se arruinó la empresa. Fue asociado de un contratista de fielatos, y por razón de su maldita amabilidad, la parte mayor de las vituallas entraban sin pagar. Fue marido de doña Laura, y gastó el reducido patrimonio de esta en varias suertes de amabilidades.

Doña Laura, mujer de áspera naturaleza, agriada por la vejez y por el cansancio de aquella vida de tentativas penosas y sin fruto, le decía con dramático acento:

«Hombre inútil, hombre-muñeco. El día en que me casé contigo debió el Señor haberme llevado de este mundo. ¿Para qué sirves tú, como no sea para comer?

—Soy tenedor de libros» —respondía don José, satisfecho de una razón que, a su juicio, excusaba todas las demás razones; y consideraba para sí cuán lejos está de la mente del vulgo aquel precioso arte o ciencia en que era maestro. Bien por su larga permanencia en oficinas, bien porque se dedicó resueltamente a ello, lo cierto era que don José conocía la Partida Doble como conoció Newton las Matemáticas y Colón la Náutica. Hay afinidades verdaderamente extrañas entre el espíritu humano y los distintos modos del saber, y aquel que por su organización parece no prendarse de las cosas ideales y halagüeñas, encuentra en las arideces de la Contabilidad los mayores encantos. Habiendo dominado esta ciencia, emprendió el escribir un tratado de ella en sus ratos de ocio, que eran los más del año, y si no lo dejara a la mitad, habría sido un monumento de la humana sapiencia. Sobre cada parte de la Teneduría tenía escritos substanciosos tratados, y era de ver con qué inspirada sagacidad explicaba la *Banca en comisión*, las *Cuentas de Resaca*, la *Gruesa ventura a cobrar*, las *Fianzas* y *Avales*, los *Depósitos* y *Mercaderías*. Suspendió el trabajo al llegar a ocuparse del precioso tema de *Mi cuenta*, *Su cuenta* y *Cuenta común*, y es lástima que en tan interesante punto lo suspendiese.

Lo extraño era que siendo don José poseedor de los más escondidos secretos de la Contabilidad, no tuviera nada que contar. El movimiento de sus fondos y el manejo de la casa no merecían que se empleáse en ellos una gota de tinta; pero don José, que tratándose de hacer números iba siempre más allá de las necesidades, tenía en su cuarto el libro *Mayor*, el *Diario*, el *Diario provisional*, el *Mayor de mercancías*, el de *Caja*, el de *Cuentas corrientes*, el de *Efectos a cobrar*, el de *Facturas*, y otros voluminosos mamotretos, en cuyas hojas ponía más números que arenas tiene el mar, sin que la familia supiese qué sustancia sacaba de ello.

Pero lo que más a doña Laura enfurecía era que, con ser viejo y cascado, se mirase tanto al espejo. En efecto; además de que en su cuarto, a solas, se pasaba las horas muertas mirándose, no entraba en pieza alguna donde hubiese un espejillo sin que, ya con disimulo, ya sin él, se echase una visual para examinar su empaque, y atusarse después el bigote, o poner mano en los contados cabellos que venían flébiles y pegajosos, desde la nuca, a tapar el gran claro de la coronilla.

«Eso es, mírate bien —le decía doña Laura—, para que no te olvides de esa cara preciosa. ¡Lástima que no vengan los pintores a sacar tu figura de gorrión mojado!».

Don José se reía con esto. ¡Era tan bueno!... Si la miel es condición y substancia precisa en la naturaleza del hombre, aquel era, más que hombre, un merengue andando. Riendo decía a su cara consorte:

«No todos tenemos la suerte de conservarnos como tú, que estás tan hermosa y frescachona como cuando te conocí.
—Calla, Sardanápalo.
—La verdad por delante. Todavía, todavía... Vamos, que alguien daría un resbalón.
—Quita, quita —clamaba la señora con expresión de asco—. ¿Me tomas por esas...?».

Don José había sido un galanteador de primera. No lo podía remediar: estaba en su naturaleza, en su doble condición de tenedor de libros y de galán joven, y así, ya casado y viejo, no veía mujer bonita en la calle sin que la siguiera y aun se propasase a decirle alguna palabreja. Entre sus amigos, solía llevar la conversación desde los temas trillados a los motivos de amor y aventuras; y todo se volvía almíbar, hablando de pies pequeños, de tal pantorrilla hermosa, vista al subir de un coche, de una mirada, de un gesto. Las aventuras no pasaban generalmente de aquí y eran pura charla, porque su timidez le ponía grillos para pasar a cosas mayores.

Pero aun en aquellos días de vejez y decadencia, cuando salía a tomar el Sol, embozado en su raída capita, iba a los lugares más concurridos de muchachas guapas. Si topaba con alguna que fuese sola, se aventuraba a seguirla con su paso vacilante, sin malicia, solo por *rutina del oficio*, como solía decir; y siempre que en sitio y ocasión de apreturas, como parada militar y procesión de Corpus, se hallaba en contacto inmediato con alguna beldad, el alma se le salía a los labios, toda acaramelada y jaleosa, para decir: «¡Cómo me gusta usted, señora!... ¡Vaya una real moza!... Dichoso el mortal que tal posee».

Este libertino platónico era tío de Isidora en tercer grado, por ser primo segundo de Tomás Rufete; y además la había sacado de pila. La había visto nacer y crecer, y desde aquellos tiempos había profetizado, con la seguridad de un conocedor profundo en teneduría de destinos humanos, que la niña sería una hermosa mujer, quizás elegante y famosa dama. ¡Cuánto se alegró de volver a verla ya crecida, y cuánto compadeció sus desgracias, y con qué puro interés se ofreció a ella para servirla en todo lo que hubiese menester!

La familia Relimpio vivía pobremente, porque don José, con ser tan maestro en números, no había sacado de ellos ninguna sustancia. Doña Laura conservaba una casa y una viña en Dolores, que le daban mil reales al año. Las niñas trabajaban para las camiserías. Tenían máquina, y cosiendo noche y día, velando mucho y quedándose sin vista, allegaban de cinco a siete reales diarios. Melchor, el varón, no había llevado hasta entonces un solo céntimo a la casa, como no fuera el caudal inmenso de ilusiones y proyectos; pero la familia fundaba en él grandes esperanzas. Melchor, recién salido del vientre de la madre Universidad, tan desnudo de saber como vestido de presunción, había de ser pronto un personaje, una notabilidad. ¿No lo eran otros? Este era un punto inconcuso, el axioma de la familia, pues no hay familia que no tenga algún axioma.

Para pagar con desahogo la casa, la familia tenía que ceder un gabinete a caballero decente, sacerdote, o señora viuda sin hijos. Durante tres años proporcionáronle este alivio distintos sujetos. Vacó dos meses el gabinete, hasta que vino Isidora, y con ella los cuatro reales diarios, y a más los ocho de la comida. Sin este refuerzo la hacienda de Relimpio se habría resentido bastante.

Pero las cosas vienen según Dios quiere, y no según nuestro gusto y conveniencia, y Dios quiso que a Isidora se le acabase el dinero, para lo cual le inspiró aquel desordenado apetito de compras, antes mencionado. Él se sabría los motivos de esto. Doña Laura, que gustaba de meterse a descifrar los designios del Ordenador de todas las cosas, decía que este le había mandado a Isidora, como una plaga de Egipto, para probar su paciencia.

En suma, la de Rufete se quedó sin un cuarto, y su tío el Canónigo mostraba la mayor pachorra del mundo para enviarle fondos. ¡Ay!, esa gente de provincias cree que una onza es un millón. ¡Un mes llevaba la pobre de grandes apuros, haciendo diligencias inútiles en pro de su hermano, que en la cárcel seguía, y privada de todo, viendo tantas cosas bonitas sin poder comprarlas! Cumplido el vencimiento del hospedaje, no solo no pudo pagar el dinero del gabinete ni los ocho reales de la comida, sino que, por añadidura, tuvo que pedir prestada cierta cantidad a doña Laura. Diósela esta con el gesto menos gracioso que se puede imaginar; pero la esperanza de un nuevo envío del Canónigo, a todos consolaba. Remolón era el buen señor, y transcurrió otro mes sin que entrase por las puertas la ansiada libranza. Áspera y recelosa doña Laura, invitó a Isidora a trabajar con espaciosos argumentos. ¿No tenía manos? ¿No sabía coser? ¿No trabajaban como negras aquellas dos señoritas decentes, Emilia y Leonor?

Isidora era hábil en la costura y en prepararla, pero no sabía manejar la máquina. En esto era consumada maestra Emilia, la más inteligente y trabajadora de las dos hermanas. Había llegado a amar la máquina como se quiere a un animal querido; conocía los secretos de su maravilloso artificio, y había hecho de este un esclavo sumiso. Semanalmente la engrasaba con cariño, la recorría con interés fraternal, para ver si alguna parte o miembro de ella necesitaba reparación, y todos los días cosía en ella con presteza increíble. Cuando llegaba la hora del reposo la cubría y la abrigaba bien para que no le cayese polvo. Entre las dos costureras, una de hierro y otra de carne, hacían los pespuntes más preciosos, largos o menudos, según fuera menester. Además de esto, Emilia, a quien inspiraba sin duda el espíritu venturoso de Elías Howe, dominaba los mecanismos auxiliares para hacer dobladillos, enjaretar, marcar y coser bastillas.

Don José conocía regularmente la máquina (que era la *Canadiense* de Raymond) y sabía prepararla; pero aunque sus hijas y su mujer le apremiaban a todas horas para que cosiese y las ayudase, él no se daba a partido, bien porque le parecía impropio de varón aquel trabajo, bien porque creyera (y esto es lo más probable) que una cuenta bien llevada aprovechaba a la familia más que todas las costuras del mundo. A él que no le sacaran de apuntar números, de leer *La Correspondencia*, hacer cigarrillos y charlar. Todo lo demás era ocupación denigrante. Una noche de verano, sin embargo, en que estaba toda la familia reunida en el comedor, como de costumbre, don José empezó a mover la máquina.

«Papá —le dijo Emilia—, ya que no nos ayuda usted, al menos enseñe a coser a Isidora».

Don José quería tanto a su ahijada y gustaba tanto de verse próximo a ella, que aceptó gozoso. Las primeras explicaciones tuvieron poco éxito. Isidora no podía comprender aquel endiablado mete y saca de hilo superior, que por tantos agujerillos tiene que pasar hasta que lo coge en su horadado pico la aguja, y empieza, debajo de la placa, la rápida esgrima con el hilo interior. Se atacan con encarnizamiento, se cruzan, se enlazan, se anudan y se retiran tiesos, para volver a embestirse después que pasa una vigésima parte de segundo.

¡Lástima que Isidora no tuviera su espíritu aquella noche en disposición de atender a las sabias enseñanzas de su padrino! Estaba aburridísima. Habían pasado tres meses sin que su situación variara sensiblemente. El Canónigo la había mandado fondos; mas eran tan escasos que, cubiertas algunas atenciones perentorias, volvieron las escaseces y apuros. Mariano continuaba en la cárcel, y la causa seguía adelante. El interés que el público y la prensa habían mostrado por aquel grave suceso, quitaba toda esperanza de arreglarlo satisfactoriamente. A estos motivos de pena añadía la de Rufete el ningún adelanto que en tantos días había tenido el principal y más interesante negocio de su vida, con más otras cuitas, sobre las cuales, por tenerlas ella como en delicado secreto, no nos atrevemos a aventurar palabra alguna. Tan distraída estaba, de tal modo se le escapaba el pensamiento para entregarse a su viciosa maña de reproducir escenas y hechos pasados, presentes y futuros, el habla y figura de distintas personas, que no atendía a la lección más que con los ojos y con un mutismo respetuoso que Relimpio tomaba por la mejor forma de atención posible.

Empezaba el verano. El comedor, expuesto al Poniente, estaba caldeado como un horno. Emilia y Leonor hilvanaban junto a la mesa, ya despojada de manteles, a ratos silenciosas, a ratos charlando por lo bajo sobre cosas que las hacían reír. Doña Laura había abierto la ventana que daba a un denegrido patio, por donde subía el vaho infecto de una cuadra de caballos de lujo instalada en el fondo de él; y acomodándose en un sólido sillón que, como señora gruesa, tenía para su exclusivo uso, se quedó dormida. En la misma mesa y en el lado opuesto al ocupado por las dos hermanas, tenía Relimpio máquina y discípula, y sobre aquel círculo amoroso de confianza y trabajo derramaba una colgada lámpara su media luz, tan pobre y triste, que los que de ella se servían no cesaban de recriminarla, achacando su falta de claridad a la escasez de petróleo, a la falta de mecha, o bien a lo mal que la preparara la moza. Todo era darle a la llave para subir la mecha, con lo cual se ahumaba el tubo, o para bajarla, con lo que se quedaban todos de un mismo color. Pero sin acobardarse por la pestilencia del petróleo ni por la penumbra de su avara luz, seguían trabajando aquellas pobres chicas, sometidas a la ley de la necesidad, que obliga a comprar el pan de hoy con los ojos de mañana.

«Ahora voy a enseñarte a llenar una canilla —decía don José—. ¿Ves este carretillo de acero que saco de la lanzadera? Pues hay que llenarlo de hilo, para lo cual se pone aquí, y con el mismo volante de la máquina se le hace dar vueltas y...».

Isidora fijaba los ojos en la operación; pero ¡cuán lejos andaba su pensamiento!

«¡Qué triste vida! —decía para sí—. La deshonra que ha echado Mariano sobre mí me impide reclamar por ahora nuestros derechos... Parece que Dios me desampara... Una persona me demostró interés. ¿Por qué no viene a verme ya? ¿Qué ha pasado? ¿Qué piensa de mí?...».

«Ahora, ya que tenemos la canilla bien repleta de hilo la metemos en la lanzadera. Ajajá. Fíjate bien en la maña con que hay que ponerla. Pif, ya está. Ahora viene lo más delicado. De esto depende el coser bien o el coser mal. Atiende, hija; pon aquí tus cinco sentidos. Hay que pasar la punta del hilo por estos agujeritos, ¿ves?

—Será preciso que yo le escriba. ¿No me recomendó mi tío a él y a su padre?... Pues le escribiré. Así no puedo vivir. ¡Qué triste es el verano en esta tierra! Toda la gente elegante se va, y yo me quedo sola, sin amigos, sin amparo...

—Cojo la punta del hilo, sacándola por la izquierda de la canilla, la meto con mucho cuidado por el primer agujero, pif, ya está. Mira... Ahora mi señor hilo tiene que meterse por el segundo agujero, pif. Muy bien, y después allá va por el tercero. Enseguida..., que no se te olvide esta particularidad..., el hilo pasa por debajo de la uncella, y ya está. Ahora pongo mi canillita en su puesto, enganchó el hilo de abajo con el de arriba, para lo cual hasta dar una vuelta, y... adelante con los faroles. Niñas, tela.

—Hace cerca de veinte días que no viene a verme. ¿Se habrá ido a veranear sin despedirse de mí?... ¿Creerá que soy una impostora?... Esta idea me mata.

—Ahora, bajo mi pisatela, acorto el punto, dándole una vuelta al tornillo..., atiende bien..., y después de aflojar un poco el hilo superior, empiezo. Anda, maquinita, que a casa vas...

—¡Qué idea me ocurre! Iré a su casa... No, eso no debe ser... Le escribiré con cualquier pretexto... Quizás no sea preciso... El corazón me dice que vendrá mañana... ¡Oh! Dios de mi vida, si viniera...».

II

Doña Laura dio varias cabezadas, y entre dormida y despierta, exclamó con ira: «Siempre mirándote al espejo».

«Mujer —dijo, riendo don José sin dejar su obra—. Si no me miro al espejo, si estoy cosiendo...».

Las niñas sonreían. Algo azarada doña Laura despertaba del todo, y decía: «No, no estaba dormida. Yo sé lo que me digo».

Había en el comedor un reloj de pared que era el Matusalén de los relojes. Su mecanismo tenía, al andar, son parecido a choque de huesos o baile de esqueletos. Su péndulo descubierto parecía no tener otra misión que ahuyentar las moscas, que acudían a posarse en las pesas. Su muestra amarilla se decoraba con pintada guirnalda de peras y manzanas. De repente, cuando más descuidada estaba la familia, dejó oír un rumor amenazante. Allí dentro iba a pasar algo tremendo. Pero tanta fanfarronería de ásperas ruedas se redujo a dar la hora. Sonaron once golpes de cencerro.

Doña Laura se levantó y las niñas dejaron la costura. La criada tomó el dinero de la compra. Isidora desapareció, mientras Emilia guardaba la máquina. Don José tenía la costumbre de acostarse una hora más tarde que su señora y niñas, y esa hora la empleaba en leer *La Correspondencia*, deleite sin el cual no podía pasar, y después de hacer cigarrillos de papel, valiéndose de un aparato conocido, cilindro de madera lleno de agujeritos, donde se introduce el papel liado, y se cargan y atascan después de picadura. Echose al cuerpo el periódico, leyendo con extremada atención las conferencias de hombres políticos, y repasando al fin los muertos y los anuncios. Luego, mientras atarugaba la máquina de pitillos, meditaba sobre los sucesos del día y sobre política general. No carecía de convicciones arraigadas en materia de gobernación del reino. Declarábase enemigo de todos los partidos; sostenía que los españoles debían unirse para bien de la patria, y entonces se acabarían las trapisondas y las revoluciones. Sentía por las glorias de su patria un entusiasmo ardiente. Tres cosas le indignaban: 1.ª Que los ingleses no nos devolvieran Gibraltar. 2.ª Que los ministros tuvieran treinta mil reales de cesantía. 3.ª Que no se hubiera levantado un monumento a Méndez Núñez. En aquellos tiempos, el repertorio de sus ideas se había enriquecido con una, muy firme, que no cesaba de manifestar en todas las ocasiones. «Nada, nada —decía—; este don Amadeo es una persona decente».

Cuando el reloj dio las doce, retirose don José, dejando *La Correspondencia* sobre la mesa, para que la leyera Melchor, que entraba siempre alrededor de las dos. Mucho sorprendió a Relimpio, cuando se acercó al lecho conyugal, ver a su cara mitad todavía despierta.

«¿Estás en vela, chica? —le dijo quitándose su gorrete—. Acabo de leer el periódico... ¡Qué cosas pasan! ¡Cómo marean a ese pobre señor! Yo sigo en mis trece; sostengo que don Amadeo es una persona decente.

—Déjame en paz. ¡Contenta me tienes! Estoy desvelada pensando en esa... Valiente mocosa se nos ha posado encima.

—Quia, quia, mujer. Es una huérfana...

—¿Es mi casa hospicio? Nos va a arruinar esa... Dios me perdone el mal juicio; pero creo que acabará mal tu dichosa ahijadita. No le gusta trabajar, no hace más que emperifollarse, escribir cartas, pasear y lavarse. Eso sí; más agua gasta ella en un día que toda la familia en tres meses.

—Quia, quia. Déjala que se lave. Pues también trabaja. Esta noche ha tomado con tanta atención y empeño la lección de costura, que dentro de poco coserá en máquina mejor que yo.

—Eres bobo, Relimpio. Esa chica tendrá mal fin. ¡Y qué humos, bendito Dios, qué pretensiones! ¡Y qué morros nos pone a veces, después que la estamos manteniendo! Hay que echarle memoriales algunos días para poderle hablar.

—Es una huérfana. ¿Crees tú que el Canónigo la desamparará? No, yo no lo creo.

—Fíate del Canónigo y no corras. Lo más gracioso..., no sé cómo me río, es que ella está echando chispas de rabia porque no puede gastar en bicocas... Vamos, que si esta tuviera dinero, gastaría un lujo asiático, y tendría lacayos colorados como ese Rey...

—El cual, la verdad por delante, es la persona más decente...

—¡Ay, Isidorita, Isidorita!, me parece que usted es una buena pieza, y el día menos pensado la voy a plantar a usted en la calle.

—¡Laura! —exclamó tímidamente don José, ya acostado.

—Quita, quita. Fuera moscones. No nos faltara quien ayude a pagar el alquiler. No quiero líos en mi casa.

—¿Líos...? ¡Quia!

—Líos, sí; ¿pues qué quieren decir las visitas del marqués de Saldeoro? ¿Sabes quién es ese danzante?

—Una persona decentísima, un caballero, un joven... —murmuró Relimpio aletargándose.

—Sea lo que quiera, esas visitas me apestan. No es mi casa para estas cosas, señorita doña Isidora. Tú, Relimpio, como eres tan alma de Dios, no te fijas; yo sí. Ese marquesito, o lo que sea, vino aquí un día y estuvo de visita con ella un cuarto de hora. Volvió a la semana siguiente, y la encerrona fue más larga, ¿te enteras? Después siguió viniendo cada tres o cuatro días. ¡Oh, cómo se le conoce en la cara a esa berganta, cuando le espera, cuando tarda, cuando no ha de venir! Tú eres un simple y no ves nada. Yo me he puesto detrás de la puerta a escucharles, y les he sentido charlar muy animados, sumamente animados; pero no he podido entenderles una sola palabra. Les he oído reír, sí, reír mucho, pero ¿de qué...? Aquí hay algo, Relimpio; aquí hay algo».

Don José, que ya estaba, si no enteramente dormido, a punto de llegar a estarlo, murmuró claramente estas dulces palabras, que salieron de sus labios envueltas en una sonrisa:

«¡Y qué guapa es...!
—Quita allá, quita, esperpento. ¡Contenta me tienes!...
—Nada, mujer; decía que don Amadeo es una persona...
—¡Quita, quita...!
—¡Quia, quia...!».

III

Las relaciones de Isidora con las hijas de su padrino, si cordiales al principio de la vida común, fueron enfriándose poco a poco. Isidora no disimulaba bien su idea de la inferioridad de Emilia y Leonor, ya en posición social, ya en hermosura, buen gusto y maneras de presentarse. Se creía tan por encima de sus primas en esto, que cuando se trataba de prendas de vestir, de la elección de un color, flores o adorno cualquiera, la de Rufete manifestaba a las de Relimpio un desdén compasivo. «Estas pobres cursis —decía para sí— de despepitan por imitarme, y no pueden conseguirlo».

Algo de verdad había en esto. Isidora tenía una maestría singular y no aprendida para arreglarse. Con ella nació, como nace con el poeta la inspiración, aquella facultad de sus ojos para ver siempre lo más bello, sorprender lo armonioso y elegir siempre de un modo magistral, así como la destreza de sus manos para colocar sobre sí misma cualquier adorno.

Poseía la rarísima afición a la sencillez, que comúnmente no se halla en las zonas medias de la sociedad, sino que es don especial de la civilización primitiva o de la muy refinada cultura. Las niñas de don José, reconociendo esta superioridad, se aconsejaban de ella, consultándole sobre todos los arreglos de trapos que hacían. Su pobreza les vedaba ciertamente el lujo; pero como es ley que todas las clases de la sociedad, a excepción de la jornalera, vistan de la misma manera, y como hay un verdadero delirio en los pequeños por imitar el modo de presentarse de los grandes (de donde resulta que la hija de un empleado de doce mil reales apenas se distingue, en la calle, de la hija de un prócer), las de Relimpio se emperifollaban tan bien con recortes, desechos, pingos y cosas viejas rejuvenecidas, que más de una vez dieron chasco a los poco versados en fisonomías y tipos matritenses.

Eran ambas agradables, y Emilia bastante bonita, de ese tipo fino, delicado y esbelto que tanto en Madrid abunda. Largos meses vivieron con un solo vestido bueno para las dos, un par de botinas comunes y una pelliza blanca de invierno, de lo que resulta que cada día le tocaba a una sola niña salir a paseo con doña Laura. Mas a fuerza de trabajar, de desvelos y de casi inverosímiles economías, lograron vestirse y calzarse ambas de la misma manera, y aun tener sendos sombreros de moda, arreglados por ellas, bajo la inspección de Isidora, con despojos y reliquias de otros sombreros que conseguían de balde en una tienda para la cual trabajaban. ¿Qué mujer no tiene sombrero en los años que corren? Solo las pordioseras que piden limosna se ven privadas de aquel atavío; pero día llegará, al paso que vamos, en que también lo usen. La humanidad marcha, con los progresos de la industria y la baratura de las confecciones, a ser toda ella elegante o toda cursi.

Con ser tipos perfectos de la miseria disimulada, las niñas de don José se habrían horrorizado de que se les propusiera casarse con un hábil mecánico, con un rico tendero o con un propietario de aldea. Doña Laura misma, hecha ya al vivir miserable, barnizado y compuesto para que no lo pareciese, no pensaba en alianzas denigrantes. Sus ilusiones eran que Emilia se casase con un médico, de estos chicos listos que salen ahora, por cuya razón no veía con malos ojos las visitas de Miquis. En cuanto a Leonor, a quien su madre suponía dotada de un talento no común, le vendría bien un oficial de Estado Mayor, de Ingenieros, o cosa así.

En el paraíso del Teatro Real, adonde iban un par de veces por semana, tenían estas dos niñas finas su círculo de mozuelos galanteadores y estudiantes y empleados de esas categorías ínfimas que rayan en lo microscópico. Ellas se daban una importancia colosal, aparentando, particularmente Leonor, lo que ni en sueños podían tener; y como eran agradables de cara y sueltas de lengua, muchos inocentes caían en el lazo, y las miraban como lo granadito de la sociedad. La confusión de clases en la moneda falsa de la igualdad.

Hablemos ahora de Melchor, honra y gala de la familia, orgullo de su madre, y esperanza de todos, pues primero se dudara allí de los Cuatro Evangelios que de la próxima ascensión del joven Relimpio a una posición coruscante. ¿Cómo no, si Melchor era, según doña Laura, lo más selecto del orbe en hermosura, talento y sociabilidad? Y verdaderamente, si la figura y buen talle es la escalera por donde los humanos han de subir a la gloria o a la riqueza, Melchor debía empinarse más que ningún otro porque tenía la mejor fachada personal que pudiera desear un hombre. Era el primer fruto del matrimonio de don José con doña Laura, y aún decían malas lenguas que era tresmesino, cosa que no nos importa averiguar. Su edad no pasaba de veintiséis años. Tenía la barba negra, los ojos ídem, el pelo ídem, el entendimiento ídem; mas su filiación era difícil en lo tocante a la primera de estas señas personales, pues muy a menudo variaba la ornamentación capilar de su cara; de modo que si este mes se le veía con barba corrida, el que entra llevaba patillas; al año siguiente aparecía con bigote solo; después con bigote y perilla, como si quisiera inscribir en su cara, con la navaja de afeitar, la caprichosa inconstancia de sus pensamientos.

Con ser primogénito y hombre, era el Benjamín y el niño mimado de la casa. Todos los sacrificios parecían pocos, y se le había acostumbrado a la humillación de sus padres ante la majestad de sus antojos. Mirábanle don José y doña Laura como un ser superior, sagrado, que por casualidad o por misterioso intento de la Providencia, había nacido del vientre de aquella mujer humilde. En las cuestiones con sus hermanas, siempre tenía razón Melchor, y las niñas podían carecer de lo más preciso para que Melchor disfrutara de lo superfluo. Doña Laura comía mal o no comía para que su hijo fumase bien. A don José se le negaba el vino en la mesa para que Melchor pudiese tomar café y no hacer un mal papel entre sus amigos. En las casas pobres suelen vestirse los hijos con la ropa desechada de los padres. Allí, por el contrario, le hacían a don José chaquetas de los gabanes viejos de Melchor, y todas las corbatas de éste pasaban, después de usadas, a decorar el cuello paterno.

El bolsillo de don José estaba siempre más limpio que patena, porque era hombre tan derrochador que, si allegaba algún cuarto, cometía la vil acción de comprar castañas y sentarse a comérselas en un banco del Retiro. Pero en el chaleco de Melchor siempre sonaba algo, aunque fuera media docena de pesetas, reunidas por doña Laura, Dios sabe cómo, con mil apuros, con el enfermizo velar de las niñas y el ahorro llevado a límites increíbles.

Melchor había seguido la carrera de Derecho. Un chico tan sin segundo, tan extraordinariamente dotado por Dios en talento y finura, no podía degradarse en oficios mecánicos y bajos menesteres. Darle carrera poco lucida habría sido contrariar sus altos destinos. Tenía doña Laura un hermano, que era y es afamado ortopédico de Madrid, hombre que ha labrado una fortuna en su taller. Este laborioso industrial, luego que Melchor, de quien era padrino, llegó a los quince, quiso llevarle consigo y enseñarle aquel honrado oficio; pero tanto doña Laura como don José consideraron esto como un insulto. ¡Melchor ortopedista, arreglador de jorobas, corrector de hernias, fabricante de muletas y aparatos tan feos!... Vamos, vamos, esto era monstruoso. Doña Laura oyó las proposiciones de su hermano, no ya con indignación, sino con asco. El joven mismo, cuando ya despuntaba en la Universidad y tenía su barniz literario, reíase de su tío el ortopédico. Solo la idea de ir a trabajar con él en aquella odiosa tienda le sublevaba. ¿Cómo podían entenderse él y su tío, él tan sabio, tan listo, llamado a sublimes destinos, y su tío un hombre tosco y rudo que solo sabía hacer suspensorios y cazar, un bárbaro que llamaba *cláusulas* a las cápsulas, y que cuando se puso el primer tranvía hablaba de la *tripulación* de los coches, en vez de decir trepidación?

Salió Melchor de la Universidad hecho, como decía Miquis, *un pozo de ignorancia*. Entre todas las ciencias estudiadas, ninguna tenía que quejarse por ser menos favorecida; es decir, que de ninguna sabía una palabra.

Se trató entonces de *lanzarle*. Era un bonito bajel, recién hecho y pintado, al cual no faltaba ya más que hacerle flotar en el mar sin fin de las ambiciones. El diputado por Monóvar le consiguió un destino en la Dirección de Rentas Estancadas, asunto del cual Melchor entendía tanto como de cantar la epístola. Vamos, vamos, que entraba con pie derecho. Desgraciadamente pasó algunos años alternando entre colocaciones miserables y calamitosas cesantías. El joven se desesperaba, viendo la desproporción grande entre su posición real y la artificial, que se había creado con amistades de chicos pudientes, con la necesidad de vestir bien y sus eternas pretensiones, fomentadas sin cesar por toda la familia.

No tenía amor al estudio, porque oía decir constantemente que el estudio de poco aprovecha. Pero el roce con muchachos listos le había suministrado un mediano caudal de frases hechas y de ideas de repertorio, por lo cual no era de los más callados en los cafés. Disputaba sobre política, y aun metió su cuarto a espadas en ella, escribiendo en algún periodiquejo. Era de notar que siempre lo hacía en tono tan indignado y mostrando tal ira contra el Gobierno, que sus trabajillos gustaban en las redacciones y aun le produjeron algunos cuartos.

Fue colocado, y durante una temporada corta se dedicó al espiritismo. Se le veía en nocturnas reuniones de esta secta, que es la antesala del Limbo, y llegó a adquirir esas convicciones tenaces que solo se encuentran en los prosélitos de los sistemas más absurdos. Muchas horas de la noche pasaba en su casa en tétrica conversación con las patas de las mesas, o bien escribiendo con mano temblona lo que, según él, le decían este y el otro espíritu; y aunque tales majaderías no agradaban mucho a doña Laura, por ser remachada católica, la bendita señora no le decía una palabra, ni trataba de arrancar de la mente de su hijo las telarañas de aquella ridícula doctrina.

Pero pasó el tiempo, y con él el espiritismo de Melchor, dejando el puesto a otros ideales más prácticos. Veía transcurrir los años sin que sus medios pecuniarios estuvieran en armonía con sus pretensiones, ni con aquel porvenir brillante que su buena madre le anunciaba. El no era rico, pero era preciso parecerlo; es decir, vestirse como los ricos, tratar con ricos. Es cruel eso de que todos seamos distintos por la fortuna y tengamos que ser iguales por la ropa. El inventor de las levitas sembró la desesperación en el linaje humano.

Padecía con esto Melchor horriblemente, y cada día sufría una humillación nueva. El lujo de los demás le azotaba la cara. Paseaba. ¿Por qué era suyo el cansancio y de los demás el coche? ¿Por qué razón el sentía el amor, y era otro el que tenía la querida? Iba al teatro. ¿Por qué era suya la afición a la música y ajeno el palco? Estas cuestiones brotaban sin cesar en su cerebro como las chispas en la fragua. Para colmo de pena, oía la historia de fortunas improvisadas. En el café, en los círculos todos, se referían maravillosos cuentos, como los de magia. Aquí un pobrete audaz había redondeado colosal ganancia en pocos meses. Allá una idea feliz, engendrando el más pingüe de los negocios, había hecho poderoso al que un año antes era mendigo. Mil agentes bullían en Madrid, realizando, con maravillosos beneficios, esas combinaciones oscuras entre el Tesoro y los usureros, entre los servicios y las contratas, de que resultaban los únicos milagros del siglo XIX.

Desde que le asaltaron estos pensamientos, Melchor ideaba todas las semanas un plan o arbitrio nuevo. Lo maduraba en su mente, lo comunicaba a su madre expuesto ya en claras cifras; encontrábalo de perlas doña Laura; trataba él de llevarlo a la práctica, y entonces, de las dificultades venía la muerte del plan y el engendro de otro.

Primero tratábase de una cosa muy sencilla: «Son habas contadas, mamá» —decía él. Consistía en combinar un sistema de anuncios con un sistema de regalos, ofrecidos por las tiendas a cuantos comprasen en ellas. El plan era soberbio. Produciría millones, con tal que todos los tenderos de Madrid aceptaran la cosa, y con tal que todos los industriales facilitasen los anuncios. Ya se había entendido él con un litógrafo que le haría las primeras tarjetas crómicas.

A estas habas contadas sucedieron otras. Tratábase de una red de tranvías aéreos. ¿El capital? Seguridad tenía de encontrarlo cuando los banqueros conocieran su plan. Pero estos no supieron ver la inmensidad de millones que podía dar de sí el negocio, y los tranvías aéreos se quedaron en los aires. Después se trató..., también habas contadas..., de conseguir del Gobierno el privilegio de expender fósforos, luego de montar una agencia para conseguir destinos, y sucesivamente de otros delirios y extravagancias.

Entre tantas combinaciones no se le ocurrió al joven Relimpio la más sencilla de todas, que era trabajar en cualquier arte, profesión u oficio, con lo que podía ganar, desde un peseta para arriba, cualquier dinero. Pero él fanatizado por lo que oía decir de fortunas rápidas y colosales, quería la suya de una pieza, de un golpe, no ganada ni conquistada a pulso, sino adquirida por arte igual al hallazgo de la mina de oro o del sepultado tesoro de diamantes. En los días a que nuestra historia se refiere, andaba Melchor algo desanimado, y grandísima confusión reinaba en su espíritu. En su mente lo inverosímil luchaba en sombrío pugilato con lo posible. ¿Saldría de este batallar alguna idea grande, algún plan jamás soñado de otro alguno? Las visiones de la riqueza real se peleaban dentro de él con las imágenes del bienestar ajeno, entre el estruendo de los rebeldes apetitos, tanto más revoltosos cuanto más distantes de ser saciados.

Llegaba a su casa todas las noches entre una y dos de la madrugada, fatigado, triste, pensativo; soltaba la capa; ponía los codos sobre la mesa del comedor, las quijadas entre las palmas de las manos, y así se quedaba media hora o más en reposada meditación. Si había entrado fumando, que era lo más probable, consagraba su atención a curar, ennegrecer o *culotar* (no hay otra manera de decirlo) una boquilla de espuma de mar, empeño que le traía muy atareado a diferentes horas del día. Llevaba adelante su obra con tanto esmero y paciencia, que en el café oía más de un elogio por la perfección e igualdad de ella. Hay orgullos muy singulares. El que Melchor fundaba en su pipa era disculpable, porque la pipa iba pareciéndose al ébano más puro y reluciente, y el artista, después de arrojar sobre ella, distribuyéndolos bien, chorros de espeso humo, la frotaba con el pañuelo, y se miraba después en aquel espejo de azabache... Cuando concluía de fumar, guardaba la pipa en el estuche y se iba a la cama, de donde no salía hasta la una del siguiente día.

Isidora no simpatizaba con el mimado hijo de los Relimpios. Aquella hermosura tan ponderada por doña Laura parecíale a ella ordinaria, y los modales y vestir del joven afectados y cursis. En cuanto a las altas cualidades morales y mentales con que, en opinión de la familia, estaba agraciado por Dios, Isidora no comprendía nada. Parecíale el más desaforado holgazán, el más bárbaro egoísta del mundo.

Capítulo IX. Beethoven

I

El palacio de Aransis, situado en la zona de la parroquia de San Pedro, es un edificio de apariencia vulgar, como todas las moradas señoriales construidas en el siglo XVII, las cuales parecen responder a la idea de que Madrid fuese una corte provisional. Seguros los grandes de que tarde o temprano se fijaría el Rey en otra parte, hacían, en vez de casas, enormes pabellones o tiendas de campaña, empleando en vez de lienzo y tablas el ladrillo y el yeso. La importancia artística de tales caserones es nula; su solidez mediana, y en cuanto a comodidades interiores, solamente es habitable lo que ha sido reformado, pues los señores antiguos parece se acomodaban a vivir sin luz y sin abrigo, ya en anchas cavidades desnudas, ya en oscuras estrecheces.

La casa de Aransis es de las reformadas en el siglo pasado. Al exterior, fuera de su puerta almohadillada, por la cual entrarían sin inclinarse los gigantones del Corpus, nada absolutamente tiene de particular. Interiormente conserva bastantes obras de mérito, como tapices, muebles y cuadros, sin que ninguna de ellas raye, ni con mucho, en lo extraordinario. El abandono en que sus dueños la tienen nótase desde la puerta al tejado, pues aunque todo está en orden y bien defendido de la polilla, hay allí olor de soledad y presentimiento de ruina. Digan lo que quieran los que se empeñan en que ha de ser bueno todo lo que no es moderno, el interés artístico de los salones de Aransis no pasa de mediano.

Desde el 63 todo estaba cerrado allí; solo se abría los días de limpieza. La casa tenía por habitantes el silencio, que se aposentaba en las alcobas, entre luengas colgaduras hechas a imagen del sueño, y la oscuridad se agasajaba en las anchas estancias. Por algunas rendijas la luz metía sus dedos de rosa, arañando las tapicerías. De noche, ni ruido, ni claridad, ni espíritu viviente moraban allí.

Un día de otoño del 72 alegrose de súbito el palacio; abriéronse puertas y ventanas; entraron aire y luz a torrentes, y los plumeros de media docena de criados expulsaron el polvo que mansamente dormía sobre los muebles. Luego sucedió traqueteo de sillas, lavatorio de cristales y preparación de luces. En medio de este alboroto, oíanse las notas sueltas de un piano, martirizado en manos del afinador. Al día siguiente, hubo estruendo de baúles descargados, oficiosa actividad de lacayos, rodar tumultuoso de carruajes en la calle y en el portal inmenso, desnudo, vacío. Una señora de cabello entrecano y gallarda estatura envuelta en pieles, tapada la boca, trémula de frío, subió la escalera, dando el brazo a un señor cacoquimio, y pasó de pieza en pieza, sin parar hasta aquella donde debía reposar del viaje. Acompañábanla, además del señor cacoquimio, un jovencito como de catorce años, que llevaba tras sí, atado de una cadena, un enorme perro negro, y cerraban la comitiva dos criadas jóvenes y guapas, que no tenían facha de gente española.

La marquesa de Aransis, viuda desde el 54, vivía de asiento en París, en Londres durante la temporada o *season*, parte del verano en un puerto de Bretaña, y algunos inviernos solía venir a España para templar su salud, no muy buena, en el clima de Córdoba, donde tenía casa y posesiones. En Madrid no estaba sino cuatro o cinco días, de paso para Córdoba o Granada. Aquel año efectuaba su viaje a fines de septiembre, y mostrándose, sin saber por qué, menos cariñosa que otras veces con su patria, había dicho al entrar en la casa: «Esta vez no estaré sino tres días». Era lunes.

Descansó hasta las dos, hora en que el jovencito que la acompañaba se puso al piano para tocar dificilísimos ejercicios, y no lo dejó hasta la hora de comer. Recibió luego la señora muchas visitas, comió con el señor cacoquimio, el muchacho pianista, la marquesa de San Salomó, el apoderado de la casa y dos personas más, y retirose a su alcoba después de rezar mucho.

Empleó casi todo el día siguiente en devolver visitas y se encerró a las cuatro. No quería recibir a nadie. Deseaba estar sola. Aquella casa la repelía arrojando sobre su alma una sombra triste y lúgubre, y al mismo tiempo la llamaba a sí y la retenían los amorosos recuerdos. Llegó la temprana noche. La marquesa había resuelto abrir el cuarto de su hija difunta, que estaba cerrado desde la muerte de esta, acaecida nueve años antes. En tan largo espacio de tiempo no había permitido la madre que fuese abierta por nadie la fúnebre alcoba; no había querido abrirla ella misma, porque la miraba como a una tumba y las tumbas no se abren. Pero en aquella ocasión decidiose a quebrantar su propósito. Ya desde París había traído la idea de realizar aquel acto tristísimo. Su deseo procedía de una piedad entrañable, del temor mismo, que a veces nos estimula robando su aguijón a la curiosidad.

«Lo abriré esta noche»—, pensó dando un gran suspiro, y después de comer se trasladó a un hermoso gabinete, la mejor y más rica pieza de la casa. En uno de los testeros estaba el gran piano de Erard donde tocaba mañana y tarde el jovencito que había venido con la señora; en otro el espejo de la gran chimenea reproducía con misteriosa indecisión la cavidad adornada de la estancia. Frente al espejo, la abertura de dos cortinas, pesadamente recogidas, dejaba ver una puerta blanca, lisa, puerta en la cual se echaba de menos un epitafio.

De las paredes colgaban cuadros modernos de dudoso mérito y algunos retratos de señores de antaño, de esos que están metidos en cincelada armadura de ceremonia, el brazo tieso y en la mano un canuto, señal de mando. Los muebles no eran de lo más moderno. Pertenecían a los tiempos del tisú y de la madera dorada, y los bronces proclamaban con su afectada estructura griega la disolución de los Quinientos y los *senatus consultus* de Bonaparte. Aunque no hacía frío, la humedad de la desamparada casa era tal, que fue preciso encender la chimenea.

El joven, más bien niño, entró jugando con el perro, a quien llamaba *Saúl*.

«No alborotes, hijo —indicó la señora, molesta por el ruido—; deja en paz a *Saúl*».

Poco después estaba el animal regiamente echado en medio de la sala, y parecía un león de ébano. Su hermosa cabeza destacábase soberbia, inteligente, a un tiempo cariñosa y fiera, sobre el ramaje de colores de la alfombra, y sus ojos devolvían en chispas vivísimas la lumbre de la chimenea.

Trató de abrir la marquesa la puerta, mas con mano tan insegura lo hacía, que la llave tanteaba en el hierro sin acertar a introducirse. Al fin sonó el chasquido de la metálica lengua al recogerse. Empujada, cedió la puerta con lastimero sollozo de herrumbres, y mostró el ámbito negro, del cual salía un aliento de humedad estacionada, que se nutre de las tinieblas, de la quietud, de la soledad.

La marquesa, que se había detenido en el umbral, paralizada del temor y respeto que aquel interior, no abierto en nueve años, le infundía, retrocedió un instante; tomó una de las dos lámparas que en el gabinete había, y resuelta, con devoción y ánimo, penetró en la habitación, cuya puerta de par en par abrió.

«Hija de mi alma, ya te hemos perdonado»—murmuró a manera de rezo, al dar los primeros pasos.

En el centro había una mesa, sobre la cual dejó la señora la lámpara. Sentose en un sillón junto a la mesa, y cruzando las manos empezó a llorar y a rezar, derramando su vista por todos los objetos de la estancia, los muebles y cortinas, y fijándola en algunos con la saña que a veces emplea contra sí misma el alma dolorida. La sed de ver se nutría del temor de ver, englobándose uno en otro, miedo y apetito, para que el alma no supiera distinguir del suplicio el goce. Entonces oyéronse las notas medias del piano acordadas dulcemente, indicando un motivo lento y sencillo de escaso interés musical, pero que semejaba una advertencia, el *érase una vez* del cuento maravilloso.

La marquesa no hacía caso de aquella música que estaba cansada de oír. Su nieto era un precoz pianista, un monstruo, un fenómeno de agilidad y de buen gusto. Había sido discípulo y era ya émulo de los primeros pianistas franceses. Orgullosa de esta aptitud, la marquesa obligaba al muchacho a estudiar diez horas al día. Sin hacerle caso aquella noche, ni aun darse cuenta de lo que el niño tocaba, la ilustre señora, solicitada de otros pensamientos y emociones más crudas y reales que las que produce la música, seguía mirando todo. No había visto aquellos objetos desde el día en que expiró su hija. La muerte estampaba su sello triste en todo. La falta de luz había dado a la tela de los muebles tonos decadentes. El polvo deslustraba las hermosas lacas, y tendido sobre todo una neblina áspera y gris que no podía ser tocada sin estremecimiento de nervios. Sobre la chimenea permanecía un jarrón con flores que fueron naturales y frescas nueve años antes. Eran ya un indescriptible harapo cárdeno, que al ser tocado, caía en partículas secas y sonantes, como los despojos de cien otoños. En los muebles finísimos de caprichosa construcción, los dorados se habían vuelto negros. Un armario ropero de triple Luna tenía las puertas entreabiertas, y de su seno de cedro se veían salir desordenados vestidos, rasos y granadinas, fayas y gros riquísimos, todo ajado y descolorido, todo en tal manera invadido por la muerte, que parecía próximo a caer; si se le tocaba, en menudas partículas como las flores de antaño. Olor de polilla y de flores mustias y de perfumería podrida y descompuesta por la vejez, salía de aquellos despojos. Veíanse también por el suelo, junto al armario, zapatos y botitas apenas usados, y un corsé cuyo cordón suelto describía rúbricas por el suelo.

Mirando esto, la marquesa recordó el más triste detalle de aquel día triste. Pocas horas antes de morir, su hija, creyéndose bien por una de esas raras alucinaciones del temperamento, que son la más tremenda ironía de la muerte, había tenido el antojo de engalanarse. Sintiendo en aquel instante engañosas fuerzas, se había vestido con febril ansiedad diciendo que ya no estaba mala y que iría al teatro aquella noche. Después había sentido de súbito como una puñalada en el corazón, y cayó al suelo. Le quitaron las ropas de lujo, la descalzaron, le fueron arrancando una a una las bellas prendas, profanadoras del sepulcro, y poco después dejó de existir.

Este recuerdo, que siempre la horrorizaba, llevó a la marquesa a contemplar un hermoso cuadro colocado sobre la chimenea. Era un retrato de mujer, en cuyo agraciado rostro hacía contraste la sonrisa de los labios frescos con la melancolía de los ojos pardos, debajo de las cejas más galanas que han podido verse. Resultaba una doble expresión de enamorada y de burlona, y allí se echaba de ver el sentimiento hondo y fuerte, mal disimulado con la hipocresía de un carácter superficialmente picaresco.

La marquesa no se saciaba de mirar al retrato. ¡Era tan parecido; era la pintura, como de Madrazo, tan fina, tan conforme con la distinción, elegancia y gracia del original! ¡Qué admirable aquella circumpostura del cabello abundante, guarneciendo el rostro, no ciertamente muy oval, antes bien tirando a una redondez algo voluptuosa! ¡Qué palidez tan encantadora! ¡Qué armonía entre lo enfermizo y las inexplicables seducciones! ¡Y aquella mano blanca recogiendo la negra mantilla, qué airosa, qué viva en su admirable modelado!... A la madre se le escaparon en un murmullo de dolor estas palabras:

«¡Pobre hija mía! ¡Pobre pecadora!».

Y diciendo esto, levantose de la caja del piano próximo un murmullo vivo, que pronto fue un lamento, expresión de iracundas pasiones. Era la elegía de los dolores humanos, que a veces, por misterioso capricho de estilo, usa el lenguaje del sarcasmo. Luego las expresiones festivas se trocaban en los acentos más patéticos que pudiera echar de sí la voz misma de la desesperación. Una sola idea, tan sencilla como desgarradora, aparecía entre el vértigo de mil ideas secundarias, y se perdía luego en la más caprichosa variedad de diseños que puede concebir la fantasía, para reaparecer al instante transformada. Si en el tono menor estaba aquella idea vestida de tinieblas, ahora en el mayor se presentaba bañada en luz resplandeciente. El día sucedía a la noche y la claridad a las sombras en aquella expresión del sentimiento por el órgano musical, tanto más intenso cuanto más vago.

De modulación en modulación, la idea única se iba desfigurando sin dejar de ser la misma, a semejanza de un histrión que cambia de vestido. Su cuerpo subsistía, su aspecto variaba. A veces llevaba en sus sones el matiz duro de la constancia; a veces, en sus trémolos la vacilación y la duda. Ora se presentaba profunda en las octavas graves, como el sentimiento perseguido que se refugia en la conciencia; ora formidable y guerrera en las altas octavas dobles, proclamándose vencedora y rebelde. Sentíase después acosada por bravío tumulto de arpegios, escalas cromáticas e imitaciones, y se la oía descender a pasos de gigante, huir, descoyuntarse y hacerse pedazos... Creyérase que todo iba a concluir; pero un soplo de reacción atravesaba la escala entera del piano; los fragmentos dispersos se juntaban, se reconocían, como se reconocían, como se reconocerán y juntarán los huesos de un mismo esqueleto en el juicio final, y la idea se presentaba de nuevo triunfante como cosa resucitada y redimida. Sin duda alguna una voz de otro mundo clamaba entre el armonioso bullicio del clave: «Yo fui pasión, duda, lucha, pecado, deshonra, pero fui también arrepentimiento, expiación, redención, luz y Paraíso».

II

La marquesa, que no había dejado de mirar el rostro de su hija hasta que las lágrimas echaron un velo sobre sus ojos, volvió a rezar, y mientras pronunciaba una oración especialmente consagrada a las ánimas, pensaba así:

«Dios te habrá perdonado, pobre alma querida, como te perdoné yo».

Y empezó a traer a la memoria recuerdos mil, algunos tristes como reflejo del cariño herido, otros punzantes y terribles como la imagen del honor vulnerado. Recordó que si las faltas de la hija habían sido de estas que en los términos sociales no tienen excusa, la severidad de la madre había sido implacable. Con estas lastimosas memorias, la marquesa sintió algo que podría llamarse el remordimiento del deber. ¿Había sido cruel con su hija? El descubrimiento de liviandades que pronto se hicieron públicas, puso a la señora a punto de morir de indignación y vergüenza. ¡Qué bien recordaba esto, y cómo se renovaban su iras con las memorias, enardeciéndole la sangre! Ella entonces encerró a su hija, con todo el rigor que la palabra indica. Habíala recluido en aquella habitación, de donde no salía nunca, ni tenía comunicación alguna con el exterior. Vivió como emparedada seis meses. ¿De que murió? No se sabía bien. Murió de encierro, y fue víctima de la inquisición del honor.

¡Oh rigor extremo! La marquesa era una mujer de otras edades. Estaba forjada en el yunque Calderoniano con el martillo de la dignidad social, por las manos duras de la religión. No cabían en ella las viles condescendencias que son el fruto amargo de una de las maneras de la civilización. Mientras su hija estuvo prisionera, se le permitía engalanarse, pero no salir del cuarto. La marquesa no hablaba con ella más que lo preciso, sin usar jamás frase cariñosa ni vocablo atento. La buena señora recordaba, como se recuerda la impresión de una quemadura, estas palabras de fuego dichas por su hija el día antes de caer enferma: «Mamá, mátame con cuchillo; no me mates con tus miradas».

De súbito la enfermedad, incubada perezosamente, estalló, desarrollándose con rapidez en seis días. Desde el primero anunciose un fin desgraciado. Todo el rigor de la madre cedió al instante, como el hielo que se funde. ¡Qué bien recordaba, al cabo de nueve años, la expresión de la cara del médico, las medicinas, los antojillos de la enferma, nacidos de terribles aberraciones nerviosas! Ya pedía flores, ya helados que no había de tomar. De pronto pedía todos los libretos de ópera que se pudieran adquirir. Otra vez hizo llevar a su casa gran parte del almacén de música de Romero. «Pájaros, pájaros...». Le llevaron media plaza de Santa Ana. «¡Oh! ¡Tengo que contestar tantas cartas...!» Y se ponía a escribir. De estos deseos locos, ansiosos, que eran como los tirones que daba la muerte para arrancarla más pronto de raíz, se alimentaba su fiebre galopante.

«Moriste como una pobre mártir —pensó la marquesa, rezando otra vez—. Moriste reconciliada con Dios, recitando oraciones y besando la santa imagen de Nuestro Redentor».

Oyose otra vez la voz del clave, con triste elocuencia de salmodia. La frase tenía un segundo miembro. Bien podría creerse que un alma dolorida preguntaba por su destino desde el hueco de una tumba, y que una voz celestial contestaba desde las nubes con acentos de paz y esperanza. Descansaba el motivo sobre blandos acordes, y este fondo armónico tenía cierta elasticidad vaga que sopesaba muellemente la frase melódica. A esta seguían remedos, ahora pálidos, ahora vivos, sombras diferentes que iban proyectando la idea por todos lados en su grave desarrollo. Las sabias formas laberínticas del canon sucedieron a la sencillez soberana, de donde resultó que la hermosa idea se multiplicaba, y que de tantos ejemplares de una misma cosa formábase un bello trenzado de peregrino efecto, por hablar mucho al sentimiento y un poco al raciocinio, juntando los encantos de la mística pura a los retruécanos de la erudición teológica. Bruscamente, una modulación semejante a un hachazo variaba, con el tono, el número, el lenguaje, el sentido. Estrofa amorosa, impregnada de candor pastoril, aparecía luego, y después el festivo rondó, erizado de dificultades, con extravagancias de juglar y esfuerzos de gimnasta. Enmascarándose festivamente, agitaba cascabeles. Se subía, con gestos risibles, a las más agudas notas de la escala, como sube el mono por una percha; descendía de un brinco al pozo de los acordes graves, donde simulaba refunfuños de viejo y groserías de fraile. Se arrastraba doliente en los medios imitando los gemidos burlescos del muchacho herido, y saltaba de súbito pregonando el placer, el baile, la embriaguez y el olvido de penas y trabajos.

Abriendo el pupitre de un escritorio de ébano, la marquesa revolvía papeles, cartas, objetos diversos. Sus ojos deseaban y temían encontrar las cosas; fijáronse en un paquete de cartas, recorrieron con sobresalto algunos renglones, y se apartaron con horror como de un espectáculo de oprobio. «Se quemará todo esto» —dijo poniendo a un lado el paquete execrable. Después halló un pliego en que estaba empezada una carta. La enferma había tenido delirio de escribir cartas; pero apenas comenzadas, las dejaba. En algunas solo se veían deformes garabatos, hechos al rasguear de la pluma temblorosa; en otras las letras claras manifestaban ideas sueltas, palabras tiernas agrupadas sin sentido alguno. En algún papel la melancolía había repetido muchas veces una misma palabra, trazándola primero con grandes letras, que luego iban disminuyendo hasta ser como puntos.

«Se quemará todo»—volvió a decir la marquesa, haciendo un montón de lo que se destinaba a la hoguera.

Revolviendo más, encontró un retrato. La señora puso muy mala cara al verlo. Le causaba horror; mas por lo mismo volvió a mirar la aborrecida imagen, porque el odio tiene también sus embebecimientos. No bastaba destinar al fuego la cartulina. Era preciso descuartizar primero al reo. La marquesa rompió en menudos pedazos el retrato.

¡Cómo se reía entonces Beethoven! Su alegría era como la de Mephisto disfrazado de estudiante. Luego entonaba graciosa serenata, compuesta de lágrimas de cocodrilo y arrullos de paloma. Pero la marquesa no ponía atención y seguía rebuscando.

«¿Qué será esto?»—pensó al tomar un paquetito atado con cinta de color de rosa.

Desdobló el paquete y vio un collar de perlitas, con un papel que decía: «Para mi hija. Le suplico que sea buena y rece por mí».

La marquesa lloraba de nuevo. Su mano halló al instante un paquete más chico. Abriolo. Dentro vio una sortija pequeña, con un papel que decía: «Para mi niño, que hoy cumple cinco años. 12 de abril de 1863. Deseo que sea bueno y piense en mí».

La marquesa lloraba ya con ruidosos gemidos. Acudió el perro negro y puso su hermosa cabeza sobre las rodillas de la dama, mirándola de hito en hito con sus ojos negros y cariñosos, a cuya dulzura nada podía compararse. Dejó de oírse la voz inefable del piano, y Beethoven, con su mundo de sentimientos y de formas, desapareció en el silencio como una viva luz tragada por las tinieblas. Acudió el niño músico, y asustado de ver a la señora tan afligida, le preguntó la causa de su duelo. La marquesa le besó en la frente, le tomó después la mano, buscó en ella un dedo...

«¿Es para mí esa sortija? —preguntó el muchacho.

—Para ti. Quizás sea demasiado pequeña... Pero en el meñique bien puede entrar. Ya está. No la pierdas.

—¿Es regalo tuyo?

—Sí».

Y poco después se volvía a cerrar la triste alcoba, y retirándose personas y luces, todo quedaba en silencio y soledad tristísima. Y al día siguiente se hizo una mediana hoguera en la chimenea, donde ardieron con chisporroteo, que parecía una protesta contra la Inquisición, papeles varios, recuerdos, flores, mechones de cabello, cartulinas. Majestuosamente sentado sobre sus cuatro remos, el perrazo negro presenciaba con atención solemne aquel acto, retratando en sus pupilas de endrina la llama movible que se comía, sin hartarse, las páginas del ignorado drama. Cuando la llama se extinguía, lamiendo las últimas cenizas, *Saúl* bostezó con soberano fastidio.

Y no hubo más. El piano sonó también casi todo aquel día, y al siguiente la señora marquesa, acompañada del caballero cacoquimio, del niño músico, de las dos criadas extranjeras y del perro, partió para Córdoba; y el caserón de Aransis se quedó otra vez solo, frío, oscuro, mudo, como inagotable arca de tristezas que, después de saqueada, conserva aún tristezas sin número.

Capítulo X. Sigue Beethoven

El caserón, no obstante, tenía su alegre nota. Como la voz del grillo en una grieta del sepulcro, así era la voz del conserje Alonso, cantando peteneras en su habitación cercana al portal y en el patio. Era un hombre casi viejo, de buena pasta, honrado y comedido. Vivía allí con su mujer enferma, de la cual no tenía hijos, y la mitad del día se la pasaba trabajando en carpintería, por pura afición, bien haciendo marcos de láminas, para lo que tenía especiales aptitudes, bien arreglando muebles antiguos para venderlos a los aficionados. No se sabe qué funciones había desempeñado en la casa en su juventud. Creemos que fue montero, porque siempre acompañaba al marqués de Aransis en sus excursiones venatorias. Lo cierto es que en una de estas tuvo Alonso la desgracia de perder una pierna, de lo que le vino aquel destino sedentario. A pesar de ser hombre acomodado (pues a sus gajes y ahorros añadía una regular herencia), nunca quiso abandonar el puesto humilde de conserje. Era natural del Toboso, y algo pariente de los Miquis. Manejaba los capitalitos de algunos manchegos que querían colocar su dinero en fondos públicos. Y ved aquí un banquero que pasaba horas largas limpiando metales, quitando el polvo, haciendo recorrer tejados y chimeneas, y cobrando, por ayudar al administrador, los recibos de inquilinato de las muchas casas que el marquesado de Aransis posee en Madrid.

Estaba una mañana el buen hombre en el patio, cuando se abrió la puerta y aparecieron tres personas. Una de ellas saludó con mucha afabilidad a Alonso, el cual dijo así:

«¡Dichosos los ojos que te ven, Augusto, cabeza sin tornillos...! Ayer tuve carta de tu padre. Dice que le escribes poco y que andas distraidillo.

—¡Pobre viejo!... Si le escribo todas las semanas... ¿Y cómo está Rafaela? ¿Qué tal va con las píldoras?

—Pues no va mal. Hoy, como está el día tan bueno, le dije: «Anda, mujer, anda a que te dé un poco el aire». Y con efecto, ha salido. Ya sabes que un hermano suyo ha venido a establecerse en Madrid. Hará dinero, porque estos catalanes saben ganarlo. ¿No le has oído nombrar? Juan Bou, litógrafo. Está viudo; necesita quien le ayude a arreglar su casa..., y con efecto, Rafaela ha ido allá... Es calle de Juanelo. Yo debía haber ido también, y con efecto...

—Con efecto —dijo Miquis repitiendo el estribillo de su amigo—, veníamos... Ya me parece que hablé a usted de ello la semana pasada. Estos dos amigos, esta señorita y este caballero, desean ver el palacio de Aransis. Cuentan que es tan hermoso...».

Alonso era complaciente. Entró en su vivienda, sacó un manojo de llaves, y señalando la escalera, dijo con formas respetuosas:

«Pasen los señores. Verán lo que hay».

Miquis, presentando a los que le acompañaban, no pudo reprimir sus instintos de malignidad zumbona, y habló así con afectada finura:

«El señor don José de Relimpio y Sastre, ¡consejero de Estado!».

Don José se inclinó turbado, sin atreverse a contestar.

«Y su sobrina, la señorita de Rufete, que acaba de llegar de París...».

Isidora miró a Miquis con tan indignados ojos, que el estudiante no se atrevió a seguir. El conserje echó una mirada a la poco flamante levita de don José y al traje sencillamente decoroso de Isidora, sin hallarse completa armonía entre el vestido y las personas. O quizás, hecho a las burlas de Miquis, no quiso llevar adelante sus investigaciones. Subieron.

«Esto es del género Luis XV —dijo con ínfulas de cicerone instruido, enseñándoles la primera sala—. La decoró el señor marqués viejo. Aquí todo es antiguo».

Como en nuestra moderna edad, tan pronto demasiado enfatuada como descontenta de sí misma, se ha convenido en que solo lo antiguo es bueno, Miquis, que hacía el papel de artista magistralmente, empezó a manifestar esa admiración lela de viajero entusiasta, y a lanzar exclamaciones, y a torcerse el pescuezo para mirar el techo, quedándose una buena pieza de tiempo con la boca abierta.

«Esto es maravilloso —decía—. Vaya con las patitas de las consolas... ¡Qué elegancia de curvas! ¿Y esas cortinas con amorcillos y guirnaldas?... ¡Pero dónde llega el techo...! ¡María Santísima! Yo me estaría toda la vida mirando esas pastoras que dan brincos y esos niños que cabalgan en un cisne. Ha de convenir usted conmigo, señor don José, en que hoy por hoy no se hacen más que mamarrachos. Aquí tenemos un salón que usted debía tomar por modelo para el palacio que está usted construyendo en la Castellana. Verdad que no tiene usted allí una pieza tan grande; pero mucho se puede hacer todavía mandando tirar algún tabique».

Don José le daba con disimulo codazos y más codazos para que cesara en sus burlas. También Relimpio creía de su deber honrar la casa que visitaban, embobándose de admiración y lanzando interjecciones cada vez que el bueno de Alonso señalaba un espejo, un cuadrito o el biombo de cinco hojas, tan lleno de pastores que ni la misma Mesta se le igualara.

«Y a ti, Isidora, ¿qué te parecen estas maravillas? —prosiguió Augusto, cuando pasaban a otra sala—. Probablemente no te llamarán mucho la atención, porque vienes del centro mismo de la elegancia y del lujo, de aquel París... Mira, mira estos retratos de caballeros y señoras de los siglos XVI y XVII... ¡Qué nobles fisonomías! Aquel que empuña un canuto, semejante a los de los licenciados del ejército, debe de ser algún guerrero ilustre. ¡Vaya unos nenes! Aquella señora de empolvado pelo, ¡cuán hermosa es y qué bien está dentro de su tonelete! ¿Y aquella monja?...

—Es el retrato de sor Teodora de Aransis —indicó Alonso con respeto—, superiora del convento de San Salomó, donde murió ya muy anciana y en olor de santidad hace diez años.

—¡Guapa monja! ¿Qué tal, don José?».

Don José dijo al oído de Miquis:

«¡Si pestañeara!...».

Pasaron de sala en sala, cada vez más admirados; Miquis, enfático y grandilocuente; don José, repitiendo como un eco las exclamaciones de su amigo; Isidora, muda, absorta, abrumada de sentimientos extraños a las emociones del arte; mirándolo todo con cierta ansiedad mezclada de respeto, que más bien parecía el devoto arrobamiento que inspiran las reliquias sagradas.

Llegaron al gabinete donde estaba el piano. Dejando que marcharan delante Alonso e Isidora, don José se llegó a Miquis y en voz baja le dijo:

«Oiga usted lo que pienso, amigo don Augusto: ¡Lo que es el mundo!... ¡Que unos tengan tanto y otros tan poco!... Es un insulto a la humanidad que haya estos palacios tan ricos, y que tantos pobres tengan que dormir en las calles... Vamos, le digo a usted que tiene que venir una revolución grande, atroz.

—Eso digo yo, señor don José. ¿Por qué todo esto no ha de ser nuestro? A ver, ¿qué razón hay? ¿Qué pecado hemos cometido usted y yo para no vivir aquí?

—Justamente: ese es mi tema.

—Hay que decir las cosas muy claritas.

—Que venga esa revolución, que venga. ¿Somos iguales, sí o no?
—Sí —afirmó Miquis con acento de Mirabeau.
—Así es que yo no me explico...».

La mente de don José caía en un mar de confusiones, hundiéndose más a medida que veía más objetos, ya de lujo, ya de comodidad. Iba a seguir emitiendo juicios muy filosóficos sobre aquella revolución próxima, cuando Miquis acertó a ver el piano. Verlo, correr hacia él, abrirlo, hojear los papeles de música, y dar con su dura mano un acorde en la octava central, fue cosa de un instante.

Beethoven estaba en aquel ingente librote, que por lo grande, lo revuelto, lo oscuro, tenía algo de mar; allí estaba su turbulento genio escondido debajo de mil líneas, puntos, rasgos, tildes y garabatos que parecen oscilar, encresparse y confundirse con la rítmica hinchazón de las olas. En la superficie alborotada de un libro de sonatas difíciles, solo es dado navegar al músico experto. También estaba allí la nave, admirable construcción de Erard. No faltaba más que el piloto, el músico, el intérprete, bastante hábil para lanzarse al abismo con ánimo valeroso y manos seguras. Miquis sentía la inspiración en su mente; pero sus dedos, tan adiestrados en la cirugía, apenas acertaban a manejar torpemente algunas teclas, esto es, que no sabían apartarse de la orilla.

Pero tocó. Apenas podía leer la enmarañada escritura del autor de *Prometeo*. Los sonidos equivocados, que eran los más, le desgarraban los oídos. El tono era difícil, y anunciaba sus asperezas una sarta de infames bemoles, colgados junto a las dos claves, como espantajo para alejar a los profanos. No obstante, ayudado de su voluntad firme, de su anhelo, de su furor músico, Miquis tocaba. Pero ¡qué sonidos roncos, qué acordes sesquipedales, qué frases truncadas, qué lentitud, qué tanteos! Resultaba lastimosa caricatura, cual si la poesía sublime fuera rebajada a pueril aleluya.

En tanto, Alonso abría la puerta de la alcoba, y sin traspasar el umbral de ella, en voz baja y con respetuoso acento, hablaba de una persona muerta allí nueve años antes, de la puerta cerrada, del retrato, de la quema de papeles, de la piedad de la señora marquesa...

«Y con efecto —añadió tocándose la punta de la nariz con la ídem del dedo índice—; dicen, y yo estoy en que será verdad, que para el año que viene se hará aquí una capilla... ¡Qué guapa era la señorita! ¿No es verdad?».

Los tres contemplaron en silencio el retrato: Alonso, con lástima; Relimpio, con la curiosidad mundana del que se cree experto en cosas femeninas; Isidora, con doloroso pasmo en toda su alma, el cual crecía, dándole tantas congojas, que retiró su vista del cuadro y se apartó de allí para no dar a conocer lo que sentía.

Ninguno de los presentes conocía el secreto de su vida. No quería confiarlo a don José, por ser demasiado sencillo, ni a Miquis, por excesivamente malicioso. En la semana anterior fue grande su disgusto al saber, por Saldeoro, que la marquesa de Aransis había estado en Madrid tres días y que ella, por ignorarlo, no se había presentado a la noble señora. ¡Qué contrariedad tan penosa! Pasados algunos días, como sintiese cada vez más vivo el deseo de ver el palacio de Aransis, no quiso dejar de satisfacer prontamente aquel antojo y se valió de Miquis, cuya amistad con el guardián de la casa le era conocida. ¡Qué día aquel! Todo cuanto allí vio le había causado profundísimas emociones; pero el retrato, ¡cielos piadosos!, habíala dejado muerta de asombro y amor.

«¡Si pestañeara! —dijo para sí aquel calaverón incorregible de don José Relimpio—. Yo he visto esa cara en alguna parte; esa fisonomía no me es desconocida».

Alonso seguía dando noticias discretas y mostrando algunas preciosidades, a lo que atendía con mucha urbanidad el padrino de Isidora. Pero esta no veía ni oía nada. Se había quedado de color de cera, y temblaba de frío. Por un instante sintiose a punto de perder el conocimiento, y a su turbación uníase, para hacerla más honda, el miedo de darla a conocer ridículamente. Se sentó; hizo firme propósito de serenarse. La endemoniada, balbuciente y atroz música de Augusto le rompía el cerebro. No era aquello el canto numeroso ni el expresivo lloro de las Musas, sino el berraquear insoportable de un chico mimoso y recién castigado.

«Música alemana, ¿eh? —indicó Relimpio con airecillo de suficiencia—. Señor de Miquis, si eso parece un solo de zambomba...

—¡Pobre Beethoven mío! —exclamó el estudiante dejando de tocar y haciendo un gesto de desesperación—. ¡Qué lejos estabas de caer entre mis dedos!

—Me parece que debemos marcharnos —dijo el tenedor de libros ofreciendo un pitillo a Alonso, que respondió: «No lo gasto»—. ¿Nos vamos, Augusto?

—A escape. Ya no me acordaba de que tienen ustedes que ir a comer a la embajada inglesa...».

Salieron, desandando las habitaciones, no sin volver a contemplar de paso lo que ya detenidamente habían admirado. Isidora se quedó atrás. ¡Qué ansiosas miradas! Sin duda querían recoger y guardar en sí las preciosidades y esplendores del palacio... Cuando llegó a la última sala se oprimió el corazón, dilatado por furioso anhelo, y no con palabras, sino con la voz honda, tumultuosa de su delirante ambición, exclamó: «¡Todo es mío!».

Capítulo XI. Insomnio número cincuenta y tantos

«¡Qué hermoso palacio, Dios de mi vida! ¡Cuánto habrá costado todo aquello! ¡Pensar que es mío por la Naturaleza, por la ley, por Dios y por los hombres, y que no puedo poseerlo!... Esto me vuelve loca. Dios no quiere protegerme, o quiere atormentarme para que aprecie después mejor el bien que me destina. Si así no fuera, Dios hubiera hecho que yo me enterara de que la marquesa estaba en Madrid. El corazón no puede engañarme, el corazón me dice que cuando yo me presente a ella, cuando me vea... No, no quiero pleitos; quiero entrar en mi nueva, en mi verdadera familia con paz, no con guerra, recibiendo un beso de mi abuela y sintiendo que la cara se me moja con sus lágrimas. ¡Es tan buena mi abuelita!... Y aquel Alonso cojo, ¡qué fiel y honrado parece!... Siempre, siempre seguirá en la casa, con su pata de palo, que va tocando marcha por las escaleras... Mis papeles están en regla. Debo tomar el tren y marcharme a Córdoba. ¿Y con qué dinero, Virgen Santísima? Vaya, que mi tío se porta... Tantas promesas y tan poca substancia. ¡Ah! ¡Señor Canónigo, cómo se conoce la avaricia! Temo presentarme a mi abuela con esta facha innoble. Ya mis botas no están decentes, ya mi vestido está muy *cesante*, como dice *la Sanguijuelera*. Tanta vergüenza tengo de mí, que quisiera no hubiese espejos en el mundo... Siento llegar a ese lindo ganso de Melchor: es la una. Yo debería dormirme. ¡Si Dios quisiera darme un poquito de sueño!... Me volveré de este otro lado.

»Ya siento un poco de sueño. Detrás de los ojos noto pesadez... Si no fuera por este pensar continuo y esto de ver a todas horas lo que ha pasado y lo que ha de pasar... Ven, sueñecito, ven... ¿Pero cómo he de dormir? Me acuerdo de mi hermano preso, y la cabeza se me despeja, doliéndome. Está visto, no me dormiré hasta las dos. ¡Pobre, infeliz hermano!

¡Qué afrenta tan grande para mí y para él! No, mientras esto no se arregle y Mariano salga de la cárcel no diré una palabra, no daré un solo paso, no veré a mi abuela... ¡Ay, infeliz Isidora, infeliz mujer, infeliz mil veces! ¿Cómo quieres dormir con tanta culebrilla en el pensamiento? Aquí, debajo de este casco de hueso, hay un nido en el cual una madre grande y enroscada está pariendo sin cesar... El palacio, mi abuela, mi hermano criminal, yo sin botas, yo llena de deudas, y luego aquel, aquel, aquel, que ha venido a trastornarme más... ¡Qué hermosos, qué divinos ojos los de mi madre! Cuando la vi en pintura me pareció verla viva, que me miraba y se reía, diciéndome cosas de esas que se les dicen a los hijos. Madre querida, mándame un beso y con él un poco de sueño. Quiero dormir; pero no se duerme sin olvidar, y yo no puedo echar de mi cabeza tanta y tanta cosa. ¡Si se lograra dormir cerrando mucho los ojos; si se pudiera olvidar apretándose las sienes!... Me volveré de este otro lado. ¿Para qué, si al instante me he de cansar también? Más vale que abra los ojos, que me distraiga rezando o contándome cuentos. ¡Jesús, qué negro está mi cuarto! Si no duermo, vale más que encienda luz y me levante, y abra el balcón y me asome a él... Pero no, tendré frío, me constiparé, cogeré una inflamación, una erisipela. ¡Ay, qué horror! Me pondré tan fea..., y es lástima, ¡porque soy tan guapa, me estoy poniendo... divina! Aquí, recogida una en sí, y en esta soledad del pensar, cuando se vive a cien mil leguas del mundo, se puede una decir ciertas cosas, que ni a la mejor de las amigas ni al confesor se le dicen nunca. ¡Qué hermosa soy! Cada día estoy mejor. Soy cosa rica, todos lo afirman y es verdad... ¡Dios de mi vida, las dos! Este chasquido que oigo es el muellecito de la caja en que Melchor guarda su pipa. El asno bonito se acuesta...¡Las dos, y yo despierta!...

»¡Qué silencio en la casa! Me volveré de este otro lado... ¡Oh!, ¡qué calor tengo! Me deslizaré a esta otra parte que está más fresca. Tengo un cuerpo precioso. Lo digo yo y basta... Vamos, ¿pues no me estoy riendo, cuando son las dos y no he podido dormirme? Virgen Santísima, sueño, sueño, olvido... Esta es otra; ¿por qué me palpita el corazón? Lo mismo fue hace dos noches. Yo tengo algo, yo estoy enferma. Este latido, este sacudimiento no es natural. Parece que se me salta... ¡Jesús, madre mía! ¿Qué siento? ¡Pasos en mi cuarto! ¡Alguien ha entrado!... ¡Ah!, no, no hay nada: es como una pesadilla... ¡Cómo sudo, y qué sudor tan frío! ¡Si al menos me durmiera! ¿Pero cómo, si el corazón sigue palpitando fuerte?... Tengamos serenidad. Corazón, estate quieto. No bailes tanto, que me dueles... ¡Cuidado, que te me rompes, que te me rompes!... ¡Qué cosas pienso! Cuando estoy despabilada y paso toda la noche afinando el pensar, hasta se me figura que me entra talento... Y vamos a ver, ¿por qué no he de tener yo talento? Sí que lo tengo. Eso, antes que los demás, lo conoce la misma persona que lo tiene. No, mamá mía, no has echado tontos al mundo. Yo... ya ves; y en cuanto a Mariano, deja que salga de esa maldita cárcel, que se afine, que se pulimente, que se instruya... ¡Dios me valga! ¡Las tres!

»¿Pero las horas se han vuelto minutos? La noche vuela, y yo no duermo. Daré otra vuelta y cerraré los ojos; los apretaré aunque me duelan... ¿Por qué no puedo estar quieta un ratito largo? ¿Qué es esto que salta dentro de mí? ¡Ah!, son los nervios, los pícaros nervios, que cuando el corazón toca, ellos se sacan a bailar unos a otros. ¡Qué suplicio! Me muero de insomnio... Un baile en aquellos salones. Cielo santo, ¡qué hermoso será! ¡Cuándo verás en ti, garganta mía, enroscada una serpiente de diamantes, y tú, cuerpo, arrastrando una cola de gro!... Me gustan, sobre todas las cosas, los colores bajos, el rosa seco, el pajizo claro, el tórtola, el perla. Para gustar de los colores chillones ahí están esas cursis de Emilia y Leonor... ¡Cómo me agradan los terciopelos y las felpas de tonos cambiantes! Un traje negro con adornos de fuego, o claro con hojas de Otoño resulta lindísimo... El buen gusto nace con la persona...

»Vamos, gracias a Dios que me duermo. Poquito a poco me va ganando el sueño. Al fin descansaré: bien lo necesito... Ya llegan los convidados, mi abuelita me manda que los reciba. Estoy preciosa esta noche... Entran ya. ¡Cuánta sonrisa, cuánto brillante, qué variedad de vestidos, qué bulla magnífica! y... en fin, ¡qué cosa tan buena! Hay una tibieza en el aire que me desvanece; me zumban los oídos, y en los espejos veo un temblor de figuras que me marea. Pero esto es precioso, y ya que una ha de morirse, porque no hay más remedio, que se muera aquí. ¡Jesús, qué cosa tan buena! Mi vestido es motivo de admiración. Eso bien se conoce. Acaba de llegar Joaquín y se dirige hacia mí... ¿Qué campanas son estas? ¡Las cuatro! Si estoy despierta, si no he dormido nada, sí estoy en mi cuarto miserable... Dios no quiere que yo descanse esta noche. Me volveré de este otro lado...

»El tal marqués viudo de Saldeoro está loco por mí; pero no seré tonta, no le daré a conocer que me gusta... ¡Y cómo me gusta!... En fin, suspiremos y esperemos. Conviene tener dignidad. ¿Soy acaso como esas cursis que se enamoran del primero que llega? No, en mi clase no se rinde el corazón sin defenderse. Firmeza, mujer. Si Miquis te es indiferente y el marqués viudito te encanta, no des a entender tu preferencia... ¡Los hombres! ¡Ah!... que se fastidien. Se dice que son muy malos, y yo lo creo... Pero el marquesillo me gusta tanto... Es lo que ambiciono para marido; y él me jura que lo será... ¡Jesús, qué cosa tan buena! ¡Qué hermosa figura, qué modales, qué manera de vestir tan suya...! Pero yo me pregunto una cosa: ¿dirá que me quiere porque sabe que voy a ser riquísima?... Mucho cuidado, mujer; no te fíes, no te fíes... Por de pronto le agradezco sus invenciones delicadas para ofrecerme dinero y obligarme a aceptarlo... Por nada del mundo lo aceptaría... ¡Humillarme yo!... Antes morir... ¡Las cinco, Virgen del Carmen, y yo despierta!

»No quiero pensar en Joaquín, ni en mi abuela, ni en mi hermano, ni en mis botas rotas, a ver si de este modo me olvido y duermo. Meteré la cabeza debajo de la almohada. ¡Ah!, esto me da algún descanso... Hace dos semanas que no veo a Joaquín, y me parece que hace mil años. ¡Estuve tan fuerte aquel día!... ¡Me fingí tan incomodada! Verdad es que él fue atrevido, atrevidísimo... Es tan apasionado, que no sabe lo que se hace... Estaba fuera de sí. ¡Qué ojos, qué fuerza la de sus manos! ¡Pero qué seria estuve yo!... Con cuánta frialdad le despedí..., y ahora me muero porque vuelva... ¡Jesús, acaban de dar las cinco y ya dan las seis! Esto no puede ser. Ese reloj está borracho... Tengamos calma. Siento mucho sueño. Al fin el cansancio me hará dormir. Si yo no pensase... ¡Qué felices deben de ser los burros!... Firme, mujer; mientras más apasionado esté Joaquín, más fría y tiesa tú... Ya siento a doña Laura trasteando por la casa. Ya entra la luz del Sol en mi cuarto. ¡Es de día y yo despierta! Todos, todos los talentos que hay en mi cabeza, los doy, Señor, por un poco de sueño. Señor, dame sueño y déjame tonta...

»Ya siento bulla en la calle... Pasan carros por la de Hortaleza; pronto empezarán los pregones. Mañana, ¿qué digo mañana?, hoy es miércoles, 17. ¿Recibiré carta y libranza de mi tío? Mi tío no es; pero así le llamo. ¡El pobrecito es tan bueno, pero tan avaro!... Doña Laura riñe con la criada... ¡Maldita sea doña Laura! El día en que tenga con qué pagar a esa mujer feroz, será el más alegre de mi vida... ¡Las siete ya! Quiero dormir, aunque no despierte más. Esta cama es un potro, un suplicio. Si dentro de un rato no duermo, me levantaré. No puedo estar así. En mi cabeza hay algo que no marcha bien. Esto es una enfermedad. ¿Si se morirá la gente de esto, de no dormir?... Entonces la muerte será un despabilamiento terrible. Francamente, envidio a las ostras. ¡Cómo entra el Sol por mi cuarto! El pícaro va derecho a iluminar mis pobres botas, que ya no sirven para nada. También da de lleno en mi vestidillo para hacerle, con tantísima luz, más feo de lo que es. ¡Qué miserable estoy, Dios mío! Esto no puede seguir así; no seguirá. Voy a escribir a mi tío, a la marquesa, a don Manuel Pez, a Joaquín... ¡Las ocho, Dios de mi vida! Me levanto. Dormiré mañana a la noche».

Capítulo XII. Los Peces (sermón)

I

Dijo también Dios: Produzcan las aguas reptiles de ánima viviente...

Y crió Dios las grandes ballenas, y toda ánima que vive y se mueve, que reprodujeron las aguas según sus especies... Y vio Dios que era bueno.

Y las bendijo diciendo: Creced y multiplicaos y henchid las aguas de la mar...

(*Génesis*, cap. I, versículos 20, 21 y 22.)

Amados hermanos míos: Feliz mil veces *la postrera de las tierras hacia donde el Sol se pone*, esta nuestra España, que concibió en su seno y crio a sus pechos a don Manuel José Ramón del Pez, lumbrera de la Administración, fanal de las oficinas, astro de segunda magnitud en la política, padre de los expedientes, hijo de sus obras, hermano de dos cofradías, yerno de su suegro el señor don Juan de Pipaón, indispensable en las comisiones, necesario en las juntas, la primera cabeza del orbe para acelerar o detener un asunto, la mejor mano para trazar el plan de un empréstito, la nariz más fina para olfatear un negocio, servidor de sí mismo y de los demás, enciclopedia de chistes políticos, apóstol nunca fatigado de esas venerandas rutinas sobre que descansa el noble edificio de nuestra gloriosa apatía nacional, maquinilla de hacer leyes, cortar reglamentos, picar ordenanzas y vaciar instrucciones, ordeñador mayor por juro de heredad de las ubres del presupuesto, hombre, en fin, que vosotros y yo conocemos como los dedos de nuestra propia mano, porque más que hombre es una generación, y más que persona es una era, y más que personaje es una casta, una tribu, un medio Madrid, cifra y compendio de una media España.

Don Manuel José Ramón Pez andaba, en la época a que se refiere este nuestro panegírico, entre los cincuenta y los sesenta años. Desde su tierna edad servía en esta maternal Administración española. De niño había tenido el amparo de otros peces mayores y de los Pipaones, que también eran Peces por la rama materna. Más adelante se gobernó solo, y casi siempre desempeñó elevados y ubérrimos destinos, con intervalos de cesantías; que nada hay estable ni completo en este mundo. Gozaba reputación de honrado, lo que el predicador declara con gusto, aunque esto de la honradez bien sabemos todos que ha llegado a ser una idea puramente relativa. De sus principios políticos no queremos hablar, porque no hay para qué. Ni esto importa gran cosa, con tal de establecer que aquellos principios, presupuesto que los hubiera, tenían por atributo primero una adaptación tan maravillosa como la de los líquidos a la forma y color del vaso que los contiene. Eran, pues, principios líquidos, lo que no es ciertamente el colmo de la incohesión, pues también los hay gaseosos. Si un carácter ha de formarse de una sola pieza y de una sola substancia, descartando las demás como puramente ornamentales, el carácter de don Manuel se componía de una sola y homogénea cualidad, la de servir a todo el mundo, prefiriendo siempre, por la ley de gravitación social, a los poderosos.

Es fama que no hay cosa, debajo de la jurisdicción de lo humano, que no se consiguiera por mediación de Pez, y de aquí que Pez estuviera en aquellos días de apogeo tan abrumado de recomendaciones como lo está de ex-votos un santo milagroso. La recomendación es entre nosotros una segunda Providencia; equivale a lo que otros pueblos menos expedientescos llaman suerte, fortuna. Por ella se puede llegar a cumbres altísimas; por ella se abren los caminos que hallan cerrados el trabajo y el talento. Debemos al misticismo esa forma administrativa de la paciencia que se llama el expediente; debemos al favoritismo esa forma gubernamental del soborno que se nombra la recomendación.

No como una segunda fase de su carácter servicial, sino como una ampliación de él, tenía don Manuel la virtud de la filogenitura, o sea protección decidida, incondicional, una protección frenética y delirante, a la copiosísima, a la inacabable, a la infinita familia de los Peces. En aquellos días, amados hermanos míos, desempeñaba una de las principales direcciones de Hacienda, y aun se le indicaba para ministro. En los mismos días veríais repartidos por toda la redondez de la Península número considerable de funcionarios que por llevar el claro nombre de Pez, manifestaban ser sobrinos, primos segundos, cuartos o séptimos, o siquiera parientes lejanos de don Manuel. Había cuatro o cinco Peces entre los oficiales generales del ejército, todos con buenos lotes en direcciones o capitanías generales. Los magistrados y jueces y promotores fiscales del género Pez se contaban por centenares, distribuidos en toda la España. Para que en todas las jerarquías hubiera algún miembro de esta omnisciente familia de bendición, también había un obispo pisciforme, y hasta doce canónigos y beneficiados que pastaban en el banco del Culto y Clero. En ayudantes de obras públicas, capataces, recaudadores de contribuciones, empleados de Sanidad, vistas de Aduanas, inspectores de Consumo, jefes de Fomento, oficiales cuartos, séptimos y quincuagésimos de Gobiernos de provincia, el número era tal que ya no se podía contar. Invoquemos el texto divino: *Crescite et multiplicamini, et replete aguas maris.*

De la Mancha, centro y venturoso nido de aquella familia, no hay que hablar, porque allí los había hasta de las más bajas categorías. Sin contar alcaldes, secretarios de Ayuntamiento, cuyo parentesco con don Manuel era evidente, aunque remotísimo, coleaban mil y mil Pececillos, solo relacionados con el ilustre jefe por los servicios mutuos y el apellido, que tomaban su parte de sopa boba, ya de peones camineros, ya de peatones, quier de maestro de escuela, quier de sacristán. Para decirlo todo de una vez, y concretándonos al distrito perpetuo de don Manuel, basta decir que era una pecera. Amados hermanos míos, recordemos la opinión que acerca de esta gente formó el *Apóstol de las Escuelas*, Augusto Miquis, manchego. De sus profundos estudios ictiológicos sacó la clasificación siguiente: Orden de los *Malacopterigios abdominales*. Familia, *Barbus voracissimus*. Especie, *Rémora vastatrix*.

II

Amados hermanos míos: si de la Mancha pasamos, pues todo es España, a la Dirección de que era jefe don Manuel, hallaremos un espectáculo no menos patriarcal. De su matrimonio con una de las hijas de don Juan de Pipaón (que de Dios goza), había tenido don Manuel siete criaturas. Descontando al hijo mayor, Joaquín Pez, de quien se hablará cuando le toque; descartando también a las dos señoritas de Pez, ya casaderas, quedaban cuatro pimpollos. Luis, de veintiséis años, tenía treinta mil reales en la Secretaría del Ministerio; Antoñito, de veintidós Navidades, gozaba veinticuatro en una Dirección limítrofe; Federico, de diez y nueve, se dignaba prestar sus servicios al lado del papá por la remuneración de catorce mil reales; Adolfito, de quince, había admitido un bollo de ocho mil entre los escribientes, y el gato..., no, el gato no había recibido aún la credencial; pero la recibiría en justo galardón de su celo persiguiendo a los ratoncillos que roían los papeles de la oficina.

No pasaremos adelante, por respeto al mismo señor de Pez, sin hacer una breve excursión al campo de la Aritmética. Es una observación o problema que el público ha formado muchas veces ante ciertas antítesis, que, a fuerza de repetirse, han llegado a sernos familiares. Cuando don Manuel era Director, el boato de su familia igualaba al de una familia propietaria con quince o veinte mil duros de renta. El no tenía bienes raíces de ninguna clase, no estaba inscripto en el gran libro, no debía de tener tampoco economías. Sumando su sueldo con el sueldo de los pececillos, el total no alcanzaba, con las mermas del descuento, a seis mil duros. Problema: ¿por qué misteriosas alquimias pasaba esta cantidad para alimentar las siguientes partidas: casa de diez y ocho mil reales, buena mesa, estreno constante de ropa por todos los individuos de la familia, lujosos vestidos de baile para las niñas, landó, palco a primer turno al Teatro Real, excursiones a los otros teatros, viajes de verano, imprevistos, etc.? Aun suponiendo doble el activo por lo que don Manuel percibía de algunas compañías de ferrocarriles, quedaba la mitad del gasto en el aire. Pero estos rompecabezas, que en tiempos pasados preocupaban algo a los vagos, amigos de averiguar vidas ajenas, ya, por ser de todos los momentos, han llegado a parecer cosa natural y corriente. Familiarizada la sociedad con su lepra, ya ni siquiera se rasca, porque ya no le escuece.

Introduzcámonos en el hogar Pez; nademos un momento en el agua de esta redoma de felicidad, donde brillan las escamas de plata y oro de este matrimonio dichoso, y de esta prole dichosísima. Los tiempos eran prósperos. Tocaba entonces estar arriba. El árbol fecundísimo del poder protegía con su plácida sombra a la familia. Bastaba alargar la mano para coger sus sabrosas frutas. El aroma de sus flores embriagaba. De situación tan bella procedía en todos aquel deseo febril de goces y el delirio de llamar la atención, de parecer mucho más de lo que realmente eran. La señora de Pez ya no aspiraba simplemente a que sus hijas casasen con hombres ricos y decentes. No; sus yernos habían de ser millonarios, y además, duques, o cuando menos, marqueses; ellas mismas (dañadas ya sus inocentes almas por la fatuidad) habían hecho suyas las ideas de su endiosada mamá, y aún iban más lejos, y soñaban con príncipes, ¿por qué no con reyes?

Eran dos niñas preciosas, de hermosura delicada y frágil, de esa que luce en la juventud con la belleza enfermiza de una flor de estufa, y luego se disipa en el primer año de matrimonio; rubias, delgadas, quebradizas, porcelanescas. Sus ojos claros lucían demasiado grandes en la delgadez linda y afilada de sus caritas de cera. A fuerza de ser traídas y llevadas por su mamá de salón en salón, de teatro en teatro, de fiesta en fiesta, parecían fatigadas, pero no hartas de frívolos pasatiempos y goces. Se las educaba en la inmodestia, de donde resultaba que estas tales niñas apenas podían esconder, bajo el barniz de la urbanidad, el desprecio que sentían hacia todo lo que fuera o pareciese inferior a la esfera en que ellas estaban. No se les caía de la boca la palabra *cursi*, aplicándola a este o aquel que no viviese inmergido en el mar de felicidades de la familia Pez; y al hablar de este modo no comprendían las tontuelas que ellas caían también debajo del fuero de la cursilería, porque esta es un modo social propio de todas las clases, y que nace del prurito de competencia con la clase inmediatamente superior. Aquellas niñas, mil veces dichosas, no habían visto el mundo sino por su lado frívolo; no conocían la sociedad ni su mecanismo, ni sus orbes y gravitación admirables. Su instrucción se circunscribía a un poco de Catecismo, una tintura de Historia, ¡y qué Historia!, algunos brochazos de Francés y un poco de Aritmética. Pero ¿de que servían los rudimentos de esta ciencia madre a las preciosas Josefa y Rosita, si no les cabía en la cabeza que ellas careciesen de cosas que la hija del duque de Tal poseía en abundancia? En aquellos cerebros, tan limpios de malicia como de sindéresis, cerebros atiborrados de hojas de rosa, para ahuyentar las ideas, como si estas fueran cucarachas, no podía entrar la comparación entre los diez millones de renta del duque de Tal y los cincuenta mil reales del Director de Hacienda, aun suponiéndole Pez, y Pez grandísimo. *Creavit Deus Cete grandia* (los grandes cetáceos).

Dejémoslas en paz. Eran dichosas. ¿A qué conturbar su felicidad, picoteándola con números? Que gocen de la vida, de los verdes años. Ocupémonos de Adolfito, el precoz funcionario, que no iba a la oficina sino cuando le daba la gana; que había encargado un velocípedo a Londres y había extendido él mismo la orden para que el administrador de la Aduana de Irún lo dejase pasar sin derechos, ¡qué rasgo de genio! «Tú irás muy lejos, niño», le dijo el jefe de Negociado. Y realmente aquel rasgo valía una cartera. ¡Genialidad infantil que anunciaba el embrión de un hombre de Estado español!

Ocupémonos también, amados hermanos míos, de Federico y Antoñito Pez, que estaban a punto de ser abogados, y que eran el uno filósofo (muchos filósofos de hoy tienen diez y siete abriles) y el otro economista. ¡Ah! La Economía política es una ilusión que se pierde siempre a los veinte años. Federico se había distinguido en esos círculos de sabiduría temprana donde centenares de ángeles juegan al discurso. Era oradorcito. Allí era de oír lo siguiente: «El señor que me ha precedido en el uso de la palabra...». Y el tal preopinante no llevaba chichonera porque hoy es moda que los niños de teta usen sombrero. Las controversias de los menudos filósofos y economistas tomaban siempre un tono de acaloramiento y personalismo, que agriaba los nobles caracteres. La Memoria escrita por Federico sobre no sé qué, pasó desde la tribuna a la prensa, apareció en una Revista; el niño se creció; inscribiose en un círculo más nombrado; hízose oír; le aplaudieron. Primero hablaba y luego gritaba. Ensordecía los pasillos. Llegó a envanecerse con su facilidad de palabra, y a creerse un Moret, un Gabriel Rodríguez. Hubo de volverse loco porque le dijeron que aún mamaba. ¡Disparate! El no mamaba sino del presupuesto.

Antoñito, que era el filósofo, empleaba las horas de oficina en hacer revistas musicales para un periódico de teatros. La Filosofía y la Música tienen un alma de diez y nueve años, una afinidad que parece parentesco. Son dos cuerdas distintas del laúd de la tontería. Antoñito, que había hecho en su cabeza una especie de pasta filosófica, amasando al padre Taparelli con Augusto Comte, era además un wagnerista furibundo, aunque, la verdad ante todo, en jamás de los jamases había oído música de Wagner. En sus artículos llamaba a todas las cantantes *divas*, y a toda las obras *spartitos*. Era severísimo con los artistas cuando no le daban butaca.

Ocupémonos, finalmente, de Luis Pez, el cual no era filósofo, ni economista, ni músico; era jinete. Había comenzado una carrera militar, pero tuvo que abandonarla por falta de luces. Su pasión eran los caballos. Se ocupaba del propio tanto como de los ajenos, y deploraba que no tuviéramos hipódromo (1872). Como el de sus hermanas, estaba su cerebro tan limpio de Aritmética, que no acertaba a comprender por qué él tenía un solo caballo, mientras su amigo, el hijo de los duques de Tal, montaba alternativamente cinco, sin contar los veinte que ocupaban la cuadra de la calle de San Dámaso. He aquí una contradicción económica ante la cual

Federico Pez, un Bastiat en estado de larva, habría tenido quizás algo que decir. Iba nuestro galán centauro a la oficina lo menos que podía. Estaba agregado a la Comisión de empleados que redactaban las nuevas Ordenanzas de Aduanas. ¿Para qué había de molestarse este digno funcionario en asistir a su trabajo si él no sabía lo que era comercio; si no sabía lo que era un puerto; si no había visto otra mar que el mar sin barcos de Biarritz; si ignoraba lo que es un buque, un cargamento, lo que son derechos, valores, rol, tasa, escala alcohólica, arancel, y demás cosas que atañen al tráfico y desarrollo del cambio? Bostezaba en la oficina, cobraba su sueldo, esperaba con ansia la hora y la calle. Amados hermanos míos, tiempo es ya de que digamos con el ángel. ¡*Ave, María!*

III

Sorprendamos a don Manuel José Ramón Pez (o del Pez) cuando, recién abandonadas las ociosas plumas, entraba en su despacho a enterarse de varios asuntos, ajenos a su empleo, aunque muchos tenían con él relación misteriosa, solo de él conocida. Envuelto en su abrigadora bata, calados los lentes o quevedos, afeitada y descañonada ya la barbilla violácea, bien peinadas y perfumadas con colonia las patillas de un gris de estopa, revolvía cartas, consultaba notas, hojeaba *memorándums*, ordenaba *in mente* lo que no tenía orden, hacía cálculos, esbozaba proyectos, trazaba planes. La frase y el guarismo se entrecruzaban en su cerebro, demarcando en su frente una arruga fina, delicada, que parecía hecha con tiralíneas; abismábase en meditaciones; después, tarareando una cancioncilla, pasaba la vista por los periódicos de la mañana, daba algunas órdenes a sus escribientes y se ocupaba un poco de teatros y diversiones.

A cada instante era visitado el despacho por un ángel que entraba retozando. ¡Qué cháchara suplicatoria y qué mendicidad mezclada de regocijo! «Papá, dale el dinero a Francisco para que vaya por el palco de la Comedia... Papá, no olvides que hoy se renueva el abono del Real... Papaíto, págame esta cuenta de Bach... Papá, el sastre... Papá, la modista... Papa, la florista... Papá, la cuenta de Arias... Papá, nuestros abanicos... Papá, el caballo... Papá, papá, papá...». Era un pío pío que no cesaba. Por fortuna don Manuel José Ramón era la imagen viva de la Providencia, según generosamente daba y repartía, sin quejarse, sin regañar; antes bien, regodeándose de ver tanto gusto y apetito satisfechos. Adoraba a la familia y se recreaba en ella. También él era feliz, porque si algún bien positivo hay en el mundo, es el que sienten mano y corazón en el momento de dar algo.

Y en tanto, en el recibimiento de la casa se agolpaba un gentío fosco, siniestro, una turba preguntona y exigente, que quería hablar con el señor, ver al señor, decir dos palabritas al señor. Sonaba a cada instante la campanilla, y entraba uno más. Eran los desfavorecidos de la fortuna, pretendientes, cesantes de distintas épocas, de la época de Pez y de la época del antecesor de Pez. Algunas bocas famélicas pedían pan; otras no pedían más que justicia. Aquellos, sofocados por la necesidad, pedían para el momento; estos para el mes que viene, y algunos estaban atrofiados ya y tan sin fuerzas para pretender, que pedían *para cuando hubiese una vacante*. Con este gentío calagurritano se mezclaban los postulantes de otra esfera, personajes y señorones que pasaban al despacho desde que llegaban. El criado no podía contener a la turba impaciente, desesperanzada, a veces rabiosa, que tenía en sus maneras el ímpetu del asalto. Una mujer mal vestida atropelló en cierta ocasión al criado, se metió por el pasillo adelante, entró sin anunciarse en el despacho, y encarándose con don Manuel, dijo con lágrimas y gestos de teatro: «Señor, soy viuda de un Pez».

Don Manuel repartía promesas, limosnas, a veces credenciales de poca monta, y para todos tenía un consuelo, una palabra o un duro. Era bondadoso y muy bien educado. Había en su mente, junto a la idea de su derecho al presupuesto, la idea de ciertos deberes ineludibles para con la humanidad cesante y desposeída.

Por concluir nuestro panegírico con un hecho concreto de la vida del santo, diremos que una mañana don Manuel mandó que no entrase nadie. Estaba fatigado. Quería ir pronto a la oficina, donde tenía cita con el marqués de Fúcar y con el ministro para tratar de salvar al Tesoro, haciéndole un préstamo.

«¡Ah!, se me olvidaba... —murmuró, echando la vista sobre una carta—. Francisco, dile al señorito Joaquín que suba».

Joaquín Pez, el mayor de los Pececillos, tenía treinta y cuatro años. Se había casado por amor con la hija única de la marquesa de Saldeoro. Quedose viudo a los ocho años de matrimonio, no exento de alborotos, y cuando las cosas de esta relación ocurren estaba asombrosamente consolado de su soledad. Por dos calidades, de mucho valer ambas, se distinguía; física la una, moral la otra. Era su corazón bueno y cariñoso. Era su figura y rostro de lo más apuesto, hermoso y noble que se pudiera imaginar. Tenía toda la belleza que es compatible con la dignidad del hombre, y a tales perfecciones se añadían un aire de franqueza, una agraciada despreocupación, o sí se quiere más claro, una languidez moral muy simpática a ciertas personas, una cháchara frívola, pero llena de seducciones, y por último, maneras distinguidísimas, humor festivo, vestir correcto y con marcado sello personal, y todo lo que corresponde a un tipo de galán del siglo XIX, que es un siglo muy particular en este ramo de los galanes.

Y hablemos ahora, amados hermanos míos, del defecto de Joaquín Pez, defecto enorme, colosal, reprobado por la Filosofía, por la Iglesia, por los Santos Padres y hasta por la gente de poco más o menos. Este defecto era la debilidad, deplorable incuria para defenderse del mal, dejadez de ánimo y ausencia completa de vigor moral. Conocidas las condiciones físicas y sociales del Pez, bien se comprenderá que este vicio del alma había de tener por expresión sintomática el desenfreno de las pasiones amorosas.

Disculpémosle. Era tan guapo, tenía tanto partido, que más que el tipo del seductor leyendario, tal como nos lo han transmitido los dramas, era en varias ocasiones un incorregible seducido. Las mujeres absorbían su atención, todo su tiempo y todo su dinero, muy abundante al recibir la herencia de su esposa, pero muy mermado ocho años después. Cuando le conocemos, Joaquín estaba en el apogeo de sus triunfos, y en todos los terrenos sociales se presentaba con su carcaj y flechas; es decir, que no despreciaba ninguna pieza de caza, ya estuviese en palacios, ya en cabañas o andurriales.

Ya os oigo decir, amados míos, que estas cacerías, lejos de fortificar al hombre, le desmedran y embrutecen. Tan claro es eso como el agua; pero nuestro vigoroso Pez no había llegado aún, cuando le conocimos, al grado de envilecimiento que es el término de las pasiones locas. Su vicio era todavía un vicio del corazón, intervenido con la fantasía. Aún persistían en él ilusiones juveniles, con sus delicadezas y entusiasmos, con sus melancolías, sus arrebatos e impaciencias. El cuerpo principiaba a envejecer antes que el alma, porque esta retardaba su extenuación con fantasmagorías y esfuerzos de iluminismo, de que nacían, aunque por modo artificioso, afectos parecidos a la ternura.

Vivía solo este joven, en el piso bajo de la casa, cuyo principal ocupaban sus padres. Levantábase tarde, almorzaba con su familia, y después de la una rara vez le volvían a ver sus padres hasta el día siguiente.

«Pero, hombre, ¿has visto? —le dijo el papá Pez, prejuzgando con su tonillo burlón el asunto de que iba a tratar—. Otra carta del Canónigo en que viene con las mismas historias... Nos recomienda a esa tal Isidora y a su hermano para que les aconsejemos y les dirijamos..., ¡qué tonterías!, en su pretensión... Dice que son nietos de la marquesa de Aransis; que él lo probará ante los Tribunales. ¿Tú crees esto?

—Yo..., yo, verdaderamente... —manifestó Joaquín con aquella indolencia que de su cuerpo a su pensamiento se extendía—. No lo afirmo ni lo niego.

—Logomaquias, hombre —dijo don Manuel apartando de sí con desprecio la carta de su amigo el Canónigo, cacique y faraute de los Peces en buena parte de la Mancha—. Esto es novela... ¡Nietos de la marquesa de Aransis!... Cierto es que aquella pobre Virginia... ¿Conoces tú a esa Isidora?

—Sí.

—¿Y ella sostiene...?

—Como el Evangelio.

—Logomaquias. Estas historias de muchachos mendigos que a lo mejor salen con la patochada de tener por papás a duques o príncipes, no pueden pasar en el día, mejor dicho, yo creo que no han pasado nunca. Admitámoslo en las novelas; ¡pero en la realidad...! En fin, sea lo que quiera, es preciso atender al Canónigo, que nos sirve bien. Entérate. Dice que pongamos a disposición de la muchacha algunas cantidades. En lo que no le haré el gusto, por ahora, es en lo de hablar de ello a la marquesa de Aransis. Es cosa muy delicada. Cumpliremos diciéndoselo a su apoderado, el marqués de Onésimo... Logomaquias, hombre...

—Yo me encargaré de esto —replicó decididamente Joaquín—. Ya he visto a esa hija de reyes. Es una muchacha simpática, discreta y buena, que merece, sí, merece, sin duda algo más de lo que posee».

Cuando Isidora llegó a Madrid, recibió don Manuel una carta del Canónigo recomendando a su sobrina, e indicando de un modo vago el asunto que tanto había hecho reír al señor Director. Por encargo de este, Joaquín la visitó; encontrola guapa el primer día, el segundo muy guapa, y el tercero deliciosísima, con lo que la diputó por suya. Trazó las primeras paralelas; halló resistencia; trazó las segundas y halló más resistencia, una tenacidad que anunciaba el heroísmo. De aquí vino aquella retirada hábil que desconcertó, como antes se dijo, a la joven, no vencida por el ataque, sino por el aburrimiento de no verse atacada. ¡Cuán cierto es que el ocio enerva y rinde al más aguerrido ejército antes que el fuego y las balas!

Las dotes militares de Joaquín, más que de general de tropas regladas, eran de guerrillero hábil en golpes de mano. Viene esto de la índole de los tiempos, que repugnan la epopeya. No pueden substraerse los amores a esta ley general del siglo prosaico... El atrevido capitán de partidas, desde que habló con su padre, ideó, pues, la emboscada más hábil que concertaron guerrilleros en el mundo. No pondría sitio. Enviaría un parlamentario al enemigo para hacerle salir de la plaza. Si el enemigo caía en el lazo, si pasaba el río de la Prudencia y se ponía bajo los fuegos del desfiladero de la Audacia...

En el capítulo siguiente veréis, ¡oh amados feligreses!, lo que pasó.

Capítulo XIII. ¡Cursilona!

Serían las cuatro cuando Isidora, acompañada de su padrino, llegó al portal de la casa de Joaquín Pez. Su ansiedad era grande, porque había recibido una elegante esquela en que el viudito de Saldeoro, después de declararse imposibilitado de salir a la calle, invitaba a la señorita de Rufete a venir a su casa, donde sería enterada de una comunicación del Canónigo en que se le enviaba dinero, y de un asunto extraordinariamente importante y venturoso. Los comentarios que hizo Isidora desde la calle de Hernán Cortés a la de Jorge Juan no cabrían en este volumen, aunque fuese doble. ¡De qué manera y con qué fecundidad de imaginación dio vida en su mente a la entrevista próxima a verificarse! Al llegar al portal, y al decir a don José: «dese usted una vueltecita por el barrio y vuelva aquí dentro de media hora», ya había ella desarrollado en sí misma cien visiones distintas de lo que había de pasar. Cuando ella entraba, salían las dos niñas de Pez con su mamá para subir al coche que las esperaba en la calle. ¡Qué elegantes! Isidora las miró bien; pero iba ella, a su parecer, tan mal, con tan innoble traza, que de buena gana se hubiera escondido para no ser vista de las otras. Porque la de Rufete, pobre y mal ataviada, se consideraba fuera de su centro. Su apetito de engrandecerse no era un deseo tan solo, sino una reclamación. Su pobreza no le parecía desgracia, sino injusticia, y el lujo de los demás mirábalo como cosa que le había sido sustraída, y que tarde o temprano debía volver a sus manos.

Las niñas de Pez apenas se fijaron en la muchacha que entraba. Pero esta las examinó bien, y en menos de lo que se dice hizo de ellas crítica acerba, las desnudó, les quitó los sombreros, censuró aquellos talles de araña, y concluyó por considerar en su mente lo que resultaría si la más guapa de las chicas de Pez se vistiera con los arreos de Isidora, y esta se pusiera los de la chica de Pez.

Entró en casa de Joaquín, y el criado la encerró en un gabinete mientras pasaba recado al señorito. ¡Qué hermosos y finos muebles, qué cómodos divanes, qué lucientes espejos, qué blanda alfombra, qué graciosas figuras de bronce, qué solemnidad la de aquel reloj, sostenido en brazos de una ninfa de semblante severo, y sobre todo, qué magníficas estampas de mujeres bellas! La escasa erudición de Isidora no le permitía saber si aquellas señoras eran de la Mitología o de dónde eran; pero la circunstancia de hallarse algunas de ellas bastante ligeras de vestido le indujo a creer que eran Diosas o cosa tal. ¡Y qué bonito el armario de tallado roble, todo lleno de libros iguales, doraditos, que mostraban en la pureza de sus pieles rojas y negras no haber sido jamás leídos! «Pero ¿qué harán en los rincones aquellos dos señores flacos? ¡Ah! Esa pareja se ve mucho por ahí. Son Mefistófeles y don Quijote, según ha dicho Miquis. Yo no haré nunca la tontería de tener en mi casa nada que se vea mucho por ahí. Vamos, que aún puedo yo dar lecciones a esta gente». Mirando y remirando los ojos de Isidora toparon con el Cristo de Velázquez, y estaba ella muy pensativa tratando de averiguar qué haría nuestro Redentor entre tanta diosa, cuando entró Joaquín.

«¡Albricias! —le dijo de buenas a primeras, tomándole las dos manos y apretándoselas mucho—. Papá ha tenido una carta del Canónigo... Papá se propone hablar a la marquesa de Aransis. Todo se arreglará... Esto va bien. ¿No lo dije yo?».

Isidora quedó tan turbada por esta irrupción brusca de buenas noticias, que no acertó a decir nada. Miraba embebecida a Joaquín. Pasada la primera impresión de las noticias, lo que dominó en el espíritu de la joven fue la vergüenza de que Joaquín, tan admirador de ella, la viese mal vestida. Había estado dos horas arreglándose para disimular su mala facha. Venía compuesta con galana sencillez, respirando aseo y coquetería; pero todo el aseo del mundo, toda la gracia y sencillez no podían disimular la fea catadura del descolorido traje, ni menos, ¡y esto era lo más atroz!, la desgraciadísima vejez y mucho uso de las botas, que no solo estaban usadas y viejas, sino ¡rotas! Lo que Isidora padecía con esto no es decible. Cuidadosamente escondía bajo las faldas sus pies, tan pequeños como mal calzados, para que Joaquín no se los viera.

Pero ya él se los había visto, sin perder por eso el amor, o llámese como se quiera, que sentía; antes bien, exaltándose más. Por efecto de esas aberraciones del gusto que marcan el tránsito de la pasión al vicio, Joaquín la amaba más con aquel atavío grosero; y si estuviera completamente derrotada, como mendiga de las calles, viera en ella sublimado el ideal del momento.

«¿Y cuándo hablará su papá de usted a la marquesa? —preguntó Isidora ya más dueña de sí—. La marquesa está en Córdoba...

—¿En Córdoba?... Ya —murmurró Joaquín, a quien no le importaba gran cosa que la marquesa estuviera donde mejor le acomodase—. Eso no importa. La marquesa vendrá... ¡Ah!, ya me olvidaba de decir a usted lo mejor. Tenemos orden del señor Canónigo para entregar a usted las cantidades que necesite. Usted dirá.

—¡Las cantidades que necesite!» —repitió Isidora embelesada, viendo en su imaginación una cascada de dinero.

¡Tener dinero! ¡Qué alborozo! Parecía que en su alma, como en alegre selva iluminada de repente, empezaran a trinar y a saltar mil encantadores pajarillos. ¡De tal modo se le anunciaban las necesidades satisfechas, los goces cumplidos, las deudas pagadas y otras satisfacciones más, traídas por la soberana virtud del oro!

Conocedor Joaquín de la manera de tocar ciertos registros del alma humana y de los efectos de la sorpresa teatral en los sentidos del hombre, y más aún de la mujer, llegose a la chimenea, tomó de ella una cajita, abriola y mostró a los ojos admirados de Isidora porción cumplida de dinero, monedas de oro y plata, y dos o tres manojillos de billetes de Banco.

«No sé lo que habrá aquí —dijo Pez revolviendo el tesoro con sus dedos, y afectando hacerlo con indiferencia para dar a entender su familiaridad con los millones—. Mil, dos, cuatro, ocho... Usted dirá».

El efecto fue inmenso. Atónita y embobada estaba la de Rufete, paseando su alma con las miradas por el interior de la hermosa cajita, y si bien la cantidad no era fabulosa ni mucho menos, por ser todos los billetes pequeños, la pobre joven, que tanto se dejaba llevar de la hipérbole, creía ver pasar por entre los dedos de Joaquinito Pez toda la corriente del dorado Pactolo.

«Usted dirá —repitió él, hojeando los cuadernillos de billetes como si fueran libritos de papel de fumar—. Mi parecer es que usted, por quien es y por la posición que ocupará, no debe seguir viviendo en aquella casa. Usted debe tomar una casa para sí y su hermano, ponerse en otro pie de vida, no escatimar ciertas comodidades, en fin... ¿Quiere usted que yo me encargue de buscarle casa, de proporcionarle muebles, modista...?».

Joaquín la miró. ¡Qué guapa era! Isidora le oía como si oyera una descripción del Paraíso a quien realmente ha estado en él. Luego, cuando Joaquín la miró tan de cerca que ella podía contarle los pelos de la barba rubia y los radios dorados de las pupilas oscuras, creyó ver al mismo ángel de la puerta del Paraíso mostrando las llaves de él... Por un instante Isidora no hizo más que saltar la mirada de la cajita al rostro, y del rostro a la cajita. La profunda admiración que por el joven sentía se acrecentaba hasta parecer cariño entrañable. ¡Era tan seductor su modo de mirar!... ¡Tenía un no sé qué tan distinto de todos los demás hombres!... Así lo pensó Isidora, sintiendo herida y traspasada toda aquella parte de su corazón que dejaba libre el orgullo.

«Usted dirá»—volvió a indicar Joaquín, dejando a un lado la cajita y tomando las manos de Isidora.

Esta se puso a temblar, tuvo miedo, porque Joaquín se le hizo más guapo, más seductor, más caballero, revistiéndose de todas las perfecciones imaginables.

«¿Me porto mal —dijo él con voz blanda—; me porto mal en pago de la ofensa que usted me hizo despidiéndome y diciéndome que no podía quererme?».

Isidora fluctuaba entre el reír y el temer. Se reía y estaba pálida. Después sintió frío.

«Yo bien sé lo que pasará cuando usted llegue al fin de su camino —prosiguió él—. En vez de quererme entonces como ha prometido, me despreciará... ¡Será usted entonces tan superior a mí!...».

La perfidia en estas palabras era tanta, que no cabía debajo de todos los pliegues del disimulo.

Isidora, además de reír, además de temer, además de tener frío, se sentía como mecida en un vagoroso y aéreo columpio. La cara hermosísima del joven Pez pasaba ante sus ojos con oscilación de resplandores celestes que van y vienen. ¿Cómo no, si de pronto empezó a oír retahíla de palabras ardientes, que jamás oyera ella sino en sueños? Joaquín la tuteaba, Joaquín se extralimitaba de palabra. Rápidamente conoció Isidora la proximidad de su mal, y tuvo una de esas inspiraciones de dignidad y honor que son propias en las naturalezas no gastadas. Su debilidad tuvo por defensor y escudo al sentimiento que, por otra parte, era causa de todos sus males: el orgullo. Se salvó por su defecto, así como otros se salvan por su mérito. No es fácil definir lo que rápidamente pensó, las cosas que trajo a la memoria, las sacudidas que dio a su dignidad de Aransis para que se despertase y saliese a defenderla. Ello es que saltó del asiento con tal rapidez, que no pudo Joaquín detenerla, y con velocidad de pájaro se puso en la puerta. El violento palpitar de su seno, cortándole la respiración, apenas le permitió decir:

«No quiero nada, no quiero nada».

Evidentemente, referíase al contenido de la cajilla. Joaquín corrió tras ella, diciendo: «Formalidad, formalidad». Pero la de Rufete, valiente y decidida, trató de abrir la puerta. Estaba cerrada. Era de ver su ligereza de gorrión, su prontitud para correr de un punto a otro, perseguida, mas no alcanzada. Corrió a la ventana, que por ser de piso bajo estaba a dos varas de la calle, abriola, y apoyándose en el alféizar, vuelta hacia dentro, dijo así con animosa voz:

«Si usted no me abre la puerta y me deja salir, grito desde aquí y pido socorro».

Quedose parado el Pez; reflexionó un instante. De repente su amor se deshizo en despecho y su despecho en risa.

«¿Escenita?... ¿Gritar en la calle? ¡Qué ridiculez! Usted se empeña en que hagamos el oso».

La ira retozaba en sus labios. Miró a Isidora con tanto enojo, que esta se turbó y creyó haber sido desconsiderada y excesivamente altanera. Después el joven abrió la puerta. Indicó a Isidora la salida, dejando escapar de sus labios, trémulos de ira, esta palabreja:

«*¡Cursilona!...*»

Tres minutos después, Isidora se unía a don José en la esquina de la calle, y marchaba hacia su casa con el alma llena de turbación, alegre de la victoria y triste de la pobreza, satisfecha y desconcertada, diciendo para sí:

«Me ofende por que soy huérfana, y me insulta porque soy pobre; y a pesar de todo...».

Capítulo XIV. Navidad

I

Al día siguiente recibió Isidora una carta de Joaquín incluyéndole algunos billetes de Banco, y pidiéndole perdones mil por el caso del día anterior. Decíale que si alguna palabra áspera y malsonante salió de sus labios al despedirla, la tuviese por dicha en son de broma o por no dicha. Finalmente, le pedía permiso para verla de nuevo en casa de Relimpio. Agradeció ella con toda su alma el desagravio, y sus aflicciones de aquel día se le disiparon con la grata vista del pan bendito, o llámese papel-moneda. Dio al olvido sus agravios; pero si perdonó fácilmente a Joaquín la injuria intentada contra su honor, tuvo que hacer un esfuerzo de bondad para perdonarle el que le hubiera llamado *cursilona*. Tal es la condición humana, que a veces el rasguño hecho al amor propio duele más que la puñalada asestada contra la honra. El marqués viudo la visitó dos días después, y su comedimiento, después de las audacias referidas, la cautivaba más, o si se quiere de otro modo más claro, su comedimiento tenía la virtud de hacer disculpable y aun amable la osadía pasada; que así se contradicen los corazones en su lógica de misterios. Poco a poco, con las visitas y el largo charlar de ellas, Isidora iba queriendo al viudo, y el viudo aficionándose tanto a ella, que llegó un punto en que hubo de sorprenderse y asustarse de la formalidad de su cariño. En tanto el asunto marchaba satisfactoriamente. Don Manuel Pez y el marqués de Onésimo habían escrito a la marquesa de Aransis, y aunque esta no contestaba, era de presumir que contestaría pronto y a gusto de todos. También llevaba buen camino lo de la causa criminal de Mariano. Joaquín bebía los vientos para que le soltase el juez, aunque fuera bajo fianza, por razón de la irresponsabilidad que le daban sus pocos años. Isidora visitaba a su hermano dos veces por semana, llevándole ropa y golosinas. Algunas veces se encontraba en la cárcel a *la Sanguijuelera*, que iba con fin semejante; y ambas se trataban de palabras, distinguiéndose la vieja por la procacidad de su lenguaje y erizado de *puños* y el ningún respeto que a su sobrina tenía.

Llegó Navidad, llegaron esos días de niebla y regocijo en que Madrid parece un manicomio suelto. Los hombres son atacados de una fiebre que se manifiesta en tres modos distintos: el delirio de la gula, la calentura de la lotería y el tétanos de las propinas. Todo lo que es espiritual, moral y delicado, todo lo que es del alma, huye o se eclipsa. La conmemoración más grande del mundo cristiano se celebra con el desencadenamiento de todos los apetitos. Hasta el arte se encanalla. Los teatros dan mamarracho, o la caricatura del Gran Misterio en nacimiento sacrílegos. Los cómicos hacen su agosto; la gente de mal vivir, hembras inclusive, alardea de su desvergüenza; los borrachos se multiplican. Tabernas, lupanares y garitos revientan de gente, y con las palabras obscenas y chabacanas que se pronuncian estos días habría bastante ponzoña para inficionar una generación entera. No hay más que un pensamiento: la orgía. No se puede andar por las calles, porque se triplica en ellas el tránsito de la gente afanada, que va y viene aprisa. Los hombres, cargados de regalos, nos atropellan, y a lo mejor se siente uno abofeteado por una cabeza de capón o pavo que a nuestro lado pasa.

Las confiterías y tiendas de comidas ofrecen en sus vitrinas una abundancia eructante y pesada que, por la vista, ataruga el estómago. No bastan las tiendas, y en esquinas y rincones se alzan montañas de mazapán, canteras de turrón, donde el hacha del alicantino corta y recorta sin agotarlas nunca. Las pescaderías inundan de cuanto Dios crió en mares del Norte y del Sur. Sobre un fondo de esteras coloca Valencia sus naranjas, cidras y granadas rojas, llenas de apretados rubíes. En los barrios pobres las instalaciones son igualmente abundantes; pero la baratura declara la inferioridad del género. Hay una caliza dulzona que se vende por turrón, y unas aceitunas negras que nadan en tinta. De la Plaza Mayor hacia el Sur escasea el mazapán cuanto abunda el cascajo. La escala gradual de la gastronomía abraza desde los refinamientos de Pecastaing, Prast y la Mahonesa, hasta la cuartilla de bellota y la pasta de higos pasados que se vende en una tabla portátil hacia las Yeserías. El enorme pez de Pascuas comprende todas las partes y substancias de cosa pescada, desde el ruso *caviar* hasta el escabeche y el arenque de barril, que brilla como el oro y quema como el fuego.

Una familia podrá morirse toda entera; pero dejar de celebrar la Noche Buena con cualquier comistrajo, no. Para comprar un pavo, las familias más refractarias al ahorro consagran desde noviembre algunos cuartos a la hucha. ¿Cómo podían faltar los de Relimpio a esta tradicional costumbre? También ellos, pobres y siempre alcanzados, tenían su pavo como el que más, gracias a los estirones que doña Laura daba al dinero, y tenían, asimismo, sus tres besugos de dos libras y media, que se presentarían engalanados de olorosos ajos y limón. Don José era el hombre más venturoso de Madrid desde el día 22. Ocupábase en recorrer los puestos de la Plaza del Carmen para traer a su mujer noticias auténticas del precio de la merluza, el besugo, los pajeles. Tratábase de esto en Consejo, y don José decía con gravedad: «Todo está por las nubes. Veremos mañana». El 23, don José y doña Laura tomaban un berrinche porque no les había caído la lotería, fenómeno extraño que todos los años se reproducía infaliblemente. Opinaba doña Laura que todos los premios se los embolsaba el Gobierno, y que la lotería era un puro engaño; pero más juicioso don José, aseguraba que el número jugado era muy bonito y que no habían faltado más que dos unidades (¡que te quemas!) para que tocara premio. Concluían ambos por exclamar con cristiana paciencia: «Otro año será».

Pero llegaba la mañana del 24, y entonces don José era la imagen de la felicidad, siempre que nos representemos a esta embozada en su capa y con su gran cesto enganchado en el brazo derecho. Don José llevaba el cesto y doña Laura el dinero, y aquí era el recorrer tiendas, el mirar todo, el preguntar precios, no arriesgándose a la empresa de sus compras hasta no estar seguros de que compraban lo mejor. Ya Relimpio estaba enterado de los puntos donde era legítimo el turrón de Alicante y Jijona, donde era más barato el mazapán, más dulces las granadas y más gordas las aceitunas. De todo compraban aunque fuera en cortísima cantidad.

Los comentarios de él sobre la calidad de las cosas compradas no tenían término. Y luego, cuando entraban en la casa, ella con la bolsa vacía, él doblado bajo el grato peso de la cesta, ¿quién no se conmovería viéndole sacar todo con amor para enseñarlo a las chicas, y poner cada cacho de turrón ordenadamente sobre la mesa, diciendo a qué clase pertenecía cada uno, y regañando si algún ignorante confundía el de yema con el de nieve? Lo que no podía sufrir doña Laura era que él probase de todo para darlo por bueno, y con este motivo había ruidosas peloteras; pero él aseguraba que todo estaba riquísimo, que todo era gloria, y con esto y con recoger doña Laura las compras para guardarlas con siete llaves, concluían las cuestiones. Después, don José se metía también en la cocina para ayudar y dar más de un consejo; que algo se le entendía de arte de estofados y otros culinarios estilos. Las niñas dejaban la costura aquel día; no se pensaba más que en la cena, y entre componerse para ir al Teatro Martín con Miquis, y ayudar un poco a su madre, se les pasaba la tarde.

Don José, a quien las horas se le hacían siglos, no pensaba en apuntar en el Diario ni en el Mayor los gastos extraordinarios de aquel día. Por la tarde ocupábase de instalar la mesa en la sala, por ser el comedor muy pequeño para tan gran festín. Después se miraba diez y nueve veces al espejo, se acicalaba, y en el colmo ya del regocijo, les quitaba a los chicos del tercero el tambor con que atronaban la casa toda, y tocaba por los pasillos con furor y denuedo, seguido de la turba infantil y por ésta con alegres chillidos aclamado.

A la bendita y honesta cena de esta excelente familia no asistía nunca, desde muchos años, el señorito Melchor, que cenaba con sus amigos. Lejos de censurar esto, doña Laura hallaba natural que su hijo, escogido entre los escogidos, no se sentase a la vulgar mesa de sus padres. Mejor papel haría en otra parte. Ya Melchor se rozaba con literatos, diputados, artistas y empleados de cierta categoría. Probablemente, aquel año iría a cenar en casa de un marqués.

En cambio les acompañaba el ortopédico, hermano de doña Laura, y el hijo de este, llamado Juan José. ¡Ah! El ortopédico era saladísimo para una cena. Hombre de gran formalidad, se trocaba en el más gracioso del mundo en cuanto bebía dos vasos de vino; decía los disparates más chuscos que se podrían imaginar. Él y Relimpio, que también perdía la chaveta en cuanto empinaba un poco, por estar privado de mosto durante el año entero, eran los héroes de la fiesta; brindaban con gritos, se abrazaban riendo como locos, y por fin rompían a llorar. En suma, que era preciso llevarlos a cuestas a la cama, con gran algazara y risa de todos los comensales. Los únicos convidados de fuera de casa eran Miquis y un poeta presentado por este en la casa, llamado

Sánchez Berande, el cual hacía monos y versos no se sabe bien si a Emilia o a Leonor.

Ea..., ya tenemos la mesa arreglada en la sala, por ser el comedor pequeño para tanto gentío. Don José, que se pintaba solo para arreglar un banquete, contemplaba su obra con legítimo orgullo, y se recreaba en el brillo de la loza y la cristalería, en la muchedumbre de luces, en el adorno y opulencia de la mesa. Después esparcía miradas de felicitación por toda la capacidad de la sala, por la sillería de reps que había sido desnudada de sus fundas de percal, y por las cajitas de dulces, las bandejas de latón y demás chucherías... Todo estaba bien, perfectamente bien. Hasta el retrato del dueño de la casa, al óleo, detestable, colgado en la pared principal, rebosaba satisfacción en su acaramelado semblante. «Estoy hablando», decía Relimpio siempre que lo miraba. Frente al retrato había una laminota, en la cual doña Laura se inspiraba siempre para increpar a su marido. Era Sardanápalo quemándose con sus queridas... Completaban el decorado de la pieza tres o cuatro fotografías de niños muertos. Eran los hijos que se le habían malogrado a doña Laura en edad temprana. Vistos a la luz de las bujías del próximo festín, los pobrecitos tenían cara de muy desconsolados por haberse ido del mundo tan pronto sin alcanzar la hartazga de aquella noche.

II

Isidora no cabía en sí de júbilo. Aquel día, el 24, soltarían a Mariano. Ella misma iba a sacarle de la horrenda cárcel. ¡Oh! ¡Si no se hallara muy mal de dinero, aquel día habría sido uno de los más felices de su vida! ¿En qué había gastado lo que le diera dos meses antes el marqués de Saldeoro por cuenta del Canónigo? Verdaderamente ella no lo sabía. Había pagado a doña Laura, se había comprado ropa... ¿Pero lo demás dónde estaba? Isidora reflexionó.

En perfumería había adquirido lo bastante para tres años. ¿Y de qué le servían aquellos candeleros de bronce, y el jarro de porcelana, y el *cabás* de cuero de Rusia? Cosas eran estas que compró por la sola razón de comprarlas. ¡Eran tan bonitas!... Pues ¿y aquel vaso de imitación de Sajonia, de qué le servía?... ¿Y las botellas para poner cebollas de jacinto?

Más necesario era sin duda el librito de memorias, el plano de Madrid, las cinco novelas y la jaula, aunque todavía le faltaba el pájaro. Estaba muy desconsolada por no tener un buen baño; ¿pero cómo podía satisfacer este gusto en casa tan pequeña? Luego, la maldita doña Laura se ponía frenética por la mucha agua que Isidora gastaba. Si esta no podía disfrutar de una hermosa pila de mármol, en cambio se había provisto de tarjetas, de papel timbrado, de una canastilla de paja finísima, de una plegadera de marfil para abrir las hojas de las novelas, de un *antucás*, de pendientes de tornillo con brillantes falsos, de un juego de la cuestión romana y de algo más, tan lindo como caprichoso. Mucha, muchísima falta le hacía un buen mundo para poner la ropa; pero ya lo compraría más adelante. Tampoco estaba bien de ropa blanca; pero tiempo habría de hacerse un hermoso equipo.

Gozosa, daba la última mano a su atavío para salir en busca del hermano. La orden del juez para soltarlo debía de estar ya en las oficinas de la cárcel. Salió radiante y satisfecha; mas no quiso tomar el breve camino de la calle de Hortaleza, porque le daba vergüenza de pasar por cierta tienda donde debía algunas cantidades, poca cosa en verdad.

Ya anochecía cuando Isidora regresó acompañada de su hermano, el cual, vergonzoso y cohibido, bajaba los ojos delante de la gente. Recibiole don José Relimpio con ciertos asomos de severidad, dándole una palmada en el hombro y diciéndole: «Hombre, veremos cómo te portas ahora». Pero doña Laura, implacable y fiera, dijo que Mariano no se sentaría a su mesa, aunque bajase Cristo a mandarlo. Oyó esto Isidora con rabia; mas conteniéndose, devoró tal afrenta y se amordazó la boca para que no saliesen las palabras que del corazón le brotaban. Encerrose con el chico en su cuarto, le lavó y vistió, para lo que tenía apercibida gran cantidad de agua y ropa nueva. El muchacho observó en los ojos de Isidora una lágrima, más bien que del sentimiento, nacida del despecho, y le dijo:

«¿Por qué lloras? ¿Por lo que ha dicho esa tía bruja?

—¡Gente ordinaria!... —murmuró Isidora.

—¿Por qué no le contestaste? —dijo Mariano con extraña rudeza.

—No me rebajo yo a tanto.

—¡Puño!».

Mariano dio un puñetazo sobre su propia rodilla. Luego Isidora le echó un sermón sobre su detestable maña de decir a cada paso palabras malsonantes, y aunque el muchacho alegó, para defenderse, que también las decían los caballeros, ella se mantuvo inflexible, decidida a castigar las malas palabras como si fueran malas acciones.

«Ahora, señorito —le dijo con severidad—, ha de andar usted derecho. Pase que en otro tiempo, cuando nuestra desgracia nos tenía poco menos que en la miseria, ocurrieran ciertas cosas..., ciertas barbaridades, Mariano, de que no quiero acordarme... Echémosles una losa encima. Pero ahora ya han cambiado las cosas. Eres un bárbaro, y vas a empezar a desbastarte. Tú no seas tonto; principia por convencerte de que eres persona decente, y así tendrás dignidad. De nuestra tía Encarnación, hazte cuenta de que no existe, porque no la volverás a ver. Eres ya otra persona».

Oyó atentamente el muchacho estas advertencias, y se prometió a sí mismo hacer todo lo posible para entrar con pie derecho en aquella senda de caballería y decencia que su querida hermana le marcara. Tras esto Isidora cayó en la cuenta de que Mariano y ella habían de cenar aparte aquella noche, pues si el chico no podía sentarse a la mesa de los Relimpios, tampoco ella se sentaría por nada del mundo. Al punto determinó salir en busca de alguna cosa para aderezar la cena. ¡Muy bien, excelente idea! ¡Mariano y ella cenarían tan ricamente en su cuarto, solos, y sin rozarse con aquella gente ordinaria!

Pero sobrevino la más grande contrariedad que en vísperas de un banquete puede ocurrir. Isidora no tenía dinero. Entre las múltiples propiedades de este metal, ella había notado principalmente una, la de acabarse en los momentos en que más falta hacía. El portamonedas no contenía más que un par de pesetas y algunos cuartos. Buscó y rebuscó Isidora en todos los bolsillos, gavetas y huecos, porque recordaba que en otra ocasión parecida había encontrado de repente una moneda de oro olvidada en el fondo de un cajón de la cómoda; mas ninguna moneda de plata ni de oro apareció aquella vez, con lo que se dio por vencida, y resolvió que la cena fuese una modesta colación, más propia de día de ayuno que de noche de Navidad. Aunque a doña Laura nada debía, antes muriera que pedirle dinero, después del atroz desaire recibido de ella. No se atrevía tampoco a acudir a Joaquín Pez.

Salió. Mariano se quedó solo. Por no ser excesivo el número de sillas que en el cuarto había, estaba sentado en un baúl bajo. A su lado, en un rincón, vio paquetes de papeles viejos liados fuertemente con bramante. Eran los cartapacios y protocolos que Tomás Rufete había emborronado durante su enfermedad, y que fueron guardados en casa de Relimpio, hasta que sus hijos los recogieran, por si algo había de interés entre tal balumba de desatinos. Isidora los había llevado del desván a su cuarto, y allí los puso con ánimo de someterlos a un examen cualquier día. Mariano leyó, no sin trabajo, los rótulos que decían: «*Desolación... Hacienda pública... Desfalcos... Muerte... Latrocinio...*», y otras cosas extravagantes. Como ninguna distracción sacaba de ver letreros, empezó luego a revolver todo lo que su hermana tenía sobre la cómoda, y después lo que en el primer cajón había. Todo lo revisaba, lo examinaba por dentro y por fuera; hojeó las novelas, levantó de las botellas las cebollas de jacintos para ver las raíces, abrió el estuche de los tornillos de diamantes americanos, revolvió la caja y los sobres de papel timbrado; y como en el momento de estar sobando el papel echase de ver el tintero y la pluma, tomó esta y trazó sobre un plieguecillo, con no pocos esfuerzos, alargando el hocico y haciendo violentas contorsiones con el codo y la muñeca, estas palabras: *Mariano Rufete, alias Pecado*. Contempló satisfecho su obra, y luego, con gran ligereza, echó una rúbrica que parecía el dibujo de un puñal. Se echó a reír como un bruto, dejando el papel sobre la mesa. Luego dirigió su atención al tocador de la hermana; fue viendo uno por uno los botes que en él había, metiendo en todos las narices y diciendo «¡qué bueno!» o «¡qué rico!». Se puso pomada, se perfumó con esencias y se lavó las manos, sonriendo de gusto al ver cómo se deslizaban dedos sobre dedos al suave resbalar del jabón.

«¡Eh!, ya me has revuelto todo —dijo Isidora al entrar de la calle—. ¡Jesús, qué desorden! Mira, te voy a pegar».

Mariano reía.

«¿Y qué has escrito aquí? *Mariano Rufete, alias Pecado*... ¿Qué es eso de *Pecado*? ¡Como yo vuelva a oírte dándote a ti mismo esos apodos...!

—Como los toreros —observó estúpidamente Mariano sin cesar de reír.

—A ver... ¿Es que no quieres ser persona decente?... ¿Pero qué haces, gandul? ¿Te enjugas las manos en mi vestido? Quita allá, asqueroso. ¿No ves la toalla? Lo que digo; no quieres entrar por el camino de las personas decentes. Eres un salvaje... Ya se ve; no has tratado sino con cafres».

Y diciendo esto, de un pañuelo que cogido por las cuatro puntas traía, sacó sucesivamente varios pedazos de turrón y algunos puñados de cascajo, castañas, nueces, avellanas y bellotas. Al poner sobre la cómoda la última porción de tan variados bastimentos, lanzó de su pecho un suspiro enorme.

«¿Todo eso has traído? —preguntó Mariano—. ¿Y el pavo? Yo quiero pavo.

—Cenarás lo que te den —replicó ella pasando de la pena al enfado—. Es una mala educación pedir lo que no hay.

—El año pasado —dijo Mariano con rudeza y desdén— mi tía *la Sanguijuelera* tenía besugo, y pimientos encarnados, y turrón de frutas, y lombarda, y una granada de este tamaño. Yo me la comí toda. ¡Estaba más rica...!».

Ceñuda y pensativa, Isidora puso la mesa. Mariano se sentó en una silla alta y ella en otra baja.

«Mañana será otro día —dijo ella—. Eso de atracarse la Noche Buena es propio de gente ordinaria. Ya te enseñaré yo a ser caballero... Vaya que está rico este turrón. Pruébalo...».

No se hacia de rogar *Pecado*, antes engullía sin cumplimiento. En la sala de la casa había empezado ya el alboroto; mas no la cena, porque esperaban a Miquis. La entrada de este se conoció desde el retiro de los Rufetes por un repentino aumento del bullicio. Un instante después Isidora vio que se abría suavemente la puerta de su cuarto y que entraba la irónica fisonomía del estudiante.

«Vengo a tener el gusto de saludar a la señora archiduquesa —dijo este, sombrero en mano, con ceremoniosa cortesía—. Bien se ve que estamos ya en plena aristocracia. Esta noche se *queda usted en casa*; quiero decir, que recibe usted a sus amigos...

—Toma —le dijo Isidora ofreciéndole una bellota—. Es lo mejor que te puedo ofrecer.

—Gracias, marquesa —repuso Miquis sentándose—. Es delicioso el obsequio. Vamos a cuentas y hablemos con seriedad. ¿Por qué no cenas con nosotros?

—Nosotros —manifestó Isidora ahogada por la pena y el despecho— no somos dignos... Vete, vete pronto. Te esperan. Ya han sacado la sopa de almendras.

—¡Ay, chiquilla! ¡Cuánto más me gustan tus bellotas!... Pero no llores. De buena gana te acompañaría... Pero es tan tiránica la sociedad...

—Vete, vete... Mi hermano y yo cenamos solos. Ya ves... Estamos tan contentos... Mejor es así. Cada uno en su casa».

Augusto la contempló en silencio, asombrado de su hermosura, que cada día iba en dichoso aumento, enriqueciéndose con un encanto nuevo.

«Aquí viene bien aquello de *a tus pies, marquesa*» —dijo, levantándose.

Y luego, volviendo la vista para observar con una mirada en redondo todo el cuarto, añadió:

«Estás perfectamente instalada, marquesa. Magnífico gabinete. Aquí los arcones de roble; ahí el gran armario de tres lunas. Cuadros de Fortuny, tapices de los Gobelinos, porcelanas de Sèvres, y de Bernardo Palissy... Muy bien. Bronces, acuarelas...».

Mariano le miraba con cierto espanto. Isidora entreveraba de sonrisas su pena profundísima. Pero se sintió herida en lo más vivo de su alma cuando Miquis, después de transformar el humilde cuarto en aristocrático gabinete, dijo con el mismo tono de encomio:

«Bien se conoce en esta rica instalación el buen gusto del marqués viudo de Saldeoro. Adiós, marquesa. Ceno en el palacio de Relimpio».

III

Cuando Augusto se marchó, quedose Isidora meditabunda, clavados los ojos en su propia falda.

«¿Quién es ése? —le preguntó Mariano.

—Un tipo, un mequetrefe —repuso ella sin mirar a su hermano, señales claras por donde manifestaba estar aún dentro de la esfera de atracción del pensamiento que la dominaba.

—Dame más turrón, marquesa —exclamó el muchacho.

—¿Por qué me llamas así? —preguntó Isidora bruscamente, despertando de su mental sueño.

—¿Es apodo? ¡Puño!... ¿Y por qué te pone motes ese gatera?

—Mariano, cuidado cómo se habla.

—¡Se burla de ti! —gritó *Pecado* con aquel arrebato de infantil fanfarronería que en él parecía cólera de hombre.

—Yo te juro que no se burlará más» —dijo ella con los ojos húmedos de lágrimas.

Mariano la miró, diciendo:

«Tonta, no ha sido para tanto... Las mujeres lloran por cualquier cosa. Que venga a mí con bromas; verá cómo le saco las entrañas...

—Mariano, loco, bruto y salvaje —gritó ella, despertando otra vez en su letargo de pena y despecho—. Si te oigo hablar así otra vez...

—No dije nada, nada... Dame turrón».

La algazara de la sala crecía, y por las palabras sueltas, los plácemes y exclamaciones que de ella hasta el cuarto de los Rufetes llegaban, así como por los olores culinarios que invadían toda la casa, se podía saber a qué altura andaba el festín. Se sintió sucesivamente la aparición del besugo, la del pavo, aclamado con palmoteo y vivas. Don José lo recibió cantando la Marcha real. Después se oyeron las ruidosas cuestiones a que dio motivo el gran acto de trincharlo. Las risas sucedían a las risas, y los comentarios a los comentarios. Al mismo tiempo se conocían los efectos del Valdepeñas y del Cariñena en la torpe lengua del ortopédico, que desgranaba las palabras, y en el entusiasmo anacreóntico de don José Relimpio, que no decía cosa alguna derecha y con sentido.

La criada entró en el cuarto de Isidora, trayendo un plato con varias lonjas de pechuga y un poco de relleno. Encendiéronsele a Mariano con luces mil los ojos, y no parecía sino que cada destello de su mirar era un largo tenedor; pero Isidora, en quien el orgullo no daba lugar al agradecimiento ni al perdón, vio con repugnancia aquel tardío obsequio. Aunque comprendió que este había nacido en el bondadoso corazón de Emilia, siempre veía en él como un mensaje de lástima. Rechazó la fineza diciendo:

«Que muchas gracias y que no queremos nada.

—Chica, chica, tú eres tonta —gruñó Mariano con su rudeza propia, exacerbada hasta el salvajismo.

—Si no te callas, te pego.

—Yo quiero cenar —afirmó él con brutal terquedad, echando a un lado la cabeza y dando un golpe con ella sobre la mesa.

—Eso es, rómpete la cabeza.

—Mala hermana, ¡no das de cenar a tu hermanito! Mira tú, mejor estaba en la cárcel...

—Como vuelvas a nombrar...
—¡Nombro!... ¡Puño!
—Como vuelvas a decir...
—¡Puño! —repitió el bergante alzando la mano.
—¡Alzas la mano!..., ¡a mí!..., a tu hermana.
—Yo me quiero ir con mi tía.
—Si vuelves a nombrar...
—¡Mala hermana..., marquesa!...».

Pecado hizo burla de su hermana con tanto descaro, que esta hubo de ponerle a raya con dos bofetadas muy bien dadas que, o mucho nos engañamos, se oyeron desde la sala. No era ella mujer que se dejaba embromar de un mocoso, aunque este tuviera los buenos puños y los medianos antecedentes del señorito Rufete. Dominado este por la actitud de su hermana y por el cariño que le tenía, se contuvo. Echado de bruces sobre la mesa, la barba apoyada en el arco que con sus brazos hacía, a Isidora contemplaba en silencio con la seriedad y atención hosca de uno de esos perrazos que muerden a todo el mundo menos a su amo.

El bullicio de la sala llegaba ya al delirio. Don José hacía el amor a su mujer echándole ternísimos requiebros entre los aplausos de los divertidos comensales. Doña Laura llamaba a su marido Sardanápalo. El ortopédico había empezado a cantar villancicos, acompañándose de golpes dados sobre la mesa con el mango del cuchillo. Solo Emilia y Leonor conservaban su amable serenidad, la una obsequiando a Miquis, la otra a Sánchez Berande. El joven poeta, Miquis y el hijo del ortopédico alborotaban también, el primero con sus discursos, el segundo con sus cantorrios de tangos y malagueñas. Después se hizo una grande y solemne pausa, porque Berande, a ruegos de todos, iba a recitar versos. Creíase destinado a la inmortalidad; tenía un buen tomo preparado para darlo a la estampa, en el cual, como en muestrario de bazar, había de todo: elegías, odas, pequeños poemas, poemas grandes, epigramas, doloras, *suspirillos germánicos*, sáficos y octavas reales. La sala parecía tribuna del Congreso, que se hundía con los aplausos al terminar Berande su recitación.

«Versos —dijo Mariano, alzando su cabeza y poniendo atención.

—¿Te gustan los versos? —preguntole Isidora, gozosa de sorprender a su hermano un síntoma de decencia.

—Sí —replicó el muchacho—; me sé de memoria los de *Francisquillo el Sastre*, que empiezan:

Salga el acero a brillar, pues soy hijo del acero...

—Calla, bruto; esas son barbaridades.

—También sé los del *Valeroso Portela*, que dicen:

Escuchen, señores míos, les diré de Juan Portela, el ladrón más afamado de la gran Sierra Morena.

—Calla, hijo, calla por Dios. Me estás envenenando con tus horribles coplas. Ningún joven guapo y decente aprende tales cosas. Esto está bien para el pueblo, para el populacho. ¿Sabes tú lo que es el populacho?

—Mi tía *la Sanguijuelera* —contestó el chico con tan graciosa naturalidad, que Isidora no pudo contener la risa.

—Ya aprenderás mil cosas que no sabes. Y dime ahora, ¿qué aspiración tienes tú?... ¿Qué quieres ser?...

—Yo no quiero ser nada —repuso él con apatía.

—Es preciso que estudies y que trabajes. No volverás a la fábrica de sogas. Irás a un colegio. ¿Qué carrera quieres seguir?».

Mariano meditó un instante. Después dijo con resolución: «La de tener mucho dinero.

—¿Y para qué quieres tú el dinero?

—Toma..., *mia* ésta... Pues para ser rico.

—Pero es preciso que seas algo.

—Rico...

—¿Y en qué gastarías el dinero?

—En comer lomo, granadas, turrón y en beber buen vino. Tendré un caballo y me vestiré todo de seda.

—¿No te gustaría militar y llegar a general?

—Sí, sí —afirmó *Pecado*, despidiendo de sus ojos brillo de animación y alegría—. Para ir mandando la tropa y arreando palos..., así..., ¡toma!

—No, no, no se pega. No creas que los generales pegan... Hay carreras preciosas, como Estado Mayor, Ingenieros, Artillería.

—¡Artillero, artillero! —gritó *Pecado*, dando golpes en la mesa—. Ya me verás, cañonazo va, cañonazo viene... ¡Bum, bum!

—Dispararías cuando fuera menester...

—No, no, siempre... Al que me hiciera algo, ¡zas!...».

A esto llegaban cuando volvió la criada trayendo un plato con varios pedazos de turrón, de parte de la señorita Emilia y del señorito Miquis. No considerándose aún desagraviada Isidora con estos regalitos, negose a admitirlos; pero Mariano se abalanzó al plato más pronto que la vista, y arrebatando el turrón, empezó a engullir con tanta prisa, que no pudo su hermana evitarlo.

«¡Malcriado..., glotón! —le dijo cuando otra vez se quedaron solos—. ¿No has comido ya bastante?».

Mariano negó con la cabeza, por no poder hacerlo con la boca.

«Te pondré interno en un colegio».

Mariano hizo con los dedos una señal que quería decir: «Me escaparé».

«No te escaparás. ¿Piensas que vas a lidiar con bobos? Hay un maestro muy rígido.

—De la bofetada que le pego —dijo Mariano pudiendo ya articular algunas palabras—, va volando al tejado.

—¡Fanfarrón!...».

En la sala, la cena parecía tocar a su fin. Todas las clases de turrón habían sido probadas, así como las granadas y las ruedas de naranjas espolvoreadas de azúcar. Relimpio, con la última copa de cariñena, dio con su cuerpo en tierra. «¡A la Misa del Gallo, vamos a la Misa!», gritaba con torpe lengua el insigne galán rodando debajo de la mesa. Muertos de risa los demás, le cogieron por los cuatro remos para llevarle a la cama, y él iba cantando el *Kirie eleisón* con voz de sochantre, y los demás riendo y vociferando, de lo que resultaba el más grotesco cuadro y música que se pudiera imaginar.

«¡Cuánta grosería! ¡Qué gente tan ordinaria!» —exclamó Isidora.

Poco después llegó Emilia al cuarto de esta, y diole excusas por la soledad en que se había quedado en noche de tanta alegría. Mas, no dando su brazo a torcer Isidora, replicó que había estado perfectamente en su cuarto. Trajeron un catre de tijera para que se acostase Mariano, y cuando Isidora le mandó que se recogiera, por ser ya más de medianoche, el maldito muchacho se le plantó delante y le dijo con sus bruscos modos:

«Dame dinero.

—¿Y para qué quieres tú dinero, tunante? Acuéstate.

—Me acostaré; pero yo quiero dinero. Si no me das dinero, no te quiero...

—¿Para qué lo necesitas?

—Para ir mañana a los toros.

—Si ahora no hay toros, mentecato.

—Pero hay novillos y mojiganga.

—¿Y cómo sabes eso?

—Por los chicos... Si no me das dinero, no te quiero.

—Mañana te daré unos cuartitos...

—¿Cuartitos? Tú eres rica —dijo pasando la vista con malicioso examen por los diversos objetos que Isidora poseía—. Tú tienes dinero, porque has comprado estas cosas ricas, y yo no tengo nada, nada; soy un pobre».

Al decir esto se desnudaba para acostarse.

«Yo también soy pobre —afirmó Isidora—; pero con el tiempo, tal vez dentro de poco, tú y yo estaremos bien y tendremos todo lo necesario y aún más.

—La señorita gasta y come bien, y tiene a su hermanito muerto de hambre —gruñó él, acostado ya.

—No seas tonto. Cállate y duerme.

—Si mañana no me das dinero, salgo a la calle y pido limosna. Ya sé yo cómo se pide. Me lo ha enseñado un chico.

—¿Qué estás diciendo, cafre?

—Que pediré limosna. Verás.

—No me sofoques... A un colegio, a un colegio.

—Ya me estoy durmiendo... Hasta mañana.

—¿No rezas, herejote?».

Mariano murmuró algo que no era fácil descifrar, y se durmió sosegadamente. Todavía quedaba en él algo de niño. Su hermana le contempló un instante movida de un sentimiento extraño en que se combinaban el cariño y el terror. Iba a darle un beso; pero cuando ya casi le tocaba con sus labios, se apartó diciendo: «Temo que se despierte y me pida lo que no puedo darle».

Capítulo XV. Mariano promete

A la siguiente mañana, no repitió Mariano sus exigencias de la noche de Navidad. Estaba de buen humor, alegre, saltón, inquieto y condescendiente. Gozosa también Isidora de verle sin las siniestras genialidades de la pasada noche, hízole mil caricias, le vistió, le arregló, púsole una elegante corbata, que ha días tenía para él, le peinó, sacándole raya, y cuando estuvo, a su parecer, bastante acicalado y compuesto, llevole delante del espejo para que se viera, y le dijo: «Ahora sí que estás hecho una persona decente». Él se miraba riendo, y decía una y otra vez... «Quia, quia; ese no soy yo».

Después salieron juntos a pasear por las calles. A cada paso, Mariano quería que le comprara cosas; y en verdad que si ella tuviera algo en su bolsillo, le tapara la boca más de una vez; pero nada tenía, y los dos se volvieron a casa cariacontecidos. Él se preguntaba que de qué servía tanta pomada en el cabello, tal lujo de corbata y camisa blanca, si entre los dos no tenían ni un ochavo partido. Por la tarde, Mariano salió solo, cuando su hermana no estaba en el cuarto, y volvió ya muy entrada la noche, todo sucio, desgarrado, la camisa rota y la corbata hecha jirones. Pintar la ira de Isidora al verle en tal facha, fuera imposible. Mariano confesó, con loable franqueza, que había estado jugando al toro con otros chicos en la plaza de las Salesas, con lo que redoblándose el enojo de la hermana, le dio un vapuleo de esos que duelen poco. Lo más extraño es que el muchacho, con ser tan bravío y rebelde, no se defendió de los azotes, ni hizo ademán de volver golpe por golpe, ni chistó siquiera... Por la noche ya habían hecho las paces; él prometía ser bueno, y fino y persona decente. Exigió que su hermana le llevara al teatro, ella lo prometió así; mas como no pudiese cumplir al siguiente día por la causa que fácilmente conocerá el lector, se enfureció el chico, pidió dinero, negóselo ella, hablaron más de la cuenta, y él puso término a la disputa con esta amenazadora frase:

«¡Dinero! Ya sé yo cómo se encuentra cuando no lo hay. Los chicos me lo han enseñado».

Isidora no hizo caso. El día de Inocentes salió un rato. Al volver, Mariano había revuelto todo el cajón alto de la cómoda.

«¿Qué haces? —preguntole su hermana, previniendo algún desastre.

—¿Aciértame que tengo aquí?» —le dijo Mariano mostrándole su puño cerrado.

Isidora trató de abrir el puño del muchacho; pero este apretaba tan fuertemente sus dedos, que los blandos y flojos de Isidora no pudieron moverlos ni un punto, ni separarlos. Con su fuerza varonil, Mariano hacía de su mano un arca de hierro.

«Abre la mano, ábrela.

—No quiero.

—¿Qué tienes ahí?... ¿Qué has cogido?».

Mariano se puso de un salto en la puerta, siempre con el puño cerrado. Riendo como un desvergonzado bruto, dijo a su hermana: «Abur, chica».

Al punto echó Isidora de menos sus diamantes de tornillo, que aunque falsos, valían cuatro duros. ¡Cuántas lágrimas derramó aquel día! Mariano estuvo una semana sin parecer por la casa de Relimpio.

Una noche, cuando menos se le esperaba, apareció al fin avergonzado, compungido, la ropa hecha jirones, imagen del hijo pródigo. Con la alegría de verle, no fue la severidad de Isidora tan grande como cumplía, y le perdonó. Tenía Mariano entre sus maldades, desarrolladas por el abandono, algunas cosas buenas, y la cualidad mejor era la franqueza con que confesaba sus delitos sin ocultar nada, ni dorarlos con comentarios artificiosos para hacerlos pasar por donaires. Todo cuanto había hecho en la semana lo contó puntualísimamente; pero ninguna parte de aquella Odisea de travesuras causó tan penoso efecto en el alma de la señorita de Rufete como estas palabras:

«Estuve en casa de mi tía Encarnación, ¿sabes?..., y mi tía Encarnación y la tía *Palo-con-ojos* comían juntas; y mí tía Encarnación me dijo: «Anda, pillete, anda con tu hermana a que te dé de comer y te vista de señorito, pues bien puede hacerlo». Entonces mi tía Encarnación y la tía *Palo-con-ojos* se pusieron a hablar de ti, y mi tía Encarnación dijo que tú tienes un novio marqués que te da mucho dinero».

Isidora se quedó yerta; pero como el mostrar enfado por aquel ultraje habría sido ocasión de que entrara más en malicia el chico, harto malicioso ya, fingió tomar a broma el caso, aunque le destrozaba el alma, y se echó a reír. Pero su fingimiento de buen humor fue de todo punto imposible cuando Mariano, con aquel descaro que determinaba el tránsito brusco del candor al cinismo, le dijo:

«Ya, ya. Las mujeres sois todas unas... Bien sé lo que hacéis para tener siempre dinero. Los chicos me lo han dicho».

Risas, azotes, lágrimas sucedieron a esta declaración; pero también paces al siguiente día. Isidora, que recibió del marqués de Saldeoro otra visita platónica y una nueva remisión de fondos por cuenta, al parecer, del Canónigo, salió de aquella sombría situación de escaseces y apuros; pagó sus deudas, compró un Diccionario de la Lengua castellana y llevó a su hermano al teatro, de lo que este recibió tanto gusto, que en algunos días apareció como transformado, encendida la imaginación por las escenas que había visto representar, y manifestando vagas inclinaciones al heroísmo, a las acciones grandes y generosas. Contenta Isidora de esto, comprendió cuánto influye en la formación del carácter del hombre el ambiente que respira, las personas con quienes tiene roce, la ropa que viste y hasta el arte que disfruta y paladea.

Animada Isidora al ver que no carecía su hermano de algún fundamento bueno y sólido para construir en él la persona decente, determinó que no corriera un día más sin ponerlo en un colegio. Pasados Reyes, el señorito fue confiado a un profesor que apacentaba su rebaño de chicos en un colegio de la calle de Valverde. Mal, muy mal le supo al de Rufete la sujeción, porque sobre todos sus instintos malos y buenos dominaba el de la vagancia y el gusto de correr por calles y caminos, con cierto afán como de buscar aventuras. La mortificación de su amor propio al ver que le eran muy superiores niños de menos edad que él, aumentaba el horror que hacia el colegio y su maldito profesor sentía. Era casi un hombre, y en todas las clases ocupaba el último lugar. Era el burro perpetuo, burla y mofa de los demás chicos. Su barbarie llegó a ser proverbial en las clases; los alumnos todos celebraban con risas y pataleo los dislates que decía en sus lecciones, y el maestro mismo, cargando sobre él el peso de su desdén pedagógico, solía decir, reprendiendo a cualquiera de los alumnos: «Eso no se le ocurre ni al mismo Rufete. Eres más tonto que Rufete».

La poca estimación que se le tenía mató en él sus escasos deseos de aprender. Concluyó por despreciar el colegio como el colegio le despreciaba a él, de donde vino su costumbre de hacer novillos, la cual aumentó de tal modo que, sin saberlo su hermana, dejó de asistir un mes entero al estudio. En aquellos días de aventuras y pilladas y esparcimiento, cualquiera que hubiese tenido interés en seguir los pasos de este desgraciado chicuelo le habría visto encaramándose en la verja de la puerta principal de la Plaza de Toros para alcanzar a ver algo del ensayo de la mojiganga, o bien jugando en los tejares adyacentes, o en el río entre las lavanderas. En sus compañías, que al llegar al colegio fueron de niños decentes, descendió poco a poco hasta el más bajo nivel, concluyendo por incorporarse a las turbas más compatibles con su fiereza y condición picaresca. Granujas de la peor estofa, aspirantes a puntilleros, toda clase de rapaces desvergonzados y miserables, formaban su pandilla; y como Mariano solía tener algún dinero, eran de ver su boga y popularidad entre esta chulería menuda, que sin cesar se ofrece a nuestra vista por calles y caminos con escándalo de la moral, con bochorno de la sociedad y del cristianismo, que no aciertan a recoger y sujetar estos presidios sueltos del porvenir.

Capítulo XVI. Anagnórisis

¡Hosanna, hosanna! A principios de febrero, Joaquín visitó una tarde a Isidora para anunciarle que la señora marquesa de Aransis había llegado de Córdoba y deseaba verla. El regocijo que esta nueva produjo en Isidora la dejó alelada por breve rato, y en su aturdimiento no hacía más que contemplar al mensajero y recrearse en su belleza. Si no hubiera puesto ya en él todos los afectos disponibles de su gran corazón, bastaría aquel acto para que le amase sobre todas las cosas. Pero Joaquín dijo más. La señora marquesa de Aransis se había dignado fijar el día siguiente, 11 de febrero, a las cuatro de la tarde, para recibir a la señorita de Rufete. Esta se ruborizó de golpe por la idea sola de aproximarse a la marquesa. ¡Qué minuto de asombro y congoja dulce! Después el marqués viudo habló algo de los graves sucesos políticos del día; pero a Isidora le importaba poco que se llevara el diablo a todos los políticos y no se enteró de nada.

Cuando se quedó sola, ¡qué cosas pensó y dijo! Y por la noche, ¡cómo se anticipó a los sucesos! ¡Con qué vigor y fuerza de fantasía construyó en su mente la persona de la marquesa, a quien nunca había visto, y qué bien imaginaba, falsificando la realidad, el cuadro que las dos harían, abrazadas, llorando juntas, sin poder expresar la multitud de afectos propios de un modo tan sublime! Viose repentinamente transportada a las altas esferas que ella no conocía sino por ese brillo lejano, ese eco y ese perfume tenue que la aristocracia arroja sobre el pueblo. Viose dueña del palacio de Aransis, mimada, festejada y querida. Dio gracias al Señor porque reparaba al fin la gran injusticia cometida con ella por la sociedad; rezó, se espiritualizó, bañó su alma, si así puede decirse, en ondas de honradez y virtud; la aromatizó con esencias sacadas de la dignidad, de la magnanimidad y nobleza. Hizo luego mil proyectos, todos grandiosos y humanitarios, como socorrer pobres, vestir desnudos y consolar afligidos y menesterosos; y desde esta región de la beneficencia se precipitó a escape hacia los ensueños del lujo, en un carro triunfal tirado por atrevidos pensamientos, corriendo por entre nubes de supuestas delicias, hasta que fue a caer sin aliento, fatigada y moribunda en el abismo de rosas de un sueño dulce.

Al despertar creyose por un momento en los brazos de su abuela. ¡Oh! La luz de aquel día, de aquel jueves, 11 de febrero, tenía para ella un tinte sonrosado y divino, lleno de poesía y de esperanza, como si todo el día fuera aurora. Su primer juicio fue para apreciar lo que tardaba la hora de su dignificación gloriosa; la hora de una de las más grandes justicias que había visto la tierra. En el tiempo había aquel día un monstruoso pliegue: las cuatro de la tarde.

Isidora empezó a arreglarse desde muy temprano. ¿Cómo iría? No era conveniente presentarse a su abuela con apariencias de notorio bienestar. Todo prurito de llamativa elegancia en su honrada pobreza le parecía chocarrero y de mal gusto. Tampoco convenía presentarse con desaliño, anunciándose como demasiado influida por la baja condición en que tan injustamente había vivido. El desaseo y abandono serían de muy mal efecto. Era preciso que en su apariencia comedida, modesta, honrada y grave revelara la dignidad con que pasaba de su estado miserable a otro esplendoroso. Así se mostraría merecedora del nuevo puesto, demostrando no haber deshonrado su origen en la humildad. Toda la mañana la pasó en estos pensamientos. También meditó si convendría o no llevar consigo a Mariano, decidiéndose por la negativa, por temor a que la comprometiese con su salvajismo. Tiempo habría de presentarle y también de ponerle en un colegio de Francia, donde seguramente vendría a ser caballero digno de su escogido linaje.

Cuando se acercaba la hora, púsose la de Rufete su vestido de merino negro, tan decente que no se podía pedir más, muy bien cortado y hecho; pero sin perifollos ni afectados paramentos. Mirose mucho al espejo, embelesándose en su propia hermosura, de la cual muy pronto se había de congratular la marquesa como de cosa propia, y se dio algunos toques en el peinado. Uno de sus mayores encantos era la gracia con que compartía y derramaba su abundante cabello castaño alrededor de la frente, detrás de las orejas y sobre el cuello. Aquella diadema de sombra daba a su rostro matices de poesía crepuscular, como si todo él estuviese formado con tintas y rasgos tomados de la melancolía y sosiego de la tarde. Sus ojos eran pardos y de un mirar cariñoso con somnolencias de siesta o fiebre de insomnio, según los casos; un mirar que lo expresaba todo, ya la generosidad, ya el entusiasmo y siempre la nobleza. Rara vez se le conocía el orgullo en su mirada afable y honesta. Miquis decía que había en aquellos ojos mil elocuencias de amor y propaganda de ilusiones. También decía que eran un mar hondo y luminoso, en cuyo seno cristalino nadaban como nereidas la imaginación soñadora, la indolencia, la ignorancia del cálculo positivo y el desconocimiento de la realidad.

Mirose mucho al espejo y se puso el velo. ¡Bien, bien! Su dignidad, su hermosura, su derecho mismo, resplandecían más en la decencia correcta y limpia de su vestido negro. Mirose luego a los pies. ¡Bien, muy bien! Admirablemente calzada, aunque sin lujo, completaba su personalidad con la decencia de las botas, parte tan principal del humano atavío, que por ella quizás se dividen las clases sociales.

Dieron las tres. Tomó de una gaveta, donde muy guardados estaban, los papeles que su tío le había dado, y que eran testimonio de su derecho incontestable; a saber: dos partidas de bautismo, varias cartas y otro documento interesantísimo. Pasó la vista por ellos, aunque ya se los sabía de memoria, y los guardó. No los necesitaba, sin duda, porque la cosa era tan clara...; pero quiso llevarlos por previsión o delicadeza. Al salir echó sobre su pobre aposento una mirada de lástima en que también había algo de gratitud. Le parecía tan excesivamente humilde, que se admiraba de que ella se hubiera dignado por tanto tiempo honrarlo con su presencia. La princesa de Poniatowsky parecía más triste al verla partir, y los del cuadro del *Hambre* se volvían más flacos y macilentos. ¡Pobre cuarto..., tan pobre y tan rico en recuerdos, sueños y emociones! Se lo hubiera llevado con gusto para incrustarlo en los muros venerables del palacio de Aransis.

Al salir se despidió mentalmente de las de Relimpio. Les echó una rociada de desprecio. Así puede decirse, pues tal era su idea. Se figuraba que tenía en la mano una de aquellas mangas de riego que había visto en las calles, y que, apuntándola a doña Laura, arrojaba sobre ella, en forma de inundación, todo el desdén que puede caber en un corazón tan grande como el depósito del Campo de Guardias. Solo exceptuaba de este chaparrón al bueno de don José, para quien destinaba *in mente* la plaza de tenedor de libros en cierta casa. Don José, como siempre, la acompañó aquella tarde.

Serían las tres y media cuando pasaron por la Puerta del Sol. A medida que se acercaba Isidora a los barrios próximos a San Pedro iba sintiendo turbación tan grande, que creyó le faltarían las fuerzas para llegar allá. Miraba la hora en los relojes de las tiendas y tabernas. Unos marcaban ya las cuatro, otros las cuatro menos diez. Nueva confusión. El tiempo estaba también turbado. No sabía si apresurarse o detenerse. No quería llegar ni antes ni después de la hora. Al fin vio en el extremo de una callejuela un esquinazo de revoco, un balcón, el primero de larga fila de balcones, y se detuvo mirándolo. Allí era: tuvo miedo, frío y ganas de llorar...

Despidiose de don José, el cual no comprendía por qué su ahijada le mandaba retirarse.

«¿Pero qué? ¿Te quedas aquí?... ¿No vuelves a casa?...

—No me pregunte usted nada, padrinito. Pronto lo sabrá usted todo. Adiós.

—A ti te pasa algo. ¡Qué pálida estás!... Pero aguarda...

—Adiós, adiós».

Dejándole plantado en medio de la calle, dirigiose a la puerta del palacio. El gran sobresalto de su alma crecía a cada paso. ¡Oh! Sin duda, su abuelita la esperaba con igual ansiedad. Hasta llegó a imaginar que estaría en un balcón esperándola. Miró y no había nadie. La casa estaba muda, cerrada, como el retiro misterioso donde, para gozarse en sí mismo, se hubiera confinado el silencio; la puerta principal entreabierta. Isidora, al tocarla, sintió como un valor repentino. El contacto de su propiedad le devolvía el dominio de sí misma. ¡Revelación magnética de su derecho!

Con voz clara preguntó al conserje por la marquesa. El cojo, como si la esperara, la invitó a pasar adelante y subir. En lo alto de la escalera había otro criado que, sin aguardar a que ella preguntase, abrió con mucho respeto una mampara. Esto animó a Isidora. Dentro de ella se reía un sentimiento y lloraba otro. Andaba como una máquina. Su corazón no era corazón, sino un martinete que daba golpes terribles. Un tercer criado le salió al encuentro, y diciéndole: «Pase usted», la llevó de sala en sala hasta un gabinete. El criado dijo: «La señora saldrá al instante».

Isidora se sentó. Instante único, tremendo; ángel con el pie levantado y las alas extendidas, que va a volar y no se sabe si dirigirá su vuelo al suelo o al infinito; instante soberano; dogal que oprime la garganta; espada de un cabello suspendida; es hermano del instante en que se nace o en que se muere, del instante en que se hunden los imperios, y de aquel, no conocido todavía, en que se acabará el mundo... ¡Ah!, la puerta del gabinete se abría... Isidora vio entrar una dama de cabello casi blanco, grave, hermosa, imagen de la dignidad y de la nobleza, como reina y madre de reyes. Tan turbada estaba Isidora, que no acertó a contestar al saludo afectuoso de la señora. No sabía lo que le pasaba. Se levantó, volvió a sentarse. No podía asegurar si dijo o no dijo algo. Se sentía morir. ¡El semblante de la marquesa no expresaba nada..., la marquesa no la había abrazado..., la marquesa no había parado mientes en su fisonomía!... Las dos se miraron.

Entonces Isidora vio que la marquesa sacó unos lentes de oro, y aplicándolos a sus ojos, la miraba, la observaba detenidamente, callada, fría, como si examinara un objeto raro, pero no tan raro como para despertar admiración. Isidora creyó que la señora había estado mirándola siglo y medio, año más, año menos.

Al fin, de aquella hermosa esfinge con lentes salió una palabra.

«El señor de Pez me ha dicho que usted deseaba hablarme. El señor de Pez me escribió a Córdoba diciéndome que usted..., parece que asegura...».

¡Cosa rara! También parecía turbada la marquesa. Pero lo que más pasmó y confundió a Isidora fue no ver en la digna señora señales de enternecimiento.

«Es usted, según creo —dijo esta—, una joven que se llama Isidora, hija de un tal Rufete...

—No, señora —manifestó Isidora recobrando en un punto su valor, y usando un lenguaje en que se combinaba hábilmente la energía con la urbanidad—. He llevado y llevo ese nombre, que no es el mío. Don Tomas Rufete ha pasado, hasta que murió por padre mío, y por tal le tuve y le quise; pero yo me llamo Isidora de Aransis».

La marquesa la interrumpió con un gesto de enojo. Volvió a mirarla fijamente y palideció.

«Me han asegurado —dijo— que usted pretende pasar por hija de mi desgraciada Virginia. ¿Es cierto que usted lo cree así?

—¡Oh!, ¡que si lo creo! —exclamó Isidora echándose a llorar—. Si no lo creyera, no viviría...

—Parece —indicó la marquesa— que esa creencia en usted es sincera; parece que es una convicción arraigada y profunda... No puede usted figurarse —añadió con cierto cariño— lo que me ha dado que pensar esta idea de usted. Cuando me escribieron dándome cuenta de una joven que se llamaba mi nieta, estuve muchos días preocupada con esto... He tenido mucha curiosidad de ver a usted..., y ahora que la veo, no puedo negarle que me interesa un poco. Si la apariencia, si el semblante son indicios de la condición moral de las personas, desde luego aseguro que al declararse usted nieta mía, no la ha movido ningún interés maligno. Usted es sincera y honrada, usted tiene la convicción...

—Señora —exclamó Isidora cayendo de rodillas a los pies de la aristócrata—. La voz de la sangre me ha llamado hace tiempo; la voz de la sangre me pone ahora a los pies de la madre de mi madre».

Le besó las manos con religioso respeto. Y el alma se le iba tras los besos, con la más santa y sincera afección que es dado imaginar. Pero aquellas manifestaciones tan extraordinariamente expresivas, lejos de enternecer a la marquesa, la provocaron a recoger su ánimo, y dijo con sequedad:

«Pero ¿qué es esto?... Levántese usted, hija... No puedo consentir... Usted no me ha entendido bien...».

Isidora se levantó. Creía que la marquesa quería llevar las cosas por el terreno de las explicaciones frías antes de entregarse a las expansiones del sentimiento.

«Usted no me ha entendido bien —replicó la de Aransis, viendo cómo Isidora se enjugaba las lágrimas luego que se sentó—. He dicho tan solo que usted, por la manera de expresarse, por cierto sello de honradez y bondad que noto en su fisonomía... (es usted muy hermosa...) me ha parecido desde un principio digna de interés y consideración. Usted sin duda no ha venido aquí a representar una comedia; usted se declara hija de mi desgraciada hija porque así lo cree, fundada en motivos y circunstancias que ignoro; pero de eso, a admitir que usted tenga razón, hija mía, hay inmensa distancia, y así, señorita, no puedo menos de manifestar a usted con la seriedad que exige el caso, que está usted completamente equivocada».

Si a Isidora le hubieran dejado caer de un golpe sobre el corazón todas las cataratas del Niágara, no habría experimentado sensación más dolorosa de choque duro y frío. Quedó convertida en estatua, y sus lágrimas se secaron, evaporadas por el vivo calor interno que le salió a los ojos. *¡Completamente equivocada!* Decirle esto a ella era lo mismo que decirle: «Tú no existes, tú eres una sombra; menos aún, un ente convencional». ¡Tan profundas raíces tenía en su alma aquella creencia!

«Yo no sé —prosiguió la marquesa con frialdad— cómo ha llegado usted a adquirir ese absurdo convencimiento; no sé, ni quiero saberlo, por qué serie de circunstancias, de *qui pro quo* y de falsas apariencias, ha llegado usted a creerse nacida de mi desgraciada hija. Ignoro si en su error ha obrado, como causa, una mala inteligencia, o la astucia de seres malignos que esperan sacar ventaja de estas cosas; lo que sí puedo asegurar a usted, y lo aseguro porque lo sé, es que ha sido usted atrozmente engañada, hija mía, y espero que no insistirá en ello después de lo que acabo de manifestar».

Pedir a Isidora que no insistiera, era como pedir al Sol que no alumbrase. Era toda convicción, y la fe de su alto origen resplandecía en ella como la fe del cristiano dando luz a su inteligencia, firmeza a su voluntad y sólida base a su conciencia. El que apagase aquella antorcha de su alma, habría extinguido en ella todo lo que tenía de divino, y lo divino en ella era el orgullo. Al oír a la marquesa creía escuchar los términos más terribles de la injusticia humana. La pena que con esto sintiera la colmó de confusión y espanto en los primeros momentos; pero después su orgullo contrariado se hizo brutal soberbia. Su ira surgió como una espada que se desenvaina, y le dio concisa elocuencia para decir:

«Por Dios que nos oye, juro que soy quien soy, y que mi hermano y yo nacimos de doña Virginia de Aransis. Se nos podrá arrebatar lo que es nuestro; se nos podrá negar nuestro patrimonio y hasta nuestro nombre; pero Dios, que conoce nuestro derecho, nos defenderá.

—En vista de esa terquedad —dijo la marquesa esforzándose en no llevar la cuestión a un terreno dramático y en huir de las declamaciones— me arrepiento de haber hecho a usted la justicia de creerla sincera y sin malicia. Una vez para siempre digo a usted que de los dos niños de mi infeliz hija, la hembra murió, el varoncito vive y está a mi lado. Si insiste usted en traer a mi casa esas farsas estudiadas, o capítulos de novelas, me veré obligada a tenerla a usted o por impostora o por demente...

—Tengo documentos —exclamó Isidora mostrando sus papeles.

—No quiero verlos. Supongo qué pruebas son esas. Yo las tengo clarísimas para probar lo que he dicho.

—Y yo..., ¡yo también probaré! —balbució Isidora con el corazón, hecho pedazos, en los labios—. ¡Ah! ¡Qué desgraciada soy, señora! Yo me muero».

Rompió a llorar con tanta amargura, que la marquesa, la bondad misma, tuvo lástima de ella.

«He empleado con usted palabras muy duras —le dijo—. Pero usted ha tenido la culpa, hija mía. Usted ha sido engañada. No será quizás impostora. Hablará usted de buena fe; pero han abusado miserablemente de su credulidad y de su inocencia... Usted parece buena... Confiéseme sus penas, porque penas hay, lo sospecho. ¿Quién ha metido a usted en la cabeza esas historias? Cuénteme usted todo. Después, si necesita algo, si usted se ve en alguna necesidad...

—Hasta aquí he vivido arrojada de mi casa, de mi posición, privada de mi verdadero nombre. Si no se me restituye lo que desde que nací me pertenece, nada quiero. Pido justicia, no limosna».

La marquesa no creyó deber prolongar un coloquio de aquella especie. Las últimas palabras de Isidora tocaban en la insolencia. Levantose, y mirando a la pobre joven con más lástima que cólera, le dijo:

«Si tan convencida está usted, acuda usted a los Tribunales.

—Acudiré —exclamó Isidora con firme convicción.

—Entretanto, es inútil que disputemos aquí. Puede usted retirarse».

La marquesa intentó tirar del cordón de la campanilla. Con un movimiento inesperado, Isidora la detuvo, y postrándose ante ella, exclamó con viva explosión de sentimientos nobles:

«Señora, usted me echa de su casa, cuando yo esperaba que me recibiría usted con los brazos abiertos... Usted me aborrece porque no cree en mi derecho, y yo la adoro porque creo en él. No hay odio en mi corazón ni puede haberlo para la madre de mi madre... Déjeme usted besar sus manos».

La marquesa parecía muy disgustada de tal escena. Volviendo el rostro, apartaba de sí a Isidora. Esta se puso en pie. Tuvo otra inspiración más audaz que la anterior. Con gentil arrogancia separó su velo para mostrar más completos el rostro y el busto. Su cara se sublimaba por la fe. ¿Qué destello divino era el que de sus ojos emanaba? No puede darse idea del timbre de su voz al decir:

«¿Para qué leyes? Soy mi propio testigo, y mi cara proclama un derecho. Soy el retrato vivo de mi madre».

La marquesa la miró otra vez palideciendo. ¿Cruzó por la mente de la noble señora un rayo de duda?... ¿Vaciló su firme creencia? ¡Quién puede saberlo! A sus ojos asomaron las lágrimas.

«No interprete usted mis lágrimas como una concesión —dijo a Isidora—. Lloro por el recuerdo de mi querida hija. En cuanto al parecido...».

Volvió a observarla tan fijamente, que Isidora, al sentirse acariciada por aquel mirar profundo, se estremeció de esperanza. La hermosura de la joven, su distinción innegable, su modo de vestir, sencillo y honesto, hicieron en la noble dama profunda impresión.

«En cuanto al parecido —continuó esta—, nada tengo que decir, porque si alguno hay, es puramente casual... Me hará usted un favor en retirarse».

Tiró de la campanilla, y se alejó serenamente sin prisa y sin cólera, como nos alejamos después de aplastar un insecto.

Isidora se encontró sola en el gabinete. Un lacayo apareció en la puerta. Era señal de que la ponían bonitamente en la de la calle. Levantose y salió. Andaba con la teatral arrogancia y la serenidad terrible de que se revisten algunos al subir al cadalso. Las salas del palacio se iban quedando atrás, como se desvanece el mundo cuando nos morimos.

Cuando bajaba la escalera, un lacayo subía. Tomola este por una de las infinitas personas, de aspecto decente, que iba a pedir limosna a la marquesa, y le dijo: «¡Qué bonita es usted, prenda!».

Puede juzgarse cómo estaría su espíritu, cuando este ultraje apenas le hizo impresión. En el portal estaba Alonso y un hombre muy gordo, el cual al pasar la miró con atención picaresca. Ambos le hicieron un frío saludo. Salió sin darse cuenta de nada y dio algunos pasos por la calle. Como si tropezara con un poste, hallose de improviso frente a don José de Relimpio. Isidora despertó al choque y dijo:

«¿Pero está usted aquí?

—Sí, hija mía —replicó el galán viejo muy conmovido—. El corazón me decía que habías de salir pronto, y esperé... No me podía acostumbrar a la idea de no volver a verte... ¿Qué quieres tú?... Yo tomo cariño a las personas con mucha facilidad... Aquí se me ha pasado el tiempo mirando como un bobo a los balcones y diciendo: «Ella ha de salir, ella ha de salir».

Capítulo XVII. Igualdad. Suicidio de Isidora

Isidora no ponía atención en las cariñosas palabras de don José. Sintió en su cerebro una impresión extraña, como el rastro aéreo de inmensa caída desde la altura a los más hondos términos que el pensamiento puede concebir. ¡Y qué manera tan rara de ver el mundo y las cosas todas que están debajo del cielo, y aun, si se quiere, el cielo mismo! Cambio general. El mundo era de otro modo; la Naturaleza misma, el aire y la luz eran de otro modo. La gente y las casas también se habían transformado; y para que la mudanza fuera completa, ella misma, Isidora, era punto menos que otra persona.

«¿Pero a dónde vamos, hija?»—preguntó Relimpio viendo que andaban y desandaban calles, subían costanillas, y divagaban pasando muchas veces por un mismo sitio.

Isidora no le contestaba y adelante seguía, llevándolo como rodrigón. Ella miraba al suelo, él el cielo. Sin saber cómo, halláronse en las Vistillas. Caía la tarde. Don José llamo la atención de su ahijada hacia la magnificencia del crepúsculo que desde aquel despejado sitio se gozaba; alzó los ojos ella y miró, arrojando un suspiro tan grande sobre el inmenso paisaje que a su vista tenía que parecía querer llenarlo de tristeza. Como Isidora siempre trataba de encontrar armonías entre su estado moral y la Naturaleza, la hermosísima retirada y apagamiento del día no eran extraños al occidente que había en su alma. Los destellos de oro fundido iban palideciendo poco a poco, o se hundían dejando tras sí un rastro pálido y verdoso. A la derecha, la sierra azul, de masa uniforme y sin contornos, se alejaba, desvaneciéndose en el fondo del firmamento, donde al fin quedaría como el espectro de un mundo. Marcábanse las curvas del río por jirones de niebla desvanecida, vellones sueltos, que se iban reuniendo hasta formar un velo salpicado de motas blancas, o sea la ropa de los lavaderos.

«¡Qué feísimo es esto!» —murmuró Isidora con ira que indicaba cierta hostilidad contra la Naturaleza.

Entonces el patriarcal don José se puso a admirar la belleza del cielo, que estaba limpio, azul, profundo, expresando como nunca la proyección abovedada del pensamiento humano. La Luna nueva, como una hoz de plata, caía del lado del Poniente, precedida de Venus. Apenas, en lo restante del firmamento principiaba a verse una que otra estrella como el vago apuntar de la idea en el cerebro. Don José desparramó su vista por toda la redondez de arriba, y apuntando con suficiencia de astrónomo a un astro que brillaba más a cada instante, dijo lacónicamente:

«¡Júpiter!».

Isidora también miro, pero con escarnio y desdén.

«¡Qué horrible está la Luna!» —murmuró.

Y la comparó al corte de una uña. Volviéndose a su embelesado padrino, que osó hablar de distancias y magnitudes siderales, le dijo con mucha displicencia:

«¿Y qué tengo yo que ver con Júpiter?... ¿Qué me va a dar a mí Júpiter?».

Bajaron a la calle de Segovia, ella delante, detrás él.

«A ti te pasa algo... ¿Qué tienes? —le dijo el maestro de Teneduría.

—¡Qué le importa a usted! Si no quiere usted acompañarme, puede dejarme sola.

—¡Pues no faltaba más!... Hasta el fin del mundo...».

Una sombra lúgubre que sobre la calle se proyectaba les hizo alzar la vista, y vieron la mole del viaducto en construcción, un bosque de andamios sosteniendo enorme enrejado de hierro.

«Cuando este puente se acabe —dijo Relimpio en tono de mucha autoridad—, no servirá sino para que se arrojen de él los desesperados».

Isidora miró con desprecio al puente, y repuso:

«¡Quia! Eso es muy bajo».

Subieron por la calle adelante. De una taberna, donde vociferaban media docena de hombres entre humo y vapores alcohólicos, salió una exclamación que así decía: «Ya todos somos iguales», cuya frase hirió de tal modo el oído, y por el oído el alma de Isidora, que dio algunos pasos atrás para mirar al interior del despacho de vinos.

«Se confirma lo que esta mañana se decía —murmuró don José demostrando una gran pesadumbre—. El Rey se va, renuncia a la corona, y a mí no hay quien me quite de la cabeza que es la persona más decente...

—Todos somos iguales» —afirmó Isidora repitiendo la frase.

Y la frase parecía volar multiplicada, como una bandada de frases, porque a cada paso oían: «Todos somos iguales... El Rey se va». Salían estas palabras de los grupos de hombres, y aun de los que formaban mujeres y chicos en las puertas de algunas casas.

Mientras don José dejaba oír con tímida voz consideraciones prudentes y juiciosas sobre el suceso del día, Isidora pensaba que aquello de ser todos iguales y marcharse el Rey a su casa, indicaba un acontecimiento excepcional de esos que hacen época en la vida de los pueblos, y se alegró en lo íntimo de su alma, considerando que habría cataclismo, hundimiento de cosas venerables, terremoto social y desplome de antiguos colosos. Esta idea, no obstante, con ser tan conforme al hundimiento moral de Isidora, no la consolaba. A la momentánea alegría siguió agudísima pena. Por un instante se sintió invadida de un dolor tan grande, que llegó a pensar en que no debía vivir más tiempo. Pero esta desesperación también duró poco. Todos los medios de apartarse voluntariamente de la vida le parecían dolorosos, antipáticos y aun cursis. Heridos su orgullo y su dignidad, muertas sus ilusiones, algo la ataba aún a la vida, aunque no fuera más que la curiosidad de goces y satisfacciones que no había probado todavía... No, morir, no. Tiempo había para eso.

A medida que se acercaba a la zona interior de Madrid y recibía su calor central, se iba robusteciendo en ella la idea del vivir, del probar, y del ver y del gustar. Había sofocado una vida para fomentar otra. Cuando esta moría, justo es que aquella resucitara.

De la calle Mayor pasaron a la plaza de Oriente, porque Isidora estaba cansadísima y quería sentarse. No solo tenía necesidad de reposo, sino de meditación, pues tanto como su desengaño la mortificaba aquella noche la idea de tener que volver a casa de doña Laura. No; decididamente allá no volvería aunque tuviera que quedarse a dormir en aquel banco frío y duro. En tanto don José miraba al Palacio, tratando de adivinar lo que en su interior ocurría; mas nada revelaba el coloso en su muda faz de piedra. En ningún balcón se veía luz. Todo estaba cerrado y sombrío como el disimulo que precede a las grandes resoluciones.

«¡Pobre señor! —exclamó Relimpio ofreciendo a la dinastía extranjera el homenaje de un suspiro—. Le tienen mareado..., aburrido. Yo me pongo en su caso...».

Después de sondear su alma y de pensar atropelladamente diversas cosas, Isidora dijo esto a su buen padrino:

«Debe usted marcharse... Yo no voy a casa todavía.

—¡Marcharme!, ¡dejarte sola!... Tú estás loca —replicó él no sabiendo renunciar al goce indecible de estar al lado de su ahijada.

—Es que no puedo ir a casa todavía... Márchese usted, que si no le reñirá doña Laura.

—Déjala... Yo te acompañaré adonde quieras. No faltaría más...; ¡ir tú sola, de noche, por esas calles! En Madrid hay mucho atrevido. Te lo digo con franqueza, porque yo no soy ningún anacoreta. A los pícaros españoles nos gustan tanto las hembras bonitas... No, hija, no. No puedes andar sola de noche. Estás cada día más guapa, y por dondequiera que vas llamas la atención.

—¡Llamo la atención! —pensó ella, y se levantó decidida.

—¿A dónde vamos, hija?

—No lo sé todavía.

Al penetrar en las calles bulliciosas, cuya vida y animación convidan a los placeres y a intentar gratas aventuras, sintió la joven que se amenguaba su profundísimo pesar, como el dolor agudo que cede a la energía narcótica del calmante. Se sintió halagada por el contacto de la sociedad; percibió en su cerebro como un saludo de bienvenida, y voces simpáticas llamándola a otro mundo y esfera para ella desconocida. Y como la humana soberbia afecta desdeñar lo que no puede obtener, en su interior hizo un gesto de desprecio a todo el pasado de ilusiones despedazadas y muertas. Ella también despreciaba una corona. También ella era una reina que se iba.

Adelante. La Puerta del Sol, latiendo como un corazón siempre alborozado, le comunicó su vivir rápido y anheloso. Allí se cruzan las ansiedades; la sangre social entra y sale, llevando las sensaciones o sacando el impulso. Madrid, a las ocho y media de la noche, es un encanto, abierto bazar, exposición de alegrías y amenidades sin cuento. Los teatros llaman con sus rótulos de gas, las tiendas atraen con el charlatanismo de sus escaparates, los cafés fascinan con su murmullo y su tibia atmósfera en que nadan la dulce pereza y la chismografía. El vagar de esta hora tiene todos los atractivos del paseo y las seducciones del viaje de aventuras. La gente se recrea en la gente.

Isidora observó que en ella renacía, dominando su ser por entero, aquel su afán de ver tiendas, aquel apetito de comprar todo, de probar diversos manjares, de conocer las infinitas variedades del sabor fisiológico y dar satisfacción a cuantos anhelos conmovieran el cuerpo vigoroso y el alma soñadora. Se miraba en los cristales, y se detenía larguísimos ratos delante de las tiendas, como si escogiera. No paraba mientes en el susurro de los grupos, que decían: «El Rey se aburre, el Rey se va».

A la entrada de la calle de la Montera la animación era, como siempre, excesiva. Es la desembocadura de un río de gente que se atraganta contenido por una marea humana que sube. A Isidora le gustaba aquella noche, sin saber por qué, el choque de las multitudes y aquel frotamiento de codos. Sus nervios saltaban, heridos por las mil impresiones repetidas del codazo, del roce, del empujón, de las cosas vistas y deseadas. El piso húmedo, untado de una especie de jabón negro, era resbaladizo; pero ella se sostenía bien, y en caso de apuro se colgaba del protector brazo de su padrino. El ruido era infernal. Subían los carros de la carne con las movibles cortinas de cuero chorreando sangre, y su enorme pesadez estremecía el suelo. Los carreteros apaleaban a las mulas. Bajaban coches de lujo, cuyos cocheros gritaban para evitar el desorden y los atropellos. Deteníanse los vehículos atarugados, y la gente, refugiándose en las aceras, se estrujaba como en los días de pánico. La tienda del viejo Schropp detenía a los transeúntes. Como se acercaba Carnaval, todo era cosa de máscaras, disfraces, caretas. Estas llenaban los bordes de las ventanas y puertas, y la pared de la casa mostraba una fachada de muecas. Enfrente, el escaparate del

Marabini, lleno de magníficos brillantes, manifestaba al público tentadoras riquezas.

«Dejemos esto, chica —dijo don José a su ahijada, que miraba embebecida las joyas—. Esto no es para nosotros».

De repente la de Rufete anduvo hacia la Puerta del Sol.

«¿Otra vez?

—Quiero ir hacia el Congreso —declaró ella.

—Ya..., ¿para ver si se arma?... No nos metamos en apreturas, hija, no sea que por artes del demonio...»

Menudeaban los grupos, todos pacíficos. No eran hordas de descamisados, sino bandadas de curiosos. Se oía decir aquí y allí: «La República, la República», pero sin gritos ni amenazas. Se hablaba con frialdad de aquella cosa grande y temida. No había entusiasmo ni embriaguez revolucionaria, ni amenazas. La República entraba para cubrir la vacante del Trono, como por disposición testamentaria. No la acompañaron las brutalidades, pero tampoco las victorias. Diríase que había venido de la botica tras la receta del médico. Se le aceptaba como un brebaje de ignorado sabor, del cual no se espera ni salud ni muerte.

¡Cuánta gente en la Carrera! Es abierta lonja de noticias. El Congreso, donde se forja el rayo; el Casino, donde imperan los desocupados, y el café de la Iberia, que es el Parnasillo de los políticos, dan a esta calle, en días o noches de crisis, un aspecto singular. Isidora y su padrino siguieron la corriente. ¡Cuántos hombres, y también cuántas mujeres! El contacto de la muchedumbre, aquel fluido magnético conductor de misteriosos apetitos, que se comunicaba de cuerpo a cuerpo por el roce de hombros y brazos, entró en ella y la sacudió.

«Déjeme usted sola —dijo a su padrino—. Yo tengo que hacer. Le va a reñir a usted doña Laura.

—Deja a doña Laura que se la lleve el demonio —exclamó Relimpio, a quien la idea de no acompañar a su sobrina le ponía furioso—. ¡Hay por aquí tanto hombre imprudente!... Ya ves que no cesan de echarte requiebros y decirte flores. Esto es indecoroso, y no sería extraño que yo tuviera un lance».

¡Ay Isidora! ¿Qué significó ese susurro de carcajadas que sentiste dentro de ti?... ¿Era que empezaba a comprender la posibilidad de consolarse sin renunciar a sus ideas? ¡Oh, no! Antes morir que abandonar sus sagrados derechos. «¡Las leyes! —pensó—. ¿Para qué son las leyes?». Esta idea le infundió algún contento. Sí; ella confundiría el necio orgullo de su abuela; ella subiría por sus propias fuerzas, con la espada de la ley en la mano, a las alturas que le pertenecían. Si su abuela no quería admitirla de grado, ella, ¿qué tal?..., ella echaría a su abuela del trono. Venían días a propósito para esto. ¿No éramos ya todos iguales? El pueblo había recogido la corona arrojada en un rincón del Palacio y se la había puesto sobre sus sienes duras. ¡Bien, bien, bien! Y se aplaudió a sí misma, se palmoteó con esas manos inmateriales, que para apoyar sus discursos tiene el corazón. ¡Pleito! Esta palabra, anunciadora de una gran idea, se le quedó fija en la mente desde entonces, como grabada en fuego. Vio una turba infinita de escribanos y jueces, y pirámides de papel en cuya cúspide brillaba deslumbrante y cegadora la inextinguible luz de su verdadero estado civil.

En la calle de Floridablanca el gentío era más espeso; pero los curiosos no hacían nada, ni siquiera gritaban. Eran turbas comedidas que no daban vivas ni mueras. Se hablaba de la llovida República, como se habría hablado de un chubasco que acabara de caer. Nada de lo que dentro de las Cortes pasaba se traslucía fuera.

Aunque Isidora no iba sola, era demasiado guapa y don José demasiado humilde para que la joven dejase de oír una y otra vez algunas fórmulas equívocas del requiebro de las calles, nacido de la mala educación y de la falta de respeto a las mujeres.

«Vámonos a casa —dijo Relimpio algo amostazado—. Yo no me puedo contener. Soy una pólvora. Tú no conoces mi genio. Pues bien, me estás comprometiendo.

—Váyase usted, que yo me quedo —replicó ella impávida.

—¿Pero estás loca?...

—No estoy loca. Es que...

—Pero ¿tú buscas a alguien? ¿Esperas a alguien?».

Isidora no apartaba sus ojos de aquella puerta pequeña por donde entra y sale toda la política de España.

«Vaya, que tienes unas cosas... Ya van a dar las diez».

Isidora no le hizo caso. De repente avanzó hacia la calle del Sordo, mirando, no sin disimulo, a tres individuos que acababan de salir del Congreso. Uno de ellos se distinguía por su gabán claro.

«¿Al fin nos vamos? —preguntó don José con alegría.

—No se enfade usted conmigo, padrinito —dijo Isidora mirándole—. Le quiero a usted mucho».

Avanzaban por la calle del Turco. Relimpio no se había fijado en los tres señores que delante iban a distancia como de unos treinta pasos. Al llegar al extremo de la calle, don José, que gozaba mucho por los recuerdos históricos, se paró y dijo con voz lúgubre:

«Aquí mataron a don Juan Prim. Todavía están en la pared las señales de las balas».

Isidora no miró las señales de los proyectiles. Miraba a los tres caballeros, que se habían detenido algo más arriba, junto al jardín de Casa-Riera. Parecía que se despedían. En efecto, dos siguieron hacia la Presidencia, y el del gabán claro bajó por la calle de Alcalá.

¡Instante tremendo, que no olvidaría jamás don José Relimpio aunque viviera mil años! Cuando el señor del gabán claro pasó por la trágica esquina, Isidora echó a correr, llegose a él, se le colgó del brazo. Hubo exclamaciones de sorpresa y alegría... Después siguieron juntos, y se perdieron en la niebla.

«¡Ah! —murmuró don José con vivo dolor—. Es el marqués viudo de Saldeoro... ¡Ingrata!... ¡Y qué hermosa!».

El pobre señor se apoyó en la esquina: su desconsuelo era grande. Pensó que no la vería más. Vuelta la cara a la pared, ¿qué hizo durante el rato que permaneció allí?... ¿Lloró? Quién lo sabe. Tal vez estampó una lágrima en aquella pared donde a balazos estaba escrita la página más deshonrosa de la historia contemporánea.

Capítulo XVIII. Últimos consejos de mi tío el Canónigo

¡Qué lástima no ser poeta épico para expresar, con la elocuencia propia del caso, el enojo de doña Laura, el cual, si no rayaba tan alto como la ira de los dioses, hallábase a dos dedos de ella! Todo por que la señorita Isidora no se conducía decorosamente. Don José estaba profundamente afligido por no poder lanzarse a la defensa de su querida ahijada. Y si alguna tímida palabreja salía de su boca, doña Laura se le quería comer vivo. El cargo principal que contra Isidora se formulaba era que se había quedado fuera de casa en la noche del 11. «Nada, nada —dijo la iracunda señora a su marido del modo más imperioso—. Esa... *Sardanápala* no tiene que poner más los pies en mi casa. Si la ves, dile que mande por sus cuatro pingos y por los papelotes de su padre».

Y en efecto, al anochecer del 12, Isidora mandó por su equipaje. ¡Temblad, humanos!..., ¡ponía casa! El furor de doña Laura creció, y en ella chocaban las palabras con las ideas y las ideas con las palabras, como las olas de un mar embravecido. Relimpio no podía disimular una aflicción honda que tenía su asiento en la región cardíaca. Parecía atacado de un aplanamiento general. Melchor dijo mil groserías de la ahijada de su padre, y las dos chicas, contenidas por el pudor, no dijeron nada.

Y tú, ¡oh lector!, ¿qué dices? Yo te ruego que no sigas a esta familia por el peligroso sendero de los juicios temerarios. Sabe que el poner casa la de Rufete no puede atribuirse aún a sospechosos motivos; sabe, pues hay obligación de que se te diga todo, que el mismo día 12 por la mañana recibió nuestra hermosa protagonista dos cartas de Tomelloso. En la una, su tío el Canónigo se despedía de ella para el otro mundo y le daba mil consejos de mucha substancia, amén de un legadillo para que ambos huérfanos prosiguieran la empresa de reclamar su filiación y herencia, si ya no estaban en posesión de ambas cosas. La otra carta anunciaba la muerte del santo varón.

El cual, hora es ya decirlo, no era tal Canónigo ni cosa que lo valiera, sino un seglar soltero, viejo y extravagante, a quien desde luengos años se había aplicado aquel apodo por su amor a la vida descansada, regalona y sibarítica. En sus buenos tiempos, don Santiago Quijano-Quijada, primo carnal de Tomás Rufete, había sido mayordomo de una casa grande, y después administrador de otras varias. Cuando tuvo para vivir sin ayuda de nadie, se retiró a su pueblo, donde vivió célibe, entre primas y sobrinos, más de treinta años, dedicado a la caza, a la gastronomía y a la lectura de novelas. Tenía ciertos hábitos de grandeza, y en su modo de hablar y de escribir distinguíase tanto de sus convecinos, que antes que lugareño parecía de lo más refinado y discreto de la corte. Era muy avaro y sumamente excéntrico. Omitiendo las mil aseveraciones contradictorias que corrían por toda la Mancha acerca de su caballerosidad o de su avaricia, de su ingenio o de sus no comprendidas chifladuras, dejaremos que se nos muestre él mismo en la carta que escribió a Isidora, y que copiamos a la letra:

«El Tomelloso, a 9 de febrero de 1873.

»Mi querida sobrina (o cosa tal): Cuando recibas estos renglones, ya este pecador, a quien llamaste tío y que más que tío ha sabido ser padre tuyo, estará en la Eternidad dando cuenta a Dios de sus muchas culpas. Aquella dolencia que ni el médico de este pueblo ni el de Argamasilla entendieron, me coge ya toda el arca del pecho, quitándome la respiración de tal modo, que a cada momento pienso que se me va fuera el alma. Y aprovecho el poquito tiempo que esta señora ha de estar dentro de mi cuerpo, para escribirte y darte la despedida, sintiendo mucho no poderlo hacer por mi mano.

Tengo que estar tendido boca arriba sin movimiento, y el señor Rodríguez Araña, secretario del Ayuntamiento, me hace el favor de escribir lo que dicto, puesto el pensamiento en ti y en tu hermano, a quienes supongo ya en pacífica posesión del marquesado.

»Por tu última carta veo que esperabas aviso de la señora marquesa de Aransis. Esa buena señora os habrá reconocido como nietos, porque no puede ser de otra manera. Ojalá fuera tan seguro que he de alcanzar la gloria eterna, como lo es que tú y Mariano nacisteis de aquella hermosa y sin ventura Virginia, de quien sacaste tú la figura y rostro de tal manera y semejanza, que verte a ti es lo mismo que verla a ella resucitada. Pero si por artes de algún enemigo o tontunas de la marquesa (que a esta gente endiosada hay que tenerle miedo) se te hubiese cerrado la puerta de Aransis, te aconsejo, te mando y ordeno que acudas con tu cuita a los Tribunales de justicia, pues tan claro y patente está tu derecho en los papeles que tienes y en otros que yo conservaba para el caso y que te remito, que en dos repelones has de ganar el pleito y tomar por la ley lo que de otro modo no quisieran darte. Yo tengo gran fe en la fuerza de la sangre, y me parece que estoy viendo a la señora marquesa echándote los brazos al cuello y comiéndote a besos. Si las cosas han pasado de otra manera, trata de que la señora te reconozca por el parecido. Conviene que te registres bien el cuerpo todo, a ver si tienes en él algún lunar o seña por donde la marquesa venga en conocimiento de que eres hija de su hija; que yo he leído casos semejantes, en los cuales un lunarcillo, un ligero vellón o cosa así han bastado para que encarnizados enemigos se reconocieran como hijo y padre y como tales se abrazaran. De esto están llenas las historias.

»Para que lo gocéis, si es que ya estáis en vuestro trono, o para que siga el pleito, si no lo estáis, os dejo un legado que no es cosa mayor. Os doy por curador a mi amigo el señor don Manuel Pez, nuestro diputado, persona a quien conoces y seguramente tendrás por la misma caballerosidad.

»Cuando poseas lo de Aransis, que es buen bocado, no dejes que se te vaya la mano en el gastar, pues las liberalidades consigo mismo o con los demás son el peligro de los ricos y la sangría de las bolsas. Cásate con persona de tu condición, pues si lo haces con quien por debajo de ti esté, te expones a que el peso de tu cónyuge te tire hacia abajo y no te deje flotar bien. En caso de no hallar exacta pareja, más vale que te unas con quien te sea superior, que también hay príncipes y duques por estas tierras.

»No tengas vanidad; pero tampoco des tu brazo a torcer. Haz limosnas, que los pobres y necesitados tienen a los ricos por providencia intermedia entre la Providencia grande y su miseria. Sois como delegados del Sumo Repartidor de bienes, para que de lo vuestro deis una parte a los que nada tienen.

»Que no se conozca nunca que has sido pobre, pues si descubres por entre tus sedas el paño burdo de tus primeros años, habrá tontos que se rían de ti. Instrúyete bien en las cosas que no has podido aprender en la pobreza. Tú eres lista y harás grandes progresos. No olvides de darte algunas tareas de piano, que eso de teclear es, a mi modo de ver, cosa fácil y que se aprende con un poco de paciencia.

»Para no descubrirte, muéstrate al principio circunspecta y callada, que con esto pasarás por modesta, y la modestia es virtud que en todas partes se aprecia; y en este periodo primero de circunspección, dedícate a observar lo que hacen los demás para aprenderlo y hacerlo tú misma luego que te vayas soltando. Observa cómo saludan, cómo manejan el abanico, cómo dan el brazo, cómo se sientan a la mesa y ponen el abrigo. Hasta de la manera de dar limosna a un pobre tienes que hacer particular estudio. Date un buen curso de todas estas cosas para salir consumada maestra.

»Dicen que la sociedad camina a pasos de gigante a igualarse toda, a la desaparición de las clases; dicen que esos tabiques que separan a la humanidad en compartimientos, caen a golpes de martillo. Yo no lo creo. Siempre habrá clases. Por más que aseguren que esta igualdad se ha iniciado ya en el lenguaje y en el vestido, es decir, que todas las personas van hablando y vistiendo ya de la misma manera, a mí no me entra eso. ¿La educación general traerá al fin la uniformidad de modales? Patarata. ¿Los salones de la aristocracia se abren a todo el mundo y dan entrada a los humildes periodistas y foliculários? A otro perro con ese hueso. Dicen que las señoras de la grandeza cantan flamenco y que los veterinarios echan discursos de filosofía. Esa no cuela. Yo no lo creeré aunque lo vea. Si en algún momento de inundación social ha podido pasar eso, las cosas volverán a su cauce.

»Haz lo posible por distinguirte de los demás sin humillar a nadie, se entiende. Usa siempre las mejores formas, y hasta cuando quieras ofender, hazlo con palabras graciosas y suaves. Si tienes que dar una bofetada, dala con mano de algodón perfumado, que así duele más.

»Una buena mesa es cosa que enaltece al rico y pone, por decirlo así, el sello a su grandeza. En nada se conoce el buen gusto, nobleza y dignidad de un alto señor como en sus guisos y manera de presentarlos y servirlos. Digna corte de los finos manjares es un buen círculo de convidados que sazonen la comida con las especias finísimas del ingenio discreto; especias, hija mía, que más bien son flores de aroma delicado. Mira bien a quién convidas. No sientes parásitos a tu mesa, que estos, después de vivir a tu costa, te criticarán. Elige diariamente un pequeño número de comensales, graves sin afectación, ingeniosos sin descaro, festivos sin chocarrería, y que coman sin gula y beban sin embriaguez, honrando tu casa y celebrando tu mesa.

»Mucho te hablaría de tu cocina, si mi mal me diera espacio para ello. Solamente te diré, que pues la moda quiere que el arte francés con sus invenciones, en que entran el gusto y la forma, prevalezca sobre nuestra cocina nacional, no te dejes vencer del patriotismo, tratando de restablecer usos culinarios que están ya vencidos. Adopta la cocina francesa, toma un buen jefe y provéete de cuanto la moda y la especulación traen de remotos países. Pero has de saber que es de buen gusto el no condenar en absoluto nuestras sabrosas comidas; y así, no hay cosa de más chispa que sorprender un día a tus convidados con un plato de salmorejo manchego, bien cargado de pimienta, o con un estofado de la tierra, bien espeso y oloroso. Esto, hecho a tiempo y tras una exhibición hábil de fruslerías francesas, no solo no te será vituperado, sino que te valdrá grandes alabanzas.

»Vístete con primor. Huye tanto de la vulgaridad poniéndote lo que todas se pongan, como de la excesiva singularidad poniéndote lo que a nadie se le haya ocurrido usar. Hay un término medio, delicadísimo, muy difícil de alcanzar, en el cual debe mantenerse la persona verdaderamente elegante. Muchos que quieren huir demasiado de la vulgaridad, dan en la extravagancia; procura que en tus atavíos, sin que falte lo común y corriente, haya algo exclusivamente tuyo, algo personal, personalísimo, que no puedan imitar los demás, y habrás logrado el objeto.

»Sé siempre buena católica cristiana, que lo primero es salvar el alma. Cumple los preceptos de la Iglesia, que todo ello se puede hacer sin fatigarse. Pero no te entregues con excesivo afán a las prácticas religiosas; trata a los curas con consideración, y dales para que coman, que a esta gente hay que tenerla contenta. De cuando en cuando costea novenas y alguna que otra función; pero sin pasar de ahí ni abrir tu puerta a los señores de hábito negro, los cuales, si les dejaras, pronto imperarían en ti y en tu casa. Ten cuenta que si eres beata, dirá la gente que lo haces para encubrir alguna trapisonda, y considera que ya no hay santos ni cosa que lo valga.

»De un punto sumamente grave te quiero hablar ahora, y es de la vida conyugal, cosa que, según oigo decir, anda ahora muy por los suelos. Yo quisiera que la tuya fuera ejemplar y que nadie pudiese en ningún punto poner en duda la limpieza de tu honor ni la firmeza de tu fe matrimonial. Es muy posible que tu esposo, llevado de la corriente y de los perversos usos del día, se hastíe un poco de ti, y busque entretenimiento y variedad en otras mujeres. ¡Atroz desaire que te producirá no pocos sofocones y te pondrá a dos dedos del mayor peligro en que jamás se han visto tu dignidad y virtud!... Pues si te dejas llevar del despecho y rabia de los celos, si te impacientas demasiado por la soledad en que tu esposo te tiene, te faltará poco para caer en pecado igual al suyo. Cuidado, hija mía, mucho cuidado. A su poligamia contesta con tu castidad, a su lascivia con tu abstinencia. Aguanta, resiste, y no degrades tu corazón dándolo a algún mequetrefe que lo tome por vanidad, y por hacer gala de tu conquista entre los tontos y desocupados. Consérvate digna, recatada, siempre señora inexpugnable; que al fin y al cabo tu marido, por la fuerza de sus vicios, reventará, y entonces podrás volverte a casar eligiendo con todo cuidado otro marido que te considere más y te atienda mejor que el primero.

»Otras muchas cosas quisiera decirte; pero como creo haber manifestado las más importantes, no digo más, porque las fuerzas me faltan. Acuérdate de lo mucho que hemos hablado de esto en las largas noches de invierno. Mi pensamiento se va nublando, y temo que, si no doy punto aquí, me falten fuerzas para firmar esta. Dentro de poco habré cerrado mis ojos a la luz de este mundo. Quiera Dios abrírmelos a los de la gloria eterna. He recibido los Santos Sacramentos, y espero el perdón de mis culpas. Tengo la conciencia tranquila; no temo la muerte, y me importan ya poco las molestias de mi cuerpo. Perdono a mis enemigos; me despido de mis amigos, y recibe tú el último pensamiento y el suspiro último de tu amantísimo tío (o cosa tal),

SANTIAGO QUIJANO QUIJADA».

Madrid. Junio de 1881.

Fin de la primera parte

Segunda parte

Personajes de esta segunda parte

Isidora Rufete, *protagonista.*
Mariano Rufete, *su hermano.*
Augusto Miquis, *doctor en medicina.*
Joaquín Pez.
Don José de Relimpio y Sastre, *tenedor de libros.*
Melchor de Relimpio, *arbitrista.*
Emilia de Relimpio de Castaño.
La Sanguijuelera.
Don Alejandro Sánchez botín, *padre de la patria.*
Juan Bou, *litógrafo.*
Juan José Castaño, *ortopedista.*
Muñoz y Nones, *notario.*
Madama Eponina, *modista.*
Riquín, *niño.*
El Majito.
Modesto rico, *tratante de vinos.*
Palo-con-ojos.
Gaitica.
Diversos peces.
Diversos pájaros.
Un gran personaje *(que no habla).*
Diversos personajes *(que no hablan tampoco).*
Un abogado, testigos, carceleros y carceleras, curiales, un oficial de litografía, hombres y mujeres del pueblo, porteros, tropa, etc.
La escena en Madrid y principia en diciembre de 1875.

Capítulo I. Efemérides

La República, el Cantonalismo, el golpe de Estado del 3 de enero, la Restauración, tantas formas políticas, sucediéndose con rapidez, como las páginas de un manual de Historia recorridas por el fastidio, pasaron sin que llegara a nosotros noticia ni referencia alguna de los dos hijos de Tomás Rufete. Pero Dios quiso que una desgraciada circunstancia (trocándose en feliz para el efecto de la composición de este libro) juntase los cabos del hilo roto, permitiendo al narrador seguir adelante. Aconteció que por causa de una fuerte neuralgia necesitó este la asistencia de Augusto Miquis, doctorcillo flamante, que en los primeros pasos de su carrera daba a conocer su gran disposición y altísimo porvenir. Enfermo y médico charlaban de diversas cosas. Un día, cuando ya se había iniciado la convalecencia, recayó la conversación en los sucesos referidos en la Primera parte, y Miquis, para quien no podía haber un tema más gustoso, habló largamente de Isidora, diciendo, entre otras cosas, lo siguiente:

«Está ahora esa mujer..., vamos..., está guapísima, encantadora. Parece que ha crecido un poco, que ha engrosado otro poco y que ha ganado considerablemente en gracia, en belleza, en expresión. Se me figura que será una mujer célebre. Vive en la misma casa donde se instaló hace dos años, al final de la calle de Hortaleza. Ha tenido un hijo.

—¡Un hijo! ¿Qué me cuenta usted?

—Lo que usted oye. Ya tiene dos años. Es algo monstruoso; lo que llamamos un *macrocéfalo*, es decir, que tiene la cabeza muy grande, deforme. ¡Misterios de la herencia fisiológica! Su madre me pregunta si toda aquella gran testa estará llena de talento. Yo le digo que su delirante ambición y su vicio mental le darán una descendencia de cabezudos raquíticos... El chico es gracioso y de una precocidad alarmante...

»Pasando a otra cosa, yo tengo para mí que el marqués viudito está más tronado que la nación española. Sus deudas se remontan como el águila ávida de las altas cumbres; sus gastos no disminuyen. Para estos tales, carecer es morir, y pasarán por toda clase de ignominias antes que decapitarse renunciando al lujo y a la vida de rumbo y disipación. Por desgracia de la sociedad, siempre encuentran tontos que les presten, cándidos que les fíen y malvados que los ayuden. Observe usted que nunca mueren en un hospital. Su mendicidad no tiene harapos; pero piden, y a veces toman sin pedir.

»Yo pregunto: ¿No habrá algún día leyes para enfrenar la alta vagancia? ¿No se crearán algún día palacios correccionales? ¿No establecerán las generaciones venideras asilos elegantes, forrados de seda, para tener a raya la demagogia azul, dándole de comer? Yo pregunto también: Puesto que tanto se ha hablado del derecho a la vida, ¿existirá también el derecho al lujo? Si el populacho nos pide los talleres nacionales, la alta vagancia nos pedirá algún día los casinos costeados por el Estado. Lógica, lógica, digo yo. Y a los que predican el comunismo les digo: «Estáis tocando el violón, porque el comunismo existe entre nosotros con tan profundas raíces como la religión: es nuestra segunda Fe. No falta más que perfilarlo, darle la última mano, y ponerlo bien clarito en las leyes, tal como lo está en nuestras costumbres».

»Ahora bien, señores, si esto no os gusta, empecemos por renovar la sociedad toda. Hagamos una revolución para destruir el comunismo, y esto es lo práctico, porque hacer revolución por establecerlo es como si encendiéramos el gas de las calles en pleno día. Revolución, pues. Suprimamos la Administración, que es una hipocresía del reparto universal; suprimamos el presupuesto, que es la forma numérica del *restaurant* nacional; suprimamos las contribuciones, que son el almacenaje omnímodo de que se nutre el comunismo, y una vez suprimido esto, lo demás, ejército, gobierno, armada..., se suprimirá por sí mismo. Entonces diremos: *todo acabó*; *nadie se encarga de nada*... Que cada cual salga por donde pueda. Fúndese una sociedad nueva entre el estruendo de los palos. ¿Qué tal? Sí, señores, el comunismo no muere sino ahogado en un océano de negaciones. Luego se unirán el interés y la fuerza para crear el nuevo derecho».

Todos los que conozcan a Miquis verán que no exageramos ni añadimos nada al poner aquí sus festivas paradojas.

Efectivamente, Isidora vivía al fin de la calle de Hortaleza en un número superior al 100. Su casa era nueva, bonita, alegre, nada grande. Constaba, como todas las casas de Madrid que, aunque nuevas, están fabricadas a la antigua usanza, de sala mayor de lo regular, gabinetes pequeños con chimenea, pasillo ni claro ni recto, comedor interior dando a un patio tubular, cuartos interiores de diferentes formas y escasas luces. Los gabinetes daban paso a las alcobas por un intercolumnio de yeso, plagiado de las embocaduras de los teatros. No estaba mal decorada la casa, si bien dominaba en ella la heterogeneidad, gran falta de orden y simetría. La carencia de proporciones indicaba que aquel hogar se había formado de improviso y por amontonamiento, no con la minuciosa yuxtaposición del verdadero hogar doméstico, labrado poco a poco por la paciencia y el cariño de una o dos generaciones. Allí se veían piezas donde el exceso de muebles apenas permitía el paso, y otras donde la desnudez casi rayaba en pobreza. Algún mueble soberbio se rozaba con otro de tosquedad primitiva. Había mucho procedente de liquidaciones, manifestando a la vez un origen noble y un uso igualmente respetable. Casi todo lo restante procedía de esas almonedas apócrifas, verdaderos baratillos de muebles chapeados, falsos, chapuceros y de corta duración.

La sala lucía sillería de damasco amarillo rameado; en imitación de palo santo, dos espejos negros, y alfombra de moqueta de la clase más inferior; dos jardineras de bazar y un centro o tarjetero de esas aleaciones que imitan bronce, ornado de cadenillas colgando en ondas, y de piezas tan frágiles y de tan poco peso que era preciso pasar junto a él con cuidado, porque al menor roce daba consigo en el suelo. La consola sustentaba un relojillo de estos que ni por gracia mueven sus agujas una sola vez. El mármol de ella se escondía bajo una instalación abigarrada de cajas de dulces, hechas con cromos, seda, papel cañamazo y todo lo más deleznable, vano y frágil que imaginarse puede... A Isidora no gustaba esta sala, que era, según ella, el tipo y modelo de la sala cursi. Había sido comprada *in solidum* por Joaquín en una liquidación, y provenía de una actriz que no pudo disfrutarla más de un mes. Isidora tenía propósito de deshacerse a la primera oportunidad de aquellas horrorosas sillas de tieso respaldo, con cuyo damasco rameado había lo bastante para media docena de casullas, y aún sobraba algo para vestir un santo y ponerle de tiros largos.

En el gabinete próximo a la sala estaba casi constantemente la heroína de esta historia. A la izquierda de la chimenea tenía su armario de Luna, mueble chapeado y de gran apariencia en los primeros días de uso, pero que pronto empezó a perder su brillo y a desvencijarse, manifestando su origen, como nacido en talleres de pacotilla y vendido en un bazar por poco dinero. A la derecha, cerca del balcón, estaba el tocador, mueble precioso, pero muy usado. Había pertenecido a una casa grande que liquidó por quiebra. Un escritorio pequeño con gavetillas y algún secreto ocupaba uno de los lados de la puerta, quedando el otro para la cómoda. Sobre esta se elevaba un montón de cosas revueltas, en cuya ingente masa podían distinguirse cajas de sombreros y cajas de sobres estropeados, libros, líos de ropa, un álbum de retratos, un Diccionario de la Lengua Castellana y un caballo de cartón.

En la chimenea, y sobre graciosos caballetes de ébano y roble, había varios retratos, entre ellos el de Isidora, obra admirable por la perfección de la fotografía y la belleza de la figura. Parecía una duquesa, y ella misma admiraba allí, en ratos de soledad, su continente noble, su hermosura melancólica, su mirada serena, su grave y natural postura. En la pared no había ninguna lámina religiosa; todas eran profanas; a saber: las parejas de frailes picarescos con que Ortego ha inundado las tiendas de cromos; canónigos glotones, cartujos que catan vinos, el clérigo francés que se come la ostra y el que muestra el gusano en la hoja; además, borrachos laicos y algunas majas y chulos que entonces empezaban a ponerse de moda. Todo esto había sido adquirido por Joaquín, que se reía mucho contemplando al fraile embobado junto a la muchacha, o al capuchino beodo. Pero a Isidora no le hacían maldita gracia los cromos frailescos. Encontrábalos groseros, de mal gusto y ordinarios, por ser cosa de estampa que se veía en todas partes. ¡Cuándo realizaría ella su gran ideal de rodearse de hermosos cuadritos al óleo, de los primeros pintores!

Desde principios de marzo del 73, ocupaba Isidora aquella vivienda. Si había sido feliz o desgraciada en su modesta y bonita casa, ella misma nos lo dirá. Todo lo ocurrido en ese largo espacio de treinta y cuatro meses en que ha estado fuera de nuestra vista, merece algo de historia, y para ello aprovechemos las efemérides verbales de don José de Relimpio, cuya amabilidad para el suministro de noticias es inagotable.

1873. 1.º de marzo.—Instalación de Isidora en su casa de la calle de Hortaleza, no se sabe sin con propios recursos o a expensas del marqués viudo de Saldeoro. Escándalo. Pronuncia doña Laura su célebre frase: «Ya veía yo venir esto». Disturbios en Barcelona; cunde la indisciplina militar.—*La Sanguijuelera* visita a los de Relimpio y califica la conducta de su sobrina con palabras que a pluma más hipócrita no podría velar con los disimulos del lenguaje.

Abril.—Desarme de la Milicia por la Milicia. Dos cobardías se encuentran frente a frente y del choque resulta una página histórica. No corre la sangre.—Primera cuestión entre Isidora y Joaquín por la manera de invertir el dinero heredado del Canónigo. Isidora gasta sin substancia una buena parte de él en los preliminares de su pleito. Se permite el esplendor de una berlina de Alonso, pero al mes tiene que privarse de este inocente lujo. La modista apunta con ojo certero a los fondos que quedan de la herencia. En la casa reina una abundancia incongruente. Suelen escasear, y aun faltar del todo, las cosas necesarias. El panadero y el carbonero son tan mal educados, que se atreven a quejarse de que no se les atiende con puntualidad.—Célebre discurso de Pi.

Junio.—Reúnense las Cortes Constituyentes. La guerra toma proporciones alarmantes, y en Navarra se ven y se tocan las desastrosas consecuencias de la desgraciada acción de Eraul.—Joaquín Pez marcha a Biarritz. Isidora tiene que quedarse en Madrid para averiguar el paradero de su hermano, que ha desaparecido del colegio en que estaba.—Consternación. Nuevo Gabinete. Asesinato del coronel Llagostera. La guerra, la política, ofrecen un espectáculo de confusión lamentable. Don José de Relimpio manifiesta con gran seso que la cesantía de treinta mil reales que disfrutan los ex ministros españoles es la causa de estas tremolinas.

Julio.—Alcoy, Sevilla, Montilla. Sangre, fuego, crímenes, desbordamiento general del furor político.—Doña Laura cae gravemente enferma.—La guerra civil crece. Cada día le nace una nueva cabeza y un rabo nuevo a esta idea execrable. Isidora, sin esperanzas de encontrar a su hermano, toma el tren y se va a Santander, donde llama la atención y se hacen acerca de ella novelescos comentarios.—Ministerio Salmerón.

Septiembre.—Cartagena, excursiones de las fragatas. ¡Oh! Don José les perdonaría a los cantonales en su calaverada si aprovecharan el empuje de las fragatas para irse a Gibraltar y conquistar aquel pedazo de nuestro territorio, retenido por la pérfida Inglaterra. Si viviera Méndez Núñez, otro gallo nos cantara.—Horrores del cura Santa Cruz.—Doña Laura, como si fuera símbolo humano de la unidad y el honor de la patria, sucumbe en aquellos tristes días. Antes de morir tiene el inefable consuelo de ver a su hijo gobernador de una provincia de tercera clase.—Célebre apóstrofe de don Manuel Pez contra las improvisaciones. Los prohombres de la tertulia de Pez exhalan, en desgarradoras quejas, su sentimiento de ver a la patria en situación tan triste. Todos quisieran salvarla. Don Manuel, recordando su destino, iguala a Isaías en gravedad elegíaca y arrebato poético. Verifícase en toda España una limpia general del comedero de todos los Peces habidos y por haber. Hay quien cree firmemente que se acaba el mundo.—Dispersión de la familia de Relimpio. Isidora vuelve a Madrid; está algo desfigurada, pero, según sus cuentas, en diciembre concluirá aquello.—Castelar, ministro. El buen Relimpio, en quien no se había entibiado ni un punto la noble simpatía que por su ahijada sentía, se va a vivir con ella, la sirve en todo lo que puede y la acompaña cuando está sola y aburrida. Recuerda el noble anciano a su esposa, y honrando la memoria de sus cualidades, deja escapar melancólicos suspirillos.

Diciembre.—Castelar reorganiza el Ejército. La patria da un suspiro de esperanza. Se convence de que tiene siete vidas, como vulgarmente se dice de los gatos. La marea revolucionaria principia a bajar. Se ve que son más duros de lo que se creía los cimientos de la unidad nacional. El 24, Nochebuena, Isidora da a luz un niño, a quien ponen por nombre Joaquín.—Háblase ya de la sima de Igusquiza y se cuentan horrores del feroz Samaniego.

1874. *Enero.*—El día 3 Pavía destruye la República sin disparar un tiro. Desaloja el salón del Congreso y pone en las calles cañones que no hacen fuego. Llueve un Poder Ejecutivo.—*La Sanguijuelera*, que permanece adicta al antiguo régimen y no cree que hay más reina que Isabel II, da un viva al príncipe Alfonso. Célebre apotegma de don Manuel María Pez sobre el orden armonizado con la libertad, y la libertad armonizada con el orden. Este varón insigne ocupa otra vez la Dirección con beneplácito de los Peces, los cuales, multiplicándose de nuevo, colean en todo el país. Recobran los Peces hijos sus puestos, con lo que la Administración nacional queda asentada sobre fundamentos diamantinos. Todo va bien, admirablemente bien. La guerra civil avanza. Sobre las ruinas de las fortunas que desaparecen, elévanse las colosales riquezas de los contratistas. El Tesoro público hace milagros.—La provincia que gobernaba Melchor se ve libre de este azote. Melchor, reducido otra vez a la nada, da vueltas en su cerebro a un nuevo proyecto. Ahora sí que son habas contadas. Trátase de comprar habichuelas podridas y arroz picado para vendérselo al Gobierno como bueno. Para realizar sus milagros, este taumaturgo cuenta con amistades de valer en altos centros, y aun aparenta entusiasmo por el nuevo régimen, tomando una actitud completamente pisciforme.

Marzo.—San Pedro Abanto. Inmenso interés despiertan en toda España el estado de la guerra y el sitio de Bilbao. Tristeza del marqués viudo de Saldeoro. Los últimos vencimientos le abruman. Su fortuna triplicada no le bastaría para pagar. Toma por modelo al Tesoro público y recibe dinero al trescientos por ciento. Renuévanse las discordias entre Joaquín e Isidora por cuestiones de celos y fondos. Padecimiento moral de la de Rufete por su situación social, su penuria y la poca esperanza de remedio. Comenzado el pleito, intenta pleitear por pobre; pero el bienestar aparente de su casa y el lujo de su persona hacen fracasar la información. El viudito de Saldeoro, para obtener de ella el empeño de las alhajas, le hace mimos y repite su antigua, manoseada y ya gastadísima promesa de casarse con ella.—Sangrientos combates del 25, 26 y 27, que ocupan la atención pública. Hay muchos liberales que, por ser enemigos del Gobierno, se alegran de las ventajas carlistas. Contra estos truena en patriótica indignación don José de Relimpio, el cual se compra un mapa de Vizcaya y, clavando sobre él alfileres, sigue y escudriña y estudia con sublime anhelo los movimientos militares.

Mayo.—Bilbao es libre. Alegría, repiques, farolitos. Crece a los ojos del país la gran figura militar del marqués del Duero.—Mariano Rufete, que ha vuelto al lado de su hermana, parece inclinado a mejorar su conducta. Ha aprendido algunas cosas; en modales y lenguaje sus adelantos son imperceptibles. Lee bastante; pero sus lecturas no son de lo más escogido. Su hermana daría cuanto tiene (menos los ideales) por verle corregido.—Emilia Relimpio se casa con su primo Juan José, hijo del ortopedista; Leonor, ilícitamente unida a un sargento primero, desaparece de Madrid. Don José, recordando los grandiosos pensamientos de doña Laura acerca del himeneo de las niñas con célebres médicos y oficiales de Estado Mayor, se aflige extraordinariamente, y aun derrama una lágrima que va a caer sobre el mapa de la guerra civil. Vive constantemente con Isidora, y esta le aprecia mucho. Crece el niño de Isidora. Es bonito y sabedor, pero tiene la cabeza muy grande. Don José le pasea, le mima, le cuida, le viste, le canta. *La Sanguijuelera*, que algunas veces visita a su sobrina, tiene gran cariño al cabezudito: le coge, le zarandea, le da gritos, y le llama ¡*rico!, ¡riquín!...* De donde resulta que al muchacho se le pega este nombre, y en lo sucesivo todos le llaman *Riquín*.

Junio.—Muerte del general Concha. Pánico y luto. Retirada. La patria, que creía próxima su salvación, gime. Augusto Miquis expone con su acostumbrada originalidad una peregrina paradoja. Según él, la mejor manera de acabar con los carlistas es dejarlos triunfar, traer a don Carlos a Madrid y plantarle en el Trono. En España, el primer paso para la ruina de una causa es su triunfo. El carlismo guerrero se sostiene. El carlismo establecido no podrá durar un mes. Desde el momento en que se trate de aplicar a la vida real sus ideales, se hundirá por su propio peso y caerá hecho polvo.

Diciembre.—La guerra sigue. La Restauración toca a las puertas de la patria con el aldabón de Sagunto. Asombro. La Restauración viene sin batalla, como había venido la República. La Providencia y el Acaso juegan al ajedrez sobre España, que siempre ha sido un tablero con cuarteles de sangre y plata.—Entusiasmo de *la Sanguijuelera*, que cada día simpatiza menos con la demagogia. Dice que los señores son siempre señores y los burros siempre burros. Se promete ir a recibir al nuevo Soberano y aun medita una arenga.

1875.—Isidora visita a Emilia y se queda encantada de la dichosa paz que reina en la ortopedia. El padre de Juan

José se ha retirado del trabajo, y no se ocupa más que de cultivar la huerta que ha comprado en Pinto. Juan José está al frente del establecimiento, y bajo su hábil mano este se conserva en el mismo estado de prosperidad. Isidora quisiera un aparato para que la cabeza de *Riquín* no creciera tanto. Juan José, que algo entiende de Medicina, se ríe y receta al hijo reconstituyentes y a la madre un Manual de Doctrina Cristiana.—Consternación. Los Peces grandes y chicos se ven desterrados de las claras aguas de sus plazas y oficinas. Bien quisieran ellos aclamar también al Rey nuevo; pero la disciplina del partido les impone, ¡ay!, una consecuencia altamente nociva a sus intereses. Tienen que poner un freno a sus agallas. Además, la lucha por la existencia, ley de las leyes, ha llevado a los Pájaros al Gobierno, y estos no encuentran en la Administración bastantes ramas en que posarse. Algunos Peces de menor tamaño y del género *voracissimus* quedan en oficinas oscuras. Son Peces alados, transición zoológica entre las dos clases, pues la triunfante tuvo en situaciones anteriores sus avecillas con escamas.—Mariano torna a ser vagabundo. Gusta mucho de los toros. Asiste a una novillada en Getafe, y su preciosa vida está en gran peligro. Saldeoro parece reparar sus desastres. Terribles celos de Isidora, que descubre en su amante fervorosa inclinación a la secta de los mormones. Riñas y escándalos, acompañados de no pequeños apuros.—Todos los Peces, confirmando la antigua idea de que en España el despecho es una idea política, se alegran de las ventajas de los carlistas.—Isidora activa su pleito. Pretende de nuevo la información de pobreza, pero no puede conseguirlo. Celebrado el juicio de conciliación, presenta su demanda.—Miquis gana por oposición la plaza de médico-director de uno de los principales hospitales de Madrid. Es novio de la hija del honrado notario Muñoz y Nones.—Sábese por buen conducto que Leonor tiene una casa de huéspedes en La Coruña.—Ocúpase la prensa de cierta irregularidad administrativa en que ha intervenido, como irregularizador, Melchor de Relimpio. La gente se pregunta si será mandado a presidio, y efectivamente, la *Gaceta* le nombra... oficial primero de Aduanas en Cuba. Parte decidido a concluir la insurrección, para lo cual no procede llevar tropas a Cuba, sino traerse a Cuba a España. Habas contadas. Él se traerá de seguro las tres cuartas partes de la Isla, o las Antillas todas, dejando vacío el Mexicano Golfo.

Capítulo II. Liquidación

I

«Isidorita Rufete, ¿conoces tú el equilibrio de sentimientos, el ritmo suave de un vivir templado, deslizándose entre las realidades comunes de la vida, las ocupaciones y los intereses? ¿Conoces este ritmo que es como el pulso del hombre sano? No; tu espíritu está siempre en estado de fiebre. Las exaltaciones fuertes no cesan en ti sino resolviéndose en depresiones terribles, y tu alegría loca no cede sino ahogándose en tristezas amargas. ¿Persistes en creerte de la estirpe de Aransis? Sí; antes perderás la vida que la convicción de tu derecho. Bien; sea. Pero deja al tiempo y a los Tribunales que resuelvan esto, y no te atormentes, construyendo en tu espíritu una segunda vida ilusoria y fantástica. Ten paciencia, no te anticipes a la realidad; no te trabajes interiormente; no saborees con falsificada sensibilidad goces de que están privados tus sentidos. Miquis te ha dicho, bien lo sabes, que eso es un vicio, un puro vicio, como tantos otros hábitos repugnantes, como la embriaguez o el juego, y de ese vicio nace una verdadera enfermedad. El pensamiento se pone malo, como las muelas y el pulmón, y ¡ay de ti si llegas a un estado morboso que te impida disfrutar luego de la realidad lo que ahora quieres gozar, en sueños, contraviniendo a las leyes del tiempo y del sentido común!

»Sostienes que ese vicio, aberración o como quiera llamarle Miquis, es una fuente de consuelos para ti. Ya, ya se conoce tu sistema. Después de un día de penas, apuros, celos y disputas, llega la noche, y para consolarte... das un baile. ¡Qué gracioso! Satisfaces tu orgullo y tus apetitos determinando en ti una gran excitación cerebral, de la cual irradian sensaciones y goces. Sabes vestir con tal arte la mentira, que tú misma llegas a tenerla por verdad. Te engañas con tus propias farsas, desgraciada. Te posees de tu papel y lo sientes. Enseñas a tus nervios a falsificar las sensaciones y a obrar por sí mismos, no como receptores de la impresión, sino como iniciadores de ella. ¡Bonito juego! ¡Violación de los órdenes de la Naturaleza!

»Mira, Isidorita; tu vida social está bastante desarreglada; pero tu vida moral lo está más aún. El principal de tus desórdenes es el amor desaforado que sientes por Joaquín Pez. Le amas con lealtad y constancia, prendada más bien de la gracia y nobleza de su facha que de lo que en él constituye y forma el ser moral. Bien dices tú que ya el amor no es ciego, sino tonto. Tienes razón: ya se le conoce el largo trato que ha tenido con los malos poetas. ¿Por qué no haces un esfuercito para desprenderte del cariño que tienes a Pez? Por ahí debe empezar tu reforma. Tú le adoras y no le estimas. Él te ama y tampoco te estima gran cosa. Considera cuánto perjudican a tus planes de engrandecimiento tus relaciones con el hombre que ha manchado tu porvenir y deshonrado tu vida. Isidora de Aransis..., pues según tú, no hay más remedio que darte este nombre... Isidora de Aransis, mírate bien en ese espejo social que se llama opinión, y considera si con tu actual trazo puedes presentarte a reclamar el nombre y la fortuna de una familia ilustre. Tonta, ¿has creído alguna vez en la promesa de que Joaquín se casara contigo? Advierte que siempre te dice eso cuando está mal de fondos, y quiere que le ayudes a salir de sus apuros... Casada o no con él, esperas rehabilitarte; dices que el mundo olvida. No te fíes, no te fíes, pues tal puede ser la ignominia que al mundo se le acabe la indulgencia. Se dan casos de estos.

»Hay otro desorden, Isidorita, que te hace muy desgraciada, y que te llevará lejos, muy lejos. Me refiero a las irregularidades de tu peculio. Unas veces tienes mucho, otras nada. Lo recibes sin saber de dónde viene; lo sueltas sin saber a dónde va. Jamás se te ha ocurrido coger un lápiz (que cuesta dos cuartos) y apuntar en un pedacito de papel lo que posees, lo que gastas, lo que debes y lo que te deben. No haces cuentas más que con la cabeza, ¡y tu cabeza es tan inepta para esto!... La Aritmética, hija, no cabe dentro de la jurisdicción de la fantasía, y tú fantaseas con las cantidades; agrandas considerablemente el activo y empequeñeces el pasivo. De vez en vez parece que quieres ordenar tu peculio; pero tus apetitos de lujo toman la delantera a tus débiles cálculos, y empiezas a gastar en caprichos, dejando sin atender las deudas sagradas.

»Tu generosidad te honra porque indica tu buen corazón; pero te perturba lo indecible. Has sido estafada por algunos que, conociéndote el flaco y tu índole liberal, se han fingido menesterosos. Y dime ahora: ¿qué has hecho de los dos mil duros que a ti y a tu hermano os dejó don Santiago Quijano? Ya los has gastado en el pleito, en vestidos, en la educación de Mariano, y... confiésalo, que si es un misterio para todo el mundo, no lo es para quien te habla en este momento... No lo ocultes, pues no hay para qué. Más de la mitad de aquel dinero te lo ha distraído Joaquín Pez».

Voz de la conciencia de Isidora o interrogatorio indiscreto del autor, lo escrito vale.

II

Una mañana de diciembre de 1875, estaba Isidora triste y sin sosiego. Sus idas y venidas dentro de la casa, sin motivo aparente de tal actividad, indicaban que algo muy grave ocurría. Se sentaba, leía una carta, lloraba un poco, guardaba luego la carta, arrugándola en el bolsillo de la bata; iba enseguida al comedor, regresaba al gabinete, repetía la lectura, la lágrima y el estrujamiento del dichoso papel... ¿Qué es eso, señora? ¿Qué pasa?

Desde el gabinete se veía toda la cavidad de la alcoba, donde la gran cama dorada se alzaba como un catafalco, elevando hasta muy cerca del techo su armadura de cobre, sin cortinas. La alcoba se comunicaba con otro cuarto, del cual venían dos voces distintas, pero acordadas en un tono de candorosa alegría. Era la una dulce, angelical y ternísima. Era la otra cascada y a veces chillona. ¡Vaya con la pareja! *Riquín* y don José de Relimpio jugaban arrastrándose por el suelo. Caballo y jinete se besaban, locos de regocijo, en la confusión de las caídas leves.

Abriose de pronto la puerta de la sala, y entró... nada menos que *la Sanguijuelera*.

«Gracias a Dios que viene usted, tía —le dijo Isidora reconviniéndola—. Siéntese usted; tenemos que hablar detenidamente.

—¡Hablar detenidamente! —exclamó la vieja puesta en jarras—. No digas más; ya entiendo tus *detenidamentes*. Ya sé que es para pedir dinero. Sí, en cuanto llegó a casa tu don José y vi su cara de carnero a medio morir, dije: «Ojo al Cristo...». Pues mira, hija, toca a otra puerta».

Isidora, harto afligida, no pudo seguir a su tía por el camino de las bromas. Con la concisión de los grandes apuros, dijo que era cuestión de vida o muerte para ella reunir en aquella mañana cierta suma, y que contaba con la generosidad de su tía, a quien otras veces había pedido caudales, reembolsándoselos con buenos intereses.

«Cierto que te he consolado; cierto que me has pagado; pero no lo hay. Ya sabes que *aquí murió el fiar*... Pues sí; que están unos tiempos divinos... Pero di, quimerilla, ese hombre, ese hombre, ¿en qué piensa que no te da...?

—Lea usted —replicó Isidora alargando la carta con un gesto y tono que se usan mucho en los dramas.

—¡Oh!, no; ya sabes que me estorba lo negro.

—Pues dice... En fin, hemos reñido. Él está mal. Probablemente tendrá que irse con un empleo a La Habana... ¿Qué le parece a usted eso?

—Sopas en queso. ¿A mí qué más me da que se vaya a La Habana o a *Sierra-Ullones*, o al Infierno?

—En fin, hemos reñido. Todo se acabó. No hablemos más de eso. Hoy tengo un gran compromiso.

—¡Anda, anda, frutilla temprana!... ¡En la que te has metido! —dijo Encarnación encendida de ira—. ¿Y qué vas a hacer ahora? Ya no tienes salvación, ya estás perdida. Bien me lo temí y bien te lo dije cuando te vi en estos andares. Yo tengo mucho mundo —añadió señalando del modo más insinuante su ojo derecho—; aquí dentro hay mucho quinqué. Pues, claro, a esto habías de venir a parar. Ahora empiezas, ahora. ¡Y quieres que te dé dinero!... Anda, anda, castaña pilonga, que otra cosa podrá faltarte ahora; pero dinero... No, no cuentes con tu tía; no te acuerdes más de esta perla vieja de la honradez».

Las groserías de su tía Encarnación enfadaban atrozmente a Isidora. Queriendo concluir pronto, expuso en términos tan concretos como pavorosos su situación, y luego hizo una protesta enérgica de sus ideas morales. Ella quería y se proponía ser honrada. Las reticencias de su tía la herían en lo más vivo del alma.

«No vengas con andróminas —replicó la cacharrera—. Tú podrás tener buenas ideas; pero has dado el pasito, y ya no puedes volver atrás. ¡El pasito, hija! ¡Repuñales! De todo tiene la culpa ese hombre, ese hombre... Es un lameplatos. Siento que no esté aquí para despotricarme con él y decirle las del barquero... Total, chica, que yo no tengo un real partido por medio.

—No, no creo que usted me vea en tales agonías y no me favorezca.

—¿Yo?... ¿Y de dónde lo voy a sacar?

—Del arca.

—No estás tú mal arca de Noé.

—¡Tía!

—¡Si debes más que el Gobierno; si te has metido en unos belenes...! Suponte tú, y es mucho suponer, que yo, echando por zancas y barrancas, arañando aquí y allá, reúna mil reales...

—Mil reales es muy poco.

—¿Pues qué?... ¿Creías que te iba a dar un ojo de buey? —gritó la vieja riendo a todo reír—. ¡Mira ésta!...

—Yo quería lo menos dos mil —dijo Isidora con terror.

—¡Jo... sús! ¡Los dos mil los tienes tú en el canto de la memoria! Yo los quisiera para mí. En fin, y *mismamente*..., si me prometes devolvérmelos pronto, podré buscarte mil... ¡Ay! arrastrada, ¿en qué gastas tú el dinero? Si hubieras hecho lo que yo te aconsejé... Yo te decía: «Guarda, aprovéchate; sácale a ese hombre el redaño y ve poniendo en el Monte para el día de mañana...». Pero tú, grandísima pandorga, con gastar y gastar... Aquí parece que siempre está la gata de parto, según se gasta y derrocha.

—¡Tía, dos mil!

—Dos mil puñales...

—Ande usted...

—No, no te caerá esa breva.

—No la dejaré a usted en paz hasta que me los dé...

—Trabajo tienes... Ganas de trasquilar la marrana.

—Pues vengan los mil; pero pronto, al momento».

Instantáneamente formó Isidora un plan distinto del que había hecho contando con los dos mil.

«Te los traeré para las doce. ¡Ay! ¿En qué parará esto?...

—Antes de las doce, si puede ser. Váyase usted pronto para que vuelva pronto... Coja usted un coche.

—Venga la peseta.

—Tome usted la peseta.

—Otra para el papel del recibo..., porque no te pienses que te los voy a dar sin recibo.

—¿Otra peseta?... Ahí va. Váyase usted pronto. ¡Ay!, ¡qué día está! —dijo Isidora mirando con tristeza al balcón, cuyos cristales, azotados por la lluvia, sonaban con estrépito de perdigonada.

—¡Si fueran monedas de cinco duros...! Voy a dar un beso a *Riquín*.

—Después, después.

—¡Jo... sús! ¡Qué prisa!... Agur, agur».

Luego que la anciana estuvo fuera, Isidora sacó de la cómoda un cofrecillo y del cofrecillo un libro. Era una novela entre cuyas hojas había varios papeles o cédulas guardadas con cierto orden y clasificación. No debían de ser ciertamente billetes de Banco, porque Isidora, al volver de cada hoja, daba un suspiro y ponía cara de mal humor. Después de pasar revista a su tesoro negativo, gritó: «Don José», y como don José, a causa del ruido que él mismo hacía, jugando con Joaquín, no pudiera oír la voz de su ahijada, esta tuvo que levantarse a llamarle por la puerta de la alcoba.

«¡Venga usted acá, por Dios!...

—¡Hija, no te había oído!».

Veríais entonces aparecer al gran don José, fatigado de tanto andar a cuatro pies, ligeramente encendido el rostro; pero hecho todo miel, y tan risueño y bondadoso como antaño. Traía en brazos a *Riquín*, que era muy lindo, gracioso y dicharachero. Su deformidad incipiente no era tal que le privara de los encantos de la niñez, antes bien daba risa verle erguir su cabezota con cierto aire de valentía, como un hijo de Atlante predestinado a superar a su padre en la facultad de cargar grandes pesos.

«Deje usted al niño... *Riquín*, hijito; vas a irte un rato con Ramona... ¡Ramona!».

El sucesor de los Rufetes (o Aransis, que ello está por saber) declaró con un gesto de fastidio y preludio de llanto el agravio que a su dignidad se hacía pasando de los brazos de don José a los de la niñera. Pero no le valieron sus artimañas. Cargó con él la moza, y don José y su ahijada se quedaron solos en presencia de las papeletas.

«Es preciso echar un esfuerzo, echar mano de todo.

—¡Cuánta papeleta!» —exclamó el santo varón cruzando sus manos con ademán piadoso.

Isidora las pasaba, las leía, las iba contando. ¡Ay! Cuando se entregaba a la Aritmética, su cara se volvía lúgubre y desconcertada, cual si estuviera sometida a la acción de fenómenos morbosos. La Aritmética tenía para ella algo de enfermedad cimótica, y así, desde que absorbía con su atención aquellos miasmas deletéreos llamados números, se ponía pálida y se le alteraba el pulso. ¡Y pensar que no puede haber dinero sin que haya cifras! Los hombres lo empequeñecen todo. Desdichadas las almas que siendo hermanas de lo infinito, tienen que entroncarse a la fuerza con estas miserias del planeta llamadas cantidad, relación, gravedad. Verdaderamente, ¿qué cosa más contraria a lo infinito y a lo ideal que aquellos nefandos papeles?

«Esta es del Monte —murmuró Isidora con el corazón oprimido—. Esta... ¿a ver?... es la de mi calabrote.

—El calabrote está en la calle del Clavel —manifestó Relimpio con el aplomo de un agente de Bolsa, que tiene en la memoria las colocaciones de fondos realizadas en todo el año.

—Es verdad... ¿Y el brillante?

—También, hija. ¿No te acuerdas? Lo llevé el mes pasado. Del Monte ha de haber cinco papeletas.

—Justo, cinco... Hay además ocho...

—Tu reloj... Si no recuerdo mal, está en treinta duros. ¿Pero qué te pasa hoy? ¿Vas a sacar todo?

—¿A sacar? —repitió Isidora, herida por aquella ironía como por un porrazo.

—¿Qué cálculos haces?».

Isidora se auxiliaba de sus dedos para calcular. La tersura y fineza de aquellas extremidades de sus manos indicaban no estar ocupadas ya más que en trabajos matemáticos.

«Ya comprendo, hija —dijo él entre dos suspiros.

—¿Cuánto darán por esto? —preguntó ella, mostrando aquellas cédulas que por su nombre debían ser montaraces.

—Eso no puedo decirlo. Se las llevaré a Rodríguez, el de la calle de Cádiz. Es amigo mío...; buena persona. Por papeletas, ya sabes que no se corren mucho».

Isidora se llevó las manos a las orejas.

«¿Tus pendientes?... Espera, te vas a hacer daño. Yo te los destornillaré».

Y con suma delicadeza realizó la operación, gozoso de que sus dedos jugaran, siquiera por un momento, con los pulpejos de las orejitas de su ahijada.

«Ya están aquí.

—Pongámoslos en el estuche.

—Estos te los regaló cuando vino al mundo *Riquín*. Por estos te darán... darán...».

Se cogió entre los dedos el labio inferior, y moviendo la cabeza y hundiendo la barba en el pecho, metía los ojos debajo de las cejas.

«En fin..., yo hablaré con Rodríguez... Es amigo mío..., buena persona.

—¡Dos mil quinientos! —murmuró la joven ensimismada en sus cálculos, como un calenturiento sumergido en el doloroso caos de su estupor febril.

—Veremos... Quizás se pueda...

—Ahora —dijo Isidora con resolución alargando la mano hacia el chaleco del buen hombre—, venga el reloj...

—¿El mío?... ¿Y la cadena?

—Todo».

Algo se desconcertó el viejo al verse privado del uso de aquella prenda, no de mucha valía, que Isidora le había regalado el 19 de marzo del año anterior. Pero como la voluntad de su ahijada era ley para él, no dijo más que lo siguiente:

«Déjamelo puesto, pues yo lo he de llevar... Darán diez y ocho o veinte. Recordarás que la otra vez...

—Ahora los cubiertos de plata.

—¿Los...?

—Sí —afirmó ella levantándose con expresión triunfante—. Creo que está vencida la situación por hoy. Pero la semana que entra...

—Dios dirá.

—La semana que entra —declaró Isidora— vendo la sala.

—¡Vendes la sala!

—Sí. Pásese usted luego por casa de la prendera. Que venga a verla. Veremos lo que da».

Después echó una mirada de cariñoso desconsuelo al armario de Luna.

«¿Y el armario también?

—También.

—¿Y la cama dorada?».

Isidora meditó un rato. Después dijo:

«No; me quedo con la cama».

En esto andaban cuando reapareció *la Sanguijuelera*. Entró sacudiéndose el mantón, calado de agua.

«¡Jo... sús, qué tiempo! Llueven capuchinos de bronce.

—Pero ¿no ha venido usted en coche?

—¿Por quién me tomas, tonta? La peseta del coche es para mí, por el mandado. Tengo más salud que el Botánico, hija, y ando más que un molino de viento... Conque toma... Cuatrocientos y cuatrocientos son ochocientos... Nueve duros en plata...

—Falta un duro.

—¡Reparona! ¿Qué más da?

—Son novecientos ochenta —declaró don José, haciendo gala de su saber de cuentas.

—¿Quiere usted callar?... Usted, señor don Pepe, no tiene que poner su carne en este garfio.

—La equidad, amiga doña Encarnación...

—¡Amiga, doña!... Diga usted, tío Lilaina, ¿en qué bodegón hemos comido juntos? ¿Se quiere usted meter en sus cosas y dejarme a mí?

—Falta un duro —repitió Isidora.

—Total, que no he podido reunir más. Aquí está el papel para el recibo... Pon mil doscientos reales para el mes que viene.

—Mejor será para el otro mes.

—Mira, mira, no pintes el diablo en la pared. Pon el mes que viene».

Don José empezó a extender el recibo.

«Bien clarito, señor escribano... ¡Hola, hola!, ¿está aquí tu Holofernes?... ¡Vida! ¡Gloria!».

Había entrado *Riquín* paso a paso, porque sus piernas eran cortas y débiles. Se le había desatado el faldellín, corriéndose por la cintura abajo. Estaba, pues, en traje talar que le arrastraba, y por los bordes de él asomaban sus patitas vacilantes. Traía empuñado en ambas manos el bastón de don José, y caminaba derecho a *la Sanguijuelera*, todo risas y alegría, con la evidente intención de darle un palo. Ella se dejó pegar, le cogió luego en brazos y le dio tantos y tan sonoros besos, que el muchacho empezó a gruñir y a defenderse a cabezadas.

«Dale un palo a tu madre; anda, pégale...

—No, no, no se pega —dijo Isidora, atándole en su sitio la falda—. No le gusta más que pegar. En las piernas no tiene fuerzas; pero en los brazos...

—*Riquín*, hijo mío, dile: «Yo voy a ser un hombre de puños...». ¡Leña a ella!... Como te coja... Cuidado como riñen a mi cabezudito.

—El médico me ha dicho que ahora se le desarrollará bien el cuerpo —afirmó Isidora contemplándole con satisfacción de madre.

—Pues si no... ¡Y qué bonito es, qué rico, qué galán! ¡Le quiero más...! ¡Qué tonta soy! Me da rabia conmigo misma. Desde que veo un mocoso, ya se me cae la baba».

Isidora reía. Cogió a *Riquín* y le hartó de besos.

«¡Pobrecito mío! Todos han de tener que decir algo sobre si tiene la cabeza grande. Pues yo digo que la tiene toda llena de talento.

—¿Sabes lo que te digo? —manifestó *la Sanguijuelera* en tono de misterio—. Pues digo que este chico es el Anticristo. No te rías. Sí; por lo que sabe, parece que tiene cuatro años.

—No, mi niño no es un fenómeno; mi niño no es el Anticristo —dijo Isidora oprimiendo contra su garganta aquella cabeza, mayor de lo conveniente, pero muy hermosa.

—Te digo que este chico ha venido al mundo para alguna tremolina. ¿Ves esa cabeza? ¡Pues dentro debe de traer una cosa...! Hija, tu pimpollo es cosa mala.

—No diga usted disparates.

—Anticristo o lo que seas —exclamó Encarnación volviendo a tomarle en sus brazos—, me tienes boba. Te voy a comer».

Y estallaban los besos como cohetes. En pie ya para marcharse, después de tomar su recibo, *la Sanguijuelera*, sin soltar a *Riquín*, dijo a Isidora:

«¡Pero qué alma tienes! Dijiste que le ibas a comprar un pandero, y no se lo has comprado... ¡Anda, mala madre! Yo se lo compraré, yo, yo. ¿Verdad, hijo?...

—Ven acá, ven acá, que la tía se marcha.

—Oye tú..., dame una peseta.

—¿Para qué?

—Vaya que estás lela... Para el pandero».

Diole Isidora la peseta, y *la Sanguijuelera* se fue gruñendo.

III

Decir cómo aquella casa llena de comodidades se deshizo en unos cuantos días; contar cómo las feroces prenderas llegaban, venían, tasaban, huían, llevándose en las garras, cuál un dorado reloj, cuál la alfombra o lavabo, sería lacerar el corazón de nuestros lectores. Isidora, que no sabía regatear comprando, era vendiendo enemiga de entorpecer los negocios con prolijas discusiones. Tomaba lo que le ofrecían, después de pedir tímidamente un poco más. Así, pieza tras pieza, se desmontaba la casa. Y esta, poco a poco, se iba quedando vacía, se iba agrandando. El frío y la soledad se apresuraban a invadir los polvorientos y tristísimos huecos que los muebles dejaban tras sí.

Cuando hubo concluido, la sala era un páramo. Para estar en ella habría sido necesario proveerse de tiendas de campaña. El gabinete conservaba su alfombra, la cómoda, un espejo pequeño y algunas sillas. La cama dorada de la alcoba permanecía como núcleo y fundamento de la casa. Interiormente habían desaparecido la sillería y aparador de nogal tallado del comedor; subsistían intactos el cuarto de *Riquín*, el del baño, parte principal de la casa; el que solía ocupar don José Relimpio cuando allí pernoctaba, el de Mariano y el de la muchacha. La cocinera y doncella habían sido despedidas; no quedaba más que la niñera, a quien Isidora revistió de las más extensas atribuciones.

«He pagado mis deudas y tapado la boca al procurador —dijo Isidora a su padrino la noche del último día de liquidación—. Estoy tranquila. Me queda esto».

Dio un gran suspiro mostrando un papel donde había varias monedas y un sucio billete de Banco.

«¿Cuánto es?

—Vamos a contar» —dijo ella extendiendo su tesoro sobre el veladorcito del gabinete, mueble de hierro pintado que se salvó por milagro.

Don José puso la luz en el velador y tomó asiento.

«¡Si hay aquí un dineral! El billete es de doscientos...; veinte, cincuenta, ochenta. Total: setecientos veintiocho reales y dos perritos.

—Y no debo nada al casero... Estamos bien. Ahora se verá si soy mujer de gobierno. Principio quieren las cosas... Señor don José —añadió en el tono especial de las cuentas galanas—, desde hoy en adelante trabajaré.

—Si es lo que yo te vengo diciendo desde hace tres años, hija —replicó el anciano con las narices hinchadas por esa satisfacción vanidosa que acompaña a las ideas felices—¡Si es mi tema! Tú tienes grandes habilidades. Si quieres entrar en una vida de orden, economía y trabajo, aquí me tienes para ayudarte.

—He sido muy tonta. Pero ya veo con claridad lo que me conviene. Si mi pleito marcha adelante, como espero, es preciso que mientras dure, y después y siempre, nadie me tome en lenguas. Soy honrada, quiero ser honrada, honradísima, por respeto a mi nombre, a mi familia... ¡Ah!, mi familia —añadió, suspirando otra vez...—. ¡Si me hubieran acogido con amor, no habría dado yo un mal paso! Mi familia tiene la culpa, ¿no es verdad, padrino?

—Sí, sí, hija mía, ella tiene la culpa. Pero vamos a lo que importa... ¿Con qué cuentas para mantenerte? ¿Qué te queda de lo que te dejó tu tío?

—Nada —replicó con profunda tristeza la joven, haciendo con sus manos un significativo movimiento que representaba el vacío—. ¡Pero trabajaré! ¿No tengo yo manos?».

Y diciendo esto se le representaron en la imaginación figuras y tipos interesantísimos que en novelas había leído. ¿Qué cosa más bonita, más ideal, que aquella joven, olvidada hija de unos duques, que en su pobreza fue modista de fino, hasta que, reconocida por sus padres, pasó de la humildad de la buhardilla al esplendor de un palacio y se casó con el joven Alfredo, Eduardo, Arturo o cosa tal? Bien se acordaba también de otra que había pasado algunos años haciendo flores, y de otra cuyos finos dedos labraban deslumbradores encajes. ¿Por qué no había de ser ella lo mismo? El trabajo no la degradaba. ¡La honrada pobreza y la lucha con la adversidad cuán bellas son! Pensó, pues, que la costura, la fabricación de flores o encajes le cuadraban bien, y no pensó en ninguna otra clase de industrias, pues no se acordaba de haber leído que ninguna de aquellas heroínas se ocupara de menesteres bajos, de cosas malolientes o poco finas.

«¡A trabajar, a trabajar! —exclamó inundada de aquel entusiasmo que tan fácilmente se posesionaba de su alma.

—Yo te ayudaré. Si tuviéramos ahora la máquina... harías camisas de hombre...

—¿Camisas de hombre? Eso no me gusta.

—O ropa blanca de señoras... Cosa rica, cosa buena.
—Mejor sería... Yo pensaré.
—Confecciones, sombreros... ¿Qué tal? Tú tienes un gusto...
—Gusto sí.
—Consulta con Emilia. Ella te dará buenos consejos
—Yo lo pensaré; yo meditaré sobre esto y lo decidiré pronto. Ahora vamos a otra cosa. De nada vale el trabajo sin orden y economía.
—Perfectamente; muy bien pensado y dicho. —exclamó Relimpio, dando todo su asentimiento a tan hermosa idea—. Si no, acuérdate de lo que hacía mi pobre Laura con lo poco que se ganaba. Hacía milagros.
—Por consiguiente, de aquí en adelante, gastar poquito y, sobre todo, saber lo que se gasta, pues si no se sabe se equivoca una. ¿Creerá usted que en mi vida he apuntado una cifra? Todas mis cuentas las he hecho siempre con mi cabeza. Así ha salido ello.
—¡Oh! Malo, malo... La primera condición del orden es una buena contabilidad. La Providencia te ha deparado a uno de los hombres, no lo digo por alabarme, a uno de los hombres que no temen desafiarse con todo Madrid en Contabilidad y Partida Doble. Has hecho tu suerte, chica. Ya verás, ya verás qué libros.
—Todo lo apuntaremos —dijo Isidora, jugando con aquella idea, como un niño juega con una mariposa—. Se dice, por ejemplo: hay que gastar tanto; las cosas valen cuanto; y luego se apunta todo...
—Nada, te has salvado, chica. Vamos a ver. ¿Tomas criada?
—Pienso pasarme con Ramona.
—Admirable. Yo te auxiliaré en todo... Ramona es buena y humilde, pero algo torpe. Ya la despabilaremos. A fe que

va a lidiar con tontos; ya, ya. Yo te la instruiré en dos palotadas. Mira, pon atención y verás cómo puedo ayudarte. Yo —dijo marcando por los dedos las distintas funciones que desempeñaría— te haré la compra; yo... te aviaré las luces; yo... te haré todos los recados que exijan cierta inteligencia, como cobrar cuentas, tomar localidades en algún teatro, etc.; yo coseré a máquina si decides comprar una; yo apuntaré en mis libros todos los gastos e ingresos, sin olvidar, sin perdonar ni el ochavo que se le da a un pobre; yo..., por último, cuidaré a *Riquín* y le pasearé y entretendré todo el tiempo que me dejen libres mis ocupaciones principales.

—Bueno, bueno.

—Y también entiendo de limpiar metales, de componer algo de carpintería; hasta de cocina entiendo un poco... Ea, señora —dijo restregándose las manos una con otra con tanta fuerza que a poco más saca lumbre—, empecemos. Disponga usted la compra de mañana.

—Un duro.

—Es un despilfarro. Vengan catorce reales. Yo me entiendo; basta de mimos. Comerá usted lo que haya.

—Hay que traer carbón.

—Eso es aparte.

—Y cerillas.

—Las compraré al por mayor. Una gruesa... Traeremos al por mayor todo lo que se pueda, para lo cual destinará usted una cantidad que se carga a la cuenta del mes. Quédese el diario en diez reales, y deme usted seis duros para el por mayor. Adelante. ¿Qué principio traigo?

—Langosta.

—¡Un ojo de la cara!

—No importa. Por una vez...

—¿Qué postre?

—¿Tendremos tangerinas?... Ciruelas de Burdeos.

—Eso es caro; pero yo lo sacaré barato. Regatearemos, sí señora; regatearemos.

—El queso de Italia, la cabeza de jabalí y las salchichas de Bolonia me gustan.

—Todo eso, traído al por mayor, puede obtenerse... en buenas condiciones.

—No tomaremos Champagne. Es muy caro.

—Veremos si hallo una partida..., pues..., en buenas condiciones».

No prolongaremos la relación circunstanciada de lo que hablaron aquella noche padrino y ahijada. Acostose Isidora pensativa y don José se retiró muy entusiasmado a su cuartito. Durmiose como un serafín, y soñó que estaba en la contaduría de una casa grande, donde había catorce empleados y más de cien libros. Ingresos y gastos ascendían a millones; pero todo iba al pelo. Era don José como un director de orquesta, solo que los músicos eran escribientes y las notas números. Resultaba una sinfonía de orden, que mecía en embriagador arrobamiento el espíritu del tenedor de libros.

Al día siguiente, cuando Isidora se levantó, ya estaba su padrino de vuelta de la compra. Traía el cesto bien repleto, y fue sacando cosas y mostrándoselas a Isidora, que admiraba la bondad y baratura del género.

«El primer gasto, hijita, ha sido para comprar estos tres libros de cuentas —dijo Relimpio, mostrando dos enormes y uno pequeño—. El Mayor, el Diario y el Provisional. Sin esto no haremos nada, porque la base del orden es una contabilidad perfecta... ¿Ves? Aquí está la langosta. Te permito este lujo. Aquí está la carne. No compré las ciruelas. Conténtese usted con dátiles. Tampoco he traído Champagne porque no lo hallé en buenas condiciones. Patatas. Faltan los garbanzos y el azúcar, que no pude comprar porque se me acabó el dinero... ¡Ah!, un mazo de cigarros para mí.

—Muy bien —dijo Isidora con benevolencia, echando una mirada compasiva a los libros de cuentas—. Todo está muy bien».

Don José tuvo que salir a la calle dos veces más porque era preciso traer garbanzos, azúcar y huevos. Después volvió a salir porque no había sal, ni perejil, ni sopa. Trajo tapioca, y de camino tomó nota de diversas cosas que se pudieran adquirir... *en buenas condiciones*.

Luego que almorzaron, alegres y satisfechos del buen principio que tenía una vida tan arreglada y económica, Isidora fue a vestir a *Riquín* y a endulzar con él la tristeza que no podía vencer. Más tarde se bañó, costumbre a que no podía renunciar. La peinadora vino luego y se distrajo con ella un rato. Érale difícil adquirir el hábito de peinarse por sí misma. Toda aquella tarde estuvo pensando en la clase de ocupación que más le convendría; pero sus grandes cavilaciones no llevaron luz ninguna a la confusión y perplejidad que en su mente reinaba.

En tanto don José se dio con toda su alma a la gran tarea de abrir las cuentas en los libros. Con una importancia y gravedad indecibles, apuntó gastos e ingresos, sin olvidar lo más mínimo; *cargó y abonó*; dibujó preciosos números, tiró líneas con regla, hizo cuentas de *varios a varios*, de *imprevistos*, de *suplidos* y de *deudores varios*. En esta, dando una prueba de exquisita honradez, puso el importe de los cigarros que con el dinero de Isidora se había comprado.

Capítulo III. Entreacto con la Iglesia

Un mes no completo había transcurrido de esta vida honrada y económica, sin que Isidora pudiera llegar a decidir en qué profesión, arte u oficio había de emplear su talento y ganas de ponerse al trabajo. Los libros de don José, ya repletos de números, no contenían más que partidas fallidas, y daba dolor ver en sus garabateadas páginas el triste papel que hacían los Haberes junto a las nutridas columnas del Debe.

Veamos cómo pasaba el tiempo la dueña de la casa. Entre bañarse, peinarse, vestir y arreglar a *Riquín*, se le iba la mañana. Por la tarde, si no tenía que ir a casa del procurador, solía matar el fastidio en las iglesias, de donde resultó que en aquel periodo oyó más sermones y rezó más novenas que en el resto de su vida. Distraíase con estas superficiales devociones, y aun llegó a figurarse que se había perfeccionado interiormente. Recordaba las preces aprendidas en su niñez, y se deleitaba con las formas de religión, por pura novelería. Pero esta santidad de capricho no sofocaba, ni mucho menos, su orgullo dentro de la Iglesia. Más que el sermón ampuloso, más que el brillo del altar, más que la poesía del templo y las imágenes expresivas, la cautivaba el señorío que iba por las tardes a la Casa de Dios. Cuando había novena o Manifiesto costeado por alguna dama de la aristocracia, de aquellas que ocupaban los bancos de la nave central ostentando en su pecho la cinta de la cofradía, Isidora no faltaba, y desde el rincón de una capilla observaba todo con interés profundo, más atenta a las Magdalenas que venían con el bálsamo que a Jesús mismo. Causábale admiración y envidia la señora del petitorio, que no cesaba de repiquetear con una moneda en la bandeja de plata.

Pollos elegantes y atrevidos se agolpaban en las naves laterales para mirar a las niñas y ser de ellas mirados. Había sonsonete de rezos y rumor de cuchicheos mundanos, los cuales, unidos al rodar de coches de lujo en la calle, no permitían oír con claridad el sermón. ¿Pero qué le importaba a Isidora el sermón, aunque saliera de labios elocuentes? Lo que a ella le interesaba no eran las manotadas y enfurecimiento de aquel santo varón que no cabía en el púlpito, sino el aspecto y brillo del público, de aquel público que, si hubiera revisteros de iglesia, sería *distinguido*, *elegante* y *numeroso*, como el de los teatros. ¡Oh! ¡Dios de mi vida! ¡Qué injusticia tan grande! La pobre señorita Isidora no debía verse olvidada en un rincón, al lado de cuatro viejas rezonas, sino en la gran nave, donde luciera como merecía, o pidiendo en la mesa de petitorio entre dos velas. ¡Qué bien repicaría ella en la bandeja, y que maña se daría para que cuantos entraran aflojasen pesetas y duros! La belleza de las postulantes aguza la caridad.

Una tarde notó que un señor la miraba con insistencia. Sus ojos, distraídos de cuanto en la iglesia había, pasaban por delante del orador (con no poca irreverencia) e iban derechitos a buscar a Isidora al fondo de la capilla donde ponerse solía. A la tarde siguiente observó que aquel señor de los ojos irreverentes entraba con unas damas muy guapetonas; que estas pasaban al centro, adornadas con la cinta de la cofradía, y que él se quedaba entre la masa de hombres. Seguía mirándola, y ella le miraba alguna vez sin otro móvil que el de la curiosidad. El caballero, en verdad, no tenía nada de simpático; era muy descarado, bastante feo, morenísimo, de edad entre los cuarenta y cinco y los cincuenta. Mientras Isidora hacía estas y otras observaciones, notaba que algunas de las elegantes cofrades eran miradas tenazmente por los caballeretes, y que ellas solían mirarlos también con afectada distracción, de donde vino a considerar que si tanto flechazo de ojos dejase una raya en el espacio, el interior de la iglesia parecería una gran tela de araña. ¡Mísera humanidad!

Tercera tarde. Cuando Isidora salió, ya anochecido, vio en la puerta al señor mirón. Hablaba con Miquis, y al pasar ella cuchichearon. Apresuró la joven el paso y se fue a su casa, donde Relimpio, celoso del buen desempeño de su cargo, se creyó en el deber de manifestarle seriamente el horroroso déficit que arrojaban los libros. Las cifras del Debe, encrespadas y amenazadoras, eran ya como las olas de un piélago tempestuoso donde naufragaba el frágil esquife del Haber. ¡Oh! ¡Fugaz curso de las cosas humanas! Aquel orden tan perfectamente inaugurado, no era más que humo. No solo se había concluido el dinero, sino que se debía a todo el mundo; y el panadero, la lechera y el de la tienda venían todos los días a dar tormento con su grosero pedir. Don José los recibía con bondadosa sonrisa, les enseñaba los libros de cuentas por el forro, y les decía: «No hay cuidado, señores; estamos esperando fondos, y ya no pueden tardar».

Isidora padecía horriblemente con este género de vida, pues su carácter, su nobleza, no se avenían con las trampas. Gastar mucho, sí, pero pagar sin dilación era su ideal. Había llegado a carecer de lo más preciso. La limpieza de sus bolsillos era absoluta, y el crédito, apurado ya, faltaba. ¡Qué habría sido de ella si sobre estos horrores no apareciera un Sol de vida y esperanza! ¡Ganar el pleito! La idea de un triunfo próximo le daba fuerzas para hacer frente a tantas humillaciones. Si el procurador le decía que había tarea para mucho tiempo, su descorazonamiento rayaba en desesperación. En su casa se entretenía con el hijo, resucitaba los proyectos de trabajar..., ¿pero en qué? Convencíase pronto de que era imposible; sonaba la campanilla de la puerta anunciando acreedores que entraban fieros como leones; y a los tormentos de zozobra y vergüenza seguían horas y noches enteras de tristeza y desaliento. El nuevo día llegaba acompañado de la escasez, de la privación, de la miseria...

No se sabe cómo se puso al habla con Isidora el señor mirón; pero es indudable que se puso. Manifestó el caballero que conocía los antecedentes todos y la historia completa de la desgraciada joven, y se presentó con bienhechor de la humanidad, amparo y arrimo de la orfandad desvalida. ¡Era tan rico!... ¡Pero tan antipático!...

¡Pobrecito don José! Ahora sí que eres el más infeliz de los hombres. No solo te han quitado tus venerados libros, sino que te han puesto de patitas en la calle con orden expresa de no volver a presentarte en la casa de tu ahijada. ¡Crueldad sin ejemplo! Hay hombres que parecen fieras... José, eres un mártir.

Capítulo IV. A o b... Palante

I

Mientras duraron en casa de Isidora las abundancias y el regalo, Mariano hizo la vida de señorito holgazán, rebelde al estudio, duro al trabajo, blando a la disipación y al juego. Su precocidad para dar gusto a los sentidos revelaba que había de ser muy menguada en él la vida del espíritu. Diríase que la Naturaleza quiso hacer en aquella pareja sin ventura dos ejemplares contrapuestos de moral desvarío; pues si ella vivía de una aspiración insensata a las cosas altas, poniendo, como dice San Agustín, su nido en las estrellas, él se inclinaba por instinto a las cosas groseras y bajas. Recibía gusto especial del desaliño, y recogía con lamentable asimilación todas las palabras necias y bárbaras para darse, usándolas desvergonzadamente, aires de matón. Pronto comprendió Isidora que su hermano no sería nunca persona decente, y que no había bajado del Sol colegio humano capaz de darle pulimento. Y si al principio podía dominarle, valiéndose del amor, más tarde el amor de Mariano se enfrió; con el cariño huyó el respeto, y ya no fue posible contener la impetuosa inclinación del muchacho a la vida vagabunda y aborrecimiento del estudio. Pasado algún tiempo de luchas, empezó a tenerle miedo, asustada por su bestial y aborrecido lenguaje. Donde suena un lenguaje soez solo puede haber malas acciones y pensamientos poco delicados. Donde cantan las ranas, ¿qué ha de haber sino charcos y cieno?

Cuando *Pecado* curó de las heridas que le hizo el novillo de Getafe, Isidora se armó de valor, echole un sermón, y le dijo muy clarito que no volvería a tener un cuarto si él mismo no lo ganaba. Quedó, pues, convencido que aprendería un oficio; pero hasta en aquella ocasión excepcional descollaron sobre el enojo de Isidora sus pruritos aristocráticos, porque no consintió que su hermano fuera zapatero, ni albañil, ni cerrajero, ni sastre, ni menos peluquero; y discurriendo sobre a cuál industria le dedicaría, vino en determinar que sería grabador, es decir, fabricante de esas preciosas estampas que adornan las publicaciones ilustradas y de las magníficas reproducciones de los Museos... Para que la industria pueda hacerse pasar por noble, necesita fingir parentescos con el arte.

Buscando por ahí, buscando por acá, no se hallaban otros talleres que los de litografía. Miquis tomó con empeño el asunto, y habló al cuñado de Matías Alonso, un tal Juan Bou, que se había establecido recientemente, y tenía, entre otras cualidades, la de ser muy severo con sus oficiales. Consintió Bou en admitir a Mariano, de cuyas inclinaciones aviesas se le dio noticia para que le tratase con rigor, y sacara de él, si era posible, un obrero hábil y laborioso.

Juan Bou era un barcelonés duro y atlético, de más de cuarenta años, dotado de esa avidez de trabajar y de esa potente iniciativa que distinguen al pueblo catalán; saludable como un toro, según su propia expresión; de humor festivo y palabra trabajosa. Su cara, enfundada en copiosa barba negra y revuelta, mostraba por entre tanto áspero pelo dos ojos desiguales, el uno vivísimo, dotado de un ligero movimiento rotatorio, el otro fijo y sin brillo; más abajo, y puesta como al acaso, una nariz ciclópea; más arriba una frente lobulosa, que estaba pidiendo algunos golpes de escoplo para ser como las demás frentes humanas; ítem, una cicatriz sobre la ceja derecha, resultado, según decía, del *beso de una bala...*

Podía pasar por marinero curtido en cien combates contra las olas, y también por bandido de las leyendas. Tenía en sus extremidades altas dos manojos de dedos con que trabajaba; y ciertamente, nadie que viera la tosquedad de aquellas manazas creería que eran delicadísimas para el dibujo. Su estructura basta las hacía más propias para la maroma de la vela mayor o la barra del cantero. Respiraba como el fuelle de una fragua, y siempre tenía tos; pero una tos tan bronca y sofocante que, cuando le daba el acceso, se quedaba mi hombre cabeceando y todo encendido; creeríase que iba a reventar, y el ojo rotatorio se le echaba fuera, mientras el apagado se escondía en lo más hondo de la órbita.

Tenía dos géneros de fanatismo: el del trabajo, pues no podía estar inactivo, y el de la política. Deliraba por los derechos del pueblo, las preeminencias del pueblo y el pan del pueblo, fundando sobre esta palabra ¡pueblo! una serie de teorías a cuál más extravagantes. Realmente estas teorías no eran suyas. Una generación se había embobado con ellas, mirándolas como pan bendito. Pero Juan Bou las había sublimado en su mente indocta, convirtiéndolas en una fórmula de brutal egoísmo. Según él, muchos miembros importantes del organismo social no tenían derecho a ser comprendidos dentro de esa designación sublime y redentora: ¡el pueblo! Nosotros, los que no tenemos las manos llenas de callos, no éramos pueblo; vosotros, los propietarios, los abogados, los comerciantes, tampoco erais pueblo... De toda idea exclusiva nace una tiranía, y de aquella tiranía nació el obrero-Sol: Juan Bou, que decía: «El pueblo soy yo».

En Barcelona había logrado fundar un buen establecimiento de litografía. Pero sus economías y el establecimiento mismo naufragaron por las liviandades de una mujer con quien, por obra del demonio sin duda, se había casado. Su señora tampoco era pueblo; era una sanguijuela del país, como vosotros los que esto leéis. ¡Quién le metería en la cabeza a Juan Bou casarse con la hija de un recaudador de contribuciones! De semejante vampiro, ¿qué podía nacer sino una hembra disipadora, antojadiza, levantada de cascos? Enviudó Juan al fin, y para rehacer su peculio destruido, se puso a trabajar de nuevo. Pero con el sacudimiento del 68, encendiose el ánimo del obrero; de manso se hizo furibundo, de discreto charlatán; creyó que el mundo se iba a volver del revés, y que la sociedad alteraría sus elementos inmortales; vio la eterna columna con el ligero capitel en el suelo y el pesado plinto en el aire; imaginó que de allí en adelante se andaría con la cabeza y se pensaría con los pies; y llevado de estas ideas, tomó parte en todos los motines, trabajó en todas las sublevaciones, fue desterrado, perseguido, moró en calabozos y arrastró durante algún tiempo vida penosa y miserable.

Cuando los acontecimientos políticos le dieron respiro, vino a establecerse a Madrid, donde vivía su hermana, casada con el conserje de la casa de Aransis. Pero antes que pudiera empezar a trabajar, otros acontecimientos le arrastraron de nuevo a las aventuras; cayó enfermo, tuvo que abandonar las luchas políticas, y en octubre del 73 estaba definitivamente establecido en Madrid, mas no curado de su superstición redentorista.

Oyéndole contar sus proezas, era cosa de canonizarle. Él no era solo un apóstol, era un mártir. La fama no tenía trompetas ni figles bastantes para llevar a todas partes la noticia de sus persecuciones. Las celebridades del partido liberal no habían hecho nada... ¡Farsa, pura farsa! Él lo había hecho todo, y su gran vanidad no conocía freno cuando daba en formular planes de Gobierno. Todo se lo sabía. Éranle familiares cosas y personas, y fácilmente lo arreglaba todo. Sus procedimientos tenían el encanto de la sencillez. Lo primero era coger cuatro docenas de individuos y colgarlos de los faroles de la Puerta del Sol. Después venían los decretos, todos de *Artículo único*. ¡Si sabría él lo que tenía que hacer, un hombre que había leído tanto, un hombre que arrastró grillos y cadenas y fue llevado de calabozo en calabozo!... Así como el soldado muestra sus heridas, él mostraba la huella de las esposas en sus manos... ¡Había comido ratas! ¿Qué más títulos necesitaba para gobernar el mundo?

Sus primeros años de trabajo en Madrid fueron muy felices, y ganó bastante dinero. Entonces había algo de renacimiento industrial, y empezaba a desarrollarse el gusto por presentar los objetos mercantiles con primor, halagando los ojos del que compra. Hizo Bou muchos millares de etiquetas para almacenes de vinos, tarjetas de anuncios, cartelillos de tres o cuatro tintas y cromos ordinarios para cajas de fósforos. ¡Qué iniciativa la suya! Fue el primero que imaginó hacer en gran escala las cenefas con que adornan las cocineras los vasares. Antes que él nadie había hecho el siguiente cálculo: Hay en Madrid 92.188 viviendas, que son 92.188 cocinas o lo que es lo mismo, 92.188 cocineras. Suponiendo que haya 70.000 que renueven el papel tan solo una vez al mes, poniendo solo tres tiras resultan 210.000 tiras a cuarto. La resma de 1.000 tiras se vende a tres duros. Las 210 resmas hacen, pues, 630 duros mensuales. Ensayó, y bien pronto las cacharrerías todas de Madrid expendían papel picado, que en comparación del antiguo era un modelo de elegancia, pues tenía figuras de majas, toreros y tipos populares.

El único vicio de Juan Bou, si vicio puede llamarse, era la Lotería. No había extracción en que no comprase su par de décimos. Era para él este juego nacional una forma hipócrita de la administración socialista. Tenía muy mala suerte; pero no desmayaba, y sabía escoger siempre los números más bonitos. Con todo, no había tenido más ganancias que las de su trabajo. Así, desde que sacó adelante el negocio de las cenefas, estableciose en la calle de Juanelo, donde tenía un taller grande, aunque incómodo. Compró algunas piedras más de gran tamaño, una hermosa máquina de Janiot, guillotina, glaseadora, buenas tintas, aparatos de reducciones y otras cosas. Su iniciativa no descansaba. Comprendiendo que algo de imprenta no venía mal como auxilio de la litografía, adquirió cajas y máquinas, y se quedó con todas las existencias de una casa que trabajaba en romances de ciegos y aleluyas. El material de planchas y grabados era inmenso, y se lo dieron por un pedazo de pan. Montó también esta especulación en gran escala, y los ciegos pudieron comprar la mano de romances a un precio fabulosamente barato. Las cacharrerías, las tiendas de arena y estropajo y los vendedores ambulantes se surtían por muy poco dinero de aleluyas del antiguo repertorio, y de otras nuevas con soldados franceses o españoles, moros o cristianos.

El establecimiento era un verdadero laberinto, como formado de distintas piezas, que se habían ido agregando poco a poco, según las necesidades de ensanche lo pedían. Ocupaba la imprenta destinada a romances y aleluyas la peor y más lóbrega parte. Todo allí era viejo, primitivo y mohoso. La máquina, sonando como una desgranadora de maíz, tenía quejidos de herido y convulsiones de epiléptico. Consagrada durante seis años a tirar un periódico rojo, subsistía en ella un resto, un dejo de la fiebre literaria que por tanto tiempo estuvo pasando entre sus rodillos y su tambor. Las cajas, donde yacía en pedazos de plomo el caos de la palabra humana, eran desvencijadas, polvorientas y sudaban tinta. Habían servido para componer papeles clandestinos, y conservaban el aspecto de la negra insidia, que trama sus actos en la sombra. La horrible guillotina, cuya enorme cuchilla lo mismo podía cortar un librillo de papel de fumar que una cabeza humana, ocupaba el ángulo más sombrío de la sucia estancia, que más parecía una bodega o sótano que taller del Arte de imprimir, soberano instrumento de la Divinidad, vicario de la Providencia en la Tierra. Viendo aquellos trebejos, se podría sospechar que el tal Arte había sido encarcelado allí para expiar las culpas que alguna vez, por andar en malas manos, ha podido cometer.

II

En esta mazmorra de Gutenberg fue metido Mariano para su aprendizaje. Primero le había puesto Juan Bou a copiar dibujos fáciles con tinta autógrafa; pero mostró tan escasa disposición para esto, que le confirmó a la imprenta, mandándole adiestrarse en la caja. Sus primeras torpezas, sus descuidos, sus malas respuestas, fueron castigadas tan severamente por el maestro, ayudado de una correa, que bien pronto el muchacho le cogió miedo, y con el miedo vino el respeto y cierta convicción de que la obediencia y el trabajo le convenían por el momento más que la holganza y la maldad. En poco tiempo adquirió alguna destreza, al amparo de un cajista viejo casi inválido y de un chico listísimo, a quien años atrás conocimos y conoció mejor Mariano con el nombre de *Majito*. Este ganaba cuatro reales, y *Pecado* tan solo dos; pero aquella honrada ganancia llevaba semanalmente a su alma como un grano de legítimo orgullo, el cual bien podía con el tiempo, ser base sobre que se construyera la dignidad de que carecía.

El rigor del castigo y la obligación de ocuparse en un ejercicio sedentario y monótono, en local de mediana luz y nada alegre, hicieron a Mariano taciturno; palideció su rostro y adelgazó su cuerpo. A los cuatro meses ya componía él solo, si no con ligereza, con exactitud, las leyendas de las aleluyas, que eran en número fabuloso. Se las sabía todas de memoria y le bastaba ver la tosca viñeta para adivinar y componer enseguida los pareados. Él y su compañero *el Majito* se disparaban a cada instante los versillos, aplicándolos a cualquier idea o suceso del momento. Tan pronto sacaban a relucir alguna oportuna cita de la *Vida del hombre flaco*, a saber: *El verlo en paños menores* —causaba risa, señores, como aquella de la *Vida de don Espadón*, que dice: *Todo el día está bailando*— *y a su dama acariciando*. El aburrimiento de los dos chicos les llevaba por una especie de proceso psicológico que enlaza el bostezo con el arte, a poner en música los tales pareados, y cuando *el Majito* cantaba los de la *Procesión del Viernes Santo*, que dicen: *Muchos niños enseguida* —*van con velita encendida*, le contestaba *Pecado: Delante van con decencia*— *los de la Beneficencia*.

También sabían de memoria, sin olvidar una tilde, los romances de matones, guapezas, robos, asesinatos, anécdotas del patíbulo.

Cuando Mariano ganó tres reales, Juan Bou, haciendo justicia a sus progresos, atendió sus reclamaciones. El muchacho aborrecía la caja. Quería trabajar en litografía; pero como no tenía aptitud ni pulso para el dibujo, quiso ser estampador. Púsose a ello, ayudando al oficial de la prensa y máquina, y bien pronto conoció Bou que Mariano había escogido bien. Aprendió a manejar con habilidad el ácido y la grasa, y también sabía marcar con precisión. La máquina gustaba tanto a *Pecado*, que siempre que podía no se quitaba de alrededor de ella, atento a sus ordenados movimientos. Al mirarla, afanada, despidiendo de sus dientes y coyunturas un sudor negro y craso, sentía que se le comunicaba el vértigo de ella, y por momentos se suponía también compuesto de piezas de hierro que marchaban a su objeto con la precisión fatal de la Mecánica.

A pesar de sus baladronadas políticas y de su aspecto feroz, Juan Bou, el *ursus spelæus*, era lo que vulgarmente se llama un infeliz, un buenazo, un alma de Dios. Tenía corazón tierno, bondadoso y sensible, y no podía ver una desgracia sin tratar de aliviarla. Si cuando estaba picado de mala mosca su lenguaje era conciso y brutal y se comía a los niños crudos, cuando le volvía el buen humor su dicción se fluidificaba, adornándose con toda la hojarasca de la fanfarronería. Conversaba familiarmente con los muchachos, mostrándoles, ya la expresión seductora de sus sabidurías políticas, ya los dramáticos pasajes de su historia de mártir.

Cuando Mariano llevaba seis meses de aprendizaje con jornal de seis reales, era, ¡cosa rara!, el oficial con quien más simpatizaba Juan Bou. ¿Había entre ellos semejanza grande o disparidad absoluta? No se sabe bien. No se sabe tampoco cuál de estas dos cosas engendra la simpatía. Conste, sin embargo, que también Mariano era fanfarrón, y que en el trato de seis meses con Bou se le había comunicado la idolatría del ente Pueblo. En cuanto a las sanguijuelas del país, *que chupan la sangre del obrero*, y en cuanto a todos nosotros, que no tenemos callosidades en las manos, Mariano creía aborrecerlos tanto como su maestro; pero lo que hacía era envidiarlos, pues la envidia suele usar la máscara del odio.

En el fondo de su alma, *Pecado* anhelaba ser también sanguijuela y chupar lo que pudiera, dejando al pueblo en los puros huesos; se desvivía por satisfacer todos los apetitos de la concupiscencia humana y por tener mucho dinero, viniera de donde viniese. En esto se distinguía radicalmente de su maestro, amantísimo del trabajo. Bou no quería galas, ni lujo, ni vicios caros, ni palacios; lo que quería era que todos fuésemos pueblo; que todo el que tuviera boca tuviera una herramienta en la mano; que no hubiera más que talleres y se cerraran los lugares de holganza; que se suprimieran las rentas y no hubiera más que jornales; que cada cual no fuera propietario nada más que de la cuchara con que había de comer la sopa nacional.

En la sala donde estaba la máquina, tenía Bou su mesa de trabajo, y en esta la piedra en que dibujaba, puesta sobre un disco de madera giratorio, con cuyo mecanismo él le daba vueltas como si fuera un papel. A poca distancia veíase la prensa de mano donde se sacaban las pruebas y se hacían los reportes. El estampador era un joven muy aficionado a la charla, hablaba sin ton ni son, escapándose de él el discurso y la palabra como se escapa el aire de un fuelle agujereado. Era un *intellectus* lleno de roturas. Mariano tenía en su laconismo una brutalidad sentenciosa.

«¿Que habláis ahí, muchachos? —dijo de pronto Juan Bou, que estaba aquel día de bonísimo talante, por haber cobrado una antigua cuenta.

—Este —replicó el estampador con el sentimiento de modestia que le inspiraban sus pocas luces al ponerlas frente a la sabiduría del maestro—, este dice que el año que viene ya no trabaja más.

—Eso lo dirá la correa —manifestó Bou sonriendo y sin levantar los ojos de la piedra—. ¿Y qué vas a comer si no trabajas?... Me parece que tú eres de casta de sanguijuela... Y algo he oído yo. No sé quién me dijo si eres noble o no eres noble...

—Dice este —prosiguió el estampador, gozoso de que el maestro pensase como él— que cuando su hermana gane el pleito, será caballero.

—¿El pleito?... ¿Sabéis como haría yo que se ganaran de una vez todos los pleitos? —dijo Bou, regocijándose con el efecto que sus admirables ideas causaban en los dos muchachos—. Pues mandaría pegar fuego a todos los archivos, a la escribanía *A* y a la escribanía *B*. Total, que no dejaría un papel vivo. La humanidad no necesita de papeles. Hay que liquidar..., ¿estáis? Hay que decir: «Hasta aquí llegó la cosa»..., y *palante*... Yo diría a los jueces, escribanos, alguaciles, magistrados y demás pillería: «¿Queréis almorzar? Pues ahí tenéis la azada, el arado, el escoplo o lo que más os convenga. Pero con papeles no se come aquí, señores...». ¿Que no querían? Pues hacia un estanque de tinta, los ahogaba en él..., y *palante*.

—Dice este —repitió el oficial, que se pirraba por delatar los disparates de su amigo— que todos no son iguales y que él está ya cargado de ser pobre.

—No hay pobreza en la honradez, no hay honra como la del trabajo —afirmó Juan Bou incorporándose y dejando ver el esplendor lumínico de su ojo rotatorio, que parecía una rueda de fuegos artificiales—. ¡Pobre! ¿Qué ere decir esto? Es una necedad, una... lucubración contraria a los grandes principios. ¿Tienes satisfechas tus necesidades? Sí. ¿Tienes hambre? No. ¿Estás vestido? Sí. Pues eres tan rico como el duque *A* o el conde *B*, o quizá más».

Y de este lenguaje sencillo y lapidario, que a la altura de Marco Aurelio le ponía, pasó por gradación suave a otro más acentuado, más enérgico, si bien no más elocuente, diciendo:

«Todo lo demás es superfluidad y lujo, es explotar al obrero, chupar su sangre, alimentarse de su sudor bendito, comerse los refinados manjares amasados con las lágrimas del pobre. Ved esos que andan por ahí, toda esa chuma de esos señores y holgazanes. ¿De qué viven? De nuestro trabajo. Ellos no labran la tierra, ellos no cogen una herramienta, ellos no hacen más que pasear, comer bien, ir al teatro y leer libros llenos de bobadas... Comparémonos ahora. Nosotros somos las abejas, ellos los zánganos; nosotros hacemos la miel, vienen ellos y se la comen. Nos dejan las sobras, nos echan un pedazo de pan, por lástima, como a los perros... Pero todo se andará, tunantes, todo se andará; vendrá la cosa y haremos cuentas, sí, la gran cuenta, el Juicio Final de la humanidad. ¡Oh, pillos!, también nosotros tenemos nuestro valle de Josafat. Allí se os aguarda. Allí estaremos. Con un pedazo de lápiz tamaño así, y un papel de cigarro, basta para hacer el gran balance. Es la liquidación fácil, porque es la última... y *palante*».

Mariano y su colega le oían absortos.

«Dice este —continuó el estampador, incansable en la denuncia— que él ha de poder poco o ha de soltar pronto la blusa.

—Vamos a ver —manifestó el maestro volviendo a su trabajo—; explícanos lo que tú piensas... ¿A qué aspiras tú? ¿Qué deseas tú?

—¿Yo? —dijo Mariano con terrible laconismo—. Tener dinero.

—¡Tener dinero! El dinero es una fórmula, un medio de cambio —declaró con olímpica suficiencia Juan Bou—. ¿Y si llega un día en que no haya dinero, en que no represente nada el dinero, porque las cosas, o mejor dicho, el servicio A y el servicio B se cambien directamente sin necesidad de ese intermediario?

—Chúpate esa —dijo por lo bajo el estampador a compañero.

—Sí, se suprimirá el dinero, que no sirve más que para negocios indecentes. Suprimiendo el numerario, quedarán suprimidos los ladrones... y *palante*».

Ambos abrieron medio palmo de boca.

«Pero el dinero —se aventuró a decir Mariano— no se ha de quitar hoy ni mañana...

—Quién sabe... La cosa está mal. Dicen que esto se va. Me escriben de Barcelona que se está trabajando...

—El dinero no se suprime —afirmó *Pecado* rebelándose tenazmente contra la incontrovertible sabiduría del maestro.

—Hombre, que sí.

—Pues yo quiero ser rico.

—¡Ser rico! ¿Y qué es la riqueza, bruto? Es una cosa convencional, acémila. Hay por ahí unos cuantos tunos que se comen lo que no es suyo, lo que es de todos, del común, y el día en que se diga: «Ea, bastante ha durado la mamancia...», va a ser bueno, va a ser bueno. Nosotros diremos: «A ver, señor duque de Tal, ¿de dónde sacó usted las tierras *A* y las dehesas *B*? Señor banquero Cuál, ¿de dónde sacó usted los millones *A* y *B* que tiene en el Banco?».

—«Hombre, dirán ellos, pues yo...»

—«Valientes pillos están ustedes, acaparadores, por no decir otra cosa...». Conque ya ves. No habrá entonces dinero, ni Banco, ni Bolsa; no habrá más que servicios mutuos, toma y daca. Que yo necesito un jamón, el comestible *A* o el comestible *B*: me voy a la tienda, y me encuentro que el tendero necesita etiquetas, anuncios. Pues ahí va, y venga. El sastre hará pantalones al zapatero, y el zapatero le hará zapatos al sastre. Es un organismo sencillísimo, brutos. Vosotros no habéis estudiado la cosa, no habéis trabajado por la cosa, no habéis estado en calabozos, no habéis comido ratas desabridas... Se trata de un organismo; ¿sabéis lo que es un organismo?».

Ambos callaron. Creían que se trataba de un organillo; pero no se atrevían a decirlo.

«Este dice también —añadió el denunciador sin poder contener la risa— que quiere ser célebre.

—¡Célebre! Ta, ta, ta —exclamó Juan Bou, radiante, al considerar el triunfo que a su oratoria se preparaba—. ¿Conque célebre y todo..., es decir, hombre grande? ¡Valiente papamoscas! ¿Y qué entiendes tú por celebridad? La de los guerreros y capitanes, la de esos bobos que llaman poetas, escritorzuelos... Los unos son los verdugos de la humanidad: no han hecho más que matar gente. Los otros han engañado y extraviado a la humanidad, contándola mil mentiras y embelecos. Cógeme a tal o cual guerrero, al poeta *A* o al prosista *B*. ¿Qué han hecho por el pueblo? Nada. Su celebridad se acabará también, porque se suprimirá la Historia. Se hará una Historia nueva, en que no figuren más que los que han inventado una máquina o perfeccionado la herramienta *A* o *B*. Esos sí, esos sí que tendrán estatuas.

—¿Y quién... va a hacer las estatuas? —preguntó con gran viveza de pensamiento Mariano.

—Toma —dijo Bou, reponiéndose después de desconcertarse un poco—, los escultores. Habrá escultores que harán las estatuas de los obreros célebres, de los padres de la patria, y se les pagará con comestibles, mano de obra... Parece que eres tonto... Ahora, si tú quieres ser célebre inventando la dirección de los globos, o cosa así, entonces nada te digo. Por ahí, por ahí... Pero no envidies a los personajes del día, a esas sanguijuelas del pueblo. Mira tú qué tipos. ¿Prim?, un tunante. ¿O'Donnell?, un pillo. Tiranos todos y verdugos. Olózaga, Castelar, Sagasta, Cánovas. Parlanchines todos. ¿Y ese Thiers de Francia? Otro que tal. Cuando toquen a barrer, veréis cómo queda esto... Nada, nada; aplícate a este oficio y puede que llegues a notabilidad. Ya sabes, comerás y vestirás con tu trabajo. Toma y daca... y *palante*.

—Pero este dice que quiere ser célebre, aunque para ello tenga que hacer una barbaridad.

—Hombre, hombre, ¿tú quieres dar golpe? Valiente papamoscas. Pues dalo, hombre, dalo. No te faltará ocasión, cuando se grite «abajo la tiranía», pórtate bien. Inventa cualquier cosa, aunque sea una barbaridad, como dices. Puede que no lo sea. Hoy se tiene por barbaridad lo que mañana quizá se mire como una gran acción. Nada, hombre... *palante, palantito*...».

Siguió hablando en este tono y desarrollando su idea con tal copia de audaces juicios, que los muchachos le oían como si fuera una sibila.

«Lo que yo quiero es moneda —volvió a decir Mariano con rudeza concisa.

—¡Ah!, ya no quieres celebridad, sino plata. No era como tú el célebre Erostrato.

—¿Quién?

—Uno que pegó fuego —dijo Bou reventando de erudición— a un templo... no sé si de Babilonia, de Venecia o de dónde.

—¿Y sacó dinero?

—Vuelta con el dinero.

—Con dinero se tiene todo.

—Y tú quieres tener todo: gozar, disfrutar; lo mismo que cualquiera de esos pillos, lo mismo que la sanguijuela *A* o la sanguijuela *B*.

Mariano gruñía, dando a conocer, con bárbaro modo, su ardiente anhelo de ser sanguijuela.

«Ea, bastante se ha charlado —dijo el maestro echando un vistazo a la prensa—. *Palante*... Sacadme esos reportes ahora mismo.»

Y siguió un silencio solo turbado por los rumores de la actividad taciturna. Oíase el gemido de la prensa, el roce del pegajoso rodillo negro y el rascar de la pluma del maestro sobre la piedra. Juan Bou, que aunque buen catalán tenía un oído infernal, destrozaba entre dientes *La Marsellesa*, como destroza el fumador la colilla del cigarro. Después escupía unas cuantas notas, y callaba para empezar de nuevo al poco rato. Se había contagiado de la afición de sus aprendices a cantorrear los pareados de las aleluyas, y así, sin pensarlo, cantaba con la música de Rouget de L'Isle estos versos: *Muchos niños pequeñitos — van vestidos de angelitos.*

Capítulo V. Entreacto en el café

Mariano pasó algún tiempo en esta vida, sin que ocurriera cosa alguna digna de ser contada. Pero en la primavera del 76 ya empezó a fastidiarse. Dejaba de asistir al taller con harta frecuencia, y se pasaba horas y más horas en el café del Sur. Por el afán de aumentar su peculio había contraído el vicio del juego, frecuentando innobles garitos, o agregándose a los nefandos círculos que al aire libre, en las puertas de los ventorros de extramuros funcionan. Su suerte era mala, se aturdía y perdía casi siempre. Cuando ganaba se permitía lujos desenfrenados, como ir al teatro de la Infantil y ver todas las funciones desde la primera a la última, convidarse a chuletas con tomate en cualquier taberna, ir a los bailes vespertinos de criadas y costureras, donde danzaba y hacía conquistas. Cuando las ganancias habían sido por ventura fenomenales, alquilaba un jamelgo, se iba trotando hasta la Puerta de Hierro, o daba la vuelta a Madrid paseando por el Retiro entre las filas de coches de lujo y jinetes ricos. Para que esta parodia vil y nauseabunda de las disipaciones de la clase superior fuese más completa, tenía sus pequeñas deudas con el mozo del café y con los amigos.

Ya faltase todo el día al taller de Bou, ya asistiese puntualmente, nunca dejaba de ir al café del Sur. A veces no estaba más que un rato, a veces cuatro o cinco horas. Se le veía solo, en blusa azul y gorra, con los codos sobre la mesa, el vaso de café delante y en la boca un puro de a cuarto, mirando las nubecillas de humo con estúpida somnolencia.

¿Pero quién es aquel señor que abre la puerta del café y esparce su vista por el local, como buscando a alguien, y desde que ve a Mariano viene hacia él, y se le sienta enfrente? ¿Quién ha de ser sino el bendito don José? Bien se conoce en su faz su martirio y las tristezas que está pasando. Ved su cara demacrada y mustia, sus ojos impregnados de cierta melancolía de funeral; ved también sus mejillas, antes competidoras de las rosas y claveles, ahora pálidas y surcadas de arrugas. ¿Qué le pasa? Él nos lo dirá. Durante algún tiempo su único consuelo ha sido agregarse a Mariano en el café del Sur y frente a él exhalar sus quejas, semejantes a las de los pastores de antaño; y así como las ovejas (dicho está por los poetas) se olvidaban de pacer para escuchar los cantos de los Salicios y Nemorosos, Mariano dejaba enfriar el café por atender a lo que don José le refería.

«Hoy tampoco la he podido ver —dijo aquel día (abril de 1876)—. Ese señor Botín es un verdugo: no la deja salir de casa; no la deja asomarse al balcón... Te digo que me gustaría que el señor Botín y yo nos viéramos un día las caras... Yo soy padrino de tu hermana, yo soy su segundo padre, y debo velar por ella... ¡Luego el pobre *Riquín* estará tan solo, extrañará tanto no verme a todas horas y no jugar conmigo, como antes!... Porque has de saber que *Riquín* no quiere a nadie más que a mí; me quiere más que a su propia madre. Lo que es a Botín no le puede ver».

Al decir esto, Relimpio dejaba conocer, al trasluz de su pena, el regocijo de la venganza. ¡*Riquín* no quería al otro! ¡Oh placer de los dioses!

«Mi hermana tiene la culpa —dijo Mariano—. Ese tío Botín es una fiera. ¿Por qué no le planta en la calle, como es debido? Pero vea usted..., de aquellas cosas que pasan, ¡puño!... Él es rico; ella se ve mal... Si trabajara como yo, viviría como es debido... De consiguiente, yo no pienso poner los pies en su casa, porque una vez que fui me dijo que no volviera. De consiguiente, ese Botín no quiere que ni yo, ni usted, ni mi tía Encarnación vayamos allá. No quiere estorbos. Yo no voy, porque suponga usted que nos encontramos Botín y yo, hablamos, y sin saber cómo, pues..., de aquellas cosas que pasan..., reñimos. Total, que me hago cuenta de que no tengo tal hermana.

—Si al menos la dejara salir a la calle siempre que ella quisiera —indicó Relimpio embuchándose el café, mientras el otro se rompía las mandíbulas para sacar humo del duro cigarro—. Pero quia, quia. Tiene que valerse de mil tretas para salir. La pobre lleva ya tres meses de esta vida y no sé cómo aguanta. ¿Al teatro? Que si quieres... Los domingos la hace ir a misa, y aquí paz... Dicen que ese señor es mojigato.

—Es rico —afirmó Mariano con el tono de asombro mezclado de respeto que empleaba siempre para expresar aquella idea.

—Riquísimo. Gana millones. Si le dejan se come a España en menos que pía un pollo. ¿Y no sabes lo mejor? Es casado. Mira, si yo no fuera una persona decente, le escribiría un anónimo a su señora contándole los devaneos... Pero no está en mi sangre, no. La señora de Botín es condesa o baronesa; él es conde o barón consorte, ¿te enteras? Ella es, según dicen, buena persona, y hace muchas caridades. Hablan de que va a fundar un hospital.

—Sanguijuelas del país y del pobre que trabaja, ¡repuño!... Ellos gastan lo nuestro... Pero ya, ya verán, ¡puño! El mejor día... de aquellas cosas que pasan... El mundo da una vuelta, y *palante*... Ahora nos toca a nosotros. De consiguiente, venga dinero. Que todo se reparta como es debido.

—Y el que no trabaje que no coma. Lo mismo pienso yo. Desde que se fue don Amadeo, ¡y aquel sí era persona decente!, esto está perdido. Es verdad que se acabó la guerra; pero ¿cómo se acabó? A fuerza de dinero. Esta gente es atroz. Aquí no hay administración, ni se llevan los libros de cuentas del Estado como manda la Teneduría. Mira tú; mientras no se suprima eso de que los ex ministros tengan treinta mil reales... Yo no sé cómo no se les ocurren estas cosas... Señor, que no podemos con la Hacienda, que hay déficit. ¿Pues qué más tiene usted que quitar tanto empleado vagabundo?... Señor, que la política... Pues fuera política... Si quisieran, todo lo arreglarían bien. Con ir dejando a un lado a los piratas y colocando a la gente honrada... Mira tú, es bien fácil. A ver... ¿Don Fulano es un hombre honrado? Sí señor. Pues venga acá. ¿Y don Zutano? También. Venga. Ea, ya me tienes la Administración arreglada. Yo sé que los tunantes chillarían; pero que chillaran hasta reventar».

Estas sabias apreciaciones duraban poco, y luego volvía don José a la monotonía de sus lamentos pastoriles. Durante varios días repitió las mismas cosas... La había visto un momento... Estaba desmejorada y triste... *Riquín* tampoco era feliz... En mayo añadió a tan enfadosos temas uno que era más agradable a la concupiscencia de Mariano.

«¿Sabes —le dijo— que mi hijo Melchor ha emprendido un gran negocio? Llegó aquí el mes pasado. Por cierto que me cogió desprevenido. Yo le creía en La Habana. Pero el Capitán General le quitó el destino a los veinte días de haber tomado posesión de él y me lo embarcó para la Península... Intrigas políticas... envidias y miserias.

—De aquellas cosas que pasan... —murmuró Mariano, demostrando perspicacia—. Don Melchor tendría las uñas un poco largas; de consiguiente...

—Quita, quita, hombre. Melchor es la misma honradez.

—Sí; pero..., de aquellas cosas que pasan..., al verse allí entre tanto dinero..., de consiguiente...

—Hombre, no.

—Total, que se volvió para acá sin un real.

—No tanto. Algo ha traído... Pues te contaré el negocio, que es grande, tremendo. Es un secreto que ha descubierto.

—¡Un secreto!... Y lo guardará... como es debido.

—No, lo pone a disposición de todo el mundo. Ha hecho unos prospectitos, ¿sabes? Luego ha puesto un anuncio en los periódicos, diciendo que el que quiera saber el secreto del negocio mande veinte reales en sellos. Ajajá. No puedes figurarte los sellos que han entrado en casa. Pero ya se va cansando la gente y vienen pocas cartas.
 —¿Pero el secreto...?
 —No sé cuál es.
 —¿Y si..., de aquellas cosas que pasan..., resulta que no hay tal secreto...?
 —Yo no sé... Desde que tomó la casa en la calle de los Abades, donde vivimos, se ocupa de otras cosas. Escribe artículos en un periódico. La ha tomado con las compañías de ferrocarriles y otras empresas gordas, y, ¡si vieras!, las pone como hoja de perejil. Nada, que las mata, que las está matando. Yo le digo que ya que escribe, escriba de cosas útiles, por ejemplo, de que los ingleses deben devolvernos a Gibraltar. Eso sí, yo creo que si esto se dice un día y otro día, al fin hemos de lograrlo. Y si no, guerra, guerra con los ingleses. ¡Ah! ¿No hicimos lo del Callao? Aquello si que fue grande. Te lo contaré, pues lo sé como si lo hubiera visto».

Pero Mariano no paraba mientes en aquel interesante capítulo de Historia. La epopeya de los veinte reales en sellos cautivaba más su espíritu, adormeciéndole en cálculos voluptuosos y combinaciones de riquezas y placeres.

Algunos días después, Mariano era el que llevaba noticias del hijo de don José.

«Ayer —dijo— estuvo don Melchor hablando más de dos horas con Juan Bou. Ha inventado una rifa para los pobres. Está unido con otros señores, y de consiguiente, tiene autorización del Gobierno, como es debido. ¡Recontrapuño, qué negocito! Juan Bou hace los billetes y le dan parte.

—Si estoy enterado, hombre. Como que yo he de llevar la contabilidad. Es una idea humanitaria. Ya no habrá más pobres por las calles... Volviendo a lo mismo, Marianín, te diré que la vi ayer en misa. Por la tarde fui a sacar al niño a paseo. ¡Ah!¿No sabes? Lo del pleito va bien. Hombre, si te veremos al fin...».

Mariano se desperezó y después que hubo estirado bien sus extremidades, descargó el puño sobre la mesa, diciendo:

«¡Maldita sea la Biblia!».

Isidora, que vivía en la calle de las Huertas, salía con frecuencia al balcón, y si veía a su padrino paseándose de arriba abajo y echando con disimulo un vistazo al piso segundo, sentía pena y lástima. Unas veces le hacía señales de que entrase, otras de que no entrase, y don José obedecía con humildad. Llamole un día con agraciado gesto, desde dentro, alzando el visillo y mostrando su cara preciosa tras el cristal. Relimpio subió.

¡Cómo le palpitaba el corazón! Entró, cogió en sus brazos al niño, diole mil besos en la frente, en los rizos, y cargado con él, entró en la sala. Isidora vestía una bata azul de corte elegantísimo. Acababa de peinarse y su cabeza era una maravilla. Nadie que la viese, sin saber quién era, podría dudar que pertenecía a la clase más elevada de la sociedad. Contemplola don José, más que con amor, con veneración, con fanatismo, como el salvaje contempla el fetiche, y poco faltó para que se la hincara delante.

«Estás, estás... —le dijo turbado por la emoción—, que pareces una diosa... Vengan las duquesas a tomarte por modelo... ¡*Riquín*!, hijo mío, Sol, dame más besos... ¡Bendita sea tu madre!».

Mucho se alegraba también Isidora de ver a su padrino; pero un asunto urgentísimo les separaría muy pronto.

«¿No viene hoy ese bruto? —dijo Relimpio.

—No; hoy habla en el Congreso.
—¿De modo que me estaré aquí hasta anochecida?
—No, porque tengo que hacer, tengo que salir...».

¡Don José puso una cara tan triste!... Sus ojos vivos se amortiguaron como la llama de la exhausta lámpara colgada delante del santo.

«Tengo que hacer —dijo Isidora, sacando una carta—. Y usted me va a hacer el favor de llevar ahora mismo esta carta a Joaquín».

Don José dio un gran suspiro. Puso la cara más desconsolada y agoniosa del mundo, la cara que pondría toda persona a quien se obligara a beber un vaso de vinagre.

«¿De veras que no estás hoy en casa?
—No. Si usted quiere, puede venir a jugar con *Riquín*.
—Le sacaré a paseo. Está bueno el día. ¿Qué te parece?
—Muy bien.
—Pues voy, voy a hacer tu encargo —murmuró el viejo, consolándole la idea de pasear al niño.

Isidora salió. Su traje realizaba el difícil prodigio, no a todas concedido, de unir la riqueza a la modestia, pues todo en ella era selecto, nada chillón, sobrecargado ni llamativo. Llevaba en su cara y en sus maneras la más clara ejecutoria que se pudiera imaginar, y por dondequiera que iba hacía sombra de blasones. Y sin embargo, por desgracia suya, empezaba a ser conocida, y cuantos la encontraban sabían que no era una *lady*.

¡Dama por la figura, por la elegancia, por el vestido!... Por el pensamiento y por las acciones, ¿qué era?... La sentencia es difícil.

Capítulo VI. Escena vigésimaquinta

Aposento no muy grande, cómodo, bien amueblado y a media luz. ISIDORA Y JOAQUÍN

Joaquín: (Con admiración) ¡Pero qué guapa estás, o mejor dicho, qué hermosa eres!... Joya digna de un rey, ¿por qué estás condenada a encerrar tu brillo dentro de la esfera de una posición mediana, obsura y equívoca? ¡Tremendas ironías del destino! Fíate de que el nacimiento y el temperamento te hayan hecho ilustre... si la realidad y el mundo traidor no te permiten manifestarte como eres... Pero no suspires, no te entristezcas. Hoy es día de alegría y juntos los dos aquí olvidaremos todas nuestras penas... Cada día me es más difícil vivir sin ti.

Isidora: (Con coquetería) ¡Embustero!... Me quieres cuando me necesitas, cuando eres desgraciado. ¡Desde que prosperas un poco, ¡adiós!, ya no te acuerdas de mí! Yo no debía hacerte caso; pero mi debilidad es más fuerte que mi fortaleza, ¿entiendes?... ¿Quién no tiene un castigo en el mundo? Mi castigo eres tú. En vez de darme enfermedades o de volverme fea, Dios me ha dicho: «Quiérele»; y ya ves, te quiero y padezco. El corazón me dice que será constante. Te amaré siempre, mientras viva. Mi corazón es de una pieza. No puede amar sino a uno solo, y amarle siempre... Los hombres, descartando el mío, me hastían; les aborrezco. Uno solo me ha conquistado, y de ese soy. Venga lo que viniere, a mi amor me atengo. No sé cómo hay mujeres que adoran hoy a este y mañana al otro. Yo no soy así. (Con tristeza.) ¿No es verdad que nací para ser honrada?

Joaquín: Y para mí. (Entusiasmándose por grados.) Solo yo te comprendo, solo yo. Los demás te juzgarán mal quizás. Yo, que te conozco, sé que eres un ángel de bondad. La responsabilidad de tus faltas las tomo para mí y te dejo a ti la gloria de tus bellas acciones. ¡Y qué ingrato he sido contigo! Pero me has dado una de esas lecciones que son propias de las grandes almas. A mis ligerezas respondes con tu generosidad.

Isidora: (Mirándole a los ojos.) ¿Estás satisfecho de mí?
Joaquín: Te idolatro.
Isidora: ¿Me he portado bien?
Joaquín: Como una princesa, como una reina. No todas las coronas están donde deben estar... ¡Ay, Isidora, bendito sea tu orgullo! Quien nota en su alma esa chispa, ese no sé qué, signo de elevación sobre el nivel común, está preparado para las cosas grandes y sublimes. El orgullo no es en ti un defecto, es una inspiración santa.
Isidora: Pero no tengo la conciencia tranquila... Ya ves que...
Joaquín: Desecha las ideas convencionales. Cada acción tiene un punto de vista desde el cual debe juzgársela, lo cual prueba la gran variedad de las perspectivas del alma humana...
Isidora: Yo siento algún remordimiento...
Joaquín: Porque no has hecho un análisis frío del hecho en sí y te dejas llevar de la rutina.
Isidora: (Gozosa.) ¿Te pusiste contento cuando recibiste mi carta?
Joaquín: La besé mil veces, y aun creo que se me escapó una lágrima, cosa en mí desusada.
Isidora: Ya ves que cumplí mi palabra. El jueves, cuando me pintabas tu compromiso y me decías que tu honor y tu buen nombre estaban en peligro, te dije: «Yo, a quien tan grandes desaires has hecho, te he de salvar...». No hay nada que me cautive tanto, que tanto interese a mi alma, como un acto de estos atrevidos y difíciles, en que entren la generosidad y el peligro. Nací para estar arriba, muy arriba.

Joaquín: En las estrellas te pondría yo.

Isidora: Las cosas bajas y fáciles, las pasiones mezquinas no caben en mí. Tú me habías hecho muchas picardías; pues ahora verás... Yo soy así. La idea de devolverte bien por mal me daba alegría y valor para vencer las dificultades. Fui a mi casa pensando en tus apuros. Yo calculaba, discurría, hacía cuentas. A medianoche no había dormido aún; estaba sola. Podía pensar a mis anchas, y pensar en ti como me diera la gana. Llegó la mañana. ¿Qué creerás que hice? La cantidad era enorme. ¡Mil duritos! ¿De dónde había de sacar yo ese dineral? Pues verás... Vendí mis pendientes de tornillo y mi alfiler grande. Saqué doce mil reales. Compré otros diamantes falsos para que él no conociera el engaño. Después empeñé la pulsera, el reloj; pero nunca bastaba, hijito. Por tu suerte, él me había dado cierta cantidad para renovar parte de la sillería..., pues al montón con ella. En fin, mi tía Encarnación me proporcionó el resto... Y aquí vienen los escozores que siento en mi conciencia...

Joaquín: (Con escepticismo y fortaleza de espíritu.) Eres una chiquilla. Es preciso que tu inteligencia se ponga a la altura de tu gran corazón.

Isidora: (Con monería.) Déjame, que yo me entiendo. Te diré la verdad pura. Por engañarle no tengo remordimientos. Es un animal a quien aborrezco con toda mi alma. No me merece... ¡Pero hay tantas clases de traición!... Te diré...

Joaquín: (Azotándola con cariño.) Pero ven acá, tonta...

Isidora: (Abofeteándole con amor.) Escucha, idiota... Digo que las traiciones de dinero no me gustan. Hay algo ahora en mí que las rechaza. Te diré: con gusto o sin gusto mío, él me da cuanto necesito. Es verdad que los tornillos eran míos; me los habías regalado tú. Pero el alfiler me lo dio él..., y el dinero para la sillería... Ya ves.

Joaquín: Déjame hablar ahora.

Isidora: (Tapándole la boca.) Aguarda.

Joaquín: (Quitándose a viva fuerza la mordaza y besándola mucho.) Déjame hablar a mí. Escucha, escucha. Si ese animal tuviera cien veces más dinero del que tiene; si en vez de haberse comido una parte del país se lo hubiera comido entero, todo su caudal no bastaría para pagar una de tus caricias, aun otorgada con violencia y sin amor. Esa cantidad que he recibido de ti me ha salvado de la deshonra. Yo te quería ya, yo te amaba siempre, a pesar de mis devaneos. Pero ahora te adoro, ahora soy tu esclavo. Esta deuda es sagrada, es doble; deuda del corazón y deuda de bolsillo. Te pagaré religiosamente.

Isidora: ¡Pagarme! ¡Ay! Yo no cobro nunca. Mis manos no nacieron para eso. Si en algo estimas el beneficio que de mí has recibido, ya sabes la recompensa que quiero.

Joaquín: (Amoscado.) ¿Cuál?

Isidora: Te lo he dicho mil veces. El reconocimiento de Joaquín...

Joaquín: (Sintiéndose atacado de sordera.) No te oigo.

Isidora: Que reconozcas a nuestro hijo.

Joaquín: ¡Ah!, ya...; eso es corriente. (Disimulando su contrariedad.) En estos días me hallo en tal situación, que no podré celebrar ningún acto civil... ¡Ay!, querida mía, confesor mío, para ti no debo tener secretos. Delante de ti no debo ni puedo disimular mis faltas. He sido un calavera, un disipador; merezco lo que me está pasando. Yo tenía una regular fortuna. ¿Sabes tú cómo se me ha ido de entre las manos? Pues yo tampoco lo sé, y me confundo... Cosa de magia, chica, porque yo... te juro que vivo con economía... Malditos sean los usureros, fieras desenjauladas, dragones sueltos contra quienes nada puede la humanidad indefensa. Y gracias que renovando a tiempo, con tu divino auxilio (Da un gran suspiro.), he podido salvar el honor por el momento.

A ti te debo que no haya caído una gran mancha sobre el honrado nombre de Pez... ¿Pero qué sucederá? Que dentro de poco llegará otro vencimiento. Chiquilla, con las fechas no se juega. El tiempo es implacable... Papá me ha hablado seriamente el otro día. Hemos hecho un balance. Le he descubierto todos mis líos; se ha incomodado, y por fin hemos resuelto que no tengo más remedio que irme a La Habana.

Isidora: ¡A La Habana!

Joaquín: Sí, con un destino en la Aduana, un gran destino. Es el único remedio. Los españoles tenemos esa ventaja sobre los habitantes de otras naciones. ¿Qué país tiene una Jauja tal, una isla de Cuba para remediar los desastres de sus hijos?

Isidora: ¡Ya!

Joaquín: Me iré a la perla de las Antillas, como decimos por acá. ¿Quieres ir conmigo?

Isidora: (Reflexionando seriamente.) Te diré...; ir contigo sería mi dicha. Yo te cuidaría si caías malo, y te desviaría de tus calaveradas, porque allá... Pero no puedo, no puedo salir de aquí. Tengo que estar a la mira de mi pleito. El abogado me ha dicho que lo ganaré si tengo paciencia. Ya se ha hecho lo que llaman la réplica, y luego que la señora presente su dúplica, vendrá la prueba... Ya ves, me voy enterando de estas cosas fastidiosas.

Joaquín: Si lo ganaras... (Afectando confianza.) Yo creo...

Isidora: Es el principal móvil de mi vida. Cuando consiento en separarme de ti por pleitear, figúrate si es cosa de importancia.

Joaquín: (Con seriedad.) Y yo lo comprendo... No debes salir de aquí. Cuando yo venga, ¡toma!, de seguro te encontraré en pacífica posesión de la casa de Aransis.

Isidora: ¡Dios te oiga!... Yo también lo creo así.

Joaquín: Es evidente... Nada, nada; es cosa hecha.

Isidora: Cosa clara. (Se abrazan para comunicarse recíprocamente su confianza.) ¿Y cuándo te vas?

Joaquín: No lo sé. Dejaré pasar el verano. Papá y el ministro han hablado ya. Aunque en el Congreso se tiran a matar, allá, entre bastidores, son amigos y se sirven bien. Cuando papá era Director, servía a este señor en cuanto le pedía, y ahora para el Ministro no hay mejor recomendación que la de mi padre.

Isidora: (Con mucho mimo.) Pero yo siento que te vayas. ¿Por qué no tratas de remediarte aquí? ¿Por qué no trabajas en algo?

Joaquín: ¿Aquí? ¡Trabajar aquí!... Tú te has caído de un nido. En España no se recompensa el mérito. ¡Qué país! Es claro; yo trabajaría, yo me dedicaría a algo; pero ¿qué pasa? Los escritores, los artistas, los industriales y hasta los tenderos todos se mueren de hambre. Que trabaje el obispo. No hay más medio de ganar dinero aquí que metiéndose en negocios patrocinados por el Gobierno. Pídele datos de esto a tu señor Sánchez Botín. Es un genio.

Isidora: (Con malignidad.) Es un genio... inaguantable. Está muy hueco con el discurso que pronunció ayer. Es de..., de la Comisión. ¿No se dice así?

Joaquín: De la Comisión, justo. Todavía no he leído su discurso. (Incorpórase, y del bolsillo de su levita saca un diario.) Es un hatajo de necedades soporíferas. Cuando hablaba, no había seis diputados en el salón, y de estos seis, cinco estaban dormidos. Todos los oradores versados en administración producen estos efectos de narcótico. Papá mismo, cuando habla de esto, es el puro beleño. Pero ayer era el único que logró estar despabilado durante la oración fúnebre-administrativa de Sánchez Botín.

Isidora: Pues él dice que apabulló a tu padre.

Joaquín: ¡Qué gracia! Verás. (Amenaza leer.)

Isidora: Por Dios, dejo eso.

Joaquín: Oye qué admirable estilo. (Lee.) «Los señores que se sientan en esos bancos...».

Isidora: ¡Por la Virgen Santísima!

Joaquín: Si esto es muy divertido. (Sigue leyendo.) «... no quieren acabar de comprender que los que nos sentamos en estos bancos y la Comisión...».

Isidora: (Arrebatando el papel de manos de Joaquín.) Si tú le estuvieras oyendo a todas horas...

Joaquín: Es un bruto que merecía el desprecio si no mereciera el presidio. Su discurso es el colmo de la sabiduría. Dice que en tiempo de papá eran mayores los escándalos y las irregularidades... Voy a contarte en dos palabras las gradas de Botín.

Isidora: (Tristemente.) ¿Será tarde? (Hace un gorro con el periódico en que está el discurso de Botín.)

Joaquín: No, querida; es temprano.

Isidora: Paréceme que entra poca luz, que anochece...

Joaquín: Es que se ha nublado.

Isidora: Mira el reloj.

Joaquín: No me da la gana.

Isidora: ¡Qué horas tan felices si no fueran tan cortas! (Acaba el gorro de papel y se lo pone.) ¿Qué tal?

Joaquín: (Dando su aprobación expresivamente.) ¡Mona!... Pues te contaré las gracias de Botín.

Isidora: ¡Ay! Esas gracias me han hecho llorar mucho. ¡Si él supiera las mías!...

Joaquín: Hace unos quince años Sánchez Botín era un zascandil. Andaba por ahí con un gabán perenne y sucio; pero ya dejaba traslucir sus disposiciones para la intriga; adulaba a todo el mundo, y agenciaba cosas de poco valor en las oficinas. Empezó a levantar cabeza, trabajando elecciones por los pueblos del Alto Aragón. Hacía diabluras, resucitaba muertos, enterraba vivos, fabricaba listas, encantaba urnas. Después le colocaron en el Ministerio, y casó con la de Castroponce, que le aportó dos millones. Hízose diputado y gerente del ferrocarril de Albarracín. Aquí empiezan sus triunfos. Como tiene amistad con el ministro y allá se gobiernan bien los dos, hace lo que quiere. Figúrate, la ley autoriza a los Ayuntamientos para auxiliar a las Compañías de ferrocarriles con el 80 por 100 de sus bienes propios.

Isidora: (Bostezando.) ¡Qué cosas!

Joaquín: Tú no entenderás esto. Yo tampoco. Ello es que hay un papel que se llama Inscripciones, el cual está en la Caja de Depósitos. Botín se arregla para sacarlo, da una pequeña parte al Ayuntamiento, y con el resto y la subvención van construyendo el ferrocarril sin adelantar una peseta. El Gobierno les da prórrogas.

Isidora: (Cerrando dulcemente los ojos.) ¡Qué picardía!

Joaquín: (Con verbosidad.) Pero esta tostada, con ser un negocio inmoral, no es tan atroz como la que resulta de comprar por un pedazo de pan los abonarés de los soldados de Cuba, que llegan aquí muertos de miseria, enfermos y con un papel en el bolsillo. El Gobierno no puede pagarles; pero Botín ha reunido millones en esos abonarés, y el mejor día se los admite el Gobierno en pago de un empréstito... Pues en las subastas no te digo nada. Ahí es donde están las ricas tostadas. Él hace lo que quiere. Es un bajá administrativo, mejor dicho, un sultán que tiene las rentas públicas por serrallo. Se pone de acuerdo con el Gobierno, y redacta a su gusto el pliego de condiciones, de manera que no se puede presentar nadie... Pero ¿qué es eso?... (Poniéndole la mano en la frente.) ¿Isidora?... Se ha dormido... ¡Qué hermosa está! ¡Qué cuello y hombros tan admirables!... Pura escuela veneciana... ¡Isidora!

Isidora: (Despertando.) Me dormí arrullada por las gracias de Botín. ¿Será tarde? Ahora sí que anochece.
Joaquín: Es que es un chubasco, tonta. El cielo está negro.
Isidora: Es hora de marcharme. Mira el reloj.
Joaquín: Para que te desengañes. (Mira el reloj.) ¿Ves? Todavía me debes una hora, según lo convenido.
Isidora: ¡Una hora! (Con pena.) Sesenta minutos me separan de la presencia de ese bruto. No le puedo apartar de mi imaginación. Es una pesadilla que me atormenta noche y día. ¡Cuándo despertaré de ese hombre!... Me parece que le veo entrar esta noche como todas. «Buenas noches»—, buenas noches. «¿Dónde has estado? Tú has salido...». Aquí de mi talento para inventar cosas. Yo no he gustado nunca de decir mentiras; pero desde que vivo con él me he adiestrado de tal modo en ellas, que las suelto sin pensar; se me ha desarrollado un talento para mentir... Pues te diré. Entra él; como entienda que he salido sin su permiso. ¡María Santísima! Él gasta en mí su dinero a la calladita; y me compra cuanto apetezco con tal que no lo luzca, con tal que nadie me vea. Quiere que me ponga guapa para él solo. Basta que cualquier persona me mire para que él se enfade, porque cree que con los ojos se le roba algo de lo que tiene por suyo. No quiere que me dé a conocer en la calle, porque no gusta de escándalos, y se asusta de que esto se descubra. Dice que aquí no estamos en París, y que es preciso no chocar, no dar motivo a la murmuración, no faltar a las buenas apariencias sociales. Es un egoistón y un hipócrita... Lo primero que me encarga es que vaya a misa todos los domingos. Dice que conviene no dar mal ejemplo al pueblo. Cuando echa un discurso sobre los buenos principios, que son la base del orden social, me lo lee con entonación grave..., ¡si le oyeras!, y me dice con toda su alma: «Yo no puedo desmentir estas ideas. Conque mucho cuidado...». En teatros no hay que pensar.

Alguna vez me permite ir de tapadillo, vestida de cualquier modo, y me hace subir a los anfiteatros. Ni aun allí me deja libre, porque le veo atisbándome desde las butacas y observando si miro o no miro, si hay moros por la costa, o algún hombre sospechoso cerca de mí... En fin, es un tipo insufrible. ¡Qué celoso, Dios mío! Si me ve asomada al balcón, ya se le figura no sé qué. ¡Ah!..., pues lo mejor es que a cada instante me está sacando a relucir su dinero. ¡Qué tonillo toma! (Remedando voz de hombre.) «Señora, yo me gasto con usted mi dinero, y usted ha de ser para mí...». ¡Para él! Él quisiera que yo fuera un vaso de agua para beberme de un trago. Quiere absorber mis miradas todas y empaparse en mis pensamientos.

Joaquín: (Con desprecio.) ¡Zopenco!

Isidora: ¡Y cuánto me hace padecer! Si me río, cree que me burlo de él; si estoy seria, dice que no le quiero y que estoy pensando en otro. Si me canso, me llama *fría*, *pedazo de mármol*. Me toma cuenta del respirar, y si doy un suspiro, ¡ay Dios mío!, ya está armada la tempestad. ¡Y cómo me agobia! No sabe lo que es delicadeza. A veces quiere tenerla, y sus melifluidades me dan asco. Menos me repugna bruto y celoso que enamorado. Mi tía Encarnación dice que es el papamoscas de Burgos injertado en el bobo de Coria. Yo me río de él, no lo puedo remediar. (Ríe.) Cuidado que es feo, ¿no es verdad? No tiene más que la figura, que es medianilla, aunque ha engordado demasiado. ¿Has visto aquella cara apelmazada, que parece hecha en barro a puñetazos?

Joaquín: Pues pocos habrá de más pretensiones. Dicen que en los escaños del Congreso está siempre mirándose el pie, porque lo tiene muy pequeño. La verdad es que otro más antipático no ha nacido...

Isidora: Cuando palidece se le pone la cara de un tinte ceniciento que causa horror. Si se quita las gafas sus ojos son tan feos, tan raros... Te digo que no se le puede mirar, porque los ojos parecen dos huevos duros, todos surcados de venillas rojas. Cuando el bigote se le desengoma y la barba negra y cana se le desordena, parece un escobillón inglés. (Ríe.) Las manos las tiene bonitas...; sin duda es de contar tantos billetes de Banco... Pues no digo nada de la gracia que me hace cuando se pone a echarme sermones, y a reírse de mi pleito y de mi nacimiento. Un día por poco le pego... Cuando está por moralizar, me dice que si me porto bien haré mi suerte con él; que hay muchos modos de ser honrada una mujer, y que yo puedo serlo todavía. (Da un gran suspiro.) «Si quieres llevar una buena vida, me dice, yo te protegeré. Te casarás con un criado mío, que es ni pintado para el caso. (Con gran indignación.) Y una vez que estés casada te daré un estanco». ¡Un estanco! (Riendo con estrépito.) Ese animal no sé qué se figura... Habla muy poco de su mujer. Dice que es un ángel; pero que se ha hecho muy mística, y que él, respetando mucho el misticismo, ha tenido que buscar fuera de su casa lo que en ella no encontraba... No tiene hijos. Una cosa me agrada de él... para que veas que todo no ha de ser malo... Quiere mucho a mi Joaquín, lo acaricia, le cuenta cuentos, lo pone a cabalgar sobre sus rodillas, le lleva dulces y juguetes... Esto solo hace que le respete y le estime un poco, ya que no pueda de ningún modo quererle ni estimarle.

Joaquín: Has hecho de él la gran pintura. No tiene delicadeza ni verdadera generosidad, porque lo que te da es para que realces tus atractivos y te ofrezcas más rica y sabrosa a sus insaciables apetitos... No comprendo estos caracteres. Me parece que son la escoria del género humano; me parecen hechos con algo puramente material y grosero que sobró después de hacemos a todos, y que pudo tal vez ser destinado a crear los animales. Pero la mente divina quiso formar la transición del hombre al bruto, y fabricó a Botín.

Isidora: (Riendo.) Es verdad, es verdad. Entre la palabra y el rebuzno, ¿qué hay? Un discurso de Botín.

Joaquín: ¡Bravísimo!... Vamos, cuando me comparo con él... Permíteme que me alabe en presencia de ese bárbaro egoísta. Yo vivo de lo ideal, yo sueño, yo deliro y acato la belleza pura, yo tengo arrobos platónicos. En otro tiempo, ¿quién sabe lo que hubiera sido yo? Quizás un don Juan Tenorio; quizás uno de esos grandes místicos que han escrito cosas tan sublimes... Ahora, ¿qué soy? Un desgraciado, por lo mismo que me estorba lo negro en cuestiones de positivismo. Y, sin embargo, yo me congratulo de ser como soy. Es verdad que falto a la moral, ¿pero por qué? Porque no he sabido poner freno a mi fantasía; porque no he podido cerrar y soldar mi corazón, vaso riquísimo que cuanto más se derrama, más se llena... He querido a muchas mujeres; he hecho mil disparates; he derrochado una fortuna. ¡Desventajas de la constante aspiración a lo infinito, de esta sed, Isidora, que no se satisface nunca! ¿Ves mis calaveradas? Pues nunca he sido verdaderamente vicioso. ¡Oh!, ¡quién hubiera sido poeta!... Derramando mi idealidad en versos, habría conservado mi ser moral. Pero nunca supe hacer una cuarteta, ni he sabido distinguir a Júpiter de Neptuno... ¿Ves cómo estoy? ¿Ves mi ruina? Pues mira, tengo la conciencia tranquila. No he despojado a nadie. Joaquín Pez pedirá limosna antes que comerciar con el hambre y la desnudez de un licenciado de Cuba. Yo no puedo ver en la calle un pobre sin echar mano al bolsillo; yo no puedo ver una mujer guapa sin prendarme de ella. (Isidora le da un pellizco.) ¡Ay! Será debilidad, será lo que quieras. Yo lo llamo *abundantia cordis*, opulencia del corazón. No lo puedo remediar. Soy como una pelota. La mano de la generosidad me arroja, y voy a estrellarme en la pared de la belleza... ¿Ves lo de mi proyectado viaje a La Habana? Pues se me figura que volveré de allá tan pobre como estoy aquí. Yo no sirvo para esto. No soy como mi padre y mis hermanos, que saben Aritmética. Yo no la entiendo. Esa ciencia y yo... no nos hablamos hace tiempo... Yo la he despreciado, ¡y ella se venga haciéndome unas perradas!...

Isidora: (Con efusión de amor.) Menos en lo de querer al por mayor, ¡cuánto nos parecemos! Yo también veo lo infinito, yo también deliro, yo también sueño, yo también soy generosa, yo también quisiera tener un caudal de felicidad tan grande, que pudiera dar a todos y quedarme siempre muy rica... Mi ideal es ser rica, querer a uno solo y recrearme yo misma en la firmeza que le tenga. Mi ideal es que ese sea mi esposo, porque ninguna felicidad comprendo sin honradez. Riqueza, mucha riqueza; una montaña de dinero; luego otra montaña de honradez, y al mismo tiempo una montaña, una cordillera de amor legítimo...; eso es lo que quiero. ¡Oh, Dios de mi vida! (Llevándose las manos a la cabeza.) ¿Llegará esto a ser verdad?

Joaquín: ¿Pues no ha de llegar a serlo?... Abrázame fuerte.

Isidora: Ahora sí que es tarde. (Alarmándose.) Me voy, me voy.

Joaquín: Todavía...

Isidora: Sí, ya han encendido el gas. (Mira al techo.) Mira los dibujos que hacen en el techo la sombra de los árboles de la calle y el resplandor de los faroles.

Joaquín: Sí. Sonó la hora triste. Y ahora, ¿qué día...?

Isidora: ¡Ay!, tontín, ¿sabes que no lo puedo decir? (Arreglándose aprisa.) Se me figura que nuestro dragón está receloso. Me vigila mucho. Tengo la seguridad de que sospecha algo. El mejor día descubre mis gracias...

Joaquín: No lo creas...

Isidora: ¡Ah!, es muy tuno... Sí, yo creo que nos sigue la pista. Estoy viendo que cualquier día regañamos, y le mando a paseo. Sin ir más lejos, mañana habrá cuestión. ¿No es mañana San Isidro?

Joaquín: Sí.

Isidora: Pues yo deseo ir a la pradera y ver la romería, que nunca he visto, y él se empeña en que no he de ir... Allá veremos. ¡Dios de mi vida, qué tarde!

Joaquín: ¿Y cuándo te veré?

Isidora: Te avisaré con mi padrino (Despídense con manifestaciones de ardiente cariño.)

Joaquín: Abur, chiquilla.

Isidora: *Riquín*, adiós. (Al salir.) No me olvides.

Joaquín: (Solo.) ¡Bendita sea ella! Vale infinitamente más que yo.

Capítulo VII. Flamenca Cytherea

La unión nefanda de estos dos vocablos, bárbaro el uno, helénico el otro, merece la execración universal; pero no importa. Adelante.

Contraviniendo la voluntad y las amonestaciones claras del Excmo. Señor (tenía la Gran Cruz) don Alejandro Sánchez Botín, Isidora fue a la pradera de San Isidro, acompañada de su doncella, de *Riquín*, de don José de Relimpio y de Mariano. La prisionera del Sátiro no podía resistir ya el anhelo de expansión, de correr libremente, de ser dueña de sí misma un día entero, y, principalmente de darse el gusto de la desobediencia. Haciéndole rabiar gozaba más que divirtiéndose ella. Ya se aplacaría el tirano, pronunciando un par de buenos sermones, y si no se aplacaba, mejor. Estaba cansada de tan grande y molesto estafermo, y bien podía suceder que no haciendo caso de sus insufribles exigencias llegase a dominarle y someterle. Para fundar este imperio convenía un golpe de Estado.

Entre su doncella y la peinadora la vistieron de chula rica. Aquella mañanita de San Isidro, mientras duró el atavío chulesco, todo era regocijo en la casa, todo risas y alegrías. Don José andaba a gatas sirviendo de caballo a *Riquín*, ya vestido desde el amanecer de Dios, y Mariano cantaba en la cocina rasgueando una guitarra. El vestirse de mujer de pueblo, lejos de ofender el orgullo de Isidora, encajaba bien dentro de él, porque era en verdad cosa bonita y graciosa que una gran dama tuviera el antojo de disfrazarse para presenciar más a su gusto las fiestas y divertimientos del pueblo. En varias novelas de malos y de buenos autores había visto Isidora caprichos semejantes, y también en una célebre zarzuela y en una ópera. Si esto pensaba cuando la doncella y peinadora la estaban vistiendo, luego que se vio totalmente ataviada y pudo contemplarse entera en el gran espejo del armario de Luna, quedó prendada de sí misma, se miró absorta y se embebeció mirándose, ¡tan atrozmente guapa estaba! El peinado era una obra maestra, gran sinfonía de cabellos, y sus hermosos ojos brillaban al amparo de la frente rameada de sortijillas, como los polluelos del Sol anidados en una nube. No le faltaba nada, ni el mantón de Manila, ni el pañuelo de seda en la cabeza, empingorotado como una graciosa mitra, ni el vestido negro de gran cola y alto por delante para mostrar un calzado maravilloso, ni los ricos anillos, entre los cuales descollaba la indispensable haba de mar. En medio de Madrid surgía, como un esfuerzo de la Naturaleza que a muchos parecería aberración del arte de la forma, la Venus flamenca. Don José estaba medio lelo, y si fuera poeta no dejara de cantar en sáficos la novísima encarnación de la huéspeda de Gnido y Pafos.

Salieron gozosos, acomodándose en una carretela que alquiló Isidora..., y a vivir. Llegaron a la pradera. Isidora sentía un regocijo febril y salvaje. Todo le llamaba la atención, todo era un motivo de grata sorpresa, de asombro y de risa. Su alma revoloteaba en el espacio libre de la alegría, cual mariposa acabada de nacer. Almorzaron en un ventorrillo. Nunca había comido Isidora cosas tan ricas. ¡Cuánto rieron viendo cómo se atracaba Mariano! Don José compró dos pitos, uno para *Riquín* y otro para él, y ambos estuvieron pita que te pitarás todo el santo día. Si hubieran dejado a Isidora hacer su gusto, habría comprado lo menos dos docenas de botijos, uno de cada forma. Pero no compró más que cuatro. De todas las fruslerías hizo acopio, y los bolsillos de la pandilla llenáronse de avellanas, piñones, garbanzos torrados, pastelillos y cuanto Dios y la tía Javiera criaron. Nunca como entonces le saltó el dinero en el bolsillo y le escoció en las manos, pidiéndole, por extraño modo, que lo gastase. Lo gastaba a manos llenas, y si hubiera llevado mil duros, los habría liquidado también. A los pobres sin número les daba lo que salía en la mano. A todos los cojos, estropeados, seres contrahechos y lastimosos, les arrojaba una moneda. Por último, se le antojó también pitar, y compró el más largo, el más floreado y sonoro de los pitos posibles. Mariano y la doncella también pitaron.

Visitó la ermita y el cementerio, y por último, no queriendo acabar el día sin experimentar todas las emociones que ofrecía la pradera, visitó una por una las innobles instalaciones donde se encierran fenómenos para asombro de los paletos; vio la mujer con barbas, la giganta, la enana, el cordero con seis patas, las serpientes, *os ratas tigres provenientes do Japao*, y otras mil rarezas y prodigios. Por dondequiera que pasaba, recibía una ovación. Preguntaban todos quién era, y oía una algarabía infinita de requiebros, flores, atrevimientos y galanterías, desde la más fina a la más grosera. Cuando se retiró estaba embriagada de todo menos de vino, porque apenas lo probara, embriagada de luz, de ruido, de placer, de sorpresa, de polvo, de gentío, de pitazos, de coches, de ayes de mendigos, de pregones, de blasfemias, de vanidad, de agua del Santo. Cuando llegó a su casa le dolía la cabeza; acordose entonces de Botín, a quien de seguro encontraría, esperándola airado, y entonces cayó un velo negro sobre sus alegrías. Se volvieron oscuras, y andaban dentro de ella azoradas, corriéndosele del corazón a los labios y dejándole un sabor amargo en todas las partes de su ser por donde pasaban.

Al subir la escalera, despacio, se representaba en la mente, según su costumbre, lo que le había de decir Botín y lo que ella había de contestarle. Decididamente le pondría cara de perro; él echaría su sermón de costumbre sobre el escándalo, y después se aplacaría. Llegaron jadeantes al piso segundo.

Don José, que cargaba a *Riquín* dormido, iba detrás pitando todavía.

Entró en la sala y vio luz en el gabinete. Allí estaba sin duda. Pasó adelante y le halló sentado en una butaca fumando. Desde la primera mirada comprendió Isidora que la gresca sería fenomenal. Botín (a quien no describiremos porque Isidora misma lo ha descrito) estaba pálido, con cierta hinchazón en las serosidades de su cara lobulosa. Isidora afectó indiferencia, dejándose caer en el sillón con la pesadez propia de su cansancio. Como entraron también irreflexivamente Relimpio y Mariano, Botín hizo un gesto de expulsión, diciendo: «No quiero aquí a nadie».

«Con permiso...» —balbució don José.

Quedáronse solos los dos amantes. Isidora, viéndose en el trance de hacer frente a la tempestad y aun de provocarla, ofreció el pito a Botín, diciéndole con sorna:

«Te he feriado. Toma el pito del Santo».

Botín rompió en dos pedazos el tubo de vidrio y lo arrojó al suelo con ira.

«Todo ese furor es porque he ido a San Isidro sin tu permiso».

Botín vacilaba. En su alma luchaban la ira y el asombro, o más bien la pasión que despertaba en él la traza chulesca de Isidora. Fuertes razones había sin duda para que venciera la cólera.

«Mucho me enfada —dijo con cierta gravedad parlamentaria— que haya usted ido sin mi permiso a la romería. Pero hubiera perdonado fácilmente esa falta. Otras no se pueden perdonar... Estoy aquí desde las cuatro esparándola a usted para decirle que se porta conmigo de una manera infame».

Isidora palideció. Subiendo la escalera había previsto la disputa; pero en esta resultaba una espantable cosa que ella no había previsto.

«De una manera infame —repitió Sánchez Botín—. Acabemos. Me gustan las cosas claras y los juicios rápidos. ¿Dónde están los pendientes de tornillo?
 —Aquí están —dijo Isidora llevándose la mano a la oreja.
 —¡Mentira! Esos son falsos. Los buenos los ha vendido usted... ¿Y el alfiler, la cadena, el medallón...?
 —Esas prendas son mías y puedo disponer de ellas a mi gusto —dijo Isidora prontamente, dueña ya de sí misma.
 —Las ha empeñado usted.
 —Las he *pignorado* —replicó ella con aplomo y burla—, como dicen ustedes los hombres de negocios.
 —Sé por el tapicero que no ha pagado usted las sillas. Y sin embargo...
 —Usted me dio el dinero. Yo preferí emplearlo en otra cosa».

Al decir esto Isidora se puso muy encarnada. Su lengua estaba torpe.

«Se turba usted...
 —No me turbo, no» —dijo ella subiéndose de un salto a la cúspide de su orgullo y contemplando desde allí la cólera mezquina de Botín.

Durante la pausa lúgubre que siguió a esta última frase, Isidora revolvió su mente hacia el origen de aquella escena; consideró con vergüenza y despecho que su infidelidad había sido descubierta, y pasó revista a las circunstancias que pudieron haber motivado el tal descubrimiento. ¡Ah!, las indiscreciones de Joaquín Pez, la falta de prudencia... Bien conocía ella que el viudito no era hombre para guardar secretos. Sin duda otras mujeres andaban en aquel torpe lío... Pensó en las prenderas, en las peinadoras, en los chismes y enredos que forman invisible tela de araña en torno de toda existencia equívoca e inmoral; y la ignominia de un hecho tan poco noble abatió por un instante el orgullo de su alma.

«Hace usted un bonito uso de mi dinero» —dijo Botín.

Isidora iba a contestar lo siguiente: «¿Y para qué me lo da usted?». Pero su conciencia se alborotó, y sintiose llena de perplejidad, que nacía del fiero tumulto y combate en que estaban dentro de ella la cólera, los remordimientos, el orgullo. Buscaba una salida pronta, enérgica, que cortase la disputa, dejando a un lado la cuestión moral. Encontrola en estas palabras:

«Usted me es muy antipático. Déjeme usted en paz.

—¡Y tiene el atrevimiento de despedirme! —exclamó Botín con sarcasmo—. Usted que estaba muerta de miseria cuando yo...».

Isidora sentía que venían llamas a su lengua. No pudo contenerse, y abrasó a Botín con estas palabras:

«Su dinero de usted no basta a pagarme... Valgo yo infinitamente más...».

Botín, cubriéndose con su calma egoísta y dando a la disputa un giro tranquilo, que era como los círculos que hace la serpiente, dijo así:

«No quiero incomodarme. Veremos quién desaloja... Isidora, he sabido todo lo que ha pasado. No hay que fiarse de precauciones... Esto se acabó... Usted se lo ha ganado... Usted pierde más que yo.

—Me está usted mareando. Déjeme usted en paz.

—A eso voy, a dejar a usted en paz. A ver, a ver, las alhajas, todas las alhajas que he dado a usted y que no estén... pignoradas, váyamelas usted entregando».

Isidora se quitó con nerviosa presteza las sortijas; sacó de una cajita varios objetos de oro, y todo lo tiró a los pies de Botín.

«Bien, bien —dijo el padre de la patria, no desdeñándose de inclinarse para recoger lo que estaba por el suelo—. Ahora quítese usted el mantón de Manila».

Isidora se lo quitó, y haciéndolo como un lío se lo tiró a la cara.

«¿Quiere usted que le entregue todos mis vestidos?

—No es preciso que me los entregue usted —replicó Botín con calma feroz—. Yo me haré cargo de ellos. Quítese usted el que lleva puesto».

Bien pronto la Cytherea se quedó en enaguas.

«Es lástima que no se lleve usted también mis botas —dijo Isidora sentándose y apoderándose con verdadera furia de uno de sus pies para descalzarlo—. Llévelas usted para que las use su señora».

Y se quitó una bota.

«No, no tanto —dijo Botín—; conserve usted su calzado».

Isidora dio algunos pasos cojos con un pie calzado y otro no, y entrando en su alcoba se puso otras botas.

En aquel instante, Botín tuvo que dar a su pasión una nueva batalla; pero el caso era tan grave, que la dignidad llevó la mejor parte. Apartó los ojos de la despojada imagen que delante tenía, y para verla lo menos posible, levantose, y con atención de prendero avaro, abrió el armario de Luna y las gavetas de la cómoda, entró en la alcoba, registró todo como un curial que embarga o inventaría. Isidora en tanto arrojaba las preciosas botas en medio del gabinete, y después hacía lo mismo con su peineta.

«Bien —dijo Botín, sentándose otra vez y mirándose su pie pequeño como hacía en el Congreso—. Ahora póngase usted el vestidito que usaba cuando iba a rezar a la iglesia con tanta devoción.

—Lo he dado. Yo no guardo pingos».

Botín volvió a la alcoba. Tomó de una percha una bata, y ofreciéndola a Isidora con imperturbable frialdad, le dijo: «Póngase usted este».

Volvió la cara para no verla, para no ver las lágrimas gruesas que corrían por las mejillas de Isidora, lava de su orgullo que como ardiente volcán bramaba en su pecho.

Sin decir nada, vistiose ella. Botín tomó entonces un tonillo conciliatorio. No era todo lo fiera que es necesario ser para habitar en medio de los bosques. Tenía algo de hombre, si bien nada de caballero.

«Puede usted disponer de toda la ropa blanca —murmuró—. Mande usted por ella mañana.

—No quiero nada —replicó Isidora, bebiéndose sus lágrimas de fuego, pálida, trémula. Y andando hacia la puerta tuvo una inspiración de drama; se volvió a él, le echó rodadas de desprecio por los ojos y le dijo: «Soy la vengadora de los licenciados de Cuba».

Botín se sonreía como un demonio que ha ganado un alma.

«Gozo, gozo con haber ultrajado a un hombre como usted.

—Todavía —dijo Botín haciendo esfuerzos para reír, y golpeándose con el bastón el pie bonito—, todavía tiene usted algo que agradecerme. Puede usted llevarse todo lo del niño.

—Mi hijo no necesita nada».

Isidora corrió hacia adentro. En la cocina, Mariano dormía, reclinado sobre la mesa. En el comedor, don José y la doncella asistían a *Riquín*, que había vomitado, y reclinando su hermosa cabeza grande sobre el hombro de Relimpio, se quejaba con agitada somnolencia.

«Le ha hecho daño la comida —dijo el tenedor de libros.

—Tiene algo de calentura» —indicó la doncella, tocándole las mejillas.

Isidora le examinó. Sus lágrimas volvieron a correr

«Don José —dijo resuelta—. Cargue usted a *Riquín*. Envolvedlo bien en un mantón. Nos vamos ahora mismo.
—¡Ahora!» —exclamó don José con espanto.
En la puerta del comedor apareció Botín. Después se paseó en el pasillo. Si Isidora estuviera fuerte en Mitología, le habría comparado al Minotauro vagando por las oscuras galerías del laberinto de Creta. Volvió la bestia al gabinete, y desde allí llamó con voz fuerte: «¡Isidora, Isidora!». Y viendo que esta no acudía, salió otra vez al pasillo y dijo en tono más humanitario:
«No llevemos las cosas hasta el último extremo. *Riquín* está malo. Puedes quedarte aquí hasta mañana».
Pero Isidora iba y venía recogiendo algunas cosas *enteramente suyas*.
«Quédate, mujer, quédate hasta mañana».
Entró ella en la alcoba. Botín se paseaba con lento andar en el gabinete.
«Vamos, vamos, no seas terca. No te perdono; pero te doy respiro hasta mañana. Además...».
La miró atentamente, mientras ella revolvía en la cómoda. La miró embelesado, ¿a qué negarlo?, y algo confuso le dijo:
«Y mañana podrás llevarte todos tus vestidos».
Isidora no le contestó, ni le miró siquiera. Pero él seguía dando paseos. Estaba nervioso, incomodado consigo mismo. Mitológicamente hablando, se mordía su propia cola.
«Estas mujeres locas —murmuró gruñendo—, si comprendieran su interés; si supieran apreciar lo que valen las relaciones con una persona decente... Isidora, aguarda, oye la voz de un amigo. Vuelve en ti, reflexiona, acuérdate de lo que muchas veces te he dicho. ¿Por qué no has de entrar en una vida ordenada? Yo estoy dispuesto a auxiliarte, proporcionándote un estanco...».

Isidora salió sin concederle ni una mirada. Él fue tras ella. Desde la sala repitió en voz alta:

«Puedes contar con el estanco...».

No recibió contestación. De repente oyó el golpe de la puerta cerrándose con violencia. Todos, menos la doncella, habían salido.

Capítulo VIII. Entreacto en la calle de los Abades

I

«¿A dónde vamos? —preguntó Isidora cuando salieron a la calle.

—¡Qué pregunta!... A mi casa —replicó don José, estrechando a *Riquín* entre sus brazos con ardiente cariño—. Abades, 40. No parece sino que hemos de quedarnos en la calle. No te apures, hija; de menos nos hizo Dios. En casa no te faltará nada. Melchor la ha puesto muy guapamente».

Y en medio de la turbación que el repentino desalojamiento le producía, don José sintió íntimo gozo al considerarse protector de su ahijada, al sentirla tan cerca de sí, sometida a su generoso amparo. Siempre que hacía algo en beneficio de ella, el pobre señor se crecía y se hinchaba; que hay muchas especies de orgullo. Iban silenciosamente por la calle, él delante, ella detrás, porque la estrechez de las aceras no les permitía caminar juntos.

Cuando llegaron, Melchor estaba en casa. Había hecho de la sala despacho y oficina, y trabajaba en ella, a la luz de una lámpara con pantalla verde que derramaba un círculo de claridad sobre la mesa. Un hombre acompañaba a Melchor, trabajando con él en la misma mesa. Del cerebro del hombre descendía al pupitre una invisible corriente de cálculos que al tocar el papel se condensaba en números, como al influjo de la helada la humedad de la atmósfera cristaliza sobre el suelo. Melchor se levantó un momento para recibir a Isidora, enterarse de lo ocurrido y ofrecerle su casa. Después se volvió a sentar, y requiriendo la benéfica pluma, entonces consagrada a la humanidad doliente, siguió su trabajo.

Rápida ojeada bastó a Isidora para observar a Melchor, que definitivamente se había dejado toda la barba y tenía un aspecto muy vistoso, aunque nunca simpático; para observar también al hombre de los números, que la miró con cierto azoramiento de bestia taurina al hallarse en medio del redondel. Vio también la desamparada sala con su estante, formando como nichos de cementerio, donde yacían ordenados papeles. Un plano de Madrid acompañaba al de la Península. Hacían ambos el papel emblemático de los planos de minas o ferrocarriles en las oficinas de explotación. Prospectos de cuatro tintas en que se pintaban figuras altamente conmovedoras, con Hermanas de la Caridad conduciendo mendigos al Asilo; el frontón mismo del Asilo ideal con columnas griegas y un Sol con la insignia triangular de Jehová, difundían por toda la sala la idea de que allí se trabajaba para aliviar la suerte de los menesterosos. Las palabras *Rifas, Grandes rifas, Tres sorteos mensuales, seis millones,* impresas en colores, revoloteaban por las paredes cual bandadas de pájaros tropicales; y como el papel en que aquellas campeaban era de ramos verdes, la fantasía loca de Isidora no había de esforzarse mucho para hacer de aquel recinto una especie de selva americana alumbrada por la Luna. Después vio el resto de la casa, que era de construcción reciente, mas con tan sórdido aprovechamiento del terreno, que más parecía madriguera que humana vivienda. Don José destinó a Isidora su propio cuarto, por no haber otro mejor en la casa, y al punto se ocupó en desalojarle. Él se iría al aposento de la muchacha y la muchacha dormiría Dios sabe dónde. Era interior el cuarto, y tan vasto, que a Isidora le pareció un sepulcro. Don José iba y venía cargando trastos, y cuando estuvo instalada la cama y acostaron en ella a *Riquín,* díjole Isidora:

«Vaya usted a buscar a Miquis, que ahora, para acabar de arreglar la habitación, la muchacha y yo nos entenderemos».

La muchacha era una alcarreña de esas que acababan de llegar al mercado de criadas, y traía frescas la rudeza del pueblo, la suciedad, la torpeza de manos y de cabeza. Todo lo hacía al revés. Tenía buena voluntad, pero un aliento insoportable. Sus ropas parecían no haberse desprendido de su rechoncho cuerpo desde que nació, y sus greñas mal peinadas, de color de barbas de maíz, despedían un olor a pomada de baratillo, más desagradable que su aliento. Isidora sentía hacia ella repulsión invencible; no la podía mirar, no la podía tocar, y al sentirla cerca, se estremecía de horror. Antes moriría de hambre que comer cosa guisada por ella. Lo primero que Isidora echaba de menos era su doncella, Agustina, tan aseada, tan lista, tan ligera, tan señorita. «No, no —exclamó la joven con angustia—. Yo no nací para pobre, yo no puedo ser pobre».

Dios la amparó en aquella noche de prueba, porque al poco rato de haber lanzado la exclamación dolorosa, salida de lo más vivo de sus entrañas, llegó su cara doncella. Traía en un gran lío toda la ropa de *Riquín* y algo de la del ama.

«La fiera —dijo— me mandó sacar todo esto. Está bramando. ¡Ay señorita!, si usted le dice dos palabras al salir, hay reconciliación... Yo lo siento. Está arrepentido de su barbaridad. Yo quería traer más; pero no me dejó. Mañana llamará a las prenderas... ¡Ay! ¡Qué lástima! ¡Qué riqueza hay allí!».

Agustina se ofreció a seguir a su servicio, e Isidora lo aceptó con gozo, aunque no tenía en sus bolsillos una sola moneda. ¡Terrible contradicción! Ella no podía ser pobre, y sin embargo lo era.

Ocupándose de arreglar la habitación y de procurarse algunas comodidades, ¡cuántas cosas echaban de menos!...

Empezaron a nombrar esto y lo otro. Tal cosa había quedado en la tercera gaveta de la cómoda; tal otra en el armario de Luna... Pero ya no había remedio. Por cada objeto que no tenía, Isidora echaba a volar media docena de suspiros, encargados de transmitir su desconsuelo a las insondables esferas de lo pasado.

Riquín parecía mejor. Dormía tranquilamente, y su respiración fácil sonaba como el eco de músicas serafinescas tañidas a la parte allá de lo visible.

Miquis y don José tardaban. Isidora pasó a la sala porque Melchor le había dicho que tenía que hablarle. Era para ampliar sus ofrecimientos. Podía disponer de toda la casa si gustaba. Si era necesario llamar algún médico afamado, que lo llamaran al momento, y de cuenta de él, del benéfico y filantrópico Melchor, corrían los gastos de botica. Lo principal era que ella se tranquilizase, que no tomara el cielo con las manos, pues estaba en casa de parientes que la querían de veras y donde nada la faltaría... En tanto el hombre corpulento que hacía números no quitaba del rostro de Isidora sus ojos, y parecía pasmado, fascinado por religiosa o mitológica visión.

Como el gran Relimpio hablara entonces de médicos y ensalzase a Miquis, el hombrazo dijo:

«¡Ah Miquis!... Ese todo lo cura con agua fría. Le conozco mucho. Asiste a mi hermana Rafaela, la mujer de Alonso, el conserje de la casa de Aransis».

Isidora no esperaba oír citar su casa ilustre, y se inmutó un poco. Sin dejar de mirarla, el hombrón prosiguió así:

«Y ahora que nombro a la casa de Aransis, me parece... ¡Ah!, bien decía yo. Ya me acuerdo. Un día..., hace años, estaba yo con mi hermana en el portal del palacio y salieron usted, Miquis y otro sujeto. Eso es... Bien decía yo que no era la primera vez... Después he tratado mucho a Miquis. Es simpático. Como él tiene instrucción y yo... algo entiendo de ciertas cosas, discutimos sobre la cuestión *A* o la cuestión *B*. Yo le aprieto de firme y él se defiende con retóricas...

—Vamos, vamos a concluir esto —dijo Melchor con impaciencia—. Tenemos que de los veinticuatro mil billetes quedan sin vender y a beneficio de la Administración seis mil quinientos...».

Isidora no oyó más, porque llegaron Miquis y don José. El médico venía de frac, que se alcanzaba a ver bajo un ligero abrigo. Iba a un sarao de cierta casa de tono. Precursoras y compañeras de su fama eran las relaciones, y la entrada que iba teniendo en los más escogidos círculos de la sociedad.

Examinado *Riquín*, le recetó un calomelano. Era cosa ligera, una indigestión, y probablemente al venidero día estaría como si tal cosa. Hablando después con Isidora del suceso de aquella noche, le dijo así:

«Siento ese percance, porque no hallarás otra fiera como esa. No hay dos Botines en el mundo. Si los hubiera, ¿dónde estaría ya nuestra querida patria? Desde Pirene a Calpe habría sido devorada, y todos los españoles nos agitaríamos en una cárcel de tela, ¡ay!, en los bolsillos de ese afanador de naciones... ¡Tonta, si hubieras sabido aprovecharte!... Pero tú no haces números, y en esta época el que no hace números está perdido.

—Déjame a mí de números. ¿A dónde vas ahora?».

El frac le cautivaba, y ya se estaba ella figurando en su mente los brillantes salones en que iba a entrar Augusto dentro de poco, la mesa riquísima en que se sentaría y las personas cultas y elegantes con quienes había de estar en roce familiar y discreto gran parte de la noche. Era esta la clase de imaginaciones que más fácilmente se moldeaba en su cerebro. Miquis lo conocía y le pasaba la miel por los labios, contándole cosas estupendas, algunas de ellas falsas, y describiéndole aquellos apartados mundos donde ella no podía penetrar sino con la fantasía, mejor aún, con su ferviente anhelo.

«Hace pocas noches —le dijo— comí en casa de la duquesa con tu Pez. Parece que se va a nadar a La Habana, porque aquí se queda en seco. Le han escamado los usureros. ¿Sabes que me da lástima? Es lo que llaman un buen muchacho, servicial, amable, cariñoso, débil, y que no hace daño a nadie más que a sí mismo».

Isidora, turbada y nerviosa, varió la conversación y fingió ganas de reír.

«¡Ah!, me han dicho que te casas. ¿Es verdad?

—Eso dicen, sí. Y cuando el río suena, boda lleva.

—¿Con la del notario?

—Con la de Muñoz y Nones.

—Bien sabes tú arrimarte a buen árbol. Es rica.

—Te juro que no me ha movido la riqueza. Desprecio las pompas y vanidades del mundo. Me caso por amor, por puro amor del corazón. Esto no lo hacemos ya más que los pastores y yo...

—¿Y es bonita?

—Para mí no hay otra que se le iguale.

—«Mejorando lo presente», se dice.

—Y sin mejorarlo, vamos. Antes que todo es mi dama.

—¿Por qué no dices a tu suegro dos palabritas acerca de mi pleito? Va a declarar como testigo. Además es el notario de la casa de Aransis.

—¡Culebra! Quieres corromper al ave fénix de los notarios.

—No, no. Es justicia. Yo le pido que no se deje corromper por los de Aransis. Con eso me basta.

—No conoces a mi presunto suegro. Con decirte que él, por sí solo, desmiente y hace olvidar la mala fama que en todos tiempos han tenido los señores de pluma y sello... Muñoz y Nones ofrece a la admiración de la humanidad el siguiente fenómeno: es un hombre que ha hecho una fortuna con su honradez, fortuna no muy grande, se entiende, como corresponde a la materia de que está hecha. Mi suegro desacredita y niega mil cosas convencionales y rutinarias. Desde Quevedo acá, se ha tenido por corriente que los escribanos sean rapaces, taimados, venales y, por añadidura, feos como demonios, zanquilargos, flacos, largos de nariz y de uñas, sucios y mal educados. Este tipo amanerado ha desaparecido, y en prueba de ello ahí tienes a mi suegro, que es honrado, franco, liberal, y además guapo, simpático, amabilísimo y de agradable trato. En estos tiempos de renovación social las figuras antiguas fenecieron, y no hay ya un determinado modelo personal para cada arte o profesión Así verás hoy un juez de primera instancia que parece un Guardia de Corps; verás un barítono que parece un alcalde de Casa y Corte; verás marinos que parecen oidores, y hasta podrás ver un filósofo que se confundiría con un canónigo. Dígolo porque Muñoz y Nones parece un diplomático. Tiene inclinaciones de gran señor y hábitos de *sportman*. ¡Lástima que no haya abierto nunca más libro que la *Ley de Enjuiciamiento civil*! Por lo demás, en la honradez es un lince, y tiene por este concepto casi tanta fama como la que otros tienen por pillos. Es costumbre en nuestra edad suponer y afirmar que no hay por todas partes sino malos acciones, egoísmo y rapacidad. ¡Error, disparate! El mundo se pudriría si le faltase en un momento el desinfectante de la virtud, cuya acción enérgica se nota en todas partes, en las más altas así como en las más bajas esferas... Conque me voy, porque te estoy aburriendo...

—Quedamos en que recomendarás a tu suegro mi pleito.
—Quedamos en que es inútil.

—Bobalicón.
—Serpiente de cascabel, abur».

II

Después que se fue Miquis entró Mariano, que buscaba a su hermana para que le proveyese de fondos. Tan lejos estaba de encontrar allí a su maestro, que al verle se desconcertó, porque hacía una semana que no aparecía por el taller. Levantose contra él una tempestad de censuras. Increpole su hermana por su mala conducta, hizo Juan Bou consideraciones morales, Melchor le llamó vago, pillete y predestinado al presidio, y hasta su amigo y compañero de café, Relimpio, promulgó sobre la vagancia los conceptos más severos. Anonadado, y sin valor para pedir a su hermana dinero, Mariano se retiró a un banco de palo que en el estrecho recinto había, y allí permaneció larguísimo rato solo, callado, hecho un ovillo, meditando sobre una sola idea, ya mil veces apurada, como un perro que roe y voltea un solo hueso después de haberle quitado hasta la última hilacha de carne.

El afán de goces, el apetito y sed ardiente de satisfacciones materiales que tan grande parte tenían en el ser moral de Mariano, y que habían de tenerla mayor cuando fuera hombre formado, se objetivaban, valga la palabra, en el hijo de don José Relimpio. Aquellas pasiones vagas siempre cristalizan, por decirlo así, en envidia, que es unipersonal y antropomórfica.

Mariano, arrinconado en el recibimiento, y oyendo desde allí el rasguear de las plumas que en la sala hacían tan lucrativos números, se preguntaba por qué razón tenía el señorito Melchor sombrero de copa y él no; por qué motivo el señorito Melchor vestía bien y él andaba de blusa; por qué causa el señorito Melchor comía en los cafés, galanteaba bailarinas, fumaba buenos puros y paseaba con caballeros, mientras él, el pobre *Pecado*, comía y fumaba casi como los mendigos, y tenía por amigos a otros tan pobres y desgraciados como él. La soledad en que vivía le despabiló antes de tiempo. Su precocidad para comparar y hacer cálculos, no era común en los chicos amparados por padres o parientes cariñosos. Porque el abandono y el vivir entregado a sí propio, favorecen el crecimiento moral en el niño. De la índole nativa depende que este crecimiento sea en buen o mal sentido, y es evidente que los colosos del trabajo, así como los grandes criminales, han nutrido su espíritu en una niñez solitaria. El árbol salvaje, juguete de los vientos en deshabitado país, adquiere un vigor notorio.

Mariano era rebelde por naturaleza; no se dejaba querer, ni sabía apreciar el dulce calor de la casa de familia. No quería vivir con su tía Encarnación porque le trataba con aspereza, ni con su hermana porque le sermoneaba, ni con Juan Bou porque vigilaba todas sus acciones. Gustaba de albergarse en fementidas casas de huéspedes de los barrios del Sur; mudaba de domicilio con frecuencia, y por temporadas, en vez de tener domicilio fijo, pernoctaba en las casas de dormir y comía en las tabernas. El ejercicio de la vida independiente le dio cierto vigor de voluntad, que es propio de los vagos; aguzó su ingenio, precipitó su desarrollo intelectual. Conviene estudiar bien al vago para comprender que es un ser caracterizado por el desarrollo prematuro de la adquisitividad, del disimulo y de la adaptación. No se explican de otro modo la gran precocidad ni los rasgos geniales que son desesperación de la Policía y espanto de la sociedad en criminales de diez y ocho y veinte años. El gitano, ser salvaje dentro de la sociedad, es un prodigio de agudeza, un archivo de triquiñuelas jurídicas y un burlador hábil de la Policía. El vago adolescente, otra manera de salvaje, sabe más mundo y más Economía política que los doctores recién incubados en la Universidad.

Hallábase Mariano a la sazón a punto de consumar su sabiduría en aritmética parda; se le había desarrollado ya el genio de los cálculos, el furor de la adquisitividad, y las facultades oscuras de la adaptación, del disimulo y de la doblez.

Después de aquella noche en que le dejamos arrinconado en el banco del recibimiento, asistió de nuevo con puntualidad al taller. Trabajaba por hipocresía. El maestro Juan Bou se mostraba tan amable con él aquellos días, que no sabía qué hacerle. Y su amabilidad era tan extraordinaria, que hasta llegó a llamarle hijo y a departir con él como de igual a igual.

«Bien, hijo, bien; vamos bien. Has sido algo calavera pero tú mismo conoces que el trabajo es la vida, la religión del pueblo... Voy a hacerte una proposición. ¿Quieres venirte a vivir conmigo? Yo estoy solo. Te daré un cuarto, una cama, un plato y una cuchara. En mi casa no hay lujo, pero no falta nada de lo necesario».

Después le hacía acerca de Isidora mil preguntas enojosas y prolijas, a las que Mariano no sabía qué contestar. Si su hermana vivía contenta, si se levantaba tarde o temprano, si le gustaba la fresa y el requesón, si iba al teatro. Además, el maestro Juan Bou parecía reventar de gozo... Los oficiales no se explicaban la causa de esta alegría; unos la atribuyeron a la buena marcha del negocio de las Rifas; otros a que se había sacado el premio gordo de la Lotería. Pero Juan Bou desconcertaba todas las disquisiciones de sus oficiales, porque de repente se volvía triste y daba unos suspiros que habrían partido la piedra litográfica si esta fuera un poco menos dura. Creyérase que se incomodaba consigo mismo y que quería echar de sí una mala idea. Algunos días trabajaba poco, y más de una vez ocurrió que se retrasaran y embrollaran los dibujos *A* o *B* por las distracciones y torpezas del maestro, cosa totalmente desusada en hombre tan metódico para el trabajo.

Otro suceso digno de llamar la atención ocurrió por aquellos días. Juan Bou notó que la contabilidad en la empresa de las Rifas benéficas no marchaba con toda la limpieza que debía esperarse, y ya fuera por obedecer a su conciencia, ya por ceder al egoísmo, que le aconsejaba no comprometerse con la Justicia, echose fuera de la sociedad, renunciando a toda participación en ella. Quedose, sí, con los trabajos de litografía, que le habían de pagar religiosamente, según convenio. Desde entonces sus relaciones con Melchor fueron menos estrechas.

Entrado el mes de junio, Mariano notó con envidioso asombro que Melchor avanzaba rápidamente por el camino de la prosperidad. Salía en coche de dos caballos, acompañado de señorones; comía siempre fuera de casa; recibía regalos de puros de La Habana y otras cosas ricas; el sastre le traía ropas y más ropas; amueblaba con lujo parte de la casa... Y de tanto pensar en la creciente prosperidad del señorito Melchor, *Pecado* perfeccionaba su *intellectus*, enriqueciéndolo con luces nuevas acerca de la propiedad, de la adquisición del número y de la cantidad, luces o ideas que burbujeaban en su cerebro, como los embriones de la belleza y el vago apuntar del plan artístico en la mente del poeta, al pasar de niño a hombre.

Por San Juan dejó de trabajar. Una noche fue a pedir dinero a su hermana, y como esta no quisiese dárselo, se enfureció, trabáronse de palabras, asustose ella, renegaron uno de otro, él le dijo algún vocablo malsonante, lloró Isidora, intervino con más celo que autoridad don José, y, por fin, el chico salió de la casa gruñendo así:

«No me quieres dar nada. Pues me lo dará Gaitica...».

Desde aquella noche Mariano desapareció. Le buscaron y no fue hallado por ninguna parte, ni en mucho tiempo se tuvo noticia de él.

III

Con estas y otras cosas, Isidora cayó en grave tristeza. Sus insomnios se repetían casi todas las noches, atormentándola con el alternado suplicio de ilusiones locas y de miserias reales, de delirio suntuario y de terror o desengaño. Un pensamiento, referente a cosa muy práctica, la punzaba y afligía, y era el siguiente:

«Por cierto que en mes y medio que llevo aquí, Melchor me ha ido facilitando, facilitando cantidades, que será preciso pagarle algún día... Es tan cómodo el sistema para mí, que sin saberlo cómo, me estoy empeñando en dinerales. Me basta decir a don José mis necesidades; don José corre a la sala, habla con él, y del fondo de Rifas... ¡Dios mío!, ¿a cuánto subirá ya? Yo no lo sé, porque no apunto nada. Aquí vendrían bien los librotes del padrino. Melchor lo apuntará, de fijo, y pensará cobrarme, pero ¿de qué manera?...».

Largos ratos pasaba en cavilaciones sobre el pleito, y decía:

«Va marchando. Ahora viene lo que llaman el alegato de bien probado. Pero hasta que pase el verano no habrá nada. El abogado me da grandes esperanzas. ¡Si esto se resolviera pronto para pagar a Melchor y escapar del lazo que me tiende!...».

Pensando en Juan Bou, que a menudo la obsequiaba, decía:

«¡Pobre Bou! Es el animal más cariñoso que conozco. Le quiero como se quiere al burro en que salimos a paseo».

El barrio en que su mala suerte la había traído a vivir, era para la de Rufete atrozmente antipático. Algunas tardes salía con *Riquín* y don José a dar una vuelta por la calle del Mesón de Paredes, el Rastro y calle de Toledo, y sentía tanta tristeza como repugnancia. El calor era ya insoportable, y por la noche todo el vecindario se instalaba en las aceras, los chicos jugando, las mujeres charlando. Isidora hallaba en todo, casas, calle, gente, hombres, mujeres y chicos, un sello de grosería que su compañero de paseo no apreciaba como ella. La estrechez de las aceras, obligando al transeúnte a contradanzar constantemente del arroyo a las baldosas, añadía nueva incomodidad a la molestia de la bulla, del mal olor y del polvo.

Expulsada de aquellos sitios por su propia delicadeza y buen gusto, solía dirigirse hacia el Norte y acercarse a la Puerta del Sol «para respirar un poco de civilización». Pero no se aventuraba mucho por los barrios del centro, porque la vista de los escaparates, llenos de objetos de vanidad y lujo, le causaba tanta pena y desconsuelo, que era como si le clavasen un dardo de oro y piedras preciosas en el corazón. La repugnancia de la zona del Sur y el desconsuelo de la del centro la llevaban a las afueras, con gran gusto de don José, que amaba el campo y los retozos pastoriles.

Julio hacía de Madrid una sartén. *Riquín* fue atacado de las tos ferina, y era preciso llevarle a otra parte. ¡Pobrecito Anticristo! Daba pena verle, cuando le daba el ataque, todo encendido, agarrotado y sin aliento, como si estuviese a punto de perder la vida en aquel mismo instante... Pero su mamá carecía de recursos para el viaje, de lo que recibía grandísima pena. Joaquín Pez estaba en Francia, y ni siquiera escribía... Afortunadamente (y quién sabe sí desgraciadamente), Melchor se brindó de muy buen grado a resolver el difícil problema. ¡Porque la pobre carecía de tantas cosas! No tenía ningún vestido propio para viaje, ni sombrero, ni nada de lo que ordena el implacable imperio del verano, que con sus chapuzones iguala en dispendios al invierno con sus bailes y fiestas. *Riquín* estaba casi desnudo.

«Nada, nada —dijo Melchor en tono paternal—; yo no puedo consentir que carezcas... Pues no faltaba más...».

Empezaron a funcionar las modistas, y estas, así como la elección de telas y de sombreros, tuvieron a Isidora febrilmente distraída y excitada durante algunos días. La vanidad le hacía vivir doble y la engañaba, como a un chiquillo, con apariencias de bienaventuranza. Volvió a ver lucir su belleza dentro de un marco de percales finos, de cintas de seda, de flores contrahechas, de menudos velos, y a recrearse con su hermosa imagen delante del espejo. ¿Qué es la vida? Un juguete.

Melchor decidió que fuese al Escorial, y él quiso acompañarla. A Isidora no le hacía maldita gracia la compañía; pero las circunstancias, ¡ay!, con su abrumadora lógica, la obligaron a aceptarla. Hallábase en las unas de su insidioso prestamista, y no podía evadirse. Fue víctima de una emboscada, formada en las traidoras sombras de la miseria; cayó en una trampa de infame dinero, armada con el cebo de la vanidad. Aún podía salvarse rompiendo por todo, declarándose insolvente y resignándose a la indigencia; pero *Riquín* tenía la tos ferina, estaba como un hilo, amenazado de morir consumido en los calores de Madrid como arista en el fuego. Era forzoso rendirse a la fatalidad, según Isidora decía, llamando fatalidad a la serie de hechos resultantes de sus propios defectos.

Melchor dispuso que su padre se quedara en Madrid para cuidar la casa. ¡Atroz destierro y pesadumbre para don José! Según el bien meditado plan del sesudo Melchor, este iría y vendría, residiendo algunos días en El Escorial y otros en

Madrid, pues sus negocios no le permitían abandonar la Corte sino por poco tiempo. Cumpliose fielmente el programa. Don José iba a El Escorial los domingos en el tren de recreo cuando Melchor quedaba en Madrid. ¡Qué feliz aquel día! ¡Diez horas con Isidora y con *Riquín*! Algo enturbiaba su dicha el notar en su ahijada una tristeza sombría y como enfermiza. Si hablaba de Melchor lo hacía en los términos más desfavorables para el aprovechado joven. ¡Y qué ardientes deseos tenía de volver a Madrid! *Riquín*, ya muy mejorado, saltaba y corría por el campo, y en sus mejillas renacían los frescos colores de la salud. Todo el día lo pasaba don José embelesado, y no hartaba sus ojos de mirar a la madre y al hijo. Paseaban los tres por la montaña, se sentaban, hacían vida de idilio, semejante a la que don José había visto pintada en los biombos de la casa de Aransis. Por la noche regresaba Relimpio a Madrid y a su casa; dormía como un santo y soñaba que era pájaro y que cantaba posadito en la rama de un árbol. También *Riquín* era pájaro y revoloteaba dando sus primeros pasos por el mundo aéreo. Isidora era una avecilla melancólica. Todos cantaban; pero don José era el que cantaba más y el que a la rama más alta subía.

   A mediados de septiembre regresó Isidora a Madrid, dejando fama en la colonia veraniega de El Escorial. Entonces ocurrió en la vida de Melchor un hecho singular. De repente su prosperidad, su boato y grandeza se hundieron como por escotillón, sin que se supiera la causa. Juan Bou decía que los señores de la sociedad rifadora debieron de hallar sapos, culebras y otras alimañas en la gestión del joven Relimpio. Lo cierto fue que un día vinieron mozos de cuerda y se llevaron los libros y todo el material de la oficina. Melchor se despidió por la tarde de su padre y de Isidora, diciéndoles que allí les quedaba la casa, que hicieran de ella lo que gustaran, porque él se iba a Barcelona a emprender un nuevo negocio.

Quedáronse, pues, solos los tres: Isidora, *Riquín* y el viejo, y véase por donde vino a ser casi real el sueño ornitológico de don José: los tres gorjeando en las ramas. Eran efectivamente pájaros, porque no tenían más que lo presente y lo que la Providencia divina quisiera darles para pasar del hoy al mañana. El mundo se diferencia de los bosques en que es necesario pagar el nido. Nuestras tres avecillas tenían casa, pero no con qué pagarla, pues Melchor había dejado las arcas en tal estado de pulcritud, que no se encontraba en ellas rastros de moneda alguna. «Dios aprieta, pero no ahoga», dijo Relimpio. Isidora, para atender a las apremiantes necesidades de cada día, empezó a despojarse de su ropa. No era la primera vez que tenía que desnudarse para comer. Poco a poco los vestidos fueron pasando de la cómoda a la cocina, por conducto de las prenderas. Últimamente, en un triste y húmedo día de octubre, se comieron el sombrero de paja de Italia. ¡Era el último plato!

Capítulo IX. La caricia del oso

En todo este periodo de desastre, en que los tres desgraciados habitantes de aquella casa (Abades, 40) se iban desprendiendo de su equipaje, como el buque náufrago que arroja su carga para mantenerse una hora más sobre las olas, Juan Bou los visitaba todas las noches después del trabajo. Isidora ocultaba cuidadosamente la lenta y dolorosa catástrofe, procurando dar a la casa cierto aspecto de orden, y velar sus afanes bajo apariencias de mentirosa tranquilidad. Movido de un galante respeto hacia Isidora, Bou violentaba su palabra para que no fuese áspera, y así, hablando del pueblo y de la liquidación social, usaba términos blandos y oraciones trabajosamente delicadas que salían de su boca, como los gorjeos de un buey que se propusiera ser émulo de los ruiseñores. En esto se conocía la pasta de su corazón.

Miquis había hecho del buen litógrafo infinitas definiciones. Era, según nuestro amigo, un tonel con marca de *alcohol* y lleno de agua; un oso torcaz; una hidra sin hiel; un alfiler guardado en la vaina de un sable; un cardo con cáliz de azucena; un gorrión vestido de camello, y un epigrama escrito en octavas reales. Oírle contar sus épicas luchas por la causa del pueblo era el gran pasmo de don José y de *Riquín*; pero Isidora no contenía fácilmente la risa.

Las galanterías de Bou con Isidora semejaban a las del oso que quiso mostrar el cariño a su amo matándole una mosca sobre la frente. Alguna vez, dejando hablar a sus sentimientos, se expresaba con sencillez y naturalidad. Era como esos mascarones trágicos que en el arte decorativo aparecen echando flores de sus bocas monstruosas.

Una de las deferencias más expresivas que Bou tenía con Isidora y su padrino, era ofrecerles participación en los billetes de Lotería que jugaba; pero como había tanta falta de dinero en la casa, rara vez se realizaba la operación. El oso quería ceder gratuitamente la parte de billete, pero Isidora no lo consentía. Las demás atenciones eran acompañarlos a paseo por el Retiro, y comprar dulces y juguetes a *Riquín* y darles de noche larga y cariñosa tertulia. ¡Era blandamente obsequioso con Isidora y la miraba con manifiesta intención de decirle algo delicado y difícil...! A veces, en los largos paseos que daban, iba Juan Bou callado y suspirante. Parecía que su misma fiereza nutría su timidez. En cambio, en la tertulia de la noche desatábase a charlar de cosas diversas, ponderaba con inmodestia su amor al trabajo, sus ganancias, y hacía planes de vida regalada y espléndidamente metódica. Además tenía noticias de la muerte de un pariente suyo, muy rico, y esperaba una bonita herencia. Se conceptuaba afortunadísimo, aunque algo le faltaba, sí, algo le faltaba para ser completamente feliz.

También hacía mención de su hermana Rafaela, mujer de Alonso, que seguía enferma, y al oír mentar la casa de sus antepasados, Isidora se conmovía y alteraba. Repetidas veces la invitó Bou a visitar juntos el palacio de Aransis, cuyas bellezas él no había visto; pero Isidora se excusaba siempre por miedo a la exacerbación de sus sentimientos en presencia de aquellos venerados y queridos sitios, su patria perdida.

Un día que la Rufete venía de casa de su prendera, encontró al litógrafo en la calle del Duque de Alba.

«Voy al palacio de Aransis a ver a mi hermana —le dijo—. Está peor, y anoche le han dado los Sacramentos. ¿Quiere usted venir?».

El primer impulso de ella fue rechazar la compañía de Bou; pero con tal empeño redobló este sus instancias y ruegos, que, por fin Isidora no quiso ser esquiva con él en tanto grado, y se fueron juntos. Por otra parte, la misma emoción que temía la solicitaba con fuerza misteriosa. Hay en toda alma, juntamente con el miedo a las emociones, la curiosidad de ellas, indefinible simpatía del humano corazón con lo patético. Como la vista en las alturas siente el llamamiento del abismo, así el alma siente la atracción alevosa del drama.

Llegaron. Rafaela mejoró aquel día, y los Sacramentos, dando reposo y alegría a su espíritu, habían amansado el mal. Alonso parecía contento y con no pocas esperanzas de salvar a su mujer. Isidora y Bou estuvieron largo rato en la salita de la portería, hablando de enfermedades en general y del asma en particular, del clima de Madrid, del de Mataró, patria de los Bous, de los médicos, del remedio *A o B*... Realmente, Isidora no tomaba parte en la conversación sino con monosílabos de cortés aquiescencia, porque sus cinco sentidos estaban puestos en la observación de la portería de su casa, y en admirar la confortable humildad de aquel nido de pobres hecho en un rincón de un palacio de ricos. La estera, la cómoda, los muebles, desecho glorioso de la anterior generación de Aransis, y sobre todo las múltiples láminas de santos y vírgenes, la estampa de los Comuneros y otros grabados de ilustraciones, pegados en la pared con graciosa confusión, la ocuparon todo el tiempo que allí estuvo. Cansado de hablar y enormemente satisfecho de la mejoría de su hermana, levantose Bou del sofá de paja, emblandecido con colchonetes de percal rojo, y estirándose, dijo:

«Matías, dame las llaves, que quiero ver lo de arriba».

Entregando un sonoro manojo de llaves, Alonso miró a Isidora con atención recordativa.

«Me parece —indicó— que he visto aquí otra vez a esta señorita... En fin, suban ustedes y vean lo que hay».

Juan Bou subió la gran escalera despaciosamente, porque su corpulencia era declarada enemiga de la agilidad. Isidora subió corriendo y en el último peldaño esperó a su amigo, echándole una mirada triste y una sonrisa discreta y amistosa, a la cual se podía dar atrevida interpretación de burla. La persona del bravo catalán se componía de dos partes: su cuerpo atlético, liado en una americana de cuadros, y un bastón roten, cuyo puño, formado de un asta de ciervo, se encorvaba, ofreciendo a la mano todas las facilidades de adaptación, ya para apoyarse, ya para hacer el molinete, o bien para que el palo fuera una especie de batuta de la palabra. Jamás, fuera de casa, se separaban el bastón y el hombre, y se apoyaban el uno sobre el otro, según los casos. Completaba la persona de Bou un sombrero hongo, de la forma más vulgar, ligeramente inclinado al lado derecho, como si de aquella parte estuviesen todas las ideas que era preciso proteger de la intemperie.

Y al subir canturriaba entre dientes. ¿En qué consiste que es tan difícil echar de los labios una tonadilla cuando a ellos se pega? Sin saber lo que decía, Bou entonó a murmullos no sabemos qué música con letra de aleluyas. Isidora no podía contener la risa oyéndole cantar: *Vienen luego los ciriales — con las mangas parroquiales.*

«¡Cómo me canso de subir escaleras! —dijo el oso torcaz llegando arriba—. Cuando se reforme la sociedad, se suprimirán los escalones. Piso bajo todo el mundo.»

Abrió la primera puerta y entraron; y mientras Bou seguía franqueando puertas, Isidora hacía lo mismo con los balcones para que entrase la luz, ganosa de alumbrar los ricos antros. Creeríase que todo el contenido de las vastas salas se regocijaba al verse iluminado. Despertaba todo, abriéndose cual ojos soñolientos, y la luz, acometiendo las cavidades negras, resucitaba, como a bofetones, tapicerías, muebles y cuadros.

«Anda, anda, ¿quién será este animal? —decía el litógrafo parándose ante los retratos—. ¡Vaya una tiesura! perdone, caballero; yo creí que era usted un palo. Y nos mira con cierto enfado... Nada, señor, no nos comemos la gente... Toma; también hay aquí una monja. ¡Y es guapa...! Buena pieza sería usted, hermana. ¡Qué tiempos! Siento que se hayan ustedes muerto, señores, porque así no verán cómo vamos a arreglar a las sanguijuelas del pueblo, a los verdugos del pobre obrero... ¡Ah!, usted, el de la golilla que parece un plato, el de la cruz de Calatrava, usted, caballerete, si viviera en estos tiempos de ahora y alcanzara el día de la justicia, no nos miraría con esos ojos... ¡Quia!, se le pondría una escoba en la mano; mi señor cruzado barrería las calles..., y *palante*».

Después, volviéndose a Isidora, que, horrorizada del bestial lenguaje de su amigo, miraba a la calle al través de los vidrios, le dijo:

«Es cosa que aterra el pensar todo el sudor del pueblo, todos los afanes, todas las vigilias, todos los dolores, hambres y privaciones que representa este lujo superfluo. Eso es; el pobre obrero se deshuesa trabajando para que estos holgazanes se den la buena vida en estos palacios llenos de vicios y crímenes, sí, de crímenes, no me arrepiento de lo dicho. ¡Maldita casta!... Isidora, ¿no piensa usted como yo? Por ejemplo: el pobre obrero se rompe el espinazo trabajando, duerme en una mala cama, come un mal puchero, no tiene en su casa más que una silla dura en que sentarse, mientras estos tíos..., estos tíos, por no decir otra cosa, sin coger una herramienta en la mano, ni ocuparse de nada, pisan alfombras, comen de lo fino, beben y se recuestan en muebles blandos, que ellos no saben fabricar».

Y uniendo la acción a la palabra, se recostó, mejor dicho, se dejó caer sobre un sillón de muelles en los cuales se hundía su pesado cuerpo.

«*Voto va Deu*, ¡qué blando es esto!, ¡qué comodidad! —exclamó riéndose de su propia malicia—. ¡Valientes pícaros!

Ya os daría yo en vez de sillones de muelles, por ejemplo, un banco de carpintería... ¡Hala, y darle al mazo!».

Tan groseras chocarrerías irritaron a Isidora. ¡Y el pobre Juan Bou tan inocente del efecto que producían sus ladridos! A cada instante decía: «¿No piensa usted como yo?», y andando de un lado para otro, se tiraba con violencia en sillas y sofás para probar su blandura, se arrodillaba en el cojín de un reclinatorio, daba vueltas alrededor de un biombo, se reía como un salvaje, ponía el dedo en los bronces, acariciaba las mejillas de las ninfas doradas, decía chicoleos a las damas retratadas, y siempre que iba de una sala a otra, daba fuertes golpes con su bastón sobre el piso, como deseando que también la alfombra recibiese, con el lenguaje de los palos, la expresión contundente de la ira del pueblo... En tanto Isidora no le podía mirar. Creía ver en sus palabras, en sus actitudes de burla, en sus carcajadas, en su persona toda y en su bastón, erigido en intérprete del populacho, la profanación más odiosa. Era como el hereje que pisotea la hostia. Por momentos le aborrecía, le execraba, y habría dado algo de gran valor por poder plantarle en la calle, después de mandar que le rompieran su bastón en las costillas.

«¡Y qué cortinas! —decía Bou tocándolas de un modo irreverente con el roten—. Esta gente no gusta de tener frío. ¡Toma!, el frío se ha hecho para el pobre obrero que anda sin trabajo por las calles. Eso es, hay dos Dioses, el Dios de los ricos que da cortinas, y el Dios de los pobres que da nieve, hielo. Isidora, Isidora..., ¿no opina usted como yo, no cree usted que esta canalla debe ser exterminada? Todo esto que vemos ha sido arrancado al pueblo; todo es, por lo tanto, nuestro. ¿No cree usted lo mismo?».

La de Rufete, por no contestarle con la severidad que merecía, no decía nada, y hacía como que miraba las porcelanas. Bou admiró también aquellas mil chucherías que no servían para nada; las tocaba, las cogía en la mano y las volvía a poner con violencia en su sitio, a riesgo de romperlas. Pasado un largo rato volviose para decir algo de mucha importancia a su amiga, y no la vio. Llamola en voz baja, después a gritos; pero Isidora no respondía.

Pasó Bou a otra sala; de allí a un hermoso gabinete, del gabinete a una recatada y oscura alcoba, y allí creyó distinguir a la que buscaba. La escasa claridad no permitía a Juan Bou ver los objetos. Avanzó, empezó a ver bien, y en efecto, allí estaba Isidora, sentada junto a una cama en la cual apoyaba su brazo derecho. Reclinada la cabeza sobre el brazo, lloraba en silencio, expresando una pena viva y sin espasmos, un dolor tranquilo, como todos los dolores viejos que se normalizan con su monótona permanencia. Quedose absorto Juan Bou ante aquella escena, y después hizo una tras otra las preguntas vulgares propias del caso. ¿Está usted mala? ¿Tiene usted algo?

Viendo que Isidora no le contestaba, Bou tomó una silla y se sentó junto a la dolorida. En el momento de sentarse ocurriole una idea que le causó grande aflicción. Había recordado súbitamente que Isidora pleiteaba con una casa noble. ¡Cielo santo!, aquella casa era la de Aransis, sí, recordaba haber oído vagas noticias sobre ello, porque Isidora hablaba de su pleito sin nombrar jamás a la marquesa. Sin duda las cosas importunas dichas por Bou al visitar las salas habían ofendido a la joven, que se suponía heredera y lo era sin duda de tan ilustre familia.

«¿Está usted enojada conmigo por las tonterías que he dicho? ¿Se ha resentido usted?...».

Isidora negó con la cabeza.

«¡Ah! ¡Ya sé, ya sé!» —exclamó él con regocijo, variando de pensamientos.

Creyó penetrar entonces en la verdadera causa del dolor de su amiga. Había entendido que Isidora estaba mal de intereses. Sin duda en aquel día los ahogos pecuniarios habían llegado a su mayor grado, y la infeliz e interesante joven se veía amenazada de un conflicto grave. ¡Oh! ¡Qué bella ocasión se le presentaba a Juan Bou para realizar un acto moral que ha tiempo meditaba! ¡Soberbia coyuntura! En un punto, en un momento podía atender a la caridad y al amor, dos cosas que son una sola, hemisferios diversos de un solo mundo infinito.

Algo había en el lugar solitario y recogido, así como en la pena de Isidora, que le incitó a no retardar más tiempo su generosa resolución. ¡Oh Dios del cielo! Si en todas las ocasiones Isidora le había parecido hermosa, en aquella le pareció punto menos que sobrenatural, engalanada con la divina expresión de su pena. Lástima y amor juntos, ¡qué poder tan grande sois!

«Isidora, Isidora» —dijo balbuciente la hidra sin hiel.

Después se calló por algún tiempo. Pasó un cuarto de hora, que fue para él un cuarto de siglo. Deshaciéndose todo en un suspiro colosal, volvió a decir: «Isidora».

Esta le miró sin hablarle, fijando en la ciclópea catadura de Bou sus ojos empañados por las lágrimas. Bou sintió que su corazón se partía en una porción de pedazos, y se expresó así con acongojada voz:

«Isidora, ya que usted no quiere confiarme sus penas, le voy a confiar las mías. Hace tiempo..., desde que tuve la dicha de conocerla a usted...».

Isidora, con su penetración admirable, comprendió todo. Tuvo una visión. Rasgose un velo y vio al monstruo herido que se postraba ante ella y le lamía las manos. Tuvo horror, asco. Toda la nobleza de su ser se sublevo alborotada, llena de soberbia y despotismo. Era cosa semejante al allanamiento de las moradas aristocráticas por la irritada y siempre sucia plebe. Sonaba el odiado trueno de las revoluciones, y destruidas las clases, el fiero populacho quería infamar las grandes razas emparentándose con ellas.

«Mis intenciones han sido siempre buenas —dijo el catalán, que, imposibilitado de remontarse al drama, caía en la vulgaridad—. Primero me agradó usted; después me hizo soñar; hízome pensar después. Tornose esto en una necesidad del corazón, y como estoy solo, como no me gusta estar solo... No tengo grandes riquezas que ofrecer a usted, pero soy trabajador, gano bastante y holgura... ¡Desde que la vi a usted me gustó tanto!... La vi salir de esta casa, y dije: «¿Quién será?...». En fin, que usted vale mucho, es muy buena, y yo quiero casarme con usted... Vamos, ya lo dije... y *palante*».

Isidora, estupefacta, no sabía en qué términos responder. Tenía que contestar negativamente, porque la idea de casarse con aquel bárbaro le causaba horror. Pero Bou era un hombre sincero y honrado, que no debía recibir el desaire con crudeza y desvío. Ella valía infinitamente más que él, ella era noble; pero la dudosa ejemplaridad de su vida podía hacerla inferior. ¡En qué vacilación tan grande estaba! En su alma el asco era inseparable del agradecimiento. ¿Cómo contestarle y expresar en una frase el desprecio y la consideración?... ¡Que un ganso semejante se atreviese a poner sus ojos en persona tan selecta! Era para darle de palos y mandarle a la cuadra. Pero al mismo tiempo... ¡cuán sencillo y generoso! Ofrecía su mano con verdadera intención y creencia firme de hacer un bien. ¡Si el pobre no alcanzaba más; si era un zopenco; si ignoraba con quién hablaba...! Isidora buscó rápidamente las frases más convenientes, y al fin dijo:

«Señor Bou, yo le agradezco a usted mucho su proposición; yo le aprecio a usted. Es usted una buena persona.

Pero me veo obligada a no admitir..., porque quiero a otro hombre.
—¡Quiere a otro hombre! —repuso con aturdimiento el litógrafo—. Después que nos casemos le olvidará usted, y me querrá a mí. Yo soy muy bueno».
Isidora sonrió.
«Yo soy bueno, aunque así, al pronto, meto miedo, por estas ideas que tengo y porque... Como he sido tan perseguido y... aunque me esté mal el decirlo..., he hecho heroicidades y cosas grandes, tengo este modo de hablar tan tremendo. Eso sí, no bajo mi cabeza al despotismo. Soy hombre que valgo para cualquier cosa, y en Cataluña basta que yo me presente para que se arme la gorda... Pasando a otra cosa, yo trabajo bien y gano; espero una herencia... No le faltará a usted nada.
—Quiero a otro hombre —repitió Isidora, creyendo que esta afirmación daba a tan penoso asunto el corte brusco que más convenía.
—Y ahora —dijo Juan Bou, con un nudo en la garganta—, ¿lloraba usted por ese...?».
La sospecha de que su rival era una sanguijuela del pueblo, elevaba el aborrecimiento de Juan a los más altos límites.
«Sí, sí; por él» —repuso decididamente Isidora, para ver si con esto se callaba el monstruo y la dejaba en paz.
Y como se desgaja la peña del monte y rodando cae al llano y aplasta y destruye cuanto encuentra, hasta que para y queda inerte otra vez, rodeado de muerte y silencio, así se desprendió del alma de Juan Bou su esperanza; rodó, hizo estrago, produjo cólera y despecho; pero bien pronto todo quedó en atonía dolorosa y muda. Miraba al suelo y su respiración sonaba como el mugido de una tempestad lejana, que a cada rato está más lejos. La cólera fue instantánea. Pasó dejando el abatimiento en el alma y la confusión en el

cerebro del coloso. Y en el cerebro fluctuaban, como restos de un vapor fugitivo, las vagas notas de un canto acompañado de sílabas. ¿Por qué esas músicas pegajosas, que toman posesión del oído y de los labios, insisten en su fastidioso dominio cuando el alma azarada, después de una catástrofe, se desmaya en duelo y tristeza? No se sabe. Se sabe, sí, que entre el oído, el cerebro y los labios de Juan Bou, andaba vagamente un sonsonete que decía: *Los curas van alumbrando — el Miserere rezando.*

Isidora había secado sus lágrimas. Para poner fin a tan fastidiosa escena, lo mejor era marcharse.

«Yo no puedo detenerme más» —dijo andando lentamente hacia la puerta.

Bou no contestó nada, ni hizo movimiento alguno.

«¿Viene usted?»

Al decir esto, la miró desconsolado. Isidora sintió provocación de risa, pero se contuvo.

«Nos iremos» —dijo Bou levantándose con tanta pesadez, que parecía haberse hecho de bronce.

Isidora iba delante, él detrás, Salieron y bajaron sin decirse nada. En la puerta de la calle, el desairado amante manifestó que se quedaría un rato más en casa de su hermana.

«Me ha matado usted —dijo al despedir a la ingrata—. Creo que estoy malo. Maldita sea mi suerte».

Y cuando ella se alejó, el bárbaro, mirándola desde el portal, pensaba cosas tristísimas y abominables. Sus pensamientos desencadenados brotaban en burbujas sueltas.

«¡Ingrata!, no conocer el valor del hombre que se le ha ofrecido... ¿Soy acaso un chisgarabís, un danzante, uno de esos vampiros del pueblo?... Yo tan tremendo; yo tan formal; yo tan útil a la humanidad; yo que tengo estas ideas tan elevadas... Y yo pregunto: ¿Por qué es tan guapa?... El demonio le hizo a ella la hermosura y a mí los ojos... ¡Despreciarme a mí!... La mujer es una traba social, una forma del oscurantismo, y si el hombre no tuviera que nacer de ella, debería ser suprimida».

Capítulo X. Las recetas de Miquis

I

Día de prueba fue el siguiente. No solo estaban agotados todos los recursos, sino también todas las combinaciones para vencer los apuros del momento. No había crédito, no había materia pignorable. ¡Oh situación horrible! Faltaba ya de un modo absoluto el sustento. Isidora, *Riquín* y don José tenían hambre.

Inspirado por la desesperación, don José tuvo una idea, ¡oh rasgo de humanidad y de amor! Se le ocurrió salir disfrazado a pedir limosna, seguro de encontrar almas generosas. No llegó esto a efectuarse porque se opuso resueltamente Isidora. ¿Pero qué harían? ¿Pedir a Emilia? De ninguna manera. Antes acudir a la limosna. ¿A quién, a quién, ¡Dios de mi vida!, si ya estaban explotadas todas las amistades?

Alguien se presentó en casa de Isidora a ofrecerle cuanto necesitase para vencer dificultades tan angustiosas. Pero las condiciones de estos anticipos eran tales, que la joven los rechazó, espantada. El loco amor al lujo y las comodidades eran los puntos débiles de Isidora; su necesidad la brecha por donde la atacaban, prometiendole villas y castillos; pero no obstante estas desventajas, resistía batiéndose con el arma de su orgullo y amparada del broquel de su nobleza. Tanta fuerza tomó en esto, que cortó los vuelos a la tentación, diciendo: «Antes pediré limosna». ¡Oh!, si Joaquín estuviese en Madrid, no pasaría ella tan crueles angustias. Pero a París, donde estaba, le había escrito siete veces en tres meses sin obtener contestación. Volvíase con el pensamiento a todas partes, como el habitante de la casa incendiada que, cercano a las llamas, busca un escape, un sostén, una cuerda... ¡Ah, cielos divinos! De pronto vio Isidora su cuerda. Acordose de una persona, y la esperanza rieló en la superficie de su ennegrecido espíritu.

Era de noche. Al día siguiente pondría en ejecución su pensamiento. Por fortuna, don José había tenido la inmensa suerte de encontrar aquella tarde a un bondadoso amigo que le facilitó la cantidad precisa para un mediano almuerzo. Segura, pues, Isidora de que habría con qué desayunarse a la venidera mañana, pasó tranquila la noche. A las once del siguiente día llamaba a una puerta.

«¿Está el doctor Miquis?».

¡Qué suerte! Estaba. Pasó la joven al despacho, y allí, sola con el médico, no pudiendo contener la pena que se desbordaba de su corazón, rompió a llorar. Recibiola con mucha bondad Augusto, la hizo sentar, preguntole mil cosas; pero ella, acongojada, no podía decir más que esto, que repitió tres veces:

«Dame de comer y no me toques».

Augusto se puso serio, comprendiendo que la situación de su amiga no era para tratada en broma. Hablaron. Él, aunque joven, tenía el arte de la interrogación, y ella comprendía cuán ventajosas le serían la espontaneidad y franqueza. Así, al cuarto de hora de confesión, ya Miquis sabía los últimos episodios de la vida de ella, el viaje al Escorial, la penuria, la declaración de Bou, las proposiciones de aquellas tales... Cuando nada importante quedaba por decir y formuló Isidora la síntesis de su problema, diciendo: «¿Qué debo hacer para poder vivir?», Miquis se quedó en silencio un buen rato, y después le contestó así:

«No te apures, no te apures. Veremos. Estás enferma, estás llagada. Tu mal es ya profundo, pero no incurable».

La inspiración brotó en su mente. Su grande y vivaz ingenio le sugirió una idea, y con la idea estas palabras:

«Pues he de curarte... Lo dijo Miquis, punto redondo».

Isidora llenó el despacho con un suspiro. Era el quejido de su enfermedad, ya extendida y profunda.

«Manos a la obra —dijo Augusto con gran solemnidad—. ¿Quieres que te cure? Responde ¿sí o no?

—Sí.

—Pues bien: ¿Estás dispuesta a ponerte a mis órdenes, y a hacer ciegamente lo que yo te mande?

—Sí, sí —replicó ella con ansiedad doliente.

—Pues empecemos. Lo primero es cambiar de aires.

—¿Me mandas al campo?

—No... Mejor dicho, sí, te mando a un valle urbano».

Y llevándola al balcón, le mostró la casa de enfrente. En el piso bajo veíanse unas rejas, por entre cuyos hierro salían matas de tiestos, colocados dentro en una tabla. La casa hacía esquina, y el cuarto bajo a que correspondían las rejas tenía por la otra calle una tienda con dos vitrinas. Pero esto no se veía desde el balcón de Miquis, aunque se adivinaba, mirando un rótulo que en áureas letras decía: *Castaño, ortopedista*. Otra grande y aparatosa muestra, colgada más arriba, en el piso principal de la misma casa, decía: *Eponina, modista*. Como Isidora la mirase, díjole Miquis:

«Huye de esas peligrosas alturas, y vuelve tus ojos al valle ameno que está abajo.

—Sí; Ahí viven Emilia y Juan. ¡Qué felices son!

—Pues en esa casa, en ese establecimiento salutífero vas a vivir desde mañana.

—¡Oh! ¡Si vieras qué envidia les tengo! Pero no, no me admitirán.

—¿Te negarán ese favor si se lo pido yo?... He salvado del garrotillo al mayor de sus chicos. Los asisto de balde. Me llaman casi todos los días.

—Entonces tú les pedirás que me admitan...

—Hoy mismo; pero ya comprenderás que les he de responder de tu buena conducta. Cuidado...

—¡Oh!, yo te juro... Lo que deseo es tranquilidad, paz...

—Bien —dijo Miquis, retirándose del balcón—. Ahora viene lo mejor. Una vez que cambies de aires, has de considerar que empiezas a vivir de nuevo. Tienes que educarte, aprender mil cosas que ignoras, someter tu espíritu a la gimnasia de hacer cuentas, de apreciar la cantidad, el valor, el peso y la realidad de las cosas. Es preciso que se te administre una infusión de principios morales, para lo cual, como tu estado es primitivo, basta por ahora el catecismo. ¡Oh! ¡Si tuvieras buena voluntad...!

—La tendré.

—Ahora viene lo gordo, hija. Después de entonarte, paso a recetarte el gran emético, medicina un poco fuerte y desagradable; pero que si la tomas con buena voluntad, ha de probarte maravillosamente con el tiempo y regenerarte por completo.

—¿Cuál es la medicina?

—Pues que te cases con Juan Bou».

Isidora hizo un movimiento de repeler cosa muy nauseabunda..., y puso una cara..., ¡Jesús, qué cara!

«Comprendo que no te agrade por el pronto. Pero reflexiona. ¿No has oído decir que toda persona tiene la fortuna en la mano una sola vez en la vida?

—Sí lo he oído; pero te diré...

—Pues considera si en tu situación puede haber para ti fortuna mayor que el que un hombre honrado te ofrezca su mano. No creo que pretendas un Coburgo Gotha. Reflexiona, observa el punto en que te hallas, echa una mirada atrás, otra delante, y di si mi medicamento no está perfectamente indicado.

—Yo no sé si será eficaz o no —dijo Isidora con tristeza y confusión—. Podrá serlo, mirando las cosas por lo bajo... Pero en cuestión de matrimonio, el gusto y el amor son lo primero...

—Es verdad que Juan Bou no es un Adonis; pero no es tampoco un monstruo... Es un hombre de bien, trabajador, sencillote, y, a pesar de sus bravatas, tiene el corazón más bondadoso y tierno del mundo.

—Lo sé, lo sé...; pero... quita allá, por la Virgen Santísima; yo no seré su mujer. No lo pienses... Este caso mío no es como otros casos —dijo Isidora, haciendo los mayores esfuerzos para que su acento expresase la convicción firmísima de su alma—. Para juzgar las cosas conviene verlas completas. Es verdad que si fuera yo nada más que lo que parezco, la cosa no tenía duda; pero tú bien sabes que sostengo un pleito de filiación con una familia poderosa; tú debes considerar que el mejor día gano el pleito, como es de ley; que paso a ocupar mi puesto y a heredar la fortuna y el nombre de esa familia, que son míos y me pertenecen. Pues bien, ¿te parece bonito que al tomar posesión de mi casa lleve colgado del brazo ese lindo dije de Juan Bou? A fe que me lucía... Miquis, tú estás lelo: yo no sé dónde tienes el talento, cuando dices ciertas cosas.

—¡El pleito! Precisamente has nombrado un desorden fisiológico que me trae a la memoria otra de las más importantes medicinas que te voy a recetar.

—¿Cuál?

—Resumamos. Primero mudar de aires; luego entonarte con una enseñanza primaria; después sigue la gran toma, el casorio con Juan Bou, y por último viene la extirpación del cáncer, que es la idea del marquesado».

Isidora creía escuchar el mayor de los insultos.

«Si de ese modo quieres curarme —dijo con altivez—, renuncio a tus medicinas.

—Entendámonos —añadió Miquis rectificando—. Si tus derechos no son una farsa, si hay algo de serio y legítimo en eso, enhorabuena que siga adelante tu pleito. Lo que yo quiero es que no consagres tu vida a la idea de ocupar una posición superior, que no vivas anticipadamente en ella con la imaginación, sino que tengas paciencia y reposo de espíritu... ¿Que ganas el pleito? Pues bien; te embolsas tu herencia y sigues, con tu marido, en la esfera de modestia, quietud y desahogo en que todos vivimos. ¿No quieres? ¿No aceptas mi plan?

—No lo acepto, no —dijo Isidora de muy mal humor—. Es un plan tonto.

—¡Ah mimosa! ¿Sabes lo que debo yo hacer, en vista de tu rebeldía? Pues no tenerte lástima, no interesarme por ti, y mirarte como tierra común en la cual todos tienen derecho a sembrar sus deseos para recoger tu deshonra. Desgraciada, si no acabas en la casa de Aransis, acabarás en un hospital.

—Bien, me agrada eso. O en lo más alto o en lo más bajo. No me gustan términos medios.

—Y sin embargo en ellos debemos mantenernos siempre... ¿Conque quedamos en eso?

—¿En qué?

—En que, rechazado por ti mi tratamiento, te debo considerar como incurable y hacerte el amor.

—¡Qué disparates dices!

—¿Vámonos al Retiro?... ¿Te acuerdas de aquellos paseítos, del Museo, de las fieras, de las naranjas que nos comimos entre los dos?

—Bien me acuerdo... Déjate de tonterías.

—No, no creas que voy a repetir ahora lo que entonces te decía. No habrá aquello de «me caso contigo». Entonces te lo decía; pero no pensaba hacerlo, no creas...
—Ya lo suponía.
—¡Y la verdad es que me gustabas muchísimo!... Y si he de serte franco, creía hacer contigo la gran conquista. Yo quería acreditarme entre mis compañeros, y decía para mí: «Esta no se me escapa.» ¡Y qué traidoramente se me escapó! Hoy nos encontramos otra vez. Tú, después de dar mil vueltas, vienes a mí... Pues mira, simplona, te juro que en este momento, vista tu terquedad en no dejarte curar, debiera yo ponerte los puntos..., y si no fuera por esta...».

Se levantó, y, tomando un retrato que sobre la mesa estaba, lo mostró a Isidora.

«¡Ah!, tu novia... Ya sé que te casas pronto, maulón. ¿Sabes que no vale nada?

—Te pego si lo vuelves a decir. Vale más que tú. No es muy guapa; pero es un ángel.

—Si no vale dos cominos —dijo Isidora riéndose descaradamente ante el retrato.

—¿Qué entiendes tú de eso? Esta, esta que ves aquí es mi salvaguardia contra ti; es mi patrona, mi abogada, mi Virgen del Amparo. Por esta, ¿la ves bien?, por esta con quien me casaré el lunes, Dios mediante, me libro del peligro de tenerte ante mí, y me hago un señor héroe, y atropellando por todo, te doy la batalla y te venzo y por fin me salvo, aunque no quieras... Esta tarde misma hablaré con Emilia, y mañana te irás a vivir con esa gente, para que aprendas, víbora, para que veas, pantera, para que sepas, demonio con faldas, lo que es el bien».

A cada frase daba un paso hacia ella, amenazándola con el retrato. Ya Isidora se había serenado bastante, y no veía las cosas tan tétricamente como antes. Él, por su parte, iba dejando de mano la gravedad de médico, el énfasis de moralista, y tomaba a ser, por gradación rápida, el Miquis de antaño, ingenioso, alegre y vivo, con su follaje de palabrería metafórica y su corazón repleto de bondad.

«No me acordaba de que tengo que escribir unas cartas —dijo Isidora repentinamente—. ¿Me las dejas escribir aquí, en tu mesa?

—Sí, sí, ángel ponzoñoso» —contestó Augusto, en cuya alma retoñaban devaneos estudiantiles.

Precipitadamente sacó papel, sobres. Isidora se sentó en el sillón de la mesa de despacho, él la dio pluma y ella se puso a escribir. Mientras la joven despachaba su correspondencia, que era algo larga, Miquis se paseaba, las manos metidas en los bolsillos, y miraba a Isidora con expresión entremezclada de asombro y miedo, diciendo para sí:

«Fuera ciencia, fuera gravedad... Juventud, no te me vayas sin dárteme a conocer... Tiempo hay de encerrarse en esa armadura de cartón que se llama severidad de principios».

Y volvió al paseo, y a echarle ojeadas y a meditar.

«Pero si me caso el lunes, y hoy es miércoles... ¡En qué ocasión se le ocurre a uno casarse!... Estoy entre el altar y el abismo... Hombre, *homo sapiens de Linneo*, no te deslices, coge una piedra y date con ella en el pecho como San Jerónimo. Honradez, tienes cara de perro...».

Isidora dejó de escribir, poniendo la pluma a un lado.

«Voy a descansar un ratito.

—Aunque sean dos ratitos, chica... Ya sabes que tengo el mayor gusto... Estás en tu casa...

—Vaya que tienes un bonito cuarto. Pero, hombre, ya podías haber puesto ese esqueleto en otra parte. ¡Qué horror!

—Quiero estar contemplando a todas horas la miseria humana.

—¿De quién serían esos pobres huesos?...

—Son de mujer. Quizás una tan hermosa como tú... Mírate en ese espejo.

—Gracias, chico. Tus espejos son muy particulares. ¡Y cuánto librote! A ver. ¡Jesús, qué títulos! Todo Medicina. ¡Qué lástima de dinero empleado en esto! Tanto libro para no saber nada. Porque tú no sabes nada, Miquis; eres un ignorante, un tonto.

—Quizás estás diciendo la más profunda verdad que ha salido de esos labios, de esas envenenadas rosas. Sí, soy un mentecato. Desprecia a Miquis, que habiendo descubierto un tesoro, permitió que ese tesoro fuera para todos menos para él. El simple y desventurado Miquis ha sido un libertino del estudio; sus calaveradas han sido las calaveras. A su lado pasó, coronada de rosas y con la copa en la mano, la imagen de la vida, y Miquis volvió los ojos para contemplar embebecido, ¡ay!, la rugosa faz de los catedráticos. La ocasión de vivir, de gozar, de ver cara a cara el ideal, de tocar el cielo, se le ha presentado varias veces; pero Miquis, este memo de los memos, en vez de poner la mano en toda ocasión hermosa, se iba a descuartizar cadáveres... ¡Y este Miquis se casa el lunes, es decir, que el lunes cierra la puerta a la juventud y entra en la madurez de la vida, en el régimen, en la rutina y método! Para él se acabó lo imprevisto; se acabarán los deliciosos disparates. ¡Desgraciada la boca tapiada a la risa! Ahora, ciencia, trabajo, suegro, amas de cría. Terrible cosa es recibir el adiós a la libertad, y ver la espalda a la juventud fugitiva. ¡Bienaventurados los chiquillos, porque de ellos es la vida!

—Tienes una bonita casa —dijo Isidora sin hacerle caso—. ¿Cuánto te cuesta?

—A ti nada te importa, pues no me la has de pagar. ¿Han concluido tus cartas?

—Voy a concluirlas».

Y él volvió a pasearse y a mirarla... ¡Qué hermosa estaba! ¿Quién lo metía a él a moralista ni a redentor de samaritanas? Soltó una carcajada en lo recóndito de su ser, allí donde su alma contemplaba atónita la imagen de la ocasión. «Pero me caso el lunes, el lunes...». Miró el retrato de su novia...

De pronto suena la campanilla, entra un señor y pasa a la sala... Es el papá de la novia de Miquis, que viene a consultarle un punto de Higiene. Augusto deja a Isidora en su despacho, y tiene que resistir durante una hora la embestida de su suegro, el cual le habla de Sanidad y de la fundación de la Penitenciaría para jóvenes delincuentes.

Cuando su suegro se marcha, Miquis vuelve al despacho. Está aturdido; la visita le ha dejado insensible. Hay en su cuerpo algo del efecto de una paliza; pero está fortificado interiormente. Isidora aguarda ansiosa. Está pálida y ha llorado un poco, porque no puede apartar del pensamiento que su hijo y su padrino no tienen qué comer aquella tarde.

«¡Cuánto has tardado! Es pesadito ese señor. En fin, amigo, yo siento molestarte. Acuérdate de lo que te dije al entrar».

Miquis hace una rápida exploración en su alma, encuentra en ella algún desorden y dispone que todo vuelva a su sitio. «Soy un hombre sublime —dice para sí—, un hombre de honor y de caridad, soy también un hombre que se casa el lunes».

Isidora le había dirigido al entrar una súplica angustiosa, elocuente expresión salida de los más sagrados senos del alma humana. Juntando el quejido de la necesidad a la súplica del pudor, Isidora le había dicho: «Dame de comer y no me toques».

Miquis abre su bolsa a la desvalida hermosa, y con magnánimo corazón le dice:

«Mañana estarás en casa de Emilia».

II

La admitieron. ¡Tanto pesaba en aquella casa la recomendación de Miquis, que había salvado del *croup* al niño mayor, y de los peligros de la dentición al más pequeño!

Ya sabe el lector cómo Emilia de Relimpio se casó con su primo, el hijo del ortopédico, que llamaba *cláusulas* a las cápsulas; matrimonio degradante si se le mira desde la altura de las pretensiones de doña Laura; pero muy natural, proporcionado y acertadísimo, siempre que la interesada lo mirase al nivel de sus sentimientos y de su porvenir moral y práctico. Juan José Castaño era tan hábil como su padre, y le superaba en inventiva y en asimilarse los descubrimientos y novedades del arte ortopédico. Sostenía el crédito del establecimiento y ganaba mucho dinero, porque, desgraciadamente para la Humanidad, parece que esta es una vieja máquina que se desvencija y deshace, hallándose cada día más necesitada de remiendos y puntales, o llámense muletas, cabestrillos, fajas, cinchas, suspensorios, etc. Nada, nada, nos desbaratamos. Unos dicen que es por estudiar mucho, otros que por gozar demasiado, y alguien echa la culpa a las armas de precisión; pero, cualquiera que sea la causa, ello es que la Ortopedia tiene un porvenir tan brillante como el de la Artillería. Son dos ciencias complementarias como la Filosofía y el Alienismo.

En su pacífica y laboriosa vida, Emilia, mujer de buen fondo y excelente corazón, se había curado de aquellas tonterías de aparentar y suponerse persona encumbrada. No volvió a ponerse sombrero más que cuando iba de viaje los veranos, ni a tratar de parecerse a las niñas de Pez, las cuales (dicho sea de paso) continuaban tratando de imitar a las niñas de los duques de Tal. Poseía un sólido bienestar; ella, su marido y sus hijos satisfacían plenamente sus necesidades, y de añadidura tenían buenos ahorros, un establecimiento de primer orden, y además, como perspectiva risueña, la hermosa finca de Pinto, con otras riquezas que el viejo guardaba. En suma, Emilia había tomado un magnífico sitio en el anfiteatro de la vida, donde tantos están en pie o pésimamente sentados. Su marido era sencillo, bueno, cariñoso, sin más defecto que el querer hacer las cosas demasiado bien y pronto, por lo que siempre estaba en riña con sus oficiales.

Por más que Isidora reconociera la importancia moral de aquella casa, no podía remediar que le fueran antipáticos el establecimiento, la tienda, llena de feísimos objetos, la trastienda donde trabajaban Rafael y sus oficiales, y la vivienda toda, honrada, virtuosísima, modelo de dignidad, de laboriosidad y de cristianismo, pero impregnada de un cierto olor de badana cruda, con malas luces y ruidos de taller.

Este juicio no excluía el agradecimiento que tenía a Juan José y a Emilia. ¡Insigne mérito y bondad había en ellos al admitirla, cuando, si la despreciaran, estaban en su derecho! Y véase aquí la eficaz influencia del medio ambiente. A los tres o cuatro días de estar allí, el espíritu de Isidora se adaptaba mansamente a la regularidad placentera de la casa, a la poca luz, al olor de badana, a la vista de los feos objetos, y notaba en sí una tranquilidad, un gozo que hasta entonces le fueron desconocidos. *Riquín* hizo tan buenas migas con los dos chicos de Emilia, como si se hubieran criado en la misma cuna. Todo el santo día lo pasaban enredando desde la trastienda a la cocina e inventando diabluras. Don José era el que parecía menos feliz. Estaba triste, según decía, por la falta de ocupación. Castaño, que no necesitaba tenedurías, le empleó en llevar recados y cobrar cuentas; pero aunque el buen señor desempeñaba estos encargos con docilidad, bien se le conocía que su principal gusto era no hacer nada, contemplar a Isidora, pasear con ella, y prestarle cuantos servicios hubiese menester.

Miquis solía pasar por allí, pero estaba muy poco tiempo. Como vivía enfrente, por las tardes enviaba con su criada unos papelitos que hacían reír a Isidora, a Emilia y al mismo don José taciturno. He aquí una muestra:

«RÉCIPE.—*Del extracto de paciencia, 100 gramos. Del ajetreo de máquinas de coser, c. s. Mézclese y agítese s. a. Para tomar a todas horas.*

DOCTOR MIQUIS».

«¿Ves? —decía Emilia, riendo—. Te manda que trabajes y me ayudes a coser en la máquina. Este Miquis es lo más salado... ¡Y qué razón tiene! Ocuparte en algo es lo que más te conviene. Cuando se pone la atención en cualquiera labor, no hay medio de pensar tonterías».

Bien lo comprendía la enferma; así, desde el primer día empezó a adiestrarse en la soberbia máquina de Singer que Emilia poseía. ¡Bien, bien! Con un poco de aplicación llegaría a dominarla. Al siguiente, otro papelito:

«RÉCIPE.—*De la infusión de raíz del olvido, 25 gramos. De esencia de modestia, 7 toneladas. Disuélvase en agua de goma, añádase la ipecacuana, o sea Juan Bou, y háganse 40.000 píldoras para tomar una cada segundo, con observación.*

DOCTOR MIQUIS.

Nota. El cual entra mañana en capilla. Cantad la salve de los presos».

Aunque las recetas eran de burlas, no desestimaba Isidora la prudente lección contenida en ellas. Hizo propósito firme de trabajar, de poner en olvido ciertas cosas, originarias de su perdición, y de acortar los orgullosos vuelos de su alma. Otro papel apareció diciendo:

«Se recomienda a la enferma que ayude a su patrona en cosas de la casa para que se vaya instruyendo, y que en las horas de descanso se dé un atracón de lectura. Le recomiendo el *Bertoldo*, el *Año cristiano* o las *Páginas de la Infancia*. Adiéstrese en contar para que se familiarice con las cantidades. En esto le podrá servir el águila de Patmos de la Contabilidad, su padrinito. Se recomienda especialmente a la enferma que si va Juan Bou (*alias* Ipecacuana), le reciba con amabilidad. El pobre está triste, aunque espera una herencia.

»*Nota*. El patíbulo de miel está armado en la capilla de los Desamparados. Orad por Miquis».

Por la noche fue Miquis un momento cuando estaban comiendo. ¡Qué algazara! Los tres chicos corrieron hacia él, y mientras uno se le colgaba de un brazo, el otro se le enredaba en una pierna, y todos le aclamaban como si el joven doctor fuera el más divertido de los juguetes. Isidora y Emilia le sacaron el tema de su boda, y ya le felicitaban, ya le hacían burla, mientras él, tan pronto hacía el panegírico de su futura como se lamentaba de perder su libertad. Subió luego al piso principal a ver a una anciana, madre de la célebre modista Eponina. Esta era una habilidosa francesa de mucha labia y trastienda, que en pocos años había hecho gran clientela. La vecindad fue causa de que Eponina y Emilia entablaran amistad. Algunas noches bajaba la francesa a casa del ortopedista, y otras los de Castaño subían al taller de modas. Isidora ya tenía conocimiento con Eponina, porque esta le hizo algunos vestidos en los prósperos tiempos botinescos. Conocedora Eponina del buen gusto de la de Rufete, siempre que esta subía mostrábale sus galanas obras, pidiéndole parecer, de lo que Isidora recibía mucho gusto, si bien este se desvanecía con el desconsuelo de ver tantas cosas ricas que no eran para ella. Luego, al volver a la ortopedia con el cerebro lleno de peregrinas visiones de trapos y faralaes, caía en profunda tristeza...

De esta manera pasaron algunos días. Miquis les envió los dulces de la boda, acompañados de estos renglones:

«Desde la mazmorra de flores, desde el delicioso ataúd de la Luna de miel, el inmolado Miquis saluda a los señores de Castaño y a la señora de Bou. Recomiendo a esta la calma. He sabido con disgusto que ha contravenido mis prescripciones higiénicas, remontándose al taller de madama Eponina, y probándose varios vestidos de baile para ver su buen efecto. Eso es muy peligroso y reproduce la fiebre. Prescribo el alejamiento absoluto de los centros miasmáticos. En los ratos que tenga libres, dedíquese la enferma a bordar unas zapatillas al señor Juan Bou, para lo cual dicho se está que ha de emplear dos varas de cañamazo. Eso no importa. Yo regalo el cañamazo y las lanas. La enferma irá a convalecer a la sombra del árbol de la Ipecacuana, ese árbol milagroso, señoras, que está plantado en la litografía de la calle de Juanelo, y que ansía estrechar entre sus ramas a la descendiente de cien reyes.—Saluda a todos el más novel de los maridos y el más feliz de los médicos.—MIQUIS».

Ya no se reía Isidora de las cartas y recetas. Desde el día anterior estaba muy ensimismada, y hablaba muy poco. Atribuyendo Emilia y Castaño la repentina tristeza de su amiga a que se veía apremiada por el procurador para abonar los crecidos gastos del pleito, la exploraron con habilidad; mas ninguna explicación categórica pudieron obtener de su taciturna melancolía. Un accidente habían notado que les hizo caer en desagradables sospechas: don José, al volver de la calle, habló en secreto con Isidora, y de aquel secreto databan el abatimiento y tristeza de la joven enferma. Observando con malicia, los esposos notaron que Relimpio salía y entraba con frecuencia, como si trajera y llevara recados, y que padrino y ahijada cambiaban recatadamente palabras breves y cautelosas. Cuatro días pasaron así, cuando Isidora salió para ir, según dijo, a casa de su procurador, y como al otro día y al siguiente repitiese el mismo viaje, los esposos se alarmaron y dieron en creer que Isidora no merecía la caritativa hospitalidad que le habían dado.

Fiel como un perro y callado como un cenotafio, don José fortalecía de tal modo su discreción, que en esta no hallaba el más breve resquicio la curiosidad de su hija. ¡José, eres una alhaja!

III

Y en tanto, excesivamente distraída de sus trabajos, Isidora visitaba con frecuencia el taller de Eponina, y allí se encantaba contemplando los magníficos vestidos, entre los cuales a la sazón había tres de baile. Eran para una joven condesa que tenía la misma estatura y talle de nuestra enferma. Eponina quiso que esta se los pusiera para ver el efecto. ¡Ave María Purísima!... Púsose el primero; estaba encantadora. Púsose el segundo. ¡Oh, arrebataba! El tercero..., ¡Cristo!, el tercero caía tan bien a su cuerpo y figura, que solo la idea de tener que quitárselo le daba escalofríos. Contemplose en el gran espejo, embelesada de su hermosura... Allí, en el campo misterioso del cristal azogado, el raso, los encajes, los ojos, formaban un conjunto en que había algo de las inmensidades movibles del mar alumbradas por el astro de la noche. Isidora encontraba mundos de poesía en aquella reproducción de sí misma. ¡Qué diría la sociedad si pudiera gozar de tal imagen! ¡Cómo la admirarían, y con qué entusiasmo habían de celebrarla las lenguas de la fama! ¡Qué hombros, qué cuello, qué... todo! ¿Y tantos hechizos habían de permanecer en la oscuridad, como las perlas no sacadas del mar? No, ¡absurdo de los absurdos! Ella era noble por su nacimiento, y si no lo fuera, bastaría a darle la ejecutoria su gran belleza, su figura, sus gustos delicados, sus simpatías por toda cosa elegante y superior.

Queda, pues, sentado que era noble. ¿Por qué no era suyo, sino prestado, aquel traje, y había que quitárselo enseguida, sin poder siquiera, como los cómicos, lucirlo un momento? No era reina de comedia, sino reina verdadera. Se miraba y se volvía a mirar sin hartarse nunca, y giraba el cuerpo para ver como se le enroscaba la cola. Pero qué, ¿iba a entrar realmente en el salón de baile? Su mentirosa fantasía, excitándose con enfermiza violencia, remedaba lo auténtico hasta el punto de engañarse a sí misma.

De repente oyéronse pasos. Isidora y Epinona miraron hacia la sala inmediata, y vieron entrar a un hombre. Era Miquis.

«Pase usted, doctor —dijo la modista—, y verá usted cosa buena. Usted no estorba nunca».

Era Eponina mujer desordenada; mucho tiempo hacía que no pagaba al médico, el cual visitaba con gran celo a la anciana madre de la modista. Para hacerse perdonar su falta de conducta, la francesa era complaciente con Augusto, y le permitía entrar en su taller a todas horas y bromear con las oficialas. Al ver a Miquis, Isidora se turbó un momento. Después se echó a reír.

«¿Te asombra de verme vestida de baile? —le dijo—. Sé que me has de reñir; pero, vamos, sé franco. ¿Estoy bien así, sí o no?».

Absorto la miraba el joven, y con voz balbuciente, que declaraba su sorpresa y embeleso, dijo:

«Estás..., no ya hermosa, ni guapa, sino... ¡divina!

—Vamos, que te he hecho tilín.

—A un ahorcado no se le hace tilín tan fácilmente; pero... Abismo de flores, de veras te digo que si no estuviera con la soga al cuello... Pero no, ¡fuera simplezas! El médico, el médico es el que habla ahora».

Y esgrimió el bastón ante la imagen hechicera de la dama vestida de baile.

«Has contravenido mi plan; te has burlado de mis recetas. No te salvarás, Isidora. Yo te abandono a tu desgraciada suerte.

—Siéntese usted, Augusto; deje usted el sombrero» —dijo Eponina con melosa urbanidad.

Desasosegado, Miquis se sentaba primero en una silla, después en otra, luego paseaba, y de pie y andando, no quitaba los ojos de su enferma.

«Pues mira —le dijo Isidora con cierto descaro—, no me riñas, porque con tus medicinas tontas y con tu asquerosa ipecacuana no me he de curar, ni quiero curarme.

—Ya lo sé que no quieres. ¿Piensas que no estoy enterado de tus malos pasos de estos días? A los médicos no se nos escapa nada. ¿Quieres que te lo cuente?».

Isidora se turbó otra vez.

«Pues oye: la semana pasada llegó de Francia Joaquín Pez en el estado más deplorable. Sus acreedores, cansados ya de contemplarle, le han caído encima como buitres hambrientos. Su padre ha decidido no ampararle más y le ha echado de su casa...

—Es verdad, es verdad —dijo la de Rufete con emoción, preparándose a derramar lágrimas.

—El pobre hombre, con el agua al cuello, desesperado y sin fuerzas para luchar con su destino, ha recurrido a ti. Sé que te ha buscado; que te mandó un recadito con tu padrino; que fuiste a verle... Es cierto, ¿sí o no?

—Es cierto.

—Se ha refugiado en una miserable casa de huéspedes donde no hay más que toreros de invierno, jugadores y gente perdida... Le visitaste hace cuatro días; has ido después varias veces... Lo sé por el ama de la casa, que es una Aspasia jubilada, y tiene relaciones con uno de mis más desgraciados enfermos. Reflexiona lo que haces, mira bien qué pasos das y entre qué gente vas a meterte.

—Es verdad lo que has dicho. ¿Cómo es que todo lo sabes y todo lo averiguas? —dijo Isidora, rompiendo a llorar—. Augusto, ten compasión de mí. No, no me digas cosas... Él está perseguido, huye de la justicia, y ha tenido que refugiarse en un sitio, que por ser tan malo, le ofrece seguridad. No se comunica con ninguno de la casa. No le denuncies, ni me riñas a mí porque no he querido abandonarle en la desgracia.

—Perdóneme usted, amiguita —indicó Eponina con bondad—, me va usted a estropear el vestido; me lo está usted mojando con sus lágrimas.

—Me lo quitaré —replicó Isidora haciendo un gesto de niña mimosa—. Miquis, haz el favor de pasarte a la sala, que me voy a mudar de traje».

Alejose un rato el médico. Cuando volvió, ya Isidora había tomado su forma primera. Se abrochaba su vestidillo humilde diciendo: «Ya tengo otra vez la librea de la miseria».

Eponina salió, dejándolos solos. De repente Isidora se fue derecha hacia Miquis, y cruzando las manos delante de él, le dijo con acento de intenso dolor:

«¡Amigo, estoy desesperada!

—¿Qué tienes? —le preguntó él, sintiendo ante aquella pena y aquellas lágrimas una cobardía dulce.

—¡Estoy desesperada! A ti me dirijo, a ti que eres bueno y me conoces hace tiempo.

—¿Bueno yo?... —dijo Augusto con ironía—. A ver, ¿qué quieres?

—Necesito..., ¿tendré que decírtelo?..., necesito dinero.

—Ya...

—Yo no puedo estar así. Váyanse al diablo tus recetas. Te diré..., yo quiero vivir y esto no es vivir.

—Dinero para el Pez.

—No, no; lo necesito para mi procurador y para mí. Estoy vestida de harapos... No me riñas, cada cual tiene su manera de ver las cosas de la vida. Sé que me vas a sermonear, y hablarme de moral y qué sé yo... No entiendo tus medicinas. Te diré... Dios no quiere favorecerme, Dios me persigue, me ha declarado la guerra...

—¡Qué pillín!

—Yo quiero ir por los buenos caminos, y Él no me deja —prosiguió Isidora con tanta agitación que parecía demente—. Veremos si al fin me favorece. Te diré...; lo que importa es que yo gane ese pleito. Cuando lo gane, tomaré posesión de mi casa... Mucho siento no poder llegar a ella con todo el honor que mi casa merece..., pero ¿qué hacer ya? Entretanto, amigo, la miseria me es antipática, es contraria a mi naturaleza y a mis gustos. La miseria es plebeya, y yo soy noble.

—Isidora —declaró Augusto con seriedad—, al nacer te equivocaste de patria. Debiste nacer en Francia. Eres demasiado grande, eres un genio y no cabes aquí. ¿Quieres el último consejo? Pues vete a París. Allí encontrarás tu puesto. Aquí te degradarás demasiado. Aquí no las gastamos de tanto lujo como tú».

Levantose para marcharse.

«No, no te vas —dijo ella deteniéndole con fuerza por un brazo—; no te vas sin decirme si puedo contar contigo.

—¿Para qué?» —murmuró el médico temblando.

¡Sentía un frío...!

«Yo necesito una cantidad —dijo Isidora febril, los labios secos.

—No puedo... complacerte —repuso el joven, dejándose caer en una silla.

—Sí puedes, sí puedes. ¡Augusto, por amor de Dios!..., socórreme, socórreme. Te diré...

—Si es nada más que un socorro...».

Miquis, turbado hasta lo sumo, aprecio con rápida ojeada interior su situación. ¡Se había casado seis días antes, estaba en la Luna de miel!... ¡Ser traidor a su joven y amable esposa! «No, no, no», gritó para sí, y luego, en voz alta: «Pobre mujer, criminal o desgraciada, noble, plebeya o lo que seas, yo no te puedo amparar... Busca en otra parte...

—¡Ah! ¡Qué amigos estos! —exclamó ella en lo último de la angustia—¡Y luego nos injurian si al vernos desamparadas corremos a la degradación! Bueno, bueno; me perderé, me arrastraré».

Miquis cerró los ojos para no verla. Si la veía un momento más estaba perdido... Por lo que, sin añadir una palabra, echó a correr fuera del gabinete y de la casa.

Iba por la calle adelante, satisfecho de su triunfo, cuando sintió rápidos y leves pasos detrás de sí. Al mismo tiempo oyó que le llamaban. Una mujer corría tras él. Al reconocer a Isidora, el pobre médico tembló de nuevo.

«Tengo un recelo —le dijo Isidora agitadísima, la voz balbuciente, la expresión turbada y agoniosa—. No me has comprendido... Habrás creído tal vez que deseo ser tu querida, que te he propuesto que me compres... No me juzgues mal; yo quiero ser honrada. Si no lo consigo es porque..., te diré...

—¡Honrada!

—Sí, sí. No me comprendes. Sí me socorres, yo te pagaré..., dinero por dinero.

—Déjame en paz —dijo Miquis retirándose.

—No, no te vas —replicó ella deteniéndole con fuerza—. Estoy desesperada. Necesito... En último caso, paso por todo.

—Soy pobre.

—La desesperación es ley, Augusto. Te hablaré con el corazón; te diré... Yo no quiero más que a un hombre. Por él doy la vida, y en último caso el honor... Di, ¿me favoreces?

—Lo que necesitas, ¿es para comer?

—No; necesito mucho.

—No puedo, no puedo».

«Augusto, Augusto —exclamó ella colgándosele del brazo—. Mi necesidad es tan grande, que no puedo tener tesón ni dignidad, ni nobleza. Yo no te quiero, no puedo quererte; pero como Dios me abandona, yo me vendo».

Pausa. Miquis la miraba pestañeando. Sobre ambos, un farol de gas alumbraba con rojiza luz aquella escena indefinible en que la necesidad desesperada, de un lado y la integridad vacilante de otro, se batían con furor. ¡Dinero y hermosura, sois los dos filos de la espada de Satanás!

«Soy pobre —repitió Miquis, haciendo un esfuerzo—; vete a París.

—¡Augusto!».

Augusto sintió cólera. Aprovechándose de aquel movimiento del alma, desprendió su brazo de la mano de Isidora, y con toda energía le dijo:

«Dios te ampare».

Ya estaba distante cuando oyó esta voz sarcástica: «¡Farsante!».

Aquella misma noche desapareció Isidora de la casa de sus buenos amigos, dejándoles un papelito que decía:

«Emilia, Juan José, amigos queridos: no soy digna de vivir en vuestra casa. Cuidad de mi hijo esta noche. Tened lástima de mí».

Capítulo XI. Otro entreacto

En el famoso pleito de filiación había terminado la prueba; varios testigos habían declarado y ambas partes respondido a infinitas preguntas, repreguntas y posiciones; una bandada de golillas revoloteaba en torno a las ramas de aquel árbol de escaso fruto; se había presentado el alegato de bien probado; se aproximaba la vista, a que seguiría la sentencia, y con esto la demandante se las prometía muy felices. Verdad que en la prueba, llamada Isidora a manifestar algún recuerdo de su niñez por donde se viniera a aclarar su nacimiento, no pudo suministrar noticia alguna que ayudara eficazmente a su defensa.

Las declaraciones de los testigos eran desacordes y confusas por todo extremo. Un tal Arroyo, del Tomelloso, amigo del Canónigo y de Tomás Rufete, confirmaba la pretensión de Isidora. Un tal Arias depuso en términos diametralmente opuestos, y don José de Relimpio, llamado también, declaró en términos categóricos a favor de la que llamaba su ahijada; mas su declaración, falta de solidez, daba lugar a dudas acerca de la sinceridad del anciano. Sobre tan misterioso asunto, él no sabía gran cosa. Sabía, sí, y esto no podía dudarlo, que en 1851 había sacado de pila a una niña, hija de Tomás Rufete. A los seis meses no cabales, Relimpio y Rufete riñeron por cuestión de una pequeña herencia y estuvieron siete años sin hablarse ni tener trato ni comunicación alguna. Hechas las paces al cabo de tan largo tiempo, ambas familias volvieron a entrar en relaciones. Entonces vieron los de Relimpio que en casa de Rufete había dos niños, Isidora y un varoncillo de dos años. Tomás dijo a Relimpio con misterio que su hija había muerto y que aquella que vivía y el niño se los había dado a criar una dama que no nombró. Don José, que no había visto a Isidora desde la edad de seis meses, no podía, por el rostro de ella, discernir si era cierto o falso lo que afirmaba su pariente; pero por costumbre siguió llamándola ahijada, y desde entonces comenzó el cariño de que tan grandes pruebas diera más tarde. En cuanto a Francisca Guillén, nunca pudo Relimpio obtener de ella una declaración terminante acerca de las dos criaturas que pasaban por suyas. Cuando Tomás estaba en el Tomelloso, la buena mujer aventurábase a decir algo, que llenaba de gran confusión a don José; pero cuando el otro volvía, todo eran vaguedades y misterios.

Esto era lo que Relimpio sabía, y estos breves datos y sus conversaciones, no largas, con Tomás y Francisca, debieron de haber constituido su declaración; pero, llevado de un sentimiento de caballeresca protección a la desgracia, hizo las afirmaciones más conformes con su deseo y el de su ahijada. Sigamos ahora los pasos de Isidora, de cuyo paradero ni Emilia ni Juan José tenían noticia alguna. Tres veces en dos días había ido la pícara a ver a *Riquín*, porque la ortopedista no se lo había querido entregar; pero ni con preguntas capciosas pudo obtener de ella un indicio del sitio en que moraba. Debía de saberlo don José; mas también guardaba fielmente el secreto. Tristeza tan profunda dominaba al buen tenedor de libros, que con el peso de ella parecía habérsele aumentado la cuenta de los años, extremando su vejez. Casi todo el día lo pasaba fuera de su casa, y cuando entraba en ella anunciábase con suspiros. Había perdido el apetito, dormía muy mal y tenía los sueños más raros del mundo. Soñaba que se batía en duelo de honor con Pez, Botín y otros caballeros, y que a todos les mataba, sacándoles hasta la postrera gota de sangre. ¡Horror de los horrores!

Pero si Relimpio era la misma tristeza, otro personaje muy conocido nuestro, el gran Bou, veía de súbito compensadas sus desdichas amorosas con una gran ventura en cuestión de intereses. ¡Oh! Si la ingrata se aviniera a dar el deseado *sí*, el Obrero-Sol sería un ejemplo de hombre venturoso cual pocas veces se ha visto sobre la Tierra. Diríase que la Providencia cristiana, no menos caprichosa a veces que la pagana Fortuna, se había propuesto abrumarle de bienes positivos, negándole los que su corazón apetecía, y le colmaba de frutos riquísimos sin dejarle ver y gozar la flor hermosa del amor. Desde la visita al palacio de Aransis empezó la tal Providencia a divertirse con él. En el espacio de quince o veinte días le quitaba por un lado toda esperanza de amor, y dábale por otros tres gollerías o momios pecuniarios a cuál más valioso. Primero: aseguró un buen negocio contratando cierto trabajo de impresiones y etiquetas con un afamado industrial; segundo: percibió una herencia de ciento setenta mil reales; tercero: se sacó un segundo premio de lotería, importando cinco mil duros. ¿Qué tal? Aun con ser estos embolsos un estorbo más para llegar a la deseada liquidación social, Bou se guardó su dinero y se puso muy contento, considerando en lo más escondido de su mente, que bien podía aplazarse la tal liquidación, o exceptuar de ella, en el punto y hora en que se hiciera, el dinero de la gente honrada.

Miquis, que le apreciaba y se reía con él, fue a darle la enhorabuena, y le encontró en su taller trabajando como siempre. Bou se levantó, saludó a gritos, estrujó la mano de su amigo, y después fue acometido de una tos tan violenta, que su cara parecía un cuero de vino, y el ojo rotatorio estuvo a punto de desalojar su holgada órbita y caerse al suelo.

«Ese alquitrán, hombre, ese alquitrán...

—Déjese usted de alquitranes y de potingues. Ni curas ni boticarios me sacarían un cuarto. Que coman yerba..., ¡hala! Y a ustedes los médicos, si yo arreglara el mundo, los pondría a que me barrieran las calles, a que me desecaran los pantanos, a que me desinfectaran las alcantarillas... Ahí es donde están las enfermedades.

—Pues a los litógrafos los pondría yo a que me afeitaran todas las ranas que se pudieran coger... Pero vamos al caso... ¿Convida usted o no convida?

—Sí, señor; convido a una copita... y nada más.

—¡Qué miserable! Yo esperaba un banquete regio.

—No me gustan aparatos ni bulla.

—Hombre, siquiera un cubierto de cincuenta reales..., cuatro amigos...

—Pues *palante* —exclamó el catalán, disparando su risa—, y aunque sea de doscientos reales. Pero cuatro o cinco amigos nada más».

Siguieron hablando de la buena fortuna. Bou la había recibido con calma y no pensaba hacer locuras. Si al fin se casaba, seguiría trabajando, con el mismo sistema de vida modesta y oscura. Pero si no se casaba, tenía el pensamiento de proporcionarse algunas satisfacciones, porque *¡voto va Deu!*, no hay dinero más soso que el que uno deja a sus herederos cuando se muere. Es necesario irse al otro mundo sin poder contar por allá algo de lo poco bueno que hay en este; y luego, si viene la liquidación, si tocan a desamortizar, es triste cosa que le limpien a uno sin haber sido sanguijuela por un poco de tiempo. El trabajo es bueno, magnífica cosa, sí señor, admirable en extremo; y los holgazanes que se aprovechan del trabajo del pobre para gozar, son unos pillos, sí señor, grandes tunantes; pero el obrero que tiene una ocasión de introducirse, siquiera sea por breve tiempo, en el palacio encantado de los goces mundanos, debe hacerlo, aunque no sea sino por conocer el género de vida de las sanguijuelas y tenerlo en consideración el día en que se ajusten cuentas. Él (Juan Bou) había pensado esto, y sacado en consecuencia que las teorías puras no resuelven la cuestión social; es preciso estudiar prácticamente los excesos de la holgazanería.

Aprobó Miquis cumplidamente estas ideas y con toda energía excitó a su amigo a probar las escasas dulzuras de esta corta vida, ya que sin quererlo tenemos siempre entre los labios sus amarguras, y pues la ocasión de ser dichoso no se presenta siempre, aprovéchese cuando viene, que tiempo hay de sobra para privaciones, disgustos y penas.

«Supongo —añadió— que andaremos en coche y a caballo, que tendremos buena mesa y palco en el Real».

Echose a reír Juan Bou y dijo que no pensaba correrse mucho, ni hacer el oso, ni ponerse en ridículo como un indianete sin seso; que tan solo obsequiaría a cuatro amigos, y que sin abandonar su taller, trataría de ver qué sabor tiene la sangre del pueblo.

Después nombró Miquis a la ingrata, y oído su nombre, se puso tan serio el otro, que parecía haber perdido en un instante todo su contento. No habrían dejado aquí un tema tan del gusto de ambos si en aquel punto no hubiera entrado don José, el cual se turbó al ver al médico. Bou, también algo turbado, pidió perdón a Miquis y se fue con Relimpio a un despachito cercano, donde Augusto les oyó secretearse.

«Le ha traído una carta o recadillo —pensó el doctor, proponiéndose no darse por entendido—. Ya, ya...».

Don José salió, al parecer con otra esquela o recadito verbal, aunque es más probable que llevara lo primero, y al salir habló a Miquis del tiempo, de política, de Cánovas y de que las tropelías de los ingleses en el campo de Gibraltar daban motivo a España para exigir de Albión que nos devolviera aquel pedazo de nuestro territorio. Augusto se mostró conforme con estas patrióticas ideas y le dejó marchar, compadecido de su aspecto caduco y del azoramiento que el semblante del pobre viejo declaraba. Convidado por Bou al banquete que celebraba a la siguiente noche, fue don José vestido con su levitita anticuada y su corbata azul de alfiler. Grave y silencioso estuvo toda la noche, sin que los demás comensales pudieran comunicarle su alegría. Era tan flojo de cerebro, que en cuanto bebía dos copas se ponía perdido, y he aquí que al probar el Champagne, el buen tenedor de libros, después de haber dado varias pruebas de no ser dueño de sus ideas, se dirigió a Juan Bou y con lengua solemne aunque torpe, le dijo:

«¡Caballero, usted me dará una satisfacción, o me veré obligado a llevar la cuestión a un terreno...!».

Todos prorrumpieron en risas. Exacerbado con ellas el humor pendenciero de don José, se puso éste como la grana, y uniendo el gesto impetuoso a la dicción enfática, añadió:

«Porque usted se empeña en mancillar el honor de una joven de altísima familia, y yo no permito, ¿lo entiende usted?, no permito... ¡yo que soy su segundo padre...!

—Tiene razón —dijo Miquis—. Esto no puede quedar así. El lance es inevitable.

—Inevitable —gritó Relimpio descargando el puño sobre la mesa y rompiendo un plato—. Elija usted hora y arma. Si quiere usted, a la hora del alba...

—*Al matutino albore...*».

Lo más particular fue que Bou, que también era hombre incapaz de llevar con aplomo tres copas de vino blanco, empezó a disparatar. Primero se rió mucho, después todo su empeño era abrazar a don José y llamarle su amigo. Relimpio, por el contrario, más se enfurecía a cada instante. Los otros le incitaban, y sabe Dios cómo habría concluido el lance si el catalán, que brindaba a cada momento, no diera de improviso con la mole de su cuerpo en tierra.

Levantose en esto don José y señalando con dramático acento el cuerpo que parecía cadáver, dijo:

«¡La suerte me ha sido favorable, caballeros, señal de mi derecho! ¡Le he matado!... He salvado el honor de una eminente doncella, de aquella hermosa entre las hermosas, de aquella oriental perla, de aquel serafín...».

Dio tres o cuatro pasos en falso, giró como un trompo, y fue a caer en un diván de hule, donde Miquis le mojó la cara.

Capítulo XII. Escenas

I

Joaquín: (Solo, paseándose meditabundo por la habitación, que es de bajo techo, sucia, con feísimos y ordinarios muebles, todo en desorden.) Ni un día más durará esta vida. Protesto con toda mi energía de ser racional y libre, declaro absurdo y necio el deber de vivir. No hay tal deber. Cuando la sociedad nos declara la guerra, o hay que rendirse entregándole las llaves de la plaza del alma, por otro nombre la vergüenza, o hay que tomar las de Villadiego, emigrando a la eternidad. Este es el dilema, *the question*, como decía el otro: o vivir sin decoro, o buscar en la muerte la imposibilidad absoluta de ruborizarse. Opto por morir. (Da un gran suspiro, alza los ojos del suelo, y fijándolos en un espejo que hay en la pared, sucio de moscas y con gran parte del azogue borrado, se contempla en silencio un gran rato.)—¿Eres tú, imagen que aquí veo, la de Joaquín Pez? Te desconozco. Tú no eres yo. Yo era hermoso, y tú, con esa palidez de Santo Cristo viejo y sin barniz, das grima. Mis ojos derramaban la alegría y la felicidad y los tuyos están mortecinos y sin brillo. ¿Cómo puedo creer que el hombre mejor vestido de Madrid sea este que aquí veo dentro de esta levitita abotonada hasta el cuello, con los ojales rotos y los bordes grasientos y con flecos? No: el hombre que, a la hora que es, no ha tomado más que un café y un poco de pan, no puede ser el Joaquín Pez que yo conocí. (Da media vuelta y sigue paseando.) Me repugno, me doy asco. Vivir así es peor que cien muertes.

»Ya no puedo pasar mucho tiempo sin que me descubran. Me prenderán, me meterán en la cárcel... ¡Qué iniquidad! (Se conmueve.) Soy un desgraciado, un hombre débil que no conoce el orden; soy un tonto; no tengo sentido común, no sé arreglarme..., no valgo dos cuartos. Cuanto se diga de mí en este sentido es justo. ¡Pero acusarme de estafador!... Que en París contraigo deudas; que me vengo a España con intención de pagar; que un francés sale escapado detrás de mí persiguiéndome; que le entretengo unos días; que me endosan unas letras para que las cobre; que las cobro y pago al francés; que los acreedores de aquí, envidiosos de ver la buena suerte del extranjero, se me echan encima, me ahogan, me embargan, me despojan la casa; que mi padre se enfurece y riñe conmigo y me retira su apoyo; que el dueño de las letras me exige su dinero; que no se lo puedo dar; que le pido un plazo; que me lo niega; y tomándolo por la tremenda da parte a la Justicia; que corro y me afano buscando un prestamista, y no lo puedo encontrar; que protesto de mis buenas intenciones y de mis deseos de cumplir, y nadie me cree; que me acusan de trapisondista y de estaf... No, no lo puedo sufrir. En mí hay error; pero mala fe, jamás. La ligereza, ¿será hermana del crimen?...

»He recurrido al juego y no he tenido suerte; se han conjurado contra mí hasta los abominables ganchos de los garitos. Es una guerra universal contra el infeliz caído; es la venganza de la cursilería contra el que fue ídolo de la sociedad y de las damas, hombre de moda y verdadero tipo del bien vestir. (Dando un gran suspiro.) Yo juro que no se reirán de mí; no, no me humillaré; no haré el mamarracho. Es preciso acabar dignamente. Cada cosa que pierde el cimiento cae según su natural condición. Caeré con catástrofe, como las torres, y los que oigan el estrépito de mi fin dirán: «Este es un hombre»... (Acércase a un rincón en que hay una percha, de la cual pende un gabán. Toca la tela, reconociendo por fuera algo que abulta dentro de un bolsillo.) Aquí estás, pasaporte, billete de ida sin vuelta. Te guardaré en el cajón de la mesa (Lo hace.) para que no te vea Isidora, que se asusta tanto de las armas de fuego. Ayer te vio y quiso tirarte a la calle. Esta noche, tú y yo nos entenderemos. Las horas, que se arrastran pesadamente de la mañana a la noche, despidiendo como una baba pegajosa, empapan mi alma en desesperación. Esto ya no es vivir. Hágome cuenta de que ya se acabó todo, y voy a escribir. No quiero irme sin decir algo a ciertas personas. (Se sienta en una claudicante silla, junto a la más derrengada mesa que es posible ver, y escribe.) Suprimiremos la fórmula vulgar de «A nadie se acuse de mi muerte». Diré a mi padre que... Siento pasos. Isidora viene. Esta desgraciada es el único ser que ha tenido la abnegación de unirse a mí y ampararme cuando me ha visto abandonado por todos. ¡Oh corazón generoso! Ha querido confortar mis penas con sus ilusiones y mi desesperación con su esperanza. Cuando la veo, me dan ganas de vivir y de ser bueno y arreglado y de unirme para siempre con ella. Aquí está...».

II

Isidora: (Entra con muestras de cansancio. Viene humildemente vestida y trae un lío de ropa. Siéntase en un sofá inválido que se inclina más de un lado que de otro, y poniendo sus ojos llenos de dulzura en Joaquín, espera que este le dirija la palabra.) ¡Dios mío, qué escalera!

Joaquín: Más grande es la del Paraíso; al menos así lo dicen, que yo no la he visto.

Isidora: ¿Ha venido mi padrino?

Joaquín: No he tenido el gusto de ver a su señoría.

Isidora: ¡Cuánto he andado, cuánto he corrido hoy!... He vuelto a casa de Emilia para ver a *Riquín*. He querido traérmele, temiendo que les molestase; pero Emilia no lo ha consentido... Hemos llorado... (Se conmueve.)

Joaquín: Has hecho bien en dejarle allí. En ninguna parte estará mejor.

Isidora: (Suspirando fuerte.) ¡Ay! Dios de mi vida, ¡qué angustia! Por fin he logrado reunir... (Lleva la mano a su bolsillo como para defenderlo de un brusco movimiento de Joaquín.)—No, no te doy un cuarto. Déjame, que yo iré arreglando las cosas. Por de pronto es preciso que salgas de aquí. Esta casa es una pocilga, y ¡qué vecindad, qué huéspedes, qué patrona! Anoche no me dejaron dormir estos torerillos y demás gentuza que cantaba y daba palmadas en el comedor. Pero di, ¿no hallaste otro sitio mejor en que meterte?

Joaquín: (Con desaliento.) Perseguido, aterrado, aturdidísimo, me dejé conducir por un amigo, Pepe Nules.

Isidora: Pues ya tengo para pagar los ocho días que has estado aquí. Yo no he estado más que tres. El gasto es poco. Hoy te haré traer comida buena de la fonda.

Joaquín: No te apures por eso...; lo mismo me da.

Isidora: Y mañana irás a una casa más decente.

Joaquín: (Con indiferencia.) ¿Para qué?

Isidora: Para que vivas con más decoro.

Joaquín: ¡Ideas convencionales!

Isidora: (Pensativa.) Ayer te dije que tomaría una casita, y nos íbamos a vivir juntos, ocultamente, sin que nadie se enterara. Ya he reflexionado, y eso no puede ser.

Joaquín: Esas ideas de vivir ocultamente, y eso de hacer un nido y... (Riendo.) Estupideces, hija. Eso lo pueden hacer los pájaros, que no conocen la acuñación de moneda. Estamos dejados de la mano de Dios. No hay que pensar en casita ni en simplezas. Los novelistas han introducido en la sociedad multitud de ideas erróneas. Son los falsificadores de la vida, y por esto deberían ir todos a presidio.

Isidora: No te desesperes. (Sonriendo con dulzura.) ¿Y si yo te dijese que tengo probabilidades de reunir algún dinero?

Joaquín: Tu dinero nos serviría para ir pasar dos días, tres. Luego volveríamos a la misma situación de miseria, y como tus riquezas no habían de ser tales que yo pudiera con ellas romper este cerco en que me hallo...

Isidora: (Con cariño.) ¿Y si yo pudiera...?

Joaquín: Ta, ta, ta. Tú vives de ilusiones. Aquí tenemos otra vez la fantasmagoría del pleito. Siempre crees que mañana te duermes Isidora y te despiertas marquesa de Aransis, harta de millones. No sé cómo, con tu buen talento, vives así, engañada por el deseo.

Isidora: Vamos, hoy todo lo ves negro.

Joaquín: Es que todo se ha vuelto ya retinto para mí.

Isidora: Si quieres que no riñamos, no me hables del pleito con ese desprecio. Yo tengo confianza, y quiero que tú la tengas también. El procurador me ha dicho que es cosa ganada... Tardará algún tiempo, porque mi abuela apelará; pero de que lo gano, no te quede la menor duda.

Joaquín: Pues poniendo las cosas a tu gusto, siempre pasarán tres, cuatro o cinco años antes que lo ganes. Ayúdame a sentir. Ni cómo he de remediarme yo ahora y sortear mi deshonra, con esos caudales que todavía no se han acuñado.

Isidora: Al darte esperanzas, no me refería precisamente al pleito. Yo pensaba conseguirte el dinero con un préstamo.

Joaquín: ¡Un préstamo! (Con estupor.)

Isidora: En fin, yo me entiendo... No te desesperes...

Joaquín: No creo ya en los préstamos, como no creo en los milagros. (Da media vuelta y se pasea otra vez.)

Isidora: (Aparte, y después de mirar un rato a Joaquín). Es preciso sobreponerse a la desgracia... Arreglaré el cuarto que parece una leonera.

Larga pausa. Durante un momento, ambos personajes callan. Isidora coloca las sillas con cierto orden, arregla las camas, quita el polvo. Cuando limpia el espejo, se mira un poco, y dice: «Parezco que sé yo qué. (Alto.) Hoy traeremos dos cubiertos de la fonda.

Joaquín: Como tú quieras. El comer bien o el comer mal me es indiferente; pero, pues tú lo quieres, comamos bien, que nada se pierde en ello.

Isidora: (Sentándose fatigada.) La miseria, hijo, me espanta. No tengo un vestido decente que ponerme... ¿Pues y tú? ¡Y a esto llaman vivir!...

Joaquín: La vida sin dinero es una enfermedad del cerebro, una fiebre galopante, una meningitis. Ni el amor es posible en la pobreza. Mete a los amantes más finos y más exaltados, a Romeo y Julieta, por ejemplo, en un cuchitril, donde no tengan más que el consabido *pan y cebolla*, y a los dos días se arañan la cara. La miseria es enemiga del alma humana. Con ella no es posible el talento, ni los afectos, ni la amistad, ni el arte, ni la dignidad, ni nada. Es la forma sintética del mal. Oye, oye, Isidora: el reloj de las monjas ha dado las tres. Tengo una debilidad... Si persistes en el sibaritismo de traer algo de la fonda, mándalo traer pronto, ya sea almuerzo, ya comida, porque me muero de hambre.

Nueva pausa, durante la cual entran una criada de la casa y un mozo de la fonda. Este sirve el almuerzo. Joaquín demuestra más apetito que Isidora.

Isidora: (De sobremesa.) ¿Qué tal?

Joaquín: Los langostinos estaban muy buenos; el *bistec* me ha rejuvenecido. ¡Bendita seas tú, que siempre tienes ideas grandes! Eso de sorprenderme con dos botellas de Champagne prueba que en ti todo es noble, lo mismo el corazón que la cabeza. Dejaremos una botella para mañana, porque la economía es la primera de las virtudes; no, la segunda, que la primera es cuidarse bien.

Isidora: Alguna otra sorpresa he de darte todavía. Dime, ¿mereces tú lo que hago por ti?

Joaquín: No lo merezco ciertamente. Muchas veces te lo he dicho. Eres un ángel..., no de esos ángeles desabridos que pintan en los cuadros y en las poesías, los cuales vienen con consuelillos de moral emoliente, sino un ángel mundano que derrama sobre el corazón del desgraciado bálsamo eficaz. En una palabra, eres un ángel práctico. Bien se conoce en todas tus acciones la nobleza. Podrás equivocarte, cometer faltas; pero ser innoble, jamás. No sé si me explicaré diciendo que tienes la elegancia del alma.

Isidora: Tienes razón. Seré cualquier cosa; seré... mala si se quiere, pero ordinaria jamás.

Joaquín: Indudablemente eso está en la sangre. ¡Por vida de...! Si no ganas ese endiablado pleito, no hay justicia en la tierra... ni en el cielo. ¡Ay! Isidora, no sé por qué el Champagne da a mi alma un vigor que ya no tenía. Ello es que siento deseos de echarme a pensar cosas agradables. Isidora, Isidora, mujer mía. (La abraza tiernamente.) Entretengámonos un momento con ilusiones...

Isidora: (Riendo.) Mejor es soñar que ver.

Joaquín: Ganarás el pleito... Yo me casaré contigo...

Isidora: (Entristeciéndose súbitamente.) En lo primero creo, en lo segundo no. Esa ilusión es demasiado bonita para que pueda engañar.

Joaquín: ¿Por qué lo dices?... ¿Porque te lo he prometido muchas veces, y nunca lo he cumplido? Ahora...

Isidora: Ni ahora ni nunca. Tú no te casarás conmigo. (Derrama unas lágrimas.)

Joaquín: El mundo es olvidadizo, tontuela.

Isidora: Pero no tan olvidadizo que...

Joaquín: Y enseguida que nos casemos, haremos un viaje por Italia y Suiza.

Isidora: O por Inglaterra y Escocia. (Con toda su alma.) ¿Sabes que de tanto oír hablar de Italia me apesta la tal

Italia? Mas quiero ver a Londres, sus inmensas calles, sus muelles que no tienen fin, sus parques... Aquello sí que es grandeza. Te diré... Luego haría una excursión por Escocia, ¡donde hay unos lagos preciosos y unas montañas...! Por allí andan las *ladys* visitando grutas, escudriñando ruinas y pintando paisajes. No hay nadie que entienda como esa gente inglesa el modo de hacer vida elegante en medio de la Naturaleza. Botín, que ha estado en Inglaterra, me contaba cosas que me hacían feliz.

Joaquín: Pues si lo prefieres, iremos a Londres y Escocia.

Isidora: Calla, calla. Te diré... Iré yo sola, o contigo, si quieres acompañarme... Porque no me casaré, Joaquín; viviré soltera riéndome del mundo.

Joaquín: ¡Soltera! Si yo no me casara contigo, tendrías ocho mil pretendientes por semana.

Isidora: (Decidida.) A todos les daría con mi puerta dorada en los hocicos. ¡Soltera, libre! Vestiré muy bien, protegeré las artes, seré una gran señora. Te diré... Mi casa va a tener que ver, porque no entrará en ella nada que no sea de lo más escogido. No has de ver ni cosas vulgares, ni tapicerías chillonas, ni objetos de mal gusto, ni cosa alguna que se vea en otra parte. Compraré cuadros de los grandes maestros, y tapices y antigüedades, y todo lo que sea curioso sin dejar de ser bello, porque las rarezas sin hermosuras me desagradan como las bellezas comunes.

Joaquín: ¡Bendito sea tu talento!

Isidora: En mi casa no entrarán los tontos; eso puedo jurártelo. Me rodearé de hombres discretos, distinguidos. En fin, será mi casa la academia del buen gusto, del ingenio, de la cortesía y de la inteligencia. Daré conciertos de música clásica.

Joaquín: (Con un poco de malicia.) ¿La has oído? ¿Te gusta?

Isidora: Yo no sé si la he oído o no; pero puedo asegurar que me gusta. Te diré... ¿Hay una música en que no se oigan esos mil sonsonetes de ópera que conocemos por los organillos, las bandas militares y los cantantes de afición? Pues esa es mi música. Lo que te puedo asegurar es que un día fui al salón del Conservatorio a oír los cuartetos y me gustó tanto, que estaba embelesada... Aquello era un coro de serafines con guante blanco. ¡Qué sensaciones tan delicadas! Yo me remontaba a un cielo que también era salón.

Joaquín: (Con arrobamiento.) ¡Isidora, tú eres noble!

Isidora: Te diré... Oyendo aquella música, yo me olvidaba de todo y bendecía a Dios, que no me ha hecho vulgo... Vamos a otra cosa. Yo no entiendo de pintura; pero cuando tenga mi casa, entrarás en ella, y te desafío a que encuentres algo que no sea superior. Me atengo a los grandes maestros, y como he de ser muy rica, me formaré una buena colección. También tendré contemporáneos, siempre que sean muy escogidos. Tres o cuatro veces nada más he estado en el Museo. ¡Qué cosas, hijo! Aquello sí es grande. Con el talento que hay colgado de aquellas paredes había para hacer un mundo nuevo si este se acabase. Yo me figuraba que había pasado a otro mundo, a Venecia, a Roma, a la corte del Buen Retiro. Unas veces creía que estaba cubierta de brocados y otras que andaba a la ligera como se anda por el Olimpo. Aquella es belleza; chico, aquella es gracia. Yo decía: eso lo siento yo, esto es cosa mía, esto me pertenece...

Joaquín: (Con entusiasmo.) ¡Eres noble, eres noble!

Don José: (Entrando súbitamente, produce, con la irrupción inesperada de su personalidad, un abatimiento brusco del exaltado vuelo de su ahijada.) Aquí estoy.

Isidora: ¡Ah!... Don José...

Don José: (Aprovechando el momento en que Joaquín vuelve la espalda, da un papelito a Isidora.) Toma.

Isidora: (Guardando el papelito.) Padrinito, ahora debe usted retirarse. Es de noche y estará usted cansado. Mañana le necesito. Pero no se moleste usted en subir. Aguárdeme en la puerta y me acompañará a varios sitios donde he de ir. (Despidiéndose con una mirada cariñosa.) Abur.
Don José: (Con cierta reconcentración shakespeariana.) La sangre que destila de mi corazón amarga mis labios. (Exit.)

III

Es de noche. Agonizante luz de un quinqué con pantalla torcida y sucia alumbra la estancia. JOAQUÍN, cansado de dar vueltas por el cuarto y de fumar cigarrillos, se arroja vestido a la cama y se duerme. ISIDORA se reclina en el sofá y cierra los ojos. Pero no pudiendo dormir, habla consigo misma.

«Decididamente optaré por el canelo con combinación níquel, por el azul de ultramar y por el negro con combinación de brochado, oro y cardenal... En los sombreros no determino nada hasta no enterarme bien. ¡Ay Jesús!, lo primero que tengo que hacer es tomar un profesor de francés... Supongamos que cuando menos se piensa, mañana, o la semana que entra, o el mes que entra, gano el pleito; bien porque lo gano, bien porque la marquesa se cansa, reconoce su terquedad, y cede y me llama y me dice... Hace días que me estoy figurando esto y nada tendría de particular que lo que pienso resultase verdad. Pues bien: mi abuela me llama el mejor día; voy allá, subo, entro, espero un ratito en el gabinete del piano, sale ella, me mira, me toma las manos, me las aprieta mucho y me dice: «Basta de pleitos, hija; abracémonos». Y me abraza, y yo me echo a llorar, y ella también, y todo queda concluido, y yo en la casa y en posesión de lo que es mío... Supongamos esto, que es lo más natural, lo más lógico. ¡Qué alegría tan grande, Dios de mi vida! Entonces sí que podré tener cuanto necesite y cuanto me agrade sin humillarme. Sacudiré la tierra que se haya pegado a las suelas de mis botas, y diré: «Ya no más, ya no más lodo de las calles». El cristal más puro no podrá compararse entonces a mi conciencia. Seré tan honrada como los ángeles... Levantaré mi frente... (Se interrumpe y da un gran suspiro.)

»¿Pero podré levantarla con el peso de ciertas cosas de mi vida pasada... y presente? Esto me vuelve loca. ¡Maldita sea la necesidad, que no es otra cosa sino lo que antes se llamaba el Diablo! La decencia del vestir, la delicadeza en el comer, el aseo y las comodidades, que son tan necesarias a ciertas personas como el aire y la luz, nos matan el alma... ¡Que venga Dios en persona a sacarme de este círculo maldito! Si me privo de todo, me muero de pena, y si no me privo me deshonro... ¡Oh Dios!, ¡quién fuera cursi, quién fuera populacho!... Me pasaría la vida haciendo cigarros, lavando ropa, comiendo bodrio, durmiendo en un jergón asqueroso; me casaría con un cafre hediondo, tendría un chiquillo cada año, viviría como una bestia, toda imbécil, toda sucia...; ¡pero sería feliz como son felices los que no conocen el dinero!... ¿Qué es mejor, ser una piedra, que se está donde la ponen, o ser una criatura racional que quiere ir a alguna parte? ¡No sé, no sé! ¡Benditos sean los adoquines, que ni siquiera sienten los pisotones que les dan!... Vaya, vaya, qué duro es este sofá. Y el pobre Joaquín, ¡qué profundamente duerme! ¡Buena falta le hace! ¡Cuánto has padecido estos días, desgraciado mártir de la sociedad! Tienes mala cabeza, pero eres bueno. Has gozado mucho, demasiado quizás, y ahora lo estás pagando. Los muy felices tienen que pagar su felicidad con desgracias, y viceversa. Por eso yo, que he sido y soy tan desgraciada, he de cobrar pronto la felicidad que se me adeuda... (Suspira y se aflige.) Sí, sí; no hay debajo del

Sol una persona más desgraciada. Y, no me digan que soy mala. Yo no soy mala. Es que las circunstancias me obligan a parecerlo. Y si no, que baje una santa del cielo y se ponga en mi lugar, a ver si no haría lo mismo... (Se da un golpe en la frente.)

»Cuando pienso lo que me espera mañana, me dan ganas de matarme. Y al mismo tiempo, ¡vaya con las jugarretas que me hace mi destino! Deseo que llegue mañana. Mis necesidades, los apuros de este infeliz y la urgencia de pagar los gastos de mi pleito, me hacen cerrar los ojos... El honor me echa hacia atrás; la ansiedad de satisfacer mis necesidades me echa hacia adelante. Pues no hay otro remedio, adelante. El sí y el no me vuelven igualmente loca. (Rompe a llorar, y para sofocar sus lamentos muerde el pañuelo. Larga pausa.) ¡Y cómo duermes tan tranquilo!... Si yo no te quisiera tanto, podría suprimir uno de los principales motivos que tengo para dar este mal paso, y quizás, quizás hallaría otros medios... Pero no puedo remediarlo; se me despedaza el alma de verte así... Y para que veas lo que soy, siempre que considero lo mal que te has portado conmigo, me entran ganas de servirte, de favorecerte. Te diré..., yo soy así; Dios mío, ¿por qué me hiciste noble? ¿Por qué no me hiciste nacer de vil populacho? ¿Por qué no me hiciste canalla de la cabeza a los pies, canalla la figura, canalla los modales, canalla el alma?... (Gran pausa, durante la cual se adormece.) No, no; me decidiré por el azul Ultramar con combinación rosa y plata...

(Otra pausa, durante la cual amanece.)

»Es de día; me levantaré y saldré sin que él me vea. Aún es demasiado temprano. Procuraré no hacer ruido... Le dejaré el dinero suelto que me queda aquí y dos palabras escritas con este lápiz. (Escribe; pone sobre la mesa el papel y algunas monedas.) Vaya, ya es tiempo. (Afligidísima.) ¡No

poderle decir adiós! ¡Qué vida, qué humanidad! Me voy, porque si despierta, no tendré valor para salir. (Vase.)
Joaquín: (Despertando, ya entrado el día.) Isidora, Isidora... No está. Se ha ido. Me levantaré. Como estoy vestido, mi *toilette* no ofrece grandes dificultades. ¿Habrá por aquí el lujo de un peine? Es posible. (Levántase y da algunos pasos por la habitación.) ¡Que claridad! ¡Qué feo y antipático es el día! Prefiero la noche, tapadora y discreta. ¡Ah!, la señora de la casa, antes de marcharse, ha dejado aquí sus disposiciones. (Toma dos duros que hay sobre la mesa y el papelito, y lee.) Vamos, bien, me ha dejado el dinero para que almuerce hoy. (Lee.) «Manda traer de la fonda tu almuerzo. No te apures. No volveré hasta la noche, porque tengo que hacer». Esta pobre Isidora, ¡qué buena es! Si no fuera la maldita manía del pleito, que no ganará nunca, sería una muchacha ejemplar. Bien, bien; haremos lo que manda la señora. La fiera patrona no me envenenara con sus guisotes. Voy a llamar, a pedir agua, a lavarme, y después esperaremos. Luego que almuerce dictaré mis últimas disposiciones, y en cuanto llegue la noche, la querida noche...

Pausa de algunas horas, durante la cual entra y sale una zafia criada, arréglase el personaje, y luego almuerza lo que te traen de la fonda.

»Me olvidé de la botella de Champagne que está en aquel armario. No me importa que se la beba otro. En mi testamento la dejaré a los huéspedes de esta casa para que la vacíen por mi salvación eterna... Ya que estoy solo escribiré a papá y a Isidora. (Se sienta y escribe.) ¡Buenos cosas le digo a mi señor padre!... Si los deslices del hijo han sido grandes, el padre no tiene aún motivos para dudar de su buena fe... Jamás he cometido una vileza. Mis faltas son debilidades, y además un efecto preciso de la mala, de la perversa educación que he recibido. ¿Por qué educaron en el lujo al hijo de un pobre empleado con treinta mil reales? ¿Por qué desde niño me enseñaban a competir con los hijos de los grandes de España? ¿Por qué no me dieron una carrera, por qué no me aplicaron a cualquier trabajo, en vez de meterme en una oficina, que es la escuela de la vagancia? Estas son las consecuencias. Me criaron en la vanidad, y la vanidad me conduce a este fin desastroso. (Sigue escribiendo con agitación, se pone pálido y, al concluir, su mano tiembla.)

»Ahora escribiré a Isidora, a quien no veré más. La única persona por quien siente emociones cariñosas mi corazón es ella. ¡Cuánto más vales tú que otras virtudes secas y orgullosas! Nuestras dos almas han simpatizado, porque son similares. Tú, como yo, fuiste educada en la idea de igualar a los superiores... (Escribe.) «Querida y adorable amiga: Próximo a morir, adquiero una lucidez extraordinaria; veo el mundo y la vida en su verdadero aspecto. Yo no tengo ya salvación; tú puedes salvarte. Procura olvidar tus aspiraciones; renuncia a ese pleito, hazte humilde, y si se te presenta un hombre honrado que quiera casarse contigo, cásate, aunque sea muy bruto». (Hablando.) No, no miento nada al decir que la quiero con todo mi corazón. Su lealtad conmigo, la constancia de afecto con que ha pagado mis desvíos prueban la grandeza de su alma. (El personaje redacta largos párrafos amorosos y llena cuatro carillas de papel...) ¡Ah!, me olvidaba de lo principal, de *Riquín*, mi hijo. ¡En esta hora triste me ha entrado un amor por él!... ¡Si estuviera aquí me lo comería a besos!. Le reconoceré. (Escribe otro larguísimo párrafo, y pasa el tiempo y avanza la tarde.) En fin, esto es hecho. Ahora, ánimo. Tremenda cosa es afrontar el dudoso abismo de la eternidad. Pero no puede ser de otra manera. Dios me perdonará mi crimen. ¡Todo antes de ser chacota de la gente y presenciar la befa de mi honor! Pronto anochecerá. No vacilo más. (Se dirige a la percha, saca el revólver y lo examina.) Aquí está. Me parece un juez de hierro que me condena sin permitirme defensa ni apelación.

Una Voz: (Que suena cavernosa detrás de la puerta, acompañada de dos golpecitos.) ¿Se puede?

Joaquín: Adelante.

Don José: (Entrando.) Buenas tardes.

Joaquín: ¿Viene usted en busca de Isidora? No está.

Don José: No, vengo de parte de ella. Esta carta...

Joaquín: (Tomando la carta con mano temblorosa.) ¿A ver?... ¿En dónde está Isidora?

Don José: (Con sequedad.) Hace un rato estaba en una tienda de la calle del Carmen, escogiendo telas para vestidos.

Joaquín: (Estupefacto) ¡Telas! (Abre la carta, que es voluminosa. Dentro del pliego aparecen risueños algunos billetes de Banco; Joaquín palidece.) ¿Qué es esto? (Se sienta y lee. Palidece más y luego se pone encarnado y vuelve a palidecer.)

Don José: (Aparte, mirando a Joaquín con expresión de poca simpatía.) No lloro porque soy hombre. Mi corazón concluirá por ser como las rocas en que bate el mar.

Joaquín: (Guardando la carta en el bolsillo, se pasea.) ¡Estoy salvado! La cantidad es redonda... ¿Pero aceptaré esto? ¿De dónde procede?... ¿Es una vileza aceptarlo? Sí que lo es; pero las circunstancias... ¡El abismo!... Supongamos que un desventurado está al borde del precipicio y se le presenta el demonio de la infamia y le alza en sus manos. No, no; antes rodar al fondo del abismo. (Alto.) Don José vaya usted allá, y devuelva esto a Isidora.

Don José: (Aparte y tétricamente, coincidiendo en sus expresiones sin sospecharlo, con Otelo.) Oh flor graciosa y bella, ¿por qué has nacido?

Joaquín: (Vacilando.) No, no; deshonra por deshonra... Pesémoslas ambas en la balanza de la fría razón. ¿Cuál pesa más? ¡Oh!, no hay que vacilar. Esta lleva en sí la imposición del acontecimiento, del hecho real. Tomaré el dinero... Me he salvado. Pero ¿por qué no estoy tan contento como debiera? (Alto.) Don José, ¿con quién ha hablado hoy Isidora?... ¿En dónde ha estado?

Don José: No lo sé... (Aparte, lleno siempre de espíritu shakespeariano.)—¡Estúpido! ¿cómo quieres que te lo diga? No me atreveré a decirlo ni aun a vosotras, ¡oh castas estrellas!

Joaquín: Usted nunca sabe nada. Usted está siempre en Babia. (Aparte.) ¡Malditas sean las circunstancias!... Me engañaré a mí mismo, haciéndome creer que este dinero es de procedencia honrada. Es tan torpe el ser humano, que fácilmente se le engaña... Pero discutamos esto; abordemos la cuestión con filosofía. Si este dinero ha venido a mí por una vía poco honrosa, es evidente que yo no he ido a buscarlo por dicha vía. Los procedimientos de la Providencia son misteriosos. Es irreverente y sacrílego ponerse a discutir sus designios. El hecho consumado lleva ya en sí una dosis tan grande de lógica, que no necesita argumentaciones retóricas. (Alto.) ¿No piensa usted lo mismo, hombre de Dios?

Don José: (Como quien despierta de un sueño.) ¿Yo?... Yo no pienso.

Joaquín: (Volviendo a mirar con cariño los billetes.) ¡Y la cantidad es redondita! ¡Pobre Isidora! ¿Cómo no amarla? No sé qué daría porque ganara el pleito. Pero no, no lo ganará. Solo los pillos tienen suerte. ¡Don José, señor don José!

Don José: (Pasándose la mano por la frente y el cráneo como para detener una idea que intenta escaparse.) ¿Qué?...

Joaquín: le voy a convidar a usted a una copa de Champagne.

Don José: (Con repugnancia.) Gracias, no..., me mareo. (Vacilando.) Pero, sí, venga; así se olvida.

Joaquín: ¿Tiene usted muchas penas que olvidar?

Don José: (Mirándole con ojos dulzones.) ¿Yo?... ¿Penas yo? (Contrae horriblemente sus facciones al tratar de contener la emisión de un suspiro.)

Joaquín: (Escanciando.) Ahí va.

Don José: (Bebe.) ¡Cómo pica la maldita! (Apenas ha llegado a su estómago la primer gota del precioso líquido, inclina la cabeza y cierra los ojos, diciendo.) ¡Mundo miserable!

Joaquín: ¿Qué?... ¿Por tan poca cosa?

Don José: (Levántase bruscamente, los ojos brillantes y airados, la actitud trágica.) Sí, lo repito. Un caballero no recoge sus palabras. ¡Es usted un miserable, y le voy a romper a usted el bautismo!

Joaquín: (Soltando la risa.) ¡Don Pepe!

Don José: (Cuadrándose.) A sable o a pistola, como usted quiera. Me es igual. De todas maneras sabré castigar su infamia. ¡Usted, un hombre ordinario, un monstruo, un cafre, atreverse a coger en sus garras aquel lirio! (Da algunas vueltas por la habitación, perseguido por espectros.) No, no os tengo miedo, no. Pez, Botín, Melchor, Bou, no os temo. Os mataré a todos, os haré polvo. Soy el defensor de la virginidad ultrajada, de la inocencia perseguida, de la casta paloma... ¡Vamos, al momento, al momento, me bato con los cuatro!

Joaquín: (Le empuja hacia el sofá.) ¡Pobre hombre!

Don José: (Cayendo en el sofá como un talego.) Me habéis matado, porque sois cuatro. Os perdono a todos menos a uno. Os perdono a los tres; pero a ti, bestia repugnante, a ti, tronco de la Ipecacuana, no puedo perdonarte. (Se desvanece.)

Joaquín: (Disponiéndose a salir.) Ahí te quedarás hasta que te pase.

IV

Mutación. La escena representa un aposento semielegante que parece ser fonda.

Isidora: (Mirando con zozobra hacia la puerta, en la cual ha dado golpes una mano indiscreta.) ¿Quién es?

Don José: (Levantándose de un sillón en que yace soñoliento.) Si es visita, me retiraré.

Un Señor: (Entrando sombrero en mano y dirigiéndose a Isidora.) ¿Es usted doña Isidora Rufete?

Isidora: (Trémula.) Servidora...

Aquel Señor: (Avanzando, seguido de otro individuo poco simpático y nada cortés.) Señora, el objeto de mi visita es poco agradable. Vengo a prender a usted de orden del juez del Hospicio. (Muestra el auto de prisión.)

Isidora: (Aterrada.) ¡Prenderme!... ¡A mí! ¿Está usted seguro?...

El Escribano: (Volviendo a mostrar el auto.) Vea usted... Conque si tiene usted la bondad de seguirme...

Don José: (Aparte, deplorando no tener espada, y sobre todo no ser hombre capaz de sacarla en caso de que la hubiera tenido.) ¡Qué picardía!

El Escribano: (Queriendo, como hombre humanitario, sacar a Isidora de su extraordinaria perplejidad.) Ya sabría usted que la parte contraria pidió que se sacara el tanto de culpa...

Isidora: (Confusa y mareada.) Sí.

El Escribano: Y el juez ha encontrado el fundamento.

Isidora: Pues daré fianza...

El Escribano: Precisamente... en el delito de que se trata no puede concederse fianza.

Isidora: ¡Delito! ¿Está usted seguro de lo que dice?

El Escribano: El pleito es ahora causa criminal...

Isidora: (Iracunda.) ¿Y de qué me acusan?

El Escribano: De falsificación.

Isidora: ¿Falsificadora yo?... (Fuera de sí.)

Don José: (Aparte, apretando los dientes, frunciendo las cejas y contrayéndose todo.) No te pierdas, José.

Isidora: Esto es una infame trama de mis enemigos... Pero Dios no consentirá que me pierdan ni que me deshonren. (Llora.) ¡Y a esto llaman justicia, ley! (Sobreponiéndose al dolor y secando sus lágrimas de tal modo que parece que se abofetea.) Yo probaré mi inocencia... Esto me faltaba, esto; ser mártir. (Aparte, con entereza y orgullo.) Bien venida sea esta noble corona. El martirio me purificará de mis culpas, y hará que resplandezcan mis derechos de tal modo que lo puedan ver hasta los ciegos. (Alto.) Vamos, cuando usted quiera.

Capítulo XIII. En el Modelo

I

La irritación y la vergüenza, unidas a un desorden nervioso que casi la privaba de sensibilidad, tuvieron a Isidora toda aquella tarde y noche en un estado parecido al sonambulismo. Veía las cosas, las tocaba, preguntaba, y aun respondía como cediendo a una fuerza mecánica. No estaba segura de hallarse despierta, ni de que fuese realidad lo que le pasaba; iba y venía medio ciega, mareada, con algo en el cerebro, entre jaqueca y manía, sorprendiéndose de ver cómo brillaban instantáneas, sobre la densa lobreguez de su pena, algunos relámpagos de alegría. Rindiola el cansancio después de medianoche; se acostó vestida, cerró los ojos tratando de adormecer el dolor de cabeza, y entonces revivió bajo su cráneo, entre la vibración de los nervios encefálicos, todo lo acaecido desde que el escribano se presentó en su casa para prenderla. Veíase en el coche de alquiler que los condujo a la calle de Quiñones, donde está el vulgar y triste edificio llamado *Modelo* con descarada impropiedad; el coche paraba junto a una puerta en la cual había un soldado de guardia, y más a la izquierda un grupo de pobres disputándose las sobras del rancho de las presas.

Isidora y el escribano entraban en un vestíbulo nada espacioso; salía a recibirlos un empleado con gorra galoneada, traspasaban un cancel de cristales, y volviendo un poco a la derecha, encaraban con una puerta de pesados cerrojos, sobre la cual se leía en letras negras la palabra *Rastrillo*. Una mujer de edad madura abría la puerta, Isidora pasaba, subía por la gran escalera blanqueada, y al llegar a lo alto miraba el letrero de la *Sala primera*; y echando la vista por el hueco, veía un claustro grande y luminoso, en cuya capacidad sesteaba, tomando el Sol, el más bullicioso y pintoresco ganado femenino que se pudiera imaginar. La idea sola de tener que vivir entre aquella gente había horrorizado a la de Rufete. Pero ella tenía fondos; ella pagaría una habitación decente, y viviría con ciertas comodidades y completo decoro los pocos días que, a su parecer, habría de permanecer en aquel tremendo asilo.

Una señora mayor, bondadosa y amable, la acompañaba, y precedíala una celadora, cabo femenino o presidiaria distinguida, de aspecto gitanesco y hombruno. Hacia la izquierda estaba el aposento que a Isidora se destinaba, el cual tenía una ventana enrejada a la calle, un camastrón de hierro, mesa y dos sillas... La dejaban sola; poco después entraba la celadora, quien, con formas de adulación artera y llamándola *señorita*, ofreció servirla y acompañarla. Isidora la miraba con repulsión. Llegada la noche le servían una cena, que no quiso probar, y al fin, sola, encerrada, abrumada por la pena, el cansancio y la jaqueca, se recostó en la cama, donde su cerebro le reprodujo una, dos, tres veces o más, la serie de impresiones y sucesos que hemos referido.

Por la mañana, despertáronla los gritos y desaforadas blasfemias de una mujer que moraba al otro lado del tabique de su cuarto, el graznido de un ave domesticada, el ruido de la calle, el bullicio de la próxima *Sala primera*, y el *tan tan* de la campana de Montserrat, iglesia del convento que hoy es prisión del bello sexo. Y si el alma humana en las situaciones de gran tribulación se ve siempre sacudida por ráfagas de inexplicable alegría, que más bien parecen protesta aislada de algún nervio rebelde contra el dolor, en Isidora había un motivo para que aquellas ráfagas de alegría fueran algo más duraderas y eficaces, porque la prisión, con ser tan odiosa, había venido a librarla de otra esclavitud atrozmente repulsiva.

«Casi me alegro de esto —decía—, porque si no estuviera aquí estaría ya muerta de horror y asco...».

Además, la prisión no podía durar, porque los jueces, ¡cosa evidente!, habrían de convencerse pronto de la inocencia de la pobrecita demandante. Dios le había deparado sin duda aquel trance para probarla y darle de improviso, cuando más afligida estuviese, el alegrón de ganar el pleito y confundir a su implacable abuela. Pero donde la hallamos más en carácter es en aquel punto y hora en que echaba mano de su cualidad de idealizar las cosas para obtener los más dulces conformamientos. ¿No ennoblece el martirio a las criaturas? Si los culpables, cuando son perseguidos, inspiran lástima, los inocentes que sufren tormento de la Justicia, ¡cuánto no se avaloran y subliman en el concepto de las almas sensibles! Era inocente, sufría persecuciones inauditas; luego tenía bastante motivo para erigirse en criatura celestial. Poco le faltaba aquella mañana para figurarse que todo Madrid la compadecía, que era el ídolo de multitudes, que se hacía interesantísima, que era un tipo novelesco, y aun que salían por aquí y por allá bravos caballeros dispuestos a hacer cualquier barrabasada por sacarla de aquel mal paso.

¡Pero qué feo, qué desmantelado el cuarto! ¡Qué cama, que muebles, qué desnudas paredes! Era cosa de morirse de abatimiento. Y no obstante, como ella, para hacer frente a un hecho, siempre tenía pronta una idea, amparose de una bellísima, que le valió de mucho para consolarse. ¿Con quién creerá el lector que se comparó? Con María Antonieta en la Conserjería. Era ni más ni menos que una reina injuriada por la canalla. Determinó, pues, imitar en todos sus actos y palabras, hasta donde la realidad lo permitiese, la dignidad de aquella infelicísima señora, con lo que se crecía a sus propios ojos, y se veía idealizada por el martirio, grande en la humildad, rica en la pobreza y purificada en los padecimientos. El día lo pasó en estas cavilaciones, acordándose mucho del Delfín, de Joaquín Pez y de otras personas. Mandáronle ropas, y Juan Bou, a quien pidió un libro de entretenimiento, le envió *Los Girondinos*, de Lamartine, y un gran ramo de flores. Isidora leyó en el libro y deshojó las flores, dándose el gusto de pisotearlas. Le recordaban cosas muy desagradables la osadía y desparpajo de la canalla profanadora.

Empezó el sumario. Cuando bajaba a prestar declaración a la salita de rojo dosel, que está junto al despacho del alcaide, Isidora contestaba a las preguntas del juez con serenidad tranquila, con confianza en su derecho y al mismo tiempo con un aire de superioridad que cautivaba, preciso es decirlo, al mismo señor juez dignísimo y al escribano. En todo el trayecto desde su cuarto a la salita, lo mismo al subir que al bajar, la Rufete era gran incentivo a la curiosidad de las presas, que se agolpaban a la puerta de la Sala para verla pasar, y luego estaban comentándola tres o cuatro horas. Quién aseguraba que era una duquesa perseguida por su marido; quién la tenía por una cualquiera de esas calles de Dios; y alguna, que la conocía verdaderamente, refería parte de su vida y milagros, añadiendo maliciosas invenciones. Y ella, a solas, sumergida en hondas perplejidades y tristezas, repetía en su mente las preguntas del juez, deploraba no haber dado tal o cual contestación, revolvía lo cierto con lo dudoso, la acusación de la ley con los datos de su memoria, el testimonio de su conciencia con ciertas presunciones y sospechas, para tratar de sondear aquel antro oscuro que, desde la acusación por falsificadora, se había abierto ante sus ojos. Negaba con toda su alma, y al negar, su conciencia mostrábase en la plenitud de la verdad. Los documentos se le habían entregado tal y como estaban; y ella no había añadido ni quitado cosa alguna, ni tenía noticia de que nadie lo hubiera hecho. No era posible que su tío el Canónigo alterase los tales papeles, y en cuanto al primitivo poseedor de ellos, Tomás Rufete... Al llegar a este punto de su cavilación, Isidora fruncía el ceño y ahondaba, ahondaba en aquel mar inmenso de lo dudoso. ¿Pero a qué martirizar el pensamiento? Los jueces, la ley, la marquesa de Aransis, la curia infame y el señorío prepotente eran los verdaderos autores de aquel embrollo, con el inicuo fin de desposeer a una huérfana noble, a un ángel desvalido. Pero Dios los castigaría, Dios volvería por los fueros de la verdad y de la inocencia. ¡Pues no faltaba más!

Durante el sumario, la incomunicación no fue tan rigurosa como la ley ordena, porque los cerrojos de nuestras cárceles se ablandan fácilmente. Isidora, como persona de aspecto decente y algo adinerada, se captó las simpatías de las compasivas mujeres que guardaban a sus compañeras. Así pudo tener el gusto de ver, aunque por cortos ratos, a *Riquín* y a don José, a su tía *la Sanguijuelera* y a Miquis. El día mismo en que cesó la incomunicación fue este a verla, y tuvo con su amiga largo y substancioso coloquio. El simpático doctor sintió viva emoción cuando vio aparecer detrás de las dobles rejas del locutorio aquella figura hermosa, aquel rostro pálido, con expresión de noble conformidad.

«Isidora, gran mujer —le dijo fingiendo burlas para ocultar emociones—. Estás guapa. Eres el soborno de la ley y la sustancia corrosiva del Código penal. Como sigas así, la curia, en vez de tomarte declaraciones, te las hará, y vas a pisar una alfombra de togas y a subir por una escalera de birretes.

—Déjate de tonterías —replicó ella apoyando los codos en la reja interior y sosteniendo la cabeza entre las palmas de las manos, actitud de aburrimiento que tomaba siempre que estaba largo rato en el locutorio—. ¡Ay, Miquis, esto es morir!

—Con tu permiso, eso es vivir. ¿Pues qué creías tú?... La vida toda es cárcel, solo que en unas partes hay rejas y en otras no. Unos están entre hierros y otros entre las paredes azules del firmamento... Pero vamos a otra cosa, gran mujer. Hoy vengo a darte noticias que serán para ti alegres o tristes, según como las tomes.

—Dímelas pronto.

—Mi suegro me ha hablado de ti, me ha hablado también de la marquesa».

Isidora, sin decir nada, demostraba inmenso interés.

«La marquesa llegó ayer, de paso para Córdoba. La buena señora se pone nerviosa y triste siempre que le hablan de este pleito y de tu prisión». «Muñoz y Nones —dijo la señora a mi suegro—, yo quiero que usted arregle esto. Tómelo usted por su cuenta, hable a esa desgraciada, demuéstrele lo inútil de su tenacidad, y ofrézcale en mi nombre lo que a usted le parezca, con tal que me deje en paz».

—¿Eso le dijo?...

—Sí; ya sabes que el documento falso, porque la existencia de la falsificación ya no ofrece duda, aparece otorgado por Andréu, compañero y amigo de mi suegro. ¿Sabes lo que mi suegro dice? Que la falsificación no está hecha por ti».

Isidora callaba. Hasta que el diálogo tomó otro giro, estuvo como una estatua, fijos en Miquis los ojos:

«Oyes. ¿Sabes que te me estás pareciendo a la pantera del Retiro? ¿Por qué me miras así y no dices nada? Pues bien: mi suegro, que es notario de la casa de Aransis, vendrá a hablarte; te anuncio esa grata visita. Te ofrecerá la libertad, la declaración de tu inocencia, y *ainda mais*, una gratificación, un socorro. Pobrecita, has sido víctima de un grande y tremendo engaño. Broma más pesada no se ha dado ni se dará. Quién fue el autor de ella, tú lo sabrás... Pero qué, ¿te has vuelto muda? ¿Eres de piedra? ¿A dónde miras? ¿Estas gozando de alguna visión? ¿Estás en éxtasis?».

Él también se callaba y la miraba. Metió la mano por la reja exterior e hizo algunas castañetas con los dedos, como cuando se trata de llamar la atención a un animal perezoso. Ni por esas. Isidora no decía nada.

«Voy a hablarte de otra cosa —añadió Miquis—. Ayer he tenido una grata sorpresa. Iba por la calle de Preciados cuando oí una voz que decía: «Señorito Miquis, señorito Miquis». Volvime y vi a tu tía, la sin par *Sanguijuelera*. «¿No sabe usted —me dijo— que hemos encontrado a la fiera perdida?...». «¿A quién?». «A *Pecado*». Allá en su lengua especial me contó que le habían dado noticias de tu hermano otros muchachos. Ha vivido algún tiempo en un tejar detrás de la nueva Plaza de Toros. ¡Pobre chico! Fuimos allá, y dos mujeres que encontramos y que no se recomiendan por su fisonomía, nos dijeron que, habiendo caído enfermo con calenturas, le habían llevado al hospital.

—¡Al hospital! —repitió Isidora saliendo de su letargo.

—Corrimos al momento al Hospital General, y le encontramos convaleciente. La enfermedad debe haber sido terrible, porque está poco menos que idiota, y tan desmejorado como puedes suponer. De su vida en el tejar y de sus correrías y altas hazañas, antes de caer enfermo, supimos algo que contaremos cuando tengas más tranquilidad de espíritu... Y ahora voy a hablarte de una tercera cosa, de Juan Bou. Dice que le haces muchos desaires, que no contestas a sus cartas, que pisoteas los ramos que te regala... Dice que eres la ingratitud misma.

—Augusto —murmuró Isidora gravemente, apartándose de la reja—, es la hora de reglamento. Dispénsame que te despida. Estoy fatigada. Adiós. Vuelve mañana».

Y se marchó *como una reina*, según dijo Miquis para sí, viéndola internarse en la cárcel. Y él se salió a la calle: repitiendo: «¡Gran mujer, gran mujer!».

II

¡Falsificación! ¡Profanación de aquella santa escritura de la cual emanaba el más santo de los derechos! Si había delito, ¿quién era el autor de él? ¿El Canónigo o Tomás Rufete? ¡Enorme, endiablada confusión!... Pero lo que puso remate a la duda y trastorno de la infeliz presa fue que su abogado le dijo un día estas palabras:

«Desde el tanto de culpa la cuestión ha variado por completo. La casa de Aransis y el señor Muñoz y Nones tratan de probar la falsedad de un documento que es la base de nuestra demanda. Si la prueban, nos quedaremos en el aire, hija mía. El pleito toma un giro tal que difícilmente podremos obtener un resultado satisfactorio. Haremos los mayores esfuerzos, y llegaremos hasta donde se pueda llegar. En caso de que la falsificación resulte evidente, creo fácil probar que no ha sido usted la falsificadora, y que en este asunto ha procedido de buena fe. En resumen: seguridades de éxito en la causa criminal; seguridades de un fracaso en el pleito de filiación. Ya sabe usted que en la prueba hemos estado muy flojos, por no conservar usted recuerdos de la niñez que nos favorecieran, y por resultar muy débiles los testimonios de otras personas».

Y dicho esto, el abogado, frío, honrado y cruel, se despidió dando un suspiro, último tributo de la ley al volverse hostil.

«¡También, también me han corrompido a mi abogado! —exclamó Isidora cuando se quedó sola—. ¡Bien, seré mártir; que me maten de una vez, que acaben conmigo, que me lleven al cadalso!».

Pasada la crisis de ira, estuvo dos días sin salir del lecho; apenas hablaba; no tenía fuerzas para nada; sentíase también algo idiota como su hermano, convaleciente de intensa fiebre. A ratos injuriaba con dura frase a la justicia humana, exaltándose, para caer después prontamente en el desánimo y derramar abundantes lágrimas. Su sueño era entonces breve, erizado de pesadillas, como un camino incierto y tortuoso, lleno de obstáculos. Unas veces se le aparecía *Riquín*, ladeando con gracia la enorme cabeza bonita, fusil al hombro, marchando al paso de soldado. Y el pícaro Anticristo la miraba, echándose el fusilillo a la cara con infantil gracejo, y ¡zas!, disparaba un tiro que la dejaba muerta en el acto; acudían otros chicos, camaradas de *Riquín*, y entre risotadas y gritos la cogían y la arrastraban por las calles. Gran algazara y befa de la multitud, que decía: «¡La marquesa, la marquesa!».

Otras veces era gran señora, y estaba en su palacio, cuando de repente veía aparecer un esqueleto de niño, con la cabeza muy abultada, y los huesos todos muy finos y limpios, cual si fueran de marfil. El esqueleto traía su fusilito al hombro y marchaba con paso militar. Llegándose ella, movía la gran cabeza y se reía y hablaba. Pero Isidora, sin poder entender sus palabras, temblaba de espanto al oírlas. Luego se borraba el niño del campo de los sueños, y aparecía Joaquín en mitad de una orgía, ebrio de felicidad y de Champagne. Por delante de la mesa se paseaba una sombra andrajosa: era ella, Isidora. Todos la miraban y prorrumpían en carcajadas. Ella se reía también; pero, ¡cosa rara!, se reía de hambre. La debilidad contraía sus músculos haciéndola reír..., y por aquí seguía de disparate en disparate hasta que despertaba y volvía al tormento de la realidad, no menos cruel que el de los sueños.

A los tres meses de aquella tristísima vida, a la cual llegó a acostumbrarse, porque es ley que nos acostumbremos a todo, sus guardianes le aplicaban con mucha laxitud el reglamento del Modelo, permitiéndole visitas largas, sin bajar al departamento de comunicación. La conducta de Isidora en la cárcel era irreprensible: no daba escándalos; trataba a las celadoras con urbanidad y miramientos; se había hecho querer de todas, y las presas que pudieron gozar de su intimidad, se hacían lenguas de su buen corazón, finura y agradable trato. No tenía poca parte en esto la generosidad de la procesada y su prontitud obsequiosa en remunerar cuantos servicios se le hacían. Lo peor de esto era que el dinero, mermado velozmente de día en día, marchaba a su completa extinción y acabamiento. Siempre que en esto pensaba, Isidora sentía trasudores y congojas, y echaba una sonda a lo futuro para ver si por alguna parte había señales de cosa metálica. Grande fuera su pena si no la distrajeran a ratos los amigos. Juan Bou iba ya pocas veces, porque la franqueza con que la ingrata demostraba su antipatía, era lento antídoto del veneno de la pasión de él, y así, o por dignidad o por enfriamiento, el buen hombre se retraía y apartaba de aquel gran peligro de su vida.

«Calavera de un día —decía para sí—, vuelve a tu choza y no pierdas la chaveta. Bastante has gozado; ya supiste lo que es la vida de esas infames sanguijuelas... Vamos, que si no meten a esa divinidad en la cárcel, ¡pobre Juan Bou, infeliz obrero!... Sigamos ahora siendo pueblo llano, independiente, liberal, y cuando caiga otra breva, veremos si conviene ser pueblo o echar una cana al aire en el mundo de los burgueses. ¡Valientes pillos! Pero aquello es vivir...».

La Sanguijuelera iba casi todos los días a ver a su sobrina. Cuando le llevó a Mariano, Isidora se afligió grandemente, porque estaba tan flaco, extenuado y consumido el chico, que apenas se le conocía. La fiebre le había dejado en los puros huesos, y la piel se le transparentaba. En sus modales, en su manera de hablar, en su espíritu mismo, había dejado el mal huellas quizás más profundas, porque hablaba poco, contestaba tardíamente, cual si necesitara mucho tiempo para recoger y coordinar sus ideas desparramadas y fugitivas. Miraba a su hermana con espantados ojos.

«Ya ves —dijo Isidora, sin saber qué términos emplear para dar una explicación de su estado miserable—. Ya ves a dónde me han traído las picardías, las infamias de nuestros enemigos... Para que vayas formando idea de lo que es este mundo miserable, donde no hay justicia, ni ley... Y tú, ¿qué has hecho? Cuéntame. ¡Has estado malo! ¿Ves? Si no hubieras salido de casa de la tía, ella te habría cuidado bien. ¡Qué tremenda lección!».

Mariano no decía nada, y con la barba hundida en el pecho, tan pronto miraba al suelo como al rostro de su hermana.

«¿No me dices nada? —preguntó ella impaciente—. ¿Te has vuelto mudo? Esa cara, ese mirar, ¿qué son?, ¿arrepentimiento o señal de mayor barbarie? ¡Ah! Mariano, Mariano; el único consuelo que podría tener yo ahora es verte corregido, verte caballero y persona decente. Levanta esa cabeza, abre esa boca, mueve esa lengua, habla, contéstame...».

Y, dándole un golpe en la barba, le hizo alzar la cabeza.

«Su señoría gasta ahora pocas palabras —dijo Encarnación—. Le hemos de poner dentro de un cántaro en un cuarto oscuro, como a las maricas, para enseñarle a hablar... ¿Quieres ver tú que pronto se despabila el pájaro? Pues enséñale el cañamón. Verás...».

Metiendo la mano en su bolsillo, sacó una peseta y la mostró al muchacho, cuyos ojos soñolientos se reanimaron de súbito, y alzó la mano hacia la moneda, diciendo con un gruñido:

«*Pa mí.*

—Sí, para ti estaba» —dijo, riendo *la Sanguijuelera*, guardándose la moneda con más viveza que un prestidigitador.

Mariano miró a su hermana, la cual, compadecida, echó mano a la faltriquera, y sacando dos pesetas dióselas al chico.

«Para ti..., pero con la condición de que has de contarme lo que has hecho en todo este tiempo, cómo caíste enfermo, cómo has vivido, quién te ha dado de comer...».

Con gran prontitud se guardó *Pecado* su dinero, y alzando los hombros y echando de sí un enorme suspiro, pronunció torpemente estas palabras:

«Yo... de aquellas cosas que pasan..., lo cual que me vi solo, y... no me ha pasado nada.

—Nos hemos enterado.

—Tiene seco el entendimiento —indicó *la Sanguijuelera*—. La calentura le abrasó los sesos. Dice el señorito Miquis que le dé baños en el río. Oye tú —añadió alzando la voz, como cuando se habla con un sordo—: ¿quieres trabajar, quieres volver al taller del señor Bou?».

Como si nada oyera, Mariano se levantó desperezándose, y dijo:

«Me voy.

—Alto ahí, amiguito —replicó Encarnación siguiéndole—. Has de arrastrar una calza como los pollos. No saldrás sin mi compañía».

Pero Mariano no le hacía caso y salió. La vieja fue detrás de él, gritando:

«Aguarda, aguarda, mala sangre. No creas que te me escapas. Yo también tengo buenos remos».

Al quedarse sola, Isidora estuvo largo tiempo pensando en su infeliz hermano, y decía:

«¡Imbécil, imbécil!... Así no sentirá nada... Y yo, cada vez con más talento para pensar, para comparar... ¡Qué desgraciada soy, y él qué feliz!».

III

Tres días después volvió Mariano solo. Parecía más ágil, más despabilado, más dueño de su pensamiento y de su palabra.

«¿Vienes solo? —le preguntó Isidora, asombrada de que no le acompañara su tía.

—Solito.

—¿Y tu tía Encarnación?

—¿La vieja? En su casa. Yo soy hombre... De consiguiente, no necesito que me lleven y me traigan.

—¿Has ido al trabajo?

—Sí.

—¡Mentiroso!

—Mira —dijo *Pecado* abriendo su mano y mostrando algunas pesetas.

—¿Quién te ha dado eso?

—*Gaitica*.

—¿Gai...?

—Tica, tica. ¿No lo conoces? Es un caballero, un amigo mío.

—¿Y por qué te ha dado ese dinero?

—Porque me lo gané.

—¿Cómo?».

Mariano guardó las monedas para dejar desembarazada la mano, metió esta luego por una abertura de su pantalón y...

«¿Aquí no nos ve nadie?...—preguntó receloso mirando a las paredes y a la puerta.

—Nadie.

—Porque si me guipan...».

Y sacó del bolsillo un objeto cilíndrico, largo, como de media tercia, de dos pulgadas de diámetro. Era un canuto fuertemente liado con bramante.

«¿Qué es eso?

—Un petardo.

—¡Ah!, ¿eso que estalla? —exclamó Isidora con espanto—. ¡Y va a estallar aquí!...

—Burra... no estalla mientras no se le enciende la mecha. Este es para esta noche. Anoche puse uno en la puerta de la casa del duque, y cuando reventó cayeron todos los cristales de dos casas.

—¿Y te ocupas en eso? ¡Bárbaro!... No lo digo porque me importe nada que el palacio del duque salte en cuatrocientos mil pedazos. Yo pondría, si pudiera, un petardo tan grande, que levantara hasta el cielo todos los palacios de esa gente egoísta que nos quita lo nuestro.

—Lo pondremos —replicó Mariano, haciendo de la malignidad y de la estupidez una sola expresión.

—Pero eso es juego de chicos... Es como armar guerra con cohetes en vez de hacerla con cañones. ¿Qué resulta? Que suena mucho, que se asustan los que pasan, que se rompen dos cristales, que se caen algunas personas, y nada más. ¡Simplezas y pamplinas!

—Pondremos uno de este tamaño —dijo *Pecado*, expresando con la distancia de una mano a otra la grandeza de sus planes de petardista—. Hay en Madrid mucho pillo.

Ellos guardan todo el dinero que debía ser para nosotros, ¿eh?

—Lo de menos es que guarden el dinero. Lo peor es que nos quitan nuestro nombre, nuestra representación social; nos meten en calabozos inmundos, nos martirizan, y entretanto ellos gozan y se divierten con lo que roban. El mundo está perdido. Si no sale alguien que le vuelva del revés y ponga lo de arriba abajo y lo de abajo arriba...

—Lo de abajo arriba y lo de arriba abajo —repitió Mariano con el gozo de quien ha encontrado la fórmula de un pensamiento que no ha sabido expresar—. ¿Sabes?... ¡Cosas que pasan! Ayer he visto al señorito Melchor en coche de dos caballos. Iba con dos señoras, dos tías, ¿eh?, y un caballero. Parecía un marqués.

—No le nombres delante de mí —dijo Isidora cerrando los ojos.

—¡Cuánto ha robado! —exclamó el muchacho con cierta efusión—. ¡Y nosotros tan pobres..., porque somos buenos, porque no robamos!

—¡Oh! —exclamó Isidora sintiendo un nudo en la garganta—. Dios nos protegerá. Las persecuciones, los martirios, son nuestras coronas por ahora...; pero esto ha de cambiar. ¿Quién sabe lo que pasará el mejor día? Yo he leído que los soberbios serán humillados y los humildes ensalzados».

Interpretación tan singular del texto evangélico cayó en el cerebro de Mariano como semilla en tierra fecunda, y bien pronto nacieron y fructificaron en él las ideas más extrañas.

«Ellos nos han quitado lo que es nuestro, ¿verdad, hermana?».

Isidora rompió a llorar.

«Sí, sí, sí —dijo entre lágrimas y sollozos—. Picardía tras picardía, nos han quitado nuestro derecho, es decir, nos lo han negado... ¿Cómo? Inventando mentiras, comprando la ley. La ley se vende, hijo. Tú y yo tenemos derecho a una casa y a una herencia. Pues bien: nos la han quitado. Mira lo que han hecho conmigo; meterme en una cárcel. Pues contigo harán lo mismo, y nos ahorcarán, si pueden».

Oía Mariano absorto, y ella sacaba de su despecho admirables rasgos de elocuencia.

«Un marquesado, una fortuna de millones es lo que nos pertenecía. Pues ya ves: cárcel, infamia, pobreza. Tú y yo seremos mendigos o Dios sabe qué. ¡Y Dios permite esto, y el cielo no se hunde, y todo sigue lo mismo! Y clamamos a gritos, sin que nadie nos oiga. Al contrario, a nuestros clamores responden con sus carcajadas, y nos llaman pordioseros, envidiosos, y nos desprecian, nos injurian. De nada nos vale invocar la ley. La ley es suya, porque teniendo ellos el dinero, tienen la conciencia de los jueces... Que me den a mí el dinero, aunque solo sea por ocho días, y verán lo que soy. Pero estamos sin armas, y ya ves, nos abrasan, nos matan. ¿Qué es la ley? Una engañifa, una farsa. Los que la representan, ¿qué son sino ladrones? La autoridad..., ¡ah!, ¡qué gracia me hace a mí la autoridad! Es la comedia de las comedias, mal representada para engañarnos, para explotarnos.

—Les pondremos un petardo, ¿eh?

—¿Uno? ¡Cuatro mil; un millón!... Tú eres un infeliz, chico, y no sabes lo mala que es esa gente».

Siguieron hablando de esto, y al día siguiente hablaron de lo mismo, porque Isidora, cuando tomaba en su boca este asunto, no lo soltaba fácilmente. A medida que sus ilusiones decaían, determinábase en su alma un cambio de sentimientos; simpatizaba más con el pueblo, a quien creía oprimido, y le entraba un vivo aborrecimiento de la gente grande. Lo más extraño era que, sin ceder en su vanidad ni en lo que pudiéramos llamar coquetería de la desgracia, seguía encariñada con el bonito papel de María Antonieta en la Conserjería. Pero en aquel caso la buena reina estaba martirizada por la cruel y egoísta aristocracia, de donde venía que simpatizase en principio con el vulgo, con el populacho, con los descamisados; y decimos en principio, porque ninguna idea del mundo, unida a todo el despecho de su corazón, le hubiera hecho tolerar la grosería y suciedad de las personas bajas. Pensando en esto, ella daba vida en su mente a una gallarda utopía, es decir, a la existencia posible de un populacho fino o de una plebe elegante y bien vestida. Pero esto, ¿no era una atrevida excursión al porvenir? Algo de genial había en ella, porque, confundida y mareada de tanto pensar, solía poner fin a sus cavilaciones sobre la plebe fina, diciendo: «¡Qué talento tengo y qué cosas me ocurren!».

Capítulo XIV. De aquellas cosas que pasan...

I

Desde que Mariano empezó a entonarse, su tía Encarnación no podía hacer carrera de él. Halagos y amenazas, blanduras y rigores, eran igualmente ineficaces contra él. Más le habría gustado a la buena mujer verle travieso, enredador e indomable como en su niñez, que observar aquella indolencia taciturna, aquella tétrica quietud, semejante al acecho de las bestias carnívoras, en las cuales la paciencia es precursora de la ferocidad.

«¿En qué piensas, animal? —le decía bruscamente—. ¿Vas a inventar la pólvora o qué? Eres un talego. ¿Por qué te estás dos horas mirando al suelo? Mira siquiera al cielo estrellado, y aprende para zaragozano, ¡puñales! ¿Vas a hacer el Almanaque del empedrado? ¡Qué poste! Tu hermana, de tanto mirar arriba, se ha perdido. Tú llevas otro camino, pero llegarás al mismo fin. ¿Por qué no trabajas?

—Porque no me da la gana..., *hala*...—respondía Mariano saliendo de su somnolencia intelectual por la virtud de un pellizco.

—Pues ve a que te mantenga el obispo.

—No necesito que usted me mantenga. Tengo de acá.

—¡Anda, anda, chaval desorejado!... ¡Y con qué tipos te ajuntarás tú para allegar eso! ¿Qué diabluras haces? ¿En qué te ocupas por las noches? ¿Qué llevas aquí debajo de la blusa?

—El copón.

—¡Jo... sús! ¡Qué blasfemias dices! Mira, mira, tú y yo haremos malas migas. Si sigues así, desocupa, hijo, desocupa y deja la casa. El día en que te den garrote iré a verte.

—¡*Aur!*...»—murmuró *Pecado* con gutural sonido.

Y se marchó despacio, las manos en los bolsillos, la gorra encasquetada, la mirada vagabunda y sin fijeza, como su andar y pensamiento. Algunos días, dando a su teórico paseo una dirección determinada, íbase a casa de Juan Bou, no a pedir trabajo, sino a charlar un poco con el maestro, por quien conservaba ligera inclinación, parecida al afecto. Llegó al taller un día (enero del 77) y encontró al buen catalán festivo y engolfado en el trabajo, como en sus buenos tiempos.

«Hola, tagarote, ¿qué buscas por aquí? —le dijo, tocado de aquella verbosidad que fuera indeterminable si no le entrecortara la tos—. Siéntate. Pues todavía mejoras poco. Hombre, a ver si echas de una vez ese pelo. Tienes la cabeza como la de un ratón acabado de nacer... Te digo que te sientes y que te pongas la gorra. Aquí no se gastan cumplidos. Conque cuéntame: ¿trabajas o no?».

Mariano quiso contestar que no trabajaría más a jornal; pero Bou tenía tantas ganas de decir algo, que le cortó la palabra con la suya inagotable, diciéndole así:

«Aprovecho esta ocasión para decirte que tu hermana es una loca, una mal agradecida, una mujer ligera, una tonta, una disipadora, una cabeza destornillada. Yo la quise como yo sé querer, y me hubiera casado con ella. ¡*Voto va Deu*, de buena me he librado! Porque tu hermana es una calamidad. Ahí la tienes en la cárcel por terca, porque se ha empeñado en que es marquesa. Tan marquesa es ella como yo subdiácono. En fin, ella lo quiere, con su pan se lo coma. Bien se ha comido el mío; y no creas lo que dicen por ahí, no; no es cierto que yo me gastara con ella lo que me saqué a la lotería y la herencia de mi tío. En total, no me pellizcó arriba de dos mil duros, porque como la Justicia me la quitó de entre las manos cuando menos lo pensaba... Digan lo que quieran, chico, hay Providencia. Mi dinero se salvó en un papel, el auto de prisión; porque trapitos por aquí, trapitos por allá, el caprichito *A*, la chuchería *B*, ello es que se me evaporaron diez o doce mil reales en una mañana. Tu hermana es una liquidadora como no se ha visto. En su corazón, lleno de apetitos, está escrito con letras de oro «¡abajo los ricos!». Buena pieza, sí. Es un tigre para el bolsillo ajeno. Quien ve aquella cara, ¿cómo ha de sospechar lo que hay dentro? Quien ve aquellos ojos divinos, donde tienen su madriguera los ángeles, ¡cómo ha de pensar que estos ángeles son una cuadrilla de secuestradores!... Yo estaba ciego, yo estaba tonto. Cuando me mandó la primera carta con su padrino, pidiéndome socorros, me pareció que se me abrían las puertas del cielo. Esta es la mía, dije, y con dos o tres cartas, yo proponiendo, ella aceptando, nos arreglamos. La puse en una fonda mientras arreglábamos una casita; yo estaba embobado; quería probar las delicias del mundo, cuando la Justicia..., ya sabes... Este animal de Bou se quedó con la copa en los labios... Ahora me alegro. Con los pocos tragos que gusté, tengo lo bastante para poder decir: conozco el mundo, señores, conozco sus delicias mentirosas, sus dulzuras y sus quebrantos; sé lo que cuestan los goces. Desde la sobriedad del pobre a la disipación inmoral de los ricos, todo lo conozco, todo es canalla, canalla arriba, canalla abajo. ¿Se hace el bien?, pues nadie lo agradece. ¿Se hace el mal?, pues nadie lo censura. Mal y bien todo es igual. Si amas te desprecian; si eres rico te adulan; si eres pobre te escupen. O si no, observa lo que ha hecho tu hermana conmigo. La saqué de la miseria, la vestí, la calcé, le di regalo, comodidades, cuanto pudiera apetecer. Ella abría la boca y yo abría el bolsillo, y *palante* siempre. Pues mira el pago. Dice que soy un bruto, que le repugno, que le doy asco. Le mando un ramo de flores y lo pisotea. Le escribo cartas y no me contesta. Voy a verla y me recibe con un gesto... En fin, la he mandado a paseo. Te digo estas cosas para que se lo cuentes a ella. Anda, anda, dile todo; no me importa. Veremos lo que hace cuando se le acabe el dinero y no tenga con qué pagar el cuarto en la cárcel. La pondrán en aquellas grandiosas salas, donde podrá pasearse y comer y dormir con aquellas lindas duquesas y baronesas que están allá por hurtos, lesiones y otras gracias. Bien merecido. Ella no te preguntará por mí. Si te pregunta, le dices que el señor *Ipecacuana* (así me llama) está contento de haberla perdido de vista, que ha hecho las paces con su bolsillo y con el sentido común, y que le va tan lindamente. Dile que trabajo como antes, que buscaré una mujer de bien con quien casarme; que, como hijo del pueblo, me río de su aristocracia estúpida, y que me alegraría de que todos los aristócratas y chupadores juntos no tuvieran más que un solo pescuezo para ahorcarlos a todos de una vez».

Más hubiera dicho, pero la tos, que por lo homérica, tenía cierta semejanza con la risa de los dioses, le invadió de súbito y allí fue Troya. Concluido el acceso, el ojo rotatorio derramó abundante lloro, mientras el otro, más cerrado que arca de avaro, no daba señales de existencia.

«Y ahora —continuó Bou, gozoso del mutismo de Mariano—, si quieres que te dé consejos, te los daré. Porque tú tan callado, tú tan sombrío, no vienes a que te dé trabajo, ni dinero, sino un buen consejo, que valga millones. Oye bien. Si quieres trabajar, trabaja; si no quieres trabajar, no trabajes. En este mundo, el que más trabaja tiene probabilidades de morirse de hambre, si no viene en su ayuda la lotería o alguna herencia. Tú eres listo; busca un negocio atrevido, emprende algo, especula con la candidez de los demás. Yo he visto mucho mundo, y sé que los más pillos son los que tienen más dinero. Cuando tú lo tengas, gástalo, que hay tontos que al verte tirar tu dinero te darán el suyo; así es el mundo. Haz cosas atrevidas, date a conocer, aunque sea con un gran escándalo; procura que tu nombre suene, aunque sea para decir: «¡Qué bárbaro es!». Aquí hay dos papeles, el de víctima o el de verdugo. ¿Cuál vale más? El de verdugo. Chupar y chupar todo lo que se pueda. El pueblo está sacrificado. Los grandes se comen todo lo que hay en la nación. No hay más que dos caminos: o acabar de una vez con todos los grandes, lo cual no es fácil, o meterse entre ellos y aprender sus marrullerías y latrocinios. Escoge, toma tus medidas y echa a andar *palantito*.

—Yo —dijo Mariano con súbita animación— quiero que se hable de mí.

—¡Que hablen de ti!..., pues mete ruido.

—Lo que es ruido..., ya lo meto —replicó Mariano.

—¿Cómo? ¿Con un cencerro?

—Con esto —dijo Mariano mostrando un canuto.

—¡Ah! ¡Tunante!... —exclamó Bou muy asombrado de ver el instrumento músico que el chico mostraba—. Conque tú te ocupas... Pues mira: desde hoy perdemos las amistades, porque con esa clase de armas no se defiende al pueblo. ¡Petardos, arma traidora de los perdidos, truhanes, jugadores y demás escoria! Oye tú, mírame a la cara. ¿Me ves bien? Pues este que aquí ves, este nieto de mi abuela, cuando quiere significar su desprecio al Poder público; cuando quiere dar una bofetada a cualquiera que represente la autoridad usurpada y la ley tiránica, lo hace cara a cara, a pecho descubierto, poniéndose entre el peligro y la inmortalidad, entre el verdugo y la gloria. ¡Pero disparar cohetes en la sombra, asustar a las mujeres y desesperar a los de Orden público!... Reflexiona, hijo mío —añadió, después de una pausa, con tonillo de propaganda evangélica que sabía adoptar en ciertos casos—; reflexiona en que si quieres educar tus virtudes cívicas, y llegar al grado de estimación pública a que hemos llegado los que estamos llenos de heridas, los que hemos ido de calabozo en calabozo, los que hemos comido ratas...».

Dios sabe a dónde habría llegado por este brillante camino, si Mariano no se hubiese levantado, anheloso de marcharse. En el singular estado fisiológico en que se encontraba, su lúgubre atonía se interrumpió bruscamente por impaciencias inexplicables. Con un poquillo de ironía dio las gracias al maestro por sus consejos, y se fue a escape, como alma que lleva el diablo.

«Este chico tiene algo» —dijo Bou para sí.

Olvidándose luego del muchacho, siguió pausadamente los pasos contados de su metódica vida; paseó un poco por la tarde, comió después, fue al café, regresó a su casa, y cuando se estaba acostando, ¡ay Dios!, oyose un estrépito tal, que no parecía sino que reventaba una mina junto a la casa y que esta se venía abajo de golpe. El estremecimiento y el ruido dejaron a Bou parado y sin aliento, los vidrios estallaron en pedazos mil, la puerta de la casa saltó del quicio, y el vecindario, alarmadísimo, salía gritando a la calle con pánico horrible...

¡Ah pillete aristócrata! —dijo Bou serenándose al comprender lo que era—. ¡Si te cojo!...».

II

Y algunos días después de esto, Mariano estaba en la encrucijada que llaman las Cuatro Calles, mirando indeciso las vías que allí concurren, sin saber cuál escoger para entrar por ella. Oigámosle:

«¿Iré a casa de mi tía? No, que llama a los de Orden público y me cogen. ¿Iré a ver a mi hermana? No, que estará allí *Gaitica*. ¿A dónde iré?... Dejémonos ir. Por aquí, por la Carrera abajo, veré la gente que va a paseo, veré los coches, subiré al Retiro, y me estaré allí toda la tarde... Hace buen tiempo, tengo dos duros y no se me da cuidado de nada... Ya empieza a pasar la pillería. Allá va un coche..., y otro y otro. Toma, aquel es de ministro. *Chupa-gente*, ¿sabe el coche? *Oigasté*, ¿y si le dijeran: «Suelte lo que no es suyo?...». Ahí va otro. ¡Cuánto habrá robado ese hombre para llevar cocheros con tanto galón!... Anda, anda, y allí va un cochero montado en el caballo de la derecha, con su gorrete azul y charretera... ¡Eh!, y en el coche van dos señoras... ¡Vaya unas tías, y cómo se revuelcan en los cojines! *Oigan ustés*, ¿de dónde han sacado tanto encaje? Y qué abrigaditas con sus pieles... Pues yo tuve anoche mucho frío, y ando con los zapatos rotos. Paren, paren el coche, que voy a subir un ratito. Estoy cansado. ¡Valientes tías!... Subiré por el Dos de Mayo. Por aquí va mucha gente a pie.

»Este Retiro es bonito; solo que..., de aquellas cosas que pasan, habiendo tantos que tienen frío, el pueblo debía venir aquí a cortar leña... Entro por este paseo de los muñecos de piedra con las manos y las narices rotas. ¡Qué feos son!... Hola, hola, ¿niñitos con guantes? ¡Y cuántos perifollos gasta esta familia! Con lo que lleva encima la criada había para vestir a cuatro mil pobres... El papá debe de haber robado mucho. Está gordo como un lechón... De consiguiente, que lo abran en canal... Tomemos por aquí a la derecha, para ir a la Casa de Fieras... Pero no entraré; estoy cansado de verlas. ¡Puño, cuánto coche! Allá va don Melchor acompañando a dos niñas. Sí, para ti estaban, bruto. Son las niñas de Pez. Y el señor Pez va también con la gran tripa llena de billetes de Banco, que ha tragado... Más coches, más coches, más. Bien dice el maestro que lo bueno sería que toda esta gente no tuviera más que un solo pescuezo para ahorcarla toda de una vez... De consiguiente, todos viviríamos al pelo... Pero ¿qué es aquello que viene allí? ¡Ah!, ya sé. Primero un batidor a caballo. Después el gran coche con seis caballos... Puño, y toda esa gente de galones, ¿para qué sirve? Miale, miale, cómo saluda a todo el mundo, sombrero en mano; y ella también saluda, moviendo la cabeza. Descuidar, que alguno habrá que vus arregle. Yo lo que digo es que muerto el perro se acabó la rabia, y que muerta la cabeza, manos y pies se mueren... Miales, miales; dan vueltas para que les vean mejor. Ahora vuelven para acá; ya vus hemos visto bien.

»¡Valientes perdularios! Si hubiera un hombre de corazón, ¿a dónde iríais a parar todos? Todos os pasaríais al partido de los pobres. ¡Vivan los pobres! digo yo, y caiga el que caiga. ¡Abajo los ladrones!... Puño, vienen más coches, todos con tías brujas o con mozas guapas muy tiesas. Ya, ya; ¿sombrillita para que el Sol no les queme las caras? Pues yo, tías brujas, ando al Sol y al aire, con los zapatos rotos, y la blusa rota, muerto de frío; con que... ¡Eh!... ¿Quién es aquel que va a caballo? ¿No es Gaitica? El mismo, un chulo vestido de persona decente. Y saluda a dos que van en un coche. Todo porque estos días ha ganado al juego muchos miles. Ladrón, ruletero, chulapo, ordinario, canalla. Apuesto a que pasa por junto a mí y no me saluda; ¿apostamos? Aquí viene; me acercaré para que me vea. Le hablaré en flamenco. «Buenas tardes, zeñó Zurupa».

Esto decía Mariano acercándose a un jinete que avanzaba por la orilla del paseo, montado en un caballo español puro, de cuello corvo y movimientos tan gallardos como pesados. El jinete vio al chico, y entre bromas y veras, sacudió el siniestro brazo, y con el látigo, quizás sin pensarlo, le cruzó la cara, diciéndole: «*Granujilla*...».

III

En una casa, que por su desordenado aspecto, la suciedad de sus muebles y la catadura ordinaria de sus habitaciones, parecía ser la misma en que Joaquín e Isidora pasaron las tristes horas que en otra parte de esta historia quedan contadas, halláronse juntos otro día Mariano y el caballero (llámase así porque iba a caballo) designado con el nombre de *Gaitica*. Entró Mariano en el cuarto en que el tal estaba y sin saludarle le dijo:

«Vengo *a* por aquello.

—¡Ah!, que listo andas. Agradece que lo hay. Toma, roío niño».

Sacó tres duros del bolsillo y sin mirarle se los arrojó sobre la mesa.

«El otro día —dijo Mariano con timidez entre recelosa y salvaje— me dio usted un latigazo.

—Niño, fue sin querer. Pues qué, ¿a un roío caballero como tú se le dan latigazos?... ¡Taco, y qué orgullo vas echando!... ¡Roer! Átame esa mosca. Por ahora no necesito de ti. Si algún día necesitas una roía peseta, vente acá. Si algún día no tienes qué comer, no faltará acá un roío pedazo de pan que darte. Comerás las sobras de la mesa. Eres un roío gandul, un roío holgazán, un roío bergante, y acabarás en presidio.

—Como usted —dijo Mariano con descaro.

—¡Roer!, no te me subas a las barbas, porque de un roío puntapié vas a parar a Flandes. Yo soy una persona decente. Los holgazanes y gandules me cargan, ¡taco! Porque la necesidad le obligue a uno a poner la ruleta, no quiere decir que no sea persona decente. Ahora soy hombre formal, y voy a comprar mulas para venderlas a la Artillería; hombre de negocios, hombre que se puede poner delante del rey, sí, señor; porque es un hombre que paga la contribución, un hombre de orden, de ley, que no gusta de oír hablar del roío pueblo ni de la roía revolución; un hombre, en fin, más honrado que Dios, más caritativo que la roía Biblia».

Mariano le oía espantado y con despecho. ¡También *Gaitica*, aquel ser de la última gradación moral, aquel hombre a quien *Pecado* consideraba como inferior, se sublimaba por la virtud de su pequeño capital, adquirido en infames juegos de azar, y quería revestirse de la dignidad del burgués pacífico, del propietario conservador, y clasificarse entre los ciudadanos probos, que son base, sustento del orden social! Era lo último que a Mariano le quedaba que ver.

«Sí —prosiguió aquel individuo, cuyo retrato no haremos porque una mano más hábil lo hará después—, soy hombre caritativo. Sabes que he visto a tu hermana, y que la he amparado. La he conocido estos días, cuando he ido al Modelo a ver a una prima que está allí por unas roías lesiones... Tu hermana es muy guapa. La he amparado; la vi muy afligida porque se le había acabado el dinero y tenía que pasar a la sala común. ¡Roer!, ¡un hombre como yo ver esas cosas!... Al momento arreglé con el alcaide el pago del cuarto. Yo soy un hombre generoso, un caballero que sabe gastar las roías pesetas en beneficio del pobre y necesitado... Tu hermana es muy buena y muy señora. Voy a visitarla todos los días y a ofrecerle mis servicios. ¡Oh!, no es como tú, que eres de lo que llaman un parásito, la polilla del orden social, un vago. Tú y tus compañeros debéis ser exterminados, porque la roía sociedad..., en fin, yo me entiendo. Márchate. ¡Roer!, ¿qué haces ahí como una estatua? Tú no tienes inteligencia, no comprendes lo que yo hablo... Abur».

En el cerebro de Mariano se repercutían, como vibraciones de una campana, aquellos execrables conceptos, que son fiel copia de los textos auténticos del célebre *Gaitica*. Conocido de todo Madrid, este tipo ha venido a nuestra narración por la propia fuerza de la realidad. El narrador no ha hecho más que limpiar todo lo posible su lenguaje al transcribirlo, barriendo con la pluma tanta grosería y bestialidad, para no dejar sino la escoria absolutamente precisa.

Cuando Mariano se retiró aquella noche a su miserable alojamiento, después de vagar toda la tarde y parte de la noche por las calles sin tomar alimento, sufrió un ataque epiléptico. Parecía que se desbarataba en horrorosas convulsiones, y se mordió las manos y se golpeó todo, quedándose maltrecho. Por fin le pasó, Dios sabe cómo, y al volver en sí encontrose con una gran novedad en su cerebro: tenía una idea; pero una idea grande, clara, categórica, sinceramente adherida a su inteligencia. No durmió en toda la noche, no comió nada a la mañana siguiente. Tenía momentos de gran temblor y confusión, y otros en que una actividad febril obligábale a correr por las calles, sin ver a nadie, sin fijarse en nada más que en los coches que iban y venían.

Tomaba un bocado en cualquier taberna, y paseaba, paseaba. Pasear era su vida y el pasto de su idea. Rompió toda clase de relaciones, dejó de ver a su hermana, a su tía, a Bou, a *Gaitica*, y con quien únicamente cambiaba alguna palabra era con Modesto Rico, que vivía con él y estaba casi siempre embriagado. Las noches siguientes las pasó también sin dormir. Un malestar inexplicable que a veces tomaba formas como de entusiasmo, a veces como de abatimiento letal, actuaba sin cesar dentro de él, absorbiendo todas sus fuerzas y pensamiento. Repitiole el ataque epiléptico, y cuando le pasó, disparataba cual si hubiera perdido la razón. Durmió luego profundamente; levantose alegre, salió, y dirigiéndose al Rastro detúvose en un puesto a comprar algo. Regateó con discreción y tacto, y de vuelta en su casa con el objeto

que había comprado, lo escondió, lo agazapó debajo del colchón, diciendo estas palabras:
«Estáte quieta, ahí, quieta».

Capítulo XV. ¿Es o no es?

I

¡Generoso señor aquel que evitó a Isidora la angustia y el bochorno de la sala común, apresurándose a pagar la miserable cuota! ¿Quién era aquel ser benéfico que practicaba la caridad tan oportuna y noblemente? La agraciada no le conocía más que de haberle visto dos o tres veces en el cuarto de su vecina (una tal Antoñita Surupa, que por ciertos porrazos, calificados de lesiones graves, estaba en la casa purgando la impetuosidad de su naturaleza meridional), y por lo mismo que era tan superficial el conocimiento, era mayor su gratitud. Al día siguiente de aquel rasgo, merecedor de los mayores encomios, el autor de él, Frasquito Surupa, a quien por mote llamaban *Gaitica* en círculos que apenas es lícito nombrar, visitó solemnemente a Isidora.

Según él mismo dio a entender, era persona notable y acaudalada, hombre de gran mérito, que todo se lo debía a sí mismo, pues abandonado de sus nobles padres y desheredado por sus nobilísimos abuelos (¡miserias y bribonadas del mundo y de la ley!), había tenido que crearse una posición con su ingenio y su trabajo. Motivos diferentes halló Isidora en su nuevo amigo para sentir hacia él simpatía y antipatía, en porciones casi iguales, porque si bien aquello de ser hijo natural y abandonado, víctima del egoísmo de sus padres, le hacía sobremanera interesante, en cambio sus modales y su lenguaje eran de lo más soez y chabacano que imaginarse podría. Su figura hermosa, juvenil y hasta cierto punto elegante, que recordaba la de Joaquín Pez, perdía todas sus ventajas con lo que del alma salía a los labios de tan singular criatura, en esa florescencia del ser que se llama conversación. Por momentos Isidora le encontraba agradable, por momentos aborrecible. Él, hablando sin cesar de las injusticias humanas y contando los martirios y persecuciones de que había sido víctima, cautivaba más la atención de la prisionera.

La soledad de Isidora era cada vez mayor. Emilia y Castaño no la visitaban ya; Bou había roto con ella; Miquis iba muy rara vez. Solo eran constantes don José y *la Sanguijuelera*, que llevaba a *Riquín*. Joaquín Pez, cuyo trato en aquella soledad habría sido muy grato a Isidora, estaba en La Habana, desde donde le había escrito algunas cartas cariñosas. *Riquín*, Encarnación y Relimpio eran, pues, los únicos que llevaban la alegría, la distracción y la esperanza a la triste celda durante un rato, que se alargaba todo lo posible, contando con la bondad de la celadora.

Miquis fue a verla un día para anunciarle la visita definitiva de Muñoz y Nones.

«Oye tú, gran mujer —le dijo—: mañana viene mi querido suegro. Recíbelo como se merece. Le hablé de ti y viene dispuesto a favorecerte todo lo posible. Te hablará largo de tu pleito y de tu causa criminal, y poniendo las cosas en su verdadero lugar, te las hará ver claras y sin telarañas. No te asustes de su franqueza. Es un hombre que dice las cosas como las siente. Dice a veces barbaridades; pero sus barbaridades valen más que el oro, la plata y las piedras preciosas, porque son verdad pura. Lo que él te diga tómalo como el Evangelio. Si trata de encarrilarte por el camino *A* o el camino *B* (aquí de nuestro *Ipecacuana*), marcha adelante con los ojos cerrados. Deja el orgullo a un lado, como se deja una corona de teatro después de acabada la representación. Así como se hace examen de conciencia antes de confesar, haz ahora examen de tonterías para que las abjures todas. Acopia sentido común y ensáyate toda esta noche en apreciar la extensión verdadera, el número y peso exacto de las cosas humanas. Siempre que tu fantasía quiera llevarte a una apreciación falsa de la realidad, date un gran pellizco..., y por último, no coquetees delante de mi suegro, porque, aunque muy bueno, es medianamente aficionado a las muchachas guapas, y podría suceder...».

La primera impresión de Isidora al ver entrar a Muñoz y Nones fue muy grata, porque el notario era un hombre admirablemente dotado por la Naturaleza en figura, modales, gracia de expresión y don de gentes. Su edad no pasaba de cincuenta años, y vestía con pulcritud y corrección. Gran calva lustrosa, bajo la cual actuaba sin cesar el prurito de la fundación de una *Penitenciaría para jóvenes delincuentes*, le caracterizaba, en primer término. Era además hombre que miraba con extraordinaria penetración a las personas con quienes hablaba, y que para aprobar y afirmar decía siempre: *Mucho, mucho*, y para negar empleaba irrevocablemente la frase *no hay tal cosa, ni ese es el camino*. No usaba más que una comparación. Para él, todo era... *como la luz del mediodía*. Si la costumbre de usar chalecos blancos, aun en invierno, significaba algo, Muñoz y Nones era un hombre singularísimo en esta materia. Si el deseo de no parecer barrigudo distingue a un hombre grueso de otro, Muñoz y Nones debe ser puesto en la categoría de los que viven decididos a morirse esbeltos. Decir que era un tanto presumido y un mucho simpático, acabará de pintarle por fuera. Su franqueza le había valido algunos disgustos, pero también grandes triunfos, porque el culto de la verdad, proclamando la honradez, trae siempre ventajas, las cuales no se concretan a la conciencia y a la moral, sino que se extienden a la esfera utilitaria de la vida. Por esto, y relacionando sus virtudes con sus éxitos, decía el gran notario que *también la honradez es negocio*.

«La señora marquesa —dijo Muñoz después de los saludos— está en las mejores disposiciones respecto a usted. No sé si sabrá usted que esa señora es un ángel, una criatura celestial. Si no lo sabe, se lo digo yo, y basta. Imagínese usted el ser más bondadoso, más prudente, más sensible y cariñoso, y lo que resulte de ese esfuerzo de la imaginación será siempre inferior a la marquesa de Aransis.

—No lo dudo —replicó Isidora, contrariada, porque habría querido oír hablar mal de su abuela, dado que lo fuese—. La señora marquesa será muy buena, aunque en este caso mío...

—Pero, criatura —dijo Muñoz sin poderse contener—, ¿todavía no se ha curado usted de la enfermedad de esa idea absurda?... ¿Todavía cree usted pertenecer a la casa de Aransis?

—¿Acaso me han probado lo contrario?

—¡Probado!... ¡Si está más claro que la luz del mediodía! No se trata ya del pleito de filiación, ni Ese es el camino. Eso es cosa juzgada. Empéñese usted en seguirlo adelante, y consumirá su vida, su dinero y su salud inútilmente».

Isidora sudaba.

«¿De modo —dijo esforzándose en vencer su abatimiento y espolear sus ánimos decaídos—, de modo que usted cree en esa gran paparrucha de la falsificación?

—¿Conque paparrucha?... ¡Ay niña, niña, usted no sabe lo que se dice! La falsificación es tan clara, tan evidente como la luz del mediodía. El Tribunal lo ha declarado categóricamente. El pleito de filiación carece de base y se cae, como un castillo de naipes».

Isidora sintió que se mareaba, que se le iba la vista, que el cuarto daba vueltas, que Muñoz y Nones se reproducía en infinitas imágenes o copias del mismo Muñoz y Nones.

«Explíquese usted... —balbució con voz dolorida, cerrando los ojos—. No puedo entender...
—Pues muy sencillo... ¿Pero se pone usted mala? Un vasito de agua...
—No es nada. Usted qué entiende de estas cosas...
—Mucho, mucho. La falsificación existe. Que usted no es autora de ella, no tiene duda, pues se perpetró ese delito, según todas las apariencias, cuando usted tenía tres años.
—Entonces...
—Su padre de usted, Tomás Rufete, era un hombre ligero, de costumbres desordenadas. Le conocí, le tuve de escribiente. Muchas veces le presté dinero que no me devolvió; pero esto no hace al caso ni ese es el camino...
—¡Mi padre!... ¿Usted está seguro de que era mi padre? —exclamó Isidora sacando fuerzas no se sabe de dónde—. Estas cosas no se pueden apreciar así, señor mío.
—¿Pues no se han de poder apreciar, señora mía? Yo me contento con decir que la casa de Aransis no ha tenido parte mínima en echarla a usted al mundo. Dos chicos nacieron de una señorita desgraciada...
—¿Usted la conoció? —dijo Isidora con energía apelando a un recurso de gran efecto.
—Sí.
—¿Me ha mirado usted bien?».
Muñoz y Nones, que ya la había mirado bien, consecuente con la dulce afición declarada por Miquis, la volvió a mirar.
«En efecto —dijo sonriendo—, es usted muy guapa.
—¿Y no halla usted semejanza...?
—En la Naturaleza —replicó Muñoz muy serio— se observan fenómenos de semejanza... Sin embargo, usted y Virginia solo se parecen como dos mujeres hermosas. El cabello..., efectivamente. En los ojos hay algo..., pero no, no es tal la semejanza que pueda inducir a suponer parentesco».

Isidora no pudo contener su dolor. Se echó a llorar.

«Aunque se aflija, para mí la verdad es lo primero. No hay semejanza ni ese es el camino.

—¡Oh! Señor Muñoz —dijo ella con extraordinario énfasis—; si usted en esto que me dice, en esto que hace, no procede de buena fe, declaro que es usted el hombre más malo, el mayor monstruo...

—Crea usted lo que quiera. ¿Tengo yo fama de monstruo?

—No, no. Diré a usted...».

Impaciente, inquieta en su asiento, como si por todas partes estuviese rodeada de púas, movía los brazos queriendo expresar con ellos una convicción más enérgica que la que expresaban los labios.

«De modo que según usted, según usted, señor Nones, yo soy, yo soy... una cualquiera.

—Según lo que usted entienda por *una cualquiera*. Lo que yo afirmo es que al declararse usted sucesora de la casa de Aransis, ha sido víctima de un gran engaño. Las indagaciones que hemos hecho nos han llevado a averiguar que el autor de esa execrable comedia fue Tomás Rufete, logrando engañar primero a don Santiago Quijano y después a su hija...

—¿Conoció usted a mi tío el Canónigo?

—Mucho, mucho, y tengo que decir a usted que era uno de los hombres más sencillos, hablemos claramente, más tonto que han comido pan en el mundo. Le traté mucho. ¡Qué hombre, Santo Dios! Una vez le hicimos creer que con miga de pan se quitaban las canas, y andaba con la cabeza hecha una panadería. También le hicimos creer que la baba del conejo era venenosa, y consultó cuatro médicos y se cauterizó un brazo. Se le daban las bromas más extraordinarias que usted pueda figurarse. Era poco valiente, como usted sabe, pero pundonoroso. Armábamos una camorra por cualquier tontería. Uno de nosotros se fingía agraviado. Los demás acalorábamos la disputa. No había más remedio que batirse. Quijano hacía de tripas corazón. Le llevábamos al campo del honor, donde con mucho miedo, pero con tesón muy grande, apuntaba al pecho de su contrario; mas como las pistolas estaban cargadas con sal, no pasaba nada... Lo extraño es que siendo medianamente instruido, creyese en influencias de las estrellas, en barruntos y aun en maleficios. Escribía clásicamente, leía novelas, era muy apasionado de las cosas aristocráticas, se sabía de memoria el *Becerro*, y tenía en la punta de la uña todos los linajes de España. Juzgue usted si ese santo varón era que ni pintado para sostener un bromazo que Tomás Rufete quiso dar a sus hijos.

—Esas historias, señor Nones —dijo Isidora aparentando una firmeza que no tenía—, nada me prueban.

—Mucho, mucho. Pero son datos preciosos. Vamos a otra cosa. Un coronel de Artillería, cuya nombre debe usted saber, se presentó en el despacho de Andréu, primo y compañero mío, hace quince años, y le habló de un asunto penoso y delicado. Al día siguiente Andréu había extendido un documento que llamamos *acta de reconocimiento*. En él reconocía como hijos suyos a una niña... (paciencia..., déjeme usted concluir), a una niña y un niño, nacidos de quien usted sabe, de aquella desventurada joven que, digámoslo otra vez, no tiene con usted semejanza de fisonomía, ni ese es el camino. Adelante. En el mismo documento hacía constar que confiaba ambos mocosos al cuidado de un antiguo criado y deudo suyo, retirado de la Guardia civil, el cual vivía... ¿sabe usted dónde?

—¿Yo qué he de saber?» —replicó Isidora con desvío y detestable humor.

Muñoz y Nones se levantó. Dirigiéndose a la reja, y mirando hacia la calle, señaló una casa de la acera de enfrente hacia la plazuela de las Comendadoras.

«¿Quién vivía en aquella casa?
—Yo.
—Tomás Rufete tenía por vecino en el piso tercero a un licenciado de la Guardia civil. ¿Se acuerda usted?
—Yo no.
—¿Tampoco recuerda usted cuando se quemó esa casa?
—De eso tengo una idea; era yo muy niña. Mi hermanito empezaba a andar entonces.
—Mucho, mucho. Cuando se quemó la casa, Nicolás Font...
—¿El guardia civil?
—Estaba enfermo de gravedad. Lo que pasó aquel día no lo sé. Font muere más tarde; la niña también; la viuda se va a vivir a Getafe; el niño es recogido más adelante por la marquesa de Aransis. Pasa el tiempo y se presenta usted con sus pretensiones apoyadas en el testimonio de su padre difunto, en una tradición de familia y en varios documentos. Las partidas de bautismo de los dos hijos del coronel nada prueban. Debieron de ser substraídas de casa de Font el día del incendio. Pero hay otro documento: el acta hecha por Andréu. En ella aparece una novedad y es que el nombre de Nicolás Font aparece sustituido por el de Tomás Rufete. La falsificación está hecha con suma habilidad, y las circunstancias le favorecen. Ha fallecido en Filipinas el coronel a quien usted tiene por su papá, y que es tan papá de usted como mío; han muerto la mujer de Font y los tres testigos; pero por fortuna vive Andréu. Se busca en el protocolo la matriz, y se encuentra la misma sustitución o enmienda. Tomás Rufete vivió en gran intimidad con un escribiente de mi compañero... ¿Va usted atando cabos?...

—Yo no ato ningún cabo, ni ese es el camino, señor Nones —dijo Isidora, dándose, en su despecho, el gusto de remedar un poco el estilo del notario.

—Ahora lo veremos. Se busca al cómplice de Tomás Rufete, a quien Andréu despidió hace años por infiel. Es medio químico y muy hábil; pero su principal habilidad está en huir de la justicia. Se entrega el documento original a los peritos calígrafos y químicos, y al instante la falsedad salta a la vista. Hecha con precipitación, es mucho más grosera que la de la copia. El Tribunal ve claro, y como usted en el pleito de filiación ha presentado testimonios tan débiles; como la prueba ha sido tan flojísima; como ninguno de los recuerdos de su infancia favorece a usted, es casi seguro que irá a presidio por delito de usurpación de estado civil.

—Yo no soy falsificadora —afirmó Isidora quedándose como una muerta...

—¡Qué gracia! No es usted falsificadora de un papel; pero lo es de un derecho, y con testimonios débiles y documentos apócrifos trata de usurpar un puesto que no le corresponde».

La de Rufete estaba humillada y abatida. Difícilmente entraba en su cabeza la idea de no ser quien pensaba, y de la lucha que con sus dudas sostenía, resultaba un decaimiento parecido a la agonía de morir. Nones la miraba en silencio, esperando una palabra.

«Dígame usted —murmuró ella al fin con temor—, ¿qué tengo que hacer para evitar... eso de ir a presidio?

—Declarar que ha sido engañada; descargar su responsabilidad sobre su señor papaíto, reconocer que no tiene derecho alguno...

—¿Y quién me asegura que no lo tengo?...» —volvió a decir, reaccionándose.

El instinto de conservación de su error era tan grande, que este necesitaba muchos y muy fuertes golpes para someterse. Muñoz y Nones tomó su sombrero.

«No se vaya usted, no —dijo ella, temiendo quedarse sola con sus fieras dudas—. Hábleme algo más. No estoy convencida, pero dudo. ¡Oh! Si me muriese hoy mismo, si me muriese antes que empezara a destruirse esta fe, ¡qué dichosa sería! Señor Nones, usted es un hombre honrado. Augusto lo ha dicho. Usted no es capaz de fingir, ni de mentir, ni de engañar. Júreme usted por Dios, por su madre, por sus hijos, que no cree en mi derecho; jureme usted que lo que dice es verdad, y entonces quizás pueda yo empezar a acostumbrarme a esta idea...

—¡Jurar! Eso es anticuado. Basta la palabra de un hombre de bien... No hay motivo para tanta aflicción ni ese es el camino. Una existencia humilde y sin los desasosiegos de la ambición, puede hacerla a usted dichosa. La señora marquesa me ha autorizado para ofrecer a usted un auxilio siempre que se preste a dar a esta enojosa cuestión un corte rápido y decisivo. La señora está disgustadísima; aborrece el escándalo y llora mucho al ver que el nombre de su pobre hija es traído y llevado por las lenguas que gozan en resucitar deshonras pasadas. La señora no duda, ni puede dudar del resultado del pleito. Si usted espera aún, consulte a todos los abogados de Madrid, y como haya uno que aliente sus esperanzas, me dejo cortar la cabeza. Pero nuestras leyes favorecen a los pleiteantes tercos, y usted, empeñándose en seguir adelante, puede prolongar el litigio sin ningún fruto para usted y con cien probabilidades contra ninguna de ser condenada a presidio... Me retiro y le doy a usted unos días de término para que lo piense bien. Mi yerno me ha dicho qué tiene usted buen fondo y clara inteligencia, aunque ofuscada por desvaríos y falsas apreciaciones de la vida. Si usted lograra ver cada cosa como es realmente, estábamos de la otra parte. Conque... ánimo. Y para concluir: sé que tiene usted un hermanito que es una alhaja. Yo le prometo a usted darle la primera plaza cuando inauguremos la *Penitenciaría para jóvenes delincuentes*. Le reformaremos, y usted... trate de reformarse».

II

¿Soy o no soy? Esta pregunta fue para Isidora, desde aquella entrevista, el eje de todos sus pensamientos, de todo el sentir y obrar de su vida. Olvidada de molestias y humillaciones de la cárcel, no tenía seso ni corazón más que para raciocinar sobre aquel problema y dolerse de él; porque sí, era un problema semejante a una llaga, un problema que la enloquecía como un logogrifo indescifrable, y la lastimaba como una úlcera abierta en lo más delicado y profundo de sus entrañas. La pavorosa duda tenía alternativas y lances de batalla. Ya vencía la convicción, y echaba bravatas de pueril orgullo; ya, por el contrario, triunfaba la sospecha, proclamando con gemidos de amargura la derrota de sus vanas grandezas. Con ser tan abultados los autos, no contenían tantas ideas, tantas fórmulas de investigación, tantos ni tan variados argumentos como los que ella febrilmente acumulaba en su cerebro aquella tarde, aquella noche, y en las horas claras y oscuras de tres días sucesivos. Porque diabólica era ciertamente la claridad e insistencia conque surgían en su mente todos los argumentos negativos de su derecho. Ella quería rechazarlos, y ellos crecían fortaleciéndose, vestidos con la inmaculada vestidura de lo evidente. Sí, su tío el Canónigo era tonto. ¿No podía dar ella mil testimonios de sus necias credulidades? Ella misma le había imbuido algunas veces ideas sumamente extrañas.

Como don José, su tío el Canónigo daba calor en su entendimiento a las ideas más absurdas, las fomentaba y se engreía con ellas. Su tío, engañado por Rufete, había representado con ella la comedia funesta que tan desgraciada la había hecho. ¡Cuántas veces en las noches del invierno él la embelesaba diciéndole que sería marquesa, que tendría palacio, coches, lacayos, lujos sin fin, y riquezas semejantes a las de *Las mil y una noches*! Él la había enseñado a no trabajar, a esperarlo todo de una herencia, a soñar con grandezas locas, a enamorarse de fantasmagorías. Habíale llenado la cabeza de frivolidades, habíale educado en la contemplación mental de un orden de vida muy superior a su verdadero estado. Él, cuando ella se cansaba, le decía: «Tendrás coche». Cuando ella trataba de arreglarse un vestidillo, le decía: «Tendrás veinte modistas a tus órdenes». Decíale: «¡Qué palacio el tuyo!», y otras expresiones que encendían más y más en ella el volcán de ambición que ardía en su pecho... Sí, su tío era tonto, tonto rematado, un hombre calamitoso, en su buena fe, un hombre sin seso, un maestro contra la realidad, el apóstol de todo lo extravagante, ficticio y convencional que engendra en su estado morboso el pensamiento humano.

Luego pensaba en su padre. Sí, sí, Tomás Rufete era un hombre desordenado, un hombre de insaciables apetitos y devorado por la envidia. Bien podía ser verdad lo que Nones decía, y Tomás autor de aquel dramático sainete, por satisfacer su codicia, o simplemente por obtener de la marquesa, mediante un pleito enojoso, cualquier suma, en calidad de transacción. Esto era razonable. ¿Qué demonio de lógica se escondía dentro de estas ideas, dándoles cuerpo y vida?... También pensaba en su madre. ¿Por qué siempre que Tomás Rufete hablaba de la marquesa, de los niños de la marquesa y de la indudable herencia y estado de estos niños, Francisca Guillén bajaba la cabeza, se ponía de mal humor y no añadía palabra alguna a las expresiones de su marido? Su madre, pues indudablemente debía darle ya este nombre, era una mujer honrada. Rufete la atormentaba y la dominaba. Él le había impuesto su infame comedia, y ella, por miedo y quizás por la ilusión de que sus hijos fueran marqueses, aunque usurpadores, callaba. ¿Por qué su tía (pues ya no había duda de que era su tía) se burlaba siempre del marquesado y de las ideas ambiciosas de Rufete? Y don José, que en la declaración de la prueba había dado por amor a ella testimonio favorable, también dudaba, sí, o tal vez estaba seguro de la farsa. Bien se le conocía al tenedor de libros que no tenía fe en lo de Aransis, porque hablaba poco de esto y siempre en términos indecisos.

Al tercer día de andar en brega con estas dudas y sospechas, tomando muy poco alimento, sin dormir, llena de fiebre y medio trastornada, Isidora llegó al colmo de la crisis. Una noche, hallándose sola, corrió furiosa a la reja, se agarró a ella, deseosa de hacerla pedazos, y a gritos, que alborotaron la calle, decía:

«Y, sin embargo, soy noble. ¡Jueces, notarios, abuela, gente toda que me tenéis aquí, yo soy noble!».

Luego recorría de un ángulo a otro el cuarto con las manos en la cabeza, gritando:

«Soy noble, soy noble. No me quitaréis mi nobleza, porque es mi esencia, y yo no puedo ser sin ella, ni ese es el camino, ni ese es el camino».

Entraron la celadora y dos amigas y quisieron calmarla, Trajéronle algo de comer para combatir el desvarío combatiendo la debilidad; pero ella tiró los platos y despidió a las mujeres.

«A mí no se me presenta ese bodrio. Eso no es para mí —exclamaba—. Que me traigan mi baño. ¡Yo no puedo vivir sin baño! Que me saquen de esta pocilga; que me traigan mis vestidos, mi coche; que venga Joaquín...».

Todo fue inútil para calmarla; pero al fin el exceso de la irritación trajo a la mañana siguiente el agotamiento y con él la remisión de un mal tan penoso. No obstante, era de todo punto imposible hacerle tomar alimento. Se quitó el vestido, diciendo que no podía tener encima tales harapos, y pidió una y otra vez su baño, su querido baño. Por último, le trajeron a *Riquín*, y viéndole y acariciándole, descendió lentamente, en alas del cariño materno, de las borrascosas alturas en que su razón estaba tan nublada.

Capítulo XVI. Las ideas de Mariano. La síntesis

La Sanguijuelera acompañó a su sobrina a la siguiente mañana, obsequiándola con una retahíla de preciosos consejos que debieran reunirse y archivarse como uno de los mejores ejemplos de la sabiduría humana.

«Lo de tu herencia es ya sal y agua. Después de tantos mareos y bascas, has vomitado al fin la gran pandorga. Si quieres ser honrada te llevo a vivir conmigo, te cedo la tienda, y no te pongo más obligación que mantenerme y cuidarme los huesos hasta que venga por ellos la muerte. Cuando te vi en malos andares, te negué un ochavo y te saqué lo que pude; si ahora te enderezas, cuanto tengo es para tu rica persona y para este Sol cabezudo del mundo... ¿Vas a ser honrada, sí o no? Mira, tienes varios caminos: o te casas con el estampador de la calle de Juanelo, o te vas en busca de aquel señor Botín de otros tiempos y le pides el estanco que te prometió. Pondremos estanco y cacharrería en dos tiendas juntas de una buena calle, y no habrá quien nos tosa... Pero en mi casa no entran pantalones; ¿te conviene? Otra cosa te propongo. ¿Quieres ser ama de cura? Yo conozco un capellán de monjas, ancianito, buen cristiano, y que convierte gente mala, porque tiene un pico de oro, un gancho del Cielo que es un primor; el cual curita me está diciendo siempre que le busque un ama de fundamento... Decídete; ¿estampería, estanco o religión con llaves?».

Isidora no contestó nada, porque ni siquiera oía lo que Encarnación hablaba. Después nombraron a Mariano.

«Es cosa perdida. Hagamos cuenta de que se lo han llevado los demonios. Está viviendo con Modesto y Angustias en un cuarto de la calle de Ministriles que más parece ochavo que cuarto. Modesto sirve en un almacén de vinos, y *Palo-con-ojos* va al río. Vivirían si él no bebiera tanto. Es un pellejo con pies y manos. Lo bueno es que ya no le pega a la mujer, porque en cuanto levanta la mano pierde pie y se cae al suelo».

Isidora se echó a reír. En el mismo instante, *Riquín* le daba bofetadas.

«No se pega, no se pega.

—Anda, cáscale duro... Déjale que pegue. Este va a tener más talento... Le criaremos para cura de escopeta y perro. Verás qué sermones salen de esa cabezota. ¿Verdad, hijo? Le has de ver obispo y puede que Papa... ¡Leña a los herejes y protestantes; duro, firme!».

Acto seguido, Encarnación cogió al niño por un brazo y se dispuso a salir.

«¿A dónde va usted?

—A ver la corte, que va hoy a Atocha de toda gala. Me pirro por ver la gala de la corte de España, que es la primera del orbe mundo. Pero ahora, hijita, todo es miseria. Yo me acuerdo de los tiempos de la Reina, de aquellos tiempos, hija, en que el pan estaba a doce cuartos las dos libras y en que había más religión, más aquel, más principios, en que los grandes eran grandes y los chicos chicos, y había más respeto a todo. Yo me acuerdo de aquel tiempo y me dan ganas de llorar. Aquello era ser Majestad, aquello era señoría y grandeza. Entonces se daban vivas a la Reina y le gustaba a uno verla tan frescota, tan señora, con aquel aire... ¡Y con qué cariño miraba ella al pueblo! Parecía que iba diciendo: «Aquí tenéis a vuestra madre...». ¡Pero ahora...! Pasa la corte, y todo el mundo *mutis*. Dicen que libertad... Miseria, hija. Los pobres están más pobres, y la *Minificencia* no puede recoger a tantos. ¡La libertad!... Pillería, chica, pillería. Entonces había más señorío, créelo, y donde hay señorío corre el dinero y vive el pobre. Conque abur, abur».

Encarnación salió con *Riquín*, encaminándose hacia el centro de Madrid. Era día de gran solemnidad cortesana por motivos que no es necesario precisar. Las calles del centro estaban animadísimas. La gente circulaba alegre, bulliciosa, con frivolidad y alegría propiamente madrileñas, arremolinándose en algunos parajes para dar paso a los regimientos que llegaban a cubrir la carrera. Los balcones, con abigarradas colgaduras, mostraban damas hermosas. El mujerío, la militar música y el cielo de Madrid, que es un cielo de encargo para festejos populares, concurrían a dar a la solemnidad su expresión característica.

La Sanguijuelera, que había visto y gozado un número infinito de funciones de tal especie desde la entrada de María Cristina hasta la de don Juan Prim, desde esta hasta las festividades del actual reinado, hallaba en aquel espectáculo desinteresados placeres. Encarnaba en sí la novelería, la bullanga y el entusiasmo monárquico del antiguo pueblo de Madrid. Ella conocía, como se conocen los muebles de la casa, todos los coches de Palacio, el de carey, el de nácar, el de los globos, y hasta de los paramentos y arneses podía dar circunstanciada noticia. Conocía también como los dedos de su propia mano, el ceremonial y el orden de los coches, el puesto de los distintos grupos de la servidumbre, y otras particularidades que interesaban más a la gente antigua que a la moderna. En cuanto a elegir los sitios más propios y cómodos para verlo todo, nadie la igualaba.

En la calle Mayor encontró a su antigua vecina *Palo-con-ojos*. Esta y Encarnación, que alzó en sus brazos a *Riquín*, se colocaron en la embocadura del callejón de San Ginés, lugar donde no era grande la aglomeración de gente, con la ventaja de una retirada segura en caso de corrida o apretujones.

«Todavía es temprano. Tenemos para un rato —dijo Angustias desatándose y liándose el pañuelo bajo la barba, con ese movimiento maquinal que en la gente chulesca hace las veces del movimiento de abanico.

—¿Y mi bergante?

—Esta mañana salió muy temprano. Desde ayer me ha estado marcando porque le tuviera hoy camisa limpia; ha salido hecho un brazo de mar, con la corbata negra y amarilla que se compró la semana pasada.

—Anda, anda.

—Hoy estrena zapatos y calzones. Yo no sé de dónde ha sacado los cuartos. Yo le dije, digo: «¿Has descargado la borrica?»; y él me dijo, dice: «Váyase usted al acá y al allá». Pues por ahí te pudras. Está..., vamos, si usted le ve, no le conoce. Le ha dado el accidente cinco veces, y parece un pergamino mojado. Los ojos se le saltan del casco, las manos le tiemblan y la lengua es un estropajo. A veces se pone a dar vueltas, y marea, hija, marea. En fin, yo no sé qué va a ser de él. No trabaja, no sirve para nada. Modesto le da consejos; calcule usted... ¡Modesto, consejos! Él, que es ya un puro aguardiente desde la cabeza a los pies...

—Todo sea por Dios» —dijo Encarnación, y más iba a decir; pero en aquel momento oyéronse cornetas y clarines, luego la Marcha Real y el murmullo expectante unido a las frases sueltas «Ya vienen, ya vienen». Gran estupefacción de *Riquín*, que nunca había visto cosa más bonita; éxtasis de *la Sanguijuelera*, que no cerraba el pico un momento al paso de la comitiva o procesión real, poniendo un comentario a cada parte de ella.

«¡Qué viejecitos están ya los reyes de armas!... ¿Ve usted? Ahora vienen los caballos de silla... Sigue el coche amarillo..., penachos morados... Ahora vienen el mayordomo y el intendente..., penachos azules y blancos. Mire usted qué guapos chicos... Ahora viene el coche de nácar..., penachos verdes. ¿Quién será este señor con tanto morrión y tanta cruz? Debe de ser de extranjis... Coche de concha..., penachos blancos... Ahora viene lo bueno... ¡Qué preciosas van!..., penachos rojos».

Y así continuó, despachándose a su gusto con progresivo entusiasmo, hasta el paso de la escolta, cola y remate de la procesión.

«¿Nos quedamos para verlo otra vez a la vuelta?» —dijo luego, no saciada aún del goce de aquel variado y teatral espectáculo.

Arremolinose la gente; la tropa maniobró, y entre la revuelta muchedumbre, *Palo-con-ojos* distinguió a un individuo que iba en dirección a la Plaza Mayor.

«¡Allá va, allá va! —gritó señalando.
—¿Quién?
—El bergante.
—Sí, él es... ¡Mariano, *Pecado*...!».

Pero Mariano que las vio y oyó los gritos de su tía, se hizo el tonto y apretó el paso como quien desea evitar un importuno encuentro. Poco después estaba sentado en un banco de la Plaza Mayor, junto a una de aquellas graciosas fuentes, en las cuales el agua, saliendo de una fingida roca, forma un globo elástico, cuyas paredes se ahuecan y se deprimen según las bate más o menos el aire. En la movible costra líquida hace el Sol caprichosos iris y se retratan convexas imágenes del jardín y de los transeúntes. Completaba la fascinación del globito de agua un bullido juguetón, en el cual cualquier poeta habría podido oír, con buena voluntad, las risotadas de los niños de las náyades. Mariano puso los codos en las rodillas, las quijadas en las palmas de las manos, y estuvo mirando el extraño surtidor... Dios sabe cuánto tiempo.

Así como su hermana, invadiendo con atrevido vuelo las esferas de lo futuro, se representaba siempre las cosas probables y no acontecidas aún, *Pecado*, cuando se sentía dispuesto a la meditación, resucitaba lo próximamente pasado, y se recreaba con un dejo de las impresiones ya recibidas. Era un trabajo de rumiante y un placer de perezoso. Vio, pues, todo lo que había hecho aquel día, casi tan a lo vivo como si aún estuviera pasando. Se había levantado muy temprano después de una noche de desvelos y tortura; habíase puesto su camisa limpia y las demás prendas que estrenaba, mostrando un empeño particular en aparecer con la facha más decente que le fuera posible; había salido y tomado café en un puesto de la calle del Ave María, y después se fue a vagar por las calles. A eso de las diez almorzó en una taberna jamón con tomate, que estaba muy rico, y después había comprado un periódico y leído la mitad de él, indignándose con todas las picardías que denunciaba, y participando de la noble ira de sus redactores contra el Gobierno.

Más tarde paseó por la Carrera para ver la gente y la tropa que de los cuarteles venía. Bonito estaba todo; pero él lo miraba con desdén y, sobre la impresión recibida, ponía un pensamiento de melancólica burla y sarcasmo. En un balcón había visto a Melchor de Relimpio, muy enfatuado, junto a unas damas que le parecieron las de Pez. No lejos de allí, uno de los Peces (él no los conocía bien, pero debía de ser Luis Pez) acompañaba en otro balcón a la familia del duque de Tal. Siguió adelante, y a la vuelta de una esquina encaró con el nunca bien ponderado *Gaitica*, que venía a caballo, hecho un potentado, un sátrapa. La extraviada imaginación de Mariano veía a este personaje cual si fuese un resumen de todas las altas categorías y la cifra del encumbramiento personal. «¡Cuánta pillería!», exclamó para sí.

Todos triunfaban y vivían regaladamente escalando cada día un lugar más elevado, mientras él, el pobre y desvalido *Pecado*, permanecía siempre en su nivel de miseria, insignificante, sin que nadie le hiciera caso ni fuese por nadie distinguida su persona en el inmenso mar de la muchedumbre. ¿Por qué era esto, cuando él valía más que toda aquella granujería de levita? Él, según las creencias firmes de su hermana, había nacido de sangre noble. Le habían sustraído lo suyo, le habían despojado de todo, arrojándole desnudo y miserable al seno del populacho, como se arroja al basurero un despojo inútil. ¿Quién sabía si muchas de aquellas casas, engalanadas con colgaduras de varios colores, eran suyas? ¿Quién sabía si el dinero de que debían de tener llenos los bolsillos todos aquellos caballeros y damas procedía de riquezas que en rigor de la ley le pertenecían a él? ¿Y a quien se dirigía para reclamar lo suyo? A nadie, porque desde el primero al último todos eran grandísimos pícaros.

La nación en masa, ¿qué nación?, la sociedad entera estaba confabulada contra él. ¿Qué tenía que hacer, pues? Crecerse, crecerse hasta llegar a ser por la fuerza sola de su voluntad tan considerable que pudiera él solo castigar a la sociedad, o al menos vengarse de ella. ¿Cómo? Por su mente rondaba tiempo hacia una idea que resolvía la cuestión. La idea y el propósito de ejecutarla se habían apoderado de él juntamente, dominándole y llenándole por entero. Idea y propósito eran como una llaga estimulante en el cerebro, la cual le dolía y le comunicaba un vigor extraño. Repetidas veces había puesto en ejecución su pensamiento, ¿pero cómo?, en sueños, y también alguna vez despierto, cediendo como a una fuerza automática y fatal que no era su propia fuerza. En estos casos de repetición o ensayo mental del hecho, se quedaba fatigado y orgulloso, cual si lo hubiera ejecutado realmente. Sondeándose para ver cuándo había aparecido en él aquella idea y aquel propósito, calculaba que los tenía desde antes de nacer. ¡Tan viejos, tenaces y arraigados le parecían!

Mirando siempre el globo de agua, pensaba que si no fuera por el firme tesón que en aquel momento tenía, su miedo sería grande. Estaba viendo el terror escondido debajo del orgullo y asomando la cabeza; pero el orgullo, o, mejor, la terquedad, no le dejaba salir. No sentía miedo, sino dolor, un dolor inexplicable en el pensamiento, una sensación rara de no dormir nunca, de no reposar jamás, de un alerta eterno. Detrás del punto negro que tenía delante y que ya estaba cerca, veía seguro y claro un triunfo resonante. Principalmente la idea de que todo el mundo se ocuparía de él dentro de poco le embriagaba, le hacía sonreír con cierto modo diabólico y jactancioso. La aberración de su pensamiento le llevaba a las generalizaciones, como en otros muchos casos en que la demencia parece tener por pariente el talento. El mismo criminal instinto le ayudaba a personalizar, y en efecto, siendo tan grande y múltiple el enemigo, ¿cómo aspirar a castigarle, sin hacer previamente de él una sola persona?

Rumor de voces, cornetas y músicas anunciaban que el gran cortejo volvía de Atocha. Levantose Mariano, y por la calle de Ciudad-Rodrigo ganó la calle Mayor y la plaza de la Villa. Multitud, tropa, caballos, uniformes, penachos, colores, oropeles y bullicio le mareaban de tal modo, que no veía más que una masa movible y desvaída, semejante a los cambiantes y contorsiones del globo de agua que había estado mirando momentos antes. Se le nublaron los ojos, y apoyándose en un farol, dijo para sí: «Que me da, que me da». Era el ataque epiléptico, que se anunciaba; pero tanto pudo su excitación, que lo echó fuera, irguió la cabeza, se sostuvo firme...

Pasó un momento. Nunca había sentido más energía, más resolución, más bríos. El ruido de las músicas le embriagaba. Vio pasar uno y otro coche. Cuando llegó el que esperaba, Mariano era todo ojos. Miró bien... En el acto sacó de debajo de la blusa una pistola vieja, y apuntando con mano no muy firme, salió el tiro con fugaz estruendo... Movimiento y estupor en la muchedumbre, gritos, pánico, sacudidas. La bala se estrelló en la pared de enfrente sin hacer daño a nadie, y el autor del infame atentado cayó en una trampa, la indignación pública, cuyo engranaje de brazos y manos le oprimía, como si quisiera pulverizarle.

Capítulo XVII. Disolución

I

La noticia de este hecho, llevada por el viento de la novelería, penetró en los últimos y más apartados rincones de Madrid, en los palacios y en las covachas, y cuando ya todo el vecindario lo sabía, se enteraron del caso las monjas de los conventos, los enfermos de los hospitales y los presos de la cárcel. Las presas fueron las últimas en saber la ocurrencia. Lo que agradecerían las cien lenguas del Modelo aquel pasto riquísimo no es para dicho. Comentáronlo de infinitos modos. Una gitana aseguró que ella lo había soñado la noche anterior y otra hacía gala de un entusiasmo monárquico tan estrepitoso, que hubieron de encerrarla para que entrase en vías razonables. La piedad aconsejaba no se revelase a Isidora un suceso que debía de impresionarla terriblemente; pero a sus amigas les faltó tiempo para decírselo. Ella no lo quería creer; decía que era imposible, que ciertas cosas no pueden pasar nunca. Poco a poco se fue convenciendo, y últimamente razonaba el caso de este modo:

«Sí, basta que sea disparatado y horrendo para que sea cierto. Dios se vuelve contra mí, Dios me deja de su mano».

Y diciéndolo, le entró una pena y una desesperación tal, que si no enderezara su espíritu en el mismo instante por la vía religiosa, habría estado en peligro de perder la razón. Pidió a la celadora con vivas instancias la llave del coro, y se fue a él sola, decidida a hacer un acto espiritual que diese salida y respiro al dolor condensado en su seno. En el coro hizo tentativas de rezo, puesta de rodillas y mirando al altar. La cavidad sosegada, ancha y blanquecina del templo ofreció a la tensión de su espíritu un alivio dulce y lento;

pero cuando más recogida estaba, se le desvaneció la cabeza, inclinose de un lado, y no teniendo tiempo para asirse a la reja, cayó al suelo sin sentido.

Cuando la llevaron a su cuarto, el volver en sí fue la vuelta de la desesperación y de los gritos; pero ya no se acordaba de la religión, sino de la libertad, y decía:

«Que me saquen de aquí. Señor Nones, yo firmaré lo que usted quiera con tal que me saquen de esta basura. Quiero aire, calle, mi baño, mi casa, vestirme como debo, y ser honrada y feliz».

Después, sin poder apartar de su mente el crimen de su hermano, increpaba a este con las frases más duras. Algo había en lo íntimo de su ser que representaba como una tímida aprobación del intento de Mariano, si no de la forma en que fuera realizado. Pero no, el crimen y la barbarie no hallarían jamás en su espíritu benevolencia ni simpatía. Su hermano era un bandido incorregible; ella era una mártir angelical. Lo que principalmente anhelaba ya era libertad, libertad aun sin nobleza, porque el papel de María Antonieta en la Conserjería, con ser muy poético, empezaba a serle odioso. El mal olor de su inmundo asilo, la falta de comodidades, el detestable comer y peor vestir, eran contrarios a su naturaleza aristocrática, y la misma corona del martirio, con todo su nobleza y su resplandor de gloria, le destrozaba las sienes tan horriblemente, que prefería, sí, prefería mil veces un sombrero de última moda. Pero, ¿y sus derechos? Ya dudaba de ellos; ya casi no creía en ellos. ¡Ay de aquel dogma que es contaminado de la duda! Enseguida se daña y muere, y para en ser ludibrio de quien antes lo adoraba. Y aun suponiendo que su dogma fuera verdadero, ¿qué podía obtener de su insistencia? Nada, porque las leyes todas se habían conjurado contra ella, y la condenarían y la encerrarían en un presidio. Libertad, pues, y adiós para siempre la ilusión de toda su vida, el sostén y fundamento de su ser moral; adiós nobleza, marquesado, fortuna...

Mas ¿por qué afligirse tanto, si en sí misma hallaba Isidora indecibles consuelos? Libre y ya sin pretensiones, procuraría ser siempre muy señora. ¿Acaso el verdadero señorío no puede existir sin títulos y grandes riquezas? Sí, sí; sería muy señora, muy honrada, muy decente, arreglaría sus cosas, trabajaría (¡otra vez!), pondría el mayor orden en todos los actos de su vida, educaría admirablemente a su hijo, se casaría con un hombre modesto y juicioso... Al pensar esto, un sabor ideal de ipecacuana le hizo contraer los labios. «Adelante, adelante —dijo—; cerrar los ojos y adentro con la medicina, como dice Augusto. Es forzoso amoldarse a las circunstancias, y templar el alma en las adversidades. La mía no se dejará vencer de la desesperación. Plan magnífico: mujer de bien, mujer ordenada, mujer trabajadora, mujer exclusivamente práctica, eso es, práctica». ¡Oh, qué tarde!

Pensando en esto, que tanto le ayudaba a combatir su desaliento, vio entrar a don José, el cual venía muy erguido, con los ojos animadísimos, la sonrisa en los labios, y en su rostro una expresión particular y desusada que alarmó a Isidora. Sentándose en el único sillón que en la celda había, el anciano la contempló con éxtasis. ¿Qué había en él? ¿Estupidez o desvarío? Isidora le observó con tanta lástima como sorpresa, diciendo: «¡Padrino...!».

Relimpio la miró como se mira una visión celeste, y poniendo los ojos en blanco, todo suspenso y como transportado a una esfera ideal por el delirio de la inspiración poética, murmuró con arrullo estas palabras:

«¡Hurí, hurí..., nadie osará ya mancillar tu blancura! Los dragones todos fueron vencidos por el fuerte brazo de tu caballero, a quien perteneces y que te pertenece».

Inmediatamente le entró como un acceso congestivo, inclinó la cabeza, cerró los ojos y empezó a roncar desaforadamente. Asustadísima, Isidora le mojó la cabeza, le llamó a voces, a gritos: «¡Padrino, padrino!».

Anunciado por un suspiro, reapareció en la persona de don José el conocimiento de sí mismo. Abrió el viejo los ojos, suspiró más, y al ver a Isidora y hacerse cargo de su situación, se avergonzó un poco.

«Ya me ha pasado —dijo frotándose la frente con la palma de la mano—. ¿Ha sido breve?... ¿He dicho muchos disparates?... No me riñas, no me riñas.

—¿Pero qué es eso?

—Nada, nada. Ahora me dan... estos mareos... Todos tenemos nuestras debilidades, hija... ¡Miseria humana! He contraído un pequeño vicio; pero no ha sido por relajación, no; ha sido por tristeza, por la fuerza de mis desgracias sin número. Creo que me comprenderás».

Isidora, en efecto, no comprendía nada.

«Soy muy desgraciado; padezco los mayores tormentos..., tormentos morales, del corazón —dijo Relimpio con la voz más débil y balbuciente que se puede oír—. Cierto día unos amigos me hicieron tomar Champagne. ¿Qué creerás? Hubo en mí una revolución, me entró el mareo, y con el mareo pasé a ser otro ser distinto, quiero decirte que fui otro hombre, fui un caballero, un joven, un héroe, qué sé yo... ¿No es cosa buena ser algo por espacio de diez minutos? Luego he repetido la toma y los efectos han sido los mismos. Concluye todo por un sopor tan breve como profundo, y enseguida vuelvo a mi ser natural, ¡ay!, a la miseria humano, a la realidad asquerosa, a la vejez caduca...

—¡Don José! ¡Don José de mi alma!

—No me riñas; te digo que no me riñas. ¡Ser algo durante diez minutos! Los que no somos nada, caemos en estos peligros. Pues te confesaré todo con tal que no me riñas. Me he comprado una botella de eso que llaman *fine Champagne*, y cuando veo que me entra la gran tristeza, cuando siento que se me desgarra el corazón y se me retuerce toda el alma, me tomo mi copita...

—¡Padrino!

—Somos frágiles... A mi edad... No te enfades. Cuando estoy con el mareo, te veo, te defiendo, te pongo en las nubes, hago por ti las cosas más bellas, arriesgadas y sublimes...

—¡Por María Santísima! —exclamó ella poniéndole la mano en la boca.

—En fin, ya esta vez me ha pasado... Vine por la calle con el mareo. Al entrar, creí que entraba en un encantado y hermosísimo palacio; las presas me parecieron unas ninfas muy aéreas, unas como animadas flores, hijas del viento, ¿qué tal? La escalera, una escalera de plata y la celadora, un ángel...

—¡Jesús, basta, basta!...

—Basta, sí; ya pasó, ya pasó. Hablaré ahora de lo que quieras.

—Es que yo no me fío de esa cabeza... Sin embargo, óigame usted, padrino. Estoy inclinada a renunciar a mis derechos para librarme de la persecución de los malos. ¡Qué infames picardías! ¿Debo o no debo hacerlo? Respecto a mis derechos, ¿los tengo yo? ¿Son un delirio o una verdad? Usted que conoció a mis padres, que debió de estar al corriente de lo que pasaba en su casa, dígame al fin de una vez y con completa sinceridad lo que piensa; pero la verdad, la verdad.

—Hija, querida hija mía —repuso el viejo con una torpeza de palabra y de pensamiento que anunciaban un lamentable estado cerebral—. ¿Sabes lo que me pasa?...

—¿Qué?

—Que he perdido completamente la memoria. No me acuerdo de ninguna cosa anterior a la época en que viniste a vivir a mi casa de la calle de Hernán Cortés. Ayer estuve todo el día preocupado con una idea, y es que yo fui un lince en Partida doble.

—Sí, sí.

—¿Pues creerás que trataba de recordar algo de esta ciencia sublime, madre de todas las demás ciencias, y no podía?...

—¡Pobre padrino, pobre padrino!... ¿Se ha enterado usted de la acción de Mariano?

—Sí, hija. ¡Qué deshonra!

—¡Qué deshonra!... Dios se ha vuelto contra mí, me ha dejado de su mano. Pero yo me haré mujer formal, mujer ordenada, mujer trabajadora, me casaré...

—¡Casarte! —exclamó el viejo con espanto.

—Casarme con cualquier hombre honrado... Juan Bou me ofreció su mano, y aunque me gusta poco, es un hombre de mérito...

—¿Casarte...? con el monstruo, con el dragón...».

Y obedeciendo a una fuerza superior que nacía no se sabe en qué parte de su turbado ser, el tembloroso anciano marchó hacia la puerta. ¿Iba en busca de la milagrosa copita?... De pronto se detuvo, diose una manotada en la frente, se echó a reír, y mirando a Isidora con gozo, dijo:

«¡Maldita memoria mía! Ya no me acordaba...

—¿De qué?

—Tranquilízate, José. Juan Bou ha pedido ayer la mano de la hija de un herrero muy rico de la calle de las Navas de Tolosa; él mismo me lo ha dicho».

Isidora meditó.

II

La primera entrevista que tuvo con *la Sanguijuelera* después del atentado de Mariano fue conmovedora. La de Rufete no había visto nunca llorar a su tía, la cual, envejecida considerablemente en aquellos tristes días, traía un mantón negro echado por la cabeza, con lo que su aspecto era harto lúgubre y repulsivo. No decía sino: «¡Qué pena, qué bochorno!», y de sus apergaminados labios habían huido los donaires quizás para siempre. Parecía que se duplicaba, con la común desgracia, el cariño que a su sobrina tenía y que deliraba por *Riquín*. En los días sucesivos la buena anciana no cesaba de hacer preguntas a Isidora acerca de sus planes, y perseverando en el proyectillo de colocarla ventajosamente, le decía una y otra vez:

«Decídete pronto, pronto, a ser capellana, que es lo que te conviene, porque así matas de un tiro dos pájaros, *verbo y gracia*: que te colocas y que salvas el alma, porque en la compañía de aquel santo varón te harás, aunque no lo quieras, una santa mujer... ¡Ay qué pena, qué bochorno!».

No parecía la de Rufete muy inclinada a aceptar tales ofrecimientos, a pesar del risueño horizonte espiritual que le señalaba su tía.

«El honor de la familia —decía luego Encarnación— está en los calabozos del Saladero y ha de tener que ver con los señores de la Paz y Caridad. Ya que no nos es posible salvar el honor de la familia, ¡puñales!, escondámonos donde nadie nos vea, metámonos en un rincón y vivamos tranquilas, diciéndole al Señor: «Señor, nosotras no fuimos, nosotras no tuvimos culpa de aquella barbaridad, nosotras quisimos que fuera bueno; pero él se juntó con los pícaros... y sacó de su cabeza otras picardías». Conque hija, vente a vivir conmigo y olvídate de tus locuras, y si alguien quiere pleito, que lo siga con el Nuncio de Puerta Cerrada».

No estaba aún completamente decidida Isidora a comprar la libertad con la renuncia total de sus pretensiones. Muñoz y Nones le hizo otra visita, en que charlaron mucho; mas los argumentos de ella eran tan endebles, que el hábil notario los destruía con poco esfuerzo. En cuanto al caso extraordinariamente horrible de Mariano, Nones dio pocas esperanzas, y el único consuelo que pudo ofrecer a la atribulada hermana del delincuente fue que la corta edad y el evidente desorden cerebral de este pesarían algo en la balanza de la Justicia.

Un mes después de la primera entrevista con el suegro de Miquis, Isidora había perdido ya la fe en sus derechos a la casa de Aransis. De ellos no quedaba en su alma sino una grande y disolvente ironía. Ya no creía en sí misma, o lo que es lo mismo, ya no creía en nada. Deshojada poco a poco por una lógica al principio tímida y por último irresistible, aquella vistosa flor de su presunción aristocrática, la cual, a falta de otras morales, desempeñaba en su alma un papel defensivo de primer orden, quedó completamente seca, muerta y más propia para irrisorio sambenito, que para adorno del cuerpo y del alma... Un día llevó Muñoz un papel, firmolo Isidora, después de negarse resueltamente a aceptar el auxilio que le ofrecía la marquesa, y a las dos semanas el juez decretó la absolución libre.

«¿A dónde vas ahora?»—pregunto con interés de padre don José de Relimpio.

Isidora tenía un papel en que había apuntado varias cantidades. Era mujer de orden. Aquellos numeritos representaban deudas contraídas en la prisión.

«No se preocupe usted de eso, niña —dijo una voz, la voz áspera y antipática de un ser humano (por la figura) que apareció en la estancia cuando la joven fijaba su atención toda en el funesto papel—. ¿A qué hora sale usted? ¿A las tres? Dígolo por traer una carretela para llevarla a usted a mi casa. ¿Usted se entera?».

Isidora, sentada y apoyando la sien en el puño, parecía estar con su pensamiento en el más lejano de los mundos posibles.

«Si usted no aceptara, me ofendería —prosiguió el ser humano a quien Relimpio miraba (dígase de paso) con la expresión más hostil—. Mi casa es una casa-palacio. ¿Usted se entera? No le haré a usted compañía esta tarde, porque voy a comer con *Frascuelo* y el marqués de Torbiscón... Oigasté, Isidora, usted manda en mi casita, donde no faltará un roío pedazo de pan. Una persona que sale de la cárcel no puede hallarse en disposición de atender a las primeras necesidades. Así, cuando usted entre por aquella puerta, hallará una modista y un chico de la tienda de sombreros que irá con muestras..., ¿usted se entera?... Tengo allí el gran cuarto de baño; usted calcule... Conque hasta las tres. Voy a ver a mi hermana, que se va a quedar muy triste, usted calcule, con la marcha de su amiga. Adiós... Abur, Pepillo».

Y al salir hizo un gesto tan irreverente ante las barbas venerables de don José de Relimpio, que este, furioso ya por oírse llamar *Pepillo*, no pudo contener su indignación, y cuando el ser humano estuvo fuera, exclamó:

«¡Canalla!... ¿Pero es posible, hija, que tú, tú, aceptes?...

—Provisionalmente —dijo Isidora, como si despertara de un desagradable sueño—. ¡Estoy tan mal...! Necesito...».

¡Necesito! ¡Cómo sonó este verbo en el cerebro del santo varón! Lo había oído tantas veces en momentos terribles, que era para él como una voz de alarma que le erizaba el cabello y le detenía la circulación de la sangre. Su abatimiento era tan grande, que si tuviese allí la botella, quizás, quizás la apurase valientemente de un trago.

¡Libertad, comodidades, buena ropa, baño, casa, lujo, dinero!... Así como a don José le entraba el mareo con lo que el lector sabe, a Isidora le atacaba el mismo mal con solo la probabilidad de hacer efectivas las ideas expresadas por aquellos mágicos vocablos. Cada ser tiene sus imanes.

¡Oh pena de las penas! Cuando don José la vio salir y entrar en la carretela de aquel ente que le llamaba Pepillo, cuando la vio partir... ¡Oh, qué horrores alumbra el desvergonzado Sol, esa cínica lumbrera que no sabe llenar de tinieblas la tierra cuando se consumen hechos tan contrarios a las hermosas leyes del bien! El pobre hombre olvidaba que el error tiene también sus leyes, y que en la marcha del universo cada prurito aspira a su satisfacción y la consigue, resultando la armonía total, y este claro-oscuro en que consiste toda la gracia de la humanidad y todo el chiste del vivir.

Pero el buen viejo no podía ver aquello. Su espíritu se enardecía, sus sentimientos se sublevaban, quiso darse un fuerte golpe en la cabeza contra la pared de la iglesia de Montserrat para concluir allí su preciosa y fatigada existencia; pero no tuvo valor para ello. Necesitaba marearse, sí, darse un buen paseo por las doradas regiones de lo ideal. Esta necesidad se impuso a su naturaleza de un modo tan imperioso, que no tuvo paciencia para salvar la distancia que le separaba de su casa, y se metió en la primera taberna que encontró al paso.

III

Y un día Emilia y Juan José Castaño vieron entrar en su casa a la gran Isidora elegantemente vestida de negro, con un lujo, con un señorío, con un empaque tal, que ambos esposos se quedaron perplejos, como quien ve visiones, y no acertaron a contestar a sus primeras preguntas. Iba la madre a ver a su hijo, al noble, al precioso y cabezudo *Riquín*, que recogido y amparado en casa de Castaño durante los cinco meses de prisión, miraba a Emilia como madre y a los niños de aquella como sus hermanitos. Muy afligida Emilia al ver la resolución de Isidora de llevarse a su hijo, no se atrevió a poner resistencia; pero Juan José, hablando con firmeza y tesón, dijo que no entregaría a Joaquinito, porque Isidora, con su mala conducta, perdía los derechos de madre, y que él estaba decidido a llevar la cuestión a los Tribunales, seguro de que el juez le autorizaría para retener al desgraciado niño en su poder.

Irritada Isidora, manifestó que no admitía tales ideas, y ya se agriaba la cuestión, cuando abriose una puerta y apareció un señor obispo..., digo, era *Riquín*, el cual traía en la cabeza una gran mitra de papel, y echando la bendición graciosamente con su mano derecha, cantó en el latín más estropajoso que se ha oído jamás: *Dominis vobiscum*.

Conviene hacer constar que los dos chicos de Castaño tenían loca afición a los juguetes de Iglesia, que es un jugar muy común en la infancia de estos tiempos, en los cuales cada cosa grande tiene su manifestación pueril. En el comedor de la casa tenían su magnífico altar, y cada día ponían en él un objeto nuevo, bien araña, bien cáliz o manga-cruz. Por distintas partes de la casa se veían retablos diminutos, sagrarios y hasta púlpitos improvisados con sillas. Últimamente habían hecho casullas de papel, y decían sus misas como unos canónigos, echando cada latín que metía miedo y observando todas las reglas de aquel acto con notorio puntualidad. Que el misal fuese una novela y el copón una huevera, no era motivo de escándalo, porque la inocencia lo santificaba todo con su carácter altamente divino. *Riquín* hacía al principio de sacristán; pero empezó a mostrar tales disposiciones, que pronto dijo también sus misas y echaba graciosos sermones. Las reyertas frecuentes y el mucho ruido con que a menudo se disputaban allí las jerarquías eclesiásticas, exigían en ocasiones la intervención de Emilia, que más de una vez se prestó a ser monaguillo para apaciguar los ánimos y llevarlos a honrosas capitulaciones. Aquel día, que era domingo, *Riquín* había sido elevado a la silla metropolitana, y estaba oficiando de pontifical cuando su mamá y Juan José disputaban.

«Ven —le dijo Isidora sentándole sobre sus rodillas, dándole muchos besos—, y te haré una casulla de oro y un altar de plata».

El chiquillo la miraba espantado.

«Que él decida —indicó Juan José tomando al muchacho y poniéndole en medio de la sala—. *Riquín,* ¿quieres irte con tu madre?».

Tan fuertemente negó con su cabezota, que se le cayó la mitra. En realidad es fuerte cosa que le propongan a un hombre abandonar su diócesis para irse con una mala mujer...

«¿Que no, dices que no?».

El chico dijo entonces claramente:

«No *quielo*».

Y echó a correr para dentro.

«No vale, no vale, eso no vale —gritó Isidora con afán—. Mi hijo vendrá conmigo».

A esto siguieron algunas lágrimas, y tomando entonces Castaño un tono conciliador, manifestó a la afligida madre que estando el niño en la ortopedia mejor que en ninguna parte, le dejase aquí. Quizás ella, por sus muchas ocupaciones de señora principal, no podría cuidar y atender a Su Ilustrísima como merecía, y así, quedándose él donde estaba, ganaban todos: los ortopedistas, porque conservaban a

Riquín, a quien miraban como hijo; Isidora, porque estaría más ancha y podría campar por sus respetos libremente, y *Riquín* porque no se vería separado de su cabildo. Isidora cedió, mas no sin obtener permiso para ir a ver a su hijo cuando quisiera.

Y en efecto, venía dos, tres y hasta cuatro veces por semana, trayendo golosinas para *Riquín* y sus camaradas, y además velas de cera, cálices de plomo, efigies, estampas del Sagrado Corazón, mitras, estolas, y por último un monumento de Semana Santa tan completo y hermoso que no había más que pedir. Algunas veces se encontraba allí con *la Sanguijuelera*, que también a menudo visitaba a su adorado Anticristo; y ambas regañaban, si bien Encarnación había perdido el humor festivo, y estaba muy caduca y suspirona, no pudiendo apartar de su mente ni un instante la deshonra que había caído sobre la familia. Cuando se hablaba de esto, las dos lloraban, y, olvidando toda rencilla, confundían sus almas en un solo sentimiento.

Miquis no vivía ya frente a la ortopedia, ni visitaba tan frecuentemente a sus buenos amigos; pero siempre que iba a casa de Castaño preguntaba con mucho interés por Isidora. Pasados tres meses desde que la Rufete salió de la cárcel, Emilia, dando noticia al médico de las observaciones que hacía en la persona de aquella, le decía una noche:

«Desde la primera vez que vino en esta temporada hasta ahora ha variado tanto... Y parece que va descendiendo, que cada día baja un escaloncito. La primera vez parecía una gran señora: traía un vestido de gro negro y un sombrero, que ya, ya... Poco después venía vestida de merino y con mantilla, algo desmejorada la cara. A la semana siguiente me pareció que su traje tenía algunas manchas, y sus botas algunos agujeros. Por fin el lunes de la semana pasada vino muy pálida y quejándose del pecho, con la voz ronca. El sábado creí observar en su cara algunos cardenales, y traía una mano liada. Ayer, señor doctor, vino con pañuelo a la cabeza, con bata de percal, zapatillas, la voz muy ronca, y lo más salado de todo fue... que me pidió dos reales... Debe de andar mal. Como siempre..., ¡qué carácter y qué vida!».

Después hablaron del ser humano con quien Isidora vivía, y acerca de él dijo Miquis cosas tan atroces como verdaderas, de que se escandalizaron mucho Emilia y su marido. Aquel tal era jefe de garito, ruletista y empresario de ganchos, un caballero de condición tan especial, que si le mandaran a presidio (y no le mandarían), los asesinos y ladrones se creerían deshonrados con su compañía.

«Nuestra pobre amiga —dijo Augusto—, llevada de su miserable destino, o si se quiere más claro, de su imperfectísima condición moral, ha descendido mucho, y no es eso lo peor, sino que ha de descender más todavía. Su hermano y ella han corrido a la perdición: él ha llegado, ella llegará. Distintos medios ha empleado cada uno: él ha ido con trote de bestia, ella con vuelo de pájaro; pero de todos modos y por todas partes se puede ir a la perdición, lo mismo por el suelo polvoroso que por el firmamento azul».

Desde que fueron dichas por el sabio Miquis estas sentenciosas frases y otras que omitimos, Isidora estuvo muchos días sin presentarse en la casa de Emilia. Don José también se había eclipsado, por lo que estaban los de Castaño disgustadísimos y llenos de temor. Un día, por fin, entró Relimpio en casa de Miquis, y entre lloroso y turbado, le dijo:

«Venga usted, venga usted, señor don Augusto, a ver si la sana.

—¿Qué hay, pero qué...? ¿está mala? —preguntó Miquis encasquetándose el sombrero y tomando el bastón.

—No, señor..., sí, señor..., quiero decir que no está buena, aunque tampoco está enferma, porque ya se levanta.

—Es decir, que ha estado mala.

—Sí, señor.

—¿Y por qué no me avisó usted, hombre de Dios, mejor dicho, hombre de todos los demonios?

—Porque ella no quiso... Hoy, sin su permiso, vengo a buscarle a usted para que le quite de la cabeza...

—¿Qué le he de quitar, hombre?

—Una idea —dijo Relimpio, cuando ambos andaban aprisa por la calle.

—¿Y cree usted que yo soy quitador de ideas?... Vamos a ver: ¿usted está en su sano juicio, o se ha mareado hoy?

—No, señor don Augusto; hace tiempo que no me mareo. Ella no me deja. Desde que vivimos juntos...

—¿Cómo?

—Sí; ese salvaje, ese canalla, ese asqueroso reptil, ese inmundo..., perdone usted, señor don Augusto; me faltan palabras apropiadas... Para no cansar, ese basurero animado, la abandonó después de darle tantos golpes, que por poco la mata; después de cruzarle la cara... mire usted, por semejante parte, con un navajazo. Por fortuna su herida no fue grave, aunque le ha dejado una cicatriz que desfigura bastante aquel rostro celestial, aquel encantador palmito...».

Se limpió una lágrima con la mano.

«Pues sí; desde este suceso, la pobrecita, con los pocos cuartos que pudo salvar y la escasa ropa..., en fin, tomó un cuarto en la calle de Pelayo, número 93, piso cuarto, puerta número 6, y allí ha estado un mes retirada del mundo sin tratarse con nadie más que conmigo..., pero honradamente, señor don Augusto, honradamente. Yo le juro a usted por lo más sagrado...».

Y con la mano derecha abierta y puesta sobre el pecho como una condecoración, los ojos en blanco, protestó el anciano de su honesta conducta.

«Lo creo, hombre, lo creo.

—Yo la acompañé, yo la asistí, mientras se curaba; yo la he servido... ¡Qué días, qué noches! Yo: «Voy a llamar a Miquis»; y ella: «No llame usted a Miquis ni a nadie; no quiero que nadie me conozca, soy una persona anónima, yo no existo». En fin, esta mañana me dijo unas cosas que me han partido el corazón.

—¿Qué cosas? —preguntó Miquis deteniéndose en el portal de la casa y mirando atentamente al desgraciado viejo.

—¡Ay!, ¡no puedo repetirlas!» —exclamó Relimpio llorando como un niño.

IV

Augusto subió y entró en la casa. Si pasmada y llena de turbación se quedó Isidora al verle, mayor fue el asombro y pena del joven médico al ver en deplorable facha y catadura a la que conoció en forma tan distinta. No solo había perdido grandemente en el aspecto general de su persona, en su aire distinguido y decoroso, sino que su misma hermosura había padecido bastante, a causa del decaimiento general, y más aún del chirlo que tenía en la mandíbula inferior, bajo la oreja izquierda. Estaba ella planchando unas chambras, y la ligereza de su vestido permitía ver sus bellas formas enflaquecidas. Dejó la plancha y se sentó en un miserable sofá de paja. Un ratito no muy largo estuvo llorando, y después dijo así:

«No quería que nadie me viese en este estado. Como pienso salir de él y hallarme en mejor posición, porque todavía... A ver, ¿qué tal me encuentras?

—Muy mal, muy mal.

—¿He perdido mucho? ¿No me respondes? He estado muy mala, ¡qué puño!...».

Miquis no dijo nada. La sorpresa que le causó la voz ronca de Isidora, y más que la voz oír algunas expresiones que de la boca de ella se escaparon, túvole perplejo y mudo por breve rato.

«Te encuentro muy variada; tú no eres Isidora.

—Te diré... Yo misma conozco que soy otra, porque cuando perdí la idea que me hacía ser señora, me dio tal rabia, que dije: «Ya no necesito para nada la dignidad, ni la vergüenza». ¿Tú te enteras?... Por una idea se hace una persona decente, y por otra roía idea se encanalla. Pero no creas, todavía hay algo en mí que no perderé nunca, algo de nobleza, aunque me esté mal el decirlo... Mira tú, chavó, qué quieres..., el aire hace a la persona. He vivido tres meses entre perros de presa. No te asombres de que muerda alguna vez...

—Sí, esa voz, esas expresiones, ese acentillo andaluz... Dime, ¿qué es lo que te queda de nobleza?

—No sé, no sé... —dijo Isidora aturdida, cual si registrara en su corazón y en su pensamiento—. Me queda el delirio por las cosas buenas, la generosidad... ¿Sabes? Ayer no tenía más que dos duros; esta mañana vino una amiga a llorarse aquí..., total, que quedé sin un cuarto.

—¿Necesitas algo?» —dijo Augusto llevándose la mano al bolsillo.

Y sacó algunas monedas. Mirolas Isidora con codicia, alargó su mano hacia la mano de Augusto... De repente se contuvo diciendo:

«No; todavía soy noble.

—¿En qué consiste tu nobleza?

—En que no recibo limosna... Pero por ser de ti...».

Vacilaba, mirando alternativamente al rostro y la mano de Miquis. De súbito lanzó una exclamación no muy delicada y dijo:

«¿Sabes?..., ya se me ha ido la delicadeza. Venga el dinero».

Y antes que Miquis se lo diera, ella lo tomó de la mano de su amigo.

«¿De qué te espantas, bobo?... ¿de mis nuevas maneras? Ahora soy así. Te diré... A los hombres, desplumarlos y sacarles las entrañas; quererlos, nunca. Sois muy antipáticos; os desprecio a todos.

—¿Vas a meterte monja...?

—¿De veras?... ¡Qué sombra! ¿Monja yo?

—Ya sabes que Joaquín Pez ha venido de La Habana, casado con una americana muy rica. Da gusto verle, según está de contento y satisfecho».

Isidora palideció. Después dijo:

«Ya lo sabía... Toma, si le vi, le vi una tarde. Yo iba por la Red de San Luis y pasó él en coche. Me vio, pero el tunante fingió que no me veía. El corazón me dio un brinco; aquella noche lloré, pero ya me voy dominando y concluiré por aborrecerle también. Es un tipo.

—Pero *Gaitica*...

—¡Ah! Ese es de los que deben ser cogidos con un papel como se coge a las cucarachas, y luego tirados a la basura. Vamos, que solo de mirarle se te ensucian los ojos...

—Y sin embargo, le has querido.

—¿Yo?... Hombre, tú estás malo. Que se te quite eso de la cabeza. Con decirte que me acordaba de Juan Bou y este me parecía un ramillete de rosas... ¡Pobre *Gaitica*! El día de la disputa ¡le escupí más...! Es un hombre con el cual no se debe hablar con palabras, sino con una zapatilla: es un bicho asqueroso. Aplastarlo y barrerlo luego. Pero qué quieres, mi destino, mi triste destino... Yo empeñada en ser bueno, y Dios, la Providencia y mi roío destino empeñados en que he de ser mala. Salí de la cárcel, le debía dinero, no tenía sobre qué caerme muerta, me llevó a su casa, me dio cuanto necesitaba, mucho más de cuanto necesitaba... Yo tengo este defecto de volverme loca con el lujo. Vi los trajes, el dinero y las comodidades, y no vi al hombre. Poco a poco se me fue dando a conocer el hombre. Principió por escatimarme los gastos. Cada día me parecía la vida más triste y él más horroroso. Y no lo digo por su cara, que no es mala, aunque sí de un tipillo afeminado que no me gusta. ¿Le conoces? Ya ves qué carita de Pascua, qué patillas de azafrán, y qué barba afeitadita y qué labios de carmín. Aquellas mejillas que parecen afeitadas me dan un asco... Pero donde aparece de oro el tal es en el trato. Coge la desvergüenza, la traición, la rapiña, la crueldad, júntalo todo, añádele toda la basura que puedas encontrar, revuelve, haz un muñeco, sopla, dale vida y tendrás al que ha sido mi señor y dueño durante tres meses: peor que Bou, peor que Botín y que Joaquín, el cual era ya más malo que Judas. En fin, los hombres sois todos unos. Hay que vengarse, perdiéndoos a todos y arrastrándoos a la ignominia. Nosotras nos vengamos con nosotras mismas.

«Isidora, Isidora —le dijo Augusto con profunda pena—: valdría mil veces más que te murieras.

—No pienso en tal cosa... Te diré. Cuando estaba en la cárcel quise matarme. La vida me pesaba como un sombrero de plomo. Cuando *Gaitica* me maltrató y no pude hacerle pedazos ni aplastarle con la zapatilla, también tuve un momento de bochorno, de ira y de desesperación en que quise suicidarme. Pero después me he serenado. Eso de matarse se deja para los tontos. El que quiera viaducto, con su pan se lo coma. A vivir, vidita, que vivir es lo seguro. Alma atrás... Lo quiere el mundo, pues adelante. Que la sociedad para arriba y la moral para abajo...; a hacer puñales. Yo me basto y me sobro. ¿No era yo noble? ¿No tenía buenas inclinaciones? ¿Pues por qué me cerraron la puerta?

—Pobre mujer, todavía, todavía es tiempo...
—¿De qué?
—De adoptar una vida arreglada. Yo te buscaré trabajo.
—No sé hacer nada.
—Yo te pasaré una pequeña pensión...
—Dirán que soy tu querida. Concluiré por serlo...
—Búscate un modo de vivir. Vete con tu tía...
—No hay *tu tía*, no, no...; déjame. ¿Para que has venido acá? Ni falta... Aire, aire. No necesito consejos.
—Aborreces a Surupa, y, sin embargo, ¡cuánto se te ha pegado de él! Cuando recuerdo cómo eras y cómo eres, cómo hablabas y cómo hablas, no sé qué me da.
—Así es el mundo: unos se quedan y otros se van Yo me fui, ¿te enteras? Yo me he muerto. Aquella Isidora ya no existe más que en tu imaginación. Esta que ves, ya no conserva de aquella ni siquiera el nombre.
—Pues aquella era mi buena amiga —dijo Augusto con tesón—; esta me repugna».

Isidora se conmovió al oír esto, pero disimulaba bien, esforzándose por una inexplicable modificación de su orgullo en parecer peor de lo que era.

«Y no teniendo nada que hacer aquí —dijo Miquis levantándose—, me retiro».

Isidora le miró de un modo que indicaba deseos de que no se marchara; pero después se inclinó de hombros.

«Ya me han humillado tanto —murmuró entre dos suspiros—, que el ver salir al último amigo no me causa impresión.

—Señor don Augusto de mi alma —dijo a la sazón Relimpio, que hasta entonces, testigo mudo y doliente, no se había atrevido a decir nada—; no se marche usted y exhórtela, predíquele, y amonéstele para que se le quite... eso... de la cabeza.

—¿Qué?
—Eso.
—¿Y qué es eso?
—El disparate que quiere hacer. Vea usted cómo calla y se sonríe la pícara... A mí me lo ha dicho, pero a usted no se lo quiere decir.
—¿Suicidio?
—Por ahí...
—No, no es suicidio —exclamó el anciano con desesperación, arrancándose (o tratando de arrancarse, que es más verosímil) un mechón de cabellos—. ¿Ve usted? Se ríe... Y que no diga que lo hace por no tener qué comer. Yo... aún puedo trabajar».

Isidora, sin desplegar los labios, clavaba sus ojos en las ascuas de carbón sobre que se calentaban las planchas. Parecía que de aquel rescoldo ardiente y melancólico tomaba sus ideas.

«Pues yo le he de quitar de la cabeza esas tontunas —dijo el médico inclinándose hacia ella y mirándola de cerca.

—¿Sabes lo que te digo? —replicó Isidora con el tono insolente que se le había pegado de la sociedad gaitesca—. ¿Sabes lo que te digo? Que no me vengas con dianas, que no me marees. No te hago caso; el corazón se me ha hecho de piedra y mi cabeza es como esa plancha».

Levantose, y murmurando no se sabe qué palabras, aunque es de suponer no serían de las más finas, tomó el pesado hierro y se puso a planchar con verdadera furia. Miquis se fue sin añadir una palabra, y don José le siguió hasta la escalera con las manos cruzadas, el mirar compungido y suplicante.

«Don Augusto de mi alma —le dijo—, por Dios, no la abandone usted... Mire usted que lo hace, y lo hace... y yo me muero...».

Capítulo XVIII. Muerte de Isidora. Conclusión de los Rufetes

Aunque Augusto no manifestó su propósito, lo tenía, y muy firme, de no abandonar a la infeliz mujer que tan sola y en peligro de ruina estaba. Volvió al día siguiente; mas quiso Dios que fuese aquel uno de esos días lúgubres que anublan la perpetua alegría de los meses de Madrid, uno de esos días, por desgracia no muy raros, en que el vecindario está tristísimamente impresionado por una terrible solución de la justicia humana, y encuentra, a su paso por ciertas calles, manifestaciones patibularias que llevan el pensamiento a cosas y personas de edad muy remota.

Y en la tarde del día anterior, una mujer vestida de negro con un mantón echado por la cabeza, alta, flaca, vieja, semejante a una momia animada por la aflicción, acechaba en las proximidades del Palacio Real la salida y paso de un coche. Su ansiedad era grande, su esperanza débil, aunque poseía el más vivo fervor monárquico que ha existido quizás en el presente siglo. Su idea del poder, de la misión providencial de los reyes, y principalmente la semejanza que suponía entre el soberano visible y el Rey de los cielos, dábanle un poco de aliento. Por eso cuando salió el coche, avanzó ella a escape sin temor de ser atropellada por los caballos, llegó hasta la portezuela, y con la presteza del asesino que alarga el puñal, alargó un papel arrollado en forma de canuto. El papel cayó en el coche, y las dos personas que iban en este se inclinaron al mismo tiempo para cogerlo. ¡Oh dicha! Leían el memorial, o al menos pasaban la vista por él. ¿Quién sabe si accederían a lo que en él con formas tan respetuosas y sentimentales se solicitaba? Así como es propio del pueblo la ofensa, propio y digno de los reyes es el perdón. ¡El perdón! Ved aquí el punto de semejanza y parentesco con la divinidad. «¿Para qué servirían los reyes —dijo *la Sanguijuela* concretando sus ideas monárquicas—, si no sirvieran para indultar?».

La pobre mujer, en el momento de arrojar su papel dentro del coche, había lanzado con él una exclamación, que sintetizaba su respetuoso cariño hacia el primer personaje de la Nación, y su pena acerba y desgarradora: «Rey mío... Niño-Dios de España, piedad para un desgraciado loco».

Había invocado la juventud, la grandeza, el sentimiento religioso, para interesarlos en su cuita. Satisfecha de lo que había realizado, y con cierta confianza en el éxito, se dirigió lentamente hacia el Saladero. ¡Largo y tremendo día, inmensa y pesada noche! Hay horas que parecen pedazos arrancados a las pavorosas eternidades del infierno. *La Sanguijuela* esperaba, esperaba, y el indulto no aparecía. La infeliz mujer, tan prendada de los poderes autoritarios, no sabía que el Soberano tiene una esposa, la Ley, y que, según el arreglo que hemos hecho, con el anillo nupcial de este himeneo se han de sellar lo mismo la sentencia que el perdón.

Hemos dicho que Augusto volvió a la casa de Isidora. Encontrola en el estado más deplorable, sentada en un rincón del cuarto, tras un sofá viejo, los pies desnudos, el vestido muy a la ligera, encorvada sobre sí misma, en desorden el precioso cabello. Con ambos índices se tapaba los oídos, y su mirar revelaba espanto de pesadilla. Contemplábala Augusto sin saber por dónde empezar su empresa caritativa, cuando don José se le acercó y con voz cautelosa le dijo:

«Amigo Miquis, hoy no hemos comido. Día tremendo es hoy...; ya puede usted suponer por qué está tan afligida».

Augusto dio dinero a Relimpio para que trajese con qué arreglar una buena comida, y quiso tranquilizar a Isidora y obligarla a que se acostase. Ella no decía más que esto: «¡Hoy!, ¡hoy!».

Ya de regreso el padrinito, lograron ambos, a fuerza de persuasiones y añadiendo a ellas algo de violencia, que Isidora se acostase. Relimpio preparó la comida. Augusto consolaba a su amiga con las frases más escogidas, con los pensamientos más cristianos que le sugería su rica imaginación; pero toda su dialéctica, engalanada de formas poéticas y de bonitas paradojas, no logró llevar la serenidad al perturbado espíritu de la pobre mujer. Esta le dijo:

«Mañana, mañana me tocará a mí».

Dicho esto, su silencio fue absoluto durante todo el día. Miquis y don José le hacían mil preguntas, pero ella no contestaba nada. Por la noche Augusto, después de prescribirle el reposo, se retiró seguro de hallarla mejor al día venidero, lo que no resultó cierto, porque a la siguiente mañana encontró el médico en su infeliz enferma el mismo silencio, la mismo apatía lúgubre y la propia indiferencia del día precedente. Isidora, no obstante, comió con mediano apetito, y Miquis no hallaba en ella síntomas claros de enfermedad. Don José suspiraba a cada instante; iba y venía sin cesar de una parte a otra de la casa con gran desasosiego. Por la tarde, cuando Miquis, después de su tercera visita, se retiraba, don José cuchicheó con él en la escalera.

«No nos abandone usted, señor doctor —le dijo angustiadísimo—. Hemos de estar con cien ojos... Hay moros por la costa...

—¿Qué es eso?

—Que aunque parece que no habla, habla, sí, señor; hoy a las doce estuvo aquí una mujer que la viene persiguiendo hace días... Es un dragón, ¿me entiende usted?... Pues Isidora charló largamente con ella. No pude entender lo que decían, porque me mandó salir fuera; pero hablaban con animación, y la mujer aquella, a quien vea yo partida por un rayo, le enseñaba, ¡ay!, muestras de vestidos.

—Veremos; habrá que hacer algo decisivo —dijo Augusto bajando pausadamente los últimos escalones—. Mañana temprano vendré con Emilia, *Riquín* y Encarnación. Trataremos de llevárnosla a cualquier parte».

Don José movió la cabeza con expresión de profundísima incredulidad, y cerrando la puerta con llave, se guardó ésta en el bolsillo.

Isidora dormía, al parecer, sosegadamente; don José, que desde algún tiempo antes se había sometido a un meritorio régimen de sobriedad en alimento y lecho, se recostó vestido en un sofá de paja, frontero a la cama de su ahijada, el cual le servía de punto de acecho o vigilancia para no perder ni el más ligero movimiento de la enferma. Toda la noche ardía una vela, puesta dentro de una jofaina. Así, desde que Isidora parecía intranquila, don José se levantaba diligente y acudía junto a ella.

Las diez serían cuando Relimpio, que había descabezado un sueñecillo, despertó con sobresalto porque oyó la voz de Isidora. ¿Había alguien en la habitación? No, no había nadie. Isidora hablaba consigo misma. Don José la miraba sin moverse de su duro y martirizante sofá; pero su atención se trocó en asombro al ver que la joven se levantaba, se vestía, aunque a la ligera, echándose la bata, se calzaba y se dirigía al mezquino tocador próximo a su lecho. Un terror acongojante y como supersticioso que se amparó del bueno de don José, le impedía moverse y hablar. Le parecía contemplar una escena de sonambulismo, o quizás ser víctima de un fenómeno óptico, formado y como vaciado en su propia mente. «Puede ser —se dijo— que esto que veo sea un sueño mío y que la pobrecita esté tan tranquila en su cama, mientras yo la veo levantada y enredando en el tocador».

Isidora, pues ella misma era y no una vana imagen, se miró largo rato en el espejo. Aunque este era pequeño y malo, ella quería verse, no solo el rostro, sino el cuerpo, y tomaba las actitudes más extrañas y violentas, ladeándose y haciendo contorsiones. La ligereza de su ropa era tal, que fácilmente salían al exterior las formas intachables de su talle y todo el conjunto gracioso y esbelto de su cuerpo. Don José se quedó lelo, frío, inerte, cuando oyó estas palabras, pronunciadas claramente por Isidora:

«Todavía soy guapa..., y cuando me reponga seré guapísima. Valgo mucho, y valdré muchísimo más».

Luego empezó a recoger tranquilamente algunas prendas de ropa que estaban arrojadas en diversos lugares de la estancia, y con ellas formó un lío. Entonces el santo varón hizo un esfuerzo para vencer su inercia terrorífica, se sacudió todo y con una fuerte voz dijo:

«Niña mía, ¿a dónde vas?

¡Ay! —exclamó ella sobresaltada, dando un chillido—. Me ha asustado usted. Yo creí que estaba sola».

¡Sola! Según eso, don José era un mueble. Esta idea causó al infeliz viejo grandísima aflicción.

«¿Pero qué haces, mujer? ¿Te has vuelto loca? Estás enferma y te levantas así...

—¿Enferma yo? —dijo Isidora echándose a reír con descaro—. Usted sí que lo está, de la cabeza, lo mismo que ese tonto de Miquis. Yo estoy buena y sana.

—¿Pero a dónde vas?

—A la calle.

—¡A la calle! ¿Y qué vas a hacer en la calle? ¿Necesitas algo? Yo saldré.

—Ea, ea, no sea usted majadero. Acuéstese usted, duerma si tiene sueño, y déjeme a mí, que yo sé lo que tengo que hacer. No dependo de nadie, ¿estamos? Soy dueña de mi voluntad, ¿estamos?».

La determinación firme que revelaban estas palabras llevó al bendito don José a las más elevadas regiones del pasmo, del aturdimiento, de la confusión. Antes que él pudiera decir algo, Isidora prosiguió de este modo:

«Me fastidia usted con su preguntar, con su entremeterse en todo, con sus cuidados tontos...».

Cada palabra era como un golpe de maza en el bondadoso corazón de Relimpio, el cual, a punto de romper a llorar, se incorporó en el macizo lecho y habló así:

«Hija mía, yo te quiero más que a las niñas de mis ojos. Me intereso por ti, por tu bien, y no quiero que hagas disparates, ni que te pase mal alguno...

—Yo también le quiero a usted; pero... vamos, deseo ser libre y hacer lo que se me antoje, sin que usted venga con sus mimos, ¿estamos?

—Todo sea por Dios —dijo Relimpio, conociendo que había llegado la ocasión de mostrar energía—. Sospecho que vas a mala parte, sospecho que te perderemos para siempre, y no te puedo abandonar, no; tú eres lo que más amo, te quiero más que a mis hijas, porque te quiero de dos maneras, como padre y como..., en fin, yo me entiendo. Si, como sospecho, quieres perderte, quieres infamarte, no lo consentiré mientras tenga un aliento de vida; primero te rogaré, te suplicaré aunque me sea menester ponerme de rodillas delante de ti».

Hallábase tan acongojado, que la frase se le retortijó en la garganta, y juzgando que más que las palabras serían elocuentes las actitudes, se hincó delante de su ahijada, y le tomó las manos para besárselas, y luego que pasó un rato en estas mímicas, conmovidos ella y él, pudo articular Relimpio estas palabras:

«Niña mía, no des ese paso, detente...

—¡Qué desgracia!...—murmuró ella llevándose la mano a los ojos, como para disimular una lágrima—. ¿Y quién me va a mantener?

—¡Yo! —exclamó Relimpio dándose un golpe tan fuerte en el pecho que este resonó en hueco como una caja.

—¡Usted!... ¡Ay, qué gracia! ¡Si usted más está para que le mantengan que para mantener!

—Trabajaré.

—Sí, y comeremos cañamones... Padrino, padrino, déjeme usted en paz; no se meta usted en mis cosas... Yo vengo pensando hace tiempo lo que debo hacer; he tomado un partido, y ya no me vuelvo atrás».

El anciano había vuelto al sofá, donde estaba reclinado, sin fuerzas para seguir adelante en la lucha.

«Mira —le dijo, echando lumbre por los ojos—, yo puedo trabajar...; pediré un destino y me lo darán...

—¡Qué inocencia!

—Y con lo que yo gane y algo que te darán Emilia y Miquis, viviremos tan ricamente.

—Sí, muy ricamente —replicó Isidora con terrible ironía—. ¡Miserias, harapos, suciedad, escaseces, privaciones! Guarde usted todo eso para los tórtolos simples que lo quieran.

—Si es que te dan pesadumbre algunos hechos de tu vida pasada, no trates de borrarlos con una vergüenza mayor —dijo Relimpio, sintiéndose dotado por la Providencia, en aquel instante, de una lucidez filosófica que no era propia de él—. Lo mejor es que borres lo pasado con una conducta ejemplar. ¿Quieres un nombre, una posición? Pues yo te daré ambas cosas. Óyeme —añadió solemnemente—; yo me casaré contigo; y para que no interpretes mal mi ofrecimiento, te prometo no ser tu esposo más que en el nombre y mirarte como una hija».

Por lástima del pobre viejo no se echó a reír Isidora con el desenfado que había adquirido últimamente. En la pérdida de tantas nobles cualidades conservaba algo de piedad.

«¿Conque nombre y posición? —dijo—; gracias, gracias; es usted muy bueno. ¿Conque no puedo con mi nombre y quiere usted que tome otro sobre mí? ¡Qué puño!... Si pudiera desbautizarme y no oír más con estas orejas el nombre de Isidora, lo haría... Me aborrezco; quiero concluir, ser anónima, llamarme con el nombre que se me antoje, no dar cuenta a nadie de mis acciones.

—¡Isidora!...

—Ya no soy Isidora. No vuelva usted a pronunciar este nombre».

¡No pronunciarle más, cuando a él le parecía tan dulce, tan armonioso, cifra y compendio de la melodía infinita! Echó don José un gran suspiro y tras él estas palabras:

«Ha sido una tontería que te ofrezca la mano y el nombre de un viejo caduco. Tú no puedes vivir sin amor. ¿Cómo habías de quererme a mí, que solo tengo juventud en el corazón?... Óyeme...».

Cada vez que decía «óyeme» tomaba una actitud sacerdotal y el tono más solemne del mundo.

«Óyeme. Tú has amado a un solo hombre; ese hombre ha vuelto de La Habana. De todos tus amantes, él era el más simpático, el más caballero. Antes que verte caminar a la última degradación, consiento en que reanudes tus amores con él. No me gusta esto, pero antes que lo otro... yo me entiendo. ¿Quieres que le lleve un recadito tuyo, quieres que le busque, que le hable de ti?... Odiosa misión, hija mía; pero si con ella te aparto de la ignominia final, creeré realizar una acción meritoria.

—¿Joaquín, ese pillo?... Le diré a usted... Siempre que le veo, me da un vuelco el corazón. Le quise y aún me parece que podría volver a quererle... Pero déjele usted donde está. Yo estoy mejor así. Es un canalla ingrato... Y bastante hemos hablado, señor don José. Yo me marcho...

—Por Dios, mujer...

—He dado mi palabra.

—Esas palabras no se cumplen. ¿De modo que no te veré más?

—Vendré por aquí... No se mueva usted de esta casa. Yo le daré algo para que se mantenga y pague el alquiler...».

Relimpio tembló con sudor frío.

«Por mi hijo y por usted consiento en ser Isidora algunos ratitos. Conque... abur, abuelo...».

Corrió hacia la puerta, y hallando que no estaba la llave en ella, como de costumbre, retrocedió para buscarla.

«No, no te doy la llave; no saldrás mientras yo viva» —exclamó don José, haciéndose superior a sí mismo y mostrando la energía que a veces surge del flaco ánimo de los débiles, como en ciertos momentos de crisis las sublimidades brotan del cerebro de los tontos.

Isidora le miró con ira, y respiró fuerte apretando contra el talle el lío de ropa.

«¡La llave, la llave!

—No saldrás sino pasando sobre mi cadáver»—gritó con cavernosa voz Relimpio, sintiéndose héroe de teatro.

Y al decirlo, oprimía contra su pecho la llave para protegerla de un ataque de su enemiga.

«Vamos, vamos, que no tengo ganas de bromitas —dijo la de Rufete encolerizada—. Venga la llave, o la tomaré dondequiera que la encuentre. Mire usted que ya no soy lo que antes era: de cordera, me he vuelto loba. Ya no soy noble, señor don José; ya no soy noble.

—Pero aunque no seas noble, no serás capaz de ultrajar a tu pobre viejo, a tu padre...».

Acompañadas de lágrimas, estas palabras eran harto elocuentes.

«Vamos, abuelito, que ya me canso, que se me acaba la paciencia, que las simplezas me cargan, que no estoy de humor de mimos...».

Y con la loca impaciencia, airada, insensible para todo lo que no fuera su deseo y propósito, avanzó las manos contra el viejo, le atenazó los brazos, le sacudió un momento... ¡Ay!, ¡ay! Relimpio sintió que sus brazos se volvían de algodón. Como si el roce de la piel de Isidora fuese un contacto mortífero, se quedó echo una momia. Y mientras ella le quitaba la llave, él, inerte, sin vida, la miraba con espanto, y no podía defenderse, ni sabía detenerla, ni era dueño de ninguna de las energías de su ser, como no fuera de la voz, pues allá casi entre dientes pudo articular tres sílabas y decir: «¡Bribona!...».

Isidora marchó hacia la puerta. Bruscamente arrepentida de su acción, retrocedió hacia el sofá donde estaba la yacente estatua de Relimpio, le miró un sí es no es conmovida (todavía era algo noble), y poniéndole la mano sobre la cabeza llena de canas, le dijo:

«Padrinito, le he ofendido a usted..., pero... no lo puedo remediar. Este es mi destino...; quizás no nos veremos más... Adiós».

Tuvo la singularísima piedad de inclinar sobre él su rostro y darle un rápido beso sobre las venerables canas. Él no tuvo fuerzas ni espíritu más que para verla salir. Salió, efectivamente, veloz, resuelta, con paso de suicida; y como este cae furioso, aturdido, demente en el abismo que le ha solicitado con atracción invencible, así cayó ella despeñada en el voraginoso laberinto de las calles. La presa fue devorada, y poco después en la superficie social todo estaba tranquilo.

Don José se levantó, anduvo como desconcertada máquina hasta un aposentillo interior donde tenía sus trastos, y tanteando con las temblorosas manos en la oscuridad, encontró una botella. Apuró del contenido de ella porción bastante, y al tratar de volver al sofá, las piernas le faltaron y cayó rodando en mitad del aposento.

Como la puerta había quedado abierta, Miquis, Emilia y *Riquín* entraron sin necesidad de fatigar la campanilla a una hora que, según cálculos aproximados, debía de ser la de las nueve de la mañana del día siguiente. Y como vieran a don José tendido en el suelo sin compañía, al punto coligió Miquis que Isidora estaba ausente. Mientras Emilia corría veloz al socorro de su padre, que parecía como a dos dedos de la muerte, Augusto hizo un rapidísimo reconocimiento de la habitación, buscando a Isidora. ¡No estaba!

«¡Se ha ido, se ha ido!» —exclamó poniéndose de rodillas junto al pobre viejo para prestarle algún auxilio.

Con un poco de trabajo transportaron a Relimpio al sofá, donde le tendieron, y él entonces entreabrió los ojos y los labios echando una mirada y un suspiro sobre el mundo, de que se alejaba para siempre. La notabilísima alteración de las facciones del anciano alarmó a Miquis, el cual respondía con muda expresión de desconsuelo a las apremiantes interrogaciones de Emilia.

«¿Pero esto es embriaguez... o qué?...»—preguntó la atribulada hija.

Y al oírlo don José se reanimó de súbito, como la llama moribunda que se revuelca en las tinieblas; echó su espíritu un resplandor de vida, y moviendo la lengua, no menos pesada que la de una campana, dijo pausadamente estas palabras:

«La hurí ha bajado a los infiernos, y yo voy... en busca suya».

A la sazón entraron algunos vecinos, y se ofrecieron a prestar los servicios propios del caso. Miquis, sin dejar de tomar disposiciones, veía que los remedios serían inútiles. Cerca ya del fin, el espíritu de don José volvió a relampaguear, diciendo con expresión enamorada y caballeresca:

«La amé y la serví... Fui su paladín... Mas ved aquí que la ingrata abandona la real morada y se arroja a las calles. Vasallos, esclavos, recogedla, respetad sus nobles hechizos. Tan celestial criatura es para reyes, no para vosotros. Ha caído en vuestro cieno por la temeridad de querer remontarse a las alturas con alas postizas».

Oyendo estos disparates, Emilia era un mar de lágrimas. Miquis la llevó a un cercano aposento, y en él la encerró con el pobre *Riquín*, que también lloraba, para que ambos no presenciasen el fin del buen Relimpio, el cual ocurrió media hora más tarde, y fue tranquilo y suave. Su muerte remedó el dulce acceso de embriaguez que le transportaba, mediante una breve toma, desde las miserias de la realidad a las delicias de una vida apócrifa, compuesta con extraños fingimientos de juventud, pasión y energía. ¿Entraba al fin en un mareo eterno? ¿Iba ya derechamente a ser el noble, enamorado y valiente caballero, defensor y amparo de la hurí en las edades sin término y en los espacios sin medida? José, eres un ángel.

Abrazando estrechamente a *Riquín* y cubriéndole de besos la cara, Emilia le decía:

«Tan huérfano eres tú como yo; pero en mí tendrás la madre que te falta. Aquella mamá tuya no existe ya, se ha ido para siempre y no volverá; se ha caído al fondo, hijo mío, al fondo... Ya lo entenderás más adelante».

Capítulo XIX. Moraleja

Si sentís anhelo de llegar a una difícil y escabrosa altura, no os fiéis de las alas postizas. Procurad echarlas naturales, y en caso de que no lo consigáis, pues hay infinitos ejemplos que confirman la negativa, lo mejor, creedme, lo mejor será que toméis una escalera.

Madrid. Junio de 1881

Fin

Libros a la carta

A la carta es un servicio especializado para
empresas,
librerías,
bibliotecas,
editoriales
y centros de enseñanza;
y permite confeccionar libros que, por su formato y concepción, sirven a los propósitos más específicos de estas instituciones.

Las empresas nos encargan ediciones personalizadas para marketing editorial o para regalos institucionales. Y los interesados solicitan, a título personal, ediciones antiguas, o no disponibles en el mercado; y las acompañan con notas y comentarios críticos.

Las ediciones tienen como apoyo un libro de estilo con todo tipo de referencias sobre los criterios de tratamiento tipográfico aplicados a nuestros libros que puede ser consultado en Linkgua-ediciones.com .

Linkgua edita por encargo diferentes versiones de una misma obra con distintos tratamientos ortotipográficos (actualizaciones de carácter divulgativo de un clásico, o versiones estrictamente fieles a la edición original de referencia).

Este servicio de ediciones a la carta le permitirá, si usted se dedica a la enseñanza, tener una forma de hacer pública su interpretación de un texto y, sobre una versión digitalizada «base», usted podrá introducir interpretaciones del texto fuente. Es un tópico que los profesores denuncien en clase los desmanes de una edición, o vayan comentando errores de interpretación de un texto y esta es una solución útil a esa necesidad del mundo académico.

Asimismo publicamos de manera sistemática, en un mismo catálogo, tesis doctorales y actas de congresos académicos, que son distribuidas a través de nuestra Web.

El servicio de «libros a la carta» funciona de dos formas.

1. Tenemos un fondo de libros digitalizados que usted puede personalizar en tiradas de al menos cinco ejemplares. Estas personalizaciones pueden ser de todo tipo: añadir notas de clase para uso de un grupo de estudiantes, introducir logos corporativos para uso con fines de marketing empresarial, etc. etc.

2. Buscamos libros descatalogados de otras editoriales y los reeditamos en tiradas cortas a petición de un cliente.

www.ingramcontent.com/pod-product-compliance
Lightning Source LLC
Chambersburg PA
CBHW022109040426
42450CB00006B/645